Series of International Studies on Chinese Culture

STUDIES OF MODERN CHINESE LITERATURE IN THE ENGLISH-SPEAKING WORLD

英语世界中国现代文学研究综论

季进 余夏云/著

北京大学出版社

图书在版编目(CIP)数据

英语世界中国现代文学研究综论 / 季进，余夏云著. —北京：北京大学出版社，2017.8

（国际中国文化研究丛书）

ISBN 978-7-301-28572-5

Ⅰ.①英… Ⅱ.①季… ②余… Ⅲ.①中国文学—现代文学—英语—文学翻译—研究 Ⅳ.①I206.6 ②H315.9

中国版本图书馆 CIP 数据核字（2017）第 184866 号

书　　　名	英语世界中国现代文学研究综论 Yingyu Shijie Zhongguo Xiandai Wenxue Yanjiu Zonglun
著作责任者	季　进　余夏云　著
责任编辑	朱房煦　张　冰
标准书号	ISBN 978-7-301-28572-5
出版发行	北京大学出版社
地　　　址	北京市海淀区成府路205号　100871
网　　　址	http://www.pku.cn　　新浪微博：@北京大学出版社
电子信箱	zhufangxu@pup.cn
电　　　话	邮购部 62752015　发行部 62750672　编辑部 62754382
印　刷　者	三河市北燕印装有限公司
经　销　者	新华书店
	650 毫米×980 毫米　16 开本　28 印张　352 千字 2017 年 8 月第 1 版　2017 年 8 月第 1 次印刷
定　　　价	68.00 元

未经许可，不得以任何方式复制或抄袭本书之部分或全部内容。
版权所有，翻版必究
举报电话：010-62752024　电子信箱：fd@pup.pku.edu.cn
图书如有印装质量问题，请与出版部联系，电话：010-62756370

总　序

中华文明是人类历史上最古老的文明之一,并且是唯一流传至今仍生机勃勃的文明。中华文化不仅始终保持着独立的、一以贯之的发展系统,而且长期以来以其高度的文化发展影响着周边的文化。从秦至清两千年间,中国始终是亚洲历史舞台上的主角,中华文明强烈地影响着东亚国家。在19世纪以前,以中国文化为中心,形成了包括中国、日本、朝鲜、越南在内的中华文化圈。由此,中华文化圈成为与基督教文化圈、东正教文化圈、伊斯兰教文化圈和印度文化圈共存的世界五大文化圈之一。

"国际中国文化研究丛书"的主旨就是探索中国文化在世界各国的传播与影响,对在世界范围内展开的中国文化研究给予学术的观照:在中外文化交流史的背景下追踪中国文化典籍外传的历史与轨迹,梳理中国文化典籍外译的历史、人物和各种译本,研究各国汉学(中国学)发展与变迁的历史,并通过对各国重要的汉学家、汉学名著的翻译和研究,勾勒出世界主要国家汉学(中国学)的发展史。

严绍璗先生在谈到近三十年来的海外汉学(中国学)研究的意义时说:"对中国学术界来说,国际中国学(汉学)正在成为一门引人注目的学术。它意味着我国学术界对中国文化所具有的世界历史性意义的认识愈来愈深入;也意味着我国学术界愈来愈多的人士开始认识到,中国文化作为世界人类的共同精神财富,对它的研究,事实上具有世界性。——或许可以说,这是二十年来我国人文科学的学术观念的最重要的转变与最重大的提升的标志。"① 就是说,对中国人

---

① 任继愈主编:《国际汉学》第5期,第6页,郑州:大象出版社,2000年。

文的研究已经不仅仅局限在中国本土,而应在世界范围内展开。对在世界范围内展开的中国文化研究给予观照,打通中外,揭示中国文化的普世性价值和意义,这是本丛书的思想追求。

从知识论上来说,各国的汉学家在许多具体学科的研究上颇有建树,我们只要提一下以伯希和所代表的欧洲汉学家对西域和敦煌的研究就可以知道他们的研究成果对推进中国文化研究的价值,这样的例子我们还可以举出许多。因此,对域外汉学家所做的中国文化研究的成果,应予以一种实事求是的尊重。中国文化已经成为一门世界性的学问,因此,在不少中国文化研究的具体门类和学科上,在知识论的研究方面,最好的学者并不一定在中国,他们可能是日本人、法国人、德国人等等。因此,系统地梳理各国的中国文化研究历史,如上面所讲的展开对域外中国文化研究的重要著作、流派、人物的研究,是本丛书的基本学术追求。

但域外的中国文化研究毕竟发生在域外,对其的把握仅仅从知识论的角度加以认识仍显不够,我们应注意把握这些发生在海外的中国文化研究所采取的方法论,注意从跨文化的角度,从比较文学的角度来加以把握和理解。注意其方法论,注意其新的学术视角,运用比较文化的研究方法,揭示出隐藏在其"客观知识"背后的方法论,这正是我们展开国际中国文化研究者的基本任务。

同时,注意"影响史"的研究。中国文化在域外的传播和影响是两个相互关联而又有所区别的领域。一般而论,传播史侧重于汉学(中国学),即他们对中国文化的翻译、介绍和研究,域外的中国形象首先是通过他们的研究和介绍才初步建立的;影响史或者说接受史则已经突破学术的侧面,因为国外的中国文化研究在许多国家仍是一个很偏僻的学科,它基本处在主流学术之外,或者处于学术的边缘,中国文化在域外的影响和接受主要表现在主流的思想和文化界。但二者也很难截然分开,因为一旦中国文化的典籍被翻译成不同语言的文本,所在国的思想家和艺术家就可以阅读,就可以研究,他们不一定是汉学家,但同样可以做汉学(中国学)的研究,他们对中国的兴趣可能不低于汉学家,特别是在创造自己的理论时。接受史和影响史也应成为我们从事国际中国文化研究的一个重要的方面。

在这个意义上比较文学和比较文化研究是我们对国际中国文化展开研究时的基本方法。

实际上汉学(中国学)的引入具有双向的意义,它不仅使学术转型中的中国本土学术界有了一个参考系,并为我们从旧的学术"范式"中走出,达到一种新的学术创新提供了一个思路,同时也对国外的中国文化研究者们,对那些在京都、巴黎、哈佛的汉学家(中国学家)们提出了挑战,正像中国的学者必须认真地面对海外汉学(中国学)家的研究一样,他们也应该开始听听中国同行的意见。任继愈先生在世主编《国际汉学》时曾提出过,要通过正常的批评,纠正那种仿佛只要洋人讲的就没错的"殖民思想",把对汉学(中国学)的引进和学术的批评统一起来,在一种平等的对话中商讨和研究,这才是一种正确的学术态度。对国外中国文化的研究成果也不可盲从,正像对待所有的学术成果都不应盲从一样。这样讲,并不是否认这些汉学家在学术上的贡献,而是现在海外的汉学家们必须考虑到他们的著作如何面对中国读者,因为一旦他们的书被翻译成中文,他们的书就会成为中国本土学者的阅读、审视和批评的对象。对于那些做中国的学问而又站在"西方中心主义"立场上的汉学家来说,现在已经到了他们开始反思自己学术立场的时候了。而那些居高临下,对中国的学术指东道西,以教师爷身份出现的汉学家则可以退场了。

当我们面对大量涌进的国外中国文化研究的成果,一方面,我们应有一种开放的心态,有一种多元的学术态度,不能有那种"画地为牢",对汉学家研究的成果视而不见的态度。同时,也应考虑到这是在另一种学术传统中的"学问",它有特有的文化和学术背景,不能拿来就用,要做比较文化的批判性研究。随着汉学(中国学)的不断引入,对汉学著作做一种批判性研究和介绍日益成为一个重要的问题,因为在不同学术传统中的概念和方法的转化和使用必须经过严格的学术批判和反思才行。如何立足中国本土的学问,借鉴汉学的域外成果,从我们悠久的文化传统中创造出新的理论,这才是我们真正的追求所在。

中国是汉学的故乡,对中国文化的学术研究中国学者自然有着国外学者不可替代的优势。在世界范围展开中国文化的研究开阔了我们的学术和文化视野,促进了我们观念和学术的发展,引进域外中国文化研究的成果是为了我们自身学术和文化的变革与发展,万不可在介绍西方汉学(中国学)走马灯似的各类新理论、新方法时,我们自己看花了眼,真成了西方的东方主义的一个陪衬,失去了自己的话语和反思的能力。因此,立足中国文化的立场,会通中外,打通古今,通过对域外的中国文化研究做建设性的学术对话,推动中国学术的发展和文化的重建,这不仅成为本丛书的主要内容,也成为我们展开这一学术活动的根本目的。

改革开放三十多年来,我们对海外汉学的研究已经取得了长足的进展,但在对域外中国文化研究的称谓上仍无法完全统一,"汉学"或"中国学"都有其自身的逻辑和思路。为兼顾各方的学术立场,本丛书定名为"国际中国文化研究丛书"。我们将海纳百川,欢迎海内外的中国文化研究者为我们撰稿,或译,或著,我们都衷心地欢迎。

张西平

2017 年 5 月 27 日

目 录

中国现代文学研究和"理论"语言(代序) …………… 李欧梵 1
绪论　海外汉学与学术共同体的建构 …………………………… 1
第一章　文学史的多元重构 …………………………………… 21
　　第一节　文学的史与学 ……………………………………… 21
　　第二节　文学史的谱系 ……………………………………… 32
　　第三节　抒情的文学史 ……………………………………… 45
第二章　回旋的现代性追寻 …………………………………… 58
　　第一节　现代的多重光谱 …………………………………… 58
　　第二节　都会的摩登诱惑 …………………………………… 68
　　第三节　被压抑的现代性 …………………………………… 86
第三章　跨性别的话语政治 …………………………………… 104
　　第一节　沉重的肉身 ………………………………………… 104
　　第二节　女性的界限 ………………………………………… 115
　　第三节　妖娆的罪愆 ………………………………………… 133
第四章　诗史的辩证和变奏 …………………………………… 151
　　第一节　历史的意识形态 …………………………………… 151
　　第二节　怪兽也似的历史 …………………………………… 165
　　第三节　拒绝作证的历史 …………………………………… 177
第五章　自我的呈现与发明 …………………………………… 186
　　第一节　祛魅和回转的作家论 ……………………………… 186
　　第二节　对话和喧声中的重读 ……………………………… 197
　　第三节　越界与离境的华夷风 ……………………………… 211

第六章　通俗文学的文化政治 …… 220
第一节　通俗意涵的再定义 …… 220
第二节　鸳鸯蝴蝶派的诗学 …… 234
第三节　武林内外的纸侠客 …… 243

第七章　马克思主义与美学 …… 254
第一节　崇高的历史形象 …… 254
第二节　革命传统中的美 …… 268
第三节　掮住黑暗的闸门 …… 281

第八章　跨语际的文化实践 …… 293
第一节　文化旅行与帝国政治 …… 293
第二节　理论跨国与文化策略 …… 307
第三节　跨界实践和翻译中国 …… 325

第九章　多元化的视觉文本 …… 336
第一节　视觉叙事的图景 …… 336
第二节　视觉的技术政治 …… 350
第三节　重构的影像中国 …… 363

结语　世界文学语境下的海外汉学研究 …… 371

参考文献 …… 386

后记 …… 427

中国现代文学研究和"理论"语言(代序)

李欧梵

我本来不打算为这本书写序,原因很明显,书中讨论了我的学术著作,我的作品既然成了研究的对象,就不能够再"说三道四"了。何况我本来就是这个英语世界学术圈里的人,只不过因为提早退休,离开美国学府到香港任教,所以目前我似乎处于英文和华语这两个世界的边缘。这篇小序,是在季进教授再三催促之下,才勉为其难而写的,也是从这个边缘视角,用一种自我反省的态度而写的。

当初季进向我提起,想要研究美国的汉学——特别是海外的中国现代文学研究情况,问我的意见,我颇为犹豫,这有什么好研究的呢?然而他提醒我,对于中国的学者而言,海外汉学是绝对值得借鉴的,至少它提出了不少新的话题、方法和理论,值得闭塞已久的国内同行参照。我一向主张学术无国界,只有语言的隔阂,应该多鼓励互相交流,最好超越国界,就像我心爱的古典音乐一样。我被他说服了。如今读这本书,真是获益良多,值得向各位同行和读者推荐。

这本书总览半个多世纪——约自20世纪六七十年代到21世纪初十年——英语世界(以美国为主)的学者在中国现代文学领域(包括近代和当代)的研究,几乎把所有的重要著作涵盖。季进和他的得意门生余夏云下了极大的工夫,使得这本书成为至今为止海外汉学研究的一个里程碑。我要特别指出,两位作者的评论观点(见本书"绪论")客观而持平,对各个学者的不同学术观点都采取兼容并包的同情态度,也不忘把这些著作分门别类,放在一个整体的诠释框架之中。这个诠释框架是季进多年来从事这方面的研究、教学和编辑工作所得来的成果。更难能可贵的是书中所用的语言,虽然充满了理论性的名词和用语,但读来都相当清楚,不难理解,这也是一大成就(但仍然引起我的反思)。由于我自己的著作被包含在内,所以我对于本书各章节的详细内容就不做评论了。在此只想谈谈我自己的一点反思,即有关西方理论语言"挪用"到中文语境后所产生的问题,说不定和本书所观照的主题有点间接关系。在反思的过程中,我也附带把自己在美国学界的教学和研究经验拉进来,因此要声明,这篇前言只代表我个人的感想,不是严格的书评。

一

在美国的汉学界,本来没有现代文学这个学科,也没有专授现代文学的教授。在传统汉学的领域之中,中国文学指的就是古典的诗词,甚至戏曲和明清小说都是稍后才加上去的。夏志清教授的大著《中国现代小说史》初版于1961年,可谓为英语世界现代文学的研究奠定一个基础,然而夏先生受聘在哥伦比亚大学任教,教的课程却不止现代文学,也包括古典小说和元杂剧。我自己在哈佛所接受的训练是历史,后来不自觉地"跨界"到现代文学的领域,纯属个人的爱好和导师的"纵容",在拙著《我的哈佛岁月》中已经叙述得很多。20世纪70年代末,正是我个人在学术生涯上的失落时期,被普林斯顿大学历史系解雇以后,不知何去何从。侥幸得到印第安纳大学东亚语文学系的教职,这才发奋把现代文学的研究作为专业,遂与几位志同道合的朋友共商大计,在印第安纳大学出版社支持下，一连出版了一系列的中国现代文学名著的英译本，也附带出版"中国文学与社会的研究"书系。这才为这个新的学术领域打下一个初步的基础。

美国学界当年很注重"field"，也就是专业领域，"跨学科"的说法并不流行。然而，这个中国现代文学的专业如何定位？这也要经过时间的考验。第一批进入这个专业的学者，大多不是专门研究文学的人，只有少数受过比较文学训练的学者，如刘绍铭，他也是夏氏兄弟的大弟子和我的好友，为这个专业贡献良多。他不但组织班子把夏先生的《中国现代小说史》翻译成中文（出版于1979年），而且也为哥伦比亚大学出版社编辑了两三本中国现代小说的选集。没有这类教科书，我们在美国根本无法上课。如今在美国各主要大学的东亚系，都有中国现代文学的专职教授，而且变成最能够吸引学生的热门学科。加以近年来对于视觉媒体，特别是电影的研究，突飞猛进，现代文学和电影也合为一体，变成一个跨学科的专业。然而，任何一个新的学科，在初发迹的时期，必须要不断地"证明"它的重要性与"合法性"，因为它本来没有学术上的传统，所以要为自己在学术上求得一个可以"安身立命"的位置，而不再受以古典为主的汉学界的偏见和鄙视。这一段筚路蓝缕的早期历史，新一代的学者（内中不少是来自中国、在美国受过正统比较文学和理论训练的佼佼者）可能早已遗忘了。

本书"绪论"的总标题是"海外汉学与学术共同体的建构"，言下之意似乎已经把中国现代文学研究作为海外汉学的一部分，其实不然。我们如果记得这一段历史的话，也许可以对这个学科后来的"理论转向"进一步了解，因为这个学科的成熟，是和"文化研究"（Cultural Studies）的兴起同步的。这一个新的学科，几乎把文学、视觉媒体、性别、种族等议题合在一起，并以源自马克思主义的"批判性理论"（Critical Theory）为其理论基础，但很快地就扩展到法国的"后结构主义"和"后现代主义",以及新一波的女性主义和女权主义理论的范畴。现代中国文学研究者不能像传统汉学一样闭关自守,其背后的另一个原因是,美国学院的现当代中国的研究,本属于"地区研究"(Area Studies)的一部分,而后者却是冷战时期设立的研究项目,所谓中国专家"China Expert"或"China Watcher",即是指此,有明显的政治目的。如今时过境迁,20世纪60年代以后,就有学界人士提倡废除"地区研究",因为它没有专业学术训练的基础,如经济学、历史学、社会学、哲学等学科,所以在严格的专业学科上站不住脚。因此,地区研究的学者需要在另一个专业中找到栖身之处。这个现象在社会科学方面最为明显,譬如不少研究当代中国经济的专家,也必须得到经济系的认可。那么中国文学呢?古典文学的教授有的也在比较文学系授课,如哈佛的宇文所安教授;有的则置之不理。现代文学不可能自闭,所以很快地就和"文化研究"挂上钩,开始了"理论转向"。

我个人20世纪80年代在芝加哥大学任教时,也做了一点"理论转向",然而转得不够全面,因为我至今对于西方文化理论的"适用性"有所保留,因此我对理论的态度也十分暧昧。当时没有想到,"文化研究"这个新的学科(一开始就是一个"跨学科")如今几乎已凌驾文学本身的研究了,经过各种理论的洗礼以后,它已经从一种"方法"变成一个学科和学系了。换言之,就是另一个专业。而文化研究的趋势一向紧跟当代,21世纪的世界变化越来越快,如今资本主义的"全球化"潮流席卷世界各地,学术界也难免受到影响,因此"文化研究"这个学科本身也要跟着转型,变得越来越"当代化",几乎不理任何历史传统。甚至有人认为"后现代"的理论本身已经过时,被各种全球化的理论取代。生活在变化日新月异的此时此刻,不少人文学科的学者已经再度转向,他们认为由于电脑和网络科技的发展,传统的人文学科都要作废了,"人文"的理论论述被"去人化"之后,只有变成"后人文"了,因为我们已经进入所谓"后人类"(post-human)的世界。据闻美国理论界的名学者米勒(J. Hillis Miller)在中国演讲时已经提出"Digital Humanities"(数码人文)这个新学科的名字。其理论内容有待探讨。

二

这些新的世界潮流,对于中国现代文学研究究竟有何影响?我至今很难肯定。本书的"结语"提出"世界文学语境下的海外汉学研究"的问题,很有前瞻性。然而到底"世界文学"的发展会如何?目前言之尚早。我认为它显然是传统西方比较文学的扩展和再生,特别看重翻译和传播的重要性,而文学文本和原来的写作语言的地位又如何?这也是在华文语境生长和受教育、从没有出洋留学的学者的焦虑:如果一切都经过翻译的话,中文著作的终极价值又何在?是否比得上翻译过来的海外汉学?对于有双语基础的学者,如果学术诠释的主流语言完全变成英文的话,又何必用中文写作呢?我在台湾和香港屡次听到中文系研究生的困惑:"老师,我们学习中国文学,必须套用西方理论吗?"这个困惑的背后隐含了两个大问题,一个是中国文学和语言的"主体性"何在?另一个相关的问题是为什么理论都是西方来的,难道中国文学就没有自己的理论吗?

我个人永远徘徊在中西两个语境和两种学院文化之中。我同情第一个立场,因为我认为在如今"全球化"的潮流影响之下,反而加重了西方学术的地位和其专业语言,而用中文写出来的学术论著却被视为"二等货"。目前香港各大学竞相提倡用英语教学和写作,甚至连中国文学也要用英文教。既然要"国际化",为什么不可以中西并用,一视同仁?这个"国际化"的压力,使得亚洲各地的华人学者(不只是中国)不知所从,于是竞相"媚外",忘记了自己文化本身的资源。中国现代文学也有它自己的学术传统,我认为这种学术传统是在民国时代,也就是从五四新文化时期开始建立的,但没有完成。近年来王德威教授关于中国美学的抒情传统和它与现代的相关性,就是从这个方向有感而发的。

最近我开始对民国时代的学术史产生浓厚的兴趣,这才发现我们这一代留过洋的学者对于外语的掌握,比他们那一代差远了!随便举几个例子:众所周知,鲁迅懂日文和德文,然而他讲中国小说史的时候,并没有用日本或德国的理论系统。胡适大谈科学的方法,但研究中国小说依然用考证,原来考证是五四时期"整理国故"的显学,而不是欧洲的汉学,其实欧洲汉学的传统也奠基在语言——特别是古代语言——的掌握。以介绍西方理论出名的朱光潜、梁宗岱、宗白华等人,更不用提钱锺书,他们不但精通外语,而且在自己的理论文章中处处不忘和中国传统比较。在比较文学这个学科尚未在中国建立之前,他们已经用比较文学的方法探讨了。如今比较文学在英美式微,似乎被世界文学取代,我们是否应该反省一下:中国现代文学本身的学术系谱何在?五四时期的作家和学者做了大量的翻译工作,我们如何处理?又如何与当代英语世界的理论"接枝"?在民国时代没有现代文学这个学科,也没有专门研究"现代性"的理论,只有"现代"这个名词,施蛰存编的《现代》杂志的外文名称是"Les Contemporains",现代就是当代,几乎是同义词。因为那个时候还处于"现代",还没有"后现代"这个名词。当时也有各种西方理论(包括伯格森和克罗齐的理论),那一代人对于同时代和以前的西方理论都是以开放的心态接受的,用以建立新的学术典范,但没有随意套用到中国文学上面。即使是王国维受叔本华的启发而研究《红楼梦》,并没有把叔本华的理论强压在他深厚的国学根基上面。我读他们的视野广博又深入浅出的学术著作,不禁慨叹:我们这个时代已经出不了什么大师了。

中国现代文学本来就应该是一个古今中外兼容并包的学科,因此我一向也主张,这个领域的学者个个都背了一个十字架:纵向的一轴指向传统,横向的一轴指向西方,我们是在这双重"影响的焦虑"下做学问。我自觉学问不足,该学的东西太多了。只从横向看去,我们对于西方文学理论本身的传统,到底掌握得够了吗?记得在哈佛我和季进闲聊的时候,偶尔提到我在20世纪60年代初到美国的时候对于西方理论的兴趣,当时我把理论和文学文本混在一起读,特别是存在主义的大师萨特和加缪的小说和散文,也读其他学者研究存在主义的书,不分青红皂白。当年的主流文学理论是"新批评",我反而没有什么兴趣,因为它不讲作品的文化背景和作者生平。后来我读了几位讨论欧洲文化和文学(包括理论)的著作,包括乔治·斯坦纳的《语言与沉默》,大为倾倒。这是一本散文集,文笔典雅之至,字里行间洋溢着人文精神。原来我喜欢的批评家,个个都是人文主义者,他们写的散文式的批评,把批评和理论合二为一,文体(style)都特别出色。在学界领军的理论人物是耶鲁的René Wellek和哈佛的Harry Levin,还有纽约的那批公共知识分子,如哥伦比亚大学的Lionel Trilling和Jacques Barzun,当然还有稍后的Susan Sontag,我读他/她们的著作,对内容一知半解,却对他们的文笔,深感佩服。常年住在普林斯顿的Edmund Wilson,虽然早已退休,但影响力仍然很大。这些人物身跨学院内外,时常在知识性的文学杂志发表文章,并非只写学术论文在学术期刊登载。他们的文学批评,也可算是文学理论,为后一代学界的"反叛"铺路,我们不能不知道这个背景。没有想到说者无心,听者有意,季进后来竟然把这些早期理论大师的著作汇集起来,编了一套《西方现代批评经典译丛》,介绍给了中文世界,真是功莫大焉。

我研究西方理论,非但把(好的)理论当作文学文本来读,而且必要时又要把理论本身和"应用"完全分开。当我读本雅明的文章的时候,往往把它作为文化批评的散文或杂文来读,感受他对于当代欧洲文化的敏感,根本忘记"挪用",虽然在拙著《上海摩登》的最后一章提到他的"都市漫游者"的理论,但不敢全盘照搬。后来对他的文章越来越感兴趣,早已忘了把他和中国文学研究拉上关系。有时候,读他的《柏林童年》会想到我自己的童年,文化之间的差异何止千里!后来读他的名文《机械复制时代的艺术作品》,只"幻想"他的德文文体是什么样子,最近在德国终于买到一本德文版,却因自己学习德文的资历太浅,不得其门而入。我从这个经验中所取得的教训是:好的理论本身就值得细读,像一本文学名著一样;坏的理论往往是二手的演绎,不值得花大功夫读,浏览一下就够了。随意套用理论,反而对理论不够尊敬。各种理论本身也有它自己的系谱,有时我把它当做思想史或文化史来读。总而言之,我不是为了挪用才来读理论,而是纯为了欣赏其本身思想的奥妙和它的文体语言。

在美国长期用英文写作,我发现自己的中文文笔似乎退步了。回港以后,我故意不停地用中文写半学术性的评论文章,但随时也感觉到英文在背后作祟。如果用中文写学术文章,反而没有写英文时那么执着,必须用最适当的词语。这也使我领悟到:原来学术论文和杂文的文体是两码子的事。但区别究竟在哪里?是否一定要用理论性的语言才算学术文章?我回顾民国时代的学术语言,大多有散文色彩,读来并不深奥。那一代的知识分子,很多是活跃在学院内外的"两栖动物",但似乎有一种自觉,希望把自己的学术传给更广泛的大众,而不限于专业学者,这也是一种五四的精神。学院专业化,和学院官僚化(bureaucratization)一样,是一个"现代化"的副产品。长此以往,真正的知识传播的前景堪忧。一个更值得忧虑的现象是:学术论文的文体变成一种规格,徒具形式的空架

中国现代文学研究和"理论"语言(代序)

子,在一大堆套用的西方理论术语笼罩下,内容反而显得空洞,甚至乏善可陈,更不必提作者的文笔,因为每个人写的句子都差不多,读来枯燥乏味,有时更不知所云。我认为这也是一个不大不小的人文精神危机,除非你认为今日已无人文精神可言。

三

语言的运用,对于学者来说不是一件小事,至少我是这样认为的。就内容而言,有时候文笔和内容也大有关系。本书的绪论中谈到"想象的学术共同体"的观念,学术语言是否也是构成这个"共同体"的因素?什么样的文笔会写出什么内容的论文?倒过来说也可以,什么样的内容需要什么样的文笔?这个问题,记得多年前美国学界的一个杂志曾经出专号讨论过,时当 Hayden White 的那本《元历史》(*Meta-History*) 刚刚出版的年代(20世纪70年代中期),说不定就是他自己提出来的。

我觉得自己在用英文写作的时候,心目中隐隐存在一个虚构的"读者共同体",他/她们可能是同行,也更可能是不懂中文的美国学者和读者,而不是清一色的华人。我用中文写作,就没有这个感觉和想象。那么,把西方理论的语言放进中文语境的时候,是否产生内容和形式上的"质"的改变?是否要顾及到一个读者的"想象共同体"?(为什么要用"共同体"这个较抽象的名词来翻译"community",而不用"群体"或"社群"?是否有理论上的根据?)这是一个很复杂的问题,我只能提出来,立此存照。我甚至有种感觉:如果写学术文章不用点高深的抽象名词,学院读者就会瞧不起我的学问。可惜事与愿违,我就是写不出这种理论性强的文章,也许是多年来写文化批评的杂文写惯了,改不回来了。怎么办?

这让我不禁想到季进和余夏云在写这本书的时候所面临的困

难：如何把一些海外学者的"理论挂帅"的著作介绍得很清楚，使得只懂中文的读者了解其内容，至少可以使圈内的同行专家看得懂。这是一件费神费事、吃力而不讨好的工作。我在此要特别感谢本书的两位作者，他们的文体读来颇为顺畅，一般中文读者也看得懂，更可贵的是，他们把理论名词的原文和译名，以及外国学者的原名和中文名如数交代列出，这是一个负责任的表现。

然而，不容否认，本书的文字和文体也受到理论语言的影响。它的章节编排的概念大多也是从理论的话题得来的。全书共九章，只有第一章（"文学史的多元重构"）和第六章（"通俗文学的文化政治"），不全被理论笼罩。中国国内学者最熟悉的是文学史，然而，海外学者写的"文学史"并不企图全面，也不是教科书。"通俗文学"的研究方法，中外也有差异。季进任教的苏州大学，在范伯群教授率领下，本是通俗文学的大本营，然而他们的学术理想是否和西方理论中所谓的"政治"一模一样？有待商榷。（顺便在此一提，我用"商榷"这个字眼，看来很"传统"，和目前的理论语言中常用的"negotiation"，不见得是一回事，也不知道谁把这个英文字译成"协商"，在平常中文语境，像是外交辞令。）第二章的标题"回旋的现代性追寻"，仿佛出自我的一本书名，看来我也是创用这个名词的始作俑者之一，如今"现代性"这个名词已经在美、中学界泛滥成灾了，什么书都挂一个"现代性"的名字，反而把原来的（至少是我心目中的）涵义弄得模糊不清。问题出在中文语境中的这个"性"字，至今我也无可奈何。

其他几章，从"跨性别的话语政治"（第三章）、"诗史的辩证和变奏"（第四章，来自王德威的理论名词），到"自我的呈现与发明"（第五章，"呈现"一字，想系"representation"的中译）、"马克思主义与美学"（第七章）、"跨语际的文化实践"（第八章）和"多元化的视觉文本"（第九章），皆是西方理论引导下的概念，这恰恰证明，英语世界和国内的中国现代文学研究模式,最基本的差异就是海外受西方理论的影响越来越深,因此语言也逐渐变得很抽象,而且时常作譬喻或寓言式的借用。译成中文以后,懂得英文的双语读者,有时还要暗自把理论名字"还原"到英文,才能理解此中的奥妙,但不懂英文或完全对理论外行的读者可能就容易落在五里雾中。

如何解决——或"协商"——这一个语言的分野,至今还没有好的方案。我个人的态度仍然是:对于理论,知之为知之,不知为不知,千万不能用来障人耳目。不容否认,整个当代中文学术写作的语言已经大量渗透了外来语,特别是从英文的学术语言直接翻译出来的名词,至今我们已经不知道什么才是纯正的中文的语体文了。我认为这个语言问题值得检讨,就是因为它带来了不少误导和误读。在理论上,"误读"是一种创意解读的方法,但在实用的层次上,情况就不那么简单了。我只用一个理论名词作一个例子和总结。本书数次引用美国理论家詹明信(Fredric Jameson)的名言"always historicize",中文译作"历史化",究竟是何意义?这个词最早出现在他的 The Political Unconscious(《政治无意识》)一书中。詹教授是一个马克思主义的理论家,他的各种理论根底雄厚,早已熟读弗洛伊德、拉康和德里达。他用这个字的背后还有一层意义,那就是"history as an absent cause",历史(在很多文学文本中)作为"缺席"的因素,反而是他认为最重要的因素。他在这本书中重新诠释几本19世纪英法写实主义的小说,从细致的文本分析中找出文本内涵的历史因素,它对小说人物和情节的转折都有决定性的影响。换言之,他呼吁"历史化",正是因为表面上看来历史在文本中"缺席",他要用辩证的方法把这些缺席的因素挖出来。这也是对于卢卡奇(Georg Lukács)理论的一种修正和改写。因此有时也不免用了不少"寓言"式的读法,此书的副标题就是"Narrative as a Socially Symbolic Act"(叙事作为社会性的象征行为),至少这是我个人的理解。詹氏的著作有一个很明确的马克思主义美学的系谱:从卢卡奇一直到他自己,而且他视野广阔,是关心现代中国文学的少数西方理论家之一。他的一篇名文,就是以《民族寓言》为题,讨论第三世界文学(他特别以鲁迅的《狂人日记》为例)和西方过度"个人化"的文学不同之处,在美国的中国现代文学学界尽人皆知。我之所以"旧文"重提,以此为例,就是因为不论我们是否同意他的见解,必须尊重他所用的理论名词背后的深意。他的"历史化"方法,不是指文学史,也不是"诗与史的辩证与变奏",后者(王德威的用语)却是源自中国文学的传统。

以上的很多"废话"完全出自个人感受,因为我想对一个关键问题做一个回应:理论对我又有何"用"?我的回答是:绝对有用,但不是"拿来主义"式的直接套用,而是用来增广我的见识,刺激我的思考。理论往往可以带出新的问题,有时也为我的学术研究提供灵感,或作为背后的参照。理论可以"缺席",必要时才把它请到文本分析的"前台",然而理论绝不能挂帅。对中国现代文学有兴趣的普通读者大可不管理论;对理论感兴趣的学者,或可把理论和文本用"对位"法(counterpoint)来处理。这又是一个音乐名词,意指一首乐曲(如巴赫的作品)中又两个主题,各自有不同的旋律,是对等的,而诠释者就像巴赫一样,最后要将之合在一起。因此中文文本和西方理论之间的"协商",变成至关重要的分析环节,不是说说就算,所有"跨文化"和"跨语境"的研究,都不能避免语言本身的问题。

2017年3月17日于香港中文大学

绪论　海外汉学与学术共同体的建构

如果不算漫长的传教士汉学,就从 1814 年法兰西学院设立汉学教授席位算起,"汉学"研究进入西方学术话语体系、成为一门独立的学科已经经历了整整二百年的发展历史。这二百年间,"汉学"的名称、范式和中心几经变化和迁移,取得了巨大的成就,成为西方学术话语体系中的重要组成部分,甚至跻身学术典范,引来"汉学主义"之讥。① 作为后起之秀的海外中国现代文学研究,如果从 1961 年夏志清的《中国现代小说史》(A History of Modern Chinese Fiction)出版算起,也已历经半个多世纪,从原来处于边缘地位的研究领域,发展成为蔚为大观的独立学科。我们可以批评海外中国现代文学研究曾经的意识形态色彩、过度理论化的倾向甚至某些东方主义(Orientalism)式的价值取向,但是,无需讳言,它对国内的中国现代文学研究格局,也带来了挑战和刺激,一再翻新我们对文学和文学史的认知与定位。这样的判断,似乎难逃"冲击—回应"论的老调。可是老调有时仍需重弹,特别是对于中国现代文学研究来说,20 世纪 80 年代以来西方学界的影响总是如影随形。我们无法回避"冲击—回应"的现实,关键是如何进行分析和阐释。这种现实是基于不同学术话语的对谈,还是不同文化语境的协商,抑

---

① 有关汉学发展的历史与现状,特别是从"汉学"(Sinology)到"中国研究"(Chinese Studies)名与实转变的梳理可见张西平主编:《西方汉学十六讲》,北京:外语教学与研究出版社,2011 年。有关汉学研究的范式问题,可参阅黄宗智主编:《中国研究的范式问题讨论》,北京:社会科学文献出版社,2003 年。有关汉学主义的学理性探讨,可参见顾明栋的系列文章,如:《汉学与汉学主义:中国研究之批判》,《南京大学学报》2010 年第 1 期;《汉学主义:中国知识生产中的认识论意识形态》,《文学评论》2010 年第 4 期;《汉学、汉学主义与东方主义》,《学术月刊》2010 年第 12 期等。

或是不同地缘之间文学研究的跨国流通？这种现实因何而成，在何时发生逆转，又缘何而逆转，背后潜藏了怎样的权力话语、动力机制和知识取向？我们当然无法全面回答这些问题，只想提出地缘与学缘、观点与方法、外部与内部三组概念，尝试对这些问题进行初步的梳理，探讨海外中国现代文学研究所引出的或折射出的学术史的种种问题，为我们反思海外汉学的洞见和不察、推进海内外中国现代文学研究学术共同体的建构提供借镜。当然，地缘与学缘、观点与方法、内部与外部，两方面的关系并非正反易位或直线进化，更多的是彼此修正或相互增益的关系，这是特别需要说明的。

地缘与学缘

所谓"海外汉学"，是指中国之外的关于中国历史、文化、文学、政治、宗教等方面的研究，也就是所谓的"国外中国研究"。其命名本身就直指地缘构造，不难看出背后潜藏的国家意识形态和领属自觉，此乃近代以来民族、国家观念下的产物。这种地缘性往往带来鲜明的政治意念，成为划分左中右文学立场、品评作家作品的重要因素。回首发轫时期美国的中国现代文学研究，夏志清的开山之作《中国现代小说史》的政治立场就与国内相左，臧否人物也带有明显的冷战意识形态。虽有列维斯（F. R. Leavis）的大传统和英美新批评贯穿始终，但其架构和评判还是脱离不了意识形态的影响。王德威也曾指出，《中国现代小说史》中的"新批评"不只是概念形式的操作演习，我们不妨也将其视为因彼时社会深陷混乱转而求助于文字正义的"权宜之计"和"终南捷径"。[①]那么，同理以推，夏志清借助于文本世界所传达的可能也包含了他的政治态度

---

① 王德威：《重读夏志清教授〈中国现代小说史〉》，夏志清：《中国现代小说史》，刘绍铭等译，香港：香港中文大学出版社，2001年。

或对红色政权的微词,对张爱玲与鲁迅两位的高低月旦,已足见其欲达成的政治正义和伦理秩序①。当然,这种所谓的意识形态方向,有时是我们对文学文本先有了左右正误的先验判断,以至于对文本的解读不得不相应地变成了意识形态的选择。因此,不一定是夏志清有多少政治情结要借着文字的品评来疏解,倒可能是由于地缘的因素,大陆的批评者们更多地看到了其中的政治芥蒂。与其说要指正其人其作的不足与偏颇,不如说是自认为操持着批评的"正义",是以文学的标准来公正评价海外的研究,殊不知,这种以权威的形象所塑造的"公正",也许不过是基于地缘因素所形成的另一种压抑。

这种地缘观念所形诸的"中国"其实是"大陆+港澳台"的版图构造,落实到文学史写作上就是主次有别、雅俗有分的叙述体例和编排结构,港台文学从来都是另立旁支,聊备一格。这一方面反映了特殊的历史境遇给文学带来的不同的影响,港台文学与大陆文学大异其趣,另一方面也暗示了某种强烈的正统中心的价值观念,似乎只有大陆文学才代表了中国文学的正统。这种所谓的正统性,以纯正性为标榜,所落入的却是另一种对外来影响的抗拒,这与中国文学与外来文学不断交流融合的历史恰相违背。更加耐人寻味的是,近代以来对西方文化的接受,恰恰伴随着对文学传统的民族主义式的强调。不仅文学理念、美学主张如此,就是文学史书写也包含某种"师夷长技以制夷"式的抗拒。20世纪之初,各种文学史相继出现,梁启超、王国维所要见证的是文艺观念、小说主张的现代化,而林传甲、黄人诸位则要求通过文学史的叙事彰显民族主义的观念,即使是鲁迅的《中国小说史略》也对国民性观念兹在

---

① 有关鲁迅和张爱玲所引发的文学史意识形态讨论,可参阅张英进:《鲁迅……张爱玲:中国现代文学研究的流变》,王尧、季进编:《下江南:苏州大学海外汉学演讲录》,上海:复旦大学出版社,2011年,第316—327页。

兹,都带有一定的民族主义的意识和思维。与正统中心观念相关的是,地缘观念对海外丰沛的流散文学视而不见,以至近年来海外关于"华语语系"(Sinophone)的讨论愈演愈烈。王德威特别强调文学现象与文学观念的"众声喧哗"和"多重缘起",所求证的是多元并发的文学格局,以及流散文学对中国文学传统的礼敬,而史书美则偏好流散文学异于大陆的特质,更在乎这种文学对中国文学传统的偏离①。Sinophone 的观念由海外学人提出,也说明这个概念不仅涵容的是星散海外的文学创作,也透露出海外学人的忧切心态。从陈世骧的抒情传统以正宗法乳论中华传统,到史书美以异流造型论现代文学,实在是一脉相承。这里面是去国离家的"想象乡愁",是情感的政治,也是后殖民理论所一再搬演的"身份认同"的具体落实。如此种种,都与地缘观念颇多关联。

正是在此意义上,我们要提出"学缘"观念,以弥补或纠正"地缘"观念所带来的种种不足与偏颇。这里所说的"学缘",不再囿于学校、地区或相似的求学经历这些因素,而是指在全球化时代,各种文化传统与学术资源被广泛分享,人们在深入地理解、探讨、交流、对话时所形成的一种学术联结。它取代了那种实存的人际关系和学术网络,转而强调虚拟的同一性的时空构造,更多的是一种"想象的共同体"。"共同体"这个流行的概念将有助于我们重新审视,"学术共同体"的理念到底在什么意义上才得以成立。如果只是同时致力于一个学术领域,一起开过几次会、讨论过几次问题,就不加辨别地称其为"共同体",那显然完全取消了"共同体"的独特含义,将其平庸化、庸俗化了。同样,对于那些王德威所批评的挟洋自重者,借"表演"新式西方话语,变理论的干预为理论的买

---

① 参阅《中国现代文学》第 22 期(2012 年 12 月)蔡建鑫、高嘉谦主编的"华语语系文学与文化"专辑以及 Shih, Shu-mei. *Visuality and Identity: Sinophone Articulations across the Pacific.* Berkeley: University of California Press, 2007.

办,游走海内海外,一鱼两吃者①,恐怕"共同体"之说也无从谈起。因此,"想象"为我们提供了一个更为超然的学术通道,远离了实体性的机构设置和实质的学术利润,关心的并非搬用时髦理论可能引出的轰动效应,而是强调彼此的对话所能提供的学术争议和增益。在安德森(Benedict Anderson)的论述中,想象并非凭空而起,它的达成依赖于现代印刷技术,特别是小说和报刊所构造的一个拟设的公共空间②,而在"想象的学术共同体"中能与此功能相当的大约是翻译所扮演的角色。虽然翻译背后各种话语利益交织,所建造的交流平台也绝非是等值和均衡的,但正是翻译帮助我们更加深入地认识和改造着"共同体"意识。换句话说,学术共同体存在的基础并不是某种同一的信仰或一致的立场,而是根植于不同面相的反思、不同话语的对话。在全球化的流通和交际中,学术共同体中也充满着各种学术欲望的呈现与符号仪式的转移。这种欲望既可能如陈小眉所展示过的"西方主义"(Occidentalism)那样导向自身③,也可以像刘禾追索过的"帝国碰撞"(the Clash of Empires)那样指向外部④。但不论欲望的方向如何,它们都不断丰富着学术共同体的历史与系谱。这种不断丰富与深化的想象的学术共同体,正构成了我们所说的"学缘"。从地缘到学缘,既代表了海外汉学研究的某种趋向,也为我们重新反思海外汉学提供了一个有效的框架。

---

① 王德威:《海外中国现代文学研究的历史、现状与未来》,《当代作家评论》2006年第4期。
② 参阅安德森:《想象的共同体:民族主义的起源与散布》,吴叡人译,上海:上海人民出版社,2005年,第二章。
③ Chen, Xiaomei. *Occidentalism:A Theory of Counter-Discourse in Post-Mao China*. New York:Oxford University Press,1995.
④ 刘禾:《帝国的话语政治:从近代中西冲突看现代世界秩序的形成》,杨立华等译,北京:生活·读书·新知三联书店,2009年。

知识与立场

把海外汉学作为课堂教学与学科设置的组成,展示了其作为知识的重要面相。"-ology"这个词缀本身也说明了这一点。就一般的理解来说,知识代表了既成的、客观的、可供传习的思考内容。例如,作为历史的海外汉学,这个理解本身已经包含了一套可供操作的叙事策略(例如,发生—发展—发达—转移—……之类叙事模式)和信而有征的内容,这些东西逼近我们过去所熟悉的"写实观"。其以强烈的客观性为诉求,并展现出一种排他的特性。所谓"被压抑的现代性"(王德威),其潜台词正直指那种排他的叙述陈规。不过,"压抑"也需要从两个方面做出理解。从负面意义而言,自然不外乎大叙事的表述逻辑有一叶障目的后果,其以局部取代全局,以光明覆盖阴暗,这催生了当代学界对所谓"执拗的低音"(王汎森)、"冷落的缪斯"(耿德华[Edward M. Gunn])的巨大寻觅热情。但反过来讲,压抑总是历史的结果。杜赞奇(Prasenjit Duara)因为对民族国家话语单方面地操控中国现代历史叙事感到不满,从而启动了"复线历史"的观念。在其看来,历史的丰富性需要从以民族主义为主导的直线型表述中解脱出来。其洞见也许有可能更为接近所谓"历史的真实"。但是,诚如王斑所指出的,脱离了晚清以来中国社会生死存亡、岌岌可危的历史局势,而奢谈这样的丰富性,显然是偏执的,甚至是经院气的①。从这个意义上讲,知识不过是一种叙事的结果。

当然,它受到多方面因素的制约。例如,在田晓菲关于陶渊明的讨论中,她指出传播的手段和载体,是限制知识生产的重要一环。手抄既是舛误产生的客观原因,但它也变相地为抄写者意志的渗入和设定提供了必要的途径。为此,历史上的陶渊明和文本

---

① 王斑:《全球化阴影下的历史与记忆》,南京:南京大学出版社,2006年,第4页。

中的陶渊明产生了位移①。知识不再是纯粹自足的东西,无论是主观的还是客观的因素,他们都从外部侵蚀其独立、客观的构造,也一再逗引文学研究向着更为广泛的文化研究迈进。

我们不希望把这种研究范式的迁移,仅仅视为一个视点多元化的表现。它同时也是一种质疑和挑战。我们无需回避,海外汉学作为一种知识拥有它自己的阐释传统和理论根基。这些东西构成了上述所谓的排他依据。谢和耐(Jacques Gernet)在《蒙元入侵前夜的中国日常生活》一书的开端便直陈:"人们惯常妄下结论,以为中华文明是静止不动的,或者至少会强调它一成不变的方面。这实不过是一种错觉而已。"②但我想表明的是,这种"错觉"可能并非出于"妄下结论"的后果,而是基于某种知识的假定,或曰知识的盘剥。中国文学和文化在西方学界缺乏主体性,这已经不再是什么新鲜话题了。即便是在大力标榜中国自身剧情主线的"中国中心观"之下,仍有一种对中国蔑视的嫌疑,因为它间接暗示西方人能够"客观""出色"地勾勒出中国的历史,因而可以将中国学人的见解束之高阁③。在这个意义上,西方世界垄断了对中国文学、历史和文化的解释权,并把它处理成一个纯粹的且不能发声的"美学文本",从而构成了所谓的对中国知识的盘剥。"知识的盘剥"这个词,是从"李小龙盘剥"(Bruceploitation)④中引申而来的。不过同它强调电影工业对李小龙个人形象的肆意占用和重新叙述来稀释角色的神秘感不同,我愿意强调,稀释的结果在于建造一种常

---

① 田晓菲:《尘几录:陶渊明与手抄本文化研究》,北京:中华书局,2007年。
② 谢和耐:《蒙元入侵前夜的中国日常生活》,刘东译,北京:北京大学出版社,2008年,第1页。
③ 王晴佳:《中国文明有历史吗?——美国中国史教学与研究的缘起和现状探究》,王斑、钟雪萍编:《美国大学课堂里的中国》,南京:南京大学出版社,2006年,第89页。
④ 胡思明:《李小龙之后的"李小龙":猜臆中的生平》,张英进、胡敏娜主编:《华语电影明星:表演、语境、类型》,西飓译,北京:北京大学出版社,2011年,第203页。

识,而这种常识事实上帮助巩固了那个西方高人一等的基本信仰和自我崇拜。

为了击破这种崇拜的幻象,我们必须表白知识的"虚伪性",或者更准确地说意识形态性。有几个方面值得我们注意。第一,必须还原知识具有想象的维度。历史已逝,这导致我们今天所有的讨论都包含一种叙事的倾向。海外汉学的各项研究,以其各不相同视角、意象投射了一个多样化的中国面貌,但是那只不过是一个被想象的中国。众生喧哗固然可爱,但那种可爱,与其说更贴近中国自身的特性,毋宁说是想象力的一种表现,其高度的风险性在于,对历史和现实做出过高的评价。在一段针对文学史写作的文字里,董健等人批评了目前学术界颇为流行的"历史补缺主义",并将其斥之为"制造虚假繁荣"。他们说:

> 不管出于什么意图,这都是对历史的歪曲。一种情况是"好心的",一厢情愿地要使历史"丰富"起来、"多元"起来。既不想承认那些在"极左"路线下被吹得很"红"的作品的文学价值,又不甘心面对被历史之筛筛选过之后的文学史的空白、贫乏与单调,便想尽办法,另辟蹊径,多方为历史"补缺"。①

这种单一与繁荣的辩证,需要一种知识考古式的省思,特别是杰姆逊(Fredric Jamson)所谓的"永远历史化"(always historicize)的支撑。

这种支撑也相应地引出讨论的第二个方面,即必须注重阐释的限度,特别是西方理论的限度。在汉学世界,传统的中西关系,历来是"西方观察员和中国国情论"。前者提供理论支持,而后者则辅以文本材料,典型的"人为刀俎,我为鱼肉"的结构关系。我们

---

① 董健等主编:《中国当代文学史新稿》,北京:人民文学出版社,2005年,第4—5页。

首先需要破坏这种恒定的叙事法则。第一种做法或许可以是引入第二、第四乃至更多的参照系,以期逆转这种由西向东的阐释序列。日本作为中国现代文学发生之中介的理念,现在已经开始初见成效。史书美尝试提醒我们,近代以来的中日关系既有政治上的剑拔弩张,但也有"文化、学术和军事目标之间密切的合谋关系"。这个暧昧中介的形象之所以会出现,"其合法性部分地来源于东亚国家享有共同文化的话语策略"①。所谓"同文同种"的"大东亚共荣圈",正是准此而发,除却为日本帝国主义扩展服务的强烈殖民色调之外,其推行的前提却是中日双方其来有自的文化交往。这一点,也成为近来新的对中西关系做出协商的方向,即发展出一种"作为方法的亚洲观"②。通过切断"中—西"之间的连字符,把中国重新置于亚洲的视野之下,变英美德法为日印越韩,从而获得一个全新的认识视角。这种观点的学术价值在于提出了一种多中心、多参照或曰无中心、无标准的思考取向,从而打破了西方的我执和垄断,实践了"去帝国""去殖民"的学术理念。但是,它的一个致命弱点在于,其无法从根本上摆脱西方影响及其阐释体系,一个突出的表现是它不能离开"现代性"或曰"现代化"来讨论中日韩各国自近代以来的变化。针对这种无法从根底上挣脱西方诠释路向的现实,一种比较可行的做法,也就是我所说的第三种方法是,从"失语"的文化体系内部找到一条可以一以贯之的解释线索,并尽可能地辅以中国学者自身的论述。王德威关于抒情传统的探讨,展示了这种新方向的可能和限度③。借由公私律动和大小之我间的绵密互动,王德威强调了可以视为"史诗时代"的四五

---

① 史书美:《现代的诱惑:书写半殖民地中国的现代主义(1917—1937)》,何恬译,南京:江苏人民出版社,2007年,第24、25页。
② 关于该话题的最新研究见陈光兴:《去帝国:亚洲作为方法》,台北:行人出版社,2006年。
③ 王德威:《抒情传统与中国现代性》,北京:生活·读书·新知三联书店,2010年。

十年代,如何一再悖论性、反讽性地泄露抒情气息的绵延不绝,而其显像领域,又如何从传统的诗歌范围,进入到整个艺术世界,包括戏剧、音乐、书法、政论等等。在某种意义上,王德威所要见证的"抒情",不仅仅是一种传统,更是一种隐喻,虽然它并不敷以缕述所有的文化现象和文学表现,但是,却成为辨识中国文化丰富性的一个认知装置。通过它,我们不仅得以处理个体和国家之间的繁复关联,同时也能够应对中西之间的文化联结,无论这种联结是对立、协商还或合谋。

摧毁知识崇拜论的第三个动力,或许可以从知识,或者说理性系统的反面获得。通过肯定情感和欲望的学术价值,使得理性、知识变得不再唯我独尊、目空一切。因为长久以来受到黑格尔(G. W. F. Hegel)思想的影响,西方世界向来对情感和非理性不屑一顾、弃如敝屣。但是,20世纪的知识转向,使得这些长久以来被轻视的内容得以浮出历史地表。"情感与理智"的拉锯重新展开。不过,相比起启蒙、理性、知识这类压倒性的研究议题,情感探讨依然相形见绌。以现代文学和历史研究为例,除了一些显著的例子之外,如林培瑞(Perry Link)、王德威、李海燕、顾德曼(Bryna Goodman)、林郁沁,很少有学者愿意把精力分散在这些零星的难于把握的思维情绪之上①。这当中至少有一个偏见是,此类东西并不能带来社会效应和实际功用。而这正是知识"卖点",一个流行的口号就是"知识改变命运"。这种先验的理解应当被拆穿,即使不是去正面地否定知识功能论,至少也应该直面情感的价值。第二种偏

---

① Link, Perry. *Mandarin Ducks and Butterflies: Popular Fiction in Early Twentieth Century Chinese Cities*. Berkeley: University of California Press, 1981;王德威:《抒情传统与中国现代性》,北京:生活·读书·新知三联书店,2010年;Lee, Haiyan. *Revolution of the Heart: A Genealogy of Love in China, 1900—1950*. Stanford: Stanford University Press, 2007;顾德曼:《向公众呼吁:1920年代中国报纸对情感的展示和评判》,姜进主编:《都市文化中的现代中国》,上海:华东师范大学出版社,2007年,第195—223页;林郁沁:《施剑翘复仇案:民国时期公众同情的兴起与影响》,陈湘静译,南京:江苏人民出版社,2011年。

见,或许可以称为"知识精英主义"。在林郁沁关于施剑翘复仇案所引发的社会反响的讨论中,她表示,社会评论家和普通大众基本上站到了观点对立的两面。前者对"情"抱有敌意,而后者则对此满腹同情。精英和大众的分道扬镳,显示了社会秩序变动中,知识分子日益不安的处境。她写道:

> 批评家和城市职业人士发现,他们作为社会道德裁决者的地位和他们对专业知识的垄断遭到了日益壮大的庶民公众和侵犯性的威权主义政府的左右围攻,而庶民公众的集体情绪则被蓬勃发展的新的大众传媒所制造和传播。为了重整地盘,这些自命为舆论制造者的人们对他们认为是女性化的大众和它变化无常的本性表达了显著的不悦和直接的嘲笑。他们也蔑视政府企图动员公众情绪来支持中央权威的做法。①

而一个与此类似的推测是,因为西方世界掌握着理论的制动权,他自然而然地站到了精英的位置之上,与此对应,是第三世界国家的大众地位。由此,强调知识的正当性、理论的适切性,变相地回应了其试图维持文化等级和地位的意图。尽管这有可能放大了海外汉学研究作为知识的意识形态性,但是毋庸置疑,这种知识不是绝然纯粹、客观的,也因此必须把它处理成一种历史进程中的立场。因为它承认,研究拥有它潜在的出发点或目标。简言之,它包含一种主观因素。

观点与方法

"他山之石,可以攻玉",这是对海外汉学最常见又最中庸的评价。不过,这句套语还是显示了某些必要的批判倾向。这绝不是

---

① 林郁沁:《施剑翘复仇案:民国时期公众同情的兴起与影响》,陈湘静译,南京:江苏人民出版社,2011年,第87页。

表面的文字游戏,越是习以为常的东西,越需要认真地审视。"他山之石"提示我们海外汉学有其独到的价值,也有其自身的限制,而"可以攻玉"则表明其可能的影响,代表一种未然的趋势,而非已然的实有。认识这一点很重要,至少它说明海外汉学的价值并不孤立地取决于自身,还来自它的接受者。我们会在什么语境下,以怎样的心态、立场和策略来面对和研究这个学术话语,并进而产生对话与交流?换句话说,海外汉学的意义,终究落实在我们的能力和愿望的折冲之间。

就目前的情形而言,我们对海外汉学的了解和掌握,多数是借助译本完成的,而这些译本中,我们经常读到的可能不少是改本、选本或者转述本。如此一来,翻译陈规加上出版审查,海外汉学研究往往变得言不从意不顺,再加上我们对这些研究的写作语境和学术传统疏于考察,很容易就使得谨严的论证体系沦落成一些标新立异的观点。大家热衷于抓住海外学者著作的某个论点或赞或贬,却很少能梳理出这些论点得以产生的学术脉络。当然,造成这种局面的原因,也同海外汉学自身的研究方法有关。特别是海外中国现代文学研究,通行的是举证法,一个观点提出来以后,再辅以若干材料。但是翻译、出版的过程,可能使得论证不断缩水,最后让译入语文化的读者读来常有虎头蛇尾、捉襟见肘的感觉,论证全然做了观点的陪衬。因此,有的批评家就误把海外汉学解读成西方自由主义思潮在学术世界的反映,因为没有各种条条框框的限制,对理论和材料的使用也较少受到政治因素的干扰,所以,中国研究就变成了夺人耳目的学术表演。

一个典型的例子可见诸对王德威的批评。国内学界对王德威的《被压抑的现代性》(*Fin-de-siècle Splendor: Repressed Morderities of Late Qing Fiction, 1849—1911*)或弹或赞,基本上呈现两歧局面。但对立的双方共同关心的话题却一致落在了"没来晚清,何来五四"这个观点上,反倒对其具体的论证与探究的过程兴趣寥寥,更遑论做出应对和协商。批评者认为王德威不过说了一句大白话,历史的进程本来如此;而褒扬者则在乎他彰显晚清魅力,为现代文学另立源头。可王德威本人对此都不认同。他说,我完全可以把这句话反过来讲,说"没来五四,何来晚清"。① 这个意思很清楚,王德威所要倡导的是五四与晚清之间的相互映衬、照亮,而绝非以晚清取消五四的示范和开创意义。也许有人会说,这种所谓的"多重缘起观""众声喧哗论",虽对五四话语压倒一切的叙事有所触动,但实在也难逃杜赞奇式的学院炫技之嫌。但是,我必须强调,这种见仁见智的"多元论",并非表面的一个变成多个,其核心是要探问各个不同的"多元"因素如何对话与呼应,文学史的整体观到底要在哪些方面体现。循此我们注意到,王德威在大谈"多元""多样"的同时,还有重要的一问,那就是:"众声喧哗以后"怎么办?② 从20世纪70年代,伊维德(Wilt L. Idema)提出,说书不是白话小说的唯一起源③,到今日王德威再提现代文学的多重缘起,三四十年过去了,"多"这个概念尽管看起来稀松平常,但是也未必见得能被很好地领会,得到最深的贯彻。大家只注重什么人提了什么观点,而没有注意到这些观点所揭示的学术理念和方法是什么。

之所以出现这样的现象,主要有三方面的原因:一是我们对海外汉学一些重要论点出现的背景缺乏了解,对海外汉学的学术传统比较陌生。以甚嚣尘上的"现代性"研究为例,在海外中国现代文学研究领域,它基本上是针对政治解读对文学研究的过分干涉而提出来的。从夏志清启用新批评模式开始,这种趋向就已经显

---

① 王德威:《现代中国文学理念的多重缘起》,王尧、季进编:《下江南——苏州大学海外汉学演讲录》,上海:复旦大学出版社,2011年,第134页。
② 王德威:《众声喧哗以后:点评当代中文小说》,台北:麦田出版公司,2001年。
③ Idema, Wilt L. . *Chinese Vernacular Fiction: The Formative Period*. Leiden: E. J. Brill, 1974.

现,到了李欧梵、王德威,甚至更年轻的一辈学者则更进一步,不仅运用"现代性"理论来讨论问题,而且开始反思现代性本身的悖论与问题。但是,国内的接受者,正如李陀所批评的,只知其一,不及其余。知道了现代性,却遗忘了反抗现代性;知道了反抗现代性,却不知道现代性本身还带着自反性、批判性①。由此,国内各种冠以"现代性"之名的专著论文,多则多矣,却未必都能如海外研究者研究那样清楚地知道要针对什么意识,解决什么问题。

二是我们对所谓的"全球化"以及由此而生的"帝国审美心态"缺乏必要的警惕,"观点中心主义"恰恰突出展示了去历史化和西方理论崇拜。在一项针对电影生产日趋普世主义的讨论中,王斑写道:

> 全球化影响下的电影制作,越来越趋向营造历史的视觉、情感景观,而不去深入探讨民族历史中的问题和矛盾。电影与资本的意象的潮流相融合,压抑了历史活动的真正动因。电影因此成为资本在全球扩张、流通的视觉媒介。

王斑将此概括为"作为资本形象的电影"②。显然,一个与之相对的概念是"作为文化或历史形象的电影"。前者从泰勒(Charles Taylor)所说的"科技传统"发展而来,基本上展示的是现代性的均质化特征;而后者则关注不同的文化模式、不同的历史所能引出的现代性的复数化和另类化特征③。正是在"两种现代性"的层面上,我们来理解唐小兵的"再解读"理念④,刘康的"马克思主义中国

---

① Li, Tuo. "Resistance to Modernity: Reflections on Mainland Chinese Literary Criticism in the 1980s." in *Chinese Literature in the Second Half of a Modern Century: A Critical Survey*, ed. Pang-Yuan Chi & David Der-wei Wang, Bloomington: Indiana University Press, 2000.
② 王斑:《全球化阴影下的历史与记忆》,南京:南京大学出版社,2006年,第199页。
③ 关于"两种现代性"更详细的讨论见李欧梵:《未完成的现代性》,北京:北京大学出版社,2005年,第1—2页。
④ 唐小兵编:《再解读:大众文艺与意识形态》,北京:北京大学出版社,2007年。

化"思考①,以及王斑关于"崇高话语"和"历史记忆"的深入探讨②等等,就会发现这些观点都试图对那种完全将政治理解排除在现代性想象与美学思考之外的研究范式有所改造。特别是在中国这个有着深刻革命记忆的红色国度,政治如何塑造现代,并与之发生紧密关系,已经成为解释中国"另类现代性"(Alternative Modernity)的突破口和切入点。20世纪90年代以来,愈演愈烈的"告别革命""放逐诸神"(刘再复、李泽厚),乃至于商业竞卖、下半身写作,我们尤有必要思考:革命、政治是否已经真的沦落成明日黄花? 对文学文本的解读,是否仅仅是学院内部的一种美学现代性试验,还是对社会文化生产有着借喻性解读的干预手段? 事实上,我们对海外汉学的接受每有买椟还珠之举。综观当下的文学研究,有多少研究不是在为西方世界提供的那些"新观点""新理论"寻找更多的支撑材料和文本信息呢? 借用周蕾对宇文所安(Stephen Owen)的批评,我们甚至可以不客气地说,国内学者对汉学的尖锐批评或者简化论证只求观点的做法,事实上是对自己研究状况的一种深刻焦虑③。"观点"放之四海而皆准,但"理念"和"方法"却因人而异。正如"分叉的现代主义"一样,"观点"和"方法"代表了文学研究在全球视野和地方视角上的不同作为,前者是事实,而后者才是生产力。

三是与目前国内学界对海外汉学的研究深入不够有关。以海外中国现代文学研究为例,我们目前的工作,大抵以译介为主,其中有专著的翻译、学术书评、研讨会,也有专人专论、学术访谈,还有西方研究现状和历史的总结、概述。其中当然不乏反思、纠偏之

---

① Liu, Kang. *Aesthetics and Marxism: Chinese Aesthetics Marxists and Their Western Contemporaries.* Durham: Duke University Press, 2000.
② 王斑:《历史的崇高形象:20世纪中国的美学与政治》,孟祥春译,上海:上海三联书店,2008年;《全球化阴影下的历史与记忆》,南京:南京大学出版社,2006年。
③ 周蕾:《写在家国以外》,香港:牛津大学出版社,1995年,第1—6页。

作,但是,应当承认,这些零散的思考,并没有系统、细致地对海外汉学研究本身的诸多问题、成规、创建,对其观点与方法做出学理性的阐述。表现之一,就是对汉学的批评意见过于肤泛笼统,常有套话之嫌,不是批评其受到意识形态的牵制,就是批评其理论的限度,往往以文本为牺牲,或者声称其人思想立场偏激,早有东方主义或者西方中心主义的图谋。可是,我们也不妨追问:这些受到政治观念左右的论者,每个人的表现是否一致,程度是否相等,是否同一个作者的不同作品表现的是同一种意识形态?而不同的作者是否因为其所处的时代、所掌握的学术资源以及所经历的学术训练不同,而有差异性的表现呢?表现之二,是对海外汉学在西方学界的边缘地位过于强调。应该说,指出这一点当然很重要,但是,每每将其与在国内学界所受到的礼遇相联系,则不免暴露一己之偏狭,背后流露的潜台词正是,边缘不应当也不值得我们如此大张旗鼓地去研究。殊不知,边缘也不妨成为一种学术策略。汉学变身"主义",既有其风险,但也有其一定的合理性和正当性。我们根本无需刻意拔高或者打压汉学,以为"主义"将成,实在不过是一种过分强烈的内外意识所致。

外部与内部

有鉴于此,我们应该打开地理视界,淡化内外有别的界限意识,从现代学术史建设的角度重新定位、审查、使用海外汉学的种种成果、方法、理念,把它从他山之石变成内部资源,在一种晚清以来的"天下观""世界观"中,重新领会中国现代学术的嬗变、转移和发展。在全球化的语境下,这种打通内外的趋势,有其不得不然的动力与契机。就内部因缘而言,历时一个多世纪的现代学术,许多曾经"时新"的论述和理念,已经无法全面解释当下文学与文化发展的现状,其典范价值和合法性也一再受到挑战和质疑。例如,

"进化论"深陷"革命"与"启蒙"的迷思,其直线姿态却无力解释传统的不断潜返与回旋,以致被"多元并发""复线观念"所取代。而"写实主义"则徘徊在道德与美学的两难与限制之间,常常难以自圆其说,也因此遭到新历史主义的"叙事"挑战。那种坚持古今演变有其"独立传统"的见解,也逐渐被"比较意识"所瓦解,"古今"坐标变身成为"古今中西"历时、共时的双向轨道。这种种迹象表明,现代学术正从内部发展出一种对新的范式转移的时代要求。而从外部契机来看,西学东渐,或者用更时髦的说法,全球学术资源的流通、共享,为中国学术转型提供了契机和可能。我并不是说中国学术无法从其内部发展出一种新变的可能,也不是指这种学术的刺激、交流完全是超然的,而是指在一个中西互动已经极为紧密的语境下,特别是在近代以来中国现代学术的建设已经将西学因素广泛包容于内在结构的情况下,我们更应该清楚地认识到海外汉学完全可以成为学术转型的有效资源。也许,我们可以在此内外转换的机缘下更深入地探讨,在当代中国重建学术史,预示着怎样的新一轮的国族想象、自我确证以及教育体制的转型。其中最核心的思考依然是:我们所研究的对象之本体是什么?知识是什么?具体到现代文学研究及其学术史的建设,这个问题就是:现代文学是什么?现代是什么?文学又是什么?

诚如王德威所言,"文学"作为一个学科或研究范畴,其实是一种现代建制,是20世纪的发明,它的谱系至早不会超过19世纪末[①]。而且,这个建制的依据,正是西方对文学的定义和分类,其中也包括日本的影响。从积极的角度来看,这当然可以视为一种新的知识秩序的生成,它引导了其后对文学的思考路线;从消极的角度来看,我们也可以追随刘禾的论述,认为这同时是"一个自我殖

---

① 王德威:《现代中国文学理念的多重缘起》,王尧、季进编:《下江南——苏州大学海外汉学演讲录》,上海:复旦大学出版社,2011年,第131页。

民的规划",它使"西方成为人们赖以重新确定中国文学的意义的终极权威:

> 例如,《大系》(指赵家璧主编的《中国新文学大系》)把文类形式分为小说、诗歌、戏剧和散文,并且按照这种分类原则来组织所有的文学作品。这些文类范畴被理解为完全可以同英语中的 fiction,poetry,drama 和 familia prose 相对应的文类。这些"翻译过来"的文学形式规范的经典化,使一些也许从梁启超那个时代就已产生的想法最终成为现实,这就是彻底颠覆中国经典作为中国文化和中国文学的意义的合法性源泉。①

但是不论正负,这些在当时可能具有权力意志的东西,到了今天已经成了我们不容回避的学科史背景和根基。可以说,西学并不外于我、优于我,它已经成为我们的一部分。正是在这个意义上,我们说要突破所谓的内外界限,把看似外援的东西内化成自我的组织。

有人认为,汉学研究在材料和理论上具备优势、观点新颖,这使得当代中国学界"仿汉学"风潮此起彼落。这实在不过是一种误解。一方面,全球化的学术开放体系,使得知识垄断不再可能,优劣论早该寿终正寝;另一方面,所谓的优劣不过是自我设限,投射的是根深蒂固的内外意识。我要指出的是,海外汉学研究不仅已经成为我们学科的基础构造和历史组成,而且有些海外汉学研究的新颖观点,其源头恰恰在中国学术传统"内部"。比如费正清(John Fairbank)著名的"冲击—回应"论,经过史华慈(Benjamin Schwartz)、列文森(Joseph Levenson)等人的阐释和运用,影响深远,几成典范,后来该观点因受到柯文(Paul Cohen)的批评,又一度预

---

① 刘禾:《跨语际实践:文学,民族文化与被译介的现代性(中国,1900—1937)》,宋伟杰等译,北京:生活·读书·新知三联书店,2002年,第332页。

示着史学研究典范的迁移。殊不知,费正清这个著名论点实际上是受教于当时与他过从甚密的中国学人蒋廷黻、胡适和邓嗣禹诸位,最早出自费正清与邓嗣禹合编的《中国对西方的回应》(*China's Response to the West*)一书。就此而言,我们根本无须恪守严格的内外界限,或者刻意塑造出一个高高在上的西方形象,来为现代学术的转型,制造权威依据和象征资本,一种"你中有我,我中有你"的比较视域和图景已经展开,将不可避免地成为下一轮讨论和研究的"奠基性话语"。

回到前面的问题,正是借助于海外汉学与本土传统的内外融合,我们可以重新思考现代文学是什么?是如何被建构与叙述的?海外资源与本土传统在其中如何相互对话、共同推动现代学术的转型的?我们很欣喜地看到,一些有益的、新的特征已同时展现,学界对所谓的"文学是什么"之类的观念有了迥异于前的探索。就"现代文学"而言,首先是"文学""文本"的定义有了一个跨科际的思考,在传统的"文字书写"中又融入了"视觉表述",容电影、图像、文字研讨于一炉;同时,变文本的"写作观"为"制造观",从作者中心论和纯美学阐释中脱离出来,转而去考察文本的意识形态构造,读者、作家、出版社以及出版技术、审查机制等等因素的合力作为。其次是对"现代"的可能和表现,有了更为灵活多变的理解。这不仅是指它总是与性别、身体、都市、跨文化之类的时髦话语关联、对话、磨合,也是指它对历史以及自身所形诸的历史有了一个更为透彻和辩证性的考量。这里面既有大小传统的对话,新旧之别的分解,更有写实与虚构的辩证,当然更重要的是,带着这些新的反思它又重新结构了一种关于文学历史的表述序列。正是在这些新的现代文学研究的体征之下,我们有可能对海外汉学研究作出进一步的思考和深挖,以图为现代学术的建立清理出一条比较清晰的谱系。

我们通过地缘与学缘、观点与方法、内部与外部三组概念,对海外汉学的名与实做了初步的梳理,并尝试回答开头所提出的问题。显然,在有限的篇幅里,根本无法完全解决这些问题,更不可能给出圆满的答案。但是,希望这些讨论至少能够帮助我们思考,面对庞大丰沛的海外汉学研究成果,应该带着怎样的问题意识去认识它、研究它、利用它和转化它。唯其如此,一个真正的学术共同体才可能由"想象"走向"现实"。

第一章　文学史的多元重构

第一节　文学的史与学

如果想了解中国文学漫长的演进历程,那么,一部历时性的文学史显然十分必要,无论它是严格地按照时间线索来讲述,还是依据主题来建构体系。但是,紧随其后的问题是,我们撷取什么来书写文学史,决定我们选择的标准如何制定,撰写的规范又从何而来?至为关键的是,史家如何界定自己的位置,整合理论,超越规则,独上高楼?①

过去的文学史往往以一种权威的姿态,传达给读者一个明晰的文学演进脉络,并对文学现象、作家作品做出不容疑议的判断,甚至给人一种错误的印象,似乎某一段时期、某个区域或某位作家、某类风格的作品更加重要、更为正确。可事实是,文学演进本身就是千变万化、旁逸斜出的,任何一种文学史在某种程度上都只是想象的结果。文学与历史想象力的复杂纠葛,成就了形形色色的文学史。宇文所安在《瓠落的文学史》("A Useless Literary History")一文中,开宗明义地提出了重新思考文学史必须注意的三个层次:

> 首先确认在当前的文学研究实践里有哪些研究方法和信仰是司空见惯的,然后问一问这些研究习惯是否都是有效的

---

① 参阅陈平原:《小说史:理论与实践》,北京:北京大学出版社,1993年。

工具,……(其次)我们应该把物质、文化和社会历史的想象加诸我们习以为常、确信不疑的事物(加以审视)。……(最后)如果我们的文学史写作是围绕着"重要的"作家进行的,那么我们就必须问一问他们是什么时候成为"重要作家"的,是什么人把他们视为"重要作家",根据的又是什么样的标准。①

宇文所安对现有的充满自信的文学史提出了严峻的质疑。他所主张的文学史,似乎是充满历史想象力的、无定无常的文学史。但这并不是一味否定现有的文学史写作,而是"为了更好地描述我们所知道的东西——以及我们所不知道的东西"②。因此,我们有必要厘清三种决然不同的历史:文学本身的历史,文学史的历史,以及作为大背景的文化和社会历史。所谓"瓠落的文学史",正是指其大而当,反而无用。

我们既不能戒除来自过去文学史的影响,它的"陈规定见",乃至"典律"都值得重新思考;也不应忽视外围历史与文学自身的关系。文学作为特定时空下的产物,受惠甚至受制于它,却绝不意味着双方可以画上等号。谷梅(Merle Goldman)通过对20世纪40至50年代的"异见分子"的研究,认为"社会主义时期国家意识无法完全操控作家创作"。③ 文学本身的历史可能更为复杂。它的变化完全是细微、缓慢而多样的,有时甚至是重复的,没有一条人们所想像的跃进的线性进化史。因此,文学史写作也是一种历史想象的方式,是文学、社会、时代、读者期待、文学生产等诸多因素斡旋的结果。写作一部完美的文学史,其难度可想而知。当然,我们不可能书写一部完美的文学史,也不可能存在唯一的文学史。我们

---

① 宇文所安:《瓠落的文学史》,宇文所安:《他山的石头记》,田晓菲译,南京:江苏人民出版社,2002年,第7—8页。

② 同上书,第25页。

③ Goldman, Merle. *Literary Dissent in Communist China.* Cambridge: Harvard University Press, 1967.

第一章 文学史的多元重构

所能做的只是以各自不同的方式、角度、立场,不断地去走近/进文学史。

海外世界对中国现代文学史的书写,正为我们呈现了中国现代文学史的多元与复杂的面向。假若我们并不以"文化观光客"的心态来揣测对方,那么,当下日益繁荣的海外汉学研究,或许可视为进入自身历史的另类法门。在跨文化的脉络中,将"中国文学史"挤压成平面的做法变得不再可能。这是一个复数的、多面的文学史,并不存在均质的文学史,也没有哪些部分更具重要性。所有的文学史都是文化过滤的结果,意识形态、教育体制、文化机构、商业运作和阅读群体共同造就了一部文学史。当然,它还包含了同过去的价值判断进行协商的关键部分。写作新的文学史,绝非斩断前缘、另起炉灶,而是重新组织我们所占有的材料,包括对既有作家作品的重新评判,引入新的文献资料和作家作品,提出新的辩论。也就是说,复数的观念,多元的观念,减弱了文学史的确定性,质疑了一言以蔽之的权威性,我们对文学史的认识却随之开阔,讲述故事的方式、角度、立场也变得灵活多样。

综观20世纪50年代以来的海外中国现代文学研究,相关的文学史写作,呈现出复杂多变的形态,我们可以从几方面来略加考察。

首先是重返文学层面的认知。20世纪90年代以前,国内的中国现代文学史书写往往伴随着鲜明的意识形态色彩,成为确立主流意识形态文化权威与文化认知的某种手段,对文学史的描述、对作家作品的品评都难免模式化的窠臼。而海外的中国现代文学史书写,没有这种意识形态的预设,往往直接从文学的审美性的层面切入文学史,对一些司空见惯的文字表述或固定成型的研究习惯不断提出质疑。这些文学史书写,不仅有益于拓展作品内涵、作家深度和历史的多面性,而且也不断改写文学史上模式化的表述。这种模式化的表述往往表现为某种"偏见",认为某个作家、某部作品、某类风格一定比其他的更为重要、更为正确。如果我们使用的是"突出",而不是"重要""正确",那么这些结论也许会变得恰切许多。比如,我们不能否认鲁迅在现代文学史上的显赫地位,但据此认定他比茅盾、张爱玲等人更重要、更正确,这显然又是令人怀疑的。文学史的标准不应该以某个作家、某部作品或某类风格为是,而应该寻求一种普遍的审美价值。这或许是欧美现代中国文学研究的开山力作——夏志清的《中国现代小说史》产生巨大影响的重要原因。尽管这本著作也带有自己的意识形态立场,但它基本上是以文本的"审美价值"和"道德关切"为准则的,是"对优美作品的发现与批评"①。一方面,列维斯所提的"大传统"(Great Tradition)清晰可探,着力强调文学与人生的直接关联,主张好的文学作品都是人生各种情景的精致展现;另一方面,夏志清以20世纪50年代盛行西方的新批评方法,重新解读了中国现代作家作品,通过对作品结构、人物、情节的细腻研究,发掘出一批彼时不为人所看重甚至不为人所知的作家,将沈从文、张爱玲、钱锺书、张天翼等人单列专章加以论述,仅将鲁迅视为新文学运动的多声部之一,消解了鲁迅独于一尊的地位。这些看似寻常的处理,一方面让我们把须臾不离的目光从鲁迅身上移开,去注意文学史的各个方面;同时也让我们重新审视光环消逝后鲁迅真实的隐秘的甚至是黑暗的一面,这一面在此后夏济安的《黑暗的闸门》(*The Gate of Darkness:Studies on the Leftist Literary Movement in China*)、李欧梵编著的《鲁迅及其遗泽》(*Lu Xun and His Legacy*)和《铁屋中的呐喊》(*Voices from the Iron House:A Study of Lu Xun*)中都得到了进一步的证明。与夏志清文学史批评最接近的,是李欧梵为《剑桥中国史》(*The Cambridge History of China*)撰写的精彩章节"追寻现代性

---

① 参阅季进:《对优美作品的发现与批评,永远是我的首要工作——夏志清先生访谈录》,《当代作家评论》2005年第4期。

(1895—1927)"和"走上革命之路（1927—1949）",以"现代"和"革命"为名,将"现代性"作为现代文学演进的主轴,探究了晚清迄于建国这五十余年中的中国文学历程,完全是一部简明版的"中国现代文学史"。

其次是文学史研究面向的多元化。过去的文学史架构常不脱"鲁郭茅、巴老曹"的排列组合,虽用语颇大,却不免给人肌质单薄之感。五四之后、写实之外,中国文学只落得个乏善可陈。而今,将我们对物质、文化和社会历史的想象,而非意识形态和政教体制的正确态度,加诸我们习以为常、确信不疑的材料,许多被遗忘的新大陆逐渐浮出水面。耿德华《被冷落的缪斯》(*The Unwelcome Muse*: *Chinese Literature in Shanghai and Peking, 1937—1945*)对 1937 至 1945 年间中国沦陷区文学的考察引人注目,全书自由开放,从小说、散文到杂文、戏剧打通论述,不必分门别类,良有深意;作家有张爱玲、钱锺书、唐弢、杨绛、于伶,不分雅俗,惟浅尝辄止,不免遗憾。值得注意的是,该书讨论被政治话语屏蔽下的文学区域和时段,力主发现其中多样的文学才华和佳构,引人深思。与此书相类的是李欧梵《中国现代作家的浪漫一代》(*The Romantic Generation of Modern Chinese Writers*)关于中国现代文学中浪漫世代的研讨。李欧梵受教的三大汉学名师,在引领研究方向、拓宽研究空间、重拾"经典"方面都深具影响。夏志清重构现代文学框架,风气所及,直接引发国内 20 世纪 90 年代重写文学史的主张;夏济安细磨左翼作家"黑暗"形象,引发深度思考;普实克(Jaroslav Průšek)辨析史诗与抒情,既引出与传统的关联,又展示现代的进程。与三位老师不同的是,李欧梵弃写实而究浪漫,以断代问题为主,指出现代中国文学"浪漫"的另一面向。这不仅是指一种创作风格,更是总称作家的创作姿态。苏曼殊、林纾、郁达夫、徐志摩、郭沫若、萧军、蒋光慈几位,或飞扬或沉郁,或传统或先锋,且笑且涕,人言人殊,但都与西方文学传统息息相通。李欧梵此书大大丰富了我们对中国现代文学史复杂面向的认知。

即使是一些传统的研究面向,也借镜新的方法,比照新的研究内容,揭示出过去被单面化的各种关系间的多元结构。比如,在写实与虚构的问题上,过去往往认为写实主义的作品总是效忠现实,而无关虚构,但安敏成(Marston Anderson)和王德威两位的讨论则表明,对现实的过分专注往往带出某类限制,或者写实本身难逃虚构本命,而演化出新的"变种"。安敏成的《现实主义的限制》(*The Limits of Realism: Chinese Fiction in the Revolutionary Period*)一书,以文化及意识形态批评为出发点介绍革命时代的中国文学。在安敏成看来,鲁迅、叶绍钧、茅盾、张天翼期望以现实主义为依托,介入现实人生,但是,每每愈是深切地描摹社会,改造的无望感就愈发强烈。他们无力应付写实主义内蕴的吊诡,徘徊在写实与虚构、道德与形式、大历史与小细节之间。"现实主义"的概念清晰不再,反而蕴含诸多变数。

如果说安敏成的讨论揭橥了写实观念在内在逻辑与外在历史、政治间的回环往复,了无终期,那么王德威的研究则欲表明这种种回环间的文字游戏何以达成,一旦冲破了"模拟"的律令,它们呈现出何种面目。《写实主义小说的虚构:茅盾、老舍、沈从文》(*Fictional Realism in 20th Century China: Mao Dun, Lao She, Shen Congwen*)一书,将"写实"与"虚构"并置,表白的却是其私相受惠、李代桃僵。诚如作者所说:

> 这三位作家基本承袭了十九世纪欧洲写实叙事的基本文法——像对时空环境的观照,对生活细节的白描,对感官和心理世界的探索,对时间和事件交互影响的思考等。但他们笔下的中国却出落得如此不同。茅盾暴露社会病态,对一代革命者献身和陷身政治有深刻的体验;老舍从庶民生活里看出传统和现代价值的剧烈交错;沈从文则刻意藉城与乡的对比

投射乌托邦式的心灵图景。……这三位作者的不同不仅在于风格和题材的差异,更在于他们对"写实"和"小说"的意义与功能各有独到的解释。茅盾藉小说和官方"大叙事"抗衡,并且探索书写和革命相辅相成的关系。老舍的作品尽管幽默动人,却总也不能隐藏对生命深处最虚无的惶惑。而在沈从文的原乡写作尽头,是对历史暴力的感喟,和对"抒情"作为一种救赎形式的召唤。①

可以看到,"模拟"的现实不再,取而替之的是"拟真"的仿态。或是历史政治小说,或是笑谑的闹剧、悲情小说,或是原乡神话、批判的抒情,此般种种,见证了写实文类的多样性,由此取消了将之化约为一的一厢情愿。此消彼长的辩证法间,推进的正是写实的深度。中国现代文学史写实的、抒情的、政治的、社会的、区域的、文化的种种面向,就这样生动而丰富地呈现于我们面前。

再次是挑战僵化的文学史书写形态。任何一种新的文学史书写都是对既成文学史的协商和重新"洗牌"。无论是思想,还是框架,无论是材料,还是立场,某种意义上,都是一种新的实验。即从最基础的时间分期来说,现代文学的起讫通常是在 1917 到 1949 的三十余年间,夏志清的论述框架即根基于此,但后来者如李欧梵、王德威、胡志德、米列娜(Milena Doleželová-Velingerová)诸位却有意要考察五四与晚清的内在关系。王德威甚至将现代的可能从最初的 19 世纪末推向了 19 世纪的中期,论域向前延伸了近 60 年。②

---

① 王德威:《写实主义小说的虚构:茅盾、老舍、沈从文》,上海:复旦大学出版社,2011 年,第 2—3 页。
② 李欧梵:《未完成的现代性》,北京:北京大学出版社,2005 年;Wang, David Derwei. *Fin-de-siécle Splendor: Repressed Modernities of Late Qing Fiction, 1849—1911*. Stanford: Stanford University Press, 1997; Huters, Theodore. "A New Way of Writing: The Possibilities of Literature in Late Qing China, 1895—1908." in *Modern China* 14 (1988), pp. 243—276; Doleželová-Velingerová, Milena, ed. *The Chinese Novel at the Turn of the Century*. Toronto: University of Toronto Press, 1980.

30年内的起落分区,通常是以政治事件为依据,十年为一个坐标,但现在的研究者常常冲决罗网,自有不同的考核年限,如李欧梵就以两大时段来看待1895到1949年间的中国文学,其中1927年是分水岭,前后分别可以用"追求现代"和"走向革命"来归纳。① 当然,严肃的学者已经意识到文学的历史和政治的历史并不吻合,过分依靠外缘标准来推敲文学分期的做法,容易导致文学史写作受控于意识形态。因此,从新的研究视点切入,根据不同的研究内容来作文学史的分期,就显示十分适切。比如,从翻译的塑形作用来看,胡缨《翻译的传说》(*Tales of Translation*: *Composing the New Woman in China*, *1899—1918*)认为1899到1918,而非1917是一个时间段落;从民族身份的确立来看,石静远的《失败、民族主义和文学》(*Failure*, *Nationalism*, *and Literature*: *The Making of Modern Chinese Identity*, *1895—1937*)则判定1895到1937,而非1949属于同一个逻辑话语链。因事取时,而非定时填空,这是文学史书写形态的突破之一。它驱策文学史写作走出了连续时间内事件罗列的定式,而变成断代定点研究,无论深度、性质都发生了巨大转变。用陈平原的话说,就是从普及型的教科书,变成了专家式的文学史。②

突破对文学史书写形态的另一个表现是,不再把文学体裁当作文学史写作的基本单位。传统的文学史通常以专章讨论一种体裁,这样的做法有一定的合理性,但是却忽略了各文类间的呼应纵横关系。耿德华的做法是以关键词的方式进行重组,例如在"反浪漫主义"的议题下,讨论的是吴兴华的诗歌、杨绛的戏剧、张爱玲和钱锺书的小说,消泯了体裁文类之见。③ 还有一种比较流行的替换

---

① 李欧梵:《现代性的追求》,北京:读书·生活·新知三联书店,2000年,第177—339页。
② 陈平原:《小说史:理论与实践》,北京:北京大学出版社,1993年,第27页。
③ Gunn, Edward. *Unwelcome Muse*: *Chinese Literature in Shanghai and Peking*, *1937—1945*. New York: Columbia University Press, 1980.

方式,是以作家为中心进行写作。他们既可以是各自分散的,比如王德威分而治之地讨论了茅盾、老舍、沈从文三位的写实与虚构;也可以具有统一的名目,比如安敏成以道德限制谈鲁迅和叶绍钧,用社会阻碍论茅盾和张天翼;史书美则借区域流派作准绳,在"京派"名目下收罗废名、凌淑华和林徽因,以"重思现代"来加以涵盖,同时在上海的地域则主推新感觉派,用"炫耀现代"做结。① 当然,还有一种做法是,干脆将某一文类发展壮大,不以孤立为忤,形成一部专门的文类史。这方面,奚密的《现代汉诗》(*Modern Chinese Poetry: Theory and Practice since 1917*)系统论述现代汉诗的演进历程,耿德华的《重写中文》(*Rewriting Chinese: Style and Innovation in Twentieth-Century Chinese Prose*)关注中国现代散文的风格与创新,罗福林(Charles A. Laughlin)的《中国报告文学》(*Chinese Reportage: the Aesthetics of Historical Experience*)以历史经验的美学切入现代报告文学等等,都堪称文类史写作的代表。

最后,其实也是最重要的是,多元文学史的书写激发与挑动了理论间的辩难。这种理论的辩难,往往正是这些文学史书写的迷人之处、出彩之处。它们不再是干巴巴的材料的堆砌,不再是各种各样作家作品的排序游戏,也不再是文学与社会的简单勾联。在文学史书写的背后,显烁着理论的思辨,彰显着思想的魅力。多元文学史的书写,提出了一些值得深思的问题。

一是现代与传统的关系。在中国现代文学研究方面,普实克最先致力于这一问题的探讨。对他而言,中国古典文学对于现代文学的影响主要是抒情境界的发挥。在体裁上,它由诗歌延至小说;在形式上,它是对古典诗中主体性表达的借鉴。普实克的宏

---

① Shih, Shu-Mei. *The Lure Of the Modern: Writing Modernism in Semicolonial China, 1917—1937*. Berkeley: University of California Press, 2001. 同样以区域划分来讨论的,还有耿德华的 *Unwelcome Muse: Chinese Literature in Shanghai and Peking, 1937—1945*. New York: Columbia University Press, 1980.

论,改写了将中国现代文学视为决裂传统而周体全新的系统的论述。承其衣钵,米列娜持续探讨小说形式的消长转换与社会现象的推陈出新,以为世纪之交中国小说的种种变数,虽不脱西方影响,但其中传统的因素仍一目了然。① 由此,传统与现代的界限变得模糊,武断地定义现代开始的做法也就值商榷。为避免分歧,人们转而考察更为宏大的领域,如"20世纪中国文学"②等等。

二是文学文本与非文学文本界限的松动。按照传统的理解,文学指向的是文字文本,其他如视觉文本(电影、广告、图像等)、文化文本(城市、性别、刊物等)不属此列。但随着研究的深入与新的批评理论的引进,文学史书写的空间不断拓宽,诚如王德威所说:

> 90年代以来的现代中国文学研究早已经离开传统文本定义,成为多元、跨科技的操作。已有的成绩至少包括电影(张英进,张真,傅葆石)、流行歌曲(Andrew Jones[安德鲁·琼斯])、思想史和政治文化(Kirk Denton[邓腾克])、历史和创伤(Yomi Braester[柏佑铭])、马克思和毛泽东美学(刘康,王斑)、后社会主义(张旭东)、"跨语际实践"(刘禾)、语言风格研究(耿德华)、文化生产(Michel Hockx[贺麦晓])、大众文化和政治(王瑾)、性别研究(钟雪萍)、城市研究(李欧梵)、鸳鸯蝴蝶和通俗文学(陈建华)、后殖民研究(周蕾)、异议政治(林培瑞)、文化人类学研究(乐刚)、情感的社会和文化史研究(刘

---

① Průšek, Jaroslav. *The Lyrical and the Epic: Studies of Modern Chinese Literature*. Bloomington: Indiana University Press, 1981; Doleželová-Velingerová, Milena, ed. *The Chinese Novel at the Turn of the Century*. Toronto: University of Toronto Press, 1980.

② 比如,林培瑞及王德威两位就使用过这个观念,见 Link, Perry. *Mandarin Ducks and Butterflies: Popular Fiction in Early Twentieth Century Chinese Cities*. Berkeley: University of California Press, 1981; Wang, David Der-wei. *Fictional Realism in Twentieth-Century China: Mao Dun, Lao She, Shen Congwen*. New York: Columbia University Press, 1992.

剑梅,李海燕)等。①

三是批评与批评的批评。以纯粹白描的方式来讲述作家作品的文学史,于今已显得过时。韦勒克早在20世纪40年代就批评了将文学史、文学理论和文学批评区隔开来的做法,强调"文学理论不包括文学批评或文学史,文学批评中没有文学理论和文学史,或者文学史里欠缺文学理论与文学批评,这些都是难以想象的"②。新批评、形式主义、结构主义、解构主义,以及文化研究等理论,开掘了中国现代文学的性别、族裔、情感、日常生活等多面形态,在在标举了其批评功用。将文学史书写与这些批评理论、批评之批评有机融合,正是海外中国现代文学研究创新与成功的一个方面。然而,面对诸多时新的理论话语与研究视角,如何活络对话、专注其所促动的复杂的理性和感性脉络,而不是生搬硬套,表演其所暗含的道德优越性和知识权威感,这又值得我们警惕。在这方面,周蕾的《妇女与中国现代性》(*Woman and Chinese Modernity: The Politics of Reading between East and West*)文学史书写与"批评之批评"熔于一炉,赋予其著作别样的深度,值得我们深思与借鉴。

四是文学与历史的对话。如前所述,文学本身的历史,文学史的历史,以及作为大背景的文化和社会历史,三种历史形态之间的交错复杂,贯穿其中的则是文学与历史本身的对话。文史不分家,自是中国文化的古训。老生常谈,却无不与当下盛行的新历史、后设历史若合符节。历史或为庞大的叙事符号架构,或为身体、知识与权力追逐的场域,唯有承认其神圣性的解体,才能令文学发挥以虚击实的力量,延伸其解释的权限;文学或为政治潜意识的表征,

---

① 王德威:《海外中国现代文学研究的历史、现状与未来》,《当代作家评论》2006年第4期。
② 雷纳·韦勒克(René Wellek)、奥斯汀·沃伦(Austin Warren):《文学理论》,刘象愚等译,南京:江苏教育出版社,2005年,第33页。

或为记忆解构、欲望掩映的所在,只有以历史的方式来检验其能动向度,才可反证出它的经验的有迹可循。前者我们不妨举黄仁宇的《万历十五年》为例,后者不妨以史景迁(Jonathan D. Spence)的《王氏之死》为证。一者是用文学的方式讲述历史,另一者是用历史的方法考察文学。而王德威的《历史与怪兽》(*The Monster That Is History*: *History*, *Violence*, *and Fictional Writing in Twentieth-Century China*)则往返于文学与历史之间,不断辩证究诘,层层深入,将文学与历史的思考推向了新的层面。回到文学史写作本身,既要积攒历史的材质,又不能为其所限;既要探解文学的独特性,又不能失去历史的线索。文学与历史间盘根交错、千丝万缕的联系,正是建构文学史的最佳起点。

第二节 文学史的谱系

一般而言,历史书写的趋势是弃宏观而重微观,借由各种原始文献、琐细之物,勾勒出历史发展的丰富肌理,演绎出历史背后的社会意涵。而文学史的编撰与此颇为不同,往往是将注意力持续地投注在"重要"作家和作品之上。惯常的看法以为,全景式的历史复原自不可能,于是去粗取精就成了文学史书写的大义所在。但是,文学史真伪精粗之间的标准到底何在,其实又一时无法清理辨明。于是,历史记忆与文学虚构之间形成了一种迷魅演义,从政教观念、伦理承担,到审美意识、个人偏好,再加上教育、传媒、时代语境的推波助澜,文学史成为一场欲望与权力的书写角逐。这或许就是宇文所安所谓的"浩大的文学社会学工程"①的真实含义。

反思20世纪90年代以前国内中国现代文学史的书写经验,这

---

① 宇文所安:《过去的终结》,宇文所安:《他山的石头记》,田晓菲译,南京:江苏人民出版社,2002年,第306页。

第一章　文学史的多元重构

个"文学社会学工程"最令人瞩目的不是历史与文学之间未曾或已的增益关系,而是文学史书写与国家意志的一致。20世纪80年代已降,国内学人提倡"重写文学史",希望还其一个众声喧哗、多声复义的面貌。"重写文学史"的吁求,一方面来自文学史自身的需要,文学史研究空间的多元拓展,必然要求文学史书写的重新整合,另一方面则直接来自于海外中国现代文学研究的影响。海外中国文学研究因其不同的政治、学术背景与全新的理论框架和学术思路,对文学史书写的结构、形态和构成都带来了巨大的冲击,一改人们对中国现代文学史一成不变的刻板认知。

追本溯源,海外最先致力于中国现代文学史书写的当推夏志清,他的《中国现代小说史》一举奠定了西方学院内中国现代文学研究的基础,引发了西方学界对中国现代文学的关注。踵武其后,李欧梵、杜博妮(Bonnie McDougall)、王德威、安敏成、奚密、耿德华、罗福林等人都从不同的角度丰富了中国现代文学史的书写,拓展了现代文学的研究边界,为海外中国文学研究带来了全新的气象。以下我们将抽样分析夏志清、李欧梵、王德威、安敏成关于中国现代文学史的论述,考察他们借由不同的学术背景、理论立场所形成的对中国现代文学的认知,如何直接影响与决定了他们对中国现代文学史的建构,这些认知与建构到底给中国现代文学史书写带来了怎样不同的冲击和修正,以此明晰文学史面貌的多元构造。应该说明的是,我们抽样分析的只是英语世界的中国现代文学史著作,但希望可以尝鼎一脔,借此观照海外中国现代文学史书写的基本面貌。

1961年由耶鲁大学出版的英文专著《中国现代小说史》(下称《小说史》)是海外中国现代文学研究的发凡之作。这本著作影响深远,历近半个世纪而不衰,是中国现代文学与文化研究不可或缺的参考资料。虽然半个世纪以来,中国现代文学研究的方法、对象、理论、思路都有了重大更迭，但由其引发的议题时至今日，仍如一股源头活水，不断触动人们的思考、辩难以及推陈出新，已然成为中国现代文学研究的典范之作。

夏志清的《小说史》综论从1917年"文学革命"到1957年"反右运动"半个世纪间，中国小说的流变与传承，论及的对象不仅包括鲁迅、茅盾、老舍等重要作家，同时也容纳了沈从文、张天翼等薄有文名的"小作家"，甚至还有像钱锺书、张爱玲等当年籍籍无名者，其眼光之独到、论述之精严，确实造就了不同凡响的效果。尽管用今天的眼光来看，《小说史》这样的选段、分期乃至取材都已是明日黄花，别无新意，但是理解之于同情，面对五十年前中国现代文学研究筚路蓝缕的局面，这些论述又实属横空出世之论。若是没有《小说史》，也许中国现代文学研究还是一仍其旧，乏善可陈，引不起西方学界的兴趣。但是，在夏志清拓荒之后，海外中国现代文学研究已经逐渐学科化、经典化。现在人们不仅热衷于"五四"新文学式的"大写"事件，同时也热心于丛生在其周遭的"细枝末节"。中国现代文学研究的论述畛域从晚清扩展到了整个20世纪，讨论的对象雅俗并举，研究方法也从纯文学研究走向文化研究，五花八门、不一而足。这些繁荣的景象追根溯源，真正开风气之先正是这本《小说史》。

也许有人会说，夏志清的《小说史》之所以会得出如此迥然不同的结论，纯粹是因为作者采用了截然不同的"反共"立场，将文学史写作变成了冷战文化的产物，认为夏志清对"左翼"政治议题或作家不是冷嘲热讽，就是漠然无视，而张爱玲之所以能与鲁迅平分秋色，占得半壁江山，全然是因为《秧歌》和《赤地之恋》中的"反动"意图。这样的议论，或有其可取之处，但诚如王德威所言，浮面的政治宗派问题绝非其引人讨论的原由之一。如果硬要说《小说史》中有什么难于化解的文化及历史情结的话，那不如说是一个去国离家的知识分子,如何在离散及漂流的年代里,借文学和文学批评来见证一己之思与家国命运间的辩证关系,"他在异乡反而成为自己国家文化的代言人,并为母国文化添加了一层世界向度"①。因此,我们可以说,无论爱憎褒贬都是夏志清对母国文化的情深意重,借省思"反抗"议题来协商中国文学及文化的核心价值和审美维度,从反面迂回进入"爱国情义"和"家国眷恋"。所谓"感时忧国"(Obsession with China),应该不只是五四一代作家纠缠于国族理想和个人才具之间的情感症候,同时也是夏志清游走于文字与文学、他乡和故地、想象与再现之间的"民族寓言"和"抒情气质"。

应当指出,将《小说史》写作引向"抒情主义",绝非要为夏志清的意识形态开罪,也无心要导出一种新的论述模式来重新解读《小说史》,而是想强调在夏志清并无伪饰的政治立场中,审美功能所扮演的重要作用,以及这种作用是如何受制于文本以外的多重因素,而趋向某种"审美意识形态"的。尽管夏志清在初版序言中就申言:

> 本书当然无意成为政治、社会学或经济学研究的附庸。文学史家的首要任务是发掘、品评杰作。如果他仅视文学为一个时代文化、政治反映的镜像,他其实已失去了对文学及其他领域的学者的作用。②

但是,通读全书,"再现论"的迷思一再泄漏,"文化干预"的雄心也绝非无迹可寻。

我们知道,《小说史》写作受到20世纪四五十年代欧美两大批评重镇——列维斯理论和新批评的影响,致力于以"细读之法",展

---

① 王德威:《重读夏志清教授〈中国现代小说史〉》,夏志清:《中国现代小说史》,刘绍铭等译,香港:香港中文大学出版社,2001年,第 xiii 页。
② Hsia, Chih-tsing. *A History of Modern Chinese Fiction*. Bloomington: Indiana University Press, 1999, p. xlvi.

开"具体的批判和个案的分析",从而导出一个中国现代文学的"大传统"。尽管"新批评"专注的是文本内部的美学质素与修辞结构,而着力构筑一种"本体论批评"(Ontological Criticism)体系,但是这种"封闭式"的阅读(Close Reading),仍无法撇清与外在文本的相互关系,也暗含着一套文学的社会学。王德威认为,夏志清正是发扬新批评的这一面向,从而得以在现代文学混沌的流变中,清理出其自身的样式及外来的影响。也就是说,新批评虽一反传统的反映论,但其仍深蕴一番政治和历史关注,在细剖文学形式的同时导出一种情感内容。这种内容正好又与列维斯式的道德批评相呼应。列维斯曾经直言"经典"过滥,需要重新甄选重要作家来代表英国文学的伟大传统,而其甄选的标准就在于作品是否具有强烈的"道德关怀"。[①] 与此类似,夏志清也在《小说史》中开门见山,"直指中国现代小说的缺点即在其受范于当时流行的意识形态,不便从事于道德问题之探讨"[②],只是局限于一时一地一国之范畴,无法形成一种普世性的成就。他还将中国文学与西方作家相比较,认为:

> 现代的中国作家,不像杜思妥也夫斯基、康拉德、托尔斯泰和托马斯·曼那样,热切地去探索现代文明的病源,但他们非常感怀中国的问题,无情地刻画国内的黑暗和腐败。表面看来,他们同样注视人的精神病貌。但英、美、法、德和部分苏联作家,把国家的病态,拟为现代世界的病态;而中国的作家,则视中国的困境,为独特的现象,不能和他国相提并论。他们与现代西方作家当然也有同一的感慨,不是失望的叹息,便是

[①] F. R. 列维斯:《伟大的传统》,袁伟译,北京:生活·读书·新知三联书店,2002年,第14页。

[②] 夏志清:《中国现代小说史》,刘绍铭等译,香港:香港中文大学出版社,2001年,第xlii页。

厌恶的流露;但中国作家的展望,从不逾越中国的范畴,故此,他们对祖国存着一线希望,以为西方国家或苏联的思想、制度,也许能挽救日渐式微的中国。①

夏志清的论述虽然不免有以西方学理来裁剪中国文学之嫌,但是确实以他者之眼光敏锐地注意到了中国现代文学的特征,中国现代文学始终与政治意识保持着亲密的合谋关系。从安德森的"想象社群",到杰姆逊的"民族寓言",再到宇文所安的"世界诗歌",我们可以清楚地梳理出一条第三世界国家,特别是社会主义国家如何动用文学资源以为政治所用的历史大趋势。不论两者间的互文关系如何交错难辨,中国现代文学"情迷中国"的症结已不容置喙。在夏志清看来,正是因为中国作家对时局和国家的过分执着,才使得现代文学中鲜有能与西方文学相抗衡的作品,大多数中国现代作家也只能算是一个民族作家。真正优秀的世界级作家,是能够乖离此道而着力于道德意涵探讨的作者,在中国现代文学史上,张爱玲、钱锺书、沈从文、张天翼四人是其佼佼者,因为只有他们凭着自己特有的性格和对道德问题的热情,创造出一个与众不同的世界。如今,这四位作家早已经获得欧美汉学界和中国学界的认可和器重,我们不能不佩服夏志清"识英雄于风尘草泽之中,相骐骥于牝牡骊黄以外"的勇气及眼光。这也应验了钱锺书的一段话:

> 谈艺之特识先觉,策勋初非一途。或于艺事之弘纲要指,未免人云亦云,而能于历世或并世所视为碌碌众伍之作者中,悟稀赏独,拔某家而出之;一经标举,物议佥同,别好创见浸成通尚定论。②

---

① 夏志清:《现代中国文学感时忧国的精神》,夏志清:《中国现代小说史》,刘绍铭等译,香港:香港中文大学出版社,2001年,第461页。
② 钱锺书:《管锥编》,北京:中华书局,1994年,第1446页。

应当说,夏志清的文学史书写虽然不乏以西方标准来品评中国文学的做法,但是与其将它解读为西方中心主义的高高在上,倒不如看做是比较文学的平行研究。夏志清试图在两股不同文脉的比照中,验证出一种"世界性因素",求证文学内部的本质构造,进而在世界语境中推出中国现代文学,其"干预"文学与文化的"野心"实在是另一番的"本土论述"。夏志清的认知与建构揭橥了跨国语境下文学阅读和文学史写作的可能,提示我们在寻求本国传统的框架下,注意其外部发展,兼顾文学史书写的内外双线。这样的意图值得我们借鉴和参考,并帮助我们检讨比较文学研究中可能的"区域中心主义"倾向,转而在更大的世界文学语境中来看待本土文学发展。在《小说史》之后,中国现代文学史书写既发生了天翻地覆的变化,又在推陈出新地延续某种不变。新风、新法不断吸引我们的眼球,典律、典范也不断引发我们的话题,夏志清当初的努力如今正不断引导我们向现代文学的纵深处和广阔处开垦。

海外中国现代文学史书写向纵深处和广阔处开垦的表现之一,就是从现实主义、浪漫主义、抒情传统等方面重理文学谱系,发掘中国现代文学史隐而不彰的现代性线索。现实主义是整个20世纪中国文学的主流,由其确立的对人生诚实的信条和对革命实践参与的承诺,浩浩荡荡,俨然成为评判文学高下优劣的重要指标。对于海外学者而言,现实主义并不享有至高无上的荣耀地位,相反,他们每每对现实主义的经典地位提出了质疑。安敏成的《现实主义的限制:革命时代的中国小说》(下称《限制》)和王德威的《写实主义小说的虚构:茅盾、老舍、沈从文》(下称《虚构》)就对五四以来的"现实主义"做了全新的检讨和反思。安敏成着力探讨现实主义的断裂和限制,王德威则倾心于发掘现实主义新的向度和变体,力图说明"现实主义"绝非是一个稳定的概念实体,其中贬责有之,疏离有之,冒渎有之,这些恰恰说明了现实主义的魅力与局限。

第一章 文学史的多元重构

由于现代中国社会的特殊语境,具有很高可移植性的现实主义很快被充分地中国化,现实主义文学成为忠实记录20世纪中国危机意识的符号体系,甚至成为观察和催生中国民族主义的精神动力和修辞策略。因此,中国作家成功地将现实主义推向了文学正典的位置。安敏成的讨论正是由此展开,指出尽管社会(危机)和道德(使命)因素曾作为现实主义产生的助力,但终究因其无法与它的美学前提相缝合,最后又反过来成为其发展的抑制和阻碍,并期待一种新的超越。安敏成注意到,在鲁迅和叶绍钧的身上小说创作并不能实践其改造现实的道德功用,而变成了一道直面形式困境的美学难题,文学变革的可能性变得暧昧;而在茅盾和张天翼那里,一个人试图通过细节的美学来重建破旧的社会,让读者窥见哪怕瞬息即逝的时代整体而不能。茅盾面对难以消化的社会现实,变得幻灭和动摇;而张天翼则"积极地打碎小说表面的连贯,使社会的分裂直接投射到小说形式上"①。在那滑稽突梯的叙述中,满含着对社会实践的讥诮和戏仿。安敏成的研究使我们看到,1920到1930年间的现实主义,实在是一种摇摆在其价值承诺和美学本体间无法周全的写作。其进退失据的窘状,使我们有可能检讨如下两种相悖的论点:一是现实主义因其许诺文化变革而变得重要;二是现实主义因其许诺文化变革而变得无足轻重。从一种现象里推得两个背反的结论,这本身就是一种讥讽。但讥讽不是对意义的取消,而是生成。虽说《限制》从表面看来,是对样本的取证解析,是系列关联现象的互证组合,但其背后暗伏一条时间线索和一种阅读策略,前者提示意义的生成与流转,后者辨明意义发生的前提与假定。

如果说这些更多的是现实主义在个体表现上的矛盾体现,那

---

① 安敏成:《现实主义的限制:革命时代的中国小说》,姜涛译,南京:江苏人民出版社,2001年,第182页。

么安敏成对20世纪30年代"文学大众化"运动的讨论,则可以看到作家们如何将现实主义移之于对大众的表现。在他看来,这种小说主人公由挣扎的个体向大众转移的过程,是作家们对现实主义无力回天的失望表现,也是对现实主义自身的一种超越行为。这些大众小说,不再致力于开掘虚构与真实之间的文学张力,而"更倾心于颁布一幅全新的意识形态化的世界图像"①,向着普实克所谓的"史诗化"大大推进了。换句话说,现实主义在中国的进程恰恰就是被工具化的进程。它的运作完全超出了安敏成对现实主义作品最初的假定:"很多现实主义作品其实都运作于两种层面:一为对社会的'客观'反映层面;一为自觉的寓言层面。"②当然,我们也可以据此认为,20世纪30年代以后的现实主义小说已经完全脱离其最初的形态,而变成了另一种文学实践。它不再着力维持一种与现实的特权关系,相反,演绎某些政治意识形态成为其首屈一指的要义和象征资本的源泉。当然,我们不是说20世纪30年代以后的现实主义小说,都倾向于搬演意识形态话语的观念,这样的论点在王德威的《虚构》一书中得到了有力反驳。但是,《限制》对现实主义的真实性诉求(反映论)、美学形式实践(发生论)、接受批评理论(净化论),及意识形态批判方面所做的综合性评判,确实大大开拓了以往以单一视角进入研究的论述模式,使其结论变得更具信服力。安敏成使中国现代文学的"无边的现实主义"变得节制而多元,挖掘了现实主义小说叙述中的罅隙和断裂,质疑了文学史对作家作品的惯性记忆,从中也揭示出中国文化传统对西方观念的过滤和接受,解构了人们关于历史和文学应该是连贯、完整和递进的观念。

---

① 安敏成:《现实主义的限制:革命时代的中国小说》,姜涛译,南京:江苏人民出版社,2001年,第207页。
② 同上书,第8页。

第一章　文学史的多元重构

　　同样是对现实主义传统的考察,安敏成侧重于历时性的论述,而王德威的《虚构》则直接选取了鲁迅之后的三位重要作家——茅盾、老舍、沈从文作为抽样分析的对象,来勘察现实主义的新局面。在王德威看来,这三位作家的声音直接质疑,甚至逾越了鲁迅的地位,同时也反证了鲁迅的影响。他们在现实主义叙事模式方面所进行的实验,不仅修正增益了鲁迅奠定的论述典范,将其勾勒的中国视景加以延伸,同时也为之后的写实和现实主义实践指出了不同道路。如果说,鲁迅关注的是"真实的应然"(what the real should be)与"实然"(what the real is)之间的紧张关系,追求"仿拟之像"(Mimesis)与"虚构之真"(Verisimilitude)的辩证效应,最终深陷写实主义的道德困境,创作出鲁迅式的文字寓言的话,那么,由茅盾、老舍、沈从文所展示的现实表现形式,则纾解了鲁迅式的写作(道德)使命与写作结果之间的矛盾。茅盾的历史演义与政治小说、老舍的煽情悲喜剧和闹剧、沈从文的抒情表述和乡土写作[①],搅扰了约定俗成的现实主义的文学史秩序和文类标记,以互为表里和交叉指涉的形态,续写或补写了鲁迅之外丰富的写实手法,为考察鲁迅之后异彩纷呈的写实主义提供了一种新观察。

　　从历史政治小说到乡土文学,从插科打诨的闹剧叙事到涕泪交零的感伤文字,三位作家的写作实践,既有对写实主义模拟信条的坚持,也有对文学虚构本质的不离不弃。茅盾借(重)写历史来选择未来,老舍用激进笑声来颠覆现实,沈从文则通过"想象的乡愁"来发现过去。如果我们同意王德威并不将现代写实主义看成"一套僵化的教条,或是一个统一的流派",而将其视为一个"叙事领域"(Narrative Domain)的话,那么,自然也会接受这样的论述:

[①] Wang, David Der-wei. *Fictional Realism in Twentieth-Century China: Mao Dun, Lao She, Shen Congwen*. New York: Columbia University Press, 1992, p. 23. 可参见中译本《写实主义小说的虚构:茅盾、老舍、沈从文》,上海:复旦大学出版社,2011年。

到了三四十年代,历史书写或煽情悲喜剧,抒情或闹剧都已构成作家描绘现实、演绎历史的形式要素。同时它们不断地被重构,而重构它们的历史力量曾赋予它们权威性,并将它们融汇成为阐释现实的参数。①

这些参数,以其离谱或戏剧似的述写与表演(或专于细节、或溺于大笑、或耽于抒情),将五四一代对现实俯首贴耳,而又惴惴不能的忧虑,直接转为写作的出发点。借由各种"拟真"的欲望,揭示了新的历史时空下,碎裂的现实如何能再承其文学使命,而非道德义务的可能。而且,三位作家的努力使得先前被写实主义以"直接模仿人生"(real)为名侵蚀的"美学虚构"(fiction)天地,正逐渐从其裂隙中恢复出来,向世人昭告了写实主义的新天地。

值得注意的是,王德威对现实主义文学谱系的梳理,更将目光引向了世纪末的华文文学。"在三十年代中发现世纪末,在世纪末中发现三十年代",以福柯(Michel Foucault)系谱学的方式,从20世纪后半期的某些作家出发,上溯到茅盾、老舍和沈从文最初留下的写实踪迹。王德威无意强调其间附会影响/接受的直接关系,而是欲借并置作品中出现的一些重复母题和似曾相识的人物,来考量他们可能的共同传承,并由此寻求一种密响旁通般的相互对话。这些对话包含了大陆小说中(重)写历史的政治学、来自台湾的笑谑,以及两岸文学情境下想象的乡愁等意涵。一方面是韩少功、戴厚英、余华、冯骥才、王祯和、王文兴、司马中原、宋泽莱诸位各司其职的符号虚构游戏,另一方面是鲁迅一人正经八百的写实陈规。世纪末与世纪初的彼此映照,再次说明文学终非一途,写实亦可虚构。

可以说,王德威对三四十年代写实主义的讨论,在时间上正好

---

① Wang, David Der-wei. *Fictional Realism in Twentieth-Century China: Mao Dun, Lao She, Shen Congwen*. New York: Columbia University Press, 1992, p. 291.

第一章　文学史的多元重构

补续了安敏成关于革命时代中国现实主义的讨论,两者并置,可以清楚地看出现实主义丰富的多元形态,为反思文学史的常规论述提供了新路。但是,即使拓宽了现实主义的表述疆域,现实主义仍然不能完全代表中国现代文学的姿态,至少中国现代文学中浪漫、颓废的一脉是其无法替代的。李欧梵的《中国现代作家的浪漫一代》正是在现实主义之外,来纵论中国现代文学中持续不断的浪漫写作风格及其情感路线的演化历程。他着重论述了七位文人(林纾、苏曼殊、徐志摩、郁达夫、郭沫若、蒋光慈、萧军)如何于历史急遽嬗变的时刻,纠结于爱情、性、女人、政治与革命的情感轨迹,质疑了传统书写只着眼于体恤国难,而无视个人跌宕情感的观点。其论述的畛域上起饱受身世飘零与疏离之苦的晚清文人,下至20世纪30年代浸染于红色激情的左翼作家。近半个世纪的风流蕴藉,浪漫已由一己之情思,演变成为浩荡主义,再在炮火和革命的催化之下升格为国家情爱。因此,与其将浪漫视为一种形态稳定的文学样式或文学潮流,不如将其看作是历史时代面前,作家个人化的敏感于自我的文学表达方式和生活形态。

李欧梵对浪漫或浪漫主义的认知,显然不同于以往的标准定义,所以其结论往往也不同于大多数的文学史论述,其文学史建构更打破了现实主义独领风骚的魔咒。其讨论的对象,既有"对立"于五四的保守文人林纾,也有典型的五四浪漫作家,还有二三十年代的激进左派,都在"浪漫"的名义下得到了全新的阐释。《中国现代作家的浪漫一代》运用的主要是思想史方法,同时兼及美国精神分析学家埃里克森(Erik Erikson)的认同理论。该理论主张在历史、文化、社会的相互关联中考察人生的不同阶段,其重点是通过发掘作家身上的青春期经验,探讨对日后创作的影响。全书开篇即提出"文坛"和"文人"两个概念,借以说明浪漫主义兴起之际,整个中国文学的社会历史背景,这与法国社会学家布迪厄(Pierre

Bourdieu)所谓的场域(Field)理论颇有相通之处。在此背景下,应用心理—历史分析法具体解说中国现代作家如何在传统社会角色被切断的"认同紊乱"下,借其内心世界或个人生活重拾对社会和人生的信心,并开始一种浪漫性情的抒发。无论是少年维特般自怜自醉的浪漫,还是普罗米修斯式生机勃勃的抒情,都无法回避诸如"身份和疏离""女人与性爱""政治及个性""革命加恋情"等议题的考验。李欧梵认为,对这些议题的回答与表现所构成的序列,恰好形塑了中国现代文学的发展旅程——从文学革命到革命文学,将其放在浪漫主义构架中,就是"从情感发展到力量,从爱情发展到革命,从维特发展到普罗米修斯"①。

作者对中国现代文学浪漫谱系的建构,兼顾了西方浪漫主义观念与中国抒情传统,明确指出中国的浪漫主义文学虽然直接受惠于西方,其典型的浪漫主义个性也出于中国文人对两本最流行的浪漫主义小说(歌德[Johann Wolfgang von Goethe]《少年维特之烦恼》[*Die Leiden des jungen Werther*]、罗曼·罗兰[Romain Rolland]《约翰·克利斯朵夫》[Jean-Christophe])的热情回应,但究其实质,没有中国古典文学抒情传统的渊源,西方的浪漫主义观念也不可能如此大行其道。当然,中国现代文学的浪漫主义显然与传统中国文学的抒情传统不可同日而语,五四之后中国的浪漫主义已然是力与革命的表征,其在炮火与硝烟中越挫越勇,并在1949年以后,在主流意识形态的指导下产生了一次集体主义的大爆发。"在社会主义背景下的浪漫主义问题,肯定会是另一幕戏剧最引人入胜的主题。然而我们这一出浪漫主义戏剧已经闭幕了。"②

李欧梵以历史学、思想史的训练探讨了一个当时文学史殊少

---

① 李欧梵:《中国现代作家的浪漫一代》,王宏志等译,北京:新星出版社,2005年,第296页。
② 同上书,第301页。

关注的话题,打开了一个观看中国现代文学的新视界。对国族、政教伦理的强调,对社会腐败和人民疾苦的观照,何必仅止于原样的"重现",浪漫心性中何尝推不出国魂的召唤、国体的凝聚、国格的塑造和国史的编撰?历史的细弱处,反能成其大,那些为人诟病的浪漫甚至颓废的作家作品,也许正兀自上演着另一出耐人寻味的剧目。其愈演愈烈的表现,或许可借王德威"抒情传统"的论述,来窥看一二。

限于篇幅,英语学界中国现代文学史的一些重要著作未能纳入考察,比如杜博妮和雷金庆(Kam Louie)的《20世纪中国文学》(*The Literature of China in the Twentieth Century*)、罗福林的《中国报告文学:历史经验的美学》、奚密的《现代汉诗》、耿德华的《重写中文:20世纪中国散文的文体与创新》、史书美的《现代的诱惑》(*The Lure Of the Modern: Writing Modernism in Semicolonial China, 1917—1937*)等,或从史述,或从文类,分别建构了各自的文学史书写。但是,仅从以上的抽样分析已可清楚地看到,无论是拓荒性的宏观史述,还是对中国现代文学谱系(现实的、浪漫的或抒情的面向)的深化拓展,都彰显了不同作者的理论立场与文学认知,直接呈现了对中国现代文学史的多元建构。面对中国现代文学的丰富内质,我们不必专执一隅,独沽一味,也不应该因袭某种文学史的常态,而应该重返生动丰富的文学史现场,重估各种形态的作家作品、思潮流派、道德承担、审美立场,做出公正而独到的阐释。这样才有可能重新勘探与梳理文学史的谱系,发掘隐而不彰的现代性线索,让更多的面向、更多的认知相互激荡,从而建构出一个复杂多元、众声喧哗的中国现代文学史的全新视景。

第三节 抒情的文学史

20世纪中期,革命红旗插遍祖国大地,文学书写也迎来新的契机。1949,这个"大写日期"(the Date)①之后,"现代"和"当代"可谓泾渭分明。当代文学开始以全新的笔墨来表达脱胎换骨、旧貌新颜的政治欢欣和历史觉悟,传达崭新的社会主义文学与文化想象。表面上看来,这不过是晚清以来文学与政治结伴而行的又一表征。已有研究者指出当代文学中文学与政治的过度纠缠,政治意识形态侵蚀审美主体,以至于使得文字书写成了革命行动,甚至俨然是一种政治表态。② 当然,也有人乐观地认为这一弥合群己、兼容主客的文学进程,也是历史发展的必然投影和印证,普实克所谓从"抒情"到"史诗"就是典型的表述。这些或左或右的观念,自然有其讨论回旋的余地。比方说,文学和政治的交葛,到底是前者自身的内爆和倾斜,还是后者不断的介入与干预,到底是文字能量的极端放大,还是文学审美的无限受压,这方面王斑的《历史的崇高形象》(*The Sublime Figure of History*:*Aesthetics and Politics in Twentieth Century China*)、刘剑梅的《革命与情爱》(*Revolution plus Love*:*Literary History*,*Women's Bodies*,*and Thematic Repetition in Twentieth-Century Chinese Fiction*)、李扬的《抗争宿命之路》、蔡翔的《革命/叙述》(*Revolution and Its Narratives*:*China's Socialist Literary and Cultural Imaginaries*,*1949—1966*)等等著作已经做了相当深入的剖析,不必赘言。我们需要探问的是,到底什么样的特质足以概括20世纪中国文学的诗学表征呢? 20世纪中国的文学如何接续"抒情传统",又发展出怎样一番不同从前的格局与面貌? 而这些,正是王德威《抒情传统与中国现代性》一书所要讨论的话题。

---

① "大写日期"是指文化史上那些具有坐标性的日子。参阅宇文所安:《过去的终结:民国初年对文学史的重写》,宇文所安:《他山的石头记》,田晓菲译,南京:江苏人民出版社,2002年,第308页。
② 李陀曾指出:"要不要进入毛文体写作成了一种隐喻——对知识分子来说,在毛文体和其它之间做选择,成了一个要不要革命的问题。"见李陀:《汪曾祺与现代汉语写作——兼谈出落成毛文体》,《今天》1997年第4期。

第一章 文学史的多元重构

王德威论述的出发点是陈世骧、高友工、普实克、沈从文等人的论述。在中国文学史上,关于抒情的论述代不乏人,蔚为大观。到了 20 世纪中期,陈世骧将抒情谱系上溯到诗歌发微伊始的阶段,断言所有的文学传统统统是抒情传统。① 高友工踵事增华,将此"抒情道统"扩充演绎为更庞大的"美典"架构,把起自文体的"抒情",发而广之为一种文类、生活风格、文化史观、价值体系,甚至于政教意识形态。② 区区"情"字,既弗失其小,也能成其大,这或多或少回应了苏源熙(Haun Saussy)有关中国美学"讽喻"(Allegory)问题的讨论。这个"言此意彼"的修辞策略,将文字与意义之间的不连续性和多义性有机地呈现出来。③ 也让我们想起厄尔·迈纳(Earl Miner)提出的所谓基础文类衍生原创诗学的观点,在他看来,亚洲诗学的确立,乃基于抒情诗这一文类源头,因而其体征无疑地与"抒情"密不可分。更为重要的是,这种源自抒情诗的观念,"之后被不断修正(和扩展)以适应先是叙事文学后是戏剧中的明晰和明确的诗学。"④这种看法,似乎回应了 20 世纪中期以来陈世骧、高友工等人的识见。

不过,陈世骧、高友工的抒情论述止步于晚清。这之后"抒情传统"到底如何接续、发达,他们并未涉及。这或者也是在暗示,现代社会"抒情传统"势必烟消云散?其品性与时代氛围格格不入,以至于无以为继?"史诗"升腾之际,正是"抒情"告退之时。捷克汉学家普实克在其大著《抒情与史诗》中清楚地测算了这一转折时间的到来:1927 年到 20 世纪 30 年代。从"文学革命"到"革命文

---

① 陈世骧:《陈世骧文存》,沈阳:辽宁教育出版社,1998 年,第 6 页。
② 高友工:《美典:中国文学研究论集》,北京:生活·读书·新知三联书店,2008 年。
③ 苏源熙:《中国美学问题》,卞东波译,南京:江苏人民出版社,2011 年。特别是第一、二两章的讨论。
④ 厄尔·迈纳:《比较诗学》,王宇根、宋伟杰等译,北京:中央编译出版社,1998 年,第 9 页。

学",抒情主体的自我发皇、浪漫声调,统统汇聚到了大写的群众主体之中,经受脱胎换骨的改造,见证了由小我而大我的历史进程。可是,王德威发现,1961年的沈从文依然在强调史传传统的核心无非是"有情",而"有情"的结晶是艺术的创造,是抽象的抒情(《抽象的抒情》)。即使是普实克,他对中国古典文学的研究也显示,抒情正是他心目中的中国文学精神,这与陈世骧、高友工、沈从文等人的抒情论述遥相呼应。因此,在王德威看来,"史诗时代"的"抒情传统"非但连绵不辍,而且还另有发展。与其将"抒情"作为一种文类,不如视作一个语境或话语,它"不仅标示一种文类风格而已,更指向一组政教论述,知识方法,感官符号、生存情境的编码方式"①,完全应该与我们熟悉的现代性话语,如革命、启蒙等等相提并论。于是,以20世纪中期为切入点,来阐述中国抒情传统与现代性的对话,也就成为全书的基本思路。王德威在"导论"中明确指出,一般都认为20世纪中期是个"史诗"的时代,国家分裂,群众挂帅,革命的呼声甚响。

> 但我认为恰恰是在这样的时代里,少数有心人反其道而行,召唤"抒情传统",才显得意义非凡。这一召唤的本身已经饶富政治意义。更重要的是,它显现了"抒情"作为一种文类,一种"情感结构",一种史观的向往,充满了辩证的潜力。②

沈从文、陈世骧、高友工等人的抒情论述应该视为20世纪中期中国文学史上值得关注的现象,长期以来隐而不显,正说明中国现代性论述的不见。

唯有经历了1949年的政治大变动,抒情与现代性之间的

---

① 王德威:《抒情传统与中国现代性》,北京:生活·读书·新知三联书店,2010年,第5页。
② 同上书,第6页。

第一章　文学史的多元重构

张力才完全浮上水面,抒情与革命究竟是小我和大我的极端对立,还是彼此相互印证？启悟和启蒙到底是一体之两面,还是理智、知识介入主体意识的分界点？最重要的,面对名为"现代"的挑战,抒情主体要如何跨越时间的深渊,还是注定成为其牺牲？[1]

关于"现代性"的理解,学界莫衷一是,众说纷纭。王德威关注的主要是社会文化指涉层面的"现代性"意涵。他在《被压抑的现代性》一书中,阐述了现代性所包括的"真理""正义""欲望"及"价值"四个维度的内容,揭示了近代以来知识分子在把握世界、分派资源、安顿自我、重建秩序方面的努力。其中既有正面的知识启蒙、民主革命、理性主体等意涵,也有那些不绝如缕、恍若鬼影的反面姿态,以颓废、回转、滥情、谑仿来发展其幽暗面目,甚至从"怪兽性"(Monstrosity)中激出"现代性"(Modernity)[2],也就是所谓"反现代的现代性",或"否定的现代性"。现在,王德威期待能有一个新的角度来观察中国的现代性问题,这就是他重新发现的"抒情传统"的角度。刘若愚曾经提出"文学本论"(Theories of Literature)与"文学分论"(Literary Theories)的概念,前者关乎文学的本质与功能,后者牵涉文学的诸方面,如文类、风格、技巧等等。[3] 王德威所提出的"抒情传统",我们似乎也可以从这两方面来理解。从立意上说,"抒情传统"当不脱"诗言志"或"诗缘情"之类的文本共相,即视所有的艺术产品均为情志的产物。但从具体的考察对象上来

---

[1] 王德威:《抒情传统与中国现代性》,北京:生活·读书·新知三联书店,2010年,第10页。

[2] 参阅 Wang, David Der-wei. *Fin-de-siécle Splendor: Repressed Modernities of Late Qing Fiction, 1849—1911.* Stanford: Stanford University Press, 1997; *The Monster That Is History: History, Violence, and Fictional Writing in Twentieth-Century China.* Berkeley: University of California Press, 2004.

[3] 刘若愚:《中国文学理论》,杜国清译,南京:江苏教育出版社,2006年,第1页。

看,"抒情传统"更倾向于谈论一种文类风格,甚至是一种政教论述、知识方法。这种文类风格,可以放大到审美愿景、生活情态乃至意识形态。王德威的"抒情传统",既有其大的立意,包含着对某一诗学传统的思考,也不乏可供操作的具体层面,即其念兹在兹的诗与史的辩证互动。

也许有人会说,王德威并没有将此观察推衍到对革命大众文艺的解读上,我倒以为,王德威的问题不是不够"全面",反而是过于"正面",即其所谈论的抒情都概莫能外地传达出建设的、正面的信息。他关注个体生命如何将一己之思揉入对历史、现实、家国的思考之中,并对某种审美形态有所寄托和期待,他指出史诗时代可能恰恰不是对抒情的遏抑,反而是对抒情的要求,其典型症候就是"革命现实主义"对"革命浪漫主义"的须臾不离。所以,从此意义上讲,王德威的讨论多是把抒情当做有容乃大的个人情志在发挥,而有意无意地忽略了抒情可能运作的动力因素。过于"正面"的抒情论述,还表现在王德威对"忧患"意识的执念上。中国现代文学几乎就是与忧患结伴而生的,但或许不必就把"忧患"视作抒情的内核。"忧患"发展到极致,也可以是情绪的大鸣大放,是狂欢逸乐。那种不合时宜、抛诸一切的抒情姿态,也是一种"负面"的抒情。在"批判的抒情"而外,或许也有一种"逸乐的抒情"。当然,王德威对抒情传统的正面阐述,是其论题所决定的,唯有如此,才能赋予"抒情传统"以明晰的内涵,并展示它与中国现代性的种种面向。

对"抒情"的理解,传统的做法是化约到20世纪以来,尤其是"五四"知识分子承袭自西方的现代浪漫主义所定义的"抒情",或者将其解读为对晚明"情教"观念的现代接续。王德威反对这种将"抒情"或归为浪漫主义小道,或打入传统文人遗绪的做法,而是如前所述,既将"抒情传统"视为一种文类特征,也视为一种美学观

第一章　文学史的多元重构

照,一种情感结构,甚至一种政治立场,它是中国文人和知识分子面对现实、建构另类现代视野的重要资源。我们可以从几个概念来略加解说王德威所说的"抒情传统与中国现代性"的诸种面向。

一是启蒙与启悟。"启悟"是王德威解读沈从文的关键词,这两个概念很容易让人联想佛教术语"大乘佛教"和"小乘佛教"。"启悟"的英文 epiphany,本身就是一个宗教用语。它所表示的"灵光乍现"酷似佛家所谈的"开悟"。有意思的是,"大乘佛教"的普度众生与"小乘佛教"的自我修行,其抱负和姿态也与"启蒙"和"启悟"颇为接近。佛教上讲"开悟",总是要有一定的因缘或刺激。对于生活在急速变动中(1947—1958)的沈从文而言,这些刺激来自一册木刻画集、一张照片,还有一系列的速写。它们为沈从文重新思考个体在面对历史风暴时所能为和所不能为提供了重要契机。我们当然可以顺理成章地从时间观念上来加以阐发,但是空间也许是另一种可能的维度(王德威没有着力论述抒情论述的空间维度)。沈从文的那些图像中,空间总是同城乡结构互有关联。他所倾心和描绘的场景,总是隐含着一种城市与乡村的紧张。比如 1957 年的"五一节"所见图,一边是城市运动,一边是渔歌唱晚,正是沈从文所说的"事功"和"有情"的分野。比如借助于木刻所营造的叙事的空间,沈从文得以眺望过去的种种悾偬人事,蹉跎岁月,感受生命的代谢和荣枯,尤其是"明日隔山岳,世事两茫茫"的人生无定。这种感觉最终导致了他的自杀。他的自杀透露了他对整个社会运作,包括启蒙、革命以及现代化的迷茫和不信任感。在此过程中,沈从文很可能不止一次地翻阅了张兆和的各种照片,以寻求慰藉。自然,这当中包含了王德威在文中所提到的那张照片。照片正面的两个"1929"和反面的两个"三十八年"(即 1949)之间就形成了某种抒情的张力。正面的张兆和照片青春健康,反面的沈从文文字悲观消极,一正一反之间,已经不只是"时间"的流逝,带出了生死的感喟。而这种感受,恰是借由图片与文字这两种决然不同的抒情方式加以呈现,它们虽然只有"空间"上的一纸之隔,但真正地体现了一种情何以堪的姿态和感念!

二是革命与回转。"革命抒情"可以有很柔软的一面,无论诉诸想象,还是直面现实,都未必是一往无前、针尖对麦芒,而是枝枝节节,歧义重生。王德威讨论了三个人,瞿秋白、何其芳和陈映真。瞿秋白本想"将革命诉诸文字",忏悔自赎,为革命正本清源,不想引来越描越黑的尴尬。对瞿秋白而言,状写一生的革命经历及其感念,无异于在行动所不能及的地方,借文字来发力,这当然是现实主义写作的最佳题材和方式。但吊诡的是,他写作中引来的竟是浪漫主义者所念兹在兹的"饥饿"和"疾病"。就这一点而言,说他是一个"浪漫的左派",一点也不为过,可是他偏偏又缺少那种被李欧梵称为"英雄生机论"的左派浪漫核心①。因为受到俄国文学的熏陶,他倾心的竟是"畸零""漂泊",这是郁达夫式的浪漫。不过,两者的区别在于,郁达夫的"多余人"不过是他心绪的化身;而瞿秋白却从中取得了一个立场,"明白他原来只是'扮演'了一个革命家的角色"②。

与之不同,何其芳"将文字付诸革命",不想从此与意识形态纠缠不休,在众人所宗的形象背面,那个忧郁的诗人何其芳始终徘徊不去。这样的例子,毋宁显示了文字本身强劲的干扰力度,重新带出了"文学革命"与"革命文学"的老问题。李陀曾经在一篇文章中半带讥讽、也半带激赏地给丁玲下了一个"不简单"的定语,认为其在当时的体制下能出落得前后判若两人,实在令人匪夷所思。李陀试图说明的是,政治高压下的知识分子不必只是历史的"受害

---

① 李欧梵:《中国现代作家的浪漫一代》,王宏志等译,北京:新星出版社,2005年,第258页。
② 王德威:《抒情传统与中国现代性》,北京:生活·读书·新知三联书店,2010年,第148页。

者";"对抗式"的解读,也不敷以说明知识分子在话语生产中的复杂角色①。比起丁玲的"不简单",何其芳的形象,大大显示了这种转变的凡俗性:他陷于选择的困境,在文字和革命之间,依违两端、难于取舍。

跨海来台,海峡彼岸的陈映真借写革命告退后的历史"堕落",倾吐一腔正义的热诚。在他希望被关注和人们真正关注的对象之间,竟是相距甚远,以至于他不得不提出抒情和革命的两难:一方面要借抒情来挑动、释放革命情怀,但另一方面,又必须避免革命只成为审美的消费。陈映真借小说《山路》试图做出如下的询问:在"放逐诸神""告别革命"(李泽厚、刘再复)的年代,从革命的本事到革命的后事,是否一切都已无从谈起?"后"("后革命""后历史""后现代"等等的表述)了之后,是否真就能一了百了?"革命/文字的记忆和过往"是否也应该有一番"血债血偿"?诚如王德威所言,革命的情怀总包含着一个抒情的、诗意的、浪漫的核心。"因为抒情,革命得以尽情发挥魅力;因为抒情,革命已经埋下了'内爆'的引信"②,两者之间的回转与张力,是最有意思的话题。

三是国族主义与身份认同。以"国族主义"的切面来谈论抒情传统,自然合情合理。不过,此类抒情一旦遭遇身份认同的问题,就变得尤为可疑。根正苗红者抒发建国之思、爱国之情,当然令人称快,但由政治身份暧昧者来一吐衷肠,就不能不令人心生疑窦。可是,在王德威看来,此种游移,也正带出种种挑战与喧哗,其中最重要的一项便是,到底是"政治上的占位"还是"文化上的挚爱"决定着抒情的正当性?江文也、胡兰成,这两个在政治上均有污点或

---

① 李陀:《丁玲不简单——毛体制下知识分子在话语生产中的复杂角色》,《今天》1993年第3期。
② 王德威:《抒情传统与中国现代性》,北京:生活·读书·新知三联书店,2010年,第149页。

嫌疑的人物，一个借音乐接引儒家文化，发展礼乐的最高境界"仁"，而衍成"法悦"，一个则由"变风""变雅"的传统，写来"情之真""情之正"之后的"情之变"，从而敷衍出一脉"浪子美学"。其人其作所记挂的均是礼乐风景、日月山川，虽然肉体有限（特定的身份、一生的时间），写出来的山河岁月、历史兴会却无穷或已。早年，夏志清先生曾直指"感时忧国"的执念，不过是抒情传统的末焉下流，其用意也正是在这有限与无限、有穷与无穷之间做了辩证。"政治之情"与"文化之爱"的矛盾纠缠，也启发我们可以对国族主义与身份认同、审美立场与历史机遇等问题重新探讨。

　　一方面，我们可以追随王对两人所做的殖民主义、帝国主义、民族主义、现代主义，以及国际都会主义（Cosmopolitanism）的精彩解读；但另一方面，也不妨把问题简化，即两人迭遭物议，其根源均在于对彼时的社会生活和现实每有"脱轨"的考量，音乐与文字之中缺乏一种"伦理"的体恤。江文也自外于政治的喧嚣，着力于音乐艺术的现代化和"超国家"化，表面上清高自足，但这种不介入的姿态本身就颇成问题，难免会引人作周作人式"叛国"想象[①]。更何况其关于儒家文化的思考，总也摆脱不了日本式的东方主义和军国主义影响。同样的，胡兰成的文字虽甜腻妩媚，但惊艳之中，也难免暴露一种"法西斯式"的惊险。对他的叛国悔婚，胡不仅毫无愧意，反而从传统社会的井田制、兴会观、浪子说中寻得历史的依托和根据，做足美学上的辩解。这两种或超然或背叛的诗学，以及由此带出的评价问题，当然可以视为"现代主义"书写过程中全球性视角和地方视角分叉又拉锯的结果[②]，但也可以看成是对中国的

---

　　① 有关周作人的叛国思想和抒情美学可参阅：Daruvala, Susan（苏文瑜）. *Zhou Zuoren and an Alternative Chinese Response to Modernity*. Cambridge: Harvard University Asia Center, 2000, Chap. 5.

　　② 关于中国现代主义里存在的视野分叉参阅史书美：《现代的诱惑：书写半殖民地中国的现代主义（1917—1937）》，何恬译，南京：江苏人民出版社，2007年，"导论"。

"天下"观念,特别是康梁以降的思想资源,所做的不合时宜的接续与思考。在一个召唤史诗、民族国家的年代,他们却不识时务地在错误的时间、错位的空间表达对"世界"的期待,而这个"世界"又多为帝国势力所把持。为此,他们两人要付出起自道德、政治,直至艺术名誉的代价。同时,这也标示出"抒情的现代化"所包含的政治风险和时代变奏。

四是时间与创伤。对时间的迷恋,中外皆然。古典诗歌中有伤春悲秋的主题,普鲁斯特(Marcel Proust)有年华似水的追忆,博尔赫斯(Jorge Luis Borges)交叉小径的花园也是时间的迷宫。时间可以唤起哀愁淡淡的伤逝美学、神秘情思,也可印证社会更迭的心灵重创,特别是面对20世纪这样一个动荡、"震撼"的时代,书写时间更可以有一番作为。或者如白先勇悲金悼玉式的《游园惊梦》,于还魂、招魂之际,见证情之遗失;或者如李渝铺排、衍生《江行初雪》,在不定、偶发之中,完成艺术的"多重引渡";或者如钟阿城亵渎优雅式的《遍地风流》,在藏污纳垢里面自"作"多情。20世纪的时间抒情,无论主题还是形式,较之古代都多有改写。这种改写,彻底地反转了"情"的纯粹、正当,而将之变成一种作为和表演。王德威说,《牡丹亭》是"因情生梦,因梦成戏",可今时今日却是"因戏生梦,因梦成情"。这些现代的抒情写作者,他们书写的往往不是情的流转,而是情的失去,"'伤逝'成为现代的抒情写作一个最重要的症候"[①]。

当然,"伤逝"之外、"失魂"之余,王德威也同样发掘"还魂"的可能,指出时间的转圜之外,断裂溃散也可另行铺陈一"衍生的美学"(Derivative Aesthetics),并"由是暗示出一种情的愿景,不再循回再生,而是空虚寂灭:情之为物,不再(像《牡丹亭》那样)自我完

---

① 王德威:《抒情传统与中国现代性》,北京:生活·读书·新知三联书店,2010年,第212页。

成,而在其余恨悠悠(residue)"①。"衍生美学"一面预示了时间卷入现代情境的无奈告白,一面也要带出种种"知其不可为而为之"的举动,"自作"多情,为欲望张本,见证"一场奇特的修辞游戏,永无休止地延伸着情感与喻象(figure)的相互置换,对戏仿进行戏仿"②。正在这种意义上,李渝的"多重引渡",阿城的"世俗技艺",有了不同凡响的意味。

五是主体与死亡。抒情可以借由文字来表达,也可投射于肉体凡胎的一举一动来表现,而其极致处,当然是以生命本身来做抒情的资本和戏码。既无能于"生的光荣",则必然求索于死的"伟大"。这"伟大",一面可以是为国、为家,一面也可只为那令人无法猜透的永恒"自我"。"诗人之死"放大了我们对生命美学、主体价值的认知。他们于极端和极权之间摇摆,浮生取义,有古典式的明志(闻捷),有现代式的嘲弄(施明正),也有象征式的悲壮(海子),还有预言式的暴虐(顾城)。这四位诗人代表了两岸作家对自我从古典直至后现代的不同诠释方式,既构筑,同时也瓦解着我们对诗和诗人的想象,释放出各种断裂的、驳杂的信息。

当然,王德威在这里所欲揭示的是作为思想、信仰的抒情,通过见证"诗、史、尸"三位一体的辩证关联,显示抒情的底色实在是折冲在暴虐、温柔之际,且常有吊诡、荒诞的表现。然而,这里面也另行隐藏了其他两条可供发展的思路。一是对于"身体"的发现。郑毓瑜等专精古典文学的学者,已经从儒家的"心性—身体"观中,

---

① 王德威曾以"衍生美学"一语讨论晚清狎邪小说的现代性,见王德威:《被压抑的现代性:晚清小说新论》,宋伟杰译,台北:麦田出版公司,2003年,第109页;而针对白先勇的讨论则见《游园惊梦,古典爱情:现代中国文学的两度"还魂"》一文,收入王德威:《后遗民写作:时间与记忆的政治学》,台北:麦田出版公司,2007年。

② 王德威:《被压抑的现代性:晚清小说新论》,宋伟杰译,台北:麦田出版公司,2003年,第110页。

发出了"身体感兴"的言说①,不仅预示着"抒情传统"中的身体观其来有自,也与王斑、刘剑梅等人关于20世纪文学中身体形象的讨论如响斯应。另一条思路则是,抒情的"普罗"面相。王的理路专注在精英路线之上,从王国维、朱湘一路下来,但也不妨追问,抒情能不能也有世俗、日常的表达?在这一点上,吴飞和海青,特别是吴飞的著作,为我们提供了相应的学术支撑②。正视自杀的凡俗性,意义不止于对抗抒情的精英化、庙堂化,更重要的是,此类抒情既可能带来抒情本身,也有机会引发抒情的共鸣——向大众开放一个抒情的"公共空间"。

通过以上的诸方面,王德威为我们细细论述了20世纪的作家、文人、知识分子如何在史诗背景中,凭靠个体之抒情呈现现代、对话现代、增延现代。也许,这些抒情面相和定义未必是完备的,我们还可以追加性别的抒情、逸乐的抒情、理论的抒情等等,所以王德威说他只是权作尝试,勾勒"抒情中国"宏大体系的一端。不过,只此一端,也已经足够我们深长思之,从诗而史,由史而诗。知识、正义、欲望、价值这四个维度所形塑的抒情空间,哪里只是一个壶中天地,它分明见证了"抒情中国"与现代性的复杂纠葛,昭示我们充满革命话语的20世纪中国,同样是"有情"的历史,抒情传统与现代性总是如影随形,相伴相生。

---

① 参阅郑毓瑜:《抒情、身体与空间——中国古典文学研究的一个反思》,《淡江中文学报》2006年第15期;郑毓瑜:《文本风景:自我与空间的相互定义》,台北:麦田出版公司,2005年。
② 吴飞:《浮生取义——对华北某县自杀现象的文化解读》,北京:中国人民大学出版社,2009年;吴飞:《自杀作为中国问题》,北京:生活·读书·新知三联书店,2007年;海青:《"自杀时代"的来临?——20世纪早期中国知识群体的激烈行为和价值选择》,北京:中国人民大学出版社,2010年。

第二章　回旋的现代性追寻

第一节　现代的多重光谱

1896 到 1949 年的中国社会与中国文学，通常被托付给"现代"一词。尽管"现代"一词的所指晦暗不明、期艾闪烁，却颇能与此一时段既新且旧、百音嘈杂的文学格局等量齐观。然而，卡林内斯库（Matei Calinescu）当初经典定义下的两种形式、五副面孔，已远不能盛下"现代性"的丰富意涵，为此不得不一次次地追加其能指和所指的砝码。① 性别、族裔、家国、流散、日常生活，林林总总、钩章棘句的论题论域，试图要开拓其空间，但效果只是增益了混杂，而无益于澄清其内里外延。相比而言，波德莱尔（Charles Pierre Baudelaire）关于现代性的提法似乎更具持久的稳定性。"现代性"，就是短暂、易变、偶然，就是艺术的一半，而另一半是永恒和不变。② 换言之，艺术的辩证法在于常和变。所谓"现代"，不过是要与胶瑟鼓柱、固步自封的艺术形态拉开距离。

但是，有心者自可诘问，现代与创新的差距到底何在？一是传统内的自我更生，一是传统中异质性的植入，那么唐变文借鉴西域

---

① 有关"现代性"概念的梳理，可参阅刘小枫：《现代性社会理论绪论——现代性与现代中国》，上海：上海三联书店，1998 年，第 1—61 页；汪晖：《韦伯与中国的现代性问题》，汪晖：《汪晖自选集》，南宁：广西师范大学出版社，1997 年，第 2—12 页；汪晖：《当代中国的思想状况与现代性问题》，《文艺争鸣》1998 年第 6 期。

② 查尔斯·波德莱尔：《波德莱尔美学论文选》，郭宏安译，北京：人民文学出版社，1987 年，第 485 页。

佛学母题及叙写形式,而每每翻出新意,变局已成,为何我们不以现代之名出之? 由此可知,命名上的均质、同一,虽有助于概念的普适化,但欲探索现代的真谛,却需充分考虑到在地性的因素。借用三好将夫(Masao Miyoshi)的观点来说,虽然文学资源全球共享,但写作依然是时空观念下的产物。[①] 这就提示我们,要考察中国文学的现代性进程,必须启用双重的标准:全球性视角和地区性视角。

对中国而言,全球性视角意味着打破类似于东方主义或西方主义的中心观念,地区性视角则是对自我传统的珍视和独立性创造的尊重。据此而言,传统中国文学的创见在于对地方性视角的深植,而荒废了全球性意识,尽管传统中国以"天下"自称。而对现代中国来说,全球观念意味着普泛化约,即存在所谓的"单一现代性",而地区性意义则昭示现代的具体情景,由此而演绎出"另类现代性"的概念。以往的中国现代文学研究往往没有摆脱全球性视角的约束,以至遏制了地区话语的表述。比如,我们很容易举证鲁迅作品中的象征主义、表现主义、存在主义的因素,却未能阐明这类因素的地方性源头。而且更为严重的是,这种影响考据,往往忽略了全球现代性话语中暗含的价值偏见,即接受影响必定意味着时间上的迟到、文化上的次属。因此,海外中国现代文学研究努力沟通全球现代与地方现代的对话,不单要叙写现代或现代性的全面形态,还要挑战各种各样的研究成规。

史书美关于中国早期现代主义的出色分析,即充分体现了这种双重视角。在她看来,"西方"观念在中国被分化为都市西方(西方的西方文化)和殖民西方(在中国的西方殖民者的文化)。前者作为模仿的对象,而后者是批判的对象,两者混杂一体。因此,单

---

① 转引自 Chow, Rey. *Woman and Chinese Modernity: The Politics of Reading between East and West.* Mineapolis: Minnesota University Press, 1991, p. viii.

纯地使用"殖民主义"的术语无法清理中国社会现实中多元、多层次的殖民占领以及这种占领的碎片化和不完整性,所以她发展出一套"半殖民主义"话语,以求解释 1917 年以来的中国文学对现代性的探索。① 尽管"半殖民"的概念诚非创见,但它确实同历史教科书中反复申说的那个"半封建、半殖民"的性质评判断然有别。至少,它明确地提示我们,现代性观念处理的依然是时间和空间这两个纵横轴下的曲线图。

就时间观念而言,西方定义中的"现代性",大致是指以启蒙时代或 17 世纪末为分界点②。在中国语境中,为了平行于西方论述,人们乐于将现代的起点定在明末清初。然而,正如史家指出的那样,此时社会的易动仍不足以说明现代的到来。点点星火燃作燎原之势,一直要等到 1840 年的鸦片战争。陈旭麓曾经指出:

> 在明清之际,中国社会一度出现过比较明显的转变迹象。主要是:(一)星星点点,互不联系的资本主义萌芽的破土而出;(二)徐光启、李之藻、宋应星、李时珍、方以智等人的科学思想的出现;(三)黄宗羲、唐甄的民主思想如流星过夜天。此外,还有后来出现的《癸巳类稿》《镜花缘》《红楼梦》。这些东西给中国社会带来了新气象,产生过明亮的火花。但是,它们在总体上又是微弱的,不能突破封建主义的硬壳。一直到龚自珍,还只能是"药方只贩古时丹"。在中国,新东西的出现只能在鸦片战争之后。③

这番话显然暗指我们对现代化进程的想象有操之过急之嫌。

---

① Shih, Shu-Mei. *The Lure Of the Modern: Writing Modernism in Semicolonial China*, 1917—1937. Berkeley: University of California Press, 2001.
② 廖炳惠编著:《关键词 200:文学与批评研究的通用词汇编》,南京:江苏教育出版社,2006 年,第 160 页。
③ 陈旭麓:《近代中国社会的新陈代谢》,上海:上海人民出版社,1992 年,第 19—20 页。

而与此形成鲜明对照的是,过去的文学史论述对现代文学的发生迟疑不决,认为只有到了胡适、陈独秀诸人振臂高呼"文学革命",方才应运而生。在这一快一慢两个多世纪间,不知能牵出多少忧愁心思。但不管怎样,学界历经调试,已悄悄地将现代性与现代化起点指向晚清世代。

就文学而论,将晚清文学成就纳入现代性的框架加以讨论,是20世纪90年代以来海外中国现代文学研究中方兴未艾的现象。韩南(Patrick Hanan)的晚清小说研究堪称个中翘楚,他在论文集《中国近代小说的兴起》(*The Rise of Modern Chinese Novel*)一书中,令人信服地从各类文学、文化现象中爬梳考据出丰富的现代性表征。在韩南看来,19世纪是一个实验的时代,无论从小说的声口、结构,还是从类型上来讲,都开创了一个新纪元,可以被视为新小说的先声。而国外影响,则通过传教士小说及其社会活动(如小说竞赛)得以渗入,这当中翻译行为和报纸传播具有不可或缺的作用。① 与此类似,王德威的《被压抑的现代性》也深入揭橥了五四影响下独树一帜的晚清文学实践。他的金石论断"没来晚清,何来五四",从狎邪、公案、科幻、谴责的四大文类出发,谕知了欲望、正义、价值、真理的四种向度,表明晚清小说望之也许不够新潮,但已对文学传统做了极大颠覆,而且大胆偏激之处较五四一辈有过之而无不及。从《海上花列传》到《三侠五义》,从《荡寇志》到《市声》,琳琅品相,众声喧哗,不仅与五四相关,且遥指下一个世纪末流行的诸种文学戏码。写实的风格、史诗的抱负、感时忧国的主题等渐行渐远,一出出有别于五四正典的另类好戏正暗中上演。②

如果说韩南、王德威两位的讨论极富大开大合的气象,从总体

---

① 韩南:《中国近代小说的兴起》,徐侠译,上海:上海教育出版社,2004年。
② 参阅王德威:《被压抑的现代性:晚清小说新论》,宋伟杰译,台北:麦田出版公司,2003年。

上把握了晚清小说运转于古今中西而别有创发的事实,那么其他学者的研究则从某些细面补充或延伸了他们的论点。米列娜主编的《世纪之交的中国小说》(*The Chinese Novel at the Turn of the Century*),启用结构主义的分析策略,从情节结构、叙事模式、人物造型、时间观念等诸角度,论说了晚清小说充满变数的演进历程。他们讨论的作品不仅有大名鼎鼎的"晚清四大谴责小说",还有一些不太著名的作品,比如吴沃尧的《九命奇案》和张春帆的《九尾龟》。在米列娜看来,从这些作品中可以发现,不仅小说的叙事形式、手段和风格惊人多样,配合了主题与背景的广阔性,而且传统叙事手段和试验性的革新手段融合一体,足以代表那个时代的复杂性。米列娜说,这些隐而不彰的演变在到达极盛之前早已展开,而在此过程中,高级文学与通俗文学间的相互影响则成为形塑中国现代文学的重要因素,赋予了中国现代文学全新的生命张力。①可惜的是,这一点并没有得到学界充分的认识。当然,随着研究的深入,这样的偏忽正逐渐得到改善,人们对所谓的通俗类读本兴趣日浓。从专门的作家作品研究来看,自20世纪70年代起就有白瑞德(Susan Blader)关于《三侠五义》与《龙图公案》关系的探究("A Critical Study of *San-hsia Wu-yi* and Relationship to the *Lungt'u Kung-an Song Book*." Ph. D. diss. , University of Pennsylvania, 1977,以及 *Tales of Magistrate Bao and His Valiant Lieutenants*: Selections from *Sanxia Wuyi*. Hong Kong:Chinese University Press,1997)、郑绪雷对《海上花列传》的高度赞扬("Flowers of Shanghai and the Late Qing Courtesan Novel." Ph. D. diss. , Harvard University, 1979),及罗溥洛(Paul Ropp)涉足《儒林外史》针砭时弊功能的分析(*Dissent in Early Modern China*:*Ju-lin Wai-shig and Ching Social Critical*. Ann Arbor:U-

---

① 参阅米列娜编:《从传统到现代:19至20世纪转折时期的中国小说》,伍晓明译,北京:北京大学出版社,1991年。

niversity of Michigan Press, Center for Chinese Studies, 1981)等等。著名的 Twayne 人物传记系列中,还出版了李培德的《曾朴》(*Tseng P'u.* Boston:Twayne,1980)和道格拉斯·兰凯夏(Douglas Lancaschire)的《李伯元》(*Li Po-yuan.* Boston:Twayne,1981)。20 世纪 90 年代以降,斯风日炽,连一些较为偏僻的"二流作家"也开始受到关注,比如贺瑞晴(Kristine Harris)的论文就探讨了一部名不见经传,却在思想史上颇有分量的作品——罗普(岭南羽衣女史)的《东欧女豪杰》("Revolutions in Space and Time:Luo Pu's *Heroines of Eastern Europe* and Political Exile in Late Qing China." M. A. Thesis, Columbia University,1991)。

由点及面,对通俗题材、文类和流派的研究,同样表明晚清的现代性风貌不容小觑。题材类型的研究,有刘若愚的《中国侠》(*The Chinese Knight-Errant.* Chicago:University of Chicago Press,1967)和马幼垣("The Knight-Errant in Hua-pen Stories." *T'oung Pao* 61(1975):266—300;"Kung-an Fiction:A Historical and Critical Introduction" *T'oung Pao* 65(1979):200—259)的武侠公案考,曾佩琳(Paola Zamperini)对小说中妓女形象及迷失之身体的发掘("Lost Bodies,Images and Representations of Prostitution in Late Qing Fiction." Ph. D. diss. , University of California at Berkeley,1999);文类的探究,从小说话本到弹词唱曲,鞭辟入里,宋秀雯评说弹词及其叙事("T'an-tz'u and T'an-tz'u Narratives", *T'oung Pao* (1993):1—22);流派的重建,林培瑞(*Mandarin Ducks and Butterflies:Popular Fiction in the 20th Century Chinese Cities.* Berkeley:University of California Press,1981)、陈建华(*A Myth of Violet:Zhou Shoujuan and the Literary Culture of Shanghai,1911—1927.* Ann Arbor:UMI Dissertation Services,2002)诸位力推"鸳鸯蝴蝶派",品目繁多,均欲阐明所谓"现代",乃渐积所致。其中既不乏主观努力,亦不缺外部推动。胡志德的

专著名为《把世界带回家》(Bring the World Home: Appropriating the West in the Late Qing and Early Republican China),正指此意。在胡志德看来,晚清民初的文学史与文化史摇摆未决(Indeterminate Age),传统受到持续破坏,现代成为问题,人们对西方既爱且恨。诸多晚清思想表面看来紧追西方现代,却无不有着中国渊源。严复、梁启超、章炳麟、刘师培、林纾等人或努力分辨东西差异,或鼓吹新的写作风格,或研发小说理论等,都是意图调和境内境外文化,以为己用。从思想倡导落到文学实践,吴趼人的《新石头记》、曾朴的《孽海花》,都是这一文化背景下的绝佳例证。它们不仅在小说技巧上大有发展,而且展现了彼时变动中繁复的社会关系。时间进入民国,此般冲动仍有增无减。朱瘦菊的《歇浦潮》,虽为娱乐所制,却描摹了现代之际各种悲苦感愤的体验,较之五四一代毫不逊色,就连鲁迅等人的现代创作也摆脱不了晚清文学的影子。

如果说现代性的时间坐标原点在于晚清,那么它的空间坐标原点则落在城市。尽管"乡村"是五四文学最为热衷的一环,但没有城市,这些"地之子"就无从畅快地表达自己对乡土的眷恋,也只有城市才提供各种表述的通道和倾诉的对象。更为重要的是,只有城市才优先提供各类新式教育,令他们有机会疏离传统与乡土,并对外在秩序充满敏感。叶文心就以"分裂的学园"(The Alienated Academy: Culture and Politics in Republican China, 1919—1937)一说作为印证,表明现代中国的高等教育机构在传播新知方面扮演了重要角色。

通往现代、成就中国的进程,最受瞩目也至为成功的是"城市上海"。如今关于上海的论述汗牛充栋,不胜枚举。从都市"奇观"到"辉煌"景象,叶文心以为,"洋""商"与"女"共同交织成了一个新的秩序[①]。而这万般物质文明的"骇怪""颓废"所引出的文学涟

---

① Yeh, Wen-Hsin. *Shanghai Splendor: Economic Sentiments and the Making of Modern China, 1843—1949*. Berkeley: University of California Press, 2007.

漪,也早被大才槃槃的李欧梵披露无疑。在《上海摩登:一种新都市文化在中国,1930—1945》(*Shanghai Modern:the Flowering of a New Urban Culture in China,1930—1945*)一书中,李欧梵就两种都市文本样式——"城市空间的具体文本"和"关于城市的话语写作"做出了令人信服的论证。李欧梵特别强调了"印刷文化"的作用,无论是广告、书刊、文库、教科书,还是美女月份牌,都成为表述现代的重要指标。略感遗憾的是,李欧梵重在重建"西化的上海",而对都市居民的日常世界则多有遗漏。① 卢汉超、吴茂生(Mau-Sang Ng)、金佩尔(Denise Gimpel)几位把触角伸向"霓虹灯外",从各类流行读物、通俗文本中发现了传统生活方式的现代遗留和20世纪40年代的市民生活,丰富了现代上海的多元面貌。② 林培瑞、陈建华、李海燕③三家对"鸳鸯蝴蝶派文学"及其代表人物周瘦鹃的讨论,则言说了现代都会文明的另类篇章,它们与李欧梵所阐述的"新感觉派"的"颓废""浮纨"大异其趣,以"感伤"和对私人领域的诉求,铺演了公共空间和现代主体性的诞生轨迹。

林培瑞的高足戴沙迪(Alexander Des Forges),从"街谈巷议"说起,追踪文学作品中晚清民国一段的上海叙事,回答了上海如何成之为上海的问题。在他看来,上海的印刷产品(地图、照片、报纸、电影等等),特别是小说和勃兴于19世纪90年代到20世纪30年代的分期连载小说,形塑了上海的城市身份。借着这些文化产品

---

① 参阅李欧梵:《上海摩登:一种新都市文化在中国,1930—1945》,毛尖译,北京:北京大学出版社,2001年。

② Lu, Hanchao. *Beyond the Neon Lights:Everyday Shanghai in the Early Twentieth Century*, Berkeley:University of California Press,1999; Gimpel, Denise. *Lost Voices of Modernity:A Chinese Popular Fiction Magazine in the Context*. Honolulu:University of Hawai'i Press,2001; Ng, Mau-Sang. "Popular Fiction and the Culture of Everyday Life:A Cultural Analysis of Qin Shouou's Qiuhaitang." in *Modern China* No. 2 (1994), pp. 131—156.

③ Lee, Haiyan. *Revolution of the Heart:A Genealogy of Love in China,1900—1950*. Stanford:Stanford University Press,2007.

无远弗届的活力,小说还演绎出其他城市的文化认同。比如,在"双语文本"(Double-Voiced Texts)《海上花列传》中,小说的叙事者使用了标准的官话,而人物所使用的语言则是苏州土白,这两种语言都不是上海的本地方言,却在上海出版发行。海上小说复制了其他城市的惯有认同,如此"媒介上海"(Mediasphere Shanghai: The Aesthetics of Cultural Production)就成了其他文化,如"京派文化"等争先恐后登临的场所。

"发现上海"的事业如火如荼,这势必导致一部分传统城市受到忽视。就中华帝都北京而言,昔日的荣光在上海的声光化电中黯然失色,这是否预示着此类"传统"的城市无力现代,也无法现代呢?张英进和史书美两位的研究对此做出了极好的反驳。在《中国现代文学与电影中的城市》(The City in Modern Chinese Literature and Film: Configurations of Space, Time, and Gender)一书中,张英进考察了晚清民国时期中国文学与电影想象城市的途径,提出了三类典型的构形(Configurations)方式:空间、时间及性别。它们分别说明了乡村与城市、传统和现代、致力于智力探索与自我培养的"男性"城市和致力于愉悦与新鲜感的"女性"城市的纠缠撕掳。其中,北京是空间构形的最佳案例,上海则是时间与性别的城市。在老舍、张恨水等人的小说中,张英进发觉北京一方面跟小镇和乡村有着共同的传统、价值观和心态基础,差别不大,另一方面,又必然是现代中国的一个重要部分。对北京构形的矛盾,比如老舍作品中文化批判和文化怀旧的龃龉,也是中国现代体验的一部分。尽管中国传统在北京取得了象征性的胜利,但随着西化大潮的奔涌、上海的出现,中国城市中对称的空间开始了重新的时间化和性别化。①

---

① 参阅张英进:《中国现代文学与电影中的城市:空间时间与性别构形》,秦立彦译,南京:江苏人民出版社,2007年。

如果说张英进的出发点是"文学构造现代城市",那么史书美推敲的则是"在城市中书写现代"的议题。作为英文世界第一本对"民国时期中国文学中的现代主义"进行全面考察的学术专著,《现代的诱惑》不仅出色地讨论了上海的新感觉主义,而且还分析了北京的现代主义运动,其中后者的努力一直因为前者的光辉而被遮蔽。透过对京沪两派书写策略的精细考察,史书美重新组织出一套理解现代主义的中国术语——"半殖民主义"。在她看来,以废名、凌淑华和林徽因为代表的京派,面向未来地回顾过去,对新的全球文化做出了地方性的建议,应以"重思现代"之名出之,这与海派作家"炫耀现代"的做法判然有别。废名"用毛笔书写英文"的形象,包含了一种中西协商的互动影响,这使得他笔下的现代性成功地规避空间和时间的边界,尤其是文化上的边界。林徽因和凌淑华两位女性作家的作品和生活经历雄辩地证明,为了参与现代意义上对传统事业的重新肯定,女性由于自身与传统的矛盾而不得不采用一种相对曲折的现代性写作路线。通过重拾传统文学技法——"缀段性"叙事和闺怨诗,这两位女作家发出了地区语境下的协商性别的呼求。①

至此,我们已经清楚地看到中国现代性的时空起点,乃在于晚清的上海。由此开始,时空交错,绵延不绝,各种情境的现代模式纷至沓来,亟欲增益这项未尽的工程。张诵圣的研究讨论了台湾地区的现代主义和本土抵抗(*Modernism and Nativist Resistance: Contemporary Chinese Fiction from Taiwan*);阿巴斯(Ackbar Abbas)则关注香港的文化意义和政治意识(*Hong Kong: Culture and the Politics of Disappearance*);张旭东将目光锁定在改革年代,探讨此一时段下的现代主义——文化高热、先锋小说和新中国电影(*Chinese Mod-*

---

① 参阅史书美:《现代的诱惑——书写半殖民地中国的现代主义(1917—1937)》,何恬译,南京:江苏人民出版社,2007年。

ernism in the Era of Reforms：Cultural Fever, Avant-garde Fiction, and New Chinese Cinema）；唐小兵叙写英雄与凡人的故事（Chinese Modern：The Heroic and the Quotidian），从文学到文化,由晚清的《恨海》,说到现代的《狂人日记》和《寒夜》,直至后现代《叔叔的故事》。既有抒情与异议,也有历史的镜照、真实的都市和日常的焦虑,五光十色,十足一副"中国现代"的全景图、浮世绘,鲜活再现了中国现代文学与文化现代性追求中的光怪陆离。

第二节 都会的摩登诱惑

探讨现代与观察城市密切相连。据说第一个现代主义者游手好闲,就诞生在巴黎的拱廊门下和骚动的街头。随后,纽约、伦敦、柏林、维也纳、布拉格,一座座白人城市相继催生五花八门的现代艺术。而在中国,不必夸大也不容轻看两座城市所散发的现代魅力,它们是北京和上海。前者苗红根正,温柔蕴藉,乃中华帝京;后者旖旎多姿,生猛有力,是摩登都会。性格迥异,却平分秋色。

上海,一座现代文学中为数不多的明星城市。由于太平天国的兵燹,这座旧时中国的小渔村,在一夜之间成了万头攒动的东方巴黎,一座混淆着声光化电、身体、欲望和商品的城市。如果说,在中国有哪一座城市是被制造出来的,那么非她莫属。她虽不是心灵的原乡,却吊诡地符合一切怀旧与想象的口味。晚清失落的文人于此谋生,寻找人生的新坐标;鸳蝴作家于斯缠绵留恋,谱写一出出新旧交轇的抒情好戏。这里是张爱玲念兹在兹的文学基地,也是新感觉耸人观视的温床所在。从雅入俗,由浮浪到颓废,经传统再现代,无论从哪一种向度,其都是独树一帜的高标。文人于此营生论世,商人于斯开市经济,政客在此图谋号令,洋人在这猎奇殖民,阴谋阳谋,真情假意,如是交缠,混沌了道德的边界、美学的

第二章 回旋的现代性追寻

底线。

如果说上海的现代意义来自于其无中生有的都会奇观,以及近代西方文明交错的影响,北京的现代意义则来自于它所积淀、并列的历史想象与律动。①

昔日京华烟云,物富人丰:从故宫、城墙,到天桥、胡同、四合院,皇亲贵胄、市井凡夫,可谓五方杂处。固若金汤、惮骇千里有之,活泼生动、异彩纷呈有之,绝不是刻板面孔一副。时间到了现代,其精彩不降反升,"京城"幻作"镜城",有如万花筒般,折射那既新且旧的都市风景,点染俗雅纷陈的心影世界,从而铸造了一个啼笑因缘、"有情"主体的舞台。老舍、周作人,京味京韵,好一番民间沉浮;废名、沈从文,乡土唱晚,是另一卷乌托蓝图。北京城蕴积丰厚、今昔错落,实在不只是惊鸿一瞥。任胡适之谦卑儒雅,纵徐志摩风流倜傥,抑或林语堂幽默隽永,其都已不是传统中国的一仍其贯,而是现代经验下的多维视景。时空流转,面向未来,却迎向过去,大起伏、大蜕变,深邃处非上海能望其项背。这些文字绝无意评点是非,翻版20世纪30年代轰动一时的京海公案,我只是想用它们做引子,来讨论现代性的不同都市风采。

在费正清主编的《剑桥中华民国史》中,李欧梵以"追求现代性"为名,探讨了1895到1927年间中国文学的新走势。在他看来,中国的"现代性",不仅含有对当下的偏爱之情,同时还有向西方寻求"新奇"的前瞻性。② 这样的观点,在如今五光十色的"现代性的恋物癖"③中,已不值一哂。"另类现代性","迟到现代性"(Belated Modernity),以其斑驳芜杂,抵消了这种"简单"认知所构

---

① 王德威:"序二",陈平原、王德威编:《北京:都市想象与文化记忆》,北京:北京大学出版社,2005年,第2页。
② 李欧梵:《现代性的追求》,北京:生活·读书·新知三联书店,2000年,第236页。
③ 刘剑梅:《狂欢的女神》,北京:生活·读书·新知三联书店,2007年,第238页。

成的意义。20世纪末王德威关于"如何现代,怎样文学"的追问,更是连类所及,勾出的种种中国论述,一面既丰富了"现代性"的论域,一面也混淆了它的界限。因此,"现代性"反成了中国文学论述的一道符咒。人们宁谈其变化,而讳言其现代。极左极右之间,未必没中"冲击—回应"与"中国中心观"的窠臼。如何书写中国文学的"现代"史,这将是另一个逗人深思的课题。

虽有论者早已畅言其赓续(传统),或叙其受惠(西方),但此类思想史的线索未必切中文学史的肯綮。政治、经济、思想文化上的迭代,不敷说明文学场域内部的各式演变;中西古今的论式矩阵,亦不适表明一时一地文学之差异。于是,如何从现代文学具体的发生场内获得某种视角,并据此推论一番其"现代演绎的历史",或有可取。法国社会学家布迪厄的"场域理论"正是准此而发。荷兰学者贺麦晓将之大加发挥,用以论证中国现代文学的发生发展①。其精辟允当之解析,为现代文学研究再开生机。但殊不知,远在20世纪70年代,李欧梵已在他的成名作《中国现代作家的浪漫一代》中占得先机,并在1997年用此方法构筑了一部坐标性的著作:《上海摩登:一种新都市文化在中国,1930—1945》。

在《中国现代作家的浪漫一代》一书中,李欧梵以现代作家与城市的关系为入口,概括性地分析了浪漫思潮在中国出现时的"文坛及文人现象",并据此细描了七位代表人物和他们的浪漫心态。在结论部分,李欧梵指出:"现代中国文人的现象,大抵可被视为:以城市作背景的文学界上演的一出悲喜剧。"②可能有人认为,这不过是麦克法兰(James Mcfarlane)和布雷德伯里(Malcolm Bradbury)

---

① Hockx, Michel, ed. *The Literary Field of Twentieth-Century China*. Richmond: Curzon, 1999; Hockx, Michel. *Questions of Style: Literary Societies and Literary Journals in Modern China, 1911—1937*. Leiden: Brill, 2003.

② 李欧梵:《中国现代作家的浪漫一代》,王宏志等译,北京:新星出版社,2005年,第251页。

第二章　回旋的现代性追寻

诸位关于"现代主义地理分布论"①的中国重奏,了无新意。我们却认为这重奏中,不妨另有一番文章可做。前者"以史证诗",借驳杂之历史,讨论文学产生的可能;后者重在"以诗证史",通过诉诸文学制度及其产品的生产经验,探讨一种新的历史形态。易言之,前者重申了"文学是特定时代产物"的观念,而后者却偏于一种更广泛的文化史研究。从衣、食、住、行、乐,到情感、欲望、品味,乃至物什、街道、建筑,都可诱发观者一场余韵悠长的讨论②。如此,郁达夫孤寂的漂泊,徐志摩感情的一生,都足资形塑浪漫一代中不可或缺的要项。城市中文人千姿百态的生活阅历,正逐渐汇入到对文学史和文化史的建构中去!

时隔二十四年,李欧梵将"城市与文学"的议题再作发挥,以上海为中心,"探讨中国现代史中的'现代性'问题"。他说:

> 从晚清到"五四",从现代到当代,到处都是由现代性而引起的问题,我不可能——解决,但我认为现代性一部分显然与都市文化有关。我又从另外几本西方理论著作中得知西方现代文学的共通背景都是都市文化;没有巴黎、柏林、伦敦、布拉格和纽约,就不可能有现代主义的作品产生。那么,中国有哪个都市可以和这些现代大都市比拟?最明显的答案当然就是上海。
>
> 于是我又开始着手研究上海。③

这就是《上海摩登》,一本重在考察 1930 到 1945 年间流行沪上的"新都会文化"的文学史著述。作者试以轻松之笔出之,借对

---

① 马尔科姆·布雷德伯里、詹姆斯·麦克法兰编:《现代主义》,胡家峦等译,上海:上海外语教育出版社,1992 年,第 75—166 页。
② 李孝悌编:《中国的城市生活》,北京:新星出版社,2006 年。
③ 李欧梵:《上海摩登:一种新都市文化在中国,1930—1945》,毛尖译,北京:北京大学出版社,2001 年,中文版序,第 3 页。

"城市形象""城市媒介"及"城市文学"三方面的讨论,表明上海的现代性是"世界主义"的。其在20世纪30年代早期登峰造极,并在随后的战争岁月里如花凋零,包括活力和颓废。她最终被另一座殖民城市香港所取代,且和她形成了一种"双城"镜像。在组成本书的三个部分中,第一、第二部分分别被冠以"都市文化的背景"和"现代文学的想象:作家和文本"的题目。其思路意在将"物质生活上的都市文化和文学艺术想象中的都市模式"①连接起来,借不同层面的文化考察,重绘上海的现代性。

在第一部分的研究中,最为评者津津乐道的,是李欧梵对1930年代上海巨细靡遗的描画。从外滩建筑、百货大楼、咖啡馆,到舞厅、公园、跑马场和"亭子间",作者以一个"都市漫游者"(flâneur)②的姿态和眼光,观看了这些承载现代性的重要物质实体,同时也营构了一个鲜活的上海日常生活的"公共空间"(Public Sphere)。出于阅读的快感,读者自不妨把这些内容视为一份上海的"旅游手册"或"历史导览图",但此种读法,也不妨碍李欧梵能以小见大地导出另一片天地。在对一个舞女日常开支"细节"(Detail)的关注中,李欧梵提醒道:

> 如果我们把关于舞女的描述和更早时候关于艺伎、影星的文章一起读,把她们视为一个文化系谱里不同方面的象征,我们就能追溯出一个用不同方式以女性为中心的传统。③

坂元弘子(Sakamoto Hiroko)关于"民国时期画报中摩登女郎"的讨论,证实了女性不只是作为被侮辱和被损害的对象而存在。

---

① 李欧梵:《徘徊在现代与后现代之间》,上海:上海三联书店,2000年,第128页。
② 关于"漫游性"的上海挪用及其恰当性的讨论可参阅张英进:《批评空间的漫游性:上海现代派的空间实践与视觉追寻》,陈子善、罗岗主编:《丽娃河畔论文学》,上海:华东师范大学出版社,2006年。
③ 李欧梵:《上海摩登:一种新都市文化在中国,1930—1945》,毛尖译,北京:北京大学出版社,2001年,第35页。

即使在男性画家的笔下,"我们照样可以看到女郎自己的愿望和主体性"①。

作者以印刷文化(期刊、杂志、书籍、广告、教科书)和城市传媒(电影)为关注重心,探讨了文学机制在传导现代理念方面所发挥的作用。其理论支持是安德森关于"想象社群"的讨论。在安德森看来,一个民族的兴起必然同小说、报纸这些现代传媒有着息息关联。作者对各类通俗读物(或曰普及性读本)的功能解析,即佐证了这一点。如《东方杂志》承载了引进"新知"的任务;教科书、文库作为一种启蒙事业,对中国的现代性有所期待和制造;《良友》及"月份牌",则通过意象和时间的记述,指涉了上海都市文化中的现代性想象。如果说这些都是"从精英化的宏伟理念和宏大论述的阵营,转到有关都会出版文化的一个更大众的领域"②,那么,对《现代杂志》的讨论则试图重新回到知识精英关于现代性想象的课题中去。通过追寻施蛰存的西文藏书,《现代杂志》的内容构成,及其翻译实践和意识形态,再造了都市文化与文学文本的现代性置换关系。而作者对电影的研讨,已经不可避免地成为当下视觉文化研究的典范之作。李欧梵集中描述了电影的城市语境和它的中国观众以及与出版文化的关系,指出早期的中国电影总是善于从畅销新闻或好莱坞电影中汲取养料,但是这种大方借鉴并没有产生什么殖民模仿(Colonial Mimicry)的效果。上海的中国观众总能成功地克服他们自身的欣赏观和"异国性"之间的差异(包括作品、影院、场所),并将其"中国化"——"通过像通俗剧的程式'误读'叙事上的亲缘性,到由出版操纵的'重写'剧情简介和影迷杂志的文

---

① 坂元弘子:《民国时期画报里的"摩登女郎"》,姜进主编:《都市文化中的现代中国》上海:华东师范大学出版社,2007年,第73—88页。
② 李欧梵:《上海摩登:一种新都市文化在中国,1930—1945》,毛尖译,北京:北京大学出版社,2001年,第95—96页。

章,用中式的价值观来重评外国电影。"①可以说,出版工业在电影中国化进程中居功至伟,但反过来,影像的流行又使得视听进入书写,电影成为小说技巧的主要源泉。张爱玲、刘呐鸥、穆时英诸位着人先鞭,足资表率。

如果说,第一部分的讨论主要集中在"作为旅游手册的上海"层面展开,那么第二部分关于作家、作品的分析则应从"作为文学想象"和"作为历史记忆"的上海层面上来理解。作为一个道地的本土作家,张爱玲对上海的感情和其文学叙述,自然不能和崇尚声光化电、色魔欲恋的施蛰存、刘呐鸥、穆时英诸人相提并论②。张爱玲散文中一再记述的上海往事和小说中不时流露的城市记忆,不宜只读为一种"本土想象"。特别是李欧梵对她《中国的日夜》一文的援引,在见出张爱玲游离在现实与历史之际,充溢着一股时间的怅惘。她在参差对照、苍凉世故中写就的市民传奇,宛如一股绵延的"历史传统"③,魂兮归来时,正是她对"传诗如史"(Writing Poetry as History)观念的致意。同张爱玲作品中深藏的"历史记忆"相较,新感觉作家关注更多的是作为现代上海的方方面面:身体、欲望、诡计和诱惑。与此同时,邵洵美、叶灵凤则铸就了两类新的都市生活形态——颓废和浮纨。前者欲借各种外在于我的"都市风景线",反复探寻受挫于现代怪诞的内心世界;后者则通过重建生活形态,适应于时。他们消解了颓废与浮纨的对抗本质,从而沉湎于"逸乐"的价值观。

① 李欧梵:《上海摩登:一种新都市文化在中国,1930—1945》,毛尖译,北京:北京大学出版社,2001年,第134—135页。
② 尽管施蛰存也写过很多像《鸠摩罗什》《将军底头》《石秀》和《李师师》这样的历史幻想小说,但我们仍能隐约看出现代生活悬置在人们心头的魔障。施氏笔下的这些历史人物,多是外国人(梵僧、番将),而且故事的背景也多是民族融和的唐朝,各种异域奇观,混合着写作时那无处不在的现代背景,本身就交织成了一种"弗洛伊德式"的传奇。
③ 王德威梳理了张爱玲荫庇下的当代作家,可参见其《记忆的城市,虚构的城市》系列文章,王德威:《现代中国小说十讲》,上海:复旦大学出版社,2003年。

第二章 回旋的现代性追寻

在此基础上,李欧梵在"作为研究方法的上海"层面探论了两个互为"他者"的城市——香港和上海。作者避开了对其异同做概要性描绘的传统比较之法,而欲指出陨落的上海是如何借着全球化的浪潮还魂到另一座城市之上,而这座城市又是如何消化吸收这"老魂灵的前世今生"的。其魅影憧憧处,正说明"现代性"的幽魂不散:

> 上海和香港所共享的东西不光是一个殖民地或半殖民地的历史背景,还是一种扎根于大都会的都市文化感性。其实历史已完成了其最具讽刺性的一击,在农村包围城市的乡村革命胜利后的半个世纪,人们又再次看到城市的重要性,并把它们作为文化和经济的中心。当中国一个世纪的现代性追求快告终时,在不远处地平线上晃荡的幽灵是像上海与香港那样更多的城市。①

这段话似乎泄漏了作者刘五四现代观及其实践的反拨冲动。他检讨了将中国文学拘役在乡村世界的狭隘做法。在他看来,这本身是不可能,也无法说明问题的:

> 五四以降中国现代文学的基调是乡村,乡村的世界体现了作家内心的感时忧国的精神;而城市文学却不能算作主流。这个现象,与20世纪西方文学形成一个明显的对比。……由于20世纪中外文学的区别太大,研究中国现代文学的学者(特别是在大陆)往往不重视城市文学,或迳自将它视为颓废、腐败——半殖民地的产品,因之一笔勾销,这是一种意识形态主宰下的偏狭观点。②

---

① 李欧梵:《上海摩登:一种新都市文化在中国,1930—1945》,毛尖译,北京:北京大学出版社,2001年,第351页。
② 李欧梵:《现代性的追求》,北京:生活·读书·新知三联书店,2000年,第111—112页。亦可参见李欧梵:《徘徊在现代与后现代之间》,上海:上海三联书店,2000年,第125页。

《上海摩登》成书的 1997 年，正是中国文化高热臻至顶峰之时。其时国人对民国文学的怀旧浪潮，直接将上海推到了浪尖风口。《上海摩登》的问世，自不免会有追风逐浪之嫌，但在中文版的序言中，作者主张其作乃是"一种基于学术研究的想象重构"①。在译者毛尖为该书提供的四种读法中，其既不讳言书中含有浪漫怀旧的一面（可当小说、散文、"老上海的摩登指南"读），同时也笃定地表示，这是"一部极其严肃的批评专著"②。无论从史料的翔实程度，还是分析功力的扎实细腻上来看，都足称表率。更为重要的是，该书也为对中国都市文化批评范式的确立、研究理路的拓宽及方法的开放都树立了一个可资参见的典范。无怪王德威在对该书的评鉴中，如此热烈地写道：

> 在研究现代上海过程的著作中，此书无以比拟的成就最高。李欧梵重新绘画了上海的文化地理，刻画了二十世纪三十年代上海市与租界的微妙关系。此书史实超卓，文辞优美，端的令人钦佩；本书并预示着新世纪的一种新文化评论风格。③

尽管李欧梵不可避免地存在某些研究上的盲见，比如在对左翼及鸳鸯蝴蝶派等其他上海文化团体所表征的现代性方面的偏忽，以及因强调城市视角，而对城市与乡村的交辖关系有所回避等等④，但瑕不掩瑜，作者本无心十全十美。其文不按古的狐狸风范，已引来后续者前赴后继地增益这份"摩登"事业，推进这项"未完成的现代性"工程。史书美的"现代诱惑"、孙绍谊的"城市想象"、卢汉

---

① 李欧梵：《上海摩登：一种新都市文化在中国，1930—1945》，毛尖译，北京：北京大学出版社，"中文版序"，第 4 页。
② 毛尖：《一种摩登批评》，《二十一世纪》1999 年 12 月第 56 期。
③ Lee, Leo Ou-fan. *Shanghai Modern: The Flowering of a New Urban Culture in China, 1930—1945*. Cambridge: Harvard University Press, 1999, back cover.
④ 朱崇科：《重构与想象：上海的现代性——评李欧梵〈上海摩登：一种都市文化在中国，1930—1945〉》，《浙江学刊》2003 年第 1 期。

第二章 回旋的现代性追寻

超的"霓虹灯外"、李孝悌的"乡野现代"、孟悦的"发现上海"、陈建华的"革命与形式"以及"周瘦鹃与鸳鸯蝴蝶派"等等,百家争鸣,而又无不循此创生。即便是如今自成一格的"北京热""西安热",也通是沾了《上海摩登》的姻亲关系而起事,其创建之功巍然。①

都市文学与文化研究方面,与李欧梵相呼应的是其高足史书美。李欧梵主要关注的是上海都市文化的现代性,而史书美则将目光转向了北京和京派。海外的北京研究日益丰满,大有迎头赶上的趋势,但这些北京论述,更多出自历史学者之手,到目前为止,系统地探讨在北京气候内形成的京派文学的研究更是少之又少②,正从这个意义上,史书美的《现代的诱惑》一书具有"发凡起例、以待来者"的文学史意义。

史书美眼中的"京派写作"是指周作人、朱光潜、废名、林徽因、凌淑华等人的评论和文学创作。他们的成形,在史看来,既非因为其在社会上以及与一些文艺刊物的关系,亦非其统一可供辨识的写作风格,如所谓的"乡土味""传统味"和"市井味",当然更不是因为地缘因素,他们的"双文化"教育背景(中国和英美),使其坚

---

① Shih, Shu-Mei. *The Lure Of the Modern: Writing Modernism in Semicolonial China, 1917—1937*. Berkeley: University of California Press, 2001;孙绍谊:《想象的城市:文学、电影和视觉上海(1927—1937)》,上海:复旦大学出版社,2009 年;Lu Hanchao. *Beyond the Neon Lights: Everyday Shanghai in the Early Twentieth Century*. Berkeley: University of California Press, 1999;李孝悌:《上海近代城市文化中的传统与现代——1880 年代至 1930 年代》,李孝悌:《恋恋红尘:中国的城市、欲望和生活》,上海:上海人民出版社,2007;Meng Yue. "The Invention of Shanghai: Cultural Passages and Their Transformation, 1860—1920." Ph. D. diss., University of California, 2000;Meng Yue. *Shanghai and the Edges of Empires*. Minneapolis: University of Minnesota Press, 2006;陈建华:《革命与形式:茅盾早期小说的现代性展开(1927—1930)》,上海:复旦大学出版社,2007 年;陈建华:《现代主体性和散文的形成:周瘦鹃的〈九华帐里〉》,陈子善、罗岗主编:《丽娃河畔论文学》,上海:华东师范大学出版社,2006 年;陈平原、王德威编:《北京:都市想像与文化记忆》,北京:北京大学出版社,2005 年;陈平原等编:《西安:都市想像与文化记忆》,北京:北京大学出版社,2009 年。

② 就笔者所及,目前唯有罗福林正在进行的研究"小品文与中国现代性"(The Literature of Leisure and Chinese Modernity)涉及了对京派艺术性的探讨。

信复兴文化并无须断裂传统才是个中关键。受惠于柏格森(Henri Bergson)、倭伊坚(Rudolph Euchen)、杜威(John Deway)、罗素(Bertrand Russell)等人非目的论(nonteleological)哲学和新人文主义的思想,"京派"作家把当时西方对现代性的批评应用在中国问题上,从而形成了同"五四"西方主义截然不同的文化态度,认为传统大有可为,"文学作品的全球性或普遍性需要强烈的地方色彩"。换句话说,京派的核心理念既不在于虐杀和击毁传统,也不在于不假外求地润色自身,而在于调动一切外在的可能,更新和引生传统。其要害处,是"在中西间的现代性合作中有所努力":透过对中西共享的普遍性的支持和书写,对新的全球文化作出建议。正是基于如上的考量,史书美将"京派"定义为"文化写作",一种有别于海派,却同样也是世界主义的、对中国现代性的想象方式。这个看似简单的定义,至少帮我们拆解了如下三种样板观念,并旗帜鲜明地标举出此概念所具备的含混性。

其一是地区性的视角,即认为"京派"作为一种乡土情结,构成了所谓的"中国性",它是北京地缘政治下的风格写作。她特别举沈从文为例,认为沈从文也许是京派作家中最突出的代表,但是,从严格意义上讲,他是一个很少关心形式变革的地域性作家。他的《看虹录》在性幻想描写上更接近于海派,而其他的许多作品也适宜放在现实主义的类目中加以讨论。这就是说,"京派写作"必须同"在北京写作"和"写作地方"这两个概念区别开来。它不是单纯的写作实践,而是跨文化互动。在此前提下,南京也可以属于"京派"。其二是具体化。传统的定义趋向于将"京派"定性为"一种受约束的、简明的、空闲的、温和的、传统主义的和抒情诗体的非功利美学"[①],但史书美主张将其视为一种文学试验和文化探索。

---

① 史书美:《现代的诱惑:书写半殖民地中国的现代主义(1917—1937)》,何恬译,南京:江苏人民出版社,2007年,第200页。

她用了"现代主义"这个宽泛的概念,来表明京派的多样性,而不是对某种风格的持续开拓。有鉴于此,他认为汪曾祺比沈从文更像京派,因为他发明了一种"松散"或曰"解散"的美学,"以乔伊斯和伍尔夫式的语言和形式展示了现代美学与传统中国美学之间的互文性"①,取消了上述所谓的具体风格定式。第三就是本质化。同以往的京、海研究大不同,史书美将讨论从民族主义的文化政治中解放出来。在她看来,京派并不是排外主义意义上对本质化了的中国传统的回归。将中西文化特殊化的做法,只能导致可笑的二元对立,不仅抹杀了文化的普遍性存在,尤消解了京派在反思传统、再造现代过程中发挥的作用。换而言之,我们既无需拔高京派的地位,将其视为对西方霸权的文化抗衡,也不需贬抑其身价,将之看做文化的"保守主义"。这是一种"批判的现代性"(Critical Modernity)。

> 在地区语境中,这一批判的现代性构成了新传统主义者反对"五四"西方主义的根据;在全球语境下,他又从属于致力于吸收东方文化以治愈自身疾病的欧洲中心主义的文明话语。新传统主义的主体性就镶嵌在这两种语境的相互作用和张力之间。②

为进一步论证"京派文学"是作为一种文化书写而存在,史书美从话语策略,而不是惯常的风格分辨上对京派小说做出了令人信服的解读。她考察了两个被"五四"错置或边缘化了的议题:传统和女性。这两个概念本身存在极强的抗辩性。在京派那里,传统被重新诠释成了全球性的促成因素之一,但"女性"却被简单地等同于地区性因素,纳入了理论范畴。废名对传统的选择和解释

---

① 史书美:《现代的诱惑:书写半殖民地中国的现代主义(1917—1937)》,何恬译,南京:江苏人民出版社,2007年,第213页。

② 同上书,第179页。

是以他的西方文学知识作为中介的,这里的问题是"互动影响"(Mutual Mediation 或 Mutual Implication):传统中的现代性和现代性中的传统同时影响了他。他的写作彻底否决了文化区分的本质主义、等级分化和二元对立,对所谓的传统与现代之别提出了挑战,继而重塑了特殊性与普遍性之间的关系,变得"不分东西",且"阴阳合一"。

但不幸的是,这种旨在调和阴阳的美学实践,仅仅只是将"女性"变成了一种理论原则,它认为传统中国文化的女性化,有助于矫正具有男性气质的西方尚武文化,而偏乎了"女性"首先是作为一个具体的社会学范畴而存在。林徽因和凌淑华两位的作品和生活经历雄辩地表明,女性作为真实的存在,而非一种价值隐喻,如何在肯定传统的事业中,通过不断地调整、协商,乃至重构与传统和西方的矛盾关系,生成了一种全新的书写策略。林徽因的女性主体性,建立在她的跨文化成长经历及与费慰梅(Wilma Fairbank)等西方友人的和谐关系之上。通过采用与传统的"缀段性"叙事方式相当的"现代主义的蒙太奇和片段叙事技巧",她成功地发展出一套"性别的跨国主义"观念。

> 这种文化观念警醒地将自身定位在超越于民族主义范式之上的全球语境之中,同时这种全球化又不遵循文化殖民结构的文化均质原则。①

凌淑华的女性主体性,则因受制于《古韵》写作中与伍尔夫的不平等关系,变成了"东方主义"的共谋:自我东方化(Self-Orientalism)。所幸她对传统文学中女性美学的讽刺性模仿,以及对曼斯菲尔德(Katherine Mansfield)作品的翻译,使她同时能与中国的女

---

① 史书美:《现代的诱惑:书写半殖民地中国的现代主义(1917—1937)》,何恬译,南京:江苏人民出版社,2007年,第237页。

第二章　回旋的现代性追寻

性文学传统和西方的女性现代主义进行双重对话,并使两者的界限变得模糊不清,为我们理解"特定时代之性别化了的现代性结构是如何在风格和内容上变成了具有讽刺性的模仿"①的问题,给出了一条思考路径。

值得注意的是,史书美对"中国的现代主义"做出了开拓性论述。这至少包含了如下两方面的内容:一是对中国现代主义合法性的承认;二是揭示了中国现代主义产生的历史语境,主要是分析了其与殖民话语间的复杂关系,其中特别强调了日本的中介作用。

正如我们所知,20世纪90年代以来,有关中国现代主义的著述薪积,并不乏见。针对新中国成立后,特别是改革以后出现的一系列文学和文化现象,出现了像王斑的《历史的崇高形象》、张旭东的《改革时代的中国现代主义》、陈小眉的《西方主义》(*Occidentalism: A Theory of Counter-Discourse in Post-Mao China*)、王瑾的《文化高热》(*High Culture Fever: Politics, Aesthetics and Ideology in Deng's China*)、唐小兵的《中国现代》、吕彤邻的《厌女症、文化虚无主义和对抗的政治》(*Misogyny, Cultural Nihilism, and Oppositional Politics: Contemporary Chinese Experimental Fiction*)、钟雪萍的《被围困的男性》(*Masculinity Besieged? Issues of Modernity and Male Subjectivity in Chinese Literature of the Late Twentieth Century*),以及张诵圣的《现代主义与本土抵抗》等代表性作品。而针对晚清的讨论,王德威《被压抑的现代性》虽不以"现代主义"之名出之,实离其左右不远。如此,在"现代主义"关目下接受研究的时段,独独遗漏了五四以至新中国成立的一段,其中最重要的原因是,这一段文史被普遍认为是"现实主义"的,作家们普遍热衷于"社会变革",而非"文学革新"。李欧梵、安敏成、王德威对写实和浪漫的探讨,质疑了这一说法,而

---

① 史书美:《现代的诱惑:书写半殖民地中国的现代主义(1917—1937)》,何恬译,南京:江苏人民出版社,2007年,第257页。

利大英(Gregory B. Lee)、奚密、张错等人的研究则零星泄漏了"现代主义"的身影或出其间。① 但只有到了史书美,这股潜抑的暗流才真正被光明正大地搬上台面,且获得了正面的认可。

使用"现代主义"这一西方术语来评析中国文学,极为轻捷地动摇了文化话语中两个互为关联的研究范式:欧洲中心主义(Eurocentric Stance)和汉学本土主义(Sinological Nativism)。尽管西方话语把现代主义视为一个国际性的文化运动,但是它却系统性地拒绝给予非西方的、非白人的现代主义一个成员资格。他们傲慢地认为:既然乔伊斯已经最好地掌握了意识流写作的技巧,而没有中国作家能达到他那样的美学成就,那么中国文学不能被称做是现代主义的。与此沆瀣一气的是汉学本土主义者,在他们看来,这种匮乏恰好用来说明中国文学的独特性。无论有心还是无意,这种完全依照等级形态或阶级意识的既定脚本来书写文学史的做法颇堪商讨。提出"中国的现代主义",不仅有助于"瓜分"由西方专享现代文化的特权,承认其多样化的存在,同时也干预了慵懒怠惰地重复写实模式的中国文学史现状,丰富了其考察形态和观照视角。

针对中国的现代主义,史书美提出要从其与西方和日本的殖民关系中来看待。同那些被一国完全殖民的国家,如印度等不同,因为缺乏完整、一以贯之的殖民统治,中国的殖民结构呈现出多重(multiple)、多层(layered)、碎裂(fragmentary)、且不彻底(incomplete)的特性。在与西方现代主义的关系中,虽然中国是重要的他者,为其降生提供了必要的资源补给,但中国的现代主义却从未争夺过全球性的话语霸权,相反,它心甘情愿地接受了西方现代主义直线发展的旅行叙事。借严格区分"殖民西方"与"都市西方",郭

---

① Lee, Gregory B.. *Dai Wangshu: The Life and Poetry of a Chinese Modernist*. Hong Kong: Chinese University Press, 1989; Yeh, Michelle. *Modern Chinese Poetry: Theory and Practice Since 1917*. New Haven: Yale University Press, 1991; Cheung, Dominic. *Feng Chih: A Critical Biography*. Boston: Twayne Publishers, 1979.

沫若等人放松了对西方现代主义意识形态语境的自觉反思,从而形塑了"五四"一代在时间上急切渴望跃入摩登的写作心态。与此不同,京派则省思了西方现代主义产生的特殊历史语境,批判了其中蕴含的军国主义思想和实利主义倾向,以时空相合概念,"重思了现代"。

日本在西方现代主义传播到中国的过程中发挥了"调停"作用。尽管中国的现代主义者仅仅只是将其视为一个接近西方的纯功利主义手段,但中国作家对日本的挪用,包括形式、技巧,还有词汇,都不可避免地对他们产生了影响。比如,新感觉派作家不单复制了日本新感觉派成员从左到右的意识形态转变,也原封不动地保留了日语文本中由弗洛伊德心理分析所致的种族与性别偏见。同分化的西方一样,中国的现代主义者也面临着"军国主义的日本"和"作为文化中介的日本"。在现代主义与民族主义的两难间,他们对日本既爱又恨,发出了一种忧郁情调,其中尤以郁达夫为最。不难看出,从发生学的角度追踪中国现代主义文学的兴起,将日本纳入到考察视野,重新追问中国、西方、日本的三角关系,乖离了习见的中国(东方)和西方、中心与边缘的二元对立格式,显示了其错综复杂的演进历程和多元破碎的性格,同时也质疑了东西方文学史以"毒草"和"次流"视之的"制度化解读",给予了其恰如其分的评介和地位。

《现代的诱惑》的成功,在于它提出了一套独特的分析范畴"半殖民主义"(Semi-Colonialism),并对各种流行的西方理论范式提出了适时的修正和调整。长期以来,人们倾向于谈论"作为政治结构的半殖民主义",认为它同残留在中国社会中的封建主义一道,构成了对国人的政治压迫和剥削。虽然它对西方的"殖民事实"和"帝国主义"做出了严正指责,却显然乏于说明外国力量间的竞争,以及存在于中外关系中的多重支配层次。更重要的是,它不能充分反映碎片化了的殖民统治带给中国文化、美学和意识形态何种影响。史书美主张从文化政治的意义上来分析中国的半殖民主义,她说:

> 我在本书起用术语"半殖民主义"来描述存在于中国的多重帝国主义统治以及他们碎片化的殖民地理分布(大部分局限在沿海城市)和控制,同时我也希望通过此术语描绘出相应的社会和文化形态。①

对殖民主义与后殖民主义的理论家而言,探讨中国的"半殖民主义"文化政治与实践,首先就是对其所谓的"正式殖民主义"的检审与补充。而对那种认为"中国的殖民化"比"印度的殖民化"更糟糕的"次殖民主义者"来说,"半殖民主义"的观点将表明:尽管多重的殖民加重了控制和剥削,但它也同时使得整齐划一的殖民管理变得不再可能。这就让中国的知识分子较之于正规殖民地的知识分子享有更多样化的意识形态、政治与文化立场。

为了能清楚地勾画出"中国半殖民主义"的运作轨迹和艺术形态,史书美立志在历史与政治的背景下对文学进行语境化分析,她借鉴了雷蒙·威廉斯(Raymond Williams)所倡议的方法,"文学分析必须牢牢地扎根于历史的形态分析",通过整合历史、文本和理论的三方材料,发展出一套综合的方法论,用于审慎地反对各种研究方法上的人为分野:历史研究中经验与理论的分别、文学研究中文本与"文本外"的分别、跨文化研究中西方理论和非西方文本的分别。她博收杂取各种理论,从帝国研究到东方主义,从心理分析到女权学说,从象征资本到民族想象,既不炫学卖弄,浅尝辄止,亦不画地为牢,生搬硬套。她深思文学史的实际情况,对其进行了扩

---

① 史书美:《现代的诱惑:书写半殖民地中国的现代主义(1917—1937)》,何恬译,南京:江苏人民出版社,2007年,第37页。

第二章 回旋的现代性追寻

充调整,使之更适切于中国的语境。她的意见是,各种现成理论,启发有之,以一当十却不胜寥寥。比如,在对萨义德(Edward W. Said)的"理论旅行"进行检讨时,她指出,单向连续的传播只是一种理想状态,它不敷以说明中国与西方交叉影响的复杂性。当现代主义旅行到中国时,它的原点已经变得模糊不清了。胡适的"八不主义"部分地取自美国的意象派宣言,而后者却受到日本俳句与中国古诗的影响;在爱森斯坦(Sergei Eisenstein)所发明的电影技巧上发展起来的小说"蒙太奇",据说也是从京剧和中国文字的并置特点中获得的灵感。另外,废名从现代西方诗歌出发,迂回到六朝唐诗,寻求一种接近于意识流小说的句法来源和语言结构。在西方对东方的扭曲和利用中,存在着一种显然的不均衡关系,它试图抹平东方的价值。

这就导致了陈小眉把中国的"西方主义"与西方的"东方主义"等量齐观的做法颇成问题。史书美批评道:

> 东方主义不仅仅是为了国内的话语目的而利用东方的一种策略;东方主义影响有时甚至塑形了西方帝国主义者在侵犯东方过程中所采取的特定的占领策略。而无论是"五四"时代还是后毛泽东时代的西方主义,却从未卷入到任何形式的对西方的政治占领中去。甚至,作为一个文化话语的西方主义也不能和东方主义相等同,因为前者从未为了自我巩固而压制过西方;西方主义的自我授权的动力是来自于对中国自身的否定。①

在批判陈小眉有关"西方主义"观念的同时,作者同时批驳了另一种"西方主义",即冯客(Frank Dikötter)所认为的,五四对西方

---

① 史书美:《现代的诱惑:书写半殖民地中国的现代主义(1917—1937)》,何恬译,南京:江苏人民出版社,2007年,第151页。

文化的移用,完全是基于不能正确理解的基础上达成的。她毫不客气地指出,这是一种欧洲中心主义的话语视角,他在暗示第三世界人们不能负担起正确学习真正之都市文化的任务。铸就这种错误的根源在于,研究本身严重忽略了思想旅行和翻译实践中不可避免的磋商和"误读"。同样是针对第三世界的发言,杰姆逊所提的"民族寓言",美则美矣,但解释力度却相当有限:用以指称鲁迅则可,阐释陶晶孙则未也。因为"第一世界的理论家选择第三世界的代表作家是一种高度简化的行为",他抹杀了鲁迅之后中国现代主义作家们写作方式极为多元的不争事实。

史书美将其深厚的史学功底与文学造诣熔于一炉,用强大的叙事能力将每一个婉转崎岖的细节平滑纳入她的理解、复原和诠释,有效的开拓了观察中国的理论术语,拓宽了现代文学的表现疆域。在与各种理论的周旋中,她真实复又诚恳地指出其限度所在,既动摇了常规讲述中的中西、古今二元格式,又悄悄滑动其可能的维度,为其注入不同语境的解读策略。正如本书的名字所展示的那样,这是一种"诱惑":所有迷人的东西都包含毒素,召唤和抵制必须同时进行!

第三节　被压抑的现代性

处身于一个王朝风华声教的背影之中,又面对另一群青年学子揭竿而起、振臂高呼的呐喊,晚清这个时代的过渡意义大于一切。"晚清民初"(或曰"清末民初"),俨然是一折在无限乐观的线形时间督导下的"幕间戏",虽无害于裨,却也不至于"功高盖主",妨碍了"五四"这幕精彩正剧。

然而,百年之后重审晚清文学的历史,我们发现脱胎换骨的进化洪流中,自有另一路人马,借着千奇百怪的实验,开创出文学发展的巨大可能性,以此将晚清与现代、与五四紧紧相连。他们自行其是的种种努力,虽然深染传统文学的色泽,却也无不与现代文学的符码若合符节。比如,"鸳鸯蝴蝶"的开山祖徐枕亚,写哀感顽艳的骈文小说《玉梨魂》,不仅耗费了世间泪,还萌发了现代青年男女自由恋爱的心思①;五虎将之一的包天笑,写小说《一缕麻》,痛陈盲婚,使得画界、报界、电影、戏剧轮番出动,父母见之落泪,纷纷要还子女婚姻自主②。"无心之举",反收一鸣惊人之效。相形之下,倒是那些刻意再造中国的汲汲举动,竟落入了食言而肥的尴尬处境。梁启超力倡"小说新民、政治觉世",引出的却是狭邪公案、武侠科幻的蓬勃并发,"政教中国"的渴慕最终无以为继。无怪乎有论者抱怨其虽新实旧③,摆荡在社会教义和自主创造之间④,犹豫不决,无法自裁。

　　作为后来者,我们不能无视晚清到民国现代性进程中那一代人的精神痛苦⑤,但也不能回避由此痛苦所生发出的种种反面行为:颓废游戏、荒唐回转、滑稽谑仿,乃至滥情浪掷⑥。现代中国文学破蛹化蝶前所历经的各色艳异奇情,似有必要做一番重新估算,方能将先前文学常规和政治范例包裹下的种种问题和盘托出。因此,将晚清文学成就纳入现代性的范畴重新加以梳理与讨论,也就成为 20 世纪 90 年代以来海外文学研究中方兴未艾的现象。而在

---

① 金克木:《玉梨魂不散,金锁记重来:谈历史的荒诞》,《读书》1989 年第 7—8 期。
② 范伯群:《中国现代通俗文学史》,北京:北京大学出版社,2007 年,第 400 页;梅兰芳:《缀玉轩回忆录》,《大众》(月刊)1943 年第 3 期;包天笑:《钏影楼回忆录》,香港:大华出版社,1971 年,第 361 页。
③ 袁进:《中国小说的近代变革》,北京:中国社会科学出版社,1992 年,第 161 页。
④ Huters, Theodore. "A New Way of Writing: The Possibilities of Literature in Late Qing China, 1895—1908." in *Modern China* 14 (1988), pp. 243—276.
⑤ 参见曾佩琳:《完美图像——晚清小说中的摄影、欲望与都市现代性》,李孝悌编:《中国的城市生活》,北京:新星出版社,2006 年。
⑥ 参阅王德威:《被压抑的现代性:晚清小说新论》,宋伟杰译,台北:麦田出版公司,2003 年。

这些研究的当中,卓有成就且影响深远的当推韩南与王德威的著作。

韩南的晚清小说研究令人信服地从各类文学、文化现象中爬梳考据出一段段"史前文明"。在他看来,19世纪是一个颇富实验的时代。无论从小说的声口、结构,还是类型上来讲,都开创了一个新纪元,可以被视为新小说的先声。而国外影响,则通过传教士小说及其社会活动(小说竞赛)得以渗入,这当中翻译行为和报纸传播具有不可或缺的作用。同这种于"大写事件"前夜寻求蛛丝马迹的努力相似,王德威则揭橥了五四阴影中独树一帜的晚清文学实践。他的金石论断"没有晚清,何来五四",从狎邪、公案、科幻、谴责的四大文类出发,谕知了欲望、正义、价值、真理的四种向度,表明晚清小说望之也许不够新潮,但已对文学传统做了极大颠覆,而且大胆偏激之处较五四一辈有过之而无不及。从《海上花列传》到《三侠五义》,从《荡寇志》到《市声》,琳琅品相,众声喧哗,不仅与五四戚戚相关,且遥指下一个世纪末流行的诸种文学戏码。写实的风格、史诗的抱负、感时忧国的主题等渐行渐远,一出出别于五四正典的另类好戏正暗中上演。

我们拟以韩南和王德威两位关于晚清文学的论述为个案,来探查相对于过去的文学史论述,海外汉学界的晚清书写到底提出了怎样不同的观点,并检验这些叙述落差又提示了哪些新的问题。

韩南关于晚清小说的论文集《中国近代小说的兴起》挑战了种种固定的文学史表述,刷新了多项晚清文学的纪录,将我们的目光引向了五四新文学诞生之前的准备阶段。收入该书的9篇文章,大致分为三大主题,即"小说家技巧的创造性""西方人对中国小说的介入"以及"写情小说"。前两项议题主要勾画现代小说兴起的两种动力因素——传统变革和外来影响,最后一个主题则重构晚清小说的地图,意欲表明在谴责小说之外,另有新的小说样式值得

第二章　回旋的现代性追寻

注意,比如以揭橥社会丑恶闻名的吴趼人和专于情感表达的陈蝶仙,就分别颠覆了传统写情的两个方面——"理论意涵"和"叙事框架"。韩南所讨论的小说创作或者翻译,时间范围在1819到1913年间,正是为了表明现代兴起之前,诸般蠢蠢欲动的变革可能在播散和促成文学现代化方面扮演了重要角色。此举显然大大开拓了晚清文学的时空疆域,将其从传统的文学史定位中剥离,展示了它流变不居的历史痕迹。我们可以来分析一下韩南的具体论述。

首先是"小说家技巧的创造性"。第一部分的两篇文章《"小说界革命"前的叙事者声口》和《〈风月梦〉与烟粉小说》,从"叙事者特征的转变"和"新的文学体裁的发凡"两个方面展升,力图发掘中国现代文学的内部线索。关于"叙事者特征的转变",陈平原的《中国小说叙事模式的转变》一书已做了大量信而有征、独具慧眼的探讨。与陈平原不同的是,韩南的讨论避开了通常以叙事者视角(全知的,有限的,外部的,等等)切入问题的做法,提醒我们注意叙述者的其他方面——"他的身份,他的性格,他与文本、作者和编者的关系,他在怎样的情况下叙述,向怎样的听众以及他对所叙述的事件的态度倾向、看法"。韩南从杰拉·热奈特(Gérard Genette)"谁表述(声口)"和"谁看见(视点)"的观点中获得灵感,将其中的"声口"观念与中国传统的说书人角色对接,按照年代顺序,从四个宽泛的角度提出了不同的叙事方法:"个人化的叙事者""虚拟作者""最弱化的叙事者"以及"亲自介入的作者"。第一类叙事者,一人分饰两角,既是说书人,又是独立的人物,《儿女英雄传》和《花月痕》都是最好的例子。第二类叙事者,开始时将自己等同于作者,但旋即又把自己隐去而将写作归之于他人,主要的例子有《风月梦》和《品花宝鉴》,前者又引出了第三种叙事者的典型代表《海上花列传》。在韩南看来,这部作品"标志着向《儒林外史》的最弱化的叙事者的返回。……实际上,叙事者的角色甚至比在《儒林外史》中更受限制；任何时候只要可能，作者就让所有的背景资料，甚至人名，在对话中自然出现。表面上，叙事者在那儿只是为了叙述，来展现行动和语言——甚至描述也通常略去，除非人物自己说出"①。最后一类介入性的作者，则直接将叙事者本人化身为小说中的一个次要人物，比如《花柳深情传》《海上尘天影》《海上名妓四大金刚奇书》和《南朝金粉录》《平金川全传》，都是如此。这五部小说再加上 1895 年的《熙朝快史》，"被看作——不算夸张地说——是小说创新的第一次浪潮"②。

《风月梦》作为中国第一部"城市小说"，虽然呈现出新的发展态势，但其根源仍在于扬州的评话传统。它对晚清妓院现实的细致描绘，不仅复原了彼时旖旎多姿且极具地方感的都会市井生活，而且还构成了第一部上海小说《海上花列传》写作和阅读的文学语境。它复杂而对称的叙事结构，以及主题上的冲突媾和，都显示了其在小说发展史上的独特地位。第二篇文章《〈风月梦〉与烟粉小说》就通过对小说题材、主题及结构方面的考察，论证了晚清小说的突破性进展。这部分的研讨，主要围绕着传统的主题进行，采用内部视点，从叙事者声口和叙事结构两个方面予以考察。韩南所分析的小说主要以烟粉小说，即通常所谓的狎邪小说为主，检讨了过去文学史多用谴责小说作为讨论对象的偏颇，同时也从细部而非宏观上辅证了传统文学的创造性突破，并暗示了如下一个议题，即梁启超提倡的"新小说"运动，实际上只能算是在理论上先声夺人，在实践上未必真正着人先鞭。

与此相关的还有《吴趼人与叙事者》。这篇文章既讨论小说的叙事创新，也关注"新小说"运动对吴趼人创作的影响。韩南考察

---

① 韩南：《中国近代小说的兴起》，徐侠译，上海：上海教育出版社，2004 年，第 24—25 页。

② 同上书，第 37 页。

第二章　回旋的现代性追寻

的不仅是叙事者的声口、视点,还包括叙事的焦点。列入讨论的三部小说《二十年目睹之怪现状》《新石头记》和《上海游骖录》均写在 1902 年梁启超提倡新小说之后。它们同吴之前所写的作品在手法上大相径庭,"一头是最弱化的叙事,另一头是对作者—叙事者和提供信息者的综合运用"①。同时,在叙事理念上,这三部小说"有一个广大的主题,即努力尝试自觉地用小说形式反映他看到的文化危机",而这是"新小说"运动前小说并不配备的功能。显然,文学与政治的合谋关系,应该放在现代语境下来理解。身膺政治、文化重担于一身的文学,并非其来有自。②

其次是"西方人对中国小说的介入"。《中国 19 世纪的传教士小说》《论第一部汉译小说》《早期〈申报〉的翻译小说》和《新小说前的新小说——傅兰雅的小说竞赛》这四篇文章看起来各自独立,但在论述中却形成了一个整齐的序列,共同回应了"外国是如何影响中国"的这一宏大主题,不仅是外国人的小说,同时也包括外国人的行止。为了叙述的方便,我们不妨调整其中第二、第三两篇的次序,以期形成一个时间上的顺次延伸。传教士小说发源于 1819 年,《申报》最早的三篇翻译小说出现在 1872 年,其下属的第一份文学期刊《瀛寰琐记》在 1873 到 1875 年间连载了第一部汉译小说《昕夕闲谈》,而傅兰雅所主办的小说竞赛则是在此之后的 1895 年。它们分别代表了三种形态各异的西方介入方式:"传教士小说""翻译小说"和"小说竞赛"。

一是学界讨论得最多的"翻译小说"。翻译,作为一种在认识论意义上穿越不同界限的喻说(Trope),总是借一种事物来解释另

---

① 韩南:《中国近代小说的兴起》,徐侠译,上海:上海教育出版社,2004 年,第 6 页。
② 这个论点得到了袁进的证实,参见其《中国小说的近代变革》,北京:中国社会科学出版社,1992 年,第 24 页。

一种事物。① 这中间并不等值的兑换，往往标志着异质文明间的跨地角逐和斡旋。在《论第一部汉译小说》这篇文章中，韩南指出翻译文本往往摆荡在"保存"和"同化"的两极之间。前者是"对外来文化参照的接纳"，后者则是"对中国文化参照的传播"。任何只执一端的做法都将妨碍到小说的呈现、阅读及评价接受。《昕夕闲谈》作为英国小说《夜与晨》（*Night and Morning*）上半部的中译，最早出现在1873年，但严格说来，它并不是第一部汉译小说，充其量只能算最早的通俗翻译小说。"因为早在1852年，外国传教士及其中国助手就开始翻译宗教小说了。"② 韩南不仅仔细追查了原著和译者，而且还从大（"译著的描述"）小（"形式、顺序与连贯""风格、笔调、语言水平""叙述技巧"）两个方面详论了译本的特点，指明了西方影响到底发生于哪些层面，而中国文化又是如何对此进行择选的，其中"译者的评论"被认为发挥了重要的同化作用。

在接下来《早期〈申报〉的翻译小说》中，作者同样考证了《申报》早期的一些翻译小说，认为与林纾的翻译相比，它们的"同化"特征更为明确。其在阅读方面的相形见绌，适足以说明"他们翻译所处的时代拥有愿意接受外国小说的读者群"③。过去的论述，常令我们聚焦小说家、翻译家对西方资源的创造性转换，或比较关注精英人士的救亡努力，但事实上，良法美意往往陷入名实不符的困境，回避了读者在现代性进程中的作用，将令我们无法解说某些文学现象，并窥探时代变迁的实质。唯有重新回到"现代性的地面"④，我们才能看清现代性发生的症结所在。韩南的分析与结论

---

① 刘禾：《跨语际实践：文学，民族文化与被译介的现代性（中国，1900—1937）》，宋伟杰等译，北京：生活·读书·新知三联书店，2002年，第1页。
② 韩南：《中国近代小说的兴起》，徐侠译，上海：上海教育出版社，2004年，第102页。
③ 同上书，第146页。
④ 参阅王一川：《中国现代性体验的发生》，北京：北京师范大学出版社，2001年。

第二章 回旋的现代性追寻

看似简单,实则微言大义。

二是"传教士小说"。关于这个主题,时值今日,仍乏要论。① 反倒是诸多外围论述往往有发人深省之论。② 这些"外围论述"或可参见,以便用来说明传教士小说如何影响中国现代文学的兴起。在《中国 19 世纪的传教士小说》一文中,韩南并不想具体展示这种影响的发生,而是依据时序扼要地介绍了几位重要的传教士(米怜[William Milne]、郭实腊[Karl Friedrich Gutzlaff]、理雅各[James Legge]、杨格非[Griffith John]和李提摩太[Timothy Richard]等人)以及他们的长篇小说。这项基础性考据工作的目的在于:

> 用文献证明,传教士小说是外国小说引入中国的一个要素。文学史家把 19 世纪 70 年代的译作(半部小说,加上大为缩略的中文版本中的片段)和 90 年代的译作(李提摩太摘译的《回头看》、一些福尔摩斯(Sherlock Holmes)的短篇小说和林纾翻译的《茶花女》)说成是中国广大读者最早接触的外国小说,但还应当注意到数量远胜于此的在 1819 年至 19 世纪 80 年代之间传教士创作和翻译的小说。在 19 世纪 90 年代的翻译小说中,《回头看纪略》——像《茶花女》和福尔摩斯的小

---

① 关于这一主题的论述,通常集中在基督教思想对中国文学的影响上,鲜有作者谈到它对中国文学语言、叙事等具体创作层面的影响。这方面的讨论,就笔者所及,有如下一些篇目——袁进:《试论西方传教士对中国近代文学的影响》,澳门近代文学学会编:《中国近代文学与海外国际研讨会论文集》,澳门:澳门近代文学学会,1999 年;袁进:《重新审视新文学的起源——试论近代西方传教士对中国文学的影响》,《湖南文理学院学报》2005 年第 5 期;陈业东:《近代小说创作理论起点新探》,陈业东:《中国近代文学论稿》,澳门:澳门近代文学学会,1999 年;王飙:《传教士文化与中国文学近代化变革的起步》,《汉语言文学研究》2010 年第 1 期;宋莉华:《十九世纪传教士小说的文化解读》,《文学评论》2005 年第 1 期。

② 比如在有关医学卫生的讨论中,传教士的作用被凸显,可参阅杨念群:《再造病人:中西医冲突下的空间政治(1832—1985)》,北京:中国人民大学出版社,2006 年;罗芙芸(Ruth Rogaski):《卫生的现代性:中国通商口岸卫生与疾病的含义》,南京:江苏人民出版社,2007 年。

说一样——对中国小说构成直接的影响,导致新的小说子类的建立。其他传教士小说未发生直接影响(除了《回头看纪略》之外),但确实在傅兰雅和梁启超的小说倡导中扮演了重要角色。然而,一般说来,所有的传教士小说,像世俗小说一样,有助于公众熟悉外国小说,同时,使作者在发展和使用自己的新形式新方法方面变得更为容易。①

三是"小说竞赛"。《新小说前的新小说》,通过对傅兰雅在1895年举办的一个旨在揭露当时社会弊病(鸦片、时文和缠足)以寻求改革良方的小说竞赛的考察,支持了上述一篇文章的结论,并提出了"西方介入中国"的第三种形式:小说竞赛(文学运动)。这场比赛在5月间进行,提交的作品逾160部。虽然到最后一部都没有发表出来,但在韩南看来,至少在以下几个方面发挥了影响。首先,它鼓励人们利用小说作为抨击时弊(这是谴责小说的传统),或者处理更为复杂的民族问题(这是之前中国小说未被要求过的功能)的手段;其次,比赛规则中的写作要求,及应征报告中的批评意见,都为小说写作提供了一种参考方向(以写实手法反映社会问题,充分戏剧化,反对过度陈述);再者,两本可能因受益于比赛而诞生的小说,《熙朝快史》和《花柳情深传》虽未应征,却符合傅兰雅的要求,从某种意义上说,可以被看作是中国最早的现代小说;最后,它影响了7年后梁启超所提倡的"新小说"运动,具有发轫伊始之功。

韩南的这些讨论发人所未见,不仅提出了一个"史前史"的概念,而且还提醒我们注意,西方影响不应只包含在具体的文本范畴内,外国人士在华的社交行为也当是其题中应有之意。贺麦晓关于中国现代文学中同乡、师生关系的讨论,已经表明文学是一项复

---

① 韩南:《中国近代小说的兴起》,徐侠译,上海:上海教育出版社,2004年,第100—101页。

第二章 回旋的现代性追寻

杂的集体事业和团体活动。① 交错其间的人际交往脉络需要特别清理,才能看清中国现代文学的复杂的诞生语境。如果我们能将这两位的讨论稍事组合延伸,或能找出另一条文学现代性之路,亦未可知。

最后是"写情小说"的议题,围绕两位迥然不同的作者展开。一个是以谴责小说表达社会良知的吴趼人;另一个则是忠于自我、抒发爱情的陈蝶仙。他们书写了同一种类型的小说——写情小说。韩南的用意,一方面是要质疑以谴责小说为主轴的晚清文学史书写模式,另一方面是要嘲弄以某类典型(Stereotype)来圈定作家作品形象的做法。比如,在对吴趼人的分析中,韩南指出吴的写情小说有别于当时同类型的创作,为"情"字注入了道德结构和社会责任感。这个观点后来经辅仁大学的赵孝萱发挥,直指吴趼人的《恨海》以"无情"写言情,并不是鸳鸯蝴蝶派的前驱。②

如果说吴趼人的写情小说标志着题材意涵的扩大,那么陈蝶仙的创作则是从叙事框架上对写情小说作出了修正。

> 它与当时的写情小说,即所谓"鸳鸯蝴蝶派"的爱情小说,有一些共性,但也有明显的区别——以徒然无果而非以悲剧告终。它是一部青年成长小说,也是一部可追溯作者少年时期到他20岁出头的情史的自传——这是陈蝶仙小说中的主题。③

韩南的这个结论,不仅回应了普实克关于中国现代文学中主观主义的论述,同时也使我们注意到自传性题材与鸳鸯蝴蝶派小

---

① 贺麦晓:《二十年代中国"文学场"》,陈平原等编:《学人》(第13辑),南京:江苏文艺出版社,1998年。另外,从人际交往角度来观察文学演变的研究,可参阅魏泉:《士林交游与风气变迁:19世纪宣南的文人群体研究》,北京:北京大学出版社,2008年。

② 参阅赵孝萱:《无情的道德言说:吴趼人"写情小说"的情论和道德观》,赵孝萱:《"鸳鸯蝴蝶派"新论》,兰州:兰州大学出版社,2004年。

③ 韩南:《中国近代小说的兴起》,徐侠译,上海:上海教育出版社,2004年,第8页。

说创作的关系。如果可以做一番推测的话,我们不妨大胆地说,鸳鸯蝴蝶派的爱情小说就是一种自我传记。徐枕亚、周瘦鹃、包天笑诸位皆然。它既传递作者的爱情历程,也映射民族国家的挫折。

  韩南的论述令人信服地昭示了晚清文学的丰盛程度远远超乎想象,诸多用来维系文学史稳定的表述公式值得重新检讨。韩南之后,海外汉学界关于晚清文学的书写,后继者应声如云,其中最为突出的、也最具成就的无疑是王德威。20世纪90年代,王德威以如椽大笔重写晚清文学史,剔除了将革命作为最佳借口的写作规范,引领我们重新审视源自于晚清而绵延于整个20世纪文学的欲望和冲动。重现晚清,首创之举虽不在王德威,但他爬梳再造之功不容小视。在一般论家仍徘徊于《儒林外史》《孽海花》《二十年目睹之怪现状》等名篇之际,他兀自提出了《品花宝鉴》《荡寇志》《市声》和《新石头记》等60余种冷僻篇目,就着"狎邪艳情""侠义公案""丑怪谴责"和"科幻奇谭"的四大文类,谈出了一番挥之不去而又自外于典律的文学图谱,王德威将大著命名为《被压抑的现代性》。

  "被压抑的现代性",试图开启的是五四典范之外那个魍魉问影、魂兮归来的"花花世界",并由此展现中国现代文学另一种"迷人的面向"。然而,这种于线性时间的迷思之外寻觅时间"无常"(Contingency)因素下的"迷魅"写作,并不是要玩弄解构主义式正反、强弱不断易位之游戏,而是自处于"弱势思想"(Weak Thought),将"现代性"的概念稍加扭转以为己用,借拼凑已无可认记的蛛丝马迹,试图描画晚清现代性的播散而非其完成。在王德威的论述中,"被压抑的现代性"所指有三:一是代表文学传统内生生不息的创造力;二是指"五四"以来的文学及文学史写作的自我检查及压抑现象;三是泛指晚清、五四及20世纪30年代以来,种种不入(主)流的文艺实验。换句话说,这项研究的主要目的在于稽查中国文学内部的剧情主线。

在晚清文学热烈迎向西方之际,不知有多少革新创化的努力正在暗中施行。它们虽不能处处着人先机,但必定僭越常规,挟古以用,鉴洋出新。在五四以民族国家为依归的指导方针和写实铁律建立之前,这些文学实验混迹于"启蒙与颓废""理性与滥情""革命与回转""模仿与谑仿"的辩证对话和历史环境之中,不必周全,也不必一致。其激进之处,比诸五四更胜一筹。狎邪小说,寓教于恶,重划了爱欲与情感的范畴;侠义公案,虚张声势,于正义的决断中审思了诗与史的界限;丑怪谴责,荒唐魅幻,如同荒凉的狂欢,涕泪交零下牵出滑稽突梯,苦笑、冷笑、讪笑,不一而足;科幻奇谭,想象高邈,能飞天遁地,会云游太空,但推究起来,实在是历史的困境换了另一个出口。相形之下,反倒是"五四"所图安稳,单一的口号消泯了种种变数可能。殊不知,此前铺陈离散,早已局面打开。尤其是百年之后将晚清说部与20世纪末的小说接合一处,重新解读,间出其中的琳琅故事、繁华技巧、离奇构想,哪一个映不出这老魂灵的前世今生?也正因为如此,王德威所着力挖掘的"被压抑的现代性"获得了全新的意义。

首先是狎邪小说。晚清狎邪小说中恩客优伶风流往还,形象虽不及晚明世代的耸动妩媚,但在推倡公共关系与私人狂想方面,其仍旧是行家里手。姻缘散场,欲望征逐。晚清的作家们,或反串、或戏弄、或颠覆"才子佳人"的经典剧情,为彼时的欢客们量身定制了新一轮的身体游戏。陈森的《品花宝鉴》,撷取浪漫传统的陈腔滥调,把古典以来的余桃断袖、龙阳之癖变成了性别装扮下的爱怨嗔痴。"凭借其对性幻想的多向度表现,《品花宝鉴》值得看作是'狎邪小说'的肇始者。"① 在它的召唤下,一百四十多年后,李碧

---

① 王德威:《被压抑的现代性:晚清小说新论》,宋伟杰译,台北:麦田出版公司,2003年,第104页。

华写出香港的"爱人同志"——《霸王别姬》。而《花月痕》与《九尾龟》,一则"溢美",一则"溢恶",代表了晚清爱与欲的两级。前者在风尘中发掘情爱真谛。"疾病、贫困、家庭的分离、政治的骚乱,与其说是传统姻缘完成前的必要考验,不如说加速了意料中的悲剧。"[1]"花月"的老梗下,依旧是兵燹国难与个人福祉的起落,只不过这一次故事里的男女"失去了他们社会角色与文学角色的假定的功能,他们的生与死只能用来见证自身的'浪费'"[2],徒然留下一抹爱与修辞的残"痕"。感伤浪漫开了"鸳鸯蝴蝶"的前科,畸零颓唐为"五四"颓废埋下伏线。《九尾龟》乖离温情,另起炉灶,公然暴露勾栏世界里的色欲游戏。阴谋阳谋,且得一个"嫖界指南""嫖学教科书"的诨名。作者铺陈花柳盛事,充其量只是一个情色的"白日梦"。浪言之下绝少肉欲场面,反倒是教诲谆谆,寓教于恶。"从每一桩个案中撩拨出'道德'教训,为欢场中的修习者提供忠告。"[3]少了《金瓶梅》里的纵欲果报和道德救赎,《九尾龟》却也"出人意表地透露了晚清男性读者在想象其社会地位与性地位时,不足为外人道也的挫折与恐惧"[4]。

花街柳巷的世界也不纯是身体与欲望的经济,有时也成为政治同文化的"旁门左道"。狎邪小说还自然引出了是政治与性的兑换。颠鸾倒凤不再是色与欲的放肆,而是国事蜩螗下的捐躯就义、英勇献身。《孽海花》里的赛金花以一己之肉体,平息的却是无餍的政治欲望。从神女到女神,赛金花既声张了巾帼不让须眉的题旨,尤暗淡了男性疆场厮杀、勾心斗角的权术智谋。它置换、否决了男性的血泪,而将其变成了另一类的"体液书写""身体政治"。

---

[1] 王德威:《被压抑的现代性:晚清小说新论》,宋伟杰译,台北:麦田出版公司,2003年,第108页。
[2] 同上书,第113页。
[3] 同上书,第115页。
[4] 同上书,第121页。

赛金花的故事新编,不单要放在晚清女学勃兴、雌风吹动革命潮的历史语境中去看待①,也要注意到彼时男性作家们对女性及两性关系的意见。考虑到《孽海花》也是"晚清四大谴责小说之一"的历史身份,赛金花的恶女形象②,兴许正表明作者对晚清女性形象转变不怀好意的攻讦,亦未可知。

其次是侠义公案小说。王德威对侠义公案的审思,兵分四路。一是重探政治与文学的距离。《荡寇志》倒转叛乱故事《水浒传》,接轨保皇勤王的忠君思想。作者俞万春刻意缝合君权与民权、庙堂与江湖、侠与盗的罅隙,却处处泄露"忠孝节义"的新版本。小说愈是试图弥合裂缝,文本中所反映出的君权不济、国之不国也就愈加清晰。借由文字宣讲政论,其后果不是梁启超的《新中国未来记》般无疾而终,就是像《荡寇志》般纰漏百出,甚或是《林海雪原》般平板单一。二是在政治机器错综复杂之际,重思了"侠"的特性,见证了"诗与史"的辩证。《三侠五义》《老残游记》中,白玉堂挥舞宝剑,履行自身侠客的天职,却不幸在私闯铜网阵时尸骨不全,此举隐喻了个人英雄主义在与政治机器对抗中的失败;老残解除武装,以笔墨捍卫个人与社会的实体,俨然一位"文侠",可惜他纵使写下千万药方,也无力挽救这病入膏肓的体制。至此,文侠武侠均潦倒于凋敝的时代,是非曲直的秩序一一失效,伸张正义,变作了正义的虚张。三是考察历史变动时期,女性与侠义的关联,重点突显"性别的书写"。《儿女英雄传》《东欧女豪杰》《女娲石》《六月霜》等小说,"在这场关诸传统的'侠'与现代的'革命者'之关系的论辩中,女性究竟如何自处?置身革命之中,她们又是如何想象一

---

① 有关晚清女性的讨论可参见夏晓虹:《晚清女性与近代中国》,北京:北京大学出版社,2004年。
② 有关中国文学中恶女形象的讨论见王德威:《潘金莲、赛金花、尹雪艳:中国小说世界中"祸水"造型的演变》,王德威:《想像中国的方法:历史·小说·叙事》,北京:生活·读书·新知三联书店,2003年。

己的地位？"①四是阐述"暴力与文字"的辩证。《活地狱》极写正义伸张时种种大快人心的举措。或枭首示众，或开膛剖腹，或受刑致残，此般暴虐血腥之举，往往能将侠义公案的故事导向高潮，引来读者称绝叫好。殊不知，这种叙述已然显示了侠义公案小说话语的暴力性。读者自不妨将其与鲁迅的《呐喊·自序》比照而读，从中看出暴力的现实功用②；也不妨将它和沈从文偏好的砍头记忆联系，从中发现暴力的抒情批判。③ 如果说晚清的侠义公案小说见证了强人传奇的变形、颓落和不义，那么19世纪80年代末到90年代的中文小说则进一步说明诸神告退、英雄气短已成定数。前者受挫于政治、经济、文化的全面败退，后者则惊醒于意识形态的神秘性消散。张大春、莫言、叶兆言、王安忆、张承志此起彼落，看英雄主义的溃散与倾颓，无限推移和遁逃对正义的想象。

再次是谴责小说。这类小说揭发现实丑恶，描述社会的败德和不义，最堪见证中国文学感时忧国自虐虐人的倾向。鲁迅对它评价不高，认为"虽命意在于匡世，似与讽刺小说同伦，而辞气浮露，笔无藏锋，甚且过甚其词，以合时人嗜好，则其度量技术之相去亦远矣"④。但王德威直陈其暴露说教姿态之下，别有一番戏剧性的冲动："一种嘉年华会狂欢式的举措"⑤。在他看来，感时忧国不必与涕泪飘零长相左右。谴责小说中插科打诨、滑稽梯突的"闹剧"细节，已然消解了道德说教者的一本正经。借用巴赫金

---

① 王德威：《被压抑的现代性：晚清小说新论》，宋伟杰译，台北：麦田出版公司，2003年，第211页。

② 参阅周蕾：《原初的激情：视觉、性欲、民族志与中国当代电影》，孙绍谊译，台北：远流出版公司，2001年，第22—30页。

③ Wang, David Der-wei. *Fictional Realism in Twentieth-Century China: Mao Dun, Lao She, Shen Congwen*. New York: Columbia University Press, 1992, Chap. 6.

④ 鲁迅：《中国小说史略》，《鲁迅全集》（第9卷），北京：人民文学出版社，1981年，第282页。

⑤ 王德威：《被压抑的现代性：晚清小说新论》，宋伟杰译，台北：麦田出版公司，2003年，第28页。

(M. M. Bakhtin)的理论,王德威提出了"消遣(解)中国"(Flirtation with China)①的"丑怪写实主义"②。这种"丑怪写实主义"与五四"露骨写实主义"判然有别,而溯源于晚明喜剧式的鬼怪小说,以其魅幻价值贬黜社会审美规范、混淆是非界限,为小人张目,为小丑正名。"死魂灵"们的阵阵笑声,一面将长久以来存在于中国叙事传统中喜剧话语推向台面,一面也将晚清作家每况愈下的时代处境昭彰予人,以其反讽姿态质诘正人君子的形象,以免于耽溺任何一种虚荣的寄托。《二十年目睹之怪现状》《官场现形记》就以魅幻价值为依托,繁荣了当时的通俗小报和娱乐消闲杂志,发展出一种"荒诞"类型学。其中,为非作歹和嬉笑怒骂混作一团,"邪必胜正"和"大奸战胜小恶"成为其叙事主导,喜剧式的恶棍、滑稽的牺牲品,以及大煞风景的人物成为各种"有笑有泪""可嗔可怪"的源头。其激烈处,更是直接拿现代性和现代化开涮,把有关现代的议论转换成修辞商品。通过将混乱的社会状况戏剧化,《市声》和《文明小史》也夸示和展出了一种颠覆性的狂欢价值。"《文明小史》观察学者(官僚)如何将'现代'转换成一个腐败的儿戏;而《市声》则径直视商人而非文人更有民胞物与的精神。"③当正的实反,反的又谑时,谴责小说实在是成了一出可惊可诧的"怪世奇谈"。近百年后,张大春以《大说谎家》回应,王朔用《一点正经没有》做结,"中国牌的晚清写实主义"卷土重来。

最后是科幻小说。科幻小说最为评者忽略,却同样也是一番"怪世奇谈"。借着光怪陆离的科技狂想,它探索了现实与真理的疆界,也触及了理想与现在的距离,"促生了一套新的文学阐释学

---

① 王德威:《想像中国的方法:历史·小说·叙事》,北京:生活·读书·新知三联书店,2003年,第384—387页。
② 王德威:《被压抑的现代性:晚清小说新论》,宋伟杰译,台北:麦田出版公司,2003年,第309—312页。
③ 同上书,第306页。

(Literary Hermeneutics)"①。从文化科教层面看,科幻奇谭的出现既预示着知识的进步,也见证了西方影响在器物层面的发生。科幻奇谭的小说从西方科技词汇或信息中搜得灵光,将其发挥呈现,从而表达了对异国情调、未知世界的好奇。从叙事学的角度看,科幻奇谭的作品摒除写实主义专治一时一隅事件的限定,表明了小说叙述时空的激增扩散。同时,"作为一种文类,它直接面对想象世界与其修辞再现间的裂隙"②,"陌生化"(Defamiliarization)成为其主要的叙事功能。比如,"在《新石头记》里,关乎时间的可逆性以及乌托邦的有无问题,重新打造了以往叙事的时空形态"③。从传统的接续与突破上说,晚清的科幻奇谭标志着幻想类小说写作模式的变迁,表明新的话语风格的降生。这种变化中的新风格,是基于不同叙事套式相互协商的结果。"对晚清作者而言,书写科幻奇谭意味着重理传统志怪美学脉络,以不同修辞喻象系统重新协商语意基础。""《月球殖民地小说》与《新法螺先生谭》的太空历险记,倾覆了古典探奇搜密的说部形式,并提供一套新的雄浑(sublime)观念。"从政治修辞和历史印记来看,科幻奇谭的风行恰与每况愈下的国史相互照应。有识之士遍寻救国良案而屡试屡败,作家们只得将政治愿景和国族神话投诸另一世界。亦真亦假,亦假亦真,表面上满纸荒唐言,背地里却全是辛酸泪。"《新中国未来记》与《新纪元》的预言式景观,则为民族主义与自我意识的辩证,提供又一原型。"④

当然,这四个层面不必一一对应于具体的作品,就像此书探讨的四大主旨"欲望""正义""价值""真理(知识)"无需与"狎邪"

---

① 王德威:《被压抑的现代性:晚清小说新论》,宋伟杰译,台北:麦田出版公司,2003年公司,第332页。
② 同上书,第334页。
③ 同上书,第335页。
④ 同上。

"公案""谴责""科幻"四大小说文类相对应一样。科幻小说可能具备的四个层面,可能混迹于同一作品,从而混淆了文类属性,这也正可见出王德威意欲破除过去文学史对晚清小说一以贯之的区分定位,恢复其复杂斑驳之面貌的用心。

《被压抑的现代性》华丽天成,随意调动各式理论,起自福柯、德勒兹(Gilles Deleuze),乃至于杰姆逊、巴赫金、霍米·巴巴(Homi K. Bhabha),行云流水,有理有据,每辞每句都可资复按,但无可否认的是,毕竟其阐释功夫大于史料知识,以至于评者指摘其研究偏于"史学想象",不敷以支撑其"没有晚清,何来五四"的结论。[①] 但是,我们应该承认,即便王德威的论述并不足以撼动以"五四"为起点的现代文学史观念,但由他提出的这一整套周密表述,至少可以让我们发现晚清文学的繁荣景观。王德威论述中所体现出来的与"五四"泾渭分明的价值体系和叙事策略,至少可以作为现代文学的另类书写而得到高度的肯定与充分的理解。

[①] 冷露:《评王德威"被压抑的现代性"说》,《中国现代文学研究丛刊》2002年第2期。其他评论文章可参见吴福辉:《寻找多个起点,何妨返回转折点——现代文学史质疑之一》,《文艺争鸣》2007年第7期;李扬:《"没有晚清,何来'五四'"的两种读法》,《中国现代文学研究丛刊》2006年第1期。

第三章　跨性别的话语政治

第一节　沉重的肉身

生理的差异天然存在,但以性别的方式来建构和阅读文学作品则是一种后发行为。徘徊在十字路口上的赫拉克勒斯(Herakles),面对两个同为"幸福"的女人——卡吉娅和阿蕾特,选择或淫邪或美德的身体,最终从善如流,修成正果。两千年来,这个故事几经转述:普罗狄科(Prodikos)讲给苏格拉底,苏格拉底讲给自己的学生色诺芬,色诺芬又讲给自己的学生。诚如刘小枫所说:

> 自有言语以来,男人们一直在以不同的叙事形式述说着相同的话题:关于男人自己的躯体及其与另一个或一些身体的种种纠缠。每一个"我在"的身体都诞生于偶然,我在的言说就是偶在之偶然的肉身性呢喃。言说是男人没有身体的躯壳渴慕女性大地般的身体时发出的嘘气,男人渴慕肉身的呢喃缭绕着女人的身体,以至于女人的身体以为那就是自身需要的气息。卡吉娅和阿蕾特说的那些话,看起来好像因为她们的身体感觉不同,其实是男人普罗狄科和苏格拉底用言语编织的自己对女人身体的伦理想象。女人的身体是亘古不变的男人想象的空间,男人的言语就像这空间的季候,一会儿潮湿,一会儿干燥。女人的身体为了适应男人言语的季候,必须时常变换衣服,不然就会产生病痛。①

---

① 刘小枫:《沉重的肉身》,北京:华夏出版社,2004年,第79—80页。

第三章　跨性别的话语政治

在这里,女性的身体是需要加以驯服的"她者",围绕着治愈和止痛,她们兀自变身为一种"沉重的"伦理修辞术,掏空了"轻盈的"所指,而成为意义的生成源。20世纪中国文学的女性讲述,比之更甚。罹患政治、经济上的多重病症,个人道德规范从而夸张为人民伦理,政治、民主、革命同性别、欲望、享乐交关存现,此消彼长。孟悦的文章《女性形象和民族国家》着重讨论毛泽东时代革命话语规范的影响。在她看来,民族叙事和革命讲述深深地制约着自我欲望和自由情爱的伸张抱慰,两者水火不容、分庭抗礼。①

从表面上看,公与私的对立,是政党话语对私人空间的绝对压制,但其潜在的台词却正表明,女性身体的能指阈限一再放大,就极有可能滑出"革命"意义可掌控的范围之外,而构成对革命事业的威胁和颠覆。从鲁迅开始,对此般逸离启蒙和革命之外的身体表述焦虑,反复浮现。特别是在最擅"新女性"形象塑造的茅盾身上,这种欲说还休的冲动悖论,更是清晰可鉴。孙舞阳、章秋柳诸位衣着入时、肉身诱人,同时也思想现代、精神进步。她们性感的身体是革命乌托邦绝佳的现实投影,身与思、性与义融洽无间。但周蕾对此却不以为然,在大作《妇女与中国现代性》中,她批评到,茅盾的叙事文字虽可长驱直入女性"思维",却不可以如法炮制地深入女性那因物化而被情欲化的身体形象。这方面的无能,一直令包括茅盾的新文学语言在内的那些追求自由解放的革命修辞耿耿于怀。

对周蕾而言,男性讲述中失败的女性身体期许,是其无力也是无从抵达作为真实而独特的女性群体造成的。女性的身体必须经由女性本人讲述。但陈清侨和林丽君两位却以为,这种力有不逮

---

① Meng, Yue. "Female Images and National Myth." in Tani E. Barlow. ed., *Gender Politics in Modern China: Writing and Feminism.* Durham: Duke University Press, 1993, pp. 118—136.

的描述，或可传递出由文学革命向革命文学转变时期男性内心的焦虑不安。在《绝望的语言：五四知识分子关于"新女性"的意识形态描述》①和《不受欢迎的女主角：茅盾、郁达夫创造的新女性》②两篇文章中，他们对新女性形象中隐含的男性焦虑意识做了令人信服的细节分析。在其看来，这些卷入权力漩涡的新女性身体，不可避免地与男性作家对社会和政治变动的多样反应和表述密切相连，即使有时候这种反应和表述显得矛盾而混乱。

刘剑梅的专著《革命与情爱：二十世纪中国小说史中的女性身体与主题重述》③从性别与权力的"表演式"（performative）关系入手，清楚揭示了"革命+恋爱"这一基本公式下，男性表述游移的种种生动表现和时代变奏。革命与爱情绝非僵滞恒一的动态关系，既是对现代文学史统一讲述的有力反诘，也深刻展现了现代作家挣扎在个人情愫与集体愿望之间彷徨分裂的人性困境。在谈及女性作家时，她更是注意到男性作家对女性身体的控制、利用、分割、扭曲、甚至异化，都如周蕾所述，远离了女性切身的疼痛，而无法表现其巨大的生命能量和灵魂深度。言外，女性作家的现代涌现和其情感书写，标识着身体与政治的逐渐剥离，以及女性欲从各种意识牢结中夺回肉身，并恢复自然欲望的名誉之努力。

与刘剑梅这种乐观的看法不同，文棣（Wendy Larson）以为来自传统的管规和现代的束缚，共同预设了"新女性"及其写作的位置。

---

① Chan, Stephen Ching-kiu. "The Language of Despair: Ideological Representations of the 'New Woman' by May Fourth Intellectuals." in *Modern Chinese Literature* 4. no. 1—2 (Spring and Fall 1988), pp. 19—28.

② Lin, Sylvia Li-chun. "Unwelcome Heroines: Mao Dun and Yu Dafu's Creations of New Chinese Woman." in *Journal Modern Literature in Chinese* 1. 2 (1998), pp. 71—94.

③ Liu, Jianmei. *Revolution plus Love: Literary History, Women's Bodies, and Thematic Repetition in Twentieth-Century Chinese Fiction*. Honolulu: University of Hawai'i Press, 2003. 中译本见《革命与情爱：二十世纪中国小说史中的女性身体与主题重述》，郭冰茹译，上海：上海三联书店，2009年。

第三章 跨性别的话语政治

菲勒斯(Phallus)的神话,并没有随着现代性的社会进步而隐退,而是不分国家和民族一律平等地尾随着每一个人的身体。加之中国社会两千年的儒道观念残存,中国的"新女性"实在可以说无甚新意。在《现代中国的女性与写作》①一书中,文棣论证说,新女性作家和新文学的关系是强大传统的继续或变体。当然,这个变体有其独一无二的特性。但可惜的是,这一特性在历史圣哲设立的清规戒律和国家化的道德宪法制定的生存规范中,一次一次地被迫修正,最后直至取消。由此看来,个体命运的言语织体,始终受制于时代季候的影响。女性或任一的个人,都不能超脱她历史中的具体境遇和情状。

这种历史化的际遇,对胡缨而言,来自文化的越界传播和冲撞融合。她考察了1899到1918年之间形成的新女性形象与"西方她者"和"传统她者"的关系,其中翻译作为文化接收和过滤的桥梁,居功甚伟。在《翻译的传说:中国新女性的形成(1899—1918)》②一书里,她详细追踪了茶花女、苏菲娅及罗兰夫人等舶来形象的生产、流传和运用情况,揭示了在地方和全球力量的互动中,想象一个异国她者与自我想象之间的复杂关系。借助晚清的翻译实践,西方的女性形象参与到了现代中国人的身份建构过程中,她们被改造、挪用,并冲击了传统中国有关女性的惯有思维,准此,一个全新的"中国新女性"在历史、民族及性别化的空间中被想象性地建构出来。

自然,追索现代女性的诞生之路,不惟如斯,以下诸种研究视角均可帮助我们清理新女性生成的通道。胡缨的另一篇文章谈到

---

① Larson, Wendy. *Women and Writing in Modern China*, Stanford: Stanford University Press, 1998.

② Hu, Ying. *Tales of Translation: Composing the New Woman in China, 1899—1918*. Stanford: Stanford University Press, 2000. 中译本见《翻译的传说:中国新女性的形成(1898—1918)》,龙瑜宬、彭珊珊译,南京:江苏人民出版社,2009年。

了书写行旅中女性的问题①,叶维丽针对1880到1920年代的女留学生故事也做出了精彩描述②,同王德威在《出国·归国·去国——五四与三、四十年代的留学生小说》中讲述的意见相似,这些行走中的女性重塑了内外之关系,从家庭奔赴社会,标志着女性身份的现代变动和游离。尼法德(Jacqueline Nivard)从《妇女杂志》入手探讨了女性与出版的关系问题③,季家珍(Joan Judge)的角度是女性想象与教科书塑造④,在她们看来,女性与传播不可避免地巧妙粘连,是安德森"想象共同体"的女性版本;此外,季家珍的相关研究也辩白了明治日本同晚清女学的跨国关联⑤,这当中涉及民族主义、国家观念和女性主体的交混,题旨颇与贺萧(Gail Hershatter)、罗丽莎(Lisa Rofel)等人编撰的《形塑中国:女性、文化和国家》⑥一书相切合。

尽管此书的论域并不限定在20世纪,但正如许多学者注意到的,对宋元以来的女性生活史、情感史及社会史的研究借鉴,已经极为轻捷的动摇了五四已降将女性视为父权体制下被动受害者的观点。这些讨论,包括曼素恩(Susan Mann)、孙康宜、高彦颐(Doro-

---

① Hu, Ying. "Re-configuring *Nei/Wai*: Writing the Woman Traveler in the Late Qing." in *Late Imperial China* Vol. 18, No. 1 (1997), pp. 72—99.

② Ye, Weili. " Nü Liuxuesheng: The Story of American-Educated Chinese Women, 1880s—1920s." in *Modern China* Vol. 20, No. 3 (1994), pp. 315—346.

③ Nivard, Jacqueline. "Women and Women's Press: The Case of the Ladies Journal (Funü zazhi), 1915—1931." in *Republican China* Vol. 17, No. 2 (1982), pp. 37—55.

④ Judge, Joan. "Citizens or Mothers of Citizens?: Reimagining Femininity in Late Qing Chinese Women's Textbooks." Paper presented at the Annual Association of Asian Studies Meeting, Chicago, 1997; "Meng-Mu Meets the Modern: Female Exemplars in Early Twentieth-Century Textbooks for Girl and Women."(《近代中国妇女史研究》第8期,第129—177页)。

⑤ Judge, Joan. "Knowledge for the Nation or of the Nation: Meiji Japan and the Changing Meaning of Female Literacy in the Late Qing." Paper presented at the conference "New Perspectives on the Qing." UCLA, Center for Chinese Studies, 1997.

⑥ Gilmartin, Christina K., et al., eds. *Engendering China: Women, Culture, and the State*. Cambridge: Harvard University Press, 1994.

thy Ko)、伊沛霞(Patricia Ebrey)、费侠莉(Charlotte Furth)、魏爱莲(Ellen Widmer)、李惠仪等女性学者的成果。而就20世纪主动把握个人命运、思虑民族前途的女性形象而言,王政的讨论颇有代表性。她的专著《中国启蒙时期的女性:口述与文本的历史》①通过对《妇女杂志》的仔细分析和对五位新女性代表人物的访谈,揭橥了女性在新文化运动中所起到的历史作用,也一如既往地关注新女性命运与民族、国家和妇女解放等现代话语的关系。类似主题的研究文本,我们还可以举出如下数种,如白露(Tani Barlow)编撰的《现代中国的性别政治》②、《中国的身体、主体和权力》③,杜迈克(Michael S. Duke)编撰的《现代中国女性作家批评论集》④,小野和子(Ono Kazuko)的《改革世代中的中国女性》⑤,以及吕彤邻编辑的《20世纪中国文学与社会中的性与性别》⑥等等。

  在这些澎湃的女性研究著作中,接受讨论的女性形象涉及社会的方方面面,女性作家则涵盖整个20世纪中文写作的行家里手。就前者论,从女性游客到女性留学生,从祖国母亲到三姑六婆,不一而足,其中尤以母亲、恶妇、尤物、晚清妓女最令观者侧目。王德威探讨中国文学中连续不已的祸水造型,从曾朴的傅彩云说到张爱玲的曹七巧,蛇蝎美人、泼蛮悍妇,见证女性与叙事间的乖

---

  ① Wang, Zheng. *Women in the Chinese Enlightenment: Oral and Textual Histories*. Berkeley: University of California Press, 1999.

  ② Barlow, Tani E., ed. *Gender Politics in Modern China: Writing and Feminism*. Durham: Duke University Press, 1993.

  ③ Zito, Angela and Tani Barlow, eds. *Body, Subject and Power in China*. Chicago: University of Chicago Press, 1994.

  ④ Duke, Michael S., ed. *Modern Chinese Women Writers: Critical Appraisal*. New York: M. E. Sharpe, 1989.

  ⑤ Ono, Kazuko. *Chinese Women in a Century of Revolution, 1850—1950*. Stanford University Press, 1989.

  ⑥ Lu, Tonglin. *Gender and Sexuality in Twentieth-Century Chinese Literature and Society*. Albany: SUNY Press, 1993.

张力量①;曾佩琳对晚清小说中妓女形象及其迷失之身体的发掘,表白了其价值乃在于见证现代转型过程中的精神之痛②;而贺萧的史学大著《危险的愉悦》,论及20世纪上海青楼女子社会生活的方方面面,其中涉及各种记录和描写妓女形象的小说③。夏丽(Sally Taylor Lieberman)的研究从活跃在五四到20世纪30年代初期文学作品中的母亲形象入手,解读现代文学与民族主义、现代性,及男女两性政治的复杂关系,批驳了现代文学写作和评论中深藏的性别等级,指出女性作品中那些被诋毁的特质,事实上是由男性强行划分给女性的。通过盗用女性文学的位置和身份,男性叙事扼杀了方生方成的女性文学。④

针对具体作家的研讨,则涵括梅仪慈的丁玲研究⑤、费慰梅的林徽因传记⑥、杜爱梅(Amy D. Dooling)的白薇和杨绛解读⑦、周蕾

---

① 王德威:《潘金莲、赛金花、尹雪艳:中国小说世界中"祸水"造型的演变》,王德威:《想像中国的方法:历史·小说·叙事》,北京:生活·读书·新知三联书店,2003年。

② Zamperini, Paola. *Lost Bodies, Images and Representations of Prostitution in Late Qing Fiction*. Ph. D. diss., University of California at Berkeley, 1999.

③ Hershatter, Gail. *Dangerous Pleasure: Prostitution and Modernity in Twentieth-Century Shanghai*. Berkeley: University of California Press, 1997. 中译本见《危险的愉悦:20世纪上海的娼妓问题与现代性》,韩敏中、盛宁译,南京:江苏人民出版社,2003年。

④ Lieberman, Sally Taylor. *The Mother and Narrative Politics in Modern China*. Charlottesville: University Press of Virginia, 1998.

⑤ Mei, Yi-tsi Feuerwerker. *Ding Ling's Fiction: Ideology and Narrative in Modern Chinese Literature*. Cambridge: Harvard University Press, 1982.

⑥ Fairbank, Wilma. *Liang and Lin: Partners in Exploring China's Architectural Past*. Pennsylvania: University of Pennsylvania Press, 1994.

⑦ Dooling, Amy D.. "Desire and Disease: Bai Wei and the Thirties Literary Left." Paper presented in the Conference of "Contested Modernities: Perspectives on Twentieth-Century Chinese Literature", Columbia University, New York, 2000; "In Search of Laughter: Yang Jiang's Feminist Comedy." in *Modern Chinese Literature* Vol. 8, No. 1—2 (Spring and Fall 1994), pp. 41—68.

第三章 跨性别的话语政治

对凌淑华和张爱玲两位的剖析①、刘禾的萧红论及其探查女性传统的创造性和干预性的文章等等②。对新中国成立以来,特别是20世纪80年代以次的女性作家的观察,除了王德威的《当代小说二十家》、张旭东的《改革时代的中国现代主义》、唐小兵的《中国现代》、杨小滨的《中国后现代》(*The Chinese Postmodern: Trauma and Irony in Chinese Avant-garde Fiction*)对王安忆、残雪等女性作家的分析外,还有卡罗琳·普因(Carolyn S. Pruyn)的戴厚英研究专书《现代中国文学中的人道主义》③。这些研讨不一定严格遵从正宗的女性主义观念进行,而是着重点明该类写作中富含的现代性、后现代性和人道主义等因子,展示了女性写作的多元质地。而真正从女性主义的观点念出发,且别有创发的是吕彤邻的专著《厌女症、文化虚无和对抗政治》④。该书聚焦于当代中国的实验小说分析,主要是针对男性作家作品,如鲁迅、莫言、苏童、扎西达娃等人的批判性解读(但也包括了对残雪的论述)。在其看来,20世纪80年代后期的中文小说写作漫溢着一种典型"厌女症状",大陆作家的男性化和男性中心化倾向,同过去帝国时代压制女性的种种举动如出一辙,是新一轮的意识形态压抑。同样是关于20世纪80年代男性

---

① Chow, Rey. "Virtuous Transaction: A Reading of Three Short Stories by Ling Shu-hua." in *Modern Chinese Literature* Vol. 4, No. 1—2 (Spring and Fall 1988), pp. 71—86; *Woman and Chinese Modernity: The Politics of Reading between East and West.* Mineapolis: Minnesota University Press, 1991.

② Liu, Lydia. "The Female Body and Nationalist Discourse: Manchuria in Xiao Hong's *Field of Life and Death.*" in Angela Zito and Tani Barlow, eds. *Body, Subject and Power in China*. Chicago: University of Chicago Press, 1994, pp. 157—180. "Invention and Intervention: The Female Tradition in Modern Chinese Literature." in Susan Brownell and Jeffrey N. Wasserstrom, eds. *Chinese Femininities, Chinese Masculinities: A Reader.* California: University of California Press, 2002.

③ Pruyn, Carolyn S. *Humanism in Modern Chinese Literature: The Case of Dai Houying.* Bochum: Studienvert Brockmeyer, 1988.

④ Lu, Tonglin. *Misogyny, Cultural Nihilism, and Oppositional Politics: Contemporary Chinese Experimental Fiction.* Stanford: Stanford University Press, 1995.

写作"厌女症候"的讨论,钟雪萍的著作《被围困的男性气质?》①则精辟地指出,这种夸大化了的男性征服欲望,事实上,是男性在具体的政治历史背景下对重拾性能力和回复男性气质焦躁不安的表现。最明显的例子就是,当代男性写作中多数的性描写,都不关心两性关系的探索,而是集中展示男性的苦痛、恐惧和无常之感。

同晚清、五四及20世纪80年代丰沛的女性观视不同,20世纪40年代是经常被遗忘的区域。尽管张爱玲已经赫然升格为现代文学的"祖师奶奶",但与她同时代的写作女性却未广泛进入人们的研究视野,特别是在沦陷区内进行创作的女性,她们需要协调政治、战争、性别及其他方面的因素,因而作品的张力可能显得更大。以下两部著述,颇值得我们注意。第一本是黄心村关于20世纪40年代上海文学和通俗文化的讨论——《妇女、战争和家庭生活》②。全书检视了张爱玲、苏青、潘柳黛、施济美及其他女性在上海沦陷时期的简短事业:她们写作、出版,并且在一定程度上统治着沦陷上海的文化图景。作者意图重建战时的女性叙事,在她看来,20世纪40年代前半叶的上海,正常的社会和文化生活并没有因为日据和战争而被彻底抹掉。情况恰好相反,通俗文化兴旺繁荣,涌现出新的一代城市作家。这些作家不但敏锐地意识到自身的能力与局限,而且比之任何的前辈先进都更具备条件去挑战个人生活与公众事业之间的界限,用居高临下的姿态自由地筛选借用当时所有可能获取的文学与文化话语。同黄心村的论点接近,罗曼·史密斯(Norman Smith)也有意恢复政治气息特别浓厚的"伪满洲国"时期的文学写作意义,对象同样是女性作家,时间在1931到1945年

---

① Zhong, Xueping. *Masculinity Besieged? Issues of Modernity and Male Subjectivity in Chinese Literature of the Late Twentieth Century*. Durham: Duke University Press, 2000.

② Huang, Nicole. *Women, War, Domesticity: Shanghai Literature and Popular Culture of the 1940s*. Leiden: Brill, 2005. 中译本见《乱世书写:张爱玲与沦陷时期上海文学及通俗文化》,胡静译,上海:上海三联书店,2010年。

第三章　跨性别的话语政治

间,他的关键词是"对抗"。作为英文世界第一本全面探究沦陷区女性文学的专著,《反抗满洲国:中国女性作家和日本占领》①一书动用了许多重要的一手材料,包括原始出版物、回忆录及个人访谈。借助这些资料,罗曼·史密斯意欲表明,对这一区域内的作家,如梅娘、吴瑛等使用"叛国贼"的定位失之公允。帝国主义和民族主义交相缠绕,传统力量反复浮现,这一切都有如日本的殖民统治策略一样复杂多变,因而纯粹地将此一区段完成的作品解读成对帝国势力的政治诟媚是不正确的,反抗的因子四处闪现,她们或追寻五四的现代传统,或推倡古典的文化遗泽,不必一致。

综上所见,对女性文学的讨论,涵盖整个20世纪;而从空间区划上讲,中国港台地区乃至马华地区的华文女性作家也渐次浮出地表,受到关注。安·卡佛(Ann C. Carver)和张诵圣选编的台湾女性作家作品②同张诵圣本人的讨论《现代主义与本土对抗》③相得益彰,为台湾女性文学研究打开局面;陈芬妮等人合作的《香港的性别和社会》④一书,则生动展示了香港社会的性别地貌。可以说,如火如荼的女性主义话语,在中国大地广为应用,一方面纠正了传统积存的女性迷思,开拓了女性空间,发掘了其自我意识,建立了现代主体性,但另一方面,这些西流话语是否真正切合中国现实,并融洽地诠释了华语文学,也日益逗人深思。史书美追问了这一跨国遭遇中的伦理规范问题,她的提问是:"中国的女性何时成了

---

① Smith, Norman. *Resisting Manchukuo: Chinese Women Writers and the Japanese Occupation*. Vancouver: University of British Columbia Press, 2007.
② Carver, Ann C. & Sung-Sheng Yvonne Chang. *Bamboo Shoots After the Rain: Contemporary Stories by Women Writers of Taiwan*. New York: The Feminist Press at CUNY, 1991.
③ Chang, Sung-sheng Yvonne. *Modernism and the Nativist Resistance: Contemporary Chinese Fiction from Taiwan*. Durham: Duke University Press, 1993.
④ Cheung, Fanny et al.. *Gender and Society in Hong Kong: A Statistical Profile*. HK Institute of Asia-Pacific Studies Research Monograph No. 23. Hong Kong: HKIAPS, 1995.

女性主义者?"[1]

　　针对这一富有创见的质疑,白露做了具体而微的回答。她的专书《中国女性主义中的妇女问题》[2],探寻了女性主义的中国历史。通过摒除二元对立的解读策略,白露将中国的女性主义视为地方和全球的共有现象。其目标在于让中国的理论家在自己的时代用已有的术语讲述妇女何去何从的问题,而非邯郸学步、亦步亦趋地追随西方论式,这为跨国地(transnationally)研究性、性别、种族和女性主义做出了贡献。在白露的定义里,那些具有未来观视的女性思想者(Future-Looking Thinkers)和作家堪称中国的女性主义者,因为她们的事业在于寻求女性的社会平等和对抗那些令女性不能成为女性的不公待遇。白露语境化的文学文化诠释,为我们勾画了一个"另类化"女性视窗,她雄辩地说明了女性主义在中国出现的可能性。而此外,杜爱梅从叙事策略角度来探讨中国女性主义特质和存现的论文《女性主义和20世纪早期女性写作的叙事策略》[3]也颇值一读。

　　可以说,海外中国现代文学研究方面林林总总的女性研究和女性主义探讨,极大地丰富了我们关于弱势群体和边缘力量的知识。它们主要由各领域的女性研究者完成,但男性观者的介入亦不容小觑。除开我上面提及的男性评论,欧美现代中国文学研究的开山祖夏志清可能最早开启了这一领域的研究大门,他发表于20世纪60年代的文章《残存的女性气质:中国共产主义小说中的妇女》即为明证。杜赞奇亦多次谈及私人讲述和性别话语在现代

---

[1] Shih, Shu-mei. "Towards an Ethics of Transnational Encounter, or 'When' does a 'Chinese' Woman Become a 'Feminist'?" in *Differences* Vol. 13, No. 2 (2002), pp. 90—126.

[2] Barlow, Tani E.. *The Question of Women in Chinese Feminism*. Durham: Duke University Press, 2004.

[3] Dooling, Amy D.. *Feminism and Narrative Strategies in Early-Twentieth-Century Chinese Women's Writing*. Ph. D. diss., Columbia University, 1998.

第三章 跨性别的话语政治

中国的意义①。事实上,不分男女,其共同的研究努力,引致了如下一个现实,那就是针对女性的研究,使得道德理想主义式的言辞失却了效用,曾经那些意图抹去肉身差异的意识形态技术,不得不让位于身体的情欲冲动、个体的叹息和想象。不仅是"她们"在叙事中找回了自己的生命感觉,也包括所有被压抑的个体和文类。

第二节　女性的界限

从相当宽泛的意义上来使用"女性主义"的概念,大致包括了"作为研究对象的女性""作为研究方法的女性"及"作为研究立场的女性"三种形态。三者既有分别、又有重叠。"作为研究对象的女性",是指女性作家及其作品,以及男性作家笔下的女性形象。无论我们同意与否,男性确实已经参与到了对女性及女性主义的发现过程之中。尽管鲁迅被指对不幸的女人只有愧疚的同情,而无法真正缓解其痛苦,但恰如刘禾指出的那样,"也许鲁迅比同时代人更为敏感地意识到性别与阶级的问题,以及作为阶级的性别(gender as class)的问题"②。与"男性的女性主义观"相对的另一个极端,是女性对自身权限的滥用,甚至导致性别的商业化。卫慧、木子美等女性笔下的身体意象,与其说是对女性的关照,莫如说是对经济大潮下不可抵挡的商品利润的谄媚。③ 纯粹的生理性

---

① 参阅 Duara, Prasenjit. "The Regime of Authenticity: Timelessness, Gender, and National History in Modern China." in *History and Theory* Vol. 37, No. 3, 1998; "Of Authenticity and Women: Personal Narratives of Middle Class Women in Modern China." in Wen-shin Yeh, ed. *Becoming Chinese: Passage to Modernity and Beyond*. Berkeley: University of California Press, 2000.

② 刘禾:《跨语际实践:文学,民族文化与被译介的现代性(中国,1900—1937)》,宋伟杰等译,北京:生活·读书·新知三联书店,2002 年,第 278 页。

③ 参阅刘剑梅:《狂欢的女神》,北京:生活·读书·新知三联书店,2007 年,第 247—250 页。

写作(女性写和写女性),并不能解释女性写作的实质,因为它牵涉到对女性的利用问题,也即所谓的"女性作为一种研究方法"。最直观的例子是,将"妇女解放"当作社会进步的晴雨表。女性被推到了受拯救者的位置上,在文学研究中以性别关系形塑中西古今、传统与现代的二元模式。对这些关系间幽微复杂的互动总是缺少关照。胡晓真对近代弹词小说的考察表明,中国最早的女性小说家们,玩弄阴阳性别的符码,却绝非只有归顺和抵抗两条途径。①将女性夸大为一种绝对的性别气质或生理差异,这不是对女性应有的认识,"她"的主体性还有待凸显。为此,一种作为理论立场的女性尤为必要。作为理论立场的女性不仅指坚定地站在女性的立场上,对种种成规定见提出质疑,同时也指与男性协商,勾画出彼此之间更为繁复的性别对话轨迹,并顺势介入到对民族、国家的建构之中。正如文棣所说:

> 现代文学为女性提供了一个新的主体立场,即女作家的立场,它在性别上是明确的。而男作家的情境却有所不同,虽然他们也以表述新的自我为己任,但这一新自我却是一种普遍化的、现代化的自我,并非特指男性自身。②

因此,女性主体作为一种性别化了的立场,其功能是从男性普遍化的语言结构中,揭露出性别政治的真实状况,恢复历史的多元面貌。

如上节所述,海外中国现代文学研究中的女性主义形态蔚为大观,但大致离不开这三种形态。女性研究者们已经从不同角度、立场,充分地论述了性别、种族、政治、民族、国家、战争之间的复杂

---

① 参阅胡晓真:《才女彻夜未眠:近代中国女性叙事文学的兴起》,北京:北京大学出版社,2008年。

② Larson, Wendy. "Female Subjectivity and Gender Relations: The Early Stories of Lu Yin and Bing Xin." in Liu Kang & Xiaobing Tang, eds. *Politics, Ideology, and Literary Discourse in Modern China*. Durham: Duke University Press, 1993, p. 127.

第三章 跨性别的话语政治

纠葛,显示了女性主义话语在开拓女性空间,发掘女性意识,建立现代主体性过程中的强劲力量。我们无法全面评述女性主义与海外中国现代文学研究的关系,而是选择了海外中国现代文学研究中比较有影响的三部著作,即周蕾的《妇女与中国现代性》、刘剑梅的《革命与情爱》,以及文棣的《现代中国的女性与写作》,进行抽样分析与讨论。显然,这三部著作并非简单对应于上述三种形态,相反,我们试图阐明这些著作如何呈现出三种女性话语的交织,合力写出了一段女性主义的新历史,从而透视出海外中国现代文学研究小蔚为大观的女性主义研究路向。

首先是理论的可能——"妇女与中国现代性"。面对"迟到"(时间上的落后)和"失真"(文本上的模仿)的双重"焦虑",罹患"失语症"(理论上的匮乏)的中国,到底该如何讲述自己的身世?"她"又是怎样被别人观看和描述的?这是中国现代文学研究至为重要的一环。"自鉴"与"他照"构成了审视女性形象意义与表述的两个关键面相。女性,作为一种真实的存在、一种审美体系、一种想象的投影、一种理论工具,林林总总,难以言说,但最为基本的一点是,我们采用何种立场、方法来观看女性形象,又愿意看到女性形象的哪一面。这就涉及阐释过程中理论手段的恰切性和可靠性。在此意义上,周蕾的《妇女与中国现代性》[1]一书具有相当的典范意义。该书自立于第三世界受压迫者的位置,援引谈论边缘性议题的"西方"理论,来对抗主流、经典,"用一种书写的行为来达到文化的批判"[2]。周蕾自我期许的两大目标,也正是"同时批评西方理论思想的霸权地位以及中国文学领域中根深蒂固的诠释方式"[3]。换言之,该项研

---

[1] Chow, Rey. *Woman and Chinese Modernity: The Politics of Reading between East and West*. Minneapolis: Minnesota University Press, 1991.
[2] 李欧梵、季进:《李欧梵、季进对话录》,苏州:苏州大学出版社,2003 年,第 137 页。
[3] 周蕾:《妇女与中国现代性:西方与东方之间的阅读政治》,蔡青松译,上海:上海三联书店,2008 年,第 3 页。

究的出发点在于思想批判和方法论的检讨,通过兼收并蓄地使用女性主义、心理分析、后殖民批判,以及广义的左翼思潮等理论话语,试图恢复现代中国文学的"主体性",探讨女性与中国现代性之关系。

在周蕾看来,现代中国的文化背景已然"西化",提倡返回纯粹的族裔源头,已不再可能。值得思考的是,在这个无可避免的文化困境及集体反抗认同中,"族裔性"(Ethnictity)的特殊运作方式。之所以使用"族裔性"的概念,目的是要与狭隘的"本土主义"做出区分。周蕾清楚地意识到,本书所聚焦的议题及其论述的模式都不可避免地带有双重属性,既非"中国"也非"西方"可以概括,所以从中"讲述"(tell)或"呈现"(show)出来的"主体性",已经背离了"本土—他者"的清晰对抗模式,而表现出某种"摆荡的不稳定性"。我们认为,周蕾所说的这种主体性其实呈现出"另类现代性"的色彩。尽管"另类现代性"仍不出"现代性"的魔咒和西方的主导,但却明白展示了现代性与中国主体性的多元取向。

在对电影《末代皇帝》的讨论中,周蕾就直指贝特鲁奇(Bernardo Bertolucci)的电影镜头带有某种"情欲结构",是东方主义式的文化想象。一方面他通过摄影机镜头将观众(特别是西方的男性观众)的凝视(Gaze)同化为男性的观者,另一方面又将电影中溥仪的形象化约为被观看的"女性"和"阴性空间"(Chora)。这种将中西关系以阴阳对立模式运作起来的方式,在克里斯蒂娃(Julia Kristeva)看来,表明的可能恰恰不是负面的意义,而是对中国这个"敌手"价值的反向承认。换言之,中国(妇女)之所以备受"残害",关键是因为她拥有和西方(男性)同等的权利。然而在周蕾看来:

> 即使克里斯蒂娃用一种深感兴趣以及实为"同情的"方式来看待中国,但她的论证本身可以说皆与"中国"无关。她的议论并非要从文化之中有所习得,而是从西方之中得到不一

第三章　跨性别的话语政治

样的阅读方法。因为,那些被称作是中国所"特有"的事物,不过被理解成西方论述中"受到否定"或"受到压抑"(repressed)的面向。①

因此,克里斯蒂娃将中国"他者化"及"女性化"的诱人策略,事实上重蹈了西方论述的运作机制。对周蕾而言,克里斯蒂娃以《中国妇女》(About Chinese Wowen)为题的论述,与"中国""妇女"相距甚远,倒是穆尔维(Laura Mulvey)、斯尔沃曼(Kajia Silverman)、罗乐蒂(Teresa de Lauretis)关于视觉影像的讨论,有助于揭示观看(Seeing)中折射出来的中国主体形态。她们的著作"让我们能够看到女性主义和批判虚假意识形态之间存有原初必要的共谋关联性,并且也指出其中所遗漏之处——即女性观者的位置"②。

在此基础上,周蕾进一步追问了"女性族裔观者"的位置问题,认为电影作为一种技术机制,有效地通过影像叙述使得族裔主体对自己的历史有所觉察,但矛盾的是,这种民族认同与电影的叙事进展步调一致。族裔观者游移在"将她再现的凝视以及被认为就是她的影像之间",而显示出跨文化脉络中交流的复杂程度。

> 观者不只是有其族裔的背景,而是其本身即被形塑以族裔身份(ethnicized):认知到其中国性(Chineseness)已是跨文化身份号召的部分过程,这样的身份号召过程运作于大部分的现代历史领域之中。③

周蕾对"理论"与"族裔性"关系的探讨,显然是想恢复文本阅读中"游移不定"(elusive)的真实面貌。这集中体现于她对"鸳鸯蝴蝶派"流行小说的解读。周蕾的考察着力于梳理通俗文学文化

---

① 周蕾:《妇女与中国现代性:西方与东方之间的阅读政治》,蔡青松译,上海:上海三联书店,2008年,第9页。
② 同上书,第49—50页。
③ 同上书,第38页。

与主流文学文化的错综关系,所使用的关键词是"分离"(dispersing)。这不仅是指与传统的阅读方法"分离",同时也是指鸳蝴文本同儒家思想的相"分离"。

对于鸳鸯蝴蝶派有三种流行的阅读方式:实用的、文学的和社会的。周蕾认为这些阅读方式都有偏颇,她主张以"女性"的方式来重读鸳蝴派的小说。这不仅有助于我们重拾对"女性"角色和思想的关注(处理性别),同时还可以从三个方面表明其蕴含丰富的文化意味。

其一是小说不对称的叙事结构。多数的鸳鸯蝴蝶派故事发生在男性缺席的情况之下,让女性独自面对生活创伤,这并非是对中国"烈女"传统的"仿效"或"延续",而是历史记录中"女性作为叙事关键"(Woman as Hinge of Narrative)思路的文学延伸。"因为女性是家庭社会结构的基本支撑,历史学家所记载的时代改变,最能够在中国女性地位改变之上显现。"从鸳蝴小说对于女性角色的迷恋中,恰可"得出一窥现代中国社会一条有意义之线索"[1]。其二是小说缺乏功利取向的政治目的。鸳鸯蝴蝶派小说通常被斥为"低劣"的消闲产品,但对周蕾而言,正是其令人不安的"低品位"显示了现代中国社会的矛盾。其叙事中拼凑分裂的特性(如感伤主义与教诲主义并举)正是对现实冲突的搬演。其三是小说情感的暧昧性。在一个将公开展出情感视为尴尬的社会中,鸳鸯蝴蝶派小说不仅大胆展露个人情思,而且将之用于"商业买卖",以连载的形式付诸报端杂志。这足以说明"鸳蝴文学确实参与了文化生产的现代化过程"[2]。

在论述了女性族裔观众,并以"女性"的方式重读鸳蝴派小说

---

[1] 周蕾:《妇女与中国现代性:西方与东方之间的阅读政治》,蔡青松译,上海:上海三联书店,2008年,第82页。

[2] 同上书,第87页。

第三章　跨性别的话语政治

之后,周蕾进一步透过不同性别作家笔下涉及的母亲形象(母亲、姐妹、中国),来阐述性别政治在感伤主义表象里的特殊意义,并以此展示现代中国文学的复杂性。在"爱(人的)女人:受虐、幻想与母亲的理想化"这一章中,周蕾从"哭泣"这种浮夸、糜烂的情感因素入手,借助弗洛伊德(Sigmund Freud)、德勒兹、拉普朗虚(Jean Laplanche)有关"受虐"思想的讨论,探讨了性、感伤及阅读的三方关系。在周蕾看来,林纾、王寿昌翻译《茶花女》时的情感反映(嚎啕大哭)、萧红小说《手》和凌叔华《绣枕》中借由不断可见的牺牲形式展现出的遭受苦痛的问题,恰好形塑了一个"受虐"序列。与此相呼应,男性笔下往往出现以"母亲"为中心的同情式回应,郁达夫的《沉沦》、许地山的《春桃》以及巴金《最初的回忆》三篇小说中出现的女性形象,充分印证了弗洛伊德的观点,"女性若非接受温柔情感与性无能,不然就是接受感官肉欲与轻蔑,因为理想化与情欲冲动彼此无法相容"[①]。这种非此即彼的二元对立模式,表露在男作家的"母亲"想象中,无一例外地排拒了母亲角色的某些面向。《沉沦》是对积弱而遭受羞辱的中国的否决;《春桃》是对性的压制与回避;《最初的回忆》则拒绝承认现实的苦痛,试图用记忆来维持完满的母亲形象。

同这种分离(Dissociation)、拒绝承认(Disavowal)以及精神官能症(Neurosis)式的男性化进程相反,女性作家的作品,如冰心的《第一次宴会》和丁玲的《莎菲女士的日记》,试图塑造一个"活动"(Move)而非在时间中冻结的母亲形象。她们从女性主义的观点展现出身份认同与爱欲间的关联而非对立。卡佳·斯沃尔曼关于"负面的俄狄浦斯情结"(Negative Oedipus Complex)的讨论,指明欲望与身份的认同不再像"正面的俄狄浦斯情结"(男性作家塑造理

---

① 周蕾:《妇女与中国现代性:西方与东方之间的阅读政治》,蔡青松译,上海:上海三联书店,2008年,第209—211页。

想女性的方式)那样是有所区分的,它以"病态"(Perverse)的及"同性恋"(姐妹情谊、母女情谊)的方式建立了一种女性表达。

两部小说都没有替受教育的中国女性提出答案,以解决她们身为现代女性所会遭受到的困境——成为现代女性让他们得以"选择"生活方式——但也因为如此,我们以一种"间接"的方式看到了"感伤女性书写"的意义。这两篇小说也以不同的方式阐明了负面俄狄浦斯情结的意涵。它们所提供的不只是负面俄狄浦斯情结的"女性版本",而且也提供了理想化母亲的另类方式。①

夸大这种思考的方式,正是周蕾想在本书中传达的意见。作为一名"已西化"的中国女性,如何恰切地使用西方模式,挑动理论的辩难,商谈其可能的限度,而非狗尾续貂、拾人牙慧。在中西古今已然无法清楚分际之时,如何借"女性""中国""第三世界"等边缘概念,探究"规范之中进行抵抗"(Resistance in Givenness)的辩证力量,测绘非西方却受西化影响的脉络中的中国现代性。

其次是女性主题的重述——"革命与情爱"。如果说周蕾的著作是从理论层面阐述女性与中国现代性的关系,那么刘剑梅的著作则选取了"革命与情爱"的母题具体呈现女性主体性的历史演进。刘剑梅的《革命与情爱:二十世纪中国小说史中的女性身体与主题重述》②讨论晚清以降革命与情欲的难解交缠,既论述"小说讲述"的内容,又平添了一层女性主义的视角,为我们深入探究豪情激荡的革命叙事为何每每不脱凄美动人的情爱故事提供了全新的解读切口。

---

① 周蕾:《妇女与中国现代性:西方与东方之间的阅读政治》,蔡青松译,上海:上海三联书店,2008年,第258页。

② Liu, Jianmei. *Revolution plus Love: Literary History, Women's Bodies, and Thematic Repetition in Twentieth-Century Chinese Fiction.* Honolulu: University of Hawai'i Press, 2003.

第三章 跨性别的话语政治

刘剑梅上追晚清,重点考察20世纪20年代后期"革命加恋爱"公式创立以来的小说政治,凸显的乃是现代文学与历史、性别的互动关系。这方面已有的研究中,具有代表性的是孟悦和王斑。孟悦认为女性形象与民族国家彼此两分,私人受制于公众,女性被中性化为政治,群体优于个体。《白毛女》从歌剧到电影再到芭蕾舞剧,其不断圣洁化的讲述过程就是最好的例证。而王斑则认为如果我们关注的不是情欲的政治,而是政治的情欲,也许恰恰会发现,共产主义文化之所以具有吸引力,某种程度上是因为它包含了情欲。《青春之歌》就很好地证明了政治是如何同情欲交织在一处的。[①] 综合考量这两种分析形态,并结合五四以来更多的文学文本,刘剑梅主张"多元历史"(A Plurality of Histories)的观念。福柯的这个术语,最初是指与那种追求普遍意义与统一原则的"整体历史"(Total History)做出对抗,而刘剑梅则着意强调"革命"与"爱恋"间的互动演变关系:所谓公式并非一种,运用公式的方式也并非一成不变。相反,"革命加恋爱"的文学现象充满了异质,无法简单地用因果逻辑来解释。她将之看作是一种"表演行为"(A Performative Act),一种只有在具体的历史条件下才可能发生的主题重述。

我们已经熟悉"革命加恋爱"叙事模式的发明人蒋光慈以及擅写"乳房之舞"和革命"新女性"的茅盾,他们通常将女性既看作革命的生力军,又担心她们的热烈开放暗中拆解了革命的神圣性。借用李欧梵对中国浪漫一代"普罗米修斯式"和"少年维特式"的划分,刘剑梅将蒋光慈和茅盾归入前者,而将洪灵菲、华汉归于后者,

---

① Meng, Yue. "Female Image and National Myth." in Tani E. Barlow, ed. *Gender Politics in Modern China: Writing and Feminism*. Durham: Duke University Press, 1993, pp. 118—136; 另可参见孟悦:《〈白毛女〉演变的启示——兼论延安文艺的历史多质性》,唐小兵编:《再解读:大众文艺和意识形态》,北京:北京大学出版社,2007年; Wang, Ban. *The Sublime Figure of History: Aesthetics and Politics in Twentieth Century China*. Stanford: Stanford University Press, 1997.

并特别强调后者浪漫主义的特性。"'革命加恋爱'的写作倾向于阳刚的普罗米修斯型的美学模式。然而,这并不意味着少年维特性的美学模式在这一历史阶段完全消失了。"①洪灵菲、华汉作品中五四浪漫主义的余绪表明,革命的左翼作家从未彻底剔除过小资产阶级的情感认同,个性与欲望每随国家、政治的际会屡起屡仆,却始终回荡不去。

革命的意义随时变迁,爱欲的元素变幻莫测,其间相激相成、相吸相斥,革命编派爱欲,爱欲也彰扬革命。作者对新感觉派作家"革命加恋爱"的解读,委实让人眼前一亮。对于新感觉派,李欧梵以"颓废""浮纨"作定位,史书美用"炫耀现代"定其性②,虽然都曾言及"物欲"与"革命",但只是点到即止。刘剑梅将其放大了考察,发现"革命化"的写作者借写卖座挑逗的情爱故事,分散了整个作品对普罗文学的注意力,这不能不说时尚有时候也是一种文学的周旋策略。在"新感觉派"作品中,上海这个感官世界成了"革命加恋爱"公式的新语境,完全与无产阶级大众的社会现实相分离,情色置换了进步,革命变成了商品,再次彰显了单一公式背后的复杂性。

在"革命加恋爱"叙事模式中,最值得关注的是在民族想象的大旗下枝蔓出来的女性身体,一种作为真实的描写,而非隐喻功能的女性身体。桑塔格(Susan Sontag)在批评"作为隐喻的疾病"时指出,隐喻使人漠视苦痛,无助于患者正确对待。"我的观点是,疾病并非隐喻,而看待疾病的最真诚的方式——同时也是患者对待

---

① 刘剑梅:《革命与情爱:二十世纪中国小说史中的女性身体与主题重述》,郭冰茹译,上海:上海三联书店,2009年,第80页。
② Lee, Leo Ou-fan. *Shanghai Modern: The Flowering of A New Urban Culture in China, 1930—1945*. Cambridge: Harvard University Press, 1999; Shih, Shu-Mei. *The Lure Of the Modern: Writing Modernism in Semicolonial China, 1917—1937*. Berkeley: University of California Press, 2001.

第三章　跨性别的话语政治

疾病的最健康的方式——是尽可能消除或抵制隐喻性思考。"① 这同样可以移来评说刘剑梅对女性作家的观察。长期以来，男性作家将女性的躯体视为欲望的源流，总是任意地填充各种想象的材料。她们或是性感尤物，或是革命女性，解放的身体不是生命的所在，而是社会变革的风向标。高利克(Marián Gálik)、张英进和陈建华三位对茅盾小说中女性身体的考察就表明，这里面既有革命乌托邦的空想成分，也都市欲望的投射，却唯独没有将女性的身体看作真实的存在。② 刘剑梅试图解剖这种男权姿态，借助女性主义的理论重新分辨政治与性别的不离不弃，将架空的女性重新还原到地面上来。比如白薇罹患疾病的身体，是她所有的真相，是她必须每日面对的现实。

> 她有意识的女性主义写作强调的不是现代的浪漫爱情，也不是狂热的革命浪潮，而是在这些浪漫的热情掩饰下的女性伤痕累累的身体与心灵，是女性无所皈依的迷惘，和幻灭后痛苦的尖叫。③

庐隐所表现的"革命加恋爱"故事，则充满了女性情谊和性别化的表述语言，其爱情故事和死亡书写都不带有明确的政治转向，相反更近传统的才子佳人抒情，且与西方式的浪漫有所关联。与两位流动不明的革命认同不同，丁玲本人的政治转变，使她的作品表现出极强的左转倾向。起初在《韦护》中，她坚定地站在女性主

---

① 苏珊·桑塔格:《疾病的隐喻》，程巍译，上海：上海译文出版社，2003 年，第 5 页。
② 参阅 Gálik, Marián. *Milestones in Sino-Western Literary Confrontation (1898—1979)*. Wiesbaden: Otto Harrassowitz, 1986; Zhang, Yingjin. *The City in Modern Chinese Literature and Film: Configurations of Space, Time, and Gender*. Stanford: Stanford University Press, 1996; 陈建华:《革命与形式：茅盾早期小说的现代性展开(1927—1930)》，上海：复旦大学出版社，2007 年。
③ 刘剑梅:《革命与情爱：二十世纪中国小说史中的女性身体与主题重述》，郭冰茹译，上海：上海三联书店，2009 年，第 125 页。

义立场上,探查革命语境中的女性性本质,并拒绝将女性经验变成革命的寓言,但后来的《一九三〇年春上海》则明显地从肯定新女性的主体性转变成批评新女性性感身体所指涉的颓废的资产阶级情调。通过放弃自身的主体性,丁玲最终站在了革命意识形态一边,使自己臣服于政治。白薇、庐隐和丁玲,都以用其写作和现实经历见证了各种不同的女性身体的政治神话。

时移事往,20世纪50年代以后轰轰烈烈的社会改造工程,令公私空间、性别差异的界限不复存在。女性穿上了清一色"人民装",一切可见的性别差异统统变得不再可视,这也预示着"革命加恋爱"所有枝叶斜出的讲述可能变得微乎其微。但是,1949年之后的中国文学并非铁板一块。与其将其视为彻底意识形态化的符号,不如深入其中寻找性别问题的特殊意义。刘剑梅提出应该将女性身体看成是一个权力斗争的场所,借此来考察彼时历史语境中政治、性别及写作之间的复杂关系。她并没有把性别的含义理解成对政治权利的被动接受,而是把它理解成一种流动性的结构,一种随着变化着的文化结构、文化条件和文化联盟而转变的流动的建构。对萧也牧《我们夫妇之间》、邓友梅《在悬崖上》及丰村《一个离婚案件》的分析,也说明在革命的新环境里,爱欲也有细腻深入的表现。爱情概念和性别含义被国家和民族的政党话语所塑造与控制,这恰恰表明爱情及相关主题有种特定的力量可以超越政治的限制。叙事上的规避和延宕,无法掩盖个人与集体、爱情与革命间的矛盾张力。

同这种逃避型的叙事模式相似,十七年小说中女性主体的多样性,也暗示了政治管束的局限与情欲力量的"死而不僵"。《创业史》中的改霞、《青春之歌》中的林道静,以及《红豆》中的江玫,形成了当时的话语秩序下新女性形象的代表。在性别平等的名义下,改霞对党和国家所代表的"新父权"产生了质疑,拒绝做"男性革命英雄的助手"。而林道静和江玫作为女性作家笔下的女性形象,更具情感的煽动性与政治的颠覆力。林道静一生经历的三个男性,在其性别认同中有着典型的政治象征意义。从浪漫的北大学生余永泽,到革命烈士卢嘉川,再到她的入党介绍人江华,林道静逐渐改造,最终变成了国家集体中的一员。但是,在其升华的浮表下,她仍然置留了一定的空间给个人有限的性爱及幸福。应当看到,无论是情节设置还是人物造型,抑或细节描写,十七年的小说创作始终都处于一种与政治的非稳定制衡结构当中。所有的作家都呈现出一种分裂特质,在个人情爱与集体愿望之间彷徨摆荡,不能割舍。这种矛盾性表明,虚构作为文学的本命,永远都不可能完全听将令于外围的动因,而历史作为无序的存在,也不能被一种讲述所规范。即便是同一主题的复述,其中也充满变奏的可能。作为叙事的历史,何尝又不是一种文字表演?因此,我们说,文学与历史的对话,统一教导与多元表述间的协商关系,使我们清楚看到了一段在政治、商业、性别诸因素牵绊下跌宕起伏的情感的社会和文化史。

再次是移动的边界——"现代中国的女性与写作"。如果说周蕾是理论的剖析,刘剑梅是个案的解读,那文棣的《现代中国的女性与写作》[1]则综论中国现代文学中的女性与写作,尤其是"新女性"被讨论、被建构、被想象的历程。对于中国传统女性而言,闺阁是其施展才艺的唯一空间。即使对于才女(知识女性)而言,她们在"应该是什么"(what should be)和"是什么"(what is)之间,亦即在伦理规范和真实生活之间,总是存在着莫大的距离和紧张。[2] 晚清以来,西风东渐,传统的伦理规范家庭关系日渐松动,使一些女

---

[1] Larson, Wendy. *Women and Writing in Modern China*. Stanford: Stanford University Press, 1998.

[2] 高彦颐:《闺塾师:明末清初江南的才女文化》,李志生译,南京:江苏人民出版社,2005年,第7页。

性开始直接走向社会,参与到思想和历史的变革之中,在现实与想象的疆域,开创了一幕时代女性的新视景。身体、才德、政治和欲望,瓦解了由来已久的女性边界,为女性性别注入新质。到了五四时期,冰心、庐隐、陈衡哲、凌淑华等女性作家辈出,所谓的"新女性"(the New Woman)、"新写作"应运而生。据考,"新女性"的观念,最初由胡适引入国内,专指那些行止激越、言辞激烈,不信宗教、不依礼法,却又思想极高、道德极高的女性。① 拥戴者认为此说为民主国家之独立品格又添参数;保守者则认为世道不彰、礼法松弛。双方各执一端,但都是在社会国家的福祉祸端上做文章,而没有将"新女性"本身作为一个问题来考察。文棣认为,"新女性""新写作"的名称实际上充斥了各种理论预设和价值陷阱。在其动人的外表下,仍旧是传统的父权体制、现代民族国家观念及写作中的性别偏见在隐隐作祟。女性既与之妥协,又与之抗争。虽一度表现出独特的美学风格和性别主体性,但最终不得不在严苛的政治压力下开始修改和放弃主体写作的进程。总之,五四以降,兴盛一时的"新女性"运动从其产生到消亡,自始至终都拘囿在男性话语的藩篱之内,被讨论、被建构,成为一套被牺牲掉的"叙事想象方案"。

　　文棣的重点在于考察20世纪二三十年代文学与妇女的关系。确切地讲,她是从文化研究的角度来看"新女性与新文学"的关系,特别是其中涵盖的传统规范、现代政治、身体价值、写作实践与女性间的诸种错杂形态。尽管文棣宣称无意对现代中国的女性文学进行全面探究,但她对五四,甚至更早的明清时代以来,各类针对女性及其写作的文化规范的描述,清楚地揭示了"新女性"和"新写作"的尴尬处境,不但映照了传统女性写作的历史困境,更为考察20世纪40年代以后,特别是20世纪80年代以来,女性主义文学

---

① 参阅 Hu, Ying. *Tales of Translation: Composing the New Woman in China, 1899—1918*. Stanford: Stanford University Press, 2000, p. 208.

第三章 跨性别的话语政治

的现实际遇提供了反思样本。其意义在于用女性主义的视角重新诠释了男性掌握的历史,帮助我们重写了现代中国文学史。

文棣对现代女性作家文化和写作的考察与论述,主要从下述三个方面展开。

首先是传统文化对女性及其写作的制衡和规范。虽说"妇女问题"是一个现代命题,标志着民族国家健康和进步的程度,但对文棣而言,对抗传统并不能根除传统中遗留下来的种种对待女性的文化规约和陋习,特别是思想层面的观念。最清晰的表现就是"阴阳一位制"依旧发挥作用,"男与女""才与德",相互对峙,置入阴阳两位不同的本体性范畴。"德"属于阴,是女性范畴,代表了自我牺牲的身体折磨,比如贞洁、裹脚、身不外露,甚至殉节自杀;而"才"属阳,是男性专属,标志着男性超逾感情的智力知识和接近文化及文学的能力。"德"与"才"在男性身上交融统一,但在女性身上却互不兼容、彼此排斥:女性被认为与文学扞格不入,文学只是男性的特权。这也就是所谓的"女德书""贞女传"愈来愈多的原因。

身体作为一种物理形态,真实可感,便于直接操控,但文字或曰才华,不受身体的管束,是一种超越生理的能力。虽然女性可以写作,但很少发表或不能发表,因为发表就等于暴露身体和隐私,僭越男性特权。换言之,男性权利的实现是需要女性以身体,或曰牺牲其权利来配合的。文棣指出,这种"才德对立"的"叙事策略"和意识形态在现代文学的建构中十分明确。女性作家在新文学中的位置,一开始便被认定了"女性的"位置,即身体和"德"的位置。象庐隐的《一个著作家》和冰心的系列作品《超人》《烦闷》和《爱的实现》等作品,着意探求男性作家同现实人生的关系。尽管两位女作者铺设了温情脉脉的女性之爱(母亲、姊妹、恋人)能够帮助男性书写者化解来自现实挑战的美好结局,由此宣告女性的能量,但文本中预留给女性的位置显然远远不如男性。这不仅是因为女性诸种可亲可感的举止仅仅只是一种道德表象,而非自发行为,而且更重要的是,为了免于平庸,男性作家还要努力地规避这种温柔所带来的限制。女性使得情感和现实更加具体,但写作的要求是超越感伤,赋予其抽象化的精神深度,从这个意义上说,女性似与写作无缘。

其次是政治话语对女性意义的"国有化"。这一点也同样表现在对女性的道德要求上,主要是对其身体的考验和控制。不同于传统儒道思想将其圈定在家庭伦理的范畴内,现代民族国家要求女性的身体为政治所用。她无需再效忠"三从四德"的封建积习,转而投向现代国家的怀抱。表面上,女性解放,重获新生,但事实上,由家到国,"家"反而变得更大,伦理困束也愈发紧张,因为内中所包含的"身体政治"的喻义,已上纲为现代的进步话语。文棣认为,"女性解放"作为现代性的一个重要指标,在世界各地的现代化进程中,意义卓绝,概无例外。中国的现代作家和批评家,也正是在这一现代性标志范围内探讨和分析女性及其文学问题的。他们普遍相信,利用西方的价值观念可以有效对抗来自传统的侵袭,这其中也包括一系列对待妇女的塑造,如贞操、家庭伦理及异性婚姻等。鲁迅、胡适诸位对妇女节烈观、人权问题,及家庭婚姻的讨论,都可资验证。

然而,文棣同时指出,这种对女性身体的过分强调,大有矫枉过正之嫌,其本质已在不经意间重蹈了传统女德对女性身体实践的要求。只是这一次,女性的身体不再属于家庭宗族,而属于现代国家。中国的知识分子面临西方压力,试图重新想象和设计民族国家形象时,对女性的身体投射了过多的价值寓意,并急欲将之嫁转到国家政治机器的运作中去。这当中,以健康有力的女体来指陈祖国母亲,是其至为基本的愿景和要求。流行于 20 世纪二三十

第三章　跨性别的话语政治

年代的婚恋爱欲主题,虽然标榜独立的个人选择和浪漫的恋情故事,但背后仍不乏正确的社会指导。女性身体,艰难地摇荡在安德森宏大的社会想象方案和福柯个人欲望式的自由意志之间。她们犹豫不决,既寻求也质疑爱的价值和意义。结果终究无法两全,褫夺了爱,擦除了身体,也无法实现爱的终极——对民族国家的责任,成为一个"现代悬浮物"。

最后是写作中的性别暗示,或者说性别化的文本体征。正如我们在开头时引用的那样,文棣认为,"女性写作"是一个性别化的新概念。通过并置"女性"和"写作"这两个原本在中国传统中并不兼容的概念,"女性写作"揭示出诸多现代可能。"女性解放"作为民族进步和国家强盛的标志,具有强烈的社会意识,而"自主美学"作为对道德辖制下的"文以载道"思维的攻讦,专注于文学自身的演进。两厢并立,其显示的可能就是德与才边界的移动和交错。五四时期,一批女作家史无前例地出现在写作领域。但当时,学界并没有形成对其统一的认识,或曰"女子文学""妇女写作""女性文学",不一而足,从20世纪30年代起,才逐渐被"妇女文学"所代替。这个概念是个矛盾的结合体,除了意味着传统与现代的纠缠,也暗示了妇女文学的困境。这种困境,就创作而言,是写作的非主流化。女性写的东西,往往以日记、书信的形式出现,处于文学与半文学之间,不能直接形塑出一个女作家来。但是,这种私人化的文体创作,显然有助于揭露更为细微的人物心理,对探讨世纪之初知识分子寻求个人价值与民族大义时彷徨两难的心态有着莫大意义。特别是从女性主义的意义上讲,关注长期被忽略的女性主体性和女性心理,意在凸显女性在中国文化的历史背景下,不懈探索"德"的位置和跨越其物质边界的努力,改写将中国妇女交由男性来拯救的习惯性记忆。五四之后,夹杂在男性作家和批评家模棱两可的态度之间,再加上20世纪20年代末以来愈演愈烈的革命情绪,女作家几乎变得手足无措,甚至连预留给她们的"德"的位置也不复存在,为此,20 世纪 30 年代以降,许多女作家纷纷停笔。只有丁玲试图按照时代的要求写作,走上了"革命+恋爱"的道路。从此以后,女作家的位置被正统文学取消,革命的宏伟叙事只给作家留下一个位置:貌似无性别的,实则是男性的身份。

  文棣为我们清楚地论证了女性与写作、女性写作与历史及时代的关系,以及新女性文学的特性。五四的女性文学在传统的德才对立模式中滋生长成,又备受西方文化的冲击和洗礼。面对历史的遗留,女性占据身体之德,而无才华之美;面对西方威胁,女性又被扩充为国家象征,由家入国,意义恢宏,但仍不脱才德模式,并逐渐乖离其真实的身体;最终,她们又在中西的直面冲突和战争中,遗失"德"的位置,而变成革命中无性的一员,把文学的位置归还给男性,停止了写作。在结论中,文棣谈到,对待"女性文学"这一称谓的恐慌,时至今日仍困扰像残雪、王安忆之类的女作家。因为她们惧怕被贴上这一标签后,其作品就被简单地等同于抒情和女气,从而取消了其探索现实的能力,特别是淹没了自五四以来,女性文学自身的浮沉史和女作家们为此所付出的艰辛努力。可以说,文棣此书的贡献,帮助我们恢复了"女性写作"这一术语背后丰富的历史故事,为现代文学和女性文学研究拓开了局面。

  综合以上论述,可以看到,周蕾将女性与中国现代性的问题,置于"看"与"被看"的双重视角中,"自鉴"与"他照"构成了审视女性形象意义与表述的关键面相。她关注的是我们观察与理解女性形象的方法与立场,尤其是借此瓦解西方批评理论的霸权地位与中国文学传统中叙述女性的方式。周蕾追问"女性族裔观者"的问题,强调影像叙述对族裔主体的形塑作用,并以"女性"的方式对鸳蝴派小说作了独到的解读,透过不同性别作家笔下的母亲形象来阐述性别政治在感伤主义表象里的特殊意义,显示了现代中国文学的复杂性。而刘剑梅从性别与权力的"表演式"关系入手,清楚揭示了"革命+恋爱"叙事模式的动态变奏,既有力反诘了中国现代文学史的统一讲述,也深刻展现了现代作家挣扎在个人情愫与集体愿望之间彷徨分裂的人性困境。她注意到了男性作家对女性身体的控制、利用、分割、扭曲,甚至异化,女性作家及其书写,显示了身体与政治逐渐剥离的艰苦历程。与刘剑梅的乐观不同,文棣强调来自传统的管规和现代的束缚,共同预设了"新女性"及其写作的尴尬位置。菲勒斯的神话,并没有随着现代性的社会进步而隐退,而是不分国家和民族一律平等地尾随着每一个人的身体。新女性作家和新文学的关系是强大传统的继续或变体,女性总是无法超脱历史中的具体境遇。通过以上的阐述,我们可以看到海外中国现代文学研究界的女性主义形态,是海外中国现代文学研究的一个重要面向,在西方汉学界各种理论的观照下,彰显出极为丰富的意涵,性别、身体、政治、欲望、享乐、革命、权力、种族甚至疾病等等,都成为我们进入女性书写世界的有效路径。海外汉学界的这些研究路径与我们熟悉的传统的女性作家作品的研究相距甚远,其启发意义自不待言。它们一方面纠正了传统积存的女性迷思,开拓了女性研究的空间,努力发掘与建立现代女性主体性,另一方面也启发我们,如何将中国的女性主义视为地方和全球的共有现象,让中国的学者以自己的话语去讲述妇女的问题,为跨国性地研究性、性别、种族和女性主义做出贡献。

第三节 妖娆的罪愆

尽管周蕾、刘剑梅、文棣诸位对女性主义的探讨,揭示了女性,或言女性气质的能动效应,但是,其无可回避的通病在于预设或暗示了其被动的位置。纵然这个判断是从过去文学研究和文化史书写的程式中观察到的,但是,迩来的见解事实上已经松动了女性作为绝对弱势的看法,开始指正其借力使力,从弱势之中发展出一种特别的反叛性和破坏性的可能,甚至在某些特定的历史时刻或机缘中,摇身一变成为文化的主力和时代的操盘人。而19世纪末的上海妓女,正是这当中至为明显的例子之一。

可以说,对上海妓女的关注,由来已久①。一座"浮城"②,若干"尤物"(Femmes Fatales),因恰好形塑了一种重要的"时空型"(Chronotope),而变成文人、学者测绘一时一地情色想象及实践区域的最佳入口③。虽说此间的男女,不一定要浪掷身体、播散情欲,却一定遭来最严苛的道德评骘和情感指摘。由此,她们成了中国历史上最妖艳、最富创造力的表征之一,同时,也是最被低估、受到误解最深的形象之一。

1997年,安克强(Christian Henriot)和贺萧两位,双双奉上了其有关上海妓女的研究大作,为这些时运乖蹇的美人,洞开了"拨乱反正"的大门④。前者站在社会史和思想史的交叉路口,以现实主义的目光,谛视上海经济文化生活中"最富活力"的那一部分。在其看来,百年上海,青楼妓业的更迭(1849—1949),明确了娼妓性质不断"商业化"和"情欲化"的进程。她们既刻写了一个利润丰厚的市场,也复制了一种不平等的性别关系。女性在种种方式的盘剥下,依然带着鲜明的从属烙印。而后者的研究,则从这些"下属

---

① 海外对中国妓女的关注至少可以追溯到20世纪的20年代,可参见安克强:《上海妓女:19—20世纪中国的卖淫和性》,袁燮铭、夏俊霞译,上海:上海古籍出版社,2004年,参考文献部分。

② 我借用了西西对"香港"的概括,这也是对李欧梵所说的"上海""香港"之"双城记"的一个礼敬。

③ "时空型"的概念出自巴赫金,具体讨论可参阅王德威:《被压抑的现代性:晚清小说新论》,宋伟杰译,台北:麦田出版公司,2003年,第86—87页。

④ Henriot, Christian. *Belles de Shanghai: Prostitution et sexualité en Chine aux XIXe-XXe siècles*. Pairs: Editions du CNRS, 1997; Hershatter, Gail. *Dangerous Pleasures: Prostitution and Modernity in Twentieth-Century Shanghai*. Berkeley: University of California Press, 1997.

第三章 跨性别的话语政治

群体"(Subaltern)能否发言的"后学"省思出发,步步探查20世纪"娼妓"问题与民族、政治、商业、性别、及情感文化的相互扭结、彼此征用关系。尽管贺萧承认妓女并非完全沉默无语,但真正的话语权仍掌握在官方和知识分子手中。她们被记忆、塑造和讲述,从而变为符号,变成隐喻和"知识"。换句话说,作者清楚地意识到,这部史学著作是关于"想象的想象"。不过,吊诡的是,后一想象不是削弱,而是强化了前一想象中某些力图彰显的面向,例如,女性是被压抑的。

但"封建社会尽是祥林嫂吗"①? 高彦颐的这一盘诘,又适时激出了五四史观之外,女性形象多姿多彩,表情达意诚具能动效益(Agency)和主体性(Subjectivity)的"被压抑"面貌。循其意见,明清易代之际的江南闺秀,虽不能改写框定于她们的阃道规制,却也别具创发地在其中觅得一个另类的文化生存空间,并由是获得人生的意义、安慰和尊严。虽说"在整个女性世界中她们只是处在社会夹缝中的少数"②,但是,有一点可以断言,即过去那种将女性一概视为父权牺牲品的论述方式,到今时已成明日黄花。这样的理路,得到了愈来愈多的学术支撑,其中尤以女性学者的论述为著③。近来,在一项针对上海妓女的定时(1850—1910)研究中,德国学者叶凯蒂(Catherine Vance Yeh)再次重申了该观念。她的大作《上海之爱》(*Shanghai Love*: *Courtesans*, *Intellectuals*, *and Entertainment Cul-*

---

① 高彦颐:《闺塾师:明末清初江南的才女文化》,李志生译,南京:江苏人民出版社,2005年,第1页。

② 在一些学者看来,这种才女文化的影响力实在有限,惠不及下属,其施恩的对象仅是杰出女性,见卜正民(Timothy Brook):《纵乐的困惑:明代的商业和文化》,方骏等译,北京:生活·读书·新知三联书店,2004年,第268页。

③ 例如曼素恩的《缀珍录:十八世纪及其前后的中国妇女》(定宜庄、颜宜葳译,南京:江苏人民出版社,2004)和胡晓真的《才女彻夜未眠:近代中国女性叙事文学的兴起》等。但反对的意见亦不绝于耳,譬如在一项针对李清照的讨论中,艾朗诺(Ronald Egan)就启用了"才女的重担"一说,直指传统女性仍有深重的道德负累,参见艾朗诺:《才女的重担:李清照〈词论〉中的思想与早期对她的评论》,《长江学术》2009年第2期。

ture, 1850—1910. Seattle: University of Washington Press, 2006),通过稽查彼时勃然起兴的大众消费文化与头牌娼妓的互惠、互利关系,重新赋予了这些社会邪流(Social Evil)以光彩照人的一面。她们不仅在勾栏世界里左右逢源,精打细算地操持着自己的情色生意,更是在公共领域(Public Sphere)中呼风唤雨,引领一时潮流,俨然成了乱世里推倡公共关系与私人狂想的行家里手①。其极致处,在在形塑了一种如"恶之花"般璀璨、颓废的娱乐美学。我们可以从四个方面加以考察。

  首先是城市景观和流行时尚。过去对上海大众文化的观察,多要从文化制度和工业资本的角度导入②,但迩来的研究却越来越倾向于从微观、唯物,从日常生活以及知识精英以外的社会群体和个人入手③。当然,这样做法是为了避免将"大众文化"变成一种"精英现象"。它主张"现代性"的多角度、多方位并发,甚至,倒转了之前文学史观所宣称的"自上而下"式的传播模式(如五四运动),而改从"下层社会"进行探查④。在针对周慕桥画作《视远惟明》的讨论中,李欧梵曾敏锐地指出,望远镜作为一种西式科技,它的出现,却完全与科学无涉⑤。它成了公众娱乐生活的一部分,三位盛装的妓女,成了它的有力诠释者和展示人。也许,历史的奇幻

---

  ① 关于这一点还可参见王德威:《被压抑的现代性:晚清小说新论》,台北:麦田出版公司,2003年,第150—151页。
  ② 如对印刷资本主义的讨论,是其经典议题,可参阅李欧梵:《上海摩登:一种新都市文化在中国,1930—1945》,毛尖译,北京:北京大学出版社,2001年,特别是第二章的内容。
  ③ 例如,卢汉超就考察了20世纪初叶上海的日常生活,见 Beyond the Neon Lights: Everyday Shanghai in the Early Twentieth Century. Berkeley: University of California Press, 1999。
  ④ 李孝悌:《清末的下层社会启蒙运动:1901—1911》,石家庄:河北教育出版社,2001年,即为一例。
  ⑤ 李欧梵、罗岗:《视觉文化·历史记忆·中国经验》,罗岗、顾铮主编:《视觉文化读本》,桂林:广西师范大学出版社,2003年,第15页。对该画作的讨论还可参见张英进:《动感摹拟凝视:都市消费与视觉文化》,张英进:《审视中国:从学科史的角度观察中国电影与文学研究》,南京:南京大学出版社,2006年。

第三章　跨性别的话语政治

之处正在于此,往往是这些并不受欢迎的个体和流派,承载了一种必然的"历史不安"(History's Disquiet)①,并借用娱乐和消闲的方式,释缓了这种焦躁,达成一种"纾解性的诗学"②。

叶凯蒂笔下的清末妓女,正是这样一类人物。她们大胆地表演西式服装,以颠覆传统性别界限的方式着男服、乘马车,出现在人流混杂的茶楼、戏院和公园。她们服色夸张而大胆,妆面出人意表、标新立异,且出行装备亦堪称奢华,不仅有装饰一新的敞篷马车,还有一位同样时髦光鲜的马夫。这种种行为,不仅是同行竞争的需要,更是一种必要的"自我标榜"(Self-Fashioning)。通通频频地在大众面前曝光,她们展示了自己独特的魅力,并由此达到招揽潜在顾客的最终目的。这些新式服装,不仅改善了她们的外在形象,为其增"色"添"奇"(Exotic),更重要的是,它还提供了一种全新的身体语言和行为姿态,见证了一座城市的欲望,提供了一种全新价值标准:不但混乱了内、外界线,打破了男、女区隔,就连牵涉民族意识形态在内的华、洋之别,亦由此变得模糊不清。她们在公众场合抛头露面,成为一道亮丽的文化景观。城市指南和都市画报以此为素材,向各方游客广而告之。而她们所着的种种服装款式,亦成为一般女性效尤的对象,屡屡牵动时尚潮流。可以说,历史上"靓装倩服效妓家"③的风潮,莫此为甚,亦莫此为广。除了服装,包含在这效仿风潮中的内容,还有妓女所采用的家具,以及他

---

① 该观念系出自 Harootunian, Harry. *History's Disquiet: Modernity, Cultural Practice, and the Question of Everyday Life*. New York: Columbia University Press, 2000. 一书。对它的具体讨论见李欧梵:《未完成的现代性》,北京:北京大学出版社,2005 年,第 119—120 页;亦见何杏枫:《记忆·历史·流言——重读张爱玲》,《台大文史哲学报》2007 年 5 月第 66 期。

② 林培瑞认为,以"消闲"著称的"鸳鸯蝴蝶派文学"提供了一种"疏解"(Deviation)现代性焦虑和紧张的文化功能,见 *Mandarin Ducks and Butterflies: Popular Fiction in Early Twentieth Century Chinese Cities*. Berkeley: University of California Press, 1981.

③ 葛元煦:《沪游杂记》,上海:上海书店出版社,2009 年,第 79 页。

们为拓展业务而进行的摄影活动。前者提供了组织现代家庭(Nuclear-Family)结构所需求的物质要素,以及新的起居规范和时间模式(西洋照明器具引入和时钟的使用),而后者则连类所及地牵出技术更新、商业利润以及"文明"的新意象——"明星"等等诸多内涵。

叶凯蒂有意将上海妓女塑造成颇具商业意识的"独立职人"(Independent Professionals),极力声言其如何懂得借用各种渠道、手段来包装、宣传、经营和巩固自己的业务,她们锱铢必较,八面玲珑。可是,这般几近"溢美"的转述,又不免令人疑窦丛生。

第一问,即是这些时尚行为到底在多大程度上出自她们的主观意愿,而非被动防御。我提出这一疑义的根据在于,叶多次使用了"夸示性消费"(Conspicuous Consumption)的概念。该词在社会学家维布伦(Thorstein Veblen)的视野下,系与社会结构或阶级实践相挂钩。它的功能不只是提供感官享受,而是为了阻止社会的流动(Social Mobility),巩固上层精英的既得利益和文化地位①。在有关明代时尚的讨论中,卜正民提到,时尚并不是一个公开、普泛的进程。它随时变化坐标,目的就是为了让那些企图进入上流社会的一般民众,在接近现行标准时遭受挫折。"时尚是用来区别出类拔萃和平庸通俗的,大多数人肯定会在时尚追逐中败北;否则,每个人都变得风流倜傥,出色与一般便无法区分。"②换而言之,时尚成了一种必要的捍卫机制,它是针对"社会仿效"(Social Emulation)的防御策略。回过头来看上海妓女,根据安克强的提示,整个

---

① 索尔斯坦·维布伦(Thorstein Veblen):《夸示性消费》,罗钢、王中忱主编:《消费文化读本》,北京:中国社会科学出版社,2003年。

② 卜正民:《纵乐的困惑:明代的商业和文化》,方骏等译,北京:生活·读书·新知三联书店,2004年,第251—271页,引文见第251页。

第三章　跨性别的话语政治

20世纪的风月场,"野鸡"团体不断壮大①,长三、书寓、么二等相对高等的妓女不免受到冲击。除了自降身价②,我们大有理由认为,其处心积虑地制造流行时尚,目的就是为了与其他的妓女更好地竞争,并循此表明自己的"崇高"地位③。如此一来,海上名妓胡宝玉移樽就教,向"咸水妹"学习西式发型和装扮,乃至语言和家具摆设,其意图就昭然若揭。

第二问是,对这种追风逐浪式的"社会效仿",上海妓女起了多大的带动作用?或者,换一种提法,还有没有其他的社会因素,推动这种奢华时尚的到来?回顾20世纪的中国社会,至少有三种要素值得注意。一是女学堂的大量涌现,二是不缠足运动的风起云涌,三是女性务工人员随经济之发展而日益壮大。这些走出闺阁的新女性,特别是女学生,她们该如何着装,成了一个首当其冲的问题。因为缺乏前车之鉴,许多女学生纷纷效法妓女,以至于出现妓我不分的现象,被时论讥为"服妖"④。有鉴于此,社会各界从1906年起开始纠正时弊,讨论女学生的服制问题。从这一方面可以看出,妓女带动时尚风潮,仍有待社会变革之助力。如果没有整个社会秩序和风气的移易,恐怕妓女的这般夸张举动,仍不过哗众取宠而已。⑤ 接下来的问题是,妓女对这种全新的身体语言,是否

---

① 安克强:《上海妓女:19—20世纪中国的卖淫和性》,袁燮铭、夏俊霞译,上海:上海古籍出版社,2004年,第90—92页。
② 贺萧:《危险的愉悦:20世纪上海的娼妓问题与现代性》,韩敏中、盛宁译,南京:江苏人民出版社,2003年,第86页。
③ 妓女们清楚地意识到娼门等级制度的存在,并努力地维持自己的地位,见贺萧:《危险的愉悦:20世纪上海的娼妓问题与现代性》,韩敏中、盛宁译,南京:江苏人民出版社,2003年,第55—56页。
④ 造成这种妓我不分的原因,也和娼妓模仿学生装有关。"服妖"之论见《申报》1911年10月10日,上有:"今日服装之奇异,至女学生而已极!不中不东不西、不男不女、不娼家不良家。呜呼!此即所谓服妖。"
⑤ 有关服饰与意识形态及社会变革之关系的系统论述见 Antonia Finnane(安东篱). *Changing Clothes in China: Fashion, History, Nation.* New York: Columbia University Press, 2008.

完全如叶所暗示的那样乐此不疲、毫无顾忌？曾佩琳的意见，显然与之相悖。在其看来，"'文明'绝非容易、无痛的过程：它确实引起了文化、生理、情感上的疏离"。在对未来的渴望与过去的怀念之间，中国的身体正经历一种"成长的痛苦"①。这里我仅需举出一个小小的例子，便可说明这种流行时尚中可能包含的疼痛感。名妓林黛玉开了画浓眉风气，叶以为这可能是得益于她从事戏剧表演，但贺萧的讨论却指明，这与她得过性病有关。因为梅毒，她脸上落了疤，眉毛也脱了，为了遮丑，她不得不化浓妆来掩饰②。由是可以看出，时尚潮流背后亦包含有被动、负面的信息。

最后，更为重要的是，这种通过日常生活进入中国的现代性，是否得到了最为有效的吸收，它的无害是否足以保证它的畅通无阻。曾佩琳写道：

> 惊骇与诱惑是对文明的曲解，而不是它的本质，即进步（progress）。换句话说，穿着外国服饰拍照，无助于创作能促使中国变成强国的新女性，即达到西方文明标准的女性。③

此外，社会舆论也对妓女的种种越轨行止颇多微词，屡屡设置障碍。就服装而言，其有两点干涉：第一是不允许妓女模仿女学生；第二是坚持尊卑有别，夫人不得学婢女装（该风气亦为妓女所开）④。通过这些方面，我们可以看出，尽管妓女们热闹地表演着现代，但其过程并非一帆风顺。来自传统的文化意义和等级秩序，仍

---

① 曾佩琳：《完美图像——晚清小说中的摄影、欲望与都市现代性》，李孝悌编：《中国的城市生活》，北京：新星出版社，2006年，第421页。
② 贺萧：《危险的愉悦：20世纪上海的娼妓问题与现代性》，韩敏中、盛宁译，南京：江苏人民出版社，2003年，第138页。
③ 李孝悌编：《中国的城市生活》，北京：新星出版社，2006年，第416页。
④ 罗苏文：《论清末上海女装的演变（1880—1910）》，游鉴明主编：《无声之声（Ⅱ）：近代中国的妇女与社会（1600—1950）》，台北："中央研究院"近代史研究所出版社，2003年，第133—134页。

第三章　跨性别的话语政治

固执的盘旋于世人的头脑中,既牵制着它的实践者,也困束着它的对立人。如此一来,叶笔下的晚清妓女当如安克强所谓"光彩而悲惨"①。

其次是欢场制度与文化姻缘。晚清妓女之所以能在上海这个五方杂处的大"洋场"里混得如鱼得水,其中一个很关键的因素是,这里的妓院有着一套严苛的游戏规则。小至叫局、出局,大到聘用、典押、卖绝,以至于逢年过节的宗教仪式,巨细靡遗。这些规矩,看似无足轻重,却可以使妓女之间相互区别、有所等级,同样,亦可以使那些企图越矩行事的恩客乖乖就范。这些规制,提供了一个男女相对平等的文化范围,为现代式的情感事务和行事准则拉开了帷幕。张爱玲说,只有妓院这边缘的角落里,还有些许自由恋爱的机会,可以填补男子人生的一个重要空白②。良言所示,此之谓也。过去,我们对"现代性"的讨论,往往放言其如何冲决罗网、藐视陈规,这里,叶虽不曾明言,却也使我们清楚地看到,"墨守成规"亦可别有洞天。王德威所谓:"狎邪意味忤逆成规。但最成功的狎邪小说,竟可来自对成规有模有样的模仿。"③正可与这现实中的情色习俗,对照而读。这算是"现代性"的吊诡,却也是理所当然的法则,传统与现在不必断然割裂,杨柳新翻照样可成新曲。

不过,还是应当看到,这种浪漫的"士女遇合"传奇,到了晚清也算是曲终人散。少了陈子龙柳如是的诗词情缘,没有侯方域李香君的革命加恋爱,更欠了冒辟疆董小宛的情爱缠绵,风流退场,商业接棒,露水姻缘的背面,尽是赤裸裸的金钱关系。所谓情色化

---

① 安克强:《上海妓女:19—20世纪中国的卖淫和性》,袁燮铭、夏俊霞译,上海:上海古籍出版社,2004年,第二章"光彩而悲惨的生活"。
② 张爱玲:《国语本"海上花"译后记》,止庵主编《张爱玲全集:海上花落(国语海上花列传Ⅱ)》,北京:十月文艺出版社,2009年。
③ 王德威:《被压抑的现代性:晚清小说新论》,台北:麦田出版公司,2003年,第90页。

的金钱游戏,商业化的欲望征逐,在男男女女的交易酬酢中吐露无疑。这些倌人清楚地懂得该如何将私情与生意相区分。她们承欢侍宴,与恩客逢场作戏,却也暗中"吊膀子"、傍戏子、爱马夫,把公与私的界限弄得泾渭分明。否则,她们将为此付出高昂的情感代价,在凄凄惨惨戚戚中悲悯身世多舛,忧思成疾。她们既是"倡优"(Public Woman),也是"公众人物"(Woman in Public)。前者成其骂名,后者却做了五四"新女性"的引子。其形象寓意之混杂、矛盾,在在可见一斑。

彭慕兰(Kenneth Pomeranz)曾经指出,在"漫长的18世纪"里,至少在长江下游地区的上层妇女间(也包括那些高级妓女),相互竞争的方式是诗文写作。① 但这种文化风尚,到了19世纪就大有变质的气味,王韬不无悲观地发现:"在155个高级妓女中只有17个人接受过'文学'方面的教育,而其他人看来仅具有一些肤浅的中文写作知识。"② 为了弥补这种文学才华上的不足,同时也是为了增加自己的竞争筹码,她们开始模仿《红楼梦》,尝试把这个开放的移民之城比作"大观园",而自己则是其中多情浪漫的少女。这种策略,当然是针对文人而开展的,官、商虽然是另两类比较重要的顾客来源,但比起文人,他们似乎更愿意寻求刺激与舒适。他们是来观看和享受这场表演的,但文人却直接厕身其中。他们精熟红楼,懂得该如何扮演好自己的对应角色。在这场游戏中,他们各怀"鬼胎",却也一拍即合。男的是为了舒遣了内心深处由来已久的文化失落之感,在这里寻花问柳;女的则希望借此提高身价,以角色的能量来掌控她面前的客人。是谁说小说搬演现实,这里,分明是现实模仿小说。虽然视之离奇,却又实在入情入理。现实主义

---

① 彭慕兰:《大分流:欧洲、中国及现代世界经济的发展》,史建云译,南京:江苏人民出版社,2003,第145页。
② 安克强:《上海妓女:19—20世纪中国的卖淫和性》,袁燮铭、夏俊霞译,上海:上海古籍出版社,2004年,第31页。

第三章 跨性别的话语政治

的文学,之所以会在近来遭受苛评,一个重要的原因,就是它的履践者每每将现实与虚构世界、原则相混淆,并承担了过多的道德责任。我们无需讳言小说的政治功用,却也不必将之上纲到文学制度的层面加以施行①。叶凯蒂的这个文化观察,大抵也算是一个有力的辅证。

《红楼梦》之所以能在风月世界里风靡一时,自然与它言"梦"、谈"空"、说"命"的内里息息相关。士女遇合,相知相守,却又最终注定天各一方。欢乐转头成空,一切有如梦幻泡影。所谓"繁华如梦"正是如此。不过即便如是,还是有很多人愿意领受这其间的虚虚实实,真真假假,反正春梦过后一切又还归正常。学者魏爱莲深熟红楼故事对女子才智心扉的启迪②,却不料想这个故事也曾招徕最"猥亵下流"的模仿。然而,意图归意图,效用归效用,这种"有模有样模仿",还是一径挑战了"道德的律令",拓展了虚构的衍生效应。当然,最重要的,也暴露了其下无以附加的欲望线索,另立出一种文化准则,或者如马克梦(Keith McMahon)所说,是复生了一种"文化的力比多"(Regeneration of the Cultural Libido)。在马克梦那里,性有健康的和不健康的区分,所谓"文化的力比多"的更新,乃是健康的性战胜了非健康的性。③ 应用到上海妓女的身上,她们对《红楼梦》的投入,乃包含着对《西厢记》《牡丹亭》的拒斥。这些"晚明"情教的产物,剖白了人心欲孽,因而直见人"性",远不如《红楼梦》来的含"情"脉脉、浪漫可人。所以,《红楼梦》战胜了

---

① 对现实主义的批判见:Anderson, Marston. *The Limits of Realism: Chinese Fiction in the Revolutionary Period*. Berkeley: University of California Press, 1990; Wang, David Der-wei. *Fictional Realism in the Twentieth-Century China: Mao Dun, Lao She, Shen Congwen*. New York: Columbia University Press, 1992.

② Wildmer, Ellen. *The Beauty and the Book: Women and Fiction in Nineteenth Century*. Massachusetts: Harvard University Press, 2006.

③ 马克梦:《〈花月痕〉中的爱情与文化复兴》,陈平原等编:《晚清与晚明:历史传承与文化创新》,武汉:湖北教育出版社,2002年,第319—320页。

《西厢记》《牡丹亭》,成了妓业的圣经宝典。它不仅有助于改善妓女形象(风月之中以情为先),更是提出了一种重要的情感理念:爱不惟性,不惟革命,不惟政治,它是自我的愉悦与释放。简言之,爱是娱乐的一部分。我们当然可以认为它开启了一代之情感风气(如五四之自由恋爱),亦可以说它是掀起了另一轮的性之压抑,甚至也可以刁难它乖离了情感的崇高指向,不过,变数越多,越是说明晚清妓女对这才子佳人故事搬演的成功。

除了隐喻主题、情感向度,"红楼梦影映青楼"的另一个原因,是上海的经济。它催生了一种繁华景致,把这弹丸之地,变得如大观园般可圈可点。她的异国、她的遗世独立,都使她成为最佳的幻想对象。而且,就在这现实的城邦里,果然还矗立着一座座庄园,它们提供了一切可能让妓女表演、炫耀、招来顾客。著名者如张园、徐园、愚园、西园等等,不胜枚举。其中就在张园内,还矗立着一栋可以览尽申城美景的高楼——"安垲第"。此系英文 Arcadia Hall 的中译名,意为"世外桃源",颇可与"大观园"的寓意等量齐观。日后,它私园公用,受惠于上海独特的社会结构和租界的缝隙效应,而一跃成为华人自由发表意见的最优公共场所。① 这一点更可以和大观园里无拘束的情感表达相参照。所以,对于游惯了张园的上海妓子,会自然地将自己比作红楼梦中人,当不是空穴来风之事。

不过,盘根究底,妓女最多只能算是这故事的追随者,红楼热潮的开创还当归功于洋场才子。韩邦庆的《海上花列传》中有座"一笠园",摆明是"大观园"的化身。学界历来对这一部分评价不高,但王晓珏却以为:

> 一笠园与张园的并存,是作者徘徊现代与传统的最好表

---

① 熊月之:《晚清上海私园公用与公共活动空间的拓展》,黄克武、张哲嘉主编:《公与私:近代中国个体与群体之重建》,台北:"中央研究院"近代史研究所,2000年。

第三章　跨性别的话语政治

现。晚清的上海租界,尽管是最早接受现代事物与价值的地方,但是,新旧之间所发生的,决不是简单的新的代替旧的,而是新旧价值的杂陈,传统与现代并存、对峙、协商的关系。①

这种关系,不只贯穿于文化界、文学界,也为商界的妓女"发扬光大"。这就是为什么她们会屡屡变身为时代隐喻和文化象征的关键。她们的多元、烂熟而又离奇,成为文人写意托喻的最好选择。

其三是文人心态及媒体造像。妓女从来都是知识分子自我历程的一部分。她们身处礼法的化外之境,为那些肩负民族兴亡、黍离之思和君父之恩的文人,营造出一方别样的文化、情感空间。声色犬马的平康巷里,文人们轻财结客,饮酒任侠,表面看似自我麻痹、龟缩不前,但实际上,也孕育着对个体生命、价值的重思与再建。② 情色的"过度经济"(Economy of Excess),自有其运作的动力与意涵。以往,风花雪月的故事总与易代承平的主题互通声气。但降自晚清,另一种新的母题渐次浮现,此即"现代城市与妓女"的关系。在讨论中国早期画报对女子身体的表现时,张英进曾指出,女性往往被当作"艺术品、商品、重要文化事件的能指,或者以上任意两种或三种的组合"来加以表现。她们"既被建构成提供视觉享受的奇观,又是文化消费和话语形成的场域,也是表达私人幻想、公众焦虑、难解压力和矛盾的文本空间"③。这样的理解当然不错,但是,将男与女对立起来,用看与被看的模式,总有些把男性抬得

---

① 王晓珏:《租界、青楼与"现代性"症候——阅读韩邦庆的〈海上花列传〉》,陈平原等编:《晚清与晚明:历史传承与文化创新》,武汉:湖北教育出版社,2002年,第329页。
② 这方面的论述可参阅王鸿泰:《青楼名妓与情艺生活——明清间的妓女与文人》,熊秉真、吕妙芬主编:《礼教与情欲——前近代中国文化中的后/现代性》,台北:"中央研究院"近代史研究所,1999年;王鸿泰:《侠少之游——明清士人的城市交游与尚侠风气》,李孝悌编:《中国的城市生活》,北京:新星出版社,2006年,第92—131页。
③ 张英进:《中国早期画报对女性身体的表现与消费》,姜进主编:《都市文化中的现代中国》,上海:华东师范大学出版社,2007年,第71—72页。

过高的嫌疑。叶凯蒂的意见是,文人与妓女是"相互定义"的,这就有如城市与妓女的关系一样。

高路兹(Elizabeth Grosz)在《城市—身体》("Bodies—Cities")一文中指出:

> 原来作为一个地域或都城成品(product)的个人,也会反过来具体改变这个城市的空间象征。换言之,个人身体与城市空间,不是谁生产谁或谁反映谁的问题,而是他们彼此的相互定义(mutually defining)。①

评"花榜"和建"花塚"便是士女互利的极好例证。文人利用各种新式媒体(小报、画报、城市指南)追捧妓女,将之作为新闻素材反复书写,举凡其出游、看戏、吃菜、相好,靡不记录在案,公之于众;妓女也懂得适时制造话题,将自己的一举一动通通知会报馆,引来时人注目。这可以视为最早的明星文化滥觞。双方各取所需,成名获利不在话下。不过纵使如此,欢娱与惆怅依然同时并存。这也是一个其来有自的文化主题。李惠仪和梅尔清(Tobie Meyer-Fong)分别探讨了中国文学与历史中的这组矛盾情感。在其看来,"爱与爱的失去,欢娱与欢娱的失去,作为一个更显著的个人政治上的自我表现情结而被唤起"②。晚清赋予了这种情感以额外的意味,即全新的文人角色和生活方式。如果愿意,我们也可以在前面加上"现代"这个定语。

叶凯蒂曾另文讨论过《晚清上海四个文人的生活方式》("The Life-Style of Four *Wenren* in Late Qing Shanghai"),她指出,没有哪座

---

① 转引自郑毓瑜:《文本风景:自我与空间的相互定义》,台北:麦田出版公司,2005 年,第 33—34 页。
② Li, Wai-yee. *Enchantment and Disenchantment: Love and Illusion in Chinese Literature*. Princeton: Princeton University Press, 1993, p. 81—83;梅尔清:《清初扬州文化》,朱修春译,上海:复旦大学出版社,2004 年,第 63 页。

城市会像上海这样,是多重矛盾的组合体,既允许个人以最传统的方式过活,也首肯其对现代生活方式的应用。① 王韬在不同时段内,采用了完全相异的手法来描写妓女,可以视为这种转变的有力体现。1853 年的病中之作《海陬冶游录》,写了一个身世坎坷的女子,被丈夫卖入妓院,受尽折磨;而 1884 年的《淞隐漫录》里,妓女已不再是任人摆布的可怜虫,她们独立自主,敢于追求自我的幸福。这一正一反的形象,不仅反映出妓女形象的跃迁,体现了城市生活的改变,更在隐隐中透露文人对传统身份遗失的焦虑与落寞。从护花人到知音,再到以后的商业包装、彼此利用,文人与妓女渐行渐远,一方地位的提升与独立,正预示着另一方的失势与颓败。特别是比照起晚明的艳迹,这种挫败之感更是历久而弥深②。传统的风月故事,不再只是文化的资本,反而成为历史的负担。辉煌逝去,徒然留下历史的惆怅与文化的乡愁,以及现实的无奈。

不过,针对以上观点,连玲玲却提出:"王韬妓女书写风格的转变时期,他本人并不在上海,也因此很难断定王韬妓女书写风格丕变,会与上海租界地位有显著关系。"并且,她还指出,叶凯蒂对上海租界中的文人赋予了过多的"自信与控制感"③。同样是这个问题,吕文翠却主张:"尽管王韬当时人在香港,却仍与沪地文化圈关系密切,因此《海陬冶游录》与《艳史丛钞》出版后引起上海文人竞

---

① Yeh, Catherine Vance. "The Life-Style of Four *Wenren* in Late Qing Shanghai." in *Harvard Journal of Asiatic Studies* Vol. 57, No. 2 (Dec. 1997), pp. 419—470.

② 有关晚明对晚清的启悟与关联,可参阅陈平原等编:《晚清与晚明:历史传承与文化创新》,武汉:湖北教育出版社,2002 年;Wang, David Der-wei & Shang Wei, eds. *Dynastic Crisis and Cultural Innovation: From the Late Ming to the Late Qing and Beyond*. Cambridge: Harvard University Press, 2005;秦燕春:《清末民初的晚明想象》,北京:北京大学出版社,2008 年。

③ 连玲玲:《情爱上海:名妓、文人与娱乐文化》,《近代中国妇女史研究》2007 年 12 月第 15 期,第 268 页。

相效尤。"①这里,我们无需争论到底孰是孰非,最重要的一点是,这个研究导引我们注意,王韬在政治家与变革家之外所扮演的其他重要文化角色②。这对于重新检讨士庶文化,恢复文人"原有的血脉精髓和声音色彩"极具意涵③。另一个可以纳入此行列的议题,是对晚清小报的观察。这些报章屁股,数量之巨,"骇人听闻";内容又无奇不有,实在令人叹为观止。但是,因为它的内容多是花边掌故,话题腥膻,言辞夸夸,缺乏必要的真实性,历来不为学界所重。然而,近时李楠从"社会—文化"的角度,重新审视了这一被遗忘的族群,提出其形塑了一种特定时空语境下的文学与文化形态,意义不容小觑。④ 与此相异,叶凯蒂试图通过小报来发掘一时一地之文人心态,以及其在"公共空间"开拓方面的作用。⑤ 譬如,李伯元在小报上"评花榜",就意在嘲弄科举。他诚邀读者进行花魁的投票选举,又是有意履践西方"民主"之风。此外,更因小报的畅销,造就了一套全新的时间规范。文人定时定点地完成编辑出版工作,读者则在固定时间购买、阅读。消闲娱乐与上班工作,判然有别。所以说,这些通俗小报表面上看似无关痛痒、游戏人生,但其实质,亦有大的政治意见和见解在当中,并且对现代文化的多元共生和公共领域的开拓均有推动、发凡之力。

---

① 吕文翠:《海上倾城:上海文学与文化的转异(1849—1908)》,台北:麦田出版公司,2009 年,第 374 页。
② 作为改革者的王韬,可参阅柯文:《在传统与现代性之间:王韬与晚清革命》,雷颐、罗检秋译,南京:江苏人民出版社,1998 年。
③ 相关讨论见李孝悌:《士大夫的逸乐——王士禛在扬州(1660—1665)》,见李孝悌:《恋恋红尘:中国的城市、欲望与生活》,上海:上海人民出版社,2007 年,引文见第 128 页。
④ 李楠:《晚清、民国时期上海小报研究:一种综合的文化、文学考察》,北京:人民文学出版社,2005 年。
⑤ 还可参见叶的另一篇文章:Yeh, Catherine Vance. "Shanghai Leisure, Print Entertainment, and the Tabloids, *xiaobao*." in Rudolf G. Wagner, ed. *Joining The Global Public: Word, Image, And City in Early Chinese Newspapers, 1870—1910*. Albany: State University of New York, 2007, p. 201—233.

第三章　跨性别的话语政治

其四是娱乐大众与定义城市。叶凯蒂在最后一章探讨了三本城市指南,及其对上海的不同定义。这一部分似与妓女研究相去甚远,不过,放在城市研究的视角下,依然有其意义。它的主旨颇同于作者的另一篇文章,即《从十九世纪上海地图看对未来城市定义的争夺战》。在这篇文章中,她提出了地图的意识形态和思想史问题。在其看来,小小的一幅地图、一帧画面、一本画册,都可能因为比例、视角、颜色、对象、线条、配字等的微小差异,引发对城市不同的身份认知。① 这个意见,也同样适用于城市指南。

葛元煦 1876 的作品《沪游杂记》,作为上海最早的旅游指南,将该地描绘成了一个没有中心、没有历史的"主题公园"。他条列款项,细话上海的异国风情,以"百科全书"的方式,向世人展示了一个无分夷我、集商业、娱乐、宗教、科技于一体的繁华之都。而 1884 年的《申江胜景图》,则试图勾勒一个"多族裔的社群"(Multi-ethnic Community)。在这本上海最早的画报体指南里,吴友如"有意"将中国景致处理成带有历史荣光的所在,如愚园、会馆之类,而西洋景则为现代科技的代表,且对中国有启蒙之功,它的经典形象是街灯、电线、铁路,以及大型的商船等等。这里,有一点需要特别指出,就是过去我们讨论《点石斋画报》,往往只做"表面"文章,认为吴友如画了些什么,体现和反映了怎样的现代思维。但是,叶凯蒂却提示我们,在点石斋的背后还有一个幕后老板——英商美查(Ernest Major),他的思想体现在哪里,所谓的"编选条理""主编意志"如何贯彻。此处所提"多族裔群体"的设想,正是美查的意图,而非吴友如的"本意"。最后一本城市指南,是牧师达尔温特(Charles Ewart Darwent)的《上海旅游手册》(*Shanghai: A Handbook for Travelers and Residents*),它对娱乐避而不谈,而是着力将上海打

---

① 叶凯蒂:《从十九世纪上海地图看对未来城市定义的争夺战》,刘东主编:《中国学术》(第三辑),北京:商务印书馆,2000 年。

造成一个"模范租界"(Model Settlement),为其"高贵和秩序"(Gentility and Order)做背书。这摆明了是要为殖民思想服务,将对象定位在西来上海或对上海有所向往的洋人身上。

这三本指南,给出了这个城市三种不同的向度,也为此后上海城市的定位提供截然不同形象模本。无论这些定位是否准确可靠,甚至彼此冲突,但是有一点可以肯定,这些相互竞争的概念底定了如是一种理念,此即"娱乐"之中亦大有"精神"。

通过以上的考察,我们可以说,作者以翔实的论述,对视觉文本的精彩解读,和大量文字材料的细密梳理,提供了一个文化研究意义上的上海妓女、文人及城市现代性的综合考察,为我们细描了近代娱乐工业的勃兴与传统文化,以及新式媒体之间的重要关联,可谓指导意义非凡。略有遗憾的是,本书名为"上海之恋",但实为"上海租界之恋"。她对租界以外的上海世界,并未深挖,也未给予那些下等妓女足够多的关照。即便是对租界世界的讨论之中,她也是将法租界、公共租界等等区块混为一谈。事实上,在这些不同的领域内,妓女生态以及对待妓女的政策呈现出一定的差异,这一点尤有必要注意。

第四章 诗史的辩证和变奏

第一节 历史的意识形态

文学是时间的艺术。它不仅写在历史之中,而且也写出了历史,更重要的是,它接受历史的祝愿:"优秀的作家借助于它,能够身垂不朽。"宇文所安说,这就是诱惑的来源,惧怕湮没和销蚀,因此记忆和往事反复再现。"'后之视今,亦犹今之视昔',既然我能记得前人,就有理由希望后人会记得我。"①这个对历史的认识逻辑,我们姑且称它为"不朽"的期待。然而,"不朽"就意味着竞争。同任何可能毁灭文本存在的天灾人祸竞争,同那悠久的"影响的焦虑"竞争,也同历史这头怪兽竞争。陶渊明被"侥幸"地保存了下来,但是历史已经将他重塑。他的不朽带来另一种可能,即他希望被记住的和他被记住的形象之间并不一致。②不过,尽管如此,他还是成为不可移易的"经典",同其他备受淘洗的作家一道,兀自形成一脉可观的历史,以供人们稽查古往今来的文学变迁。

然而,"文学史"到底是文学作品集结展出的形式,还是史学论式的旁支,这个问题常令评者思之不辍。20世纪20年代,胡适的《白话文学史》写出了"革命"的前史与合法性,以"生""死"定位文学。虽有可观,却也不免落入日后韦勒克、沃伦所批评的范式之

---

① 宇文所安:《追忆:中国古典文学中的往事再现》,郑学勤译,北京:生活·读书·新知三联书店,2014年,第1页。
② 参阅田晓菲:《尘几录:陶渊明与手抄本文化研究》,北京:中华书局,2007年。

中:"大多数的文学史著作,要么是社会史,要么是文学作品中所阐述的思想史,要么只是写下对那些多少按编年顺序加以排列的具体文学作品的印象和评价。"①文学与历史的关系是如此细密紧实,却又难以调试。这种矛盾的亲密关系,为我们的探幽文学构造的复杂性预留了空间,但也给出了难题。

照一般所见,文学在于讲述,而历史侧重记载。讲述以精彩为依归,可以夸大其词,以动视听;但记述则应以真实为准绳,照事实录,尽而不汙。这样的分解,清明是清明,却毫无疑问地抹杀了窜藏两者之下的互动生息。晚近的研究屡屡对此提出微词。王德威详析从海登·怀特(Hayden White)到罗兰·巴特(Roland Barthes),再至福柯、伽达默尔(Hans-Georg Gadamer)等人的时新论述,以为其论点论调虽然偏乎正统,却明白无误地提出历史的"文本特质"(Textuality)和叙事特性,动摇了"历史"亘古如一的神圣形象,将"真实"或"真理"的概念破解为某种立场或视角的叙述,此间身体、知识、权力相互征逐,不在话下。②

抛开这些陈义颇高的理论论述,20世纪的中国文学毋宁以最生动而撼人的方式发掘了此番认识。鲁迅笔下谵妄的癔病患者,口出狂言,竟然在仁义道德的字里行间,读出了历史的实相不过是"吃人"二字。"狂人以一种前所未有的读史行为、前所未有的读史方式,将'历史'作为一个需要艰难辨认的整体,引入了文学的视域"③,并从中激起人们对第三世界文学是"意识形态化"寓言的思考。不过,这仅仅是问题的一方面,另一方面是,这个疯狂的读史者"只发生在历史的特定时刻"。孟悦写道:

---

① 韦勒克、沃伦:《文学理论》,刘象愚等译,南京:江苏教育出版社,2005年,第302页。
② 王德威:《历史·小说·虚构》,王德威:《想象中国的方法:历史·小说·叙事》,北京:生活·读书·新知三联书店,1998年,第297—314页。
③ 孟悦:《人·历史·家园:文化批评三调》,北京:人民文学出版社,2005年,第318页。

第四章　诗史的辩证和变奏

"读史者"形象的诞生,是中国的改良和革命在历史本身中举步维艰、屡经挫败,最终转移到文化领域结果。"读史"行为乃是一种象征行为,它在文化领域完成了生产方式领域、社会政治领域所没有完成的"革命"的任务。正因此,近代中国历史上的思想启蒙和"五四"新文化运动都并非历史凯旋的颂歌,而是近代历次革命"受挫"的后效。《狂人日记》因此才出现于辛亥革命后原封未动的中国。①

陈寅恪在《冯友兰中国哲学史上册审查报告》中提出,"历史研究"的要义乃是"了解之同情"。

> 所谓真了解者,必神游冥想,与立说之古人,处于同一境界,而对于其持论所以不得不如是之苦心孤诣,表一种之同情,始能批评其学术之是非得失,而无隔阂肤廓之论。否则数千年之陈言旧说,与今日之情势迥殊,何一不可以可笑可怪目之乎?②

陈寅恪的这番话,颇有与后来杰姆逊所谓"永远地历史化"相唱和之处。鲁迅一代作家身历国破家亡的颓世,能有如此疯狂决绝之历史评判,固其宜也。由此来看,杜赞奇虽然雄辩地提出以"复线历史"(Bifurcated History,或作"分叉历史")来取代"线性历史"(Linear History)的理念,帮我们剖明了历史的多元、多样,而深具启发,但他指摘民族国家的历史,是借着宏大历史叙述的名义,在压抑别种可能和因素,就难免有些事后诸葛的嫌疑。③ 为此,王斑批评说:

---

① 孟悦:《历史与叙述》,西安:陕西人民教育出版社,1991 年,第 23 页。
② 陈寅恪:《陈寅恪集·金明馆丛稿二编》,北京:生活·读书·新知三联书店,2001 年,第 279 页。
③ 杜赞奇:《从民族国家拯救历史:民族主义话语与中国现代史研究》,王宪明等译,南京:江苏人民出版社,2009 年。

> 如果我们把中国启蒙叙述放在民族危机和反帝反殖民的情景下来考虑,就会提出一系列不同的问题。……杜赞奇的研究,并没有对"宏大历史"崛起的必要性、合法性有足够的注意。……我们虽然有必要用开放平等的态度来观照众多集团和势力的声音,不忘历史众多的可能性,但那种不痛不痒的见仁见智,公说公有理的做法,在美国大学里很流行的民族文化多元论(multiculturalism)的气氛里行得通,用来理解于民族生死存亡的斗争,显然是偏置的,甚至经院气。①

克罗齐(Bendetto Croce)曾说"一切历史都是当代史",史学书写中这种不请自来的"正义感",再一次证实了这一名言的颠扑不破。新历史主义者坚信,"作为事件的历史"已经溘然长逝,我们今天所能读到的不过是"关于历史的叙事"。凭借着种种因果律和必然律,史家们串联了那些细碎零散的历史片段,使它变得有头有尾。福斯特(E. M. Foster)说,"国王死了,然后王后也死了",这只不过是一个简单的"故事"(Story)。唯有明了王后因为哀伤过度而死,这才真正构成了一个有理有据的"情节"(Plot)。② 传统的历史书写,在很大程度上就是找寻事件间的因果关系(Causality)。

福柯对此大有不满,曾提出系谱学(Genealogy)的方法以示反对。他主张打破传统历史著作的整体性及连贯性,对历史做"此一时也彼一时也"的考察。他引入"分裂"(Dispersions)的概念,考掘知识,活络话语空间,让各种思想相互竞争发言。不过,他这么做,最终要证明的结果只是:文明是对身体的训诫,知识是暴力和奴役的后果。在这个意义上,杜赞奇正是他的门徒,两人紧紧抓住了因时因地的"历史性意识"(Historical Sense),而无情忽略了"了解之

---

① 王斑:《全球化阴影下的历史与记忆》,南京:南京大学出版社,2006 年,第 3—4 页。
② E. M. 福斯特:《小说面面观》,朱乃长译,北京:中国对外翻译出版公司,2002 年,第 231 页。

第四章　诗史的辩证和变奏

同情",以及虽然陈腐,却依旧具有意义的"历史意识"(sense de l'histoire)。麦克·罗斯(Michael Roth)区分了这两种"意识"的不同内涵。在他看来,"历史性意识"是一种"相对论的历史思维",它不以某种既定的目标为方向。而"历史意识"则"有能动性,希望发现过去的发展,能赋予今天以意义,为现今指出方向"①。伊格尔顿(Terry Eagleton)曾经在《后现代主义的幻象》(*The Illusion of Postmodernism*)一书中凛然宣称,怀抱大历史信仰的人,"很久以前就从地球表面上消失了"。因为"他们注意到20世纪充满了战争、饥荒和死亡营,没有一种伟大的乌托邦或者启蒙运动理想似乎接近于实现,因此他们闷闷不乐地决定自己消失"②。可是,一旦我们开始展读自己的历史教科书,这样笃定的评断就不攻自破了。识者或要以为,这正是历史暴力达成的最佳体现。历史书写以国家意志为马首是瞻,官史编修更是"历史意识"直接操盘于权力机构的后果。但是,我想反问是,历史果然是被外在的欲望所浸透的吗?对大历史的信仰和对未来的"野心"又果真外在于我们吗?

王斑对革命影片中欲求与快感的政治性讨论,或可借来一用。按寻常所见,革命影片不过是意识形态监制下的产物。借着对画面、声音、形象和色彩的多方位应用,革命影片疏导和改造了观众的潜意识,在感官、感情、欲望和快感层面创造出一种"美学化的政治"。③ 同理推论,历史与意识形态之间的关联,就不必只是福柯意义上的"历史之暴力"。"暴虐"本身就是历史的特性。

王德威借镜中国史学叙述的传统,发出"历史"与"怪兽"同名,"现代性"和"怪兽性",相伴相生,且又互为表里的精彩论述。"怪

---

① 转引自王斑:《全球化阴影下的历史与记忆》,南京:南京大学出版社,2006年,第5页。
② 伊格尔顿:《后现代主义的幻象》,华明译,北京:商务印书馆,2000年,第55页。
③ 王斑:《历史的崇高形象:二十世纪中国的美学与政治》,孟祥春译,上海:上海三联书店,2008年,第116—151页。

兽"者,名曰"梼杌",典出《神异经》,原指好斗凶劣之兽,后经辗转扩张,衍为"恶人""魔头""历史""小说"的综合体。这当中,历史本以鉴往知来、惩恶扬善为其伦理预设,然而吊诡的是,斯愿虽宏,却须借着对"卑劣"的叙事以为实现:惩恶者必先纪恶,没有对"劣迹斑斑"的挞伐记载,就不可能有对"上善如水"的凸显反衬。为此,历史记载之中恶行昭彰、奸佞流窜,"书写的正义"托身于"对不义的书写","恶兽般的记忆"成为它本然的构造和迷恋不已的主题。

文学之内,对"梼杌"的引用,从晚明的《梼杌闲评》,到晚清的《梼杌萃编》,再至20世纪50年代姜贵的《今梼杌传》,其来有自。斯人以说部敷衍正邪的历史想象,颇有可圈可点之处。其或者一板一眼地对道德律动、善恶轮回充满渴慕,或者出人意表地直证是非价值的复制、颠倒,抑或者逡巡不决地摆荡在两种姿态之间,回旋不已,踵事增华。① "芜杂吵闹"的面貌,较之历史本身,亦不遑多让。读者或可注意到,不论是可嗔可怪的叙事,还是中规中矩的描述,其都不脱对历史的不断应用与改造。含沙射影式的社会批评回应着日后甚嚣尘上的文学"写实",搬演史实另做文章的托思寄寓则接棒自由来已久的"历史演绎"。

对于"写实"一派的文学,我们必先要考量到它与"非写实"小说之间的辩证关联。这种关联,也是历史与文学辩证的一端。众所周知,神魔鬼怪的传说是中国古小说的源头,历朝历代对这些"似幻非真"的故事总是抱持着一定的热情。但离奇的是,直到最后"中国批评家都把文学作品视为个人的传记"②,并没有给予故事中的"虚构"和"想象"以足够多的关心。浦安迪(Andrew Plaks)的解释是:

---

① 王德威:《历史与怪兽:历史,暴力,叙事》,台北:麦田出版公司,2004年,第5—12,97—53页。
② Fisk, Craig(费维廉). "Literary Criticism." in William H. Nienhauser, Jr. (倪豪士), ed. *The Indiana Companion to Traditional Chinese Literature*. Bloomington: Indiana University Press, 1986, p. 49.

第四章 诗史的辩证和变奏

中国古代的批评家对什么是"真"什么是"假"的看法,与西方的文学理论家不一样。西人重"模仿",等于假定所讲述的一切都是出于虚构。中国人尚"传述"(transmission),等于宣称所述的一切都出于真实。这就说明了为什么"传"或"传述"的观念始终是中国叙事传统的两大分支——史文(historical)和小说(fictional)——共同的源泉。"传"的观念假定,每一叙事文在某种意义上都是人类经验的体现。比之与西方哲学和逻辑里的意义,"真实"(truth)一词在中国则更带有主观的和相对的色彩,并且因时因事而异,相当难以捉摸。可以说,中国叙事传统的历史分支和虚构分支都是真实的——或是实事意义上的真实或是人情意义上的真实。尽管中国的叙事里会有种种外在的不真实——明显虚假夸张的神怪妖魔形象和忠、孝、节、义等意义形态的包装——但其所"传述"的却恰恰是生活真正的内在真实。①

对于浦安迪的这番话,我们并不需要将它上升到中国文艺思想极具"现代性"这样的高度,而应看到,在小说与历史的同源关系中,小说虽属稗史者之流,但在虚实的评判上其自成一格,不必拘泥于历史的是非真伪。然而可惜的是,20世纪以后的小说发展,却不断地为外围的政治理念或意识形态所牵扯。其或欲穷通真理真相,或欲操演科学客观,每每证验作品内容与史实的关联,或欲兑现对现实人生的道德承诺。其极致处,正是"现实主义"与"自然主义"一脉文学的长盛不衰。本来"写实/现实"的观念自有其艺术的关怀和生长的语境,但是移入中国,蜩螗国事、生民疾苦,很难不使施行、接受者做"表面字义"的揣想,讲求将现实人生的悲苦昏暗

---

① 浦安迪:《中国叙事学》,北京:北京大学出版社,1995年,第31—32页。

"重现"于小说叙事①。在其看来,惟其如此,才堪砥砺人心,新民启蒙。只是,半个世纪以来,中国文学中"涕泪飘零","血""泪"横飞,"感时忧国"的迷思热闹不已。

小说品格渐次拔升,所倚赖者正是顺应了历史"真实"的理念。这里,我们仅需简单地复习一下历史在中国所属的阶层和其价值功用,就会明白为什么是"事实意义上的真实"而非"人情意义上的真实"抬升了小说地位。自古正史都是官修,史料亦只对史官开放,而其中所记所述,又皆标榜教训得失,"崇高"之姿,可谓判然明晰。所以,"作诗如撰史",当能备受礼遇。人们对杜甫的诗作研讨不已,重要的原因之一就是对其做了"诗史"的定位。1917年,陈独秀振臂高呼,发出《文学革命论》,其中一条便是"建立新鲜立诚的写实文学"。言外之意,过去的文学皆对历史的"现实"缺乏诚意,"所谓宇宙,所谓人生,所谓社会,举非其构思所及"②。日后,文学研究会高彰"为人生的艺术",所主张的正是要如历史记述般客观中肯地报导社会现状,以期唤起民意,改革现实。此风以延,正是文学作品"史诗化"的稳步推进,这里面,革命英雄茁壮成长,人民事业欣欣向荣。直到20世纪80年代,各位先锋小说家意欲拔除历史崇高伟岸的形状,亦要借着对"家史""外史""野史""地方史"的光怪叙事来发力做功。

王斑主题性地考察了这一"历史崇高形象"的确立和表达,其途径正是追查漫漶于20世纪中国美学与政治中不能自已的对话关系。借着对美学思想、身体话语、性别指符、欲求快感、创伤记忆、书写姿态等方方面面的详细讨论,王斑提出这些穿梭于公、私

---

① 有关现实主义进入中国的讨论,可参阅 McDougall, Bonnie S.. *The Introduction of Western Literary Theories into Modern China, 1919—1925*. Tokyo: The Center for East Asian Cultural Studies, 1971, Chap. 4.

② 陈独秀:《文学革命论》,胡适编选:《中国新文学大系·建设理论集》(影印本),上海:上海文艺出版社,2003年,第44、46页。

第四章　诗史的辩证和变奏

界限、游走在虚实之际的作品,不仅形塑了一种直白露骨的"政治美学",更带出一种私相授受的"美学政治"。其中尤有趣味的是,20世纪80年代的先锋小说,魔幻怪异、精神分裂,表面上展露的是"去崇高"的姿态,但实际上,"去崇高也是崇高的一种形式——不是超越式的崇高,而是对宏大叙事的深刻的颠覆的崇高"。换句话说,"崇高"具有两面性,它不只是压抑,同时也是解放,它提供了我们从反面进入历史的可能。

至于"现实主义的限制",从安敏成到王德威,早有高论在前(见第一章的讨论)。他们论辩说,"现实主义"尽管在接受、生长上有着独特的历史语境,情感中亦包孕对社会正面的道德承诺,但是它仍不必为此拳拳服膺,以至放弃它精彩的美学变数。虚构是它天然的职志,要知道,历史在向作家求索血水的同时,它首先求索的是墨水。从这个观念出发,文学作品,特别是写实主义的小说,不是要"直证"历史,而是"反证历史"(Witness Against History)。柏佑铭提出了该观念,并对此作了精彩论述。他的中心议题是:历史意识不能确保作者作为证人的位置,以及写作是一种存在机能障碍的话语的一部分。他提醒我们注意,贯穿整个20世纪中国,许多文化产品(文学、电影、公众话语)同其所宣称的历史行动力之间多有抵触,即便是那些被追认为"革命""现实"经典的文本,也都在质疑其自身改变民族命运的能力。这种失衡表明,作品表面所传达出来的"直面"历史、"再现"历史的自信不过是一种假象,在其掩映之下是文本内部不断的抵抗和冲突的信息。在这个意义上,(作品中的)"历史"必须被解读成寓言。它在文字的转圜、影像的错置之中,揣摩、试探作者的修辞思路和观看策略,并使我们牢记,讲述的方式同讲述的内容一样重要。①

---

① Braester, Yomi. *Witness Against History: Literature, Film and Public Discourse in Twentieth-Century China.* Stanford: Stanford University Press, 2003.

在文学与历史的另一组关系中,前者直接构成对后者的引用。这种明确的征引关系,所唤生的正是"历史小说"这个长盛不衰的文类。它的出现极大地降低了人们在叙事中捡拾历史记忆的风险,但是,它也带来另一种危害,即对文学叙事做无休止的事实比对,以求明辨孰真孰假。这种真假关系,甚至直接构成对此文类的概念定义。马幼垣写道:

> 历史小说是……这样的一种叙事作品,它艺术性地结合了真实和想象,核心是具有历史真实性的材料,但是在尊重史实的基础上,容许虚构的人物和事件。①

然而,余国藩旋即批评道:

> 惜乎马氏的界说对于"事实"与"想象"可能拥有的形式共识着墨不多,也没有告诉我们历史在披上小说的外衣之前,到底能在"创新"上享有多大的自由。至于虚构发展成"史"的时候,"不违背众所皆知的事实"的幅度又可以有多大,马氏亦未尝言及。实际上,"事实"与"想象"的结合不仅会牵涉到讲史小说的定义,此种"结合"——更重要的是——也是一深具意义的历史起点。自此出发,尤可检视历史性的叙事与虚构性的叙事在形式上的共同点。②

对历史与小说不能做真、假对立的二元区分,这样的观念我们早已了然于胸。就叙事层面而言,两者互有指涉。例如,钱锺书就曾提出:"史家追叙真人实事,每须遥体人情,悬想事势,设身局中,潜心腔内,忖之度之,以揣以摩,庶几人情合理。盖与小说、院本之

---

① 转引自田晓菲:《留白:写在〈秋水堂论金瓶梅〉之后》,天津:天津人民出版社,2008年,第214页。
② 余国藩:《〈红楼梦〉、〈西游记〉与其他:余国藩论学文选》,李奭学编译,北京:生活·读书·新知三联书店,2006年,第33页。

第四章 诗史的辩证和变奏

臆造人物、虚构境地,不尽同而可相通;记言特其一端。"①而具体到历史小说的叙述,这种交互情势又变得更为复杂,端的令人盘诘,其到底是以史笔写小说,还是以文笔写历史,抑或者在两者之外,另有一种全新的记录方式。这里,我们不想过分地纠结于此一问题,毕竟这不是本书所能胜任的。我们感兴趣的是,在已见的对历史小说的各项研究中,学者的考察路径和批评态度是什么。这种从方法范式转换出发的视角,有助于说明历史小说所具有的多层次性。

就西方的情况而言,"卢卡契(Georg Lukács)写过一本重要的著作《历史小说》(*Historical Novel*)。他论证了历史小说并不是从来就有的小说形式,而是在资产阶级革命革命时期出现的。苏格兰的瓦尔特·司各特(Sir Walter Scott)是第一位写历史小说的人"。杰姆逊解释道:

> 苏格兰是最后一个试图建立一个王朝的国家,而英格兰早已开始工业化;在苏格兰高原还有那些高原人,他们属于另一种更原始的生活方式,氏族制度仍然存在。在这样一个环境中的司各特,便亲眼目睹了历史,意识到历史是在以不同的速度发展着的。这种强烈的新的历史感便通过历史小说表现出来,这种小说实际上宣布了这样一个事实:对所有那个国家的资产阶级来说,如果他们要意识到自己在现实中的历史任务,要成为一个统治阶级、胜利的阶级,要取消旧式的贵族阶级,并且代之以新的价值体系,那么他们就必须有自己的历史感,必须知道自己的资产阶级的过去,了解自己从什么地方而来。因为贵族阶级有不同的历史感,所以,他们不需要历史小说这

---

① 钱锺书:《管锥编》(第一册),北京:中华书局,1994 年,第 166 页。另参阅季进:《文学与历史的辩证——纪念钱锺书先生百年诞辰》,《文学评论》2010 年第 5 期。

一形式。①

很显然,直接照搬卢卡契的阶级论调来理解中国的历史小说会有失偏颇,且相当不合时宜。正如许多学者注意到的,中国的古典小说,实际上相当于一个圆形的佛教世界。通过楔子、百回定型结构、人物造像等诸多方面,它构筑了一种"道德寓言"和"果报循环"的训诫意识。从这个意义上讲,中国传统的历史小说并不对某一阶级的"过去"负责,相反,它只承担对"当下"的义务,即为维持现行的统治提供最通俗的解释和心灵的慰藉。而真正说到,我们必须具备一种过去的意识以抵御身份的迷失,则要在全球化这个背景下来加以考量。这正是王斑提出"全球化阴影下的历史与记忆"的意蕴所在。高度的"全球化"和现代化,带来了物质和科技的飞速发展,但与此同时,每个国家和城市变得毫无二致,钢筋水泥林立、情感文化即时消费。有鉴于此,我们必须借着重拾独特的历史经验和情感结构,来重建民族国家的身份和对自我的认知,无论这种经验是愉悦的、悲壮的、甚至致命的,我们都需直面以对。②

对历史小说的第二种态度,我们或可从田晓菲对《鹿鼎记》的品读中捕获。

> 唐太宗李世民总是说应该以史为鉴,在《鹿鼎记》里,韦小宝把历史当成了哈哈镜。因为韦小宝虽然从历史演义里学习"如何做人",可是他的"学习"常常是扭曲的学习,富有反讽意味的学习,对历史、小说和戏曲的"虚"构性富有清晰意识的学习。③

---

① 杰姆逊:《后现代主义与文化理论》,唐小兵译,北京:北京大学出版社,1997年,第202、203页。
② 王斑:《全球化阴影下的历史与记忆》,南京:南京大学出版社,2006年。
③ 田晓菲:《〈鹿鼎记〉:金庸、香港通俗文化与中国的(后)现代性》,《留白:写在〈秋水堂论金瓶梅〉之后》,天津:天津人民出版社,2008年,第225页。

第四章　诗史的辩证和变奏

韦小宝讲史,亦幻亦真,用的是"滑稽模拟"的态度,这使得他截然不同于另一位对历史也过分着迷的文学人物堂·吉诃德。因为不能正确认识到历史与现实的距离,吉诃德的种种可笑行为带上了悲剧色彩,而韦小宝却从始至终未曾混淆现实与小说的界限,他的玩世不恭、嬉皮笑脸,带出了一种叙事的"自觉"。田晓菲称它为"后设小说"(Metafiction):

> 《鹿鼎记》正是这样一个关于讲故事的故事,一套关于说书的大书,一部关于小说的小说。它的"后设性"表现在多个方面:他对于自身虚构性质的自觉指涉,它对说书和戏剧的借用(appropriation),它和以前的金庸小说的互文性义性(intertextuality),还有它对二十世纪武侠小说传统(包括金庸自己的武侠小说)的滑稽模拟(parody)。①

从这个意义上,在文学中征引历史,不是要造成叙事的真实幻境,而是要自爆其短,揭露其虚造的本质。引用在某种意义上就是重写,而重写就意味着暴露叙事的痕迹,因为它不同与从前。

最后一种思路得益于巴赫金的启示,他曾经提出"时空型"(Chronotope)的观念②,这使我们注意到或可在历史小说的时间维度之外,引入空间视角。关于时间的研讨,自是历史小说的应有之义。王德威在《历史与怪兽》一书中,探赜"国家神话的生成、文类秩序与象征体系的重组、'史学正义'与'诗学正义'的辩证、群众与个人主体性的互动,还有更重要的,时间、书写、欲望、记忆所构成的叙事网络"③。表面上看,全书似以主题为架构来铺陈行文,但

---

① 田晓菲:《〈鹿鼎记〉:金庸,香港通俗文化与中国的(后)现代性》,《留白:写在〈秋水堂论金瓶梅〉之后》,天津:天津人民出版社,2008年,第215页。
② 可参阅王德威:《被压抑的现代性:晚清小说新论》,台北:麦田出版公司,2003年,第86页。
③ 王德威:《现代中国小说十讲》,上海:复旦大学出版社,2003年,第1页。

细心的读者亦能体会蛰藏其下仍不脱一条时间的线索:从世纪之初的义和团运动(1900),到千禧将临的香港回归(1997),中间跨越革故鼎新的五四(1919)、革命成长的1927、艰苦卓绝的抗日战争(1936—1945),以及20世纪40年代的延安时期、1949的国共分流和新中国成立,紧随其后是台湾"白色恐怖"(20世纪50年代)、"大跃进"(1958—1962)、文化大革命(1966—1976)。这当中,暴力、饥饿、正义、欲望、伤痕、诗(尸)意、鬼影,憧憧往来。

追随王德威的步伐,白睿文(Michael Berry)进一步提出"空间中的时间"(Time in Space)概念,追索20世纪中国文学与电影中的"创伤"(Trauma)叙事。作者胪列了那些被反复记忆、书写的年代、事件和地点,对象包括1930年的雾社、1937年的南京、1947年的台北、1968年的云南等。① 同样是对"创伤"记忆的探讨,王德威在《伤痕书写,国家文学》("Of Scars and National Memory")一章中主张,要通透1949年前后的"革命诗学"及其复杂意义,就必须将之与五四一代的文学传统相连接。

不同于王德威从叙事的传承与接引上来讨论创伤,白睿文从文本的功能和操作姿态方面入手,对其做了区分。他提出了"向心之创痛"(Centripetal Trauma)和"离心之创痛"(Centrifugal Trauma)的观念。前者预示着罹患苦痛必将导向一种新的民族国家观念或意识形态的降生,它多出现在面对外敌入侵与压迫之时。例如,南京大屠杀的血腥事实,重塑了我们对民族振兴和国家团结的渴慕。而后者则发生在国家内部,来自不同阶层的价值龃龉导致了暴力的发生,国家以强硬的措辞和手段,涂抹个人的意志。所以,这一类的文学记忆往往借着色情、性欲来发力。它是理性和现代性长期监控下物极必反的后果,它也是对意识形态"规训与惩戒"的疏

---

① Berry, Michael. *A History of Pain: Trauma in Modern Chinese Literature and Film*. New York: Columbia University Press, 2008.

离、"暴动",这种疏离,为我们开创了一个全新的话语公共空间。

创伤记录,本以疗救为其幽怀,但离奇的是,我们越是写,越使得这样的愿景与我们远离。它一再延宕苦痛的记忆,借着文字、影像播散它直抵人心的力量。历史的暴虐正在于此,它一点一点地消逝,模糊自身,却又借着最为永恒的方式潜回,扰乱人心。从历史到想象,我们走了很远,却又似乎原地踏步。正像20世纪之初,我们强行要将文学与历史的关系割断,为其分科建制,这个世纪又借着标榜跨学科的"文化诗学"来研讨其关联一样,绕了一个大圈,又回到原点。也许,这就是历史不可捉摸的地方,真假虚实之间,似是而非之际,已然为下一轮的记忆和建构、遗忘和拆解,预留了批评的空间。

第二节 怪兽也似的历史

新批评巨擘彼得·布鲁克斯(Peter Brooks)曾经提出一个有趣的观点,认为小说充满着写作者的"布局欲念"(Desire for Plot)[①]。通过捡拾和整顿各种零散的经验,将之系统化、连贯化,一个有头有尾、自圆其说的故事也就呼之而出。然而,游走在历史的已然和应然之间,小说既是现实的哈哈镜,也是虚构的试练场,更是时间的调度器,斑驳淆杂,瓦解了过去、现在和将来之间判然明晰的线性道路,在当下招徕过去,于现在搬用将来,构成了历史与文学的繁复互动。"布局的欲念"虽然大致合理,但同时也默许了文学与历史以其特有的方式进行讲述和演播,与巴赫金所谓的"众声喧哗"若合符节。

可惜,综观过去的一个世纪,我们往往立意于文学的单线史观,考察中国文学如何步步为营,从日趋僵化的刻板文言,进化成

[①] 参见 Brooks, Peter. *The Melodramatic Imagination: Balzac, Henry James, Melodrama, and the Mode of Excess.* New York: Columbia University Press, 1985.

通俗大众的国语白话,文学遵照逼真(verisimilitude)的律令,揭橥黑暗,针砭时弊,成全了"写实主义"或曰"现实主义"的崇高地位,执意要将传统与现实中不够清正严明的信念去除殆尽。"呐喊""彷徨"务求摒弃病态,"启蒙""救亡"俨然科学祛魅。宏大叙事逐渐成为20世纪中国文学的主旋律。

然而,除魅不济,欲盖弥彰,当鲁迅、茅盾等人汲汲于文学的重建之时,却赫然发现来自历史、传统、道德、叙事乃至暴力的困扰如鬼魅缠身,徘徊不已。旧怨新仇,它们或成"黑暗的闸门"(夏济安),或为"现实的限制"(安敏成),或是"被压抑的现代性"(王德威),或显"颓废"(李欧梵),或呈"怪怖"(王德威),真可谓鬼影森森。文学史绝不如胡适在《白话文学史》中宣扬的那样宝相庄严、清澈见底,美好的历史愿景和主体意欲,不得不让步于历史本身的无序与残酷。"前行"的步伐被延宕展缓,病态不洁之恶相则如残渣泛起。怪兽出没,兀自演出一段高潮迭起、有礼有节的现代好戏。内中体系、线索一应俱全,且与那个体制严明的健康系统,有往有还,分庭抗礼,赫然成为中国现代文学成长的潜在推动力。

延续对中国文学"阴影面貌"一以贯之的注目和探勘,王德威的《历史与怪兽》一书,于20世纪的中国再度拈出一个"足令人心顾虑低回而引以为忧"的老问题——历史暴力及其文学书写。此书的英文版共八章,中文本初版只保留了其中的四章,2011年麦田出版公司出版的《历史与怪兽》全新增订本,不仅补足了原来未做翻译或收在别处的篇章,更补充了英文版所没有的《粉墨中国》一篇。在王德威的定义中,"历史暴力"不仅涉足天灾人祸及其惨烈后果,更是直指现代性进程中种种意识形态与心理机制加诸国人身上的规范和训诫。他说:"这些图腾与禁忌既奉现代之名,在技术层面上往往能更有效率的,也更'合理'的,制约我们的言行。因

第四章　诗史的辩证和变奏

此所带来的身心伤害,较诸传统社会只有过之而无不及。"①

如此,"现代性"与"怪兽性"相伴相生,它既无力承担其所许下的启蒙的、进步的、理性的远大前程,反倒在"进化主义"的大旗下屡遭踬踣,自噬其身地与各种"邪恶"力量互为表里。吊诡之处在于,现代性有时反而更需仰仗暴力以正其身。"写实"和"现代"以"驱鬼捉妖"为职志,在其行止正当的前提下,已然预设"恶"的先期存在。唯有淫行劣迹斑斑,道德的警戒劝化功用才有其用武之地。② 王德威所引的哥雅(Francisco Goya)名言"理性之梦滋生兽性"③,当作如是观。

在王德威看来,历史暴力由来已久,并不新鲜。西方论述上启阿多诺(Theodor Adorno)、巴塔以(Georges Bataille),下至吉拉尔(René Girard)、本雅明(Walter Benjamin)、巴赫金,以迄阿伦特(Hannah Arendt)、鲍德里亚(Jean Baudrillard)、福柯、德里达(Jacques Derrida),对极权和暴力的控诉与论辩从未停歇。承续这些西方理论资源,王德威从中国文化内部寻觅出一个对称性的综合意象——梼杌。它身兼数职,由怪兽到魔头、恶人、史书、小说,隐喻多边。借此繁复寓意,作者深入探讨了"历史"和"再现历史"间的辩证两难。于历史的废墟、记忆的迷宫,为那些不幸沦为幽灵的传统、欲望、颓废招魂不息,并追索这种种被"五四典律"认定为"邪恶"的势力如何抵御"现代的暴政",点破那侵入日常肌理而令观者居之不疑的"温柔暴虐"如何满布伤毁的力量,上演一出以暴易暴、以恶击恶的"怪诞"戏码:正义无用,道德虚妄,但其致力处正不脱

---

① 王德威:《历史与怪兽:历史,暴力,叙事》,台北:麦田出版公司,2004年,第5页。
② 对文学"纪恶",田晓菲有不同的认识,在评价《金瓶梅》时,她说:"爱读《金瓶梅》,不是因为作者给我们看到人生的黑暗——要看人生的黑暗,生活就是了,何必读小说呢——而是为了被包容进作者的慈悲。慈悲不是怜悯:怜悯来自优越感,慈悲是看到了书中人物的人性,由此产生的广大的同情。"参见《留白:写在〈秋水堂论金瓶梅〉之后》(代前言),天津:天津人民出版社,2008年,第4页。
③ 王德威:《历史与怪兽:历史,暴力,叙事》,台北:麦田出版公司,2004年,第97页。

"现代性之反思"的六字箴言。换言之,论述的关键乃在于研讨"现代性暴力"和那"被视为暴力的现代性"之间的交葛关联。替前者省思,为后者正名,并复原其拔河斡旋的多元姿态,改写单线历史无限乐观的前行路线。

历史与历史再现之间的落差是此书关怀的议题之一。在中文本的四章,即"革命加恋爱""历史与怪兽""诗人之死"和"魂兮归来"中,作者都颇有所本地在论述开头声明故事发生的具体时间①,采用一种评传式的讲法,追查个人际遇与文学记录间的虚虚实实,若即若离。这一点在革命钳制与私人情爱的关系上表现得尤为明显。刘剑梅关于"革命+恋爱"主题的精要剖析,清楚地表明作为小说写作的陈腔滥调,它的叙事中盘旋着个人意志与公众话语的牵制缠绕和历史的微妙变奏②。而王德威则更进一步,将话题引向文本之外,考量主观历史(history)与客观历史(History)间的相互启悟关系,叩问革命男女如何于政治与身体、信仰与欲望、现实与虚构间串演幕幕悲喜剧。借用各类现行的作家回忆录、批评传记,信而有征地分辨出那些折冲于历史与文学之际的革命爱情故事,由此启示我们,写实的文学毋宁是抒情的,传统中国"感发言志"的古法不胫而回,而革命献身的背后却藏污纳垢,幽怀别抱。这些真真假假之间,大有深意存焉。

即以茅盾为例,他笔下写实主义的情爱修辞,无论得意还是落魄,无不映射着革命论述中的复杂面向,宛若一则动人的政治寓言。一方面挑动着社会自我改革的欲望,另一方面又吁求社会在

---

① 这四个开头分别是:"一九二七年八月十九日,……","一九五七年秋天,……","一九三三年十二月,……",以及"晚明文人冯梦龙(一五七四——一六四六)……"。

② Liu Jianmei. *Revolution plus Love*: *Literary History*, *Women's Bodies*, *and Thematic Repetition in Twentieth-Century Chinese Fiction*. Honolulu: University of Hawai'i Press, 2003. 中译本见《革命与情爱:二十世纪中国小说史中的女性身体与主题重述》,郭冰茹译,上海:上海三联书店,2009年。

第四章 诗史的辩证和变奏

公共与个人领域中重新分配身体资源。但历史的虚妄在于,这般美丽的文学隐喻和政治诉求,从来无法合二为一。每当茅盾试图弥合此间裂隙,非议和攻讦就会如影随来。而且,这样的经历非他一人独有,"就一个比较大的历史脉络来看,他所卷入的,正好就是鲁迅与左派激进分子间的论争"①。但是,茅盾的意义在于他明知现实难以捉摸、流动不止,却执意要书写这种可望而不可即的欲望,并最终耗尽了所有革命乌托邦的潜能。他与秦德君从相知、相爱到背叛的婚外恋情,坐实了文本内外种种偶然力量的循环不止。从其里程碑式的著作《虹》,到自曝行藏、背离承诺的《腐蚀》,无不泄露来自爱欲的启迪与拷问。但是,"茅盾曾经那么珍视的'革命加恋爱'现在兜了一个圈子,又回到原处,兜回到欲望与怨慰的源头"②。如是,爱情由革命的修辞、叙事的动力,蜕变为消弭真实的文学技巧。在茅盾这里,写实小说由最初的直面现实,变成对现实的躲闪。

"如果茅盾视'革命加恋爱'为社会的病症,蒋光慈则视'革命加恋爱'为治愈社会种种疑难杂症的良药。"他发明的"新写实主义"虽然避开了个人与时代的纠葛,以一种极端浪漫的思维,将革命经验看作天启式的狂喜,脱俗激越,但是他的作品与理论背道而驰,几乎用诗的形式而不是小说的方式,探讨革命叙述的可行性问题。蒋光慈与宋若瑜、吴似鸿的两段婚姻,交错在革命、疾病、写作和死亡之间,激进而烂漫,以身体的消耗诗学抵御着国家政治理想的无限放大。同宋若瑜第一段"赴死"的婚恋,恰好吻合了蒋光慈浪漫的政治献身情怀,而第二段失败的婚姻则画蛇添足,成为一个意外,"打翻了'理想'的浪漫至情和'理想'革命献身间的平衡"。

---

① 王德威:《历史与怪兽:历史,暴力,叙事》,台北:麦田出版公司,2004年,第34—35页。
② 同上书,第75页。

吴似鸿逃离了肺病的魔爪,但她的侥幸"不为'革命加恋爱加死亡'的剧本加分,反倒提醒我们革命/浪漫诗学与现实生命的妥协"①。

"革命加恋爱"不是男性的专利,白薇的爱情故事,无论虚构还是纪实,均已瓦解了男性关于革命加恋爱的理性假设。她以女子独有的神经质和忧郁症般的情愫,打开了陈清侨所说的"绝望论述"(Discourse of Despair)②,歇斯底里地控诉着夹杂在伦理(父与女)、性别(男与女)、世代(老与少)缝隙中的女性无奈和痛苦。小说《悲剧生涯》,作为20世纪中国最沉痛的女性自白之一,其实直接来自白薇本人与诗人杨骚之间充满情欲、愁怨和疾病的荒诞爱情经历。小说在手法上融茅盾的寓言式和蒋光慈的自剖式于一炉,瓦解了革命论述的意志,赋予了"革命加恋爱"公式以更多的暧昧性。从男性的政党政治到女性的情色伦理,白薇的小说写出了"女性革命者虽已看出革命的虚幻本质,仍然将错就错,拥抱革命的无奈"。她"关心的是革命与爱情作为一种(女性)存在的境况或前提,而不是革命与爱情作为理想未来的憧憬"③。

游转在20世纪20年代"革命加恋爱"热潮中,三位作家以其独有的写作经验和情感历程,亲身践行了现代中国写实论述的种种修辞和意识形态的吊诡,暴露了那潜藏于革命活动与情爱游戏、历史想象和欲望实践间相生互毁的缠结撕裂。但是,这样的可能在抗战前夕戛然而止,此后革命的故事节节胜利,爱情的模式却凋零为一。蒋光慈早已为他的革命理想殉情作古,而茅盾亦在死后为他曾经的恋人反戈一击,被指背叛爱情、背叛革命,历史的现实比小说的虚构来得更加无情无义;女作家白薇则关闭了所有的私

---

① 王德威:《历史与怪兽:历史,暴力,叙事》,台北:麦田出版公司,2004年,第84页。
② Chan, Stephen Chingkiu: *The Problematics of Modern Chinese Realism: Mao Dun and His Contemporaries (1919—1937)*. Ph. D. diss., University of California at San Diego, 1986.
③ 王德威:《历史与怪兽:历史,暴力,叙事》,台北:麦田出版公司,2004年,第62—63页。

第四章　诗史的辩证和变奏

人空间,孤独终老,在革命的庆典与自身的孤寂中,见证了女性苦难与政治救赎的捆绑实属无稽之谈,历史的怪兽强悍难驭,革命的幽灵终难排遣个人私欲!

在历史与历史再现之间的落差之外,王德威关注的另一重议题是"文学纪恶与其否定辩证",主要围绕20世纪50年代中国台湾作家姜贵的小说《今梼杌传》(后更名为《旋风》)来展开,探讨的是"文学所思所愿"同其"所写"之间的距离。《今梼杌传》自1957年出版以来,颇得学界好评。识者以为其标举"讽刺"与"人道"的双法,绝不合于那些或滥情或说教的叙事俗流,关怀政治,卓尔独立。但王德威以为,这种评论不免遗漏作者鲜明的政治立场下那幽微不明的历史怀抱。"《今梼杌传》中的'今'字暗示了历史今昔的分野,而'传'更点明了作者的治史抱负。"①王德威检出自晚明以迄姜贵的三部"纪恶"小说——《梼杌闲评》(1629)、《梼杌萃编》(1916)以及《今梼杌传》,来追寻"梼杌"的源起与谱系,并由《今梼杌传》出发,追查这些记录乱臣贼子、暴行劣迹的说部,如何以劝善向善为初衷,却要反其道而行地极写恶之种种,笑闹突梯之下又掩盖了哪些欲说还休、欲罢不能的历史悖论。特别是,历史与其叙事如何在史学愿景、意识形态和创伤记忆间转圜弥合,打开一扇足令世人重识善、恶及其关系的法门。

在《今梼杌传》里,姜贵煞有介事地宣讲了一个"革命"由兴起到堕落的政治故事。尽管其所预告的结局与现实大有出入,但他所说所绘均有凭有据,点点滴滴无不取自历史经验。从表面上看,这是一部政治性极强的小说,以纪"恶"(敌对势力)为表象,以扬"善"(我方势力)为初衷,呼应着传统史学回向"正统"的话语秩序。但王德威以为,无论左右,姜贵对政治体系在历史中运作的批

---

①　王德威:《历史与怪兽:历史,暴力,叙事》,台北:麦田出版公司,2004年,第101页。

判同样不遗余力,都感到戒慎恐慌。恶人当道,群魔乱舞,谋杀、处决、监禁、私刑、阴谋、反间以及变态的肉欲,无所不在,无政府状态的恐怖一触即发。因此,在向往正统的背后,姜贵不啻写下了另一个揶揄和嘲弄其"正当性"的隐晦次文本:"如果历史真是善恶循环,人类的愚昧和兽性难道不也像正义与秩序一般有其循环性?不也因此将不断卷土重来?"①由此,善恶忠佞并非断然明晰,"邪不胜正"亦不必如传统那般笃信坚定。"纪恶以戒"反倒成为恶的教科书、思想史,颠破了从善如流、立地成佛的线性因果逻辑,见证了历史的因循和犹豫。政治、道德和欲望的驱力回旋纠缠,演变成为一个畸形怪物,集偏执、变态、怪丑之大成。王德威提醒我们:

> 梼杌不是寻常的怪物,而是种种恶兽七拼八凑的化身。姜贵将方祥千(小说主角——引注)比诸为现代梼杌,似乎有意提出一种新面貌的邪恶:方祥千并不是一个能干的革命分子,然而正因为他不够"坏",他反可能对社会造成更大的伤害。②

换句话说,那些曾在写实主义小说家们"失手"或"走神"片刻不请自来的"暴虐",如今竟以历史自身的面貌和运作逻辑显现,且以其细密、卑琐更见能量。

事实上,这样的观念早在晚明作者李清的《梼杌闲评》里即见端倪。作为1627年魏忠贤死后陆续出现的控诉小说之一,它透过附会历史事件而使得子虚乌有的叙事产生了某种真实之感。与《三国演义》之类的"高度模仿"(High Mimetic)小说不同,它一方面控诉巨奸大恶,另一方面又对其日常生活做了细节化的处理,追溯了罪恶如何在凡人与普通的环境中滋长,以一种"低度模仿"(Low Mimetic)的方式考察了"欠缺有效的邪恶"如何通过家常路

---

① 王德威:《历史与怪兽:历史,暴力,叙事》,台北:麦田出版公司,2004年,第108页。
② 同上书,第116页。

第四章　诗史的辩证和变奏

线,祸国殃民,荼毒世人。就表面而言,该小说世俗化、自然化的策略,颇与史诗的恢弘气势背道而驰,但其内里却暗自呼应着时代危机,就彼时知识分子关怀的历史混乱、个人责任与道德升华等问题做出了反面回应。针对"人人皆可为圣贤"的美好期许,小说提出了禽兽亦是历史排比和累积结果的看法,且两者的造成仅毫厘之别:"'人皆可为圣贤'内含的解放精神在此成为一种道德负担:修行途中,分分毫毫不应有差池,否则一失足成千古恨。"①言外之意,真正的"梼杌"并不是历史中的个人,无论其老奸巨猾,还是平庸颟顸,而是个人赖以生存的那个社会机制。在小说中,这个机制无他,正是臻至极致而又濒临崩溃的权力机器。

如果说,《梼杌闲评》借将恶"琐屑化""人性化",点破了"匿名之恶"如何无孔不入,骇怪恐怖,但最终归于寿终正寝的路数。隐约中既是反思,又是宣扬邪不胜正,但这样的情绪,在晚清作家钱锡宝的小说《梼杌萃编》中早已了无踪影。伏恶无望,他干脆以笑谑姿态铺张恶的欢乐嘉年华,通篇不写一个好人,而是看真小人与伪君子如何上演一出出越礼纵欲的好戏。以毫无道德目的可言的讲述方式,导出了一个古怪的价值论:

> 《梼杌萃编》不再戒恶扬善,而是在恶里面区分何者可取,何者可厌。钱锡宝暗示如果一个社会已经道德败坏,那么可辨的恶行比起暧昧不清的伪善毕竟要稍微可取些,因为伪善者将已经摇摇欲坠的道德符号做了更加诡异的逆转。②

套用米列娜的话讲,正是"小邪不胜大恶",在一个"礼教禁忌荡然不存的社会——文字禁忌的失落自然也包括在内"③。以上三

---

① 王德威:《历史与怪兽:历史,暴力,叙事》,台北:麦田出版公司,2004 年,第 131 页。
② 同上书,第 145 页。
③ 同上书,第 144 页。

部作品虽不一定相互搬用,却自成谱系,暴露了历史本身的荒谬和无妄。"我们人类的每一代都见证、抗拒,也携手制造了自己时代的怪兽。"更有甚者,"为了防止怪兽的重现,历史总先一步的想象、记忆怪兽的形貌"①,如此,除恶不尽,反要以纪恶为尚。

王德威关注的第三重议题是"自杀"作为一种非传统的现代中国主体性的生成方式,它混迹于"自杀与写作,身体的自毁与文本意义的崩落(littératuricide)之间"。由 20 世纪前半期王国维、朱湘、陈三立之死落墨,到重点盘查世纪后半叶闻捷、施明正、顾城等人的自绝于世,王德威提出,诗、死、史的三方辩证逐渐明确,"自杀"已成为现代中国主体性吊诡出生的有力见证和演出方式。

> 在新时代的发端处,他们已然明白所谓的现代性不仅仅只由启蒙、革命、进步所表现。面对种种公私领域的挑战,他们决定抹消自身的存在;他们俨然以否定的方式,见证了现代所能含纳的复杂意义——包括对现代本身的抗拒。他们的自杀行为因此吊诡地落实了一种非传统(却不一定是反传统)的中国"现代"主体性的出现。②

阿尔瓦雷(Alfred Alvarez)探究文学与自杀关系时提出了两种"自我了断"的类型:一是因抗拒非人的外在社会而选择自杀的"极权主义型",二是因自毁力量铤而走险的"极端主义型",而王德威提出了更为细密的观察方法:通过思辨两者之间、之内,多元交变的幽微层次,辨识自杀、写作与(后)现代性之间复杂的对话关系,特别是身体与政治的千丝万缕瓜葛。

著名诗人闻捷在 20 世纪的五六十年代以其红色形象著称。但王德威的解读却表明,他自杀的"动目的机也许是不可思议的浪漫

---

① 王德威:《历史与怪兽:历史,暴力,叙事》,台北:麦田出版公司,2004 年,第 11、153 页。
② 同上书,第 157 页。

第四章　诗史的辩证和变奏

私人欲望"①。他与女作家戴厚英之间不为组织允诺的爱恋,带给他极大的精神冲击,他选择在双方相爱一百天的时候吞吸煤气自了余生,颇有殉情意味。"闻捷罗曼蒂克的爱欲与他当年的政治激情似乎如出一辙"②,因而从革命加恋爱的角度来说,闻捷之死似乎远没有我们想象的那般崇高。对爱的专注,消解了他脱凡入圣的姿态和可能,而这也正是后来戴厚英的小说《诗人之死》所要极力挽回和救赎的东西——"革命年代的情感匮乏与价值空虚"③。但从"自杀"与"政治"的辩证法来看,闻捷之死在蔑视身体政治权威的同时,也可能强化了这种集权意识形态,因为它防堵了历史暴力的再度发生。

跨过台湾海峡,诗人兼小说家施明正本想挣脱同政治的关联,强调文学艺术的自主性,在浪漫主义和魔鬼主义之中寻求庇护。但造化弄人,他意外地成为最富政治色彩的诗人兼烈士,见证了岛上现代主义的特色与局限。从"魔鬼的妖恋",到"喝尿者""渴死者",施明正的小说兵分两路,一类自传忏情,一类迂回政治。"一方面突出了色相的极致追求、主体的焦虑探索、文字美学的不断试验;一方面也透露了肉身孤绝的试炼、政教空间的压抑、还有历史逆境中种种不可思议的泪水与笑话。"④他以一生颠沛的经历,完成了对现代主义的诠释,以诗歌和小说铭记创伤,诉说着文学、政治和生命间那惊心动魄的辩证。

比之闻捷、施明正,著名诗人顾城的死亡事件,也许有着更多的内倾力。它像极了阿尔瓦雷的"极端主义"。但王德威认为:"顾城之死所以如此震撼九〇年代初的中国社会,在于它以最令人意

---

① 王德威:《历史与怪兽:历史,暴力,叙事》,台北:麦田出版公司,2004 年,第 162 页。
② 同上书,第 172 页。
③ 同上书,第 177 页。
④ 同上书,第 185 页。

外的形式,演绎了当代文学与政治的困境"①,显示了绵延一个多世纪的自杀诗学的最后消散和落幕。顾城以一个"活死人"的姿态,躲避人群,梦想桃源,并离奇地过着一夫多妻、男性至上的前现代生活。他用文学和现实践行着一种魔鬼般的暴力,甚至从小说中搬演杀妻自缢的血腥故事,比时间先行一步,将现代当做过去来书写。他的自杀,是对死亡的二度造访,唯其阴风阵阵,徒然凸显了主体性的空洞而非浪漫这一后现代命题。

三位诗人令人肃然或悚然的下场表明,对身体的极端操作往往包含在一个理性的过程之中,历史的不义与荒谬只能以肉身的毁灭来抗拒,诗是他们预先铭刻死亡的证词。但是,诗性的情感依然在理性之外发挥作用,它内烁在理智的表里,同它辩证地交织出种种或断裂或颓唐或暴戾的现代、前现代以及后现代因素,表演了诗与血的对话戏码。他们抹消自身的存在,以否定的方式,彰显了"自杀"作为一种非传统的现代中国主体性的生成方式,同样见证了"现代"的复杂意义。

在以上三重议题的基础上,《魂兮归来》总结全书关怀,探讨了当代中文文学描写历史迷魅与文学记忆的面貌。"历史的怪兽"在这里既显现为"拒绝传统,回避虚构,将文学与历史做纯化、亮化处理的雄浑机制",同时也表现为"此类被拒斥的幽暗势力或意象的缭绕不散",传统归来,魂魄显影。通过仔细追查潜伏在书写与招魂、写实与虚构、雄浑与幽暗间的多元层次,王德威再一次重申了他的观念:"相对于现代文学彼端的'除魅'工程,当下文学所关注的是'招魂'。"②

王德威从晚明人鬼相杂的末世情怀说起,追考源流,从六朝的

---

① 王德威:《历史与怪兽:历史,暴力,叙事》,台北:麦田出版公司,2004 年,第 211 页。

② 同上书,第 12 页。

志怪到明清的聊斋,群鬼嚣嚣,"阴恶"的线索了然清明。五四以后,文学话语虽着意强调理性及强健的身体/国体想象,但鬼怪袭来,声势更盛以往。韩少功的《归去来》、余华的《古典爱情》、朱天心的《古都》、李碧华的《胭脂扣》和《潘金莲之前世今生》等著,不仅拟仿(Parody)传统,而且有意造假搞鬼(Ghosting),借不断重生、播散的鬼魅形象,宣讲"鬼"与"归"的同质同构。写实主义中撇不清、道不明的魅幻价值和森森鬼影,上推可至晚清嬉笑怒骂、人鬼不分的谴责叙事,最盛时却吊诡地以五四为甚,鲁迅、张爱玲、沈从文、钱锺书、曹禺、王鲁彦、彭家煌、吴组湘、徐訏、白薇、洪深、罗淑诸位皆是写鬼言恶的好手。日后,鲁迅式的鬼怪题材人物虽在大陆横被压抑,但张爱玲却在港台培植出一批女"鬼"作家:李昂、施叔青、苏伟贞、李梨、钟晓阳等。加上后来者,如莫言、苏童、杨炼、黄锦树诸位,他们共同发出了一番"幻魅写实",以"异史氏"的姿态,揭穿现实主义的述作,对雄浑叙事做出了批判和谑仿,铺陈现代及现代性的洞见及不见。在一个号称传统断裂、历史终结的世纪里,宣告了叙事伦理的赓续与文学书写继承的可能,同时也为下一轮的历史、记忆的建构或拆解,预留(自我)批评的空间。王德威此书,运用哲学思辨,拷问那些被日常积习所掩盖的历史吊诡,执意要把太平岁序下的动荡不安解放出来,任意义流传、虚实不分。纪恶、除恶,以至走向扬恶,历史的怪兽时至今日,仍运作不已,令人惊奇,亦令人唏嘘。

第三节　拒绝作证的历史

在海登·怀特拈出"历史也是叙事"的观念之前,人们对文学与历史的辩证关联早有讨论,仿若鲁迅讲"无韵之离骚",几乎直指其距离不过风格的差异而已。循乎此,文学的讲述亦是一份可资取信的历史证词。这样的领会,在今天的史学研究中依然眉目清楚,譬如史景迁的《王氏之死》,竟是在聊斋先生的鬼魅演绎中寻访迷踪,又突出重围。所谓文史互证、以诗证史、以史证诗,其二者分合迷离之际,依旧是合作的关系①。然而反讽的是,当各路史家还在文学的字里行间收集证据、网罗证词之时,作家们早已摆出了不合作的态度,纷纷宣告要以虚击实,牢笼百态。他们不单要写历史的实然,还要写它的应然和未然。

不过,这样的观念美则美矣,施行起来却困难重重。放在20世纪的中国文学场域里,光是一个"现实主义"就足令人望而却步,还遑论那些要借着它显现的民族大义和革命情怀。文学最终变成是血染的,而非墨写的。为此,夏志清的那个著名评断——痴恋中国、感伤时事(Obsession with China),正恰如其分。然则,近来的研究却要在此基础之上,另添一笔。即在迷恋中国的同时,文学亦反思过去。从前,我们多把现代文学读成是一种"现实",而今自不妨将之看做是一种"寓言"(Allegory)。当然,它与杰姆逊的那个"民族寓言"(National Allegory)的差别在于,其并不准备在集体面前消弭个人观点,而是允许其以曲折的方式充分伸展。之前,文学是要证明历史,但这一次它将"反证历史"。

"反证历史"或曰"拒绝作证",是柏佑铭对20世纪中国文学及电影的一次"再解读"。杜赞奇曾呼吁我们,拆散大写历史与民族国家间的联系,警惕历史意识沦为民族兴亡的名器②。柏佑铭依法效制,主张"从历史、国家之中拯救文学",不仅承认文学的虚构职志,亦准许历史流散、现实不再。由此,"真相"退去,"寓言"升腾。

---

① 在这种表面的合作关系下,实则包含了史家无限的焦虑,参阅贺萧的讨论:《危险的愉悦:20世纪上海的娼妓问题与现代性》,韩敏中、盛宁译,南京:江苏人民出版社,2003年,第10页。

② 杜赞奇:《从民族国家拯救历史:民族主义话语与中国现代史研究》,王宪明等译,南京:江苏人民出版社,2009年。

第四章　诗史的辩证和变奏

文学讲述与历史实然间的直接等价关系,将由它们的断裂和罅隙所取代。文本与其所现之物间的距离和张力,重新结构了20世纪文学在讲述方式与讲述内容上的不对称形态。

在柏佑铭看来,文学从不愿抑或不能用来直证历史,其总是透过更为幽微曲折的方式来反面见证。接近"真相"的道路,总是被各式各样的"黑暗势力"所耽搁延误。它们可能来自文学那个最本质的召唤,即回到"文学性";亦可能来自对叙事者讲述能力的检讨和反思。在这两个意义上,"反证历史",是要重新看待五四运动及其文化遗产:那些激动人心的启蒙宣言和口号,还有无限乐观的线性社会进化理念。不过同李欧梵强调的"颓废文化"和王德威研讨的"被压抑的现代性"不同,柏佑铭考察的不再是五四价值对其他文学形态的挤压,而是将目光直接锁定在五四或对其表示尊奉的作品内部,例如鲁迅的写作。从内部考掘,发现五四以延的价值传统的多样性,正是本书的目的所在。这里面仍牵涉一个现代性的方案问题。

我们知道,有关两种现代性的理解,通常的看法是:"启蒙现代性"的高涨带出了种种现实问题,由此引发了对其进行批判的"审美现代性"之降生。它们在时间的出现次序上略有差池。但因为中国在现代性进程中的迟到缘故,导致了其在吸纳现代化思想的同时,亦接受了那些拆解自身的文化努力。比如,张灏等学者就曾指出五四思想中包孕着两歧性的矛盾种子①。柏佑铭论述的起点正建基于此。在他看来,五四思想家们虽大势鼓吹对人文启蒙运动的信仰,但是,在他们对人类进步所持有的信心之下,质疑主流乐观主义的暗潮依旧波涛汹涌。这种质疑主要来自两个方面,一是对暴力的省思,二是对公共话语的怀疑。

---

① 张灏:《重访五四——论"五四"思想的两歧性》,张灏:《幽暗意识与民主传统》,北京:新星出版社,2006年。

理性批判的一个显著标志就是重审暴力。尽管"启蒙想象"勾画了一个暴力消泯于无形的极乐世界,但20世纪的中国文学仍充满了对于肢解、砍头和吃人的指涉。王德威早已在他处指明,这些暴力视景在骇人之余,隐喻的正是中国现代文学的起源动力①。鲁迅开创的"砍头"故事,成为整个20世纪中文写作挥之不去的情结。暴力不死,怪兽重来,由此,"现代性"毋宁是一个创伤累累的精神故事。所谓高歌猛进、一往无前,那纯属革命政治的幻觉。不过话说回来,将中国现代文学看成是对一连串创伤的反应未免失之过简。如此,柏说,这些记忆伤痕的见证应该被当成"倒转时光和质疑既定'历史'的枢纽","换句话说,见证可能逼问的是关于作为历史媒介的个人及其责任的问题,而非表达证人在面对时间错置的无助感"②。

与暴力书写相连的另一个理性批判面向——"公共话语",挑战了语言作为沟通媒介的概念。通过采纳哈贝马斯(Jürgen Habermas)、安德森有关"公共领域"(Public Sphere)和"想象共同体"的理论,李欧梵、季家珍已经清楚地表明,印刷文化在推动启蒙事业中扮演的重要角色。③ 但是,这种救赎式的文化模型,显然重蹈了福柯所谓的话语权力关系,它结构了一个"启蒙者"与"被启蒙者"的等级制度,而且还不自觉地将"公共空间"假定为一个透明有效的介质,从而偏乎了语言的表达不足,以及作者、读者间的文化、意识形态代沟,及后者的接受能力等问题。介乎上述考量,柏提出要以"公共话语"来替换"公共对话",充分正视知识分子借启蒙所确

---

① 王德威:《从"头"谈起:鲁迅、沈从文与砍头》,王德威:《想象中国的方法:历史·小说·叙事》,北京:生活·读书·新知三联书店,1998年,第135—146页。
② 柏佑铭:《反证历史:20世纪中国的文学、电影与公共话语》,蔡建鑫等译,未刊稿。
③ 李欧梵:《"批评空间"的开创——从〈申报〉"自由谈"谈起》,李欧梵:《现代性的追求》,北京:生活·读书·新知三联书店,2000年,第3—22页;Judge, Joan. "Public Opinion and the New Politics of Contestation in the Late Qing." in *Modern China* 20, no. 1 (Jan. 1994), pp. 64—91。

第四章　诗史的辩证和变奏

立起来的文化优越感,对其发言、作证之权利进行拷问,并对启蒙话语的有效性进行拆分。

所以,对于20世纪的中国而言,现代化的繁华愿景看似方才降临,却又要忽焉散尽。革命文体或话语的衰竭,带出的正是文学对现实的玩忽姿态。历史流散,主义量产,各种颓废的、回转的、滥情的、笑谑的风格游走文坛。模棱周折之中,分明预兆着现代文学的深刻动人,何必因为其许诺了一个光明的前景,其挣扎、其焦灼、其无力又无能的作证形象,也施施然地构筑了她千回百转、繁复多义的另类品相。

柏佑铭论述的起点是"中国现代小说之父"鲁迅。他说,这个名号经常被引用且产生误导,让人以为他的文字等同于民族救亡的誓词和动员令。但事实上,鲁迅并不是一个的忠诚的"革命斗士",他关于救国的新文学的呼求,伴随着许多疑虑和自我矛盾。在著名的"铁屋寓言"中,他把读者和作者的关系描绘为毫无作用、残暴、和自以为是的。这已然表明,他对公共话语的极不信任。在鲁迅那里,群众不是等待启蒙的读者,而是一群私厢授刑的乌合之众。即便是像"狂人"这样稍有自觉意识,能够在历史中寻找革命依据的读者,其最终的结果也不过是沦为新一代的吃人者。长久以来,《狂人日记》这篇小说被单纯地理解成是对中国传统社会的非难,而罔顾了隐蔽在"日记"一词中有关"书写即背叛"的价值逻辑。"狂人日记"由私人领域进入公共空间,被理解成精神病患的异样谵语,自然在所难免,再加上他的友人藉由编辑、检阅去折衷修改日记内容,写作至此已全然不能面对现实,并对它做出直接回应。而且,饶有趣味的是,这种文本内部的背叛,也同时被带到了故事之外,它被不断的误读利用,也不断地构成对中国后来所发生的种种事件的准确预言:从政治革命到文化革命,个人总是被吞噬的对象,其记忆创伤的方式也总是以错置的形式反复显现。

如果说,仅仅把《狂人日记》读作一个正面且上进的反封建故事,这会降低了它的隐喻复杂度,那么,我们也可以换过来说,设想现代化的进程必然拒绝传统,这样观念并不可信。在 20 世纪的一系列重写故事中,传统的阴影消磨不去。这不仅是指人物形象的延续,更是指故事无法更易的结局。在对潘金莲形象的改造过程中,不论是为了迎合 20 世纪 20 年代的女性解放,还是 20 世纪 80 年代的荒诞叙事,以及随后的主体觉醒、情欲挣扎,欧阳予倩、魏明伦、李碧华、罗卓瑶等人所能见证的都是前现代意识形态的限制,而非破裂,他们的故事最终还是回到了死亡之上。虽然潘金莲获得了她在历史上的位置意识,取回了她作为女性的声音,并且也被肯定了其现代性,但一次又一次地,她总不能获救。她大义凛然的历史、身份和情欲证词,正是为她招徕杀身之祸的根由。为此,柏说,20 世纪重构五四现代性的努力,昭示的不是对历史进步的首肯,而在于指出这是一场文化危机。

20 世纪 30 年代,中国电影也参与了公共话语的辩论。当时,左翼作家联盟以"文艺大众化"的口号,确立了民众能被革命知识顺利改造的信心。但是,马徐维邦的电影《夜半歌声》却重申了鲁迅关于"庸众"的看法,指出观众已经准备好接受意识形态的假设是不正确的。这部电影,以一个面部受毁而不得不退居幕后进行活动的革命者为主角,讲述了他如何被社会放逐,并最终死在群众手中的故事。它质疑了关于革命前景无限光明的假想。影片中,英雄被绘制成以假面示人的幽灵和演出者,而革命信息传递的场所竟是仿拟现实的剧场舞台,革命与怪物、历史意识与幻景道具是如此接近,以至于见证、拥护变成了拒绝和挑战,它否决了艺术是即将到来的社会改革的有力声音之观点。

影片上映五个月内,引起了一番小小的论争,但是随着政治局势的遽变,这种批评公共话语和历史前进信仰的思想活动,变得越来越

第四章　诗史的辩证和变奏

困难和不可能。"反证历史"失去的不仅仅是原初的动力,更是受到了意识形态的直接影响。但很快,这样的局面,被一系列的创作尝试所打破。从20世纪80年代的伤痕文学、先锋小说,到20世纪90年代的"痞子叙事",话语分裂、记忆创伤和暂时迷失,一直萦绕在海峡两岸的文学创作中。通过发掘平凡人物的内心世界,新时期的作家们找到了新的绝佳写作方案,重塑了公众舆论的概念。

在对20世纪80年代早期的电影,如《苦恼人的笑》《小街》《巴山夜雨》和《天云山传奇》的解读中,作者发现了一种普遍的"修辞替换",即革命样板戏中"高大全"的英雄形象让位给了平凡、有缺陷的普通人;机械的革命语汇变成了繁复的内心思考;光明不变的唯一出路换作了疑义无解的"罗生门"叙事。这些"替换",强调了主体的私人经验和判断姿态,挑战了当时的历史书写方法。跟电影美学的努力不同,张贤亮的小说《我的菩提树》在叙事、时间以及历史停止存在的罅隙里,给证词找到了一个特别的叙事空间。它"既不来自于真实事件的证明,也不来自于个人经验的宣告"①,其处理的乃是内在心灵与公共空间的冲突。虽然张的小说是和20世纪70年代末建构于集体记忆信心之上的伤痕文学联系在一起,但他的写作,无疑更多地回应着更早之前的《狂人日记》。《我的菩提树》不但对日记的正确性抱持怀疑,同时也质疑作者的判断力及读者的接受反应。它的出现,预示着文学如何能够在"革命"的余波中,以遗忘、创伤及沉默等负面形式来有效地传达个体经验,改写集体记忆。

跨过台湾海峡,后蒋时代的宝岛,充斥着企图恢复被压迫者之声的文化努力。但与张贤亮一样,陈映真、刘大任诸君的所思所见,亦不过是佐证了记忆无用,证词失效。陈映真的小说,专注于描写获释刑犯与现代台湾令人沮丧的邂逅。这些故事里的主角,都是白色恐怖的受害者。他们一面天真地想要复原过往的记忆,

---

① 柏佑铭:《反证历史:20世纪中国的文学、电影与公共话语》,蔡建鑫等译,未刊稿。

一面却不得不承认记忆也无法追回其已然丧失的声音。刘大任的短篇小说《杜鹃啼血》,讲述了一个后来者,亦是外来者试图追寻革命记忆,却横遭阻折,并最终落败的故事。它展示了如下一种吊诡的认识:越是写作,越是写出了写作的不可为;越是见证,越是证出了见证的不可能。历史的创伤迫使见证者沉默、噤声。

重返大陆,于20世纪80年代末期涌现的先锋小说和相关电影,同样响应了一个意欲重访五四和再建基础公共话语的知识议程。踵武鲁迅,先锋作家们的创造也以抗拒"历史指涉"为依归,主张将历史当作寓言来阅读。其中的代表人物余华,他的小说《往事与刑罚》,通过指出历史宏大叙事和弥赛亚时间(Messianic Time)的缺陷,为不直接反映物质事件的文学话语制造了一个典型案例。故事中,两个男人为了一场具有审美趣味的死亡而相互折磨。他们生活在一个主观时间的迷宫之内,一会儿是1990年,一会儿是1954年,一会儿又是1965年,记忆以不同的形式反复重现,并被不断置换。陌生人永远不能到达那个可以使其被压制的记忆获救,并重拾证言的时刻。他失去了时间上的立足点,却最终在超越历史时,找到救赎。柏佑铭评价道:"'往事与刑罚'实际上重述了鲁迅《狂人日记》的讯息:'历史'一再重复危机的符号,而作者无法恢复和拯救历史经验。"[①]在表达记忆的失败和不足方面,余华的创作显得艰涩而荒诞,而与他同世代的王朔,则显得轻松俏皮许多。他的作品提供了一个对历史叙事再思考的无伤大雅版本。

自此,由鲁迅首开其端的公共话语批评和集体记忆检讨,宛如开启的"黑暗闸门",跨越了一个世纪,由最初的沉郁开场,到最后的痞子谢幕,其间解严精神亢扬,反思意识鲜明,展示了20世纪中国小说、戏剧、电影在现实之后,主流之外的多彩形象。从五四运动到后社会主义时期,从大陆到台湾,柏的论述也许并不均质,比

---

① 柏佑铭:《反证历史:20世纪中国的文学、电影与公共话语》,蔡建鑫等译,未刊稿。

如他就忽略了现在颇为时新的"十七年文学"。这当中自有值得检讨的部分,但是他提醒无疑也是重要的,那就是文学和艺术并非总是由历史的真相或政治的情怀所牵引,在过往的文学史里我们低估了文字本身的寓言功能。虽然本书名为"反证历史",但事实上,"反证"才是文学的正面像!

第五章　自我的呈现与发明

第一节　祛魅和回转的作家论

随着新历史主义观念的深入,人们对充满自信的文学史也提出了严峻的质疑。既然历史与虚构混淆莫辨,既然文学史也是充满了想象、无定无常的历史,那么就意味着并不存在所谓"至真"或"至纯"的文学史。这些文学史只是"为了更好地描述我们所知道的东西——以及我们所不知道的东西"①而叙述出来的,是文学、社会、时代、读者期待、文学生产等诸多因素斡旋的结果。因此,它们总是特定历史时段下的产物,以后见之明的观点来看,纰漏总是在所难免。有识之士当然可以借用各种流行理论,来考察这些文学史书写所呈现的历时性的研究进路,从中考察知识与权力交互角力的思想史脉络,但是,从共时性的视角来看,我们更倾向于所谓的"回转"(Involution)立场,这些不断重写的文学史文本,彼此拉锯角逐,又相互对话协商,甚至超克、衍生,根本无法将文学史作全盘性的权威书写,倒不如退而求其次,静观文学史书写的迂回婉转所激发出的"踵事增华"的叙事美学。

这个"回转"的理念,脱胎于格尔兹(Clifford Geertz)的人类学研究,是指"一种社会或文化坚持不懈要将自身转变到一种新的形

---

① 宇文所安:《瓠落的文学史》,宇文所安:《他山的石头记》,田晓菲译,南京:江苏人民出版社,2002年,第25页。

第五章 自我的呈现与发明

态。但甚至在获致确定的形式后,它仍旧未能达成目标"①。王德威抽换该词的原生语境,用它来考察晚清一代文学与文化如何迂回摆荡在传统与现代之间,既重视"载道",又强调创作的自主,从而为20世纪的中国文学投下精彩变数。王德威还曾借此讨论张爱玲一生中不断进行的"故事新编",认为这非但不减张氏的魅力、才情,反倒是为其铸就了一种独特的"重复"(Repetition)、"回转"及"衍生"(Derivation)的叙事学:

> 不仅说明张腔的特色,也遥指其人的题材症结。更重要的,藉着呼唤、崇拜张爱玲的仪式,世界末的中国文学文化研究也不由自主的重复与回旋于张的美学观照中,生生不息。由此产生一种不同于主流的现代性话语论述,最为令人深思。②

如果借用"回转"的概念来考察中国现代文学研究与文学史的书写,我们可以说不断重写的文学史文本,正是一个不断"回转"的行为,只有通过对作家作品的不断赋魅、阐发,才能见证其独到的价值与意蕴。作为回馈,成为"经典"的作家作品,又反过来见证批评者的眼光和卓识,引领一个时代的美学风尚。"回转"的动力,正来自于这种"互惠"的承诺。文学的"经典化"过程,不但不避讳"重复",甚至就是借"重复"来为后来者预留位置,并由此衍生新的可能,无论这种可能是补充、修正,或者是挑战、颠覆。"回转"的立场使得中国现代文学研究不断地得到丰富,文学史的书写也不断地趋于丰润和细密。以此观察海外的中国现代作家研究,也许更能彰显出这种"重复""衍生"的魅力。

---

① 转引自王德威:《被压抑的现代性:晚清小说新论》,台北:麦田出版公司,2003年,第53页。
② 王德威:《张爱玲,再生缘——重复、回旋与衍生的叙事学》,王德威:《落地的麦子不死》,济南:山东画报出版社,2004年,第20—21页。

"回转"的最直接的表现就是海外中国现代文学研究中"祛魅"(Disenchantment)与"赋魅"(Enchantment)双重策略的运用。众所周知,海外的现代中国文学研究的开山之作是夏志清先生1961年出版的《中国现代小说史》。他以其"才、胆、识、力",遍查1917年到1949年间的重要作家作品,开疆拓土,打开了海外中国现代文学研究的全新空间。这不仅开风气之先,更是树立学术典范,"笔锋所及,20世纪文学文化史的诸多议题纷纷浮出地表,成为日后学者持续钻研的对象"①。就其中的作家研究而论,夏志清一改之前(特别是大陆)文学史写作的固定模式,"鲁郭茅巴老曹"之外,悟稀赏独,独标张爱玲、沈从文、钱锺书、张天翼四大家,建立了以"文学审美"为旨归的批评原则,不再以政治"正确"为取舍的准则,而且以比较文学的眼光,提出了中西作家的类同性(Affinity)分析,将中国作家置身于世界文学的语境加以论析,细读每位作家的行文特色,也不忘点明他们所共享的"感时忧国"的情感症候。夏志清对现代作家的重新品评与定位,显示了海外中国现代文学研究"祛魅"与"赋魅"的双重策略。一方面鲁迅在《中国现代小说史》中迭遭差评,另一方面张爱玲、沈从文等却备受褒扬,跻身于中国最优秀的小说家行列,甚至引发了日后经久不衰的"张爱玲热""沈从文热"。夏志清以解构"文坛英雄"的神话为基调,与其说是"贬鲁",不如说是释放了鲁迅研究的新面向,提示我们重新关注20世纪中国文学中那些不为人重视却又无可或忘的另一面。李欧梵的名著《铁屋中的呐喊》,继承乃师夏济安的洞见,大彰鲁迅文学与生命中的"阴暗面目",将之从神还原为人,借着归还他的肉体凡胎,鲁迅变得有血有肉,可亲可敬,这正应归功于祛魅的研究策略。而张爱玲,生前寂寞,死后繁华,近年来,更是借由影视剧作和遗作的发掘

---

① 王德威:《海外中国现代文学研究的历史、现状与未来》,《当代作家评论》2006年第4期。

第五章　自我的呈现与发明

出版,其地位和声誉到达无以复加的境地,这不能不感叹赋魅的效应。当然,海外现代文学研究中的"祛魅"与"赋魅",并不是"三十年河东,三十年河西"的简单循环,也并不排除"矫枉过正"的危机,但无论是文学的"加法",还是"减法",都显示了"回转"的魅力,"回转"的意义不在于"对抗",而在于"还原",通过多重回转,最终还原一个多面而丰富的中国现代文学。

海外中国现代作家研究的重要著作,主要集中出版于20世纪60年代末到20世纪80年代之间,此后虽有佳作,却未能成为潮流。这一方面是受到夏志清以作家为中心的文学史论述模式的影响,另一面也表明初创时期的中国现代文学研究,要想有深入透彻的推进,就必须对重要的作家作品有所观照。因此,这些著作大多以评传的形式出现,夹叙夹议,为起步不久的海外中国文学研究奠定了根基,成为后来研究者重要的"回转"基础。

无论对鲁迅是褒还是贬,是祛魅还是赋魅,鲁迅显然是中国现代作家中最受青睐且持久不衰的一位。[①] 1976年,加州大学出版了莱尔(William Lyell)的《鲁迅的现实观》(*Lu Hsun's Vision of Reality*)一书。该书虽然"乏善可陈"[②],但在开启鲁迅研究方面算是先鞭着人,不可不提,以后的许多重要著作都与之构成对话关系。20世纪80年代中期,李欧梵连续推出了两本有关鲁迅研究的具有里程碑意义的著作,从而大大改写了莱尔笔下单一鲁迅的形象。一本是他主编的《鲁迅及其遗泽》,一本则是前面提到的《铁屋中的呐喊》。前者网罗当时的汉学名家,如林毓生、安敏成、卜立德(David Pollard)、胡志德、谷梅、葛浩文(Howard Goldblatt)、丸山昇(Maruyama Noboru)等,集众家之力,从"文学""思想与政治""影响及接

[①] 有关鲁迅研究在海外的最新讨论,可参见王家平:《鲁迅域外百年传播史(1909—2008)》,北京:北京大学出版社,2009年。

[②] 王德威:《现代中国小说研究在西方》,王德威:《想象中国的方法:历史·小说·叙事》,北京:生活·读书·新知三联书店,1998年,第350页。

受"三大板块,对鲁迅的成就与传播作了具体而微的论述。后者更是凭借李欧梵深厚的史学素养与文学训练,解构了其时鲁迅研究中的"历史当下主义"和"线性时间观念",提出了"鲁迅并非一位有体系的,甚至也不是前后一贯的思想家;他的思想的'发展'也并非顺着一条从社会进化论到革命马克思主义决定论的路线"[1]的重要观念,重塑了一个复杂而深刻的、在绝望中抗争的鲁迅形象。书名中的"铁屋"隐喻,是一个双重隐喻,既指中国社会和文化,是鲁迅所反抗的古老社会与传统的象征,也指鲁迅本人复杂的精神状态,那存在于其心底深处的绝望与期待。这不仅为我们唤醒了一个全新的鲁迅,更深刻影响了后来大陆的鲁迅研究。

鲁迅之外的热门人选,非茅盾莫属,他的长篇小说深刻细腻的社会洞察,常常为人称道。早在20世纪60年代末,高利克便出版了其博士论文《茅盾与中国现代文学批评》(*Mao Tun and Modern Chinese Literary Criticism*)。总的说来,此书虽有发轫之功,但是碍于当时资料和研究的局限,所能触及的问题的深度和广度都有待深化和拓宽。如今人们对该书谈论的具体内容早有遗忘,倒是他在另一篇文章中提出的茅盾小说中的"乳房之舞"[2],每每受到学者的关注,其原因可能在于,这一观念触及了时下流行的"性别""身体""政治"等诸多议题。陈建华新近出版的《革命与形式——茅盾早期小说的现代性展开》一书,就以整整一章的篇幅来论述乳房话语与革命乌托邦想象之间的关系,可见"身体政治"在茅盾研究中的突出位置。此书考察范围定位于茅盾的早期小说(1927—1930),正好与20世纪80年代陈幼石对茅盾的考察相一致(*Realism and Allegory in the Early Fiction of Mao Tun*)。不同于后者从"现

---

[1] 李欧梵:《铁屋中的呐喊》,尹慧珉译,香港:三联书店,1991年,第210页。

[2] Gálik, Marián. *Milestones in Sino-Western Literary Confrontation (1898—1979)*. Wiesbaden:Otto Harrassowitz,1986, p. 90.

第五章 自我的呈现与发明

实主义"与文学"寓言"的角度来解读茅盾,陈建华着力探究了茅盾早期小说的形式构成、展开及其与"现代性"的关联。他试图追问:"'时代性'或历史意识是怎样进入他的创作过程的?由于这些小说都写'时代女性',更为诡谲、棘手的问题是:这些女性是怎样成为'时代性'的指符的?"①尽管在针对《蚀》三部曲的历史分析中,陈幼石已经清楚地揭示出茅盾早期作品中的叙事多样性以及手法与意义间的多重辩证,并提出小说的基本矛盾来自动人理想与难堪现实之间的两难,但是,正如陈建华所言,"这种'索引派'式研究路径同对小说结构所作的'形式主义'分析不乏创意,却显得不怎么协调"②。正是这种"不协调",反倒为后来的研究预留了"重复""回转"的空间。

在海外中国现代作家方面,女性作家的研究值得关注,其中葛浩文的《萧红传》(Hsiao Hung)与梅仪慈的《丁玲的小说》(Ding Ling's Fiction: Ideology and Narrative in Modern Chinese Literature)尤为突出。两者都是在博士论文的基础上修订而成,追索作家一生的沧桑起伏与文学成就。梅仪慈认为,丁玲小说的价值在于其对政治压力的敏感反应与抗议。从最初的自述性小说,到20世纪30年代加入革命阵营,直至延安时期,丁玲小说的叙述方式,每每随思想的转变而有所不同。与之相反,葛浩文指出,萧红的独到之处恰恰在于她回避了"当时那些一般作家主要作品中的题材和所要传达的政治信息——如爱国式,共产式或无政府主义的思想意识"。葛浩文高度评价:

> 萧红以她独具的艺术才华,加上她个人对世事的感应以产生了不朽的篇章。她的作品是超越时间和空间的。因此萧红

---

① 陈建华:《革命与形式:茅盾早期小说的现代性展开(1927—1930)》,上海:复旦大学出版社,2007年,第14页。

② 同上书,第3页。

的作品要比他同时代作家的作品更富人情味,且更能引人入胜。①

显然,葛浩文有意要戒除文学批评中的"政治性"因素,而采用"文学"的视角来阐释萧红,赋予她文学史的定位,这颇可与夏志清的小说史研究方法相唱和。时至今日,女作家的地位早已是天翻地覆,女性理论大行其道,可惜就笔者阅读所及,却鲜有其他女性作家的专论问世,这使得这两本女性作家专论更显珍贵。

显然,海外现代作家研究中,小说家的研究专论蔚为大观,同属此一系列的成果,我们还可举出奥尔格·朗(Olga Lang)的《巴金及其创作》(Pa Chin and his Writings: Chinese Youth Between the Two Revolutions)、兰伯·佛拉(Ranbir Vohra)的《老舍与中国革命》(Lao She and the Chinese Revolution)等等。相比较而言,其他类型作家(如散文家、剧作家等)的研究专论则相形见绌。一些身兼多重身份的作家倒是受到关注,比如学贯中西的钱锺书,既精学术又擅创作,就有胡志德的《钱钟书》(Qian Zhongshu)系统加以论述,认为:

> 他一身兼为学者和讽刺作家;他用最传统的研究方式撰写了《谈艺录》,而在关键性的论点上则谈论了黑格尔的美学;小说《围城》写得像一部稍许认真些(或认真而少些伤叹)的伊夫林·沃(Evelyn Waugh)式小说,而中国评论家一直认为它显示了五四以来的其他作家未能达到的风格的确定性。②

钱锺书身上的这种多元复杂的丰富性恰恰是其他纯粹的作家所不具备的。

对现代诗人的考察,其成果总体上远远不能与小说家研究相

---

① 葛浩文:《萧红传》,上海:复旦大学出版社,2011年,第144页。此书中译本曾由香港文艺书屋、哈尔滨北方文艺出版社、香港三联书店多次出版,此为最新版本。
② 胡志德:《钱钟书》,张晨等译,北京:中国广播电视出版社,1990年,第239页。

第五章　自我的呈现与发明

提并论,但利大英的戴望舒研究(*Dai Wangshu: The Life and Poetry of A Chinese Modernist*)、汉乐逸(Lloyd Haft)的卞之琳研究(*Pien Chih-lin: A Study in Modern Chinese Poetry*),以及张错的冯至评传(*Feng Chih: A Critical Biography*)倒是可圈可点。其中张错和汉乐逸两位,本身就是诗人出身,以行家里手的身份探讨诗歌写作中的悲苦得失,可谓不二人选。张错将冯至诗作归纳为"抒情的传统"和"叙事的传统"两种类型,改变了人们仅仅将其视为"抒情圣手"的刻板印象。汉乐逸对卞之琳诗歌的讨论,以前三章最为出彩,细究20世纪30年代以前卞之琳的诗歌生涯与全部作品,从"形式特质"(Formal Qualities)和"主题、意象"(Thematics and Imagery)两个方面展开。前一方面的细腻程度可与白芝(Cyril Birch)对徐志摩诗韵的剖析,高友工、梅祖麟对杜诗的"新批评"阐释相媲美[①],后一方面着力揭示卞之琳作品中广泛使用的技艺手法与佛道思想及西方象征主义之间的关联,颇有出彩之处。至于利大英的《戴望舒》是第一本英文的戴望舒评传,也是唯一的一本。既给诗人作传,也细述《我的记忆》《望舒草》和《灾难的岁月》的诗艺演变,被施蛰存誉为"典范"之作。[②]

遗憾的是,这种扎实的作家论式的研究如今已不复再现。20世纪90年代以后,海外中国现代文学研究越来越呈现出理论化的倾向,各种新理论、新学说大行其道,对重构中国现代文学的研究视野,拓展中国现代文学的研究方法,带来了深刻影响。然而,从后殖民到后现代,从"新马"到新帝国批判,从性别、心理、国族、主体到言说"他者",理论翻新之下,人们早已无力也无心理会、爬梳

---

① Birch, Cyril. "English and Chinese Meters in Hsu Chih-mo." *Asia Major* Vol. 8, No. 2 (1961), pp. 258—293. 高友工、梅祖麟:《唐诗的魅力》,李世耀译,上海:上海古籍出版社,1989年。

② 施蛰存:《诗人身后事》,施蛰存:《沙上的脚迹》,沈阳:辽宁教育出版社,1995年,第94页。

作家的身世，更遑论为研究对象编年立说、核查史实，进行评传式的写作了。文学研究中的投入与产出，也成了学者不能不考虑的因素之一。或许，如今理论化的现代文学研究，相对于当年作家论式的研究，正是一种更高层次的"回转"？

20世纪80年代以后，海外中国现代作家研究的理论化"回转"最重要的症候是，人们逐渐转向以"现代性"的视角来考察中国文学与文化。李欧梵或许是最早的倡议者与参与者之一，他在《剑桥中国史》的相关章节中启用了"追求现代性"的概念，强调中国文学中的美学现代性①，到了后来的《上海摩登》中，更从日常生活和印刷文化的角度发掘20世纪二三十年代上海都市文化现代性的生成。"现代性"从此成为海外中国现代文学研究的关键词，源源不断的研究都冠以"现代性"之名，以至于被人讥为"现代性的恋物癖"②。尽管"现代性"的概念有时大而无当，指代也模糊不清，但是，从权宜的角度来看，没有其他任何范畴比"现代性"更适于探讨晚清以来的中国文学与文化，"现代性的追求"的确成为中国现代文学与文化的根本特质，"现代性"也的确为现代作家研究提供了巨大的"回转"空间。正如陈建华所说，现代性"一方面响应全球文化冲击对地域历史记忆的威胁，另一方面体现本土的'问题意识'，对于文学'正典'作进一步的'祛魅'。只有这样才能真正让历史讲话，更有利于对于'被压抑的现代性'的挖掘"③。

1987年，斯坦福大学出版社推出了金介甫（Jeffrey C. Kinkley）的《沈从文传》（*The Odyssey of Shen Congwen*）一书。此书不仅对沈

---

① 李欧梵：《追求现代性（1895—1927）》，李欧梵：《现代性的追求》，北京：生活·读书·新知三联书店，2000年，第177—247页。

② Des Forges, Alexander. "The Rhetorics of Modernity and the Logics of the Fetish." in Charles A. Laughin, ed. *Contested Modernities in Chinese Literature*. New York: Palgrave Macmillan, 2005, p. 17—31.

③ 陈建华：《革命与形式：茅盾早期小说的现代性展开（1927—1930）》，上海：复旦大学出版社，2007年，第20页。

第五章 自我的呈现与发明

从文的身世做了具体而微的考证,更从文化史观的角度细致地分解了沈从文创作的思想与艺术渊源。尽管金介甫此时还没有明确提出他后来所谓的沈从文乃"学院派现代主义"先驱的观点①,但是他详细解析沈从文与"外来现代主义"的关联,以及与"上海现代主义"的差别,从而赋予沈从文这个传统的乡土抒情作家以全新的现代性意义。而苏文瑜的《周作人及其对现代性的另类反应》(*Zhou Zuoren and an Alternative Chinese Response to Modernity*)更直接将周作人置于中国现代性进程中加以考察。在此之前,卜立德对周作人的文艺思想进行过全面而深入的探讨,涉及"新旧理论""个人主义""平淡与自然"等观念(*A Chinese Look at Literature: The Literary Values of Chou Tso-jen in Relation to the Tradition*)。苏文瑜则撇开这些传统的论述,将重点回转到民族与现代性的问题,明确指出,五四之后的周作人并没有转变成一个彻底的文化排外主义,相反,他在"可疑的欧洲普遍主义和狭隘的民族主义"之外,积极找寻现代性的第三种可能,即一种非民族主义的地方主义。借助这种地方主义,周作人试图彰显个人与传统的价值,并使文学发展摆脱所谓线性的时间观念。这样的"现代性"回转让我们看到了现代作家一直为人所忽略的另一种面向,发现了本土文学的历史经验与现代性资源,似乎也呼应了关于"另类现代性"的论述。

在"现代性"的热浪之后,其他理念和思路也纷纷接踵而至,并在20世纪90年代的汉学领域形成一股不容小觑的"理论热"。对于这种现象,学界早有反思和检讨。② 不过,重返当时的历史语境,这些走马灯式的理论,不论是哗众取宠,还是应时当令,都算是为之前相对单一的研究模式提出了挑战,为现代文学研究提供了"回

---

① 金介甫:《沈从文与三种类型的现代主义流派》,《吉首大学学报》2005年第4期。
② 参阅 Chow, Rey, ed. *Modern Chinese Literary and Cultural Studies in the Age of Theory: Reimagining a Field.* Durham: Duke University Press, 2000.

转"的可能。其中挑战最多、质疑最深、持续时间也最长的,莫过于我们在第一章已经涉笔的"现实主义"一流。李欧梵早年对"浪漫世代"的重视,安敏成对其艺术性与政治性的重审,以及王德威对其虚构特质的关怀,都已成为海外中国现代文学研究中的名篇,正是借助这些"回旋""重复"的解读,现实主义的多面性才被大大拓展,也使得我们有可能以文学的"回转"来回应当下的历史与记忆、虚构与再现、承认政治与自我身份等一系列的问题。

也是伴随着理论热潮的推进,人们已不满足于对单个作家做出描述和讨论,"问题意识"重新结构了20世纪90年代以来的作家作品研究,同类型或同趋向的作家被放在一起讨论,性别论、流派论、主义论、区域论、时代论、主题论,各有所长,众声喧哗。比如1998年邓腾克出版了《现代中国文学中的个人问题:胡风和路翎》(*The Problematic of Self in Modern Chinese Literature: Hu Feng and Lu Ling*)一书,从书名中我们就可以轻而易举地捕捉到其所关注的对象和中心议题。邓腾克正是想借对胡风、路翎两位的论述,来讨论中国的现代化问题与自我之间的关系,明确指出了现代性的"自我"同浪漫主义、革命大众及新儒家的自我观和天道观大有关联。与之不同,舒允中的《内线号手:七月派的战时文学活动》(*Buglers on the Home Front: the Wartime Practice of the Qiyue School*)则将目光聚焦于左翼文化界中短兵相接的斗争。他以"非典型性"来标记这些诗人、作者和评论家,通过分析七月派在其历史环境中的起源和发展,以及重要成员的代表性理论和创作,发掘了现代中国文学史中一种被长期忽略的反抗声音以及这种声音所做的自我超越的努力。这些总论性、归纳性的研究,正是在单一作家研究基础上更高的提升与回转。

可以清楚地看到,正是借由不断的历史返回和文本精读,以及不同角度问题意识的反复切入,我们对现代作家的理解越来越深入细致,激发出了作家与时代、世界、传统、历史以及同行之间的复杂关联,呈现了更为丰富细腻、众声喧哗的中国现代文学景观。特别重要的是,它引导我们重新反思所谓的"正典化"论述,以及中国现代文学史权威的正典化论述,到底在多大程度上契合了文学史的实际?正典化背后的研究范式透露了什么样的理论方法与意识形态立场?不断地"回转"与呈现,为我们的反思提供了可能。当然,这种"回转"也可能带来一些问题,特别是20世纪90年代以后,海外的现代作家研究到底是作家在说话,还是评论家在说话,或者只是作家在为理论服务,这都值得我们警惕。因此,"回转"往返,既是一种诱惑,同时也是一种危险,关键在于我们能在多大程度上尊重作者和文本,又在多大程度上调遣理论话语为我所用,从而最大可能地还原文学的历史现场。

第二节 对话和喧声中的重读

与一般的文学阅读一样,专业的文学研究也同样受到各种前理解和阅读期待的影响,因而从来不是科学的、客观的。而在影响文学研究的诸多因素中,起到关键作用的依旧是时间。如同作家们总是试图在时间的长河中将自己的作品固定下来一样,研究者们同样怀揣着要"固定"他们研究对象的愿景。这种"固定"就某种层面而言,是基于同历史对话的冲动。这个历史可以是文学史,也可以是思想史、社会史,甚至文化史、文明史。但无论我们把视野放到多大,都必须回到一个最基本的假设,即一个值得研究的文学作品必须要具备它有别于他者的特质或代表性。诚如艾略特(T. S. Eliot)所说,任一的艺术家无法单独构成他完备的意义,他的意义在于品鉴他与过去艺术家之间的关系。而且更为重要的是,他的出现应足以松动或改变原有的文学秩序,并为其赋予新的可能。① 就此而言,"对话"不仅意味着介入到一个关系网络之中,同时也关心它是否引起回应和改变。

尽管我们对"对话"的期许颇高,可是用后现代主义的观念来看,"对话"不过也是叙事的一种。它的立场何在,它的对象是谁,诸如此类的盘诘很容易就暴露出"对话"的限度。正如女性主义者所看到的,许多对于男性而言可以视为进步和解放的事件,譬如文艺复兴,对女性可能起着完全不同,甚至相反的作用。也因此,传统的史学分期必须受到挑战,或者至少要破除其内蕴的普适性话语和迷障。② 也正是在这个意义上,我们说,需要引入对话的第二个层次,即在文学和历史本身的对话之外,去考察它与研究史的对话关系。这种考察不仅仅是为了解释通常所强调的研究的创新性和突破性,更是要提醒我们注意,由这个研究的谱系所反映出来的学术转型和范式转移,到底对于我们今天的研究起到了哪些作用、提供了哪些论述支撑,更重要的是它们各自的局限和不见又在哪里。

值得强调的是,这里所谓的研究史,应该超拔一般意义上的课题研究史,而上升到更具全局性的学科史层面上来。惟其如此,我们才能看清楚所谓的"重新发现"或"再解读"实际上更深地因应着社会政治、经济和文化的转型,未必只是某一领域的水到渠成、聚沙成塔。例如,夏志清在《中国现代小说史》中以"美学"原则来臧否作家、品藻文艺,就表面而言,自然可以视为其对原有政治评价体系的不满和舍弃,但究其实质,似乎又不能无视夏本人的学术资源和学科构造。他出身英美文学专业这一事实,很显然地影响了他所采纳的批评标准和参照对象。也因此,当他以普世性和西方经典来要求和比较中国作家时,试图强化的并不是我们捕风捉影

---

① 艾略特:《传统与个人才能》,艾略特:《艾略特文学论文集》,李赋宁译注,南昌:百花洲文艺出版社,1994年,第3页。

② Kelly-Gadol, John. "Did Women Have a Renaissance?" in Renate Bridental et al., eds. *Becoming Visible: Women in European History*. Boston: Houghton Mifflin, 1977, pp. 137—164.

第五章 自我的呈现与发明

地认为的西方中心主义,而是超脱长久以来弥散于美国社会各个领域的冷战思维、帝国心态,并积极寻求一种世界共通的美学和人性共鸣。如果有人愿意探讨20世纪五六十年代美国的反战与民权运动,特别是青年人的反叛,也许会有助于我们更好地理解为什么在这样一个文化和政治背景下,夏志清愿意强调美学,批评所谓的"感时忧国",并叩问文学世界性的可能。

之所要特别强调,把文学研究同社会语境关联起来,最终还是要回到学科史的视野中来,是因为,丧失了这样的坚持和关怀,就很容易使得文学研究沦为政治的传声筒。换句话说,如果仅仅只是把文学研究视为特殊时段下的政治或个人的产物,那么,其连续性、能动性以及变异性都将大大受到折损。在此意义上,夏志清的小说史自然不是空穴来风。如果说海外世界因为缺乏一个深厚的现代文学研究传统,使得这种连续感并不那么强烈,那么它至少回应了1949年以来中国持续不已的现代文学史编修工程,譬如王瑶的《中国新文学史稿》。更遑论1928年以还,朱自清在清华大学开展的系统的"中国新文学研究"课程,以及为此编撰的"中国新文学研究纲要"这个大传统。[①] 活用如今时髦的后殖民术语,我们不妨将《中国现代小说史》视为一种"学术离散"(Academic Diaspora)的成绩。[②] 当然,除了这种跨国的学术离散,我们也应该注意到,《中国现代小说史》还可能同欧美文学史、古代文学史这些史传传统更为稳固的研究实践相呼应,由此带来它跨科际的面相和比较文学的意识。

以下我们想就着更多的例子来探讨,作家、作品的研究如何从表面上看似孤立的文学史个案思考,变成为对一个复杂而有机的历史及其对话网络的参与和改造,并揭示在所谓的"重现发现"背

---

① 相关讨论可见张传敏:《民国时期的大学新文学课程研究》,北京:人民出版社,2010年,第93—104页。
② 简要的介绍可见廖炳惠编著:《关键词200:文学与批评研究的通用词汇编》,南京:江苏教育出版社,2006年,第71—72页。

后所启用的不仅是一些新的材料、视角和理论,更重要的还有新的学科意识,以及无从摆脱的意识形态——无论它源于文学内部,还是外在于文学。

首先是文献——虚实的辩证。在一系列支撑作家论述的材料当中,被运用最多的莫过于他/她们本人的夫子自道。这些自我表述可以从日记、书信、回忆录,甚至带有自传色彩的文学作品中捕获。这种取材的途径,自然合情合理。但是,既然它们同时也被归类为文学创作,那么我们就不得不对其可信度打一折扣。特别是考虑到这类资料,大多数都是作为公开出版物发行的,其"真实性"更是可见一斑。挪用新历史学的看法,如果连历史都是叙事的一种类型,那么这些代表"真实"的作品,更无法逃过"造假"的嫌疑。在针对鲁迅与许广平《两地书》的翻译研究中,杜博妮就明确指出,手稿与后来的发行版本之间存在诸多落差,从遣词、称谓,以及内容表述均有替换和改造。而这种改换恰恰预示了一对恋人或曰夫妻如何在"社会的应然"和"自我的实然"之间摇摆定位,并最终将自己铭刻进某些具有象征意义的符号和体系之内。①《两地书》的价值,一方面自然如杜博妮所示,是通过恋人之间的絮语和家常,来展示鲁迅,尤其是许广平的立体形象,以及他们有关隐私的看法和自我的建构,但是另一方面,这种介入到公共领域的私人表述,在很大程度上也同他们所在时代的文化风气构成关联,甚至重塑一时的情感结构(Structure of Feeling)。② 从情到理,从家到国,一种"民族寓言"正呼之欲出。

---

① McDougall, Bonnie S.. *Love-Letters and Privacy in Modern China: The Intimate Lives of Lu Xun and Xu Guangping*. New York: Oxford University Press, 2002.

② Findeisen, Raoul David(冯铁). "From Literature to Love: Glory and Decline of the Love-Letter Genre." in Michel Hockx, ed. *The Literary Field of Twentieth-Century China*. Richmond: Curzon Press, 1999, pp. 67—98. 此外,有关中国现代文学中情感结构的精彩讨论可参阅 Lee Haiyan. *Revolution of the Heart: A Genealogy of Love in China, 1900—1950*. Stanford: Stanford University Press, 2007.

第五章　自我的呈现与发明

不过,重塑从来都是相互的。时代在要求个人,个人也在影响时代。而且这种相互关系,一旦被认清和利用,在某种层面上,它就足以构成一种"表演"(Performativity)。江勇振用这个概念讨论了胡适以及他的书写和行动,并解释了它们如何同"社会上约定俗成的意义符号"互为表里、相互增益的现象。他说,正是通过一而再、再而三地反复扮演这些符码,胡适最终确立起了他在公众领域中的形象。在此,"'自我'是'扮相'式的演练的结果",而不是文艺复兴以来那个可以"透过细密、忠于史料的传记研究来还原的"、独一无二的先验性存在。①

或许,就表层的构造而言,杜博妮和江勇振的研究只是显示了他们对作家如何巧妙地穿越公私界限,并与普遍的社会期待达成一致的事实发生兴趣。简单地说,他们在意的是一个充满"能动性"的、立体的人,而不是由一系列事前约定的概念或者评价所圈定的符号,如伟大的思想家、坚毅的革命者、崇高的精神导师等等。可事实上,诚如江勇振注意到的,"能动性"不仅仅意味着赋予研究对象以更多的活力和自由,更代表了一种新的文化史观的出现,譬如对文艺复兴以还"自我"观的反省。这种反省的方向,同 20 世纪 70 年代中期以来,由格尔兹、布迪厄以及福柯等人所引发的"文化转向"(Cultural Turn)密切关联。② 无论是史学界的"新文化史"研究,还是艺术批评领域的"文化研究",无不是这种转折的产物。这种新的研究动向,其核心理念在于,关注概念、事物及其他各类现象的社会性构成,特别是其物质化生产的层面。在具体的研究中,"由于不相信有一个客观的、先验的实存被动地停留在那里等待我们去发现,论述(discourse)、叙述、再现等观念,都成为新文化史研

---

① 江勇振:《男性与自我的扮相:胡适的爱情、躯体与隐私观》,《现代中文学刊》2011 年第 6 期,三处引文分别见第 52—53、53、53 页。
② Bonnell, Victoria E. . & Lynn Hunt, eds. *Beyond the Cultural Turn: New Directions in the Study of Society and Culture.* California: University of California Press, 1999, pp. 3—5.

究中重要的方法论上的问题。此外,由于不相信我们可以经由科学的规律和普遍性的范畴来发现历史的真理,文化史家转而对文化、族群、人物、时空的差异性或独特性付出更多的关注"①。

结合到作家研究中来看,"文化转向"至少带来了如下几种新的趋势。第一,整齐、连续的作家形象和生平叙述,开始被多样化的研究视角和取经所打破,从而出现了矛盾化的、片段式的作家面目,譬如李欧梵在《铁屋的呐喊》中刻画的鲁迅。这种零碎化的作家形象,一方面肇因于对"写实"的检讨,使得过去那种被意识形态和主流观念包装起来的严丝合缝的人物符号有了四分五裂的动向,出现了"祛魅化"的走势。另一方面,则是因为对历史语境,特别是其此一时也彼一时也的变迁特性的强调,遏抑了先前研究中对长期趋势或宏大图景的诉求欲,带出了人物不规则的变迁和起伏。之所以要用"不规则"来限定这种变化,实际上是同第二种转变的趋势有关。

论者或要指正,既往的作家研讨未必没有情节剧式的跌宕起伏,在某些时刻,其壮观程度甚至堪比史诗。可是,我想指出的是,无论这种变化的幅度多大,有一点是始终不变的,那就是这种种的波折和转移仅仅只是为了服务或凸显作家最后的形象与个性。换句话说,对波折和转移的描绘,事实上是被"教育小说"或者"成长小说"的叙事模式所左右。这类叙事侧重讲述天真遇上经验,个体冲突环境,但最后都理想化地成熟起来的故事。它从流浪汉小说或冒险小说发端,经启蒙运动,而带有鲜明的"教化"意味。② 在它们的背后,事实上隐匿着两种非常成问题的史观。这些史观也深深地影响着我们的文学研究:其一,是历史的直线进化观;其二,是历史的当下主义。前者指代对循序渐进式的因果逻辑充满迷恋,

---

① 李孝悌:《明清文化史研究的一些新课题(代序)》,李孝悌:《恋恋红尘:中国的城市、欲望和生活》,上海:上海人民出版社,2007年,第2页。

② Moretti, Franco. *The Way of the World: The Bildungsroman in European Culture*. London: Verso, 1987.

第五章　自我的呈现与发明

相信此刻或早前的事件必定可以解释以后的发展变化；而后者则实施一种退着写历史和看历史的方案，倒果为因，认为一切的既往必然要回应今天的结果。尽管这两种观念就时间的指向而言南辕北辙，但其背后的中心思想却是一致的，那就是对理性的推崇。所以，第二种转向是要"反理性"。既反对因果律、必然律等思维观对解释历史和个人的垄断权，也补充强化情感、心态，隐私及其他无意识内容的塑型作用。

第三种趋势是对"在地性主体"的强调。这种趋势修正了两类研究定式。一是对作家作品做真空式的解读，把它们同时代和社会完全隔绝开来。二是磨灭作家的个人特性，将其作品和人生拆分开来，对号入座式地回应历史的主流变迁，譬如以文学革命、革命文学等大历史分期（Periodization of History）来解构一个作家的写作特征和生命沉浮。第一种方式割裂文学性与社会性，第二种方式则混淆个人性与时代性，更涂抹所谓的时代"黑暗面"。换句话说，"在地性主体"的观念，意在对某些独当一面的语词解释力提出质疑。最近，王德威有关"史诗与抒情"的辩证思考，正是准此而发。其讨论的关键一环，恰是要打破被启蒙与革命把持的文学史阐述，试图释放这些话语之中和之外更为幽微曲折的面相，关注到"非理性"的价值和意义。① 事实上，早从20世纪60年代开始，夏济安、李欧梵、毕克伟（Paul G. Pickowizcs）等学者关于左翼与浪漫世代的探讨，已经开始逐步揭示所谓的"理性"不过是历史暴力和阐述霸权下的一种结果。② 黑暗的闸门、罗曼蒂克的心态，以及多

---

① 王德威：《抒情传统与中国现代性》，北京：生活·读书·新知三联书店，2010年。
② Hsia Tsi-an. *The Gate of Darkness: Studies on the Leftist Literary Movement in China*. Seattle: University of Washington Press, 1968; Lee, Leo Ou-fan. *The Romantic Generation of Modern Chinese Writers*. Cambridge: Harvard East Asian Series, 1973; Lee, Leo Ou-fan. *Voices from the Iron House: A Study of Lu Xun*. Bloomington: Indiana University Press, 1987; Pickowicz, Paul G.. *Marxist Literary Thought in China: The Influence of Chu Chiu-pai*. Berkeley: Center for Chinese Studies, University of California, 1980.

余的话,未必无涉革命,甚至一文不名。历史的经济学、启蒙的崇高论都需要这些辩证的维度来加以复杂化和复数化。

其次是文本——理论的弹性。跟受到过多关注的"写实"和"理性"一样,"理论"在文学研究中也享受着极高的待遇。"素读"通常是和文学欣赏或者一般性的日常阅读联系起来的。这种阅读,如果不是被认为低人一等,至少也是非专业的。或者换句话说,理论在某种层面上成为甄别文学阅读和研究的关键指标。而指标一旦树立,一系列对它有意无意地"误用"就开始出现了。

第一种误用,正是被批评最烈的帝国主义式。它赋予理论以无上权威,对各类文本,尤其是第三世界的文学文本,施以文化上的殖民,让其做削足适履式的一一对应。在这个层面上,与其说是理论在解读文本、释放可能和新意,毋宁说是要证明理论的放之四海而皆准,以及沦为材料的文本如何丰富多样。一方面,我们自然要对这种等级取向施以最严厉的批判;但是另一方面,也不必就此杯弓蛇影,对理论退避三舍,敏感地认为凡是西方理论遭遇中国文本,就无可扭转地要变成文化凌驾。诚如柯文在讨论中国由来已久的天朝观念时所示:

> 世界上并非只有中国人才将自己的特殊价值等同于普遍的人类规范。基督徒、穆斯林、马克思主义及美国人的行为都以这一论断为基础——凡对"我们"有益者,皆对所有人有益。[①]

应当看到,认为西方理论具有无可争议之优越性的想法,既同这样一种普遍的文化心态有关,同时也与它几个世纪以来未曾受到挑战的发展历史有涉。尽管许多著名理论家,如萨义德、斯皮瓦

---

① 柯文:《在传统与现代之间:王韬与晚清改革》,雷颐、罗检秋译,南京:江苏人民出版社,2003年,第16页。

克(Gayatri Spivak)、查特杰(Partha Chattelilee)等均来自西方以外的其他区域,但是直到今天,这些区域并没有发展出一种可以与西方世界相媲美的理论。即使这些地区和国家也拥有出彩的论述或者恒久的思辨传统,比如中国的文论,但这部分内容仍被视为与西方理论或诗学不可通约的。① 其中关键的原因在于,文论总是具体的、细致的,而理论则更侧重于抽象和系统。

第二种误用,根源于对理论风潮的随波逐流,从而形成了一种不自觉的"理论惯性"。但凡研究女性作家,就不假思索地启用女性主义;评价20世纪90年代先锋文学,就理所当然地采纳后现代主义;探讨作家的心灵世界,则无外乎弗洛伊德、拉康(Jacques Lacan)等的精神分析学说,诸如此类。针对这一现象,我们首先要肯定,这是西方严格学术训练的结果。理论在某种意义上,已经内化到学者的思考结构之中,因此,这种下意识的反应未必一定包含帝国心态或殖民霸权。不过,另一方面,作为一个成熟的学者,必须对自己的批评有足够的反省。换言之,一旦研究者开始准备启用理论,那么他就必须对理论的系谱,以及将之运用到新的语境之后可能产生的系列问题有充分的把握和清醒的认识。否则,这种"惯性"就很容易变成王德威所讲的"象征资本"的交易②,即通过炫耀对理论的掌握,来展示自己的"先进"和博学,进而从中谋得某些学术利益和声望。

第三,是把"理论"当作一个封闭的话语空间,拒绝新的文化参与和改造。其实,这背后涉及一个科学性与客观性的问题。理论作为一种论述话语,其生成之初总是具有明确的针对性,例如福柯有关"疯癫与文明"的探讨就是从中世纪对麻风病的处理开始的,

---

① 余虹:《中国文论与西方诗学》,北京:生活·读书·新知三联书店,1999年,第1—9页。
② 王德威:《海外中国现代文学研究的历史、现状与未来》,《当代作家评论》2006年第4期。

而萨义德的"东方主义"也是从人类学和东方学等传统学科的思维运作模式中提炼成型。不过,理论在持续的运用过程之中,显然开始逐步摆脱了其单一的针对性,而变成对类似的状况和事实也同样拥有解释力。由此,理论从一种思想论述,变成一种普遍"公理",在无形之中建立了它的科学性和客观性。而既然理论是科学的,那么一个如影随形的结果就是,它只能被证明,不能被轻易地撼动和更改。即使是在它遇到了像中国文本和经验这样全新的文化表述之际,研究者们仍然偏向于认同理论是一个解释力稳定且连续整一的系统,其溢出的部分不是被定义为"另类",就是附加其他的但书,例如"中国的""翻译的""离散的"等等。这些前缀的言外之意,正是它们对正宗的偏离,暗示新的材料如果不能被既有的理论所框定,那么它们必然属于其他的系统。

要想纠偏以上的三种误用,最精简的方法,也许是把理论视为一个从未定性的、且充满争议的话语空间来对待。如此一来,它同帝国心态、霸权意识的天然关联会被阻断,同是也由此变成一个更为开放的交流平台,允许批评家、文本,甚至理论自身来不断地修改、充实、增益它。而且更为重要的是,因为理论从凝固变为滑动,那么运用它的批评者秉持何种立场、启动哪种视角、选择哪些内容就变得尤为重要。在这个意义上,批评家的批评意识凸显出来,而且真正负责和解释了什么才是"重新解读"的"新",而不是把它局限在狭隘的、表面上用了那些新材料、新理论、新视角,以及得出的新结论上。

关于"理论"和"批评意识"的重要差别,萨义德曾有过非常精彩的论述,他讲:

> 批评意识即注意到各种场合间的差别,也是注意到这样一个事实:没有任何一种系统或理论能够完全涵盖它所产生于或移植于其中的那一场合。并且首要的是,批评意识到理论

第五章　自我的呈现与发明

所遭遇到的抗拒——那些与理论产生了冲突的具体体验和阐释所激发的反应。事实上我甚至要说，批评家的任务就是要为理论提供抗拒，将它展开在历史事实、社会及人类需要的兴趣面前，强调那些来自于日常现实中的例证，这些例证远远不在或正好超出了每一种理论所必然事先设置并限定好的那一阐释范围。[1]

在萨义德眼中，理论从来都不是客观中立的，所以他转而向批评者提出要求，敦促他们不断地对自身和理论的局限性进行反思。而且尤为重要的是，萨义德的论述隐隐暗示，理论和文本或者现实经验，无论其身世归属，总是有无法合辙的部分。换言之，那种将西方理论和中国文本或经验对立起来的做法，只是在夸大两个前缀之间的对立。[2] 如此一来，那些格外强调跨文化立场的研究取向，其根本的问题，或许并不在于他们是否真正建立起了一种有效跨越，而是对这种跨越的过分执着。执着的后果就是二元的绝对差异和互不兼容：理论无法驯服文本，反之，文本亦不信服理论。其最终的结果是，西方理论和中国文本必须分道扬镳。而这种观念显然是不可取的。

再次是文化——在地的全球。在以上有关作家、作品解读中出现的问题与走势的讨论中，我已经扼要地提及"文化碰撞"和"文化转向"的观念。不过，值得进一步深究的是，这种"文化转向"到底转向何种文化？"文化碰撞"又引导我们进入哪一种文化？对于这两个问题，也许答案是不言自明的，甚至是十分安全和现成的。但是，我却想指出，恰恰是"跨文化"或者"多元文化"之类的"正确回

---

[1] Said, Edward. *The World, the Text, and the Critic.* Cambridge: Harvard University Press, 1983, p. 242.
[2] 对海外世界关于"西方理论与中国经验"论辩的简要回顾见张英进：《从文学争论看海外中国现代文学研究的范式变迁》，《文艺理论研究》2013 年第 1 期。

答",极有可能模糊这两个提问试图针对的现实问题和其关注的焦点。更具体地说就是:为什么一方面西方学者贬低中国现代文学和作家的"中国性",指认其是西方文学影响下的"仿作",但另一方面,他们还是很自然地将中国文本和西方理论对立起来?如果中国文本已然西化,那么这种对立是不是从根本上并不成立,而只是一种殖民想象的结果?亦或许这种西化的程度并不彻底、完全,那么,西方理论试图解释的到底又是当中的西化部分,还是没有西化的部分?换句话说,其实所谓的跨文化、多元文化始终存在,如此一来,我们今天再来谈论"跨越",就不能把它简单地看成是由此及彼的单线运动了。这种跨越的复杂度远远超越了含混地罗列中国/西方、文本/理论这些二元结构,并深深地预示着,所谓的文化碰撞和转向早已不是一两种本质文化的大色块拼接和切割,而是杂色文化的再杂糅。

正是在这样一个维度上,对话的伦理变得格外重要。它从过去那种仅仅关注对话双方的模式中转出,开始深入到对话的资源、背景和心情的探索上,并逐步揭示所谓的对话,不是一个孤立的现象,它具有历史的维度、现实的考量,甚至政治的意图。具体到海外学者的研究上来讲,就是葛兆光说的,"无论如何,本国的历史记忆、本国的历史问题、本国的认同基础,始终是最能刺激问题意识的话题,也是提供研究者对于世界想象的基础。"① 也许为了表述得更具涵盖性,我们可以将句子当中的"本国"替换成更为中性的"立场"或"处境"等概念。因为跨国的学术流动和全球迁移,已经使得不同族裔的研究者可以同处一个国度内进行学术探讨。如此一来,其历史记忆、国族认同、文化观念实际上要比单一国籍的研究者更为复杂。比如,王德威就曾指正,当年夏志清汲汲于现代作家

---

① 葛兆光:《思想史研究课堂讲录续编》,北京:生活·读书·新知三联书店,2012年,第24页。

第五章　自我的呈现与发明

的研究,其实是一种"双重离散"下的思考实践。一壁是去国离家的政治离散,一面是政治左右文艺的文学离散。正是在自己、自己的所学以及自己的母国文明,不断地被新的学术和政治语境边缘化的处境中,夏志清要"亟思将一己之所学,验证于一极不同的文脉上"①。这样的验证,当然具备了双重的维度。它既是面向母国的文化怀乡和世界眼光,也是针对此地的文化干预和现实介入。

与此相似,海外世界的作家研究,亦深蕴如是一种交融的双面性,它在历史的记忆和当下的情景之间折冲往还,发展出一种"在地的全球"(Global in the Local)。粗略地说,海外的现代作家研究,其共通性在于要不断地验证西方观念中的"主体"和"个人"。从李欧梵的"浪漫说""颓废观",到王德威的"抒情辩证"和邓腾克、舒允中的"现代个人"②,其意常常在于对话大写的"集体"以及由此派生的英雄。李欧梵、毕克伟、葛浩文、梅仪慈诸位③,自20世纪70年代以来,便着意研究左翼传统中那些最容易被神化的人物,每每观察到其动摇、逡巡,甚至失败的面目。这种不断世俗化的解释和看法,一方面既回应了彼时中国政治体制下集体性话语的威权,同时,也暗示自晚清以降,拓都与么匿、群与己的辩证是如何绵延不已④,直到今日又经由跨文化的解释对过去的"跨语际实践"有了新

---

① 王德威:《重读夏志清教授〈中国现代小说史〉》,夏志清:《中国现代小说史》,刘绍铭等译,香港:香港中文大学出版社,2001 年,第 xiii 页。
② Denton, Kirk. *The Problematic of Self in Modern Chinese Literature: Hu Feng and Lu Ling*. Stanford: Stanford University Press, 1998; Shu Yunzhong. *Buglers on the Home Front: The Wartime Practice of the Qiyue School*. New York: State University of New York Press, 2000.
③ Goldblatt, Howard. *Hsiao Hung*. Boston: Twayne Publishers, 1976; Mei, Yi-tsi Feuerwerker. *Ding Ling's Fiction: Ideology and Narrative in Modern Chinese Literature*. Cambridge: Harvard University Press, 1982.
④ 有关这两个翻译概念的最新讨论可见黄克武:《惟适之安:严复与近代中国的文化转型》,北京:社会科学文献出版社,2012 年,第 108—113 页。

的发展和增益①;另一方面则是对西方资本主义语境下,因寻求极端的个人自由,而无视社会公益的现实,或者说寻求新语境下完善人格的思潮做出了回应。而这一趋势,自然又联通于 20 世纪 70 年代以来西方学界,尤其是以雷蒙·威廉斯、贝尔(Daniel Bell)、盖依(Peter Gay)、泰勒等人为代表的,对"自我"、社会、理性及"人之为人"(Human Agent)诸议题的持续思索。②

就着这样理解,我们要说,对作家、作品的"重新发现",实际上不仅是要重新构筑他/她们在本国文化史、文学史中的独特位置,而且也要言明这种独特性在全球意义上的文化参与和问题意识。或者更直白地说,在海外研究中国,指明的不光有研究的对象——中国,还有研究的场域——海外。尽管我们积极尝试建立一个以共同研究对象为起点、超拔地区限制的"全球学术共同体",把四海之内有志一同的研究者囊括其中,但是,却也不能遗忘任一出色的研究一定是扎根于特定的文化土壤,有其不可轻忽的历史记忆。如此一来,当我们再次谈及海外汉学的意义之时,所思所念的恐怕就不只是他山之石的思路,同时也应该包含海外汉学对自身所在的学术传统、社会思潮、历史现状、文化环境的预流和进言。这种两面性颇类似于德里克(Arif Dirlik)所说的"本土中的全球"。一方面是"全球化的社会和意识形态上的变化推动了我们对本土进行激进的重新反思",但是另一方面,"本土作为一个抵抗与解放场所的看法"也不时地激策我们对全球化作出批判性的解读。③

以上,我们通过对比海外世界作家研究中三条较突出的研究

---

① 刘禾对 Individualism 和"个人主义"之间的跨语际实践关系做过系统的探讨,见刘禾:《跨语际实践:文学、民族文化与被译介的现代性(中国,1900—1937)》,宋伟杰等译,北京:生活·读书·新知三联书店,2002 年,第 109—140 页。

② 简要的讨论见王德威:《抒情传统与中国现代性》,北京:生活·读书·新知三联书店,2010 年,第 3—5 页。

③ 阿里夫·德里克:《跨国资本时代的后殖民批评》,王宁译,北京:北京大学出版社,2004 年,第 143 页。

路径——文献研究、文本研究、文化研究指出,所谓的"重新发现"实际上无法跳脱具体的历史语境、学术传统以及全球文化杂糅的事实,来单纯地处理作家、作品的独特性或美学性。其新意总是在对话"帝国之眼"的前提下方才展开。由此,其所谓的"新",不仅是新的理论路数或资料文献,更是鲜明的学科意识,以及具有批评性的全球本土观念:一种既面向中国,同时也介入海外的双向文化干预。

第三节 越界与离境的华夷风

20世纪80年代以来,当代中文小说写作别有斩获。这不仅是指其主义量产,技巧翻新,更是指海内外各处遥相呼应,形成一种"离散"(Diaspora)的对话。华语文学①的版图,伴随着"全球行旅"②或虚(网络)或实的推进,已然成为一个不容小觑的"文化景观",赋之以"米诺斯的迷宫"当不为过。我们刻意使用"迷宫"一词,是想指出当代小说的跨世纪风华的繁复多姿,又幽微曲折。"迷宫"中名为"米诺陶洛斯"的半人半牛怪,更是欲望与暴力的化身。它既昭示了当代小说中所在多有的色(Erotic)、魔(Magic)、幻(Haunting)、怪(Grotesque)主题,又遥指历史与文学、写实与虚构的辩证关联③。想要制服怪兽,就必须深入迷宫;但愈是深入,愈有丧命之虞。这正好比安敏成讲鲁迅的写实主义小说,越是写,越是

---

① 有关"华语文学"的讨论请参见季进:《华语文学:想象的共同体——王德威访谈录》,《渤海大学学报》2008年第4期。

② 相关讨论可参阅王德威、季进主编:《文学行旅与世界想象》,南京:江苏教育出版社,2007年。

③ Wang, David Der-wei. *The Monster That is History: History, Violence, and Fictional Writing in Twentieth-Century China*. Berkeley: University of California Press, 2004.

写出其不可写①。

面对这样一个既像神话又似寓言的"文字迷宫"如何突出重围,恐怕寻章摘句式的雕虫读法早已不堪其重;单枪匹马式的理论演述也不能克尽其功。这方面,王德威的系列论述,总之以《当代小说二十家》的名号,不单将理论资源运用于具体的历史情境之内,探讨其人其作的个别特色,更是将之纳入文学史的连贯脉络。既看重时间轴线上的前之来者,也呼应空间坐标上的朋辈同侪,颇有可观。如果比之以"阿里阿德涅的线团",则其导出的不惟是时空位移下的文学变貌,同时也是研究范式的"轮转玩忽"、颉颃多变。

此书原是1996年应邀为台北麦田出版公司策划"当代小说家"书系时,王德威所做的系列导读文章。全书囊括中国、新加坡、马来西亚小说名家二十位(朱天文、王安忆、钟晓阳、苏伟贞、朱天心、苏童、余华、李昂、李锐、叶兆言、莫言、施叔青、舞鹤、黄碧云、阿城、张贵兴、李渝、黄锦树、骆以军、李永平,增订版中又收入了阎连科),按写作顺序依次编入,不仅无意论资排辈,反倒有意借着这廿位作家不同的身世经历和地理归属,来放大中文小说世界的版图,一反"大陆小说"于文学史中自说自话、定于一尊的"孤绝"姿态。这无疑会引起中国文学"边缘"与"中心"、"正统"与"延异"的互动对话。全书历时六载,方抵于成,浩浩三十五万言,但仍只能算是阶段性的收获。诚如作者自述,一方面,所评作家毕竟有限,不能穷其所有,仅可藉此管窥中国文学面貌之一斑;另一方面,这些已被论及的作家又屡推新作,势必改变他们原先的创作脉络,松动旧说。有鉴于此,我们不妨将之视为一册当代文学研究的"动员令",而非盖棺定论的"终结书"。这二十家人物,看似自成风格、互不相涉,但其思考、书写之文字内容,又无不隐然回应如下一些共同议

---

① Anderson, Marston. *The Limits of Realism: Chinese Fiction in the Revolutionary Period.* Berkeley: University of California Press, 1990.

第五章　自我的呈现与发明

题,推证"华语文学"的可行可信。如果我们可以从中见出华语作家的同声一气,那么也可由此旁证作者本人一以贯之的学术关怀。钱锺书所谓"东海西海,心理攸同;南学北学,道术未裂"①,在这里将是一番极好的写真和映照。

第一个议论,来自那个老之又老的题目:传统与个人才具。《圣经》中有言,"太阳底下无新事",当然这"无"不必只是"影响的焦虑",也可以是自我的镜像、平行的互文,甚或是那"反焦虑症"式的"故事新编"。而且这"旧事""传统"的格局,也可以在本国文学的基础上扩充为世界文学。从鲁迅、张爱玲、沈从文到马尔克斯、福克纳、托马斯·曼等等,二十位小说家或受其教义,活学活用;或无心插柳,礼敬大师;或移花接木,另抒新机。朱天文表面师承"张腔""胡说",暗中却也影着鲁迅式的"家国欲望",从"革命同志"到"同志爱人",她镂写着一曲曲大时代里的儿女情长,既郑重又妩媚;朱天心体念川端康成的"物之哀感",翻写其人名作《古都》,投影一座城市的多重身世,思考文化的分歧传承,从而"捏"出一番真假迷幻的重复美学;苏伟贞写部队生活、眷村历史,虽自成一格,固不多见,却也难逃谢冰莹、杨刚诸位已经织就的女性从军、写作序列。因此,借用王德威本人的说法,评者念之唤之的意义(传统)"播散"(Disseminate;射精)危机,到了当代作家手中,竟有了重行"孕育"(Conceive;怀孕)的契机。②

第二个方面是文学与国家之关系。在这层关系中,首当其冲的问题是,我们在何种意义上理解"国家"。政治的?种族的?抑或文化的?如果我们同意作者对"华语"概念的界说,那么"文化层面"上的领会无疑更接近"国家"的内蕴。唯其分享了共同的文化

---

① 钱锺书:《谈艺录》(补订本),北京:中华书局,1984年,第1页。
② 王德威:《当代小说二十家》(增订本),北京:生活·读书·新知三联书店,2006年,第23页。

财富,无论是迁居、移民(遗民或夷民)还是离散,他们都可以共襄中华文学的盛宴。因此,定居中国港台地区的张贵兴、黄锦树、李永平,迁移海外的李渝、施叔青,都是"小说中国"的个中好手。然而吊诡的是,前一类作者借着华文写的却是"异国故事"。流动身世逼出的是纸上的"原乡"、心中的"我城"。张贵兴的婆罗洲雨林,瑰丽张致,惊心动魄;黄锦树的柔佛州胶林,诡谲腐败,色授魂与;李永平的文字秘戏,孺慕情深,浪子望乡。一个借着繁缛文辞,书写肉身,辐辏出欲望的政治或政治的欲望;一个视"中国"为病症,斤斤计较原道(现实主义)的负担,以后设书写,叩问小说伦理;一个深情召唤母国母语,以女性的成长、堕落与死亡,托出徒然的伤逝姿态。各个看似有处容身,却又无处归家,表面经营的是方块文字,拆解的却是"中国迷思"。王德威称之为"离散"(Diaspora)与"叙事"(Narrativity)的诡秘辩证。

> 叙事,作为广义的记忆、铭刻、串联、传播"意义"的手段,总已预设一深厚的言说基础,政教机制。离散者被迫或自愿放弃故土母语,因此架空了叙事的合法性及有效性。……另一方面,叙事行为随着时间、空间推衍展开,原本就包含或武断、或随机的因素。……离散者的发言位置虽远离中原,却不必妄自菲薄,因为它恰恰体现了叙事机制中游移多义的面向。①

我们不难将之与王德威的另一观念"想象的乡愁"(Imaginary Nostalgia)等量奇观,而王德威本人也以此说解读张贵兴、李永平两位的"浪子叙述"。但我以为,这两者不必相同,因为蛰藏其间的另有一脉不甘折服的历史心思。

这也导出了第三个层面,文学与历史、时间的对话。20 世纪

---

① 王德威:《当代小说二十家》(增订本),北京:生活·读书·新知三联书店,2006年,第369页。

第五章 自我的呈现与发明

80年代的大陆文坛,"寻根小说"绵绵相属,沛然成势。无论是莫言"以家喻国"式的"真寻根",还是苏童"情色堕落"的"假回归",抑或阿城"遍地风流"的俗世技艺,以及李锐对寻根猎奇"退避三舍"的"批判抒情",都不约而同地点中了华夏文明由来已久的"民间沉浮"和稗官野史,唤生了一番"激情"的事业。周蕾所谓"原初的激情"(Primitive Passions),是指文化危机一刻,现代中国文人情寄历史,重回文明始源,借着粗粝伤难的大地、母亲形象,行精神疗伤之实,拨乱反正。莫言的家国记述,写肉体凡胎,吃喝拉撒,不仅为身体张目,更是反写了道德救国的"民族寓言";苏童的淫逸江南,颓废、颓唐外加颓败,是体气虚浮的鬼魅传奇(Gothic Tale),也是腐败南方的民族志学。这系列表述,正是因其有史可依,方才能大玩翻盘游戏,将历史变为叙事,将写实变作想象,实在与那"历史饿的瘦瘦的野地方"①之文学,大异其趣。考辨文学与历史的依违关联,不能放过两者分头衍生的"学理正义"。前者以编造为能事,后者以纪真为本职,同为讲述,但"大道"与"小说",地位判然。不过,20世纪,"正义"漫溢"暴力","学理"横跨四邻,大道要借小说容身,小说要以"假"乱"真"。王安忆的"上海故事",头面峥嵘,追索国史、家史、成长史,几经周折,终命之以"纪实与虚构",剖白了两者"果然是创作一体之两面,所有的历史与回忆不过是书写的一种变貌"②;朱天心的老灵魂,重三叠四,排挞而来,以"我记得"的姿态,同历史做搏,追悼过去、构想现实,其动用的材料不仅是知识百科,更有感官本能,声、色、味、怨,轮番上阵;李锐捉摸的声腔视野,落在吕梁山色之间,他借调切身经验,状写历史忧郁,哀矜不怨,逼向叙事的内爆(Implosion);骆以军淫猥悲伤,钻研死亡美学,

---

① 王德威:《当代小说二十家》(增订本),北京:生活·读书·新知三联书店,2006年,第320页。
② 同上书,第22页。

将性别、命运、时间绞做一盘,方生方死,"死亡叙述,时间谜语:是弃言弃世,是'自暴自弃',更是'弃而不舍'"①。此般种种,不知凡几,历史夷然远去,置一切于不顾;而文学却要逆流溯源,找寻"真"相。不过,此"真"早非彼"真"。拟真、仿真、逼真,具已是诠释的分身,意志的图谱。

这又势必引出另一个话题,即所谓"现实与现代"的转圜辩证。余华早期的小说,篇篇脱离现实,不是前颠后倒,漫无头绪,就是可怖可怪,杀气重重。但他仍自名"现实一种",以为这种种背离了现状世界秩序与逻辑的虚伪形式,反倒使他更为自由地接近真实。追索其与川端康成和卡夫卡的师承关系,我们自不难领会其借形式"陌生化"和盘托出事物真实感的良苦用心。不过,放在共和国的历史中,一股政治的挑衅也由之跃然纸上。王德威认为:

> 共和国文艺上承五四的写实主义精神,建构了极富意识形态色彩的现实主义。语言与世界、叙事与信仰的严丝合缝,……"真"的现实只能再现于"真"的形式中。1949 年后,那"真实的形式"精益求精,终形成了识者所谓的"毛语"及"毛文体"。公式人物、教条情节、八股文章,却有多少作家评者的身家性命,尽系于此。写实及现实主义强烈的排他性,由此可见一斑。②

余华后来转换身姿,由"现代"重入的"现实",写来《活着》《许三观卖血记》等脍炙文章,恐怕不能没有此种微妙。因此,"现实一种"表面是写现实的可能及变数,但实际上,也是写现实中不能写的("现实主义")形式和定数。如果说,"现实主义"以"真"是尚,那么,"现代主义"则要在"拟""仿""逼"上做足文章。惟将两者合而观之,才能见证文学之所由,所安。如此,"现实""现代"何必等

---

① 王德威:《当代小说二十家》(增订本),北京:生活·读书·新知三联书店,2006年,第394—395页。
② 同上书,第133—134页。

第五章 自我的呈现与发明

级森严,进化明确,重心不同而已。

第五个问题是雅俗互动。有关这大小传统间的互惠关联,史家早有公论,范伯群主张比翼齐飞①,陈平原提倡两厢激发②。然而,斯愿虽美,履践者却寥寥,不如文学写作本身来得异彩纷呈。20世纪,张爱玲以此法突出重围,建立"参差美典",诉说匹夫匹妇的市井人生。其后来者,有样学样,效之仿之,也拓开一片精彩天地。钟晓阳颂赞死亡,赏玩腐朽,遥拟古典而不落俗套。她以雅丽的古辞章句,敷衍俗艳的爱情说部,如此"作茧自缚",大俗大雅,已得红楼三昧,至于其借机吐露历史政治意识,则犹其余事。叶兆言系出名门,却坦然放下身段,刻意趋俗避雅,拟古访旧,"揣摩一种人同此心的世故、一种亦嗔亦笑的风情"③。《花影》《花煞》《夜泊秦淮》,戏仿民国春色,重现鸳蝴风月,通俗而不媚俗。怀旧之姿,虽不离莫言、苏童、格非、王安忆一票人物,但其小说毕竟人味多于鬼气,世情多过野性,不愧为王德威所谓的新派"人情小说"的好手。钟阿城大巧若拙,视小说为技能,据此收纳人生种种变貌,静静旁观。其抒情格调,复生了国族大纛、现代高歌下的鄙俗人生、智慧技艺,以俗骨凡胎的谋生技能,挑战王道正气得以运转的政教机器,引来另一对分庭抗礼的知识概念——史诗与抒情。由此放射,还可得见私人空间与公共领域的竞争,文学与政治的协商,用(Utility)与无用的解构格局。

当初,普实克提出"史诗"与"抒情"的观念,本意是为中国现代文学塑形,并从中规划出一条文学发展的道路④,但后来的情形似

---

① 范伯群主编:《中国近现代通俗文学史》,南京:江苏教育出版社,2000年。
② 陈平原:《小说史:理论与实践》,北京:北京大学出版社,1993年。
③ 王德威:《当代小说二十家》(增订本),北京:生活·读书·新知三联书店,2006年,第204页。
④ Průšek, Jaroslav. *The Lyrical and the Epic: Studies of Modern Chinese Literature.* Bloomington: Indiana University Press, 1981, Chap. 1—2.

乎是反证的多,顺承的少。李欧梵细剖中国现代文学中的浪漫世代,王德威综论史诗时代的抒情体征,这无形中点明,政治再大,也不可能完全剔除日常生活的狂欢渗透;革命再烈,也不能尽收情爱欲孽的水涨船高。苏伟贞省思"情欲的政治",以冷笔写热情,书情场如战场,"最好的情爱小说里,竟有极阳刚、军事化的精神贯注"①;李昂甘冒社会之不韪,极书风月丑闻,播散细节的政治(Politic of Details)、身体的政治(Body Politic),此种又俨然有人,不经引得政坛头目个个自危,掀起一番桃色恐怖;施叔青铺张耸栗(Uncanny)经验,操作怪诞(Grotesque)鬼魅(Gothic)的叙事,"写殖民世界里的性与政治,已具有教科书意义"②——人鬼同途,以异化抗衡异化,是末世奇观,也是现代社会的发达史和龌龊记;黄碧云温柔风格写暴烈文字,她一面借肉身为舞台,探寻主体疆界,一面用重复、谑仿之法,为女性招魂,不仅质疑法律正义——父权的、政权的、神权的——的适切性,也写来泰初无道的"女子创世说";李渝对民族情操和现代意识的接榫问题念兹在兹,"有意思辨主体心性、琢磨形式风格,甚或遐想家国以外(的)生命情境"③,她的"渡引美学",声东击西,借此喻彼,颇似沈从文以有情之思接驳无情之事的"寓意"(allegorical)修辞。这一路女子,以其鲜明的性别意识,重思身体欲力和道统政治的变动关系,或感伤,或血腥,或丑怪,或阴森,在在将抒情的事业推向极致。评者或要以为,这不过重蹈了鲁迅当年早已预知的"奇特的(grotesque),色情的(erotic)东西"④。但道义之外仍有生活,崇高之下亦有卑琐,现代文学以至于

---

① 王德威:《当代小说二十家》(增订本),北京:生活·读书·新知三联书店,2006年,第76页。
② 同上书,第246页。
③ 同上书,第343页。
④ 郜元宝:《"重画"世界华语文学版图?——评王德威〈当代小说二十家〉》,《文艺争鸣》2007年第4期。

第五章　自我的呈现与发明

对它的评论,皆不必负累太重。"涕泪飘零""感时忧国"之后,何妨一笑置之、一谑置之,乃至一诳置之?李孝悌说明末的江南,欢乐转头成空,但其堪称价值①。附会到这里,"尖新谲怪,萃取奇特"②,又如何不能自成一格?仿佛舞鹤的"余生叙事",以无用写有用,拾骨搬尸,也是一番抱负。

当代小说二十家展示了众声喧哗的世纪末华丽,它越过的绝不止于空间与国界,更整合了所有以中文叙事构成的意义空间,既构成了历时性的上下文关系,又构成了平行的交互文关系,这成为王德威特有的批评视界——"汉语写作语境"。他在另一篇文章中就提出,"众声喧哗"之后,我们所要思考的是"喧哗的伦理向度",试图从自己开始一个"后众声喧哗"的文学批评实践的新起点,细腻描述"喧哗"与"伦理"间的张力与意义循环。因为正是小说创作将世纪末种种可惊可诧的现象如实道出,从而引发层层的反思、批判、嘲弄与对话的可能。这些作家论将一般人视为难以相提并论的20世纪90年代中文小说作一统观。说它难,是因为除了都用中文写作以外,20世纪90年代的各个批评对象间既没有过大一统的历史,也没有试图建立乌托邦的努力,只有现状的裂痕处处。批评对象有着世纪末的种种症候,批评家坚持以一"己"之衷对这"症候"之"群"进行"望、闻、问、切"的对话,折冲群己而不被诸症感染真是一桩不易的事情。王德威信笔放言,华丽天成,评点人物,一针见血。其虽殊少搬弄彼时彼境的历史材料,却也清楚点出文学史实。不仅见证当代中文小说写作题材、风貌之变迁、版图之扩充,也揭橥了小说研究范式的转移:重重道义裹挟之下,当有另一种美学领会。

---

① 李孝悌:《序——明清文化史研究的一些新课题》,李孝悌编:《中国的城市生活》,北京:新星出版社,2006年。
② 郜元宝:《"重画"世界华语文学版图?——评王德威〈当代小说二十家〉》,《文艺争鸣》2007年第4期。

第六章　通俗文学的文化政治

第一节　通俗意涵的再定义

在海外,由通俗文学引发的热议,肇源于五四神圣性的解体。安敏成如是写道:"自夏志清与普实克的著作之后,西方对五四文学最具雄心的研究已转而集中于该时段文学史中其他较为边缘性的取向。"① 这当中,具有代表性的作品有:李欧梵的《中国现代作家的浪漫一代》,林培瑞的《鸳鸯蝴蝶派》,以及耿德华的《被冷落的缪斯》。这些著作,或专章,或部分,或通篇论及通俗文艺和其作者的艺术特色、文化形象。李欧梵和耿德华两位,均以"浪漫"为名,考察了日后被大家公认的通俗文学作家——苏曼殊、苏青,以及与通俗文学大有瓜葛的张爱玲。李欧梵虽将苏曼殊视为五四浪漫的前驱,但这也从侧面暗示通俗文学所具有的现代性,以及它与五四文学之间微妙的关联。耿德华以"五四浪漫主义的没落"谈论苏青,以"反浪漫主义"的概念归纳张爱玲,足见通俗文艺在新的政治、文化环境之下所拥有的艺术多样性和现实关怀感,它绝非"消遣娱乐"的代名词。

事实上,早在 20 世纪 60 年代初,夏志清撰写《中国现代小说史》之时,就已明确提出:"纯以小说技巧来讲,所谓'鸳鸯蝴蝶派'作家中,有几个人实在比有些思想前进的作者高明得多了,我们认

---

① 安敏成:《现实主义的限制:革命时代的中国小说》,姜涛译,南京:江苏人民出版社,2001 年,第 5 页。

第六章 通俗文学的文化政治

为这一派的小说家是值得我们好好去研究的。"① 其先兄夏济安也几番去信,向他提起:"最近看了《歇浦潮》,认为美不胜收;又看包天笑的《上海春秋》,更是佩服得五体投地……很想写篇文章,讨论那些上海小说。"甚至认为:"清末小说和民国以来的'礼拜六'派小说艺术成就可能比新小说高,可惜不被注意。"② 虽然,夏氏昆仲对通俗文艺的代表"鸳鸯蝴蝶派"赞许有加,但话说回来,彼时学者之关心"鸳蝴",与其说是由于它的文学价值,倒不如说是出于对社会学和民俗学的兴趣。为此,夏志清笔锋一转,接着写道:"这一派的小说,虽然不一定有什么文学价值,但却可以提供一些宝贵的社会性的资料。那就是:民国时期的中国读者喜欢做的究竟是那几种白日梦。"③

夏志清的这句话,明显包含了一种文学等级论,即高雅的文学可以做艺术上的判别,但等而下之的俗文学就只能做社会文献资料来看待。无论我们承认与否,这与后来颇为时新的文化研究理论是如出一辙的,它们寻觅的都是文学的外缘价值,关心的是文学与历史、社会的对话关系,但对其肌质、架构、审美构造则有欠考量。例如,吴茂声就曾借用此法,通过对秦瘦鸥小说《秋海棠》的分析,重绘了 20 世纪 40 年代上海的市民生活,写下 "Popular Fiction and the Culture of Everyday Life: A Culture Analysis of Qin Shouou's *Qiuhaitang*"一文④。文章固然精彩,但也无形中牺牲了小说应有的个性光泽,体现的只有其作为"社会小说"这一文类的"类的特性",即它们描摹世态百相、人生浮沉。其重心是"社会",而非"小

---

① 夏志清:《中国现代小说史》,香港:香港中文大学出版社,2001 年,第 20 页。
② 夏志清辑录:《夏济安(1916—1965)对中国俗文学的看法》,夏济安:《夏济安选集》,沈阳:辽宁教育出版社,2001 年,第 218、227 页。
③ 夏志清:《中国现代小说史》,香港:香港中文大学出版社,2001 年,第 20 页。
④ Ng, Mau-Sang. "Popular Fiction and the Culture of Everyday Life: A Culture Analysis of Qin Shouou's Qiuhaitang." in *Modern China* no. 2 (1994), pp. 131—156.

说"。为此,我们可以简单地推论说,通俗文学的研究重点,应旨在为其正名和恢复艺术特性,当然,对它做客观的历史性描述也尤为重要,特别是在研究的起步阶段。

但是,现在首先困扰我们的不是其他,而是如何界定"通俗文学"这个概念。它与"大众文学(文艺)""民间文学""流行文学"以及"俗文学"等概念相伴而生,且互有指涉,那它们之间的差异又到底何在?20世纪80年代,施蛰存先生曾专门写过一篇文章来讨论这个问题。在其看来,俗文学、通俗文学、民间文学、大众文学四个概念,都可讨源于英文"Popular Literature",有的取其本意,有的则追随其引申意,各有侧重。例如,"民间文学",就是从"popular"的本意中直接获得,意思比较清楚,专指由人民大众中的作家或艺术家创作的作品,其表现形态多为作者的不可考或集体创作。与之不同,"通俗文学"的作者则有名有姓,且在相当程度上具有号召力。"俗文学"的概念,本从"popular"的"廉价的""低档的"定义出发,但为了避免人们将"俗"字曲解为"粗俗""鄙俗",学界就专门用它来指代"民俗"文学(Folk Literature),即它讨论的对象是各地的风俗习惯、神话传说、谣谚礼仪以及语言等民族文化现象。

至于"大众文学",因为它是20世纪30年代从日本、苏联引入的,因而具有极强的意识形态性,其实质是指"无产阶级文学"①。这个理解日后得到唐小兵的呼应。在《我们怎样想象历史》一文中,唐仔细区分了"通俗文学"与"大众文艺"的概念,指出"'通俗文学'所体现的实际上是市场经济的逻辑;其所追求的最终是文学作品的交换价值化,与商品的运作方式是同构同质的"。而"大众文艺","也许最终涉及的将是文学话语(以及更广泛意义上的象征行为)在现代民族—国家的营建过程中不可或缺的意识形态功

---

① 施蛰存:《"俗文学"及其他》,陈子善、徐如麒编选:《施蛰存七十年文选》,上海:上海文艺出版社,1996年。

第六章 通俗文学的文化政治

能",其所偏重的是"行动取向"以及"生活与艺术同一"的原则①。换句话说,在唐小兵的定义中,"通俗文学"谋利,"大众文艺"求义。一者追随文学的机制,上下起伏;一者则别抱幽怀,以其主动性形塑成为一种文学运动。尽管唐小兵在重审"大众文艺"的价值功能方面有其贡献,但他对待"通俗文学"的态度和意见则显然并不可取。他刻意贬低了"通俗文学",并对其作出了颠因倒果的解释。我们的理解是,"通俗文学"在经济上的成功这一结果,并不能构成对其写作初衷和动机的解释。一个最简单的例子是,活跃于二十年代的鸳鸯蝴蝶派作家,他们撰稿通常是不取酬劳的。文学仅仅是他们的副业和理想,他们厌恶那种纯粹以买卖文字来生活的方式,所以,他们的笔名除了诗情画意之外,也有部分是表示自我嘲讽和揶揄的②。

环顾海外世界,可以说,几乎鲜有人对20世纪的中国通俗文学作出一个清楚厘定。也许这就是定义的两难,没有它,进退失据;拥有它,就可能画地自限。有鉴于此,大家都刻意回避这个概念,或者就事论事不谈归属,或者干脆启用其他概念以为总结。例如,夏济安就主张采用"Romance"来替换"通俗文学",以示其与小说的区别,并彰明其有独立的批评准则。夏济安说,"中国的'旧小说',够得上 novel 标准的,只有《红楼梦》一部",其余则是卷帙繁重的 Romances。从才子佳人到神仙武侠,再到演义公案,Romances 类型各异,却有一个共同的地方,那就是"机械公式化的","写 romance 的人根本不想'反映现实'",不过"这种故事可以叫人听之不倦","支配社会上很多人士的 imagination"。但可惜的是"中国研究中西文学比较的,常常不注重 romance,而且忽略它的存在;

---

① 唐小兵:《我们怎样想象历史》,唐小兵编:《再解读:大众文艺与意识形态》,北京:北京大学出版社,2007年,第1—3页。
② 赵孝萱:《"鸳鸯蝴蝶派"新论》,兰州:兰州大学出版社,2004年,第11—15页。

拿 novel 的标准来评 romance,当然会使人觉得后者的幼稚可笑。"于是,先生就预备用英文写一本的书,唤作《风花雪月》,副题是 The World of Chinese Romance,专门讨论中国的俗文学。① 柳存仁在 20 世纪 80 年代也提出了所谓的"Middlebrow Fiction"(二流小说)的概念,字面上虽避开了"通俗文学(小说)"的提法,但其实质和内涵跟"通俗文学(小说)"并无二致。他们主要关注的是通俗文学,特别是鸳鸯蝴蝶派文学与传统中国文学之间的血亲关系,考察其在主题与技巧方面的承继、延伸,这当中佛教的影响尤为巨大。在柳存仁等人看来,尽管鸳鸯蝴蝶派文学不乏其艺术特色,但它们毕竟只是"温性的启蒙或消闲的滋补品",是二流小说之中较好的部分而已,同最高等的文学相比,远有未逮。由此,其对通俗文学的鄙夷心态,昭然若揭。② 林培瑞也专门发明了"传统样式的都市通俗小说"(Traditional-Style Popular Urban Fiction)这个概念来指代通俗文学的大宗鸳鸯蝴蝶派。通过添加定语的方式,林培瑞使得现代"通俗文学(小说)"这个模糊的范畴,有了可供识别的体征:其一就是其有迹可循的文类风格;第二就是"城市"这个生产和消费的语境。林培瑞把鸳鸯蝴蝶派文学的流行,主要归功于"鸳蝴派小说对中国民众的社会准则所持保守态度以及对西方与现代化社会所持的反抗态度"③。这种无论是对传统,还是对西方都有所保留和怀疑的姿态,使得鸳鸯蝴蝶派区别于五四的全盘否定或西化。也许,这才是民初通俗文学与高雅文学的实际差异所在,城市及其经济利益的运转不能从根本上区分两者,因为"都市"这个要素是两

---

① 夏志清辑录:《夏济安(1916—1965)对中国俗文学的看法》,夏济安:《夏济安选集》,沈阳:辽宁教育出版社,2001 年,第 219—222 页。
② Liu Ts'un-Yan, ed. *Chinese Middlebrow Fiction: From the Ch'ing and Early Republican Eras*. Hong Kong: Chinese University Press, 1984.
③ 佩瑞·林克(林培瑞):《论一、二十年代传统样式的都市通俗小说》,贾植芳主编:《中国现代文学的主潮》,上海:复旦大学出版社,1990 年,第 131 页。

第六章　通俗文学的文化政治

者共享的。

　　以上三个例子表明,人们对定义抽象意义上的"通俗文学"缺乏兴趣,更普遍的倾向是专注于具体时空背景下的某一对象,对其作出细腻的解读。总结这些受到讨论的对象,我们发现,它们主要集中在民初到五四、20世纪40年代,以及80年代以降这三个阶段。这与陈平原分析的"通俗小说的三次崛起"若合符节。① 不过,有一点不同的是,陈平原把"通俗作家"高雅化(如张恨水)和"高雅作家"通俗化(如赵树理),视为20世纪40年代通俗文艺高涨的表现。但实际上,张恨水承袭的不过是民初鸳鸯蝴蝶派小说的风格,而赵树理所表征的又是政党政治意志的"大众文艺",所以严格说来,两者都不能算是20世纪40年代这个特殊语境下的"通俗文学"代表。相反,海外学界将战争与文艺合而观之,认为真正能代表此一时段通俗文学的是张爱玲、苏青、丰子恺、叶浅予等一干人。他们既不须听将令于意识形态,进行"思想改造"或"为工农兵服务",也不必为艺术而高雅,将文艺装点成人生大义。他们的著作多从日常的俚俗出发,表达一己之见。小情小爱、细枝末节,看似平凡无奇,却无不透出别样的情感心智和文化政见。洪长泰的《战争与通俗文化》(War and Popular Culture: Resistance in Modern China, 1937—1945),以及黄心村的《乱世书写》(Women, War, Domesticity: Shanghai Literature and Popular Culture of the 1940s),正是这方面的代表作。

　　对于其他时段的考察,晚清大有潜力可挖。随着它变身为现代文学的源头,其与后来文学的关系多被注意。李欧梵与黎安友(Andrew J. Nathan)两位的名文《大众文化的兴起》("The Beginnings of Mass Culture: Journalism and Fiction in the Late Ch'ing and

---

　　① 陈平原:《通俗小说的三次崛起》,陈平原:《小说史:理论与实践》,北京,北京大学出版社,1993年,第273页。

Beond." in David Johnson et al., eds. *Popular Culture in Late Imperial China*. California: University of California Press, 1985),追查了 1895 至 1911 年间,报刊、小说这两种最重要的文化媒介的诞生和其在公共空间构造方面所扮演的关键角色。文章特别点明它们与政治意识形态之间的关联,并指出在新小说实践过程中最大的挑战来自传导思想和调和大众口味。尽管这篇文章并不只是针对通俗文学而发,甚至两位作者是有意要使用"大众文学"这个概念来区分其与传统"通俗文学"之间的差别,但是,不可否认的是,这为我们全面认清通俗文学的滥觞,以及其可能拥有能量提供了最切中肯綮论述。因为通俗文学是晚清文化中最不可忽略的组成部分。除了在正规的报章杂志上连载小说,通俗文学最大的载体是时至今日都不太受关注的小报。在这些报纸上出现的文字,无一例外的都是关于吃喝玩乐与游戏消遣的,但是德国学者叶凯蒂却指出,这些看似无关痛痒的文字,实际上从侧面写出了一代文人的心态起伏和角色变迁,更重要的是,它们直接参与并塑造了近代的娱乐文化工业[1]。这个意见或可表明,通俗文学不单是为读者(口味)而写,而且,它们也是为作者本人而写。

晚清,同时也是翻译文学的大盛时期,这一时代所翻译的小说和参加翻译工作的个人,日后都与通俗文学发生了巨大的关联。例如,1899 年,《茶花女》与《华生包探案》(即柯南道尔[Arthur Conan Doyle]之作)的合刊在上海发行,这一年被视为在"新女性"的形成史上具有起点意义[2]。但实际上,不惟女性形象在这一年获得了它的西方雏形,通俗小说中的大宗——言情小说和侦探小说也

---

[1] Yeh, Catherine Vance. "Shanghai Leisure, Print Entertainment, and the Tabloids, *xiaobao*." in Rudolf G. Wagner ed. *Joining the Global Public: Word, Image, and City in Early Chinese Newspapers, 1870—1910*. Albany: State University of New York, 2007, pp. 201—233.

[2] Hu, Ying. *Tales of Translation: Composing the New Woman in China, 1899—1918*. Stanford: Stanford University Press, 2000.

第六章　通俗文学的文化政治

从中得到启发,并开始生发出新的特质。鸳鸯蝴蝶派的奠基之作《玉梨魂》,哀感顽艳,效法的对象之一正是《茶花女》①;而嗣后风靡一时的程小青的《霍桑探案》,也是从柯南道尔这里获取灵感。而至于他所创造的福尔摩斯这个形象在中国的遗泽问题,更是许多学者涉猎的对象,比较著名的有孔慧怡的《还以背景,还以公道》,专门研讨民初英语侦探小说的中译问题②;李欧梵的《福尔摩斯在中国》一文,则详尽解析了这个与中国文化背景格格不入的西方人物,为何能在中国走红,以及他的中国翻版的种种得失问题③;金介甫更是将之与20世纪80年代在大陆风行的"公案小说"相联,以为其所形塑的由"私家侦探"到"国家公安"的发展序列,正好帮助说明了中国的法律与文学如何相互关联。④

晚清之后的民国是通俗文学的第一个繁盛期,我们反复提及的鸳鸯蝴蝶派正是这一时段的主力军,或者干脆说,这一时段的通俗文学指的就是鸳鸯蝴蝶派。"鸳蝴"这个名称,本来是专指以徐枕亚《玉梨魂》为代表的四六骈体言情小说,但随着五四的到来,这个概念戏剧性地扩大为一切流行的旧派小说。它不单包含言情小说,还有社会小说、武侠小说、侦探小说、历史小说、滑稽小说、宫闱小说、民间小说、反案小说等许多种类。其体裁更是涵盖散文、杂文、随笔、译著、尺牍、日记、诗词、曲选、小说、笔记、新闻、笑话、影评、戏评、弹词、古典剧本等诸种品相。概念的无限扩大,导致"鸳蝴"成为一个泥沙俱下、鱼龙混杂的大口袋,而紧随其后的就是对

---

① Hu, Ying. *Tales of Translation: Composing the New Woman in China, 1899—1918*. Stanford: Stanford University Press, 2000, pp. 94—98.
② 孔慧怡:《还以背景,还以公道——论清末民初英语侦探小说中译》,王宏志编:《翻译与创作:中国近代翻译小说论》,北京:北京大学出版社,2000年。
③ 李欧梵:《福尔摩斯在中国》,李欧梵:《未完成的现代性》,北京:北京大学出版社,2005年。
④ Kinkley, Jeffery. *Chinese Justice, the Fiction: Law and Literature in Modern China*. Stanford: Stanford University Press, 2000.

它更为严苛的指责——"地主意识和买办意识的混血种""半封建半殖民地十里洋场的畸形儿""游戏消遣的金钱主义"①。种种恶评,妨碍了我们对它做出正确的认识。

西方世界直到 20 世纪 80 年代,才开始逐渐意识到它的价值,林培瑞的《鸳鸯蝴蝶派》一书但开风气。他集中讨论了 20 世纪 10 年代的言情小说和它的叙事套路,分析了这股潮流如何得以出现,它的读者和作者如何构成,以及现代小说的定位又是如何从"新民"到"消闲"直到"逐利"步步转变的。他的结论是,鸳鸯蝴蝶派小说是"消遣小说"(Fiction for Comfort),它提供了一种抚慰性的作用:不但削弱(blunte)了西化带来的威胁,也安抚(soothe)了读者对自身社会地位的焦虑,同时,导引(introduce)他们进入到现代化的环境中去。其中,尤值得一提的是,书内广泛征引了大量的历史材料,包括统计数字及计量表,这对我们客观理性地认识鸳蝴提供了帮助。周蕾将这种做法称为"回复式的"(restorative)社会学方法(the "Sociological" Approach),它关注的是"知识"(Knowledge)。与之不同,夏志清的《〈玉梨魂〉新论》(台北:《联合文学》,1985 年第 12 期),则启用了"文学艺术之法"(the "Literary" Approach)。他将这部作品放回到中国文学悠久的"感伤——情欲"传统之中,肯定了它在影响读者情绪方面的价值,并认为它本身即拥有令人折服的文学艺术性,并非一陈旧廉价的娱乐商品。

不过,周蕾对以上两种方法都颇有微词。她认为,夏志清"这般欲求'恢复地位'的隆重企图,并非是要挽回那部受欢迎的作品,而是企图挽回那受到赞扬的文学传统本身";而林培瑞的社会学方法,表面上客观中立,但实际上却包含着帝国主义倾向。这种倾向总是将一个复杂文化的特殊之处驯化成"有用之处"。而且,更为

---

① 范伯群选编:《鸳鸯蝴蝶——〈礼拜六〉派作品选·代序》,北京:人民文学出版社,1991 年,第 1 页。

第六章 通俗文学的文化政治

实际的问题是,这种将文学作品当做社会文献来读的做法,直接忽略的就是文学作品的"不透明性"或"建构性"特点。换而言之,它对分析作品的艺术性,无能为力。有鉴于此,周蕾提出要以"女性"的方式来阅读鸳鸯蝴蝶派。在她看来,将"'女性'作为形式分析的方式,不只是处理性别,也处理涉及文化解读的富含权力意味的阶层化(hierachization)与边缘化(marginalization)过程"。在鸳蝴文学中有三点颇值得注意:一是,叙事结构的不对称,男性缺席,女性占据故事的绝大部分;二是,叙事模式的分裂与戏仿;三是,情感的暧昧性,它暗示传统的消逝,而非延续。① 周蕾这种火药味十足的女性批评观点,事实上,可以追溯到20世纪80年代她在斯坦福的博士论文《鸳鸯与蝴蝶:旨在重写中国文学史》("Mandarin Ducks and Butterflies: Toward A Rewriting of Modern Chinese Literary History." Ph. D. diss. Stanford University, 1986.)。她在摘要中指出:

> 鸳鸯蝴蝶派小说的出现是对本世纪初中国社会中残存的儒家文化女性化的结果。论文以鸳鸯蝴蝶派小说的两个亚文类(即1910年间的爱情小说和二、三年代的社会小说)为例进行了细致的考察,发现小说中充斥的滥情的、说教的以及通常是相互抵触的叙事结构并不仅仅是为了读者消遣,而是对中国现代历史所作的复杂反应。②

由于上述学者的大力推介,鸳鸯蝴蝶派文学已然颜面一新,由现代文学史上的"污点",变成了现代文学研究中的"亮点"。有关于此的各种专著、论文层出不穷,可谓是对其做出了全方位、多角度的现代阐读。唐小兵从"日常生活"的概念出发,指出鸳鸯蝴蝶

---

① 周蕾:《妇女与中国现代性:西方与东方之间的阅读政治》,蔡青松译,上海:上海三联书店,2008年,第71、81页。
② 李达三、罗钢主编:《中外比较文学的里程碑》,北京:人民文学出版社,1997年,第493页。

式的消遣和娱乐文学也有其社会意义，即它牵涉了两个不同的话语层面：文化上的平民化和政治上的民主化①。李海燕以威廉斯的"情感结构"（Structure of Feeling）为理论依据，探讨了鸳鸯蝴蝶派文学如何以"感伤"为基调，形塑了一个"爱的社群"（The Love Community）②。金佩尔的研究则由《小说月报》入手，探赜了鸳鸯蝴蝶派与现代性的关联，揭示了他们在拥抱西潮方面绝非迂腐保守、胶柱鼓瑟的形象③。陈建华的博士论文围绕着周瘦鹃和他的紫罗兰神话展开，考证了有情主体、商业现代性、审美意识形态之间的多维文化辩证关系和丰厚质地。近来，他更是将研究的触角伸向了鸳鸯蝴蝶文学与电影及都市文化的跨学科关系，追查通俗文学的先驱意义和启蒙形象④。胡晓真探索了弹词这一冷僻的文类，这引导我们注意鸳鸯蝴蝶派文学与近代女性叙事的关联，同时，也在周蕾的女性视角之外再添一种向度⑤。

鸳蝴的热浪一直从民初延伸到20世纪40年代末。在全新的政治环境到来之前，它也经历了另一个小小的高潮。带来变化的不是别人，正是大名鼎鼎的张爱玲，她将 Romance 变成了新传奇⑥，大俗大雅，苍凉世故。同苏青、潘柳黛等女作家一道，她们在战争

---

① 唐小兵：《漫话"现代性"：〈我看鸳鸯蝴蝶派〉》，唐小兵：《英雄与凡人的时代：解读20世纪》，上海：上海文艺出版社，2001年。

② Lee, Haiyan. "In the Name of Love: Virtue, Identity, and the Structure of Feeling in Modern China." Ph. D. diss. Cornell University, 2002; *Revolution of the Heart: A Genealogy of Love in China, 1900—1950*. Stanford: Stanford University Press, 2007, part one.

③ Gimpel, Denise. *Lost Voices of Modernity: A Chinese Popular Fiction Magazine in Context*. Honolulu: University of Hawai'i Press, 2001.

④ Chen Jianhua. "A Myth of Violet: Zhou Shoujuan and the Literary Culture of Shanghai, 1911—1927." Ph. D. diss. Harvard University, 2002；陈建华：《从革命到共和：清末至民国时期文学、电影与文化的转型》，桂林：广西师范大学出版社，2009年。

⑤ 胡晓真：《才女彻夜未眠：近代中国女性叙事文学的兴起》，北京：北京大学出版社，2008年。

⑥ 有关"新传奇"的讨论，见孟悦：《中国文学"现代性"与张爱玲》，《人·历史·家园：文化批评三调》，北京：人民文学出版社，第352—359页。

第六章 通俗文学的文化政治

的环境下共谱了一曲通俗文化的时代新歌,女性的家庭生活和都市日常情感得到了极大的书写。黄心村的著作《乱世书写》,正是由此而发。她看到,渗透在这些女性作家文字中的主题,无论她们是从事散文、闺秀小说,还是自传小说的写作,无外乎女性,战争,以及家庭性(Domesticity)。她们利用这些看似无伤大雅的主题和材料,在一个政治高压的环境里巧妙地占据了一席之地,不仅巩固、发展了一个中层读者群,也建立了一个新的文化舞台。在那里,发端于世纪之初的现代都市文化反思得以延续,上海这座饱受战争蹂躏的大都市中的文化生活也得到了维护。她们穿梭在视觉文化、时尚话语、日常生活、传统经验,以及政治反抗的多维关系之中,龃龉、摩擦,然后耦合,并最终发达成20世纪40年代不可磨灭的"乱世佳人"风景线。

同样是针对此一时段的考察,洪长泰的观察视野有所放大,由文学转向了文化。他所讨论的对象包含戏剧、漫画、报纸,以及其他的通俗文化形式。这当中有相当一部分是"大众文艺"的内容,但是个人性的东西仍能从这一政治化的文化运动中梳理出来,比如丰子恺的漫画。洪长泰从格尔兹有关"文化理解"的理念中得到启示,认为文化乃是一种话语。任一的人类行为,包含象征行为,都可做语义学的分析和解码。借着对各种通俗形式的分析,洪指出,战时通俗文艺的急速流通,改变了人们对它的传统看法。都市形象以及文化的精英特征也开始在此过程中褪色,乡村得到关注,这种转变奠定了日后新中国文化的一个重要面相。杜博妮曾经编撰过专书《中国通俗文学和表演艺术》(*Popular Chinese Literature and Performing Arts in The People's Republic Of China, 1949—1979*)来讨论毛泽东时代中国文学民间化和大众化的根源。而她本人关于《毛泽东〈在延安文艺座谈会上的讲话〉》(*Mao Zedong's "Talks at the Yan'an Conference on Literature and Art": A Translation of the 1943*

Text with Commentary)的研究,更是点明这篇文章在上述进程中的典范意义。

不可否认,1949 年之后的中国文艺被彻底大众化了,20 世纪 60 年代为其高峰,通俗文学或遭受冷落,或者被改造。所谓娱乐、劝诫的功能日益被启蒙、服务的思想所取代。当然,这样的总结有点失之过简。在陈小眉关于 20 世纪 60 年代到 90 年代中国戏剧研究的综合性著作《正角登场》(*Acting the Right Part: Political Theater and Popular Drama in Contemporary China*)中,她就以"样板戏"为例,说明了通俗文艺与金钱、女性、国家、革命及视觉文化之间纷繁复杂的关系。她也同时指出,这些有着特殊政治语境的文艺创作,亦在相当程度上影响着当代中国的戏剧表演和政治表现。1978 年,是通俗文学发展的另一个转折。思想解放使得写作中的政治性因素得以逐渐消退,改革开放则带来了港台通俗文艺的内地传播。金介甫编辑的《毛泽东之后的中国文学与社会(1978—1981)》(*After Mao: Chinese Literature and Society, 1978—1981*),就分门别类地论述了各种类型的通俗小说,如浪漫小说、侦探小说、科幻小说等等,肯定了它们的价值。此外,他本人关于法治文学的专书,更是突破通俗小说这个范畴,将之视为中国文学的一个缩影。既研磨文学文本与法律文本在结构和语体上的相似之处,也比较探讨中西文学在类型建构上的异同。

针对 20 世纪 80 年代以来的"文化高热"(High Culture Fever),学界早有议论[1]。这是一个雅俗共生的文化局面,张旭东讨论了其中的先锋文学与电影,查建英则评价了肥皂剧和畅销书,两人各执

---

[1] Wang, Jing. *High Culture Fever: Politics, Aesthetics, and Ideology in Deng's China*. Berkeley: University of California Press, 1996; Zhang, Xudong. *Chinese Modernism in the Era of Reforms: Cultural Fever, Avant-garde Fiction, and New Chinese Cinema*. Durham: Duke University Press, 1997.

第六章 通俗文学的文化政治

一端①。但是除此之外,我们还必须把港台地区的通俗文学考虑进来。在这当中,金庸无疑受到了极大的关注。从传统文化、民族国家,再到雅俗互动、后殖民理论,乃至元小说叙事,各种评述在他身上一一试验、游走,好不热闹②。而事实上,西方世界对武侠小说的关注,由来已久。刘若愚1976年的大著《中国之侠》(The Chinese Knight-errant)便是我们屡屡征引的材料之一。惜乎,他所"主要考虑的是中国文化中的'侠'这一精神侧面,而不是某一文学体裁或类型的艺术发展"③。近年来,人们尝试将这两种观察合流,来深入地研讨问题,在这方面韩倚松(John Christopher Hamm)的《纸侠客:金庸与现代武侠小说》(Paper Swordsmen: Jin Yong and the Modern Chinese Martial Arts Novel)可为表率。在书中,他不仅上溯当代武侠小说的源头到唐传奇和明清白话小说,更是通过仔细地阅读金庸原著,指出其著作在融通传统、发展叙事艺术,以及传递政治、文化经验方面的突出成就。除此而外,更重要的一点是,他还深入追查了"作为文化现象的金庸",即他如何利用他的媒体帝国——《明报》来发展自己的小说事业,又如何成为文化的经典,又如何被评价和接受等等。

可以看出,海外世界现代通俗文学研究的主要特点就是从研究对象出发,而非从概念入手。这就说明,"通俗文学"的定位研究,在西方并不像在国内这般热闹。其中,很大的原因在于,他们并不需要背负向国人或世界介绍"中国文学经典"这样沉重的文化包袱。换句话说,西方的研究并不热衷于对文学作品作出高低雅

---

① Zha, Jianying. *China Pop: How Soap Operas, Tabloids and Bestsellers Are Transforming a Culture*. New York: The New Press, 1995.
② 可参阅田晓菲:《"瓶中之舟":金庸笔下的想象中国》《〈鹿鼎记〉:金庸,香港通俗文化,与中国的(后)现代》两篇文章,见《留白:写在〈秋水堂论金瓶梅〉之后》,天津:天津人民出版社,2008年。
③ 陈平原:《千古文人侠客梦》,北京:新世界出版社,2002年,第194页。

俗的艺术判定。但是这样的一个后果是,文学作品被当做文化材料来使用,正如我们在上面看到的,几乎所有的研究多少都有点文化研究的嫌疑。为此,周蕾在20世纪90年代所发出的尖锐批评仍有其价值:警惕研究中的"帝国主义倾向"!

第二节 鸳鸯蝴蝶派的诗学

文学品鉴有青、白眼之分,可以从所谓的"雅""俗"文学分流之中泄出端倪。历来的看法是,"雅文学"高高在上、文质彬彬;"俗文学"虽流布广泛,却品味不高。这种一言以蔽之的看法,自然有其理据,但也必须接受检讨。其中一个核心的议题是,这种一刀切的标准到底从何而来?思量再三,恐怕不能不说是从前者之中演绎而出,并由此剪裁了后者。心急者也许想就此建设一套"通俗文学"的理论,标榜俗文学的自立自为。但是,转而细究,这不正好落入了雅俗对峙的二元窠臼,承认文学作品必有品种的等差。换言之,文学研究归根到底只是对其前缀的讨论(雅的/俗的;新的/旧的;中的/西的等等),而非新批评者念兹在兹的"文学性"(Literarity)研讨。

尽管"文学性"这个概念从诞生伊始到现在,屡经播迁,并且日渐沉迷于对深度模式和变化多端的形式追索之中,但它也无时无刻不提醒我们,即便是按图索骥、老老实实地叙事,也可以形塑一种可能的"文学性"。在这个意义上,我们有必要把通俗文艺从一般消费品的观念误植中解放出来,并施以更多元、灵活的观察视角。这里,我们所要举证的是20世纪蔚为大观的"鸳鸯蝴蝶派"。这个流派,横贯20世纪上半叶,并在1949年之后,再接再厉地转向中国港台地区及东南亚地区的华人社群发展,且绽放新意。"鸳蝴"原不是一个有组织、有章程的文学团体或流派,而是五四之后被新文学作家用来涵盖新文艺以外所有旧派作品的笼统称谓。在

第六章 通俗文学的文化政治

此之前,它也经历过专指四六骈体言情小说的短暂阶段。但20世纪30年代以后,它已经无所不包,泥沙俱下,所以备受后来史家的攻讦[①]。这种情势在20世纪80年代开始得到扭转,海内外学者联手恢复了其初步的历史信度(Validity)和学术活力(Viability)[②]。国内以魏绍昌、范伯群等先生为翘楚,而国外则以林培瑞为代表,他的《鸳鸯蝴蝶派》正是这方面的开山作。

林培瑞的《鸳鸯蝴蝶派》刊行于20世纪的80年代,虽然到今天,时间已经过去三十年,"鸳蝴"也由原来的"恶流"("二流"[③])、"俗流"变成了当下"炙手可热"的学术亮点,但海外世界相关专著却只此一本,别无所有,多的只是零星的片论[④]。饶有趣味的是,国内对它的了解多是通过周蕾极具批判性的《妇女与中国现代性》一书。周蕾将此书与夏志清的名文《徐枕亚的〈玉梨魂〉》("Hsu Chen-ya's Yu-li hun: An Essay in Literary History and Criticism")并举,对应性地提炼出两套极为不同的研究方法:"社会学的"方法和"文学的"方法。其中,林培瑞式的社会学方法倾向于把"鸳蝴派文

[①] 相关的讨论可见范伯群:《礼拜六的蝴蝶梦:论鸳鸯蝴蝶派》,北京:人民文学出版社,1989年;《中国现代通俗文学史》,北京:北京大学出版社,2007年;范伯群主编:《中国近现代通俗文学史》,南京:江苏教育出版社,2000年;范伯群、孔庆东:《通俗文学十五讲》,北京:北京大学出版社,2003年;袁进:《鸳鸯蝴蝶派》,上海:上海书店出版社,1994年;刘家庆:《鸳鸯蝴蝶派研究》,天津:延边大学出版社,2001年;《鸳鸯蝴蝶派散论》,天津:天津社会科学出版社,2005年;刘扬体:《流变中的流派——"鸳鸯蝴蝶派"新论》,北京:中国文联出版公司,1997年;赵孝萱:《"鸳鸯蝴蝶派"新论》,兰州:兰州大学出版社,2004年。

[②] 杨照:《在惘惘的威胁中——张爱玲与上海殖民都会》,陈子善编:《作别张爱玲》,上海:文汇出版社,1996,第44页。

[③] 柳存仁有所谓"Middlebrow Fiction"的提法,见 *Chinese Middlebrow Fiction from the Ch'ing and Early Republican Eras*. Hong Kong: Chinese University Press, 1984.

[④] 例如唐小兵以"现代性"观念解读了《恨海》(*Chinese Modern: The Heroic and the Quotidian*. Durham: Duke University Press, 2000),李海燕以"情感结构"分析了鸳蝴言情小说(*Revolution of the Heart: A Genealogy of Love in China, 1900—1950*. Stanford: Stanford University Press, 2007),胡缨从"塑造女性"的角度对其作出关照(*Tales of Translation: Composing the New Woman in China, 1899—1918*. Stanford: Stanford University Press, 2000)等等。

学整个都转变成为现代中国生活的'方法'指南('how-to' guides)"。这种解读方式尽管"明显表达出善意,试图挽救不为经典评判标准所肯定的资料",但在周蕾看来,却也无疑"隐含有帝国主义倾向,因为史学家似乎就认为这些资料客观中立,这样一来他们便延续了所谓'知识'(knowledge)的帝国主义倾向,这种倾向总是以不同'国族的'差异来进行论述。这也就是说,一个复杂文化形式的特殊之处总是只被驯化成'有用途之处',这种方法只因为有'实际的'数据的支持便宣称自身是科学客观的"①。

可以肯定,周蕾的评骘有其敏锐之处。她不仅一针见血地指出了林著于方法论上的局限,而且也深挖了其后可能伏匿的意识形态运作。然而,不可否认,她也同时给我们造成了如下一种误解,即林培瑞的工作仅仅止于对鸳蝴作品做反映论式的社会学解读。事实上,通读林著会发现,林著还有精彩的结构主义叙事学分析。这种方法自然可以上溯到普罗普(Vladimir Propp)、托多洛夫(Tzvetan Todorov)等人的结构主义理论。在他看来,文学叙事总是有案可稽,再繁复的作品也可以降解成各种固定叙事功能或意义单元的排列、组合。鸳蝴言情小说之中,同样存在着这样一脉清晰的浪漫套路(The Romantic Route)。它们是:(1)非凡的天赋(Extraordinary Inborn Gifts);(2)高度的敏感(Supersensitivity);(3)深陷情网(Fall in Love);(4)残酷的命运(Cruel Fate);(5)忧思和疾病(Worry and Disease);(6)毁灭(Destruction)。这六个方面不但相互牵引、互为暗示,而且也极为巧妙地构筑出一套传统的阴阳秩序。前三、后三分别指向了或积极或消极的两面,从而形成了一种平行的对称结构②。林的解读当然只是点到为止,不过有心人,也

---

① 周蕾:《妇女与中国现代性:西方与东方之间的阅读政治》,蔡青松译,上海:上海三联书店,2008年,第76页。

② Link, Perry. *Mandarin Ducks and Butterflies: Popular Fiction in Early Twentieth-Century Chinese Cities.* Berkeley: University of California Press, 1981, p. 65.

第六章　通俗文学的文化政治

可以顺藤摸瓜,再来一番格雷马斯(A. J. Greimas)似的符号矩阵解析,把其所谓的 X、反 X、非 X、非反 X 一一坐实对应①。如此一来,鸳蝴小说焉能不像杰姆逊所解读的《聊斋志异·鸲鹆》那样重现新意和光彩②?

此外,不满于仅从西方世界援引理论资源的读者,也可以转向中国的抒情传统,从其形式论上找到新的技术支撑。在关于 17 世纪才子佳人小说骈文体裁的研究中,萧驰不无深意地指出,骈四俪六的平行文体不仅方便了情人们的诗笺往来,更是提示出叙事结构上的对称平衡。而且,更为重要的是,它还暗含一种本体论的可能,即其显示了人们对宇宙、世界的本原认识。文类的平行结构对应的是宇宙的公平准则,才子佳人的"命中注定"也是由这一平行的宇宙观所决定。刘勰所谓"天文""地文""人文"的有序呼应,此之谓也。不过,在萧驰看来,天人和谐又不止于阴阳结合这么简单,它也讲求变化的轨迹,追逐在"同类相从"之中发现"异类俱存"。这种宇宙哲学观反映在美学形式上就是骈文和律诗等既有整饬的对仗,又必须以绝对不同的字词来完成③。从这个意义上,像徐枕亚《玉梨魂》一类的近世骈体言情小说,可以视为此一认识论的现代延续。但是,因为徐枕亚同时处在一个传统世界观、美学观崩裂的年代,他悼亡式的写作也另有了一层现代意义,即"要在变化的时代走出'异类俱存'的死胡同,推广情在乱世中的教化作用"④。同样的,林培瑞在书中所拈出的这六个既对立矛盾又互为平行的结构,也可视为是对这种"教化作用"的发现和肯定。

---

① A. J. 格雷马斯:《结构语义学:方法研究》,吴泓缈译,北京:生活·读书·新知三联书店,1999 年。
② 弗雷德里克·杰姆逊:《后现代主义与文化理论》,唐小兵译,北京:北京大学出版社,1997 年,第 103—112 页。
③ 萧驰:《中国抒情传统》,台北:允晨文化出版社,1999 年。
④ 徐钢:《情的现代传承——读夏志清的〈徐枕亚的《玉梨魂》〉》,王德威编:《中国现代小说的史与学:向夏志清先生致敬》,台北:联经出版公司,2010 年,第 158 页。

应当看到,林培瑞在方法论上并不是孤立、单一的,即便是在社会学的研究层面上,他也试图突破简单的历史反映论,而指正文学与现实之间有着无尽的辩证、互动。言情小说在民初的风行,既受惠于社会风气的变动、传统家庭伦理的解钮,同时也受到现代出版传媒发达的催动,可反过来,这股写情的潮流也给现代出版业及思想革新事业注入活力。李海燕关于鸳蝴作品中"情感结构"的讨论,就一再表明这种感伤的儒家基因,造就的是一个现代情景中的"爱之共同体"(The Love Community):不仅为现实赋予意义,更将此意义体现于感官与感性形式的过程①。近年来,有关"情感"问题的讨论,备受青睐。从都市语境下的价值抉择到公私律动中的情感表达,乃至民族国家话语的现代确立,议题五花八门②,但是,这些研究不是就事论事,徘徊于五四新思潮内部,就是如王德威等人一样直抵中国抒情源头③,反而是把民初鸳蝴这一论域束之高阁了。这个领域之所以重要,除了其牵涉广泛的内容外,更关键的是其独特的展出形式和意识形态。这里,我们想特别表明,此种独特的展出形式,不惟是指报纸杂志所营造的话语"公共空间",更是指其用连载的形式来刊登作品,并发展出一种新的美学形式和阅读

---

① Lee, Haiyan. "All the Feeling That Are Fit to Print: The Community of Sentiment and the Literary Public Sphere in China, 1900—1918." in *Modern China* Vol. 27, No. 3 (July 2001), pp. 291—327.

② 譬如 McDougall, Bonnie S.. *Love-Letters and Privacy in Modern China: The Intimate Lives of Lu Xun and Xu Guangping*. New York: Oxford University Press, 2003; Braester, Yomi. *Witness Against History: Literature, Film and Public Discourse in Twentieth Century China*. Standford: Stanford University Press, 2003; Tsu, Jing Yuen. *Failure, Nationalism, and Literature: The Making of Modern Chinese Identity, 1895—1937*. Stanford: Stanford University Press, 2005; Berry, Michael. *A History of Pain: Trauma in Modern Chinese Literature and Film*. New York: Columbia University Press, 2008;王斑:《全球化阴影下的历史与记忆》,南京:南京大学出版社,2006年;海青:《"自杀时代"的来临?:二十世纪早期中国知识分子群体的激烈行为和价值选择》,北京:中国人民大学出版社,2010年。

③ 王德威:《抒情传统与中国现代性》,北京:生活·读书·新知三联书店,2010年,第3—65页。

第六章　通俗文学的文化政治

体验。李欧梵已经提醒我们：

> 这些外在的问题（指小说连载，以及与此相关的杂志停办、报纸排、改版等问题），在现代西方文学理论中一概不提，一切以（抽象的）文本以及文本以内的"作者"为依归，只有研究文化史或印刷史的理论家——如法国的罗杰·夏蒂埃（Roger Chartier）——才会关心这些文本制作或实际阅读习惯的问题。①

林培瑞特别指出，近代报刊小说的发达离不开连载这种特殊的形式。就读者而言，连载给他们造成了一种经济上负担更小的错觉，为此他们乐于每天以微小的支出来满足自己的阅读需求，从而培养了一种近似于定时定点阅读的消费习惯；而从出版社的角度来看，为了保持其销量的稳定，他们就必须想方设法地去吸引读者，所以，每天的连载故事总是在一个未完的高潮中收束，牵引着读者在第二天的阅读。这种编排和书写的体例，显然受教于传统的章回说部，只是其中悬念、高潮出现的节奏和频率被大大强化。虽说小说因此变得更加好看了，但同时也带来一个问题，就是如此"制作"对小说本身的美学性有没有伤害？

在针对《海上花列传》以及《海上繁华梦》的具体讨论中，林的高足戴沙迪公正地指出，小说连载的形式非但无损于其美学特质，反而助其发展出一路更为复杂、连贯的叙事结构，调试着读者在面对新的都市刺激之时的情感反映，并也在出版技术和办刊文化不断变化的语境下使自身稳定下来。② 事实上，如果我们稍加注意，

---

①　李欧梵：《通俗文学研究断想》，季进编：《李欧梵论中国现代文学》，上海：上海三联书店，2008 年，第 171 页。

②　Des Forges, Alexander. "A New Mode of Literary Production in the Late Qing: The Invention of the Installment Plan." in David Der-wei Wang & Shang Wei, eds. *Dynastic Crisis and Cultural Innovation: From the Late Ming to the Late Qing and Beyond.* Cambridge: Harvard University Press, 2005, pp. 388—419.

还会发现连载小说非但提供了都市语境下新的消费和生产策略，同时，也对传统的文本定义产生冲击。这些连续出现的小说片段，非但缺乏相对的完整性（因为篇幅或排版的关系，小说常常被任意腰斩，不能终句、终篇就结束了一期的连载），更是同其他文字、图像，即同一期号、版面内的社论、新闻、广告等等形成一个混合文本。这些文本之间有没有一种呼应，甚至抗拒的关系，这些关系是不是又足堪另一意义上的"大文本"？针对这个问题，荷兰学者贺麦晓已经提出了一种全新的解释路径，即"水平阅读"（Horizontal Reading）的方法。该方法强调同一期号上的各文本之间存在着空间上的关联（Spatial Relation），单一的小说或诗歌文本不能算作是独立的意义单元，真正的"文本"是指杂志期号本身以及它全部的视觉内容。这个"文本"不是由某个单一的作者完成的，而是"一个集体作者的产物；一个编辑的产品；或一个作者隐去的（authorless）多声部集合体"①。

正是在这样一种具有整体关照的视野下，我们可以进一步明晰鸳蝴的价值功用，即上述所及的"独特"的意识形态。之所以要为独特加上引号，是想表明鸳蝴那种以"消闲""游戏"为中心的认知取向，实在是既新且旧。它不但可以回溯到视小说为稗官者之流、小道不经之说的古老源头，也可以使自身区别于五四感时忧国、涕泪交零的情感症结。在一个急速变动、前程未卜的时代，它给时人带去的是心灵的慰藉和精神的安顿。试想在一份充斥着国仇家恨、世相颓靡的新闻报纸中，这一方欲使人得到短暂喘息的文字空间，是多么的与众不同且用意良善。林培瑞将此称为"舒解性诗学"，倡导以快乐的方式来舒缓现代性的压力，以最安全的距离来经受时政的变化、外洋的冲击、传统的转型，以及社会的改革

---

① Hockx, Michel. *Questions of Style: Literary Societies and Literary Journals in Modern China, 1911—1937*. Leiden: Brill, 2003, Chap. 4.

第六章　通俗文学的文化政治

等等。

很显然,林从读者反应论的角度提出了这一认识。这一视点十分重要,至少传达出两方面的信息。第一,是通俗文学的关键组成——读者必须得到相当的重视。回顾目前的通俗文学研究,有关读者构成、性别、生活、审美取向以及其阅读反映对作品的最终成形、传播、演变的作用鲜有讨论。同作者、文本、世界这些相对稳定、可考的因素而言,读者因为缺乏记录自身或被记录的机会,往往不入研究者的法眼。但是,离开了这些无名的拥趸,通俗文学显然就失去了"通俗"的依凭。更何况,那些借着连载出现的小说,通常因为受到读者的干预,而出现更换情节、修改结局的现象,在这样一个集体作者共同制造文本的意义上,我们尤有必要对其施以充分的关切。第二个方面则是提醒我们,要把鸳蝴的美学主张和其审美实践相区隔。消闲娱乐确实是鸳蝴的艺术主张,但是,我们不能就此把它混同与其美学特质,理所当然地认为其书写的内容也完全是娱乐散漫的。逸乐休闲是鸳蝴作者对小说之用的一个定位,而细读其内容,我们会发现,其所要传递、讨论的信息、话题、意涵同五四新文学一样具有相当的严峻性和严肃性,对新的叙事技巧、新的语言也有充分的实践、发展。换言之,我们现在所认识的鸳蝴是把它所提倡的"寓教于乐"的"教"与"乐"混到了一处,或者干脆只见其"乐"不见其"教"了。正是在这个意义上,罗鹏(Carlos Rojas)说,鸳蝴和新文学之间不曾间断的斗争是基于两者分享了太多的相似点,如其作者的阶级背景、小说的内容、风格等等,而非其绝然的不同、对立。①

林培瑞在方法学上的另一个贡献是采纳了比较的视野,或曰

---

① Rojas, Carlos. "Introduction: The Disease of Canonicity." in Carlos Rojas & Eileen Cheng-yin Chow, eds. *Rethinking Chinese Popular Culture: Cannibalizations of the Canon*. London: Routledge, 2009, p. 2.

引入了全球化的观念来审视鸳蝴这个传统风格的都市小说,将其与城市化潮流、工业化进程中的英国、美国、日本等国的通俗文化等量齐观。在这一点上,周蕾所谓的"帝国主义"或曰"东方主义"倾向是不成立的。新的文化语境、出版机制、生活形态、价值取向、国际关系为鸳蝴文学的兴盛提供了历史动力,满足了整整一代人的精神寄托和情感安顿。也许,这种视点从今天的角度来看早已是明日黄花,它无非是把研究的注意力从内部引向外围,以文化而非文学的方法来考察世界。但是,当我们将20世纪10年代的全球观和情感症候同20世纪90年代全新的世界潮与情感趋势捏置一处时,会发现当中许多有趣的问题。千野拓政(Senno Takumasa)在《亚文化与青年感性的变化》一文中指出,这当中最大的变化莫过于阅读方式的转变。他说:

> 现在,部分年轻的读者阅读文艺文本的方式显然跟以前不一样。简单地说,他们看重的已经不是作品的故事情节和思想,而是作品里的形象(character)。……这种倾向在动漫、轻小说(light novel,在大陆相当于校园小说或青春小说)、yaoi(也称作 boys love,也就是女生看的男生同性恋的故事)小说领域特别明显。更重要的是这些现象跟青少年对社会感到的无聊、孤独或闭塞感有关系,加上,这不是唯在日本存在,而是几乎所有的东亚城市都能看到的现象。①

在这样一种对比下,我们可以看到:全球化并不是一个均质的现象,通俗文艺也不是对这个现象的某种机械性反映。而且更为有趣的,面对无法纾解的时代压力,人们,特别是青年为什么总是不约而同地选择通俗文学来释放(当然这并不是绝对的)?是它更

---

① 千野拓政:《亚文化与青年感性的变化——在东亚城市文化所能看到的现代文化的转折》,《扬子江评论》2010年第5期。

第六章 通俗文学的文化政治

为流行,还是别有缘由?这些问题都值得我们深思。

总之,作为一个文学史研究者,林培瑞在资料的梳理、分类上有其长处,从出版事业,读者、作者的分布、构成以及小说的价值功能和性质转化方面都有细腻论述,但是,也由此泄露一己之偏见。诚如周蕾所言,为什么我们总是急于寻觅某一事物的"有用性",而不能从其无用之中见出深意?通俗文学有益于世道人心确是好事,但是,这些标榜快乐的文学能不能在社会价值之外闪现新意,这恐怕就要等待后之来者的论证了。愉悦纵然危险,但却是一种无形的诱惑,谁知道这诱惑之中又如何不能暗藏机关呢?

第三节 武林内外的纸侠客

众所周知,任何文学观念与文学现象的出现总有其多重缘起,文学研究必须直面文学发生的多中心、多资源的语境,允许对文学文本、现象、话语进行多角度、多视野的评价,避免将其固定于某个静止的层面。文学研究中没有绝对的权威与定律,所谓的"排他律""一元论"是与作为审美活动的文学研究背道而驰的。因此,我们期待的理想的文学研究应该是充满对话伦理的众声喧哗,是带有问题意识的自我驳难。基于这样的认识,我们从美国汉学家韩倚松的《纸侠客:金庸与现代武侠小说》这本书出发,来重新思考关于金庸研究的一些话题,辨析金庸研究中所呈现出来的文学形态的辩难(雅与俗)、文学空间的构造(港台与大陆)、文学史书写程式的变动(金庸入史)以及全球语境的形象流布(中国性与民族国家想象)等问题。金庸在20世纪的成功,不仅见证了一种文学类型无远弗届的影响力,而且也见证了公共媒体(报刊、电影、电视、漫画甚至网络游戏等等)在形塑作家形象方面无限的能量。"作为文本的金庸""作为现象的金庸"以及"作为话语的金庸"有力冲击了既定的文学史框架和设置,带来了学术史本身的位移和变动,也彰显了金庸作品独特的价值与可能的局限。

首先,"作为文本的金庸",主要是指金庸作品本身所具有的文学价值与丰富内涵,包括其作品在沟通大小传统、发展新式武侠叙事、呈现中国文化精髓以至于侧写香港地区的民族国家想象和大中华记忆等方面的独特贡献。这些方面已被论者反复提及,也一再显示出金庸作品的价值,为其入史提供了强大的舆论准备。但是,这些论述潜在的"排他性"也不容忽略,我们可以把这些解读大概归纳为历时论、高低论和内外论三种模式,来讨论这其背后可能的挤压与遮蔽。

所谓历时论,是指将金庸小说置于武侠小说历时性的发展脉络中加以讨论,并以新派武侠与旧派武侠来加以结构与概括。这基本上是"大历史"的写法,既强调历史的有头有尾、线性发展,也确认每个历史行为都有其意义与价值。陈世骧激赏金庸的小说,称之为"精英之出,可与元剧之异军突起相比。既表天才,亦关世运。所不同者今世犹只见此一人而已"[①]。可是,这种"历时论"往往见大不见小,缺少"共时"的考察,金庸技高一筹,却不必就此压抑了古龙、梁羽生、温瑞安等人的创作。正如20世纪40年代,不必因为张爱玲的存在,而抹杀了苏青、潘柳黛的价值,没有众女性联袂表现,张爱玲恐怕也难凭个人之力在彼时的文坛和以后的文学史中拔得头筹。[②] 韩倚松已经指出,金庸的出现既有"广派武侠小说"的历史因缘,也有港澳人民因一场"国术合演"(吴公仪和陈克夫于1954年的比武擂台)而引发"武侠狂热"的直接动因,而最先介入的不是金庸,而是梁羽生和他的《龙虎斗京华》。因此,金庸

---

① 陈世骧:《陈世骧文存》,沈阳:辽宁教育出版社,1998年,第202页。
② 参阅黄心村:《乱世书写:张爱玲与沦陷时期上海文学及通俗文化》,胡静译,上海:上海三联书店,2010年。

第六章 通俗文学的文化政治

的价值也还需要一个共时的武侠小说书写场域来给予支撑。

与历时论相比,高低论更为人们所熟知,通常对应着"雅俗二分"的立场。陈平原认为:

> 武侠小说作为一种大众文学,是在与高雅文学的对峙和对话中,获得革新和变异的灵感和动力的。武侠小说中好些思想观念和表现方式,都是从高雅文学那里偷来的,只不过慢一两个节拍而已。高雅文学革新的尝试得到了广泛承认以后,大众文学家就会想方设法将其引入自己的创造。①

姑且不论结论的正误,其讨论问题的模式基本上还是"冲击—反应"论在雅俗文学论域内的还魂附体。通过设定通俗文学僵化不变的假象,将其发展的动力归因于外部世界的刺激,所以着力发现通俗文学如何接通容受高雅文学,却忽略了通俗文学内部自我衍生的可能。这种解读的"排他性"在于只谈雅文学对俗文学的冲击,却避而不谈俗文学对雅文学的反向改造。韩倚松对金庸武侠谱系的分析,表面上追本溯源,从《史记》游侠列传、唐传奇、宋话本一路追踪而来,看似有理有节、清晰可辨,却也一再显示出武侠传统以外无武侠的偏见。当然,应该指出的是,尽管陈平原的"外部冲击论"颇有可疑之处,但他阐述的"外部视角"却对我们大有启发,比如就侠客形象的设定来看,其放浪、洒脱,甚至颓废、逸乐的个性面貌,除了武侠小说的叙事陈式外,至少还可以与明清士人在城市交游过程中所形成的轻财结客、饮酒狎妓、不事生产的"文人文化"相呼应。② 韩非子《五蠹》讲"儒以文乱法,侠以武犯禁",正可以作这种对话式的理解。

最后一种内外论的论述倾向于将金庸作品置于离散语境之

---

① 陈平原:《小说史:理论与实践》,北京:北京大学出版社,1993年,第283页。
② 有关明清文士生活形态的讨论参见王鸿泰:《侠少之游——明清士人的城市交游与尚侠风气》,李孝悌编:《中国的城市生活》,北京:新星出版社,2006年。

中,以"内外结构"考察它如何在香港这片殖民地上书写家国故事、历史传奇,不断激发出地缘政治、殖民记忆和身份认同的复杂问题,也见证其文字如何将地方经验推向民族国家想象,甚至上升到一种更为广大的无关政治的"文化主义"。诚如宋伟杰指出的那样,金庸小说的绝大多数主题是少年失怙、英雄成长。① 在某种意义上,这正是香港历史和在港华人特殊社会心态的文学投影:父亲(祖国)的缺席、经年的流亡,切实地唤生出一种浓厚的怀旧意识和"想象的乡愁"。韩倚松认为,这与战后香港高涨的国家观念大有关联。1949年之后,一个新的中国崛起在东方大地,对于离散在外的华人,这无疑是一种刺激和振奋,从中升腾起强烈的民族国家情绪自不待言。但是,正如田晓菲所说:

> 流亡心态和怀旧意识并非仅仅局限于政治地理意义上,也可以用在任何时间与空间的意义上。现代中国社会的人们,由于对中国现状的不满,特别渴望看到一个辉煌的古代世界,这种渴望可以浪漫化它怀旧的对象,甚至可以像魔术师一样凭空造就一个虚幻的过去,一个并不存在于正史的历史时期、完全是现代想象之产物的"古代中国"。……我们应该把"流亡"二字的意义加以扩展,因为流亡可以完全是精神的、时间的——现代中国人从"过去"的流亡。②

这个意见显然提醒我们,"内外论"的排他性在于对时间视角的忽略。或者更准确地说,金庸作品不仅指明了一种空间意义上的由外向内的"回归"冲动,更揭示出一种从时间意义上建设本地文化根基和悠久历史的努力。换言之,金庸作品并没有一以贯之

---

① 参阅宋伟杰:《从娱乐行为到乌托邦冲动:金庸小说再解读》,南京:江苏人民出版社,1999年,第三章第一节。
② 田晓菲:《"瓶中之舟":金庸笔下的想象中国》,《留白:写在〈秋水堂论金瓶梅〉之后》,天津:天津人民出版社,2008年,第205页。

第六章　通俗文学的文化政治

地表现出一种"大一统"的"向心"倾向。

韩倚松指出,金庸作品本身经历着一种对"民族—国家主义"由憧憬、想象到自省、嘲弄的过程。在《笑傲江湖》中,金庸堂皇地营造出一个虚构的地理空间——江湖,使之远离了先前作品中屡屡呈现的政治地理构造,并由此展开了大胆的文化想象和武侠艺术实践,最终以个人的实现和爱情主题的完美取代了大一统的国家历史叙事。这种趋向,在《鹿鼎记》中达到了高潮。借着韦小宝这个玩世不恭人物形象,金庸大玩后设叙事,出入演义与历史之间,亦真亦假,不仅戏仿了武侠小说的传统(也包括金庸本人的武侠小说),瓦解了读者的阅读期待,更对民族国家主义发出了异见之音,对那铁板一块式的"中国"和"中国性"概念提出了异议。

其次,"作为现象的金庸",是指作为文学创作者的金庸,如何巧妙地把一度落实于纸张(Paper)的文字通过报纸(News Paper)这个现代传媒推向大众,为其所知,也为其热捧,甚至介入他们的日常生活,由此形成了所谓的"金庸现象"。金庸借着武侠小说的魅力推动报纸的销量,又借报纸的流播来培养稳固的读者群体,伴随着小说连载的还有金庸精彩的政论,从而使自己由纯粹的作家转变为身兼作家、社会活动家和新闻学者多重身份的文化人。在这个意义上,金庸是一个懂得如何出奇制胜的现代剑客(Swordsman),推动了其作品的正典化、学院化乃至视觉化和全球化。

除了商业利润和经济运作,金庸和他的《明报》帝国相应地形塑了一个阅读武侠小说、发展武侠叙事的公共空间和美学平台。在那里,读者(包括批评家)、作者、出版机构联成一体,共同致力于文本的"制造"和开发。这个公共空间中,作者个人化的价值观念逐渐消解,取而代之的是公众普遍的愿景与期待,充满着锄强扶弱、善恶有报、英雄崇拜等等人类的共同愿景,甚至还有同气相求的"民族寓言"。不过,陈建华针对鸳鸯蝴蝶派文学的谈论,却使我

们注意到,在所谓的"公共空间"内部也有游移、溃散的层次。他说:

> 安德森认为现代报纸和小说建构了"空洞、同一的时间",造成民族"想象共同体"的必要条件。但在中国场景里不甚确切,至少在二三十年代的鸳蝴文学里,周末暇日与传统"阴历"混杂在一起,在"空洞、同一的时间"里存在另类空间,当然也躲避或抵制那个"进步史观"。①

包括金庸武侠小说在内的通俗文学,之所以会呈现出"另类空间",或许跟以下三个方面互有关联。一是通俗文学的消闲取向,这不仅同梁启超所谓的"新民"议程大相径庭,更与五四以来的工作说、进步说、革命论南辕北辙,格格不入。通俗文学坚守"小说"本分,不做"大说"的非分之想,所以是"异类",是"逆流"。二是通俗文学专注于传统的情感结构,李海燕就把鸳鸯蝴蝶派的感伤情绪定位在儒家观念之内,②但实际上,其内容应该更为广泛,包含了三教合流的内容。陈建华特别指出:

> 在中国的近世进程里,"三教合一"是极其重要的思想与文化运动,尤其在晚明,与此开放态度相应的,在文学上尊崇戏曲、小说,显示出民族文化的内在活力,在作一种空前激烈的自我调动,藉以回应时代的危机,对于这一点,迄今还未给予足够的关注。③

林培瑞的大作《鸳鸯蝴蝶派》也曾提到,民初言情小说的大盛

---

① 陈建华:《漫谈中国文学的自我与时间意识》,陈建华:《帝制末与世纪末:中国文学文化考论》,上海:上海教育出版社,2006年,第17页。

② 参阅 Lee, Haiyan. *Revolution of the Heart: A Genealogy of Love in China, 1900—1950*. Stanford: Stanford University Press, 2007, Chap. 2.

③ 陈建华:《漫谈中国文学的自我与时间意识》,陈建华:《帝制末与世纪末:中国文学文化考论》,上海:上海教育出版社,2006年,第9页。

第六章 通俗文学的文化政治

实际上与当时动荡的社会风潮大有关系,但比起五四那种直接搬用西方资源,通过"启蒙""救亡"来直面"血泪"的"说服性诗学",鸳鸯蝴蝶派小说更倾向于从民族文化内部发展出一种似曾相识的阅读记忆,以平复人们在现代性压力下惴惴不安的内心恐惧,也因此成为进步史观下的"异端"。① 三是与通俗文学的阅读史有关。五四文学或左翼文学,抑或革命文学,自有其阅读史,共同构成了主流价值论述,而通俗文学却大起大落,从"封建遗毒""阶级买办"变身成了现代、后现代的先锋。韩倚松反复提醒我们,在20世纪50年代的香港阅读金庸和在20世纪80年代的内地阅读金庸完全是两码事。他仔细讨论了20世纪80年代内地"通俗热"与"文化热"背景下,金庸小说如何受时势推动,逐渐为学界所重视,最后升格为学问("金学"[Jinology])的过程。与他的关注点不同,我希望指出,金庸小说与阅读金庸的现象的出现,不仅是社会改革、思想解放的历史产物,而且这个产物本身就是这段历史的动因之一。换句话说,我们关注的不仅是通俗文学的被动接受,而且还有其主动参与历史变革的功用。

在20世纪七八十年代之交,来自中国港台地区、日本以及西方世界的通俗文化,如邓丽君的抒情歌曲、琼瑶的言情故事、金庸的武侠小说,以及墨镜、喇叭裤、外国影片之类的消费品,提供了一套既有别于官方话语,也区别于传统知识分子语言的全新符号系统。其感伤、私人又充满浪漫冒险的"靡靡"基调,在某种意义上,直接构成了对革命叙事和阶级斗争的冲击和挑战。② 李陀也从现代汉语发展史的角度,佐证了这种颠覆性的力量。李陀认为金庸的写作承续了已然中断的旧式白话文书写传统,同时吸纳欧化的新式

---

① 参阅 Link, Perry. *Mandarin Ducks and Butterflies: Popular Fiction in Early Twentieth-Century Chinese Cities.* Berkeley: University of California Press, 1981, Chap. 6.

② 参阅 Lu, Sheldon H.. *China, Transnational Visuality, Global Postmodernity.* Stanford: Stanford University Press, 2001, pp. 197—198.

白话的语法和修辞,而发展出一种独特的"金氏白话",同时,他也不断地暗示,在现代汉语写作史上有一个无论如何都绕不过去的庞然大物——"毛文体",要谈论金庸的独特性,就必然地构成对"毛文体""毛话语"的疏离和超克①。这样的论述已然揭示了金庸等通俗文学直接参与历史变革的作用。需要指出的是,金庸小说及其他大众文艺对20世纪80年代内地意识形态话语及其表述的冲击,并非以一种直线、对立的方式推进的,它们通常借着反讽、植入的方式与官方话语发生关联,并在某种程度上为其所用,因此通俗文学的"反叛"价值通常受到轻视。还有一种更为普遍的解读是,20世纪80年代的"新启蒙"和"文化高热"②,应归功于西方文化的冲击。从先锋小说到现代戏剧乃至第五代电影都或多或少接受和挪用西方话语资源。尽管陈小眉已经指出,这种挪用有其主观上的选择和创造性的扭曲③,但是,我们还是不能否认,其基本的认知模式就是"外(国)强中(国)干"。中国始终被当作与西方相对的落后的他者来看待,当代文学的活力或者说吸引力,不在于对传统的再利用和创造性转换,而是其东方主义式的"原初激情"(Primitive Passions)。④ 这样的论述思路,当然也不可能关注到金庸小说等通俗文学主动参与历史变革的独特功用。当下所谓"重返八十年代"的思潮正愈演愈烈,可遗憾的是,其返来返去也同样返不到通俗文学的层面。重返者批评此前的文学史书写有僵化胶着的倾向,但是我们不禁也要问,其重返实践中是否也有某种预设的

---

① 参阅李陀:《一个伟大写作传统的复活》,《明报月刊》1998年8月号。
② 对这两个范畴的讨论可参阅贺桂梅:《"新启蒙"知识档案:80年代中国文化研究》,北京:北京大学出版社,2010年;Wang Jing. *High Culture Fever: Politics, Aesthetics, and Ideology in Deng's China*. Berkeley: University of California Press, 1996.
③ Chen Xiaomei. *Occidentalism: A Theory of Counter-Discourse in Post-Mao China*. New York: Oxford University Press, 1995.
④ 这个观念来自周蕾,参阅《原初的激情:视觉、性欲、民族志与中国当代电影》,孙绍谊译,台北:远流出版公司,2001年。

第六章　通俗文学的文化政治

偏见和前理解,比如雅俗的判然不同和高卑定位,由此而影响了对20世纪80年代文学生态的全面把握?

再次,"作为话语的金庸",主要是想探讨金庸作品对目前的文学史写作和学术史发展带来了哪些影响和冲击。当然,从根本上来说,并不存在所谓完善、权威的文学史框架和书写模式。我们之所以会认为张爱玲、张恨水、金庸等人的入史是一种学术冲击,是我们每每预设了一个可以被冲击的对象。这种预设的前提就是文学史变成了教科书,在地位上不可低估,在观念上不容触动。不过,陈国球已然指出,这种担心教科书"以一种思想文化的霸权面目出现,使舆论一律,进而达到思想的钳制"的考量,实在是"其他地区的研究者难以体验的。或者因为别处的大学用书没有这种至高的地位,虽然其中的叙事声音仍然不脱权威自命的唇吻——自觉能成一家之言的叙事者往往高度自信,但听声音者不会视之为绝对真理的惟一代表,甚或仅视为喧哗的众声之一"[①]。

正是在多元论的意义上,才必须首先检讨"冲击论"这个提法本身。我们并不是说"金庸入史"对既往的文学史写作毫无冲击,而是我们把冲击的影响力无形中放大,而放大的原因就是把过去的某些文学史抬得太高、看得太重。归根到底,我们为过去的文学史写作,特别是成为教科书的文学史写作,设置了过多的排他律。如果我们不是以一种大历史的观念来看待文学的发展历史,那么,今天的讨论也就毫无必要。我们应该反思,所谓的冲击,到底是冲击什么,以怎样的方式冲击。陈平原曾经描述过文学史家接纳通俗小说的三条路径:"即在原有小说史框架中容纳个别通俗文学家、另编独立的通俗小说史、强调雅俗对峙乃20世纪中国小说的一个基本品格,并力图将其作为一个整体来把握。"除了单独修史,

---

[①] 陈国球:《文学史书写形态与文化政治》,北京:北京大学出版社,2004年,第320页。

"另外两种策略,都面临如何为通俗小说定位的问题"①。金庸作品的冲击论,便是从这几个路径派生而来。

表面上看来,单独修撰通俗文学史,雅俗文学针锋相对,对传统文学史书写冲击最大,但实际效果却不尽如人意。范烟桥曾在1927年写过一本《中国小说史》,追流溯源,把民初以来便盛行不衰的鸳鸯蝴蝶派通俗小说正式纳入中国本土小说发展的"全盛时期"加以论述,张扬《玉梨魂》和《广陵潮》承前启后的作用,却只字不提五四以来方兴未艾的新文学,唐小兵认为,这"也算是给了新文学运动健将们一个不卑不亢的回应"②。20世纪90年代,范伯群也集方家之力,编撰厚厚两大本的《中国近代通俗文学史》(南京:江苏教育出版社,1999年),为单翅的中国现代文学史找回了失落已久的另一只翅膀。但是,观其效果,实在有限,学界至今依然需要讨论"通俗文学入史"的问题,中国现代文学史照旧书写"鲁郭茅巴老曹"的丰功伟业,不谈包天笑,不说周瘦鹃,更遑论孙了红、程瞻庐等等。至于在原有的文学史框架中接纳部分通俗文学,也无非是拾遗补缺,仍构不成对文学史的冲击和质疑。这些文学史书写的后来者,基本上都是敬陪末座的。只有到了新文学作家要与通俗文人一较高下、重新论资排辈的时候,这种冲击才真正成立。夏志清的《中国现代小说史》之所以对"重写文学史"厥功甚伟,关键原因是把张爱玲放到了与鲁迅平起平坐的位置上。如果张爱玲不过是他论说20世纪40年代女性作家中的一节,那么,这本文学史的魅力恐怕会大打折扣。金庸冲击论的实质也是如此,当有人把他放在了鲁迅、沈从文、巴金之后,老舍之前,至于茅盾则干脆名落孙山,这才引发了所谓"文学大师"排座辩论的风波。从

---

① 陈平原:《"通俗小说"在中国》,舒乙、傅光明主编:《在文学馆听讲座·生命的对话》,北京:中国社会科学出版社,2002年,第187页。
② 唐小兵:《漫话"现代性":〈我看鸳鸯蝴蝶派〉》,唐小兵:《英雄与凡人的时代:解读20世纪》,第264页,上海:上海文艺出版社,2001年。

第六章　通俗文学的文化政治

这个意义上看,金庸入史其实没有真正冲击现有的现代文学史书写,只不过是重申了一个基本的文学史常识,即新文学并不是中国现代文学的全部,通俗文学与新文学一起共同构成了中国现代文学史的生动面向。文学研究应当具有更加开阔的视野和开放的心态,通过雅俗互动这个视角,把所有的作家置于同一个平台上,彼此激荡,相互冲撞,以此讨论和评价他们的审美特性与艺术成就,还原中国现代文学发展的丰富生态。这或许应该是我们所期待的真正的冲击。

最后,必须指出的是,"金庸入史"虽然具有学术思想转型的示范意义,但是,切忌把"金庸入史"变成"金庸典律",形成所谓金庸之后无武侠的错觉。比如张大春的《城邦暴力团》无论是场景、叙事、观念、结构、体例以及文类的挪用上,都更加现代化或者后现代化了,传承了新派武侠的传统,又将其大大推进了一步。所谓的"文学史"不过是一种叙事、一种视角、一些有局限的材料和观点。金庸小说不能代表武侠小说的全部,面对金庸入史的讨论,我们应该抱持开放而审慎的态度,对通俗文学与高雅文学之间幽微关系、复杂"间性"做出更为细腻的界说和追问,从而呈现出文学史众声喧哗的丰富而多元的面貌。

第七章 马克思主义与美学

第一节 崇高的历史形象

马克思主义的中国化与经典化,很长时间以来往往伴随着庸俗化和博物馆化。这与马克思主义理论进入教育体制,成为教科书的刻板内容有着直接的关系。通过反复地诵读、记忆、灌输,马克思主义在某种层面上成为定律甚至教条。这种对马克思主义进行"去历史化"处理的方式,不仅使其魅力大减,而且不可避免地带来其内在价值的折损。一般而言,马克思主义通常被割裂为相互分离的两部分,一部分是作为(社会)实践话语的马克思主义,主要存在于政治、经济、社会、历史等领域;另一部分则是作为(美学)批判话语的马克思主义,基本落实在哲学、文学、意识形态等方面。马克思主义在中国,更多地被当作一种社会理论来接受,与革命思想、国家理念、政体制度等紧密相连,而它美学意识形态方面的价值,常常遭到搁置和延宕。这不仅显示了研究范式上的学科局限,也暴露出一定的地缘政治性。就西方社会而言,因为没有经历过真正意义上的马克思主义革命,所以马克思主义基本上被当作一种介入性的文化批评话语来使用,法兰克福学派便是极好的例证。与此相对,中国切身的革命经验,已经使得马克思主义被历史性地纳入到政治体系之中,并获得"国家思想"的身份和地位。这个中国化与经典化的结果,无疑影响了其批判功能的运作和体现。

格尔兹的人类学研究曾经提出一个"回转"的理念,指"一种社

第七章　马克思主义与美学

会或文化坚持不懈要将自身转变到一种新的形态,但甚至在获致确定的形式后,它仍旧未能达成目标"①。如果借用"回转"的理念,可以看到马克思主义中国化与经典化的过程,始终伴随着各种力量的制衡与冲撞,对话与协商,即使马克思主义成为一种知识或律条,我们也很难断言它完全达致了目标。更何况任何一种文化实践,总要面临"内在转化"的过程,一种文化面对另一种文化的刺激时,往往会产生创造性的转化,由此而促生的现代性,与其说仅仅是外来冲击所强加的,不如说是内在因素重组而形成的。② 马克思主义中国化与经典化过程中知识与权力的相互角力,外在与内在的彼此刺激,提醒我们在讨论马克思主义与中国现代文学的关系时,必须排除那种大历史叙述式的单音模式,而尽可能呈现喧哗的众声,无论这种声音是补充、修正,还是挑战、颠覆。

海外中国现代文学研究界对马克思主义与中国现代文学关系的思考,让我们看到了其中不断冲突、不断对话的回转立场。早在20世纪60年代,谷梅在其《共产主义中国的文学歧见》(*Literary Dissent in Communist China.* Massachusetts：Harvard University Press, 1967)一书中,就对20世纪四五十年代纠缠于革命作家(如何其芳、胡风、冯雪峰、萧军、丁玲等人)和政党政权(国民党、共产党)之间的文学分歧做了细腻的解剖,打开了政治意识形态之下更为幽微曲折的文学主张。踵武其后,是夏济安《黑暗的闸门》关于左翼和左联的精彩研究,同谷梅的解释模式完全不同,夏济安避开了将权力和艺术作二元对立的方法,转而去发掘艺术体系内部、个体生命进程之中或者政权组织形态中间所产生的种种龃龉。比如针对瞿秋白的讨论,夏济安就着力指出其软心肠的根源,并非由于他摆

---

① 转引自王德威:《被压抑的现代性:晚清小说新论》,宋伟杰译,台北:麦田出版公司,2003年,第53页。
② 参阅克利福德·格尔兹:《文化的解释》,纳日碧力格等译,上海:上海人民出版社,1999年,第7章。

荡在政治抉择和主观情志的两难之间,而是他过去的生命感受一再搅扰对革命的投入,最终令他不断反省以至于畏葸不前。当然,尽管夏济安的思路避开了大小主体之间的二元对峙,甚至发掘出其内部互有咬合的共通成分,可是,那些表面上看似并不合辙的部分,仍有可能成为一事之两面。王斑在关于革命影片的考察中就特别强调了这一点,认为感官化的欲求和快感并不是外在于革命理性、需要被压抑的部分,恰恰相反,它是政治言说的升华机制和崇高根基。于是,公与私以最不可思议的方式,结合为一体,实践了一种政治美学①。当然,不是公众化的关怀总要透过私人化的表述才能够达成,而是两者从根本上是一体的。

除了以上三种文学意识形态的阐释之外,我还想特别强调一种迄今仍不为人所重视的观点,即政治对文学所造成的不仅仅是压抑,在某种意义上,它可能也是助力。这种受虐狂式的解释,或多或少可以从布迪厄的场域理论中获得支撑。在布迪厄看来:

> 文学场是一个力量场,这个场对所有进入其中的人发挥作用,而且依据他们在场中占据的位置以不同的方式发挥作用,这个场同时也是一个充满竞争的斗争场,这些斗争倾向于保存或改变这个力量的场。②

文学场就是一个永无宁日的战争世界,个人或者团体基于场内占位的考量,总是需要不停地与他者进行斗争,以期维持或获得新的位置与地位。换句话说,一个作家或机构的可辨识度部分地取决于同他抗衡的对手的地位和名望。从这个角度来说,一个试图同国家体制或政党意识形态对抗的作家,比起那些在同辈中奋

---

① 参阅王斑:《历史的崇高形象:二十世纪中国的美学与政治》,孟祥春译,上海:上海三联书店,2008年,第116—151页。
② 布迪厄:《艺术的法则——文学场的生成与结构》,刘晖译,北京:中央编译出版社,2011年,第208页。

力竞争的人来说,总是更加容易成功。比如北岛早期诗作中那个集体化的声音之所以能深入人心,正是得益于 20 世纪六七十年代那个特殊的文化语境。因此,不必过分放大政治意识形态的钳制性力量。在一份针对 20 世纪 30 年代文学审查制度的研究中,贺麦晓明确提出,此时的文学创作并没有因为受到政治审查而变得一蹶不振,恰恰相反,作家们通过成功地与审查者周旋,获得了相当程度上的创作自主,作品的产出也表现得相当活跃。① 这种现象同样出现于电影行业。孙绍谊指出,直到 20 世纪 20 年代末才逐渐体制化的中国电影审查制度,在电影内容的管束方面实在是捉襟见肘,乏善可陈。它不得不变相地通过对刊登电影广告和具体排片等方面施加影响和压力,来实践和传递其权威。②

贺麦晓和孙绍振两位的讨论,使我们获得了一个立足点,来反思中国语境下"场域理论"应用的适切程度。他们至少在两个方面给予我们以启示。其一,不能简单地将"场域"理解成一个各种势力此消彼长的空间。这种看法简化了各种关系间的拉锯、斡旋、合谋,甚至改头换面的可能,以目的论取代过程或结果。其二,是恢复了一般读者或曰大众的价值。在布迪厄的分析中,唯有作家、编辑、出版商以及那些具有生产能力的读者(即可以经由文学消费来重新生产文化产品的批评家、教师、学生等等)才是文学场的主角。他对普通读者的忽视是植根于这样一种认知和现实:"文学史学者研究某一历史时期时,一般对文学生活当中没有批评能力和生产能力的人物无法求得实际的了解。"③因为公众无法用文字、影像来

---

① Hockx, Michel. *Questions of Style: Literary Societies and Literary Journals in Modern China, 1911—1937*. Leiden: Brill, 2003, Chap. 7.
② 参阅孙绍谊:《想象的城市:文学、电影和视觉上海(1927—1937)》,上海:复旦大学出版社,2009 年,第 135—138 页。
③ 贺麦晓:《二十年代中国"文学场"》,陈平原等编《学人》(第 13 辑),南京:江苏文艺出版社,1998 年,第 298 页。

记录自身,所以势必变得淹没无声。这样的思路略显简单化。孙绍谊提醒我们,政治审查的最终目标并不是电影或其表述本身,而是其观看的对象。在这个意义上,规训与启蒙具有同构性:公众或者说一般的读者,被想当然地处理成一个有待加工和改造的对象群体。可是,随着市民社会理论的兴起,这种任人鱼肉的公众形象,重新得到检视和重视。在分析民国时期的一桩女性复仇案件时,林郁沁就深刻地指出,源于大众的感性力量——同情,也有可能成为影响整个文化局势和走向的重大因素之一①。回到马克思主义与中国现代文学的论域,舒允中以更为具体的对七月派的研究表明,照搬场域理论来诠释中国的文学与政治关系,可能面临巨大的风险。在他看来,这个流派可以视为左翼文学内部对马克思主义美学有不同见解和立场的团体之一。他们对左翼主流的挑战,恰好暗合了布迪厄的斗争说。不过,这种冲撞尽管使其成名获利,但是,其最终的结果并没有如布迪厄所预料的那样因为受益不均而导致团体自身的分崩离析。更为重要的是,七月派也没有因为过分执着于对外斗争,而放松对自我的反省。这一点恰恰是布迪厄疏而不论的。②

欧美汉学界对中国马克思主义与文学关系的重视,其实昭示了海外学界的某种范式转移。1993年,刘康点明批评了以夏志清为代表的海外中国现代文学研究界,他们仍未摆脱冷战意识形态的理解套路,不是对左翼和革命文学视而不见,就是有意淡化历史语境,耽溺于文字和语言的技术操作。尽管这种观点招来林培瑞、杜迈克和张隆溪等人的批评性回应,可是,它也不无深意地提出了一个如何借"文化批评"来重新理解和正视中国、中国现代性以及

---

① 林郁沁:《施剑翘复仇案:民国时期公众同情的兴起与影响》,陈湘静译,南京:江苏人民出版社,2011年。
② 舒允中:《内线号手:七月派的战时文学活动》,上海:上海三联书店,2010年,第5页。

中国革命传统的问题。① 众所周知,欧美的中国现代文学研究,特别是美国的部分,之所以会在滥觞阶段表现出强烈的冷战色彩,与当时大的历史背景紧密相关。随着冷战的结束及学科的独立,学术自主意识越来越明确,原来诚此刑彼的对抗模式,便逐渐丧失了效用,并被愈来愈广泛的"现代化"解释理路所取代,各种后现代、后殖民的新式理论也都要在此领域一显身手。不过,这一范式的转移,也相应地提出了一些新的问题:这些西方理论能否真正解释中国的历史和现实?其解释的限度何在?理论的边界又何在?我们不妨以刘康的《马克思主义与美学》为个案来略加论述。

如果说西方世界经历了"真正"意义上的现代化进程,那么,对一些海外学者而言,因为缺乏相应的物质条件,中国社会真正经历的只是革命的现代性。要理解中国、理解中国社会、理解毛泽东领导下的中国,"革命"是一个不可回避的核心问题。于是,探讨"革命"、政治意识形态和马克思主义的中国化,就不单纯只是一个学术议题,它也标示着"现代性"范式的转向,当然,更重要的是对中国当代社会所作的借喻式的解读和介入。这一介入的中心,正是以研究当代马克思主义思想和美学闻名的杜克大学。20世纪90年代在杜克大学形成了一股热烈讨论中国革命、政治和马克思主义的学术思潮,其成果主要包括由刘康和唐小兵合编的《现代中国的政治、意识形态与文学话语》(*Politics, Ideology, and Literary Discourse in Modern China*, Durham: Duke University Press, 1993)、刘康的专著《马克思主义与美学——中国马克思主义美学家和他们的西方同行》(*Aesthetics and Marxism: Chinese Aesthetic Marxists and Their Western Contemporaries.* Durham: Duke University Press, 2000. 中

---

① Liu, Kang. "Politics, Critical Paradigms Reflections on Modern Chinese Literature Studies." in *Modern China* Vol. 19, No. 1(1993), pp. 13—40。林培瑞等人的文章亦在同一期上。

译本,北京大学出版社,2012 年)以及唐小兵编的文选《再解读》。这些成果的中心关怀就是理论干预和文化研究,通过历史性地恢复中国文学语境的复杂度,借由女性批评、意识形态分析、后现代理论等,来重新检测现实主义、自我/主体以及现代性等观念。这不仅为现代文学与文化研究提出了新的方向和议题,同时也积极地探索与示范了一种全新的阅读策略①,"阅读不再单纯地解释现象或满足于发生学似的叙述,也不再是归纳意义或总结特征,而是要揭示出历史文本后面的运作机制和意义结构"②。

刘康的《马克思主义与美学》是迄今为止唯一从美学角度对马克思主义中国化做出深入剖析的论著,与德里克从史学角度作出的观察相映成趣③。两者最大的区别在于,后者将马克思主义的中国化视为一个既成事实,从发生学的意义上勾勒出一条绵密而曲折的发展谱系,但前者却一反常态地将其视为中国现代化的认知装置和解释动力,把"革命文化"或曰"革命意识形态"提升到探索中国现代社会思想变迁和文学写作转变的本体论位置上。《马克思主义与美学》的思路与价值大致可以从三个方面加以观察。

首先是对中国马克思主义"历史化"的处理。所谓"历史化"大致有三个不同的向度。一是历史学意义上的那个"回到现场"。针对中国马克思主义的讨论,必须切实地与中国革命经验和社会现实相结合,才不会轻易落入西方后现代主义式的学院点评之中。二是从学科发展的角度看,海外学界针对中国马克思主义的研究经历了历史性的"范式转移",从 20 世纪六七十年代的"革命范式"

---

① Lee, Leo Ou-fan. "Postscript." in Liu Kang & Xiaobing Tang, eds. *Politics, Ideology, and Literary Discourse in Modern China: Theoretical Interventions and Cultural Studies.* Durham: Duke University Press, 1993, p. 301.

② 唐小兵:《我们怎样想象历史》,唐小兵编:《再解读:大众文艺与意识形态》,北京:北京大学出版社,2007 年,第 15 页。

③ 阿里夫·德里克:《革命与历史:中国马克思主义历史学的起源,1919—1937》,翁贺凯译,南京:江苏人民出版社,2004 年。

第七章　马克思主义与美学

转向20世纪80年代的"现代化范式"。① 在此背景下,作者试图说明马克思主义作为一个重要的思想和实践资源,在中国现代化的过程扮演了怎样的角色,又带来何种问题和启示。比如,从20世纪80年代到90年代,愈演愈烈的"现代化"大叙述,在涂抹革命记忆的同时,也掩盖了自身曲折繁复的发展谱系和运动轨迹。为此,作者使用"另类现代性"的概念,来应对所谓单一(Uniqueness)、统和(Unity)的"现代性"。三是全球化的历史语境。我们当然不能一味地抵制和否认"中心/边缘""中国/西方"的叙述模式,诚如德里克所言:

> 如果没有欧洲中心主义构图的传统和遗产,我们怎么书写世界呢?如果不参照这欧洲中心主义的传统,对历史的书写,甚至对反欧洲中心主义的书写,都会是晦涩难解的。②

即便是"亚洲作为方法"这样流行的研究理念,也部分受益于"中心/边缘"这个经典解释模子的失效或力有不逮。尽管"全球化"也有可能带来平面整一的风险,但它同时提醒我们,即便是在西方或者说欧洲内部,亦同样存在不同的文学、文化、历史、政治和社会形态。这个全球化的历史语境,不单是中国马克思主义美学思想产生、讨论的语境,也是其如何被看待、利用、辩难,甚至进入文化和政治资本跨国流通的语境。

其次是革命传统与批评性的介入,讨论中国马克思主义研究对当代学术生态以及社会思潮做出了怎样的回应和批评性的介入。20世纪80年代以来的"文化高热"③以"告别革命"的姿态,将

---

① 阿里夫·德里克:《革命之后的史学:中国近代史研究中的当代危机》,《中国社会科学季刊》(香港)1995年春季卷。
② 阿里夫·德里克:《全球主义,后殖民主义对历史的否认》,阿里夫·德里克:《后革命氛围》,王宁等译,北京:中国社会科学出版社,1999年,第162页。
③ 有关这个概念和现象的讨论可见 Wang, Jing. *High Culture Fever: Politics, Aesthetics, and Ideology in Deng's China.* Berkeley: University of California Press, 1996.

贯穿20世纪20年代的左翼思潮到20世纪60年代的"文化大革命"的革命红线进行淡化处理,尝试借"文化"消弭"革命",摆脱"意识形态"的缠绕。当然,标榜"文化",并不能就此撇清与政治、革命欲罢不能的关联。"后革命"的"后"不是"终结",而是新的思想形态对旧的思想形态的反叛和新变。换言之,所谓"后革命"仍是要处理"革命"的传递不辍,消长代换。只有正视中国的革命历史及其精神遗产,观察政治、意识形态和文化话语的多重交错,才能更加深入、完整地理解"现代化"的多重脉络和发展动因,并进而实践一种"现代性的反思"。从这个角度而言,《马克思主义与美学》的意图与价值,不仅在于对"革命"做了历史性的回顾和正视,引发了现代性内部不同取向间的辩证对话,更重要的是,它对中国当代文化政治和社会历史做出了借喻式的解读。显然,"革命"对作者而言,并不是指社会学层面上的那个"改朝换代",而是指中国革命意识形态传统和话语体系当中,或者说美学层面上的"革命"。革命时代的理念和实践已经渐行渐远,并日趋"博物馆化",而"革命时代的话语体系今天依然是国家意识形态机器的支配体系"①。

再次是关于农民革命与文化革命的思考。针对中国现代化解释的多元性,作者特别愿意强调农民革命与文化革命(或曰意识形态革命)。他认为,这两个方面构成了中国现代化的主要特征。自鸦片战争以来,无论思想界、文学界,还是政治、社会层面,革命论述已成大势。由于中国当时是一个落后的农业国家,经典马克思主义所提供的工人运动理论并不能在中国奏效,只有转而到农村寻求和创建革命的主体,试图建立起农民的革命主体意识。毛泽东以寓教于乐的方式,把民间、大众传统中可资利用的革命资源,进行了新的民族形式的加工、升华。从20世纪30年代的"文艺大众化""大众语文学"讨论,到20世纪40年代的延安整风,再到20

---

① 刘康:《文化·传媒·全球化》,南京:南京大学出版社,2006年,第99页。

第七章　马克思主义与美学

世纪60年代的革命样板戏书写和"文化大革命"实践,莫不如此,甚至20世纪80年代的"文化寻根",都存在这种文化意识形态的影子。它们共同致力于探讨中国现代化方案中的文化霸权、主体意识形态以及文化实践等议题,建构中国式的革命意识形态,从而丰富了马克思主义的中国形态。借由历史性地谈论大众文艺、意识形态、主体观念和城乡结构,作者为我们演绎了"革命中国"的大宗,并启示我们,没有对革命现代化遗产的继承,没有对革命话语的创新,那么有关中国现代化的论述,只能是机械重复一种叙述模式。可以说,在中国,任何针对革命文学的研究,都切实地需要马克思主义中国化的理论背景。惟其如此,文学研究才不会是纯粹的观念操练。

刘康借助葛兰西(Antonio Gramsci)"文化霸权"的理论,来解释瞿秋白以及毛泽东思想中关于马克思主义"中国化"和"民族化"的问题,指出中国"革命"的核心是要建立农民的主体性,并实现知识分子的"大众化"。但是,基于不同的政治形势,这相反相成的两面不断地碰撞、变化,引发了20世纪40年代延安整风运动、20世纪50年代美学大论争以及20世纪80年代文化反思等一系列思想和文学事件,把"主体性"问题和"知识分子"的价值推向了浪尖风口。环顾海外中国现代文学研究界,有关中国马克思主义的文学论述,也基本上聚焦于上述几个时段、事件和议题。邓腾克有关胡风和路翎的讨论,就紧紧围绕着"自我"和"主观主义"的问题展开①。不过,其研究的结果,早已溢出马克思主义的论说范畴,而直指胡风和路翎的"自我观",不仅同五四反偶像崇拜思潮中的个人主义、西方浪漫主义式的个体自我相关联,甚至也与新儒家论述中关于自我的话语,以及与此相关的"天"之理念有牵连。这种阐述

---

① Denton, Kirk. *The Problematic of Self in Modern Chinese Literature: Hu Feng and Lu Ling*. California: Stanford University Press, 1998.

有效地警示我们,切莫将马克思主义的中国化草草处理成一种西方理论的在华传播史,而应当被理解成福柯意义上的赋权(empower)斗争的过程,马克思主义的中国化也相应地包含同其他文艺理论和思潮,如浪漫主义、儒家思想的竞争与糅合的过程。

在这方面,佛克马(D. W. Fokkema)特别考察了20世纪中叶(1956—1960)中国文学和文学理论所受到的苏联影响,以及由此形成的一系列清规戒律(*Literary Doctrine in China and Soviet Influence, 1956—1960*. Hague:Mouton,1965)。佛克马以翔实的史料告诉我们:

> 必须把1960年的中国文学理论规范看做是一种全新现象,一个不可分割的整体。它既不是独立于外国影响的产物,也不是本国传统自然发展的结果。它迥异于苏联的、西方的以及中国传统的文学理论规范,它是一个全新的、前所未有的产物。①

这个产物,除了受到佛克马所说的苏联和西方影响外,日本也是不容忽视的文化传播中介,比如马克思主义文学理论的中国传播,藏原惟人(Kurahara Korehito)就起到了重要的中介作用。显然,观察文化间、文学间的互动关系,未必要拘泥于"直中取",亦可"曲中求"。所谓的"曲中求",除了地缘的因素外,也指涉不同的文学思潮和理论间互有容受。比如马克思主义者的"自我"观念就完全可能包含浪漫主义、心理分析等内涵。我们不能完全沉溺在马克思主义思想体系的内部(如西方马克思主义、日本马克思主义)来思考它在中国的命运和遭遇,其他相关的文学和文化要素也都应当纳入我们的观察视野中来。

---

① 佛克马:《中国文学与苏联影响(1956—1960)》,季进、聂友军译,北京:北京大学出版社,2011年,第257页。

第七章 马克思主义与美学

在外来影响之外,中国文化自身的组织形态和结构关系也是左右马克思主义中国化的关键因素。英国学者杜博妮就特别强调中国文化的"同一性"对毛时代中国文学民间化和大众化的推动作用。在杜博妮看来,这种作用之所以能够生成并运作,正在于"传统中国社会中,尽管人们的社会地位和个人财富差异甚巨,然而士绅和农民皆处于同一社会文化系统中,只不过各置一端而已"①。换言之,毛泽东的大众化和民间化理念,事实上是在一个统一的文化整体内部,为彼此分离的两端(精英与大众),重新找到了一条互有关联的线索。这条线索最核心的部分,正是毛泽东的《在延安文艺座谈会上的讲话》。有人称其为"超级文学",因为它是"文艺,却明显绝不仅仅是文艺"②。杜博妮在其编著的《毛泽东〈在延安文艺座谈会上的讲话〉》一书中,以1943年10月20日《解放日报》上发表的《讲话》为蓝本,翻译并透彻解释了这"绝不仅仅是"背后所蛰伏的文学功利观和马克思主义文学观。

正如有学者指出的那样,"《讲话》的贡献不在于将政治标准引入文学,在于使文学泛政治化;不在于提出'文学为政治服务'的口号,在于使它从仅仅作为观念物,进而生长为量化的可操控的组织结构"③。在此过程中,知识分子的"有机化"是一个特别突出的方面。它不单反映了威权对文学之用的搅扰和干预,并使得作家不断地科层化和制度化,而且也含蓄地提示我们,这个"有机化"的过程,同时也是知识分子传统形象历经蜕变和精神转折的过程。梅仪慈的《丁玲的小说:中国现代文学中的意识形态与叙事》(*Ding*

---

① Mcdougall, Bonnie S.. "Writers and Performers: Their Works, and Their Audiences in the First Three Decades." in B. S. McDougall, ed. *Popular Chinese Literature and Performing Arts in the People's Republic of China, 1949—1979*. Berkeley: University of California Press, 1984, p. 279.

② 李洁非、杨劼:《解读延安——文学、知识分子和文化》,北京:当代中国出版社,2010年,第3页。

③ 同上书,第167页。

Ling's Fiction: Ideology and Narrative in Modern Chinese Literature. Cambridge: Harvard University Press, 1982.) 特别通过"文本—意识形态—权势—个体生命经验"这个多维结构,来讲述丁玲一生的创作起伏①。她认为,丁玲的小说"虽然各自经历了不同的发展阶段,又不断探讨了写作的意义并修正了关于作家作用的概念",可是仍未能给"有机化"的道路提出"任何明确的答案",它只是帮助我们加强了如下一种认识,即"文学为了在一个激烈改变着的世界中取得生存的权利,它本身必须带着互有矛盾、模棱两可、变幻不定的性质"②。

同样是针对丁玲的讨论,颜海平则从社会性别的角度提出了她的观察。她试图论说革命及其遗产性别化的可能,以"非真的蕴律"(Unreal Rhythms)说明女性书写如何折冲在虚构的字里行间和现实的生物种性政治之中,并最终为其"柔弱"的身份赋权的问题③。借助于女性主义理论,作者或许部分实现了刘康所期待的"理论干预",但是,其明显不足在于,作者想当然地将女性"弱势化"了。这一处理方式,令人想起黄心村对周蕾所做的相似批评。她说:

> 周蕾对女性细节的强调也许确实为张爱玲的作品赋予了一种批评力度,但这种力度却仰赖于张被放置于那个边缘性地位,可是如果张爱玲并不是她那个时代的边缘性人物呢?如果张爱玲其实完全属于主流,她和她的同行们实际上就是

---

① 有关个多维结构的相关表述还参阅 Mei, Yi-tsi Feuerwerker. *Ideology, Power, Text: Self-Representation and the Peasant "Other" in Modern Chinese Literature*. Stanford: Stanford University Press, 1998.

② 梅仪慈:《丁玲的小说》,沈昭铿、严锵译,厦门:厦门大学出版社,1992年,第23页。

③ Yan, Haiping. *Chinese Women Writers and the Feminist Imagination, 1905—1948*. London: Routledge, 2006. 中译本见颜海平:《中国现代女性作家与中国革命》,季剑青译,北京:北京大学出版社,2011年。

第七章 马克思主义与美学

一种独特的战时通俗文化的主要构建者,那周蕾的边缘性论述还能成立吗?为什么女性叙述就必须是边缘化的呢?①

在此,我不想把颜著的疏忽完全处理成个体事件,事实上,就海外马克思主义与中国现代文学研究而言,这是一个带有普遍性倾向的做法,即人们习惯性地把马克思主义当作一个历史性的事件或美学范畴,而不是如西方马克思主义那样具有批判性的概念或工具。这种偏向的直接后果,是把马克思主义的中国化和经典化,混同于政治对文学的全面操控和挤兑。与此对应,是研究上不断出现所谓的疏离式、反叛式、挑战式的解读。这些解读把文学作品或作家的独特性单方面地归结为,它成功地规避了潜在或明确的政治准则,因而带有文学的自主性。这种认识也许并不错,但是,它至少没有意识到马克思主义作为一种文化理论,它本身带有自我干预的特性。换言之,在向文学渗透的过程中,马克思主义不单是压制性的,它同时也提出了反思的可能。这种反思,既针对文学,也针对其自身,这才是马克思主义"中国化"的真正含义。借助于这个观点,我们反观当下愈演愈烈的红色经典的重读、重写、重演,可以发现这不仅是一个民间世界对官方话语及其历史叙事的质疑行为,同时,也是革命经验内部自我梳理的表现形式。在此意义上,"马克思主义的中国化"不是一个已经可以盖棺定论的过去完成时,而是仍有待人们持续开发和讨论的现在进行时。因此,海外中国现代文学研究的这些成果,或许为我们进行下一轮研究预留和指明了新的阐述空间和论述向度。

---

① 黄心村:《乱世书写:张爱玲与沦陷时期上海文学及通俗文化》,胡静译,上海:上海三联书店,2010年,第45—46页。

第二节 革命传统中的美

近时的研究一再展示,我们今天所习用和谙熟的各类话语资源和文化概念,类似于"文学""世界""革命"等等,都是现代化进程的产物,其发生缘起固然有着不可移易的传统脉络,但唯有放置在中西文化的跨语际实践中方能得到最透彻的说明。① 以"文学"为例,其现代意义的发明,尤其是作为学科或者研究范畴的构筑,最早不会超过 19 世纪末,包括太田善男(Ota Yoshio)、笹川种郎(Sasakawa Taneo)等人在内的文学史观念,影响和左右了中国近代知识界对"文学"的界定。② 如果我们再把"文学"与 Education 互译的短期历史纳入到考量当中,自然还要看到晚清已降,文学与政治的交杂关系如何一再构形现代文学的启蒙品格,或曰忧国个性。③ 从 20 世纪初梁启超振臂一呼的新民论述,直到 20 世纪中期以后日渐突显的文化革命,"文""教"二字须臾不离,最终在 20 世纪 80 年代得到一次大的文化反思。尽管在此思潮之下,理论家们主要汲汲于构想一种透明的"纯文学",试图为"文学"删繁就简,不过,这也丝毫不妨碍文学可以有自成其大的气魄,其关怀从文字一直迁延播散,旁及视听体验、当代媒体,从而有了"文化"之实。

我们之所以如此不厌其烦地勾勒"文学"的(后)现代化谱系进程,实际上是想借此对比出我们今天对于"美"和"美学"的理解,有一种失之过简的处理。这种处理,一方面反映出学术研究中普

---

① 这方面代表性的著述有:金观涛、刘青峰:《观念史研究:中国现代重要政治术语的形成》,北京:法律出版社,2010 年;沈国威:《近代中日词汇交流研究:汉字新词的创制、容受与共享》,北京:中华书局,2010 年等。
② 王德威:《现代中国文学理念的多重缘起》,《政大中文学报》2010 年第 13 期,第 2—3 页。
③ Huters, Theodore. *Bring the World Home: Appropriating the West in Late Qing and Early Republican China.* Honolulu: University of Hawai'i Press, 2005, pp. 77—78.

第七章　马克思主义与美学

遍存在的对历史和历史材料做一般化对待的趋势。历史总是理所当然地被假定为可以透明地、直接地对接的,我之历史观即为他人之历史观。研究者凭借着后之来者的"论述优势"和"知识洞察",有意无意地涂抹和遮盖"历史化"的面目,从而使得所有的历史都变为一种当代史。而就另一个更为具体的层面来看,20世纪最大的美学成绩,在中国,毋宁是马克思主义美学。但因为马克思主义同时也是一种社会实践体系和政治施政纲领,这一面相,在某种层面上显然压倒了其美学性的一面,甚至在当代社会成为思想政治教育的关键一环,意义重大。由此,美学及美的观念,很自然地被国有化。换句话说,也就被政治正确的观念所牵引,其诠释的空间被压缩和固定。我们这样说,并无意于造成一种二分化的格局,进而去强调当中纯粹性的一面,恰恰相反,我们试图揭示出美的不同层次,以及蛰藏其间的各种对话可能。这种可能,既可以是古今的,也可以是中外的,当然更是"文""教"的。

当我们把目光转回20世纪之初,恰好也就是在"新小说"理念和实践风生水起的关键时刻,可以看到黄摩西、徐念慈诸位已经开始借《小说林》不断去辩证和反思梁启超的文学功能论。他们以"美""审美""美学"诸种观念挑战和质疑小说的不可思议之力,主张文学的感性特征,彰明小说的高格在于其"审美之情操",因此,其小说观和小说构造不必只是画地为牢,反而应如郁郁葱葱的森林般多姿多彩①。而沿着这样的思路再往回追溯,可以说,1904年当王国维启用叔本华的悲观哲学来解读《红楼梦》之时,其跨文化的阐释立场以及以美为内核的文学考察法,已经得到了如果说不是继承,至少也是很好的回应,因此,其不再是孤掌难鸣的曲高和寡。也许,仅就这两个简单的例子,我们就可以肯定地推说,所谓

---

① 摩西(黄人):《小说林发刊词》、觉我(徐念慈):《小说林缘起》、蛮(黄人):《小说小话》,《小说林》1907年第1期。

"美"和"美学"从来都不是自我封闭的乌托邦想象,相反,它是在与"新小说"试图黏合政治与文学的功利行动中立足、发展起来的,其反思、对话的冲动,从一开始就赋予了它文化史、社会史,自然还包括文学史的广阔向度。它加持和增益文学的多重性面目,展示文学理念缘起的多方性,不仅重组了文学知识,更是改造了文学的社会认知论。简而言之,"美"是一个革命性概念。

当然,这种"革命性"也必须还原到历史的当场中去权衡和考量。陈建华已经细致地指出,近代意义上激进的流血革命(Revolution),在晚清,至少还伴随着温和的革新(Reform)与进化的另一涵义。梁启超所谓的"三界革命",传递的正是这一信息,其所承续的是日语"kakumei"一词所包含的"一切万物中所莫不有"的淘汰与变革之意。不过,在面对1902年以后直转急下的革命形势之时,梁启超显然意识到了暴力政治的含义已经开始凌驾于顺应世界大势而进行改良的内涵,从而有了一系列力挽狂澜的举动。① 不过,这些举动正像王德威所指出的,并不一定是明确和夯实了其改良主义的革命倾向,恰恰相反,它一再模糊两者的边界,甚至还带出其预设前提的内爆:就表面的现实而言,小说的因袭与颓废之气在程度上较之创新性不遑多让;而就深层的动力机制来说,革命性的重建工作似乎唯有引入了破坏性的力量方能成其大。②

以《新中国未来记》为例,黄克强与李去病之间长篇累牍的辩论,可谓是将梁启超对革命两义骑虎难下的取舍予以外化。一方面,这自然可以说是,梁在建国方略的设想上有其矛盾挣扎,或曰权衡拿捏;但另一方面,它也无疑预示着流血革命的思潮到了彼时,已经成了不容回避的趋势。如果梁启超想要为立宪找到一种

---

① 陈建华:《"革命"的现代性:中国革命话语考论》,上海:上海古籍出版社,2000年,第1—23页。
② 王德威:《小说作为"革命":重读梁启超〈新中国未来记〉》,王吉、陈逢玥译,《苏州教育学院学报》2014年第4期。

第七章　马克思主义与美学

不可撼动的合法性,那么就不能对此视而不见。仅以小说界来看,1903 年以后革命情绪愈演愈烈,虚无党小说大盛,翻译和创作齐头并进,而其内核正是暴力暗杀。应对着此前邹容、章太炎和陈天华诸位的革命论调,以及社会上此起彼落的政治冲突,相信,梁启超在写作《新中国未来记》的时候,已然对这种风雨欲来的乱象做出了他微妙的回应。小说以一种稳健的步调,让激辩双方你来我往,步步为营推论立宪的合理性,此般姿态显然透露出梁的信心和果决。为此,可以说,"未来记"并不是梁启超先生夸夸其谈的乌托邦想象,或是犹疑不决的政治试验和推敲,而是有着扎实、细敛的考究与推演,只不这个过程未能善始善终,历时五回就宣告停滞和终结。

此外,如果我们再稍稍放宽眼量,就应注意到在《新中国未来记》写作的同年,梁启超还翻译了《世界末日记》。这篇科幻小说描写了地球在不可抗逆的自然灾害面前终将毁灭的结局。将新中国繁花似锦的未来同世界黑暗冰冷的末日相较,我们或许可以说,对梁启超而言,人类的大限终究外在于我们,因为人间有爱,所以地球的陨灭未必是最可怖的存在。相反,无尽的人间争斗或许才是最致命的因素。过去的文学史表述,总是对梁氏的新民宣示情有独钟,反而一再忽视其社会情怀之下,仍有对自为的情感和趣味的兴致。《世界末日记》作为一个窗口,反映出了梁启超的审美怀抱,他试图解释在生命的激荡中,人应当如何学会去承受刺激和回应要求,并由此焕发出一种自为的情境,一如小说中男女主人翁,以爱来平静面对地球的沉寂与死亡。

就着以上的说明,我们自然要辩证说,梁启超的"革命"观念,未必是铁板一块,其对政治小说的设计,除了要发皇一种社会召唤,相应的,也有美学的诉求和关怀,甚至,变革本身也可以成为一种(说服的)美学,诚如孔觉明的布道开坛、黄克强的雄辩滔滔,因而,没有必要下意识地把美学和革命看成是势不两立的存在。尽管就政治小说的实效来说,其确实乏善可陈,但又有多少人注意到,梁启超的革命中存在转圜的另一面,而不仅仅是启蒙呢?与此思考相应,作为梁启超"对立面"的王国维,也不见得完全封闭在形上的哲学思考之中,而缺乏社会性和政治性的指向和气度。其有关"人间"的诗话思考,以及自沉的生命抉择,多多少少都透露出,其学术和命运的取经与其说是被德国的悲剧美学所影响,毋宁说是被其政治美学或曰美学政治所左右,其死亡成了20世纪至为关键的美学事件,同时也是政治寓言①。

所以,从这个层面来说,王国维和黄人等人的革命性,并不在于其从反面提出了一种思考文学现代化的路径,相反,只从另一面强化了美学与政治的结合。他们对矫枉过正的小说功能论提出了反思,但并没有就此否认两者的同时性和并存可能。

就美学的起步而言,可以说,其内部当然已经充满了矛盾和张力,在传递感性之学的同时,它也不断言说着革命的可能。或许,在一个根本层面上,现代中国的任一一种文艺实践和哲学思考,似乎都无法完全跳脱政治现实,而成为一个封闭自为的空间。这个观念,当然是在重蹈夏志清当年所谓的中国知识分子的"感时忧国"情怀,但毋宁又比这个理解来得更为宽泛,即我们所强调的是,其所忧之国,未必是孤立的地理和政治范畴,相反,是一个处于世界中的开放国度。在经历了一连串的失败和挫折之后,他们无法不去正视文学的社会性,以及这些现实对文学所造成的各种直接和潜在的影响,无论这种影响是在个体的层面实现,还是在群治的意义上发生作用。但就最终的目标而言,有识之士都坚信,透过"文学革命"或曰"文化革命"所达成的不仅仅是改变中国自身,而

---

① Bonner, Joey. *Wang Kuo-wei: An Intellectual Biography*. Cambridge: Harvard University Press, 1986, Chap. 5—8.

第七章 马克思主义与美学

是有助于调整整个世界的结构,包括启发另一些国家,一如当初他们从日本那里获取的信息一样。

恰是出于如是一种"在地全球观念"的影响,中国文艺界对西方艺术潮流和文学理论的接受从来都不是盲目的,现实主义、浪漫主义以及马克思主义等的风行,至少显示了这种选择在很大程度上是同彼时的社会理想和道德承担相关联的。此外,再具体到理论阐释的层面,正如刘禾以"国粹"论争为例所揭示的,学衡派用西方人文主义思想对传统进行清理和肯定,一方面自然是出于建设民族认同的需要,但另一方面也包含着借此打击新文化运动垄断西方话语权的期望,希望从中营建起属于他们的文化领导权。[①] 应该说,观念的辩证和解释,在这个层面上,已经不是纯粹的谁是谁非问题,而是关涉到如何在革命的传统中去定位自我和谋求发展,即:革命是否是清空旧有的暴力?它能否提供对话的可能?政治革命与文学革命的合辙与脱轨展现在哪些层面,这些层面又是否塑造了革命的多层次性和多领域性?换句话说,《学衡》之类的例子,实际上是在不断地透露,五四一派有着对革命极端化的处置和错置的问题。相反,那些历来被视为不革命的人、事、物,反倒给革命留下了回旋的余地,展示了更多样性的文化空间。他们同样以"革命"的方式探求文化霸权,不断地质问,同时也建构革命的可能,并最终暗示革命不是是非对错的价值判断,而是一种切实的处境和问题意识。

事实上,我们还应该追加的是,除了对同一问题的辩证要放置在革命的脉络中来处理,20世纪中国所涌现的一系列二元结构也必须有这种问题指向,例如乡土与城市、传统与现代、民族与世界、现实与虚构等等。就乡土与城市而言,这两者当然是非常重要的

[①] 刘禾:《跨语际实践:文学、民族文化与被译介的现代性(中国,1900—1937)》,宋伟杰等译,北京:生活·读书·新知三联书店,2002年,第354页。

现代概念，以及文学类型。乡土是随着城市的兴盛而起的，而城市作为现代化的重要组成，又预示着作为其反面的乡村并不是一个完全传统的观念，相反，它是一种重要的现代话语资源，甚或寓言结构：它既是等待开化的本乡和异地，同时也是饱含希望的桃源和牧歌；它可以是沉重的道德包袱，也可以为批判的抒情提供可能，甚至为整个中国政治格局提供切实的革命能量。因为从农村包围城市，以及革命成功之后，再以乡村来改造城市知识分子的构思和现实，使得乡土和城市不可避免地被组织进了政治进程。换句话说，我们没有办法仅仅只是在想象的层面敷衍两者的价值，而应该不断意识到，想象同现实是如何相互模仿并且彼此塑造的。

尽管就整个中国的文化格局来看，从晚清至20世纪80年代整整一个多世纪的时间，文学与革命须臾不离、相激相成，但是革命底定之后，这种关联性却越来越被淡化、压缩，甚至消费、把玩。究其根源，不外有三。第一，就语词自身的走势而言，革命的内涵呈现出两极化趋向，它不是被窄化为军事变革，就是被泛化为一切世间的变化。但两者强调的都是断裂，而不是其对话的维度。第二，革命的解释权被收归国有，成为大历史叙事的关键部分，因而其变数，特别是偏离大叙述的那部分内容，正在被清理和涂抹。第三，全球化和物质消费，诱惑并鼓励着历经了重重革命的人们，快速地抛弃苦痛的记忆，以更为国际化的身份加入到地球村中去，拥抱自由和民主。

正是在消弭革命、告别革命，甚至消费革命的"后学"语境下，革命不是成了不可触碰的图腾禁忌，就是成了可以添油加醋的文化商品。其宝相庄严和琳琅满目的外表下，恰恰是历史的平面化和整一化。王斑曾经直指，在全球化的阴影下，彭小莲的《上海纪事》表面上虽然打破了过去的阶级界限，为解释上海的工业发展提供了一种全新的叙事可能，但察其实质不过是西方资产阶级的革命思路作祟,在此,电影变成为了一种资本——一种看似不再受到文化、地理、历史等限制而可以自由穿梭于全球的经济形态,但其实际依然贯穿着帝国主义的逻辑和审美范式[①],即资本作为殖民动力和目标的本质,并没有因为全球化所许诺的同一性和平等性而有所动摇。正是在这个意义上,重返革命,恰恰是要正视中国文学和现代性所赖以形成的半殖民语境和历史,赋予它抵御全球知识整合和审美抹平的可能。

可以说,在革命渐行渐远,但其意义并未就此消退的时刻,透过文学铭刻、对话、协商,甚至反证革命的种种方式和内容,我们可以持续地探问20世纪中国在其现代化的道路上究竟呈现了如何特别,或曰另类的质素,使得其在由西方肇始和规划的现代性道路之上打开了不可取代的可能,并由此可以回绝帝国审美所带来的压缩、剪裁。相信,正是在这个思辨的起点上,马克思主义美学作为思考革命和文学的重要知识体系,有它不可取代的价值。

当然在一开始,我们就应该为这个美学系统冠以"中国"的限定语。正如人们在讨论卢卡契、葛兰西、阿多诺、阿尔都塞(Louis Pierre Althusser)等人时会启用"西方"这个前缀一样。它们不仅反映了马克思主义发展于历史和地理上的差异,同时也预示着两种各具特色的思考现代性的知识体系。就西方的情况而言,因为其没有经历过真正的无产阶级革命,所以马克思主义很快发展成了一套具有开放性的社会批评话语,它从资产阶级内部发出了疑议之声,质询了文化工业的本质及其后果,强化的是现代性中具有自反性的那部分内容,而其核心或曰主体依然是知识分子。同这种高蹈的文化或学院姿态不同,中国的马克思主义首先是一种切实的关于革命和解放的政治指导方案,其次才是这种方案中所包含的美学设计和文化批评。但是,这种设计和批评,没有办法同西方

---

① 王斑:《全球化阴影下的历史与记忆》,南京:南京大学出版社,2006年,第191页。

那样以高度自觉的方式呈现,因为农民才是这场革命的关键所在。或者换句话说,启蒙才是中国马克思主义美学的基本底色。

但是,我们绝没有必要就此把知识分子看得过分伟岸,因为现实的例子一再展示,所谓知识分子其实也可以是被启蒙的对象。这种启蒙,不仅是指类似于贫下中农再教育式的阶级意识改造,而且,也可以指知识分子在不断投入革命事业之际所发展出来的红色抒情问题。一方面,是"虽千万人吾往矣"的壮志豪情和革命抱负,但另一方面却可能是情欲、肉体,甚至消极退缩情绪的滋长。这样的悖论,在西方马克思主义者看来,可以是公私律动、大我小我不离不弃的寓言表现和国族特色,但还原到中国的语境,这样模棱两可的表现毋宁充满危险和伤害。大革命之际茅盾的动摇与幻灭,与他同革命政党的渐行渐远相伴相随,足以令我们管中窥豹。

不过,这种危险性,同时也为革命和文学投下变数,一再见证所谓的"革命"不必千篇一律,更没有必要见林不见木。个人的位置,在历史的洪流中,未必不值一哂。石静远和李海燕等人已经指出,晚清已降,社会上漫溢的挫败、感伤氛围,毋宁成了现代中国最佳的情感教育素材,即使它们未必能够直接动员革命,但至少为国族认同提供了一个想象共同体的根基。① 而就文学的写作来看,种种革命的失败,除了带来悲观和徘徊,也相应地激起弗洛伊德式的补偿或升华心理,逗引着作家们不断以"布局的欲望"(Desire for Plot)去组织革命,铺排叙事,或者以书写整合出一个美好的革命愿景,或者借此激荡出一番持续书写革命的努力志气。不过,这样的欲望毋宁也是充满吊诡或曰"否定辩证"(Negative Dialectic)的气息:

---

① Tsu Jing Yuen. *Failure, Nationalism, and Literature: The Making of Modern Chinese Identity, 1895—1937*. Stanford: Stanford University Press, 2005; Lee, Haiyan. *Revolution of the Heart: A Genealogy of Love in China, 1900—1950*. Stanford: Stanford University Press, 2007.

第七章　马克思主义与美学

　　这种辩证显示:作家越是书写,越是暴露他们的无力感,显示他们无法达到那个惟有透过革命才能达到的理想国家形态。相对的,革命固然能够扫除所有的遗憾,但是对那些因为藉书写"革命尚未成功"而成一家之言的作家来说,革命行动的完成也可以指向革命书写本身意义的作废。①

　　瞿秋白,这位最初的马克思主义者,虽然历尽了重重的革命考验,但是在生命的最后,仍然无法摆脱书生意气②,竟令人瞠目地写下《多余的话》。生命的自白在革命的语境下看似南辕北辙,却也深深地触碰马克思主义的叙事假定,即:在砥砺人心、擘划未来之际,其能量和限度到底何在? 一往无前之中究竟又有多少回转和自我消磨? 这样的提问,当然使我们一再重返鲁迅式的否定美学传统,以及其念兹在兹的国民性批判。瞿秋白一方面对城市知识分子做了最无情的"自剖",但另一方面,也恰恰因为这种自剖,使得他从经典马克思主义的经济决定论中超脱出来,进而发展出一种主观决定论,或曰意识形态决定论的思路。而这种思路最终将由毛泽东将之发扬光大,他"把(瞿秋白所宣示的)美学话语提升到中国革命和中国马克思主义的核心层面"③。

　　如果说,瞿秋白的例子显示,乌托邦的构想背后,也竟有一种反乌托邦的冲动,但此番冲动又未必一定动摇,甚或解构马克思主义在中国的发展可能;难么,跨海来台,宝岛的陈映真则一再叩问马克思主义在资本主义体制下,如何激起革命中人或追随者对革命目标旁落,甚至其为革命本身背叛之后,所具有的种种苦痛,以及如何安顿这种苦痛的问题。论者当然可以借重西方经验,力主

---

① 王德威:《现代中国小说十讲》,上海:复旦大学出版社,2003年,第56页。
② 保罗·皮克威兹(Paul Pickowicz,毕克伟):《书生政治家:瞿秋白曲折的一生》,谭一青、季国平译,北京:中国卓越出版公司,1990年。
③ 刘康:《马克思主义与美学:中国马克思主义美学家和他们的西方同行》,李辉、杨建刚译,北京:北京大学出版社,2012年,第86页。

当借力使力地发展出一套社会批判方案，寄希望于未来，但是，陈映真却一直念念不忘他的革命记忆，拳拳服膺于他的天启般的政治信仰，并以一种后遗民姿态不断为马克思主义的幽灵招魂。陈如此执着的求索，一方面自然对比出海峡彼岸马克思主义在政教化的进程中，有对其大而化之乃至不了了之的处理；另一方面，也体现着后革命语境下，马克思主义的变奏不必只局限在李泽厚等人所示范的重新定位城市知识分子的思路之内，而更有一种跨地区资本主义背景下，主义的星散与归正的绵密辩证。

以上的例子足以见证所谓的马克思主义，至少在中国，不只是玄虚的理论运作和知识实践，它可以有很具体的民族形式和大众语言的问题，也可以关涉文化转型和思想激辩①；当然，它更有细腻的内部协商，揭示出在宏大的启蒙关怀之外，它也可以是一种悬置、暂停、回转，甚至是自噬其身的启悟。那一刻，马克思主义置身于线性的历史时间之外，当然也在西方的思路之外。

这种外在于西方的情势，显现了为马克思主义冠以"中国"这个限定语的可能，或者说，借由马克主义，汉学研究中的关键议题——"中国性"问题再一次被凸显出来。尽管"中国性"的观念，在许多批评者看来具有本质化的倾向，甚至还包含后殖民主义所指责的内部压迫问题。但我们以为，没有必要就此自我设限地将"中国性"替换成"隔绝主义"，把"中国"压缩到一个去历史化的点上，认为其标识就是"原创"和"纯粹"。其实，只需稍稍回顾20世纪80年代文化高热中涌入中国的各种西方理论和话语，特别是后结构主义思潮，我们很快就可以从中辨识出毛主义的巨大影响。换句话说，中国的马克思主义成了一个出口转内销式的存在。中国性已经在悄然之中融入到西方性，甚至世界性之中，成为一个流动的观念。而且，尤其要指出的是，过去我们建构现代文学发展的

---

① 有关这方面的详尽讨论可见刘康：《马克思主义与美学》，第三、四、五章的分析。

第七章　马克思主义与美学

模式时,总是于热衷于"中—日—西"的三角结构。但马克思主义的在华经历,显然补充了"俄国"作为中国文化中介的可能。从鲁迅、冯雪峰等人的翻译,到郁达夫、丁玲等的小说创作,再至周立波的鲁艺世界文学讲稿,甚至20世纪50年代的美学大讨论,"俄国"以不同的文学方式和通道进入中国,并引起各方的广泛注目和反应。在这个层面上,日本没有必要成为唯一的中西文化通道,而只是其中之一。

"中国性"所引出的第二个方面的启示是,它帮助打破了西方中心主义式的对马克思主义的阐释和理解。马克思主义的源头在西方,这是既成的事实;而其当代发展最深入持久的所在也是西方,但是,这并不能一笔勾销其他区域和国家对马克思主义的发展,特别是社会主义国家,因为其切实地将理论付诸实践,所以,应该更有可观之处。尽管说,西方马克思主义的延伸是在理论和社会批判层面,而中国的马克思主义则在实践性和具体性上对其有所辩证。不过,这并不是说两者好像是完全泾渭分明的体系,是彼此分层的存在。除了那种事实上的影响关系之外,存在于东西方马克思主义者之间的平行思考同样值得我们关心。诚如刘康所揭示的,西方马克思主义的思想巨擘们,并非该领域内的龃龉独行者,相反,他们有着许多的东方同行。在探讨"文化领导权"方面,毛泽东、瞿秋白可以和葛兰西等量齐观;而在思辨主体审美层面,胡风可以与巴赫金互通声气;至于朱光潜和阿尔都塞,他们则在意识形态的分析上遥相呼应。

除了这种比较文学层面上的打破之外,中国马克思主义更大的价值,在于其帮助改写了经典马克思主义所论述的经济决定论式的现代发展思路。至少中国的例子显示,理论上从产业工人开始的社会主义革命事业,可以在实践上由农民阶层替代。这个意思是说,过去我们总是很自然地把"现代化"和"现代性"做一个因果式的铺陈,但是中国的实际显示,在现代化没能充分达到反叛自身的时刻,其现代性也有可能已经开始萌芽和发展。事实上,我们只需稍稍回顾过去关于明代商业的讨论,就可以清楚地看到这种经济决定论的宰制性是何其强大。都市休闲文化的发达、书院的林立,以及有情传统的深发,被理所当然地视为全球经济一体化进程的一个后续反应,而有关于此的本地传统,特别是其中的文化传统被刻意回避。但是,迩来的研究一再检讨了这种西方中心主义式的帝国审美模式和解释世界历史的思路,开始提出"现代性"未必是发达资本主义的独有产物,即现代性也可能存在"欠发达"形象(Modernity of Underdevelopment)①。例如,卜正民就在他有关明代商业与文明史的讨论中指出,整个"社会——因其对包括旅游在内的精致的愉悦的追求——看上去无可置疑地'现代',但却提供了在欧洲资本主义之外的另一种选择"②。

最后在结束讨论之前,我应该再次强调的是,在革命传统中理解美学,不仅意味着对全球背景下革命消退的一种救偏补弊,它陈述了以重返历史的方式抵御遗忘、记忆过去,从而标示出中国在世界版图中的独特性;而且也预示着学术研究范式的变更,它克服了学者们所批评的"现代性恋物癖"的典型症候群,借着对革命遗产的梳理来重新结构和解释中国文化及其发展。尽管这种转换,令人直觉地联想到冷战时期美国的中国研究界也同样经历了一个类似的过程③。但当时的语境下,"革命"毋宁是一种军事敌对的同义词,理解中国革命是为了寻求制衡中国,本质上依然是帝国主义。

---

① 马歇尔·伯曼(Marshall Berman):《一切坚固的东西都烟消云散了》,徐大建、张辑译,北京:商务印书馆,2003年,第222页。

② 苏文瑜:《周作人:中国现代性的另类选择》,康凌译,上海:复旦大学出版社,2013年,第21页。

③ 这一学术范式周期循环的观点是由周锡瑞(Joseph Esherick)教授提出来的,参阅张英进:《游移的基础,变换的范式:当代中国和中国研究的新视角》,张英进:《多元中国:电影与文化论集》,南京:南京大学出版社,2012年,第323页。

然而，新的环境下，转向革命，更多的是基于"永远历史化"的初衷，是为了避免知识的脱节，以及进一步探讨中国文学多重面相的需要，它试图建立的是一个更为合理地理解和批判当代中国及其发展的平台。正是在这个意义上，我们说，革命不是你死我亡，而是提供可能和对话。惟其如此，包括马克思主义在内的各种美学资源，可以避免被生硬地经学化和西方化。

第三节　捐住黑暗的闸门

近来，有关左翼文学与文化运动的讨论，每每要指正李欧梵的《上海摩登》在勘探政治现代性方面乏善可陈，直言其所发掘的"现代"虽美其名曰"世界主义"，但根底上仍不脱欧美现代性。他对所谓的苏俄现代性一概置之不理，因而"单面化"了"上海摩登"①。这样的观察，当然及时而准确。可是，这种疏忽到底是出于无知，还是有意的回避(Disavowal)？如果我们能把以下两个要素考虑在内，那么，这种义正词严的指摘或许会调转它的方向，即从关注左翼的缺席，转变成对左翼现代性本身的质询和拷问。李欧梵曾为《剑桥中国史》做过一篇极富史料价值的文章"走向革命之路(1927—1949)"，其中一半多的篇幅都在探讨"30年代文学(1927—1937)"②，也就是我们通常所说的"左翼十年"文学。显然，李欧梵并非对"左翼文学"一无所知，相反，他的回避反映出一种文学态度或者说论述策略。这种策略，自然要回溯到原先的文学研究模式上来看。政治挂帅式的解读曾一度使得20世纪30、40

---

① 比如刘震：《左翼文学运动的兴起与上海新书业，1928—1930》，北京：人民文学出版社，2008年，详见绪论部分；葛飞：《戏剧、革命与都市漩涡：1930年代左翼剧运、剧人在上海》，北京：北京大学出版社，2008年，第27页。

② 李欧梵：《走向革命之路(1927—1949)》，李欧梵：《现代性的追求》，北京：生活·读书·新知三联书店，2000年。

年代的文艺创作,变成铁板一块,它给世人留下的印象不过是政治宣传品的结集出版。从这个意义上说,李欧梵书写新感觉派的颓废、浮纨,毋宁是解救被压抑的缪斯,恢复文学史中潜在的审美面目和艺术活力①。

当然,我们可以立刻反问,以茅盾、丁玲等为代表的左翼文化书写,不也堂堂地构造了一种独特的现代性吗?在陈建华颇具洞见的著作《革命与形式》一书中,他就从茅盾早期小说专注于"时代女性"刻画这一点出发,深挖女体与时间框架、意识形态、都市文化、文学传统以及欧洲现代主义之间纷繁复杂的互文关系,细剖小说形式如何具备"现代"意涵。② 这个理解当然不错,但是现代性的观念并非是均质和泛化的,至少在针对20世纪30年代文艺讨论这一点上,表现得尤为明显。同样是对"新感觉"的分析,史书美启用了"现代主义"(Modernism)的观念,而回避了"现代性"(Modernity)概念,特别提出这种现代主义的中介性质,即它是经由日本而进入到半殖民地中国,且呈现出一种分叉、碎裂的特征③。这里,概念间的细微转化和替换将提醒我们,"现代性"与"现代主义"事实上是存在距离的。这个距离的具体表现是什么?在《想象的城市》一书中,孙绍谊专门指明"新女性"与"摩登女郎"的差距。他说,"新"的观念是基于五四以来的反传统和破坏偶像的思维,它以理性、进步、民主、科学为内核,是一种典型的神圣化了的民族话语,

---

① 耿德华(《被冷落的缪斯》)、傅葆石(《双城故事》)、刘剑梅(《革命加恋爱》)、黄心村(《乱世书写》)等人的著作都致力于这一时段文学与文化多样性的发掘与开拓。

② 陈建华:《革命与形式:茅盾早期小说的现代性展开(1927—1930)》,上海:复旦大学出版社,2007年。其他的例子如汉森(Miriam Bratu Hansen)和张真师徒以"白话现代主义"(Vernacular Modernism)的观念解释了中国早期电影(1896—1937),也包含左翼电影的现代性特质,张英进:《阅读早期电影理论:集体感官机制与白话现代主义》,见张英进:《审视中国:从学科史的角度观察中国电影与文学研究》,南京:南京大学出版社,2006年。

③ 史书美:《现代的诱惑:书写半殖民地中国的现代主义(1917—1937)》,何恬译,南京:江苏人民出版社,2007年。

第七章　马克思主义与美学

具有集体性。而与此不同,"摩登女郎"张扬女体诱惑,崇奉享乐主义,实质上是颓靡化、淫欲化的个人意识,因此,她们常常遭受左翼知识分子的口诛笔伐。① 换句话说,"现代性"所要彰显的是一种线性时间观,而"现代主义"则可能泄露某种颓废、幽暗的面目。就这个角度看,将"Shanghai Modern"译作"上海摩登"而非"上海现代",实在不只是一种翻译技巧,更是一种话语的政治使然。

因此,单从这个方面说,李欧梵对左翼的遗漏,事实上,暗示出现代性解释的力有不逮和其成立的预设条件——即必须同进步、解放的观念相拱靠(当然,这种理解到今天已大有转变)。李欧梵曾坦言其受惠于夏济安、夏志清昆仲,特别是夏济安,作为其授业恩师,他的研究思路、方法,都已经内化为李欧梵本人的治学传统和精神高标②。诚如我们所知,夏济安最为人所熟知的一项成果正是他有关左翼文学的研讨,即《黑暗的闸门》一书。这本著作是海外左翼文学研究的经典之作,是众多论述类著作中被征引次数最多的一本,特别是在针对蒋光慈的讨论中,表现得尤为明显。这种影响,后来还见诸于李欧梵对鲁迅的研究。李欧梵说:"先师夏济安曾分析过鲁迅作品的'黑暗方面',认为其中心是在他的散文诗集《野草》中,当然在他的许多小说和早期杂文中也都有所表现。这见解是开创性的。""在(解释一些左翼圈子里复杂的人事关系)方面,夏济安的叙述较细致,我只能增加些新材料。"③为此,我们有充分的理由认定,李欧梵在《上海摩登》中之所以对左翼文化语焉不详,还部分受到了夏济安的影响。那么,我们不禁要问,夏济安

---

① 孙绍谊:《想象的城市——文学、电影和视觉上海(1927—1937)》,上海:复旦大学出版社,2009 年,第 163—164 页。
② 李欧梵:《光明与黑暗的闸门——我对夏氏兄弟的敬意和感激》,王德威主编:《中国现代小说的史与学:向中国文学评论巨擘夏志清先生致敬》,台北:联经出版公司,2010 年,第 17—35 页。
③ 李欧梵:《铁屋中的呐喊·中译本自序》,尹慧珉译,香港:三联书店,1991 年,第 3 页。

到底对左翼文学作出了怎样的评定,以至于李欧梵对它"视而不见"呢?

夏济安一生短暂,却建树颇多。他是一位十足的多面手,从翻译、创作到研究,甚至编辑,无一不能,且每开风气之先。不过,他的英年早逝,使得他的形象过早地被局限在一个出色的左翼研究者身上。一方面,这当然是因为《黑暗的闸门》(以下简称《闸门》)影响过大,遮蔽其余;另一方面,也是因为政治立场和意识形态的阻隔,使得我们不能对他有一个全面的认识。时至今日,无论港台还是大陆,《闸门》的中译本仍迟迟不能推出,更遑论其他。应当承认,即便是我们对夏济安在左翼研究方面贡献的认知,也是十分有限的。大多数人并不清楚,在《闸门》之外,他早已把研究的触角伸向了当代政治领域,推出了一系列有关"百花齐放"和"大跃进"时期政治术语研究的小册子,如 Metaphor, Myth, Ritual, and the People's Commune (Berkeley: Center for Chinese Studies, Institute of International Studies, University of California, 1961), A Terminological Study of the Hsia-fang Movement (Berkeley: University of California, 1963), 以及 The Commune in Retreat as Evidenced in Terminology and Semantics (Berkeley: University of California, 1964)。李欧梵认为此类著作,不单研究价值堪比奥尔巴赫(Erich Auerbach)的《摹仿论》(Mimesis: The Representation of Reality in Western Literature),而且更因其兼具"双重离散"(既背井离乡,又受雇于政治机构而远离文学与创作)的语境,所以又别具一层文化价值与政教意蕴对话的维度,在在令人省思。[1]

其实说到底,这种在政治与文化、群己公私之间建立对话伦理

---

[1] 李欧梵:《光明与黑暗的闸门——我对夏氏兄弟的敬意和感激》,王德威主编:《中国现代小说的史与学:向中国文学评论的巨擘向夏志清先生致敬》,台北:联经出版公司,2010年,第21—23页。

第七章　马克思主义与美学

的努力,也是《闸门》一书的主要关怀点,更是夏济安一生的追求。诚如弗兰茨·迈克尔(Franz Michael)在序言中所说:这项研究,探讨了整体主义教条下,保有私人智性和情感自由的种种可能。① 在夏济安看来,这种保有并非刻意而为,仿佛黑暗总要追逐光明一样,"病态"的、私人的观念总会不绝如缕地涌现、纠缠那些所谓"正面""健康"的思路。这就如同鲁迅虽然掮住了千斤重轭,准备要放孩子们去向有光的所在,但是他对于死亡、吃人等负面意象的执着和在意,仍会如彷徨鬼魅,驱之不散。在这种层面上,夏济安虽然重蹈了一个日趋"陈腐"的文学议题,但是同他的许多后学晚辈们持论相反,在他眼中,情感不是能动化的东西,它或者对立于政治、或者能够与之绾合再生,甚至显现出表演性(Performative)②。情感对于夏济安而言,不过是"自我"的无意识流露和呈现。它反映了一个人的复杂和矛盾,甚至是无法解释,却绝非敏锐和自觉。造成这种认识上分歧的主要原因在于,夏济安分析的是"人",而不是大多数人所分析的"文"或"Writing"。

我们需要从两个方面来理解这句话。一方面,夏济安所讨论的这些作家,在文学创作上实在是不尽如人意。当然鲁迅是个例外。不过,同其他人一样,鲁迅在20世纪30年代的文学作为,跟他的思想转变和生命起伏相比较,总是相形见绌。在夏济安看来,这些人的艺术才能绝大部分,因为时代的原因而被浪费掉了。所以,与其退而求其次地泛论其艺术表现如何折冲在身心的两难之

---

① Hsia, Tsi-an. *The Gate of Darkness: Studies on the Leftist Literary Movement in China.* Seattle: University of Washington Press, 1968, p. v.
② Meng, Yue. "Female Image and National Myth." in Tani E. Barlow, ed. *Gender Politics in Modern China: Writing and Feminism.* Durham: Duke University Press, 1993, pp. 118—136; Wang Ban. *The Sublime Figure of History: Aesthetics and Politics in Twentieth Century China.* Stanford: Stanford University Press, 1997; Liu, Jian-mei. *Revolution Plus Love: Literary History, Women's Bodies, and Thematic Repetition in Twentieth-Century Chinese Fiction.* Honolulu: University of Hawai'i Press, 2003.

间，还不如正本清源地回归到斯人生命的历险和思想的挣扎本身。然而另一方面，我们不能据此就将《闸门》狭隘地定义为一般意义上的"传记"研究。夏志清已经明确地指出，夏济安融传记、历史、批评于一炉，多法并举，实在可以称为"文化批评"（Cultural Criticism）。"文化"一词，在这里的意涵，远比我们想象的要丰沛。至少除了要观察被研究者独特的历史语境外，它还需要考虑研究者本人的生命体验和人生阅历。这一点，过去的讨论多不重视，在此，我们要特别指出两点。

其一，夏济安进行左翼研究的原因，不单有冷战格局和本人政治立场的因素，同时，也是基于他对五四传统的再思考。一个旁证便是，李欧梵试图用"浪漫一代"将五四的"文学革命"和左翼的"革命文学"连缀起来，将其视为一个有机的发展体，反对那种截然的时代断裂说。这一点或多或少受到夏济安的启发。在《闸门》中，夏济安反复研磨的问题之一便是，个人能否毅然决然地同他的过去和传统决裂。软心肠的瞿秋白感伤有余却意志不坚，一生对其出身、思想来路自怨自艾，以至于把无益于政治的个人苦痛凌驾在国家命运之上；蒋光慈对"浪漫主义"拳拳服膺，甚至以此为身份的标榜，可是到头来"唯一的成就是使五四运动的文学信条沦为笑谈"①；鲁迅一以贯之地秉持其"国民性"思考，参与"两个口号"的论争，甚至把这种影响延续到后来胡风的"主观战斗精神"。可以说，尽管新的历史环境不断敦促"五四"及其后来者快速走向革命，但是，时代也同时使其意识到自身的局限，给他们提供反省的机会。正如舒衡哲（Vera Schwarcz）所说："每当没有来自上面的明确理论指示时，他们就能够恢复信心，使他们不只是作为一个革命的

---

① Hsia, Tsi-an. *The Gate of Darkness: Studies on the Leftist Literary Movement in China.* Seattle: University of Washington Press, 1968, p. 63.

第七章　马克思主义与美学

追随者,而且是作为革命的合作者重新步入历史。"①在这个意义上,夏济安说,尽管许多人都失败了,但是失败见证了他们的意义②。

其二,《闸门》的书写接续了当时海外学界正日渐高涨的抒情传统论述。《闸门》很快让我们想到了普实克和他关于"史诗"与"抒情"的辩证思考。③ 尽管两者站在了完全相反的政治立场上来讨论问题,对"事功"和"有情"的历史也做出了彼此龃龉的认识,可是,两人同时把这种思考和认识当作自己参与社会现实,纾解一己之思的通途,兀自成为抒情传统在当代发展的重要一环。而夏济安与该传统发生关联的重要证据是,抒情论述的重镇之一陈世骧教授,在夏济安主编的《文学杂志》第 4 卷第 4 期上,发表了与此相关的重要论文《中国诗之分析与鉴赏示例》。更为有趣的是,该杂志与另一抒情论式的巨擘朱自清当年所创杂志同名同姓,内中关联呼应,无不令人揣想。日后,再加上夏济安越洋赴美,去国离家,并因种种制约,远离他心爱的文学和创作,转而投身政治研究,由此,这种借要借学术来安顿心灵的抒情企盼,就变得更加清晰和强烈。

在注意到夏济安本人的五四情结(出生在 1916 年,尽管因年少错过了五四的辉煌,但毋庸置疑地受到五四文化及其精神的熏陶和影响)和"抒情"通路之外,我们还需要特别放大这种观察的语

---

① 舒衡哲:《中国启蒙运动:知识分子与五四遗产》,刘京建译,北京:新星出版社,2007 年,第 233 页。
② Hsia, Tsi-an. *The Gate of Darkness: Studies on the Leftist Literary Movement in China*. Seattle: University of Washington Press, 1968, p. 51, 56 and 71.
③ 《抒情与史诗》一书所收的文字集中在 1952—1969 之间,正与夏济安的研究互有重叠之处。有关《抒情与史诗》的精要介绍可见李欧梵的《序言》,普实克:《抒情与史诗:现代中国文学论集》,李欧梵编,郭建玲译,上海:上海三联书店,2010 年。夏济安的著述年表可见梅家玲:《夏济安、〈文学杂志〉与台湾大学——兼论台湾"学院派"文学杂志及其与"文化场域"和"教育空间"的互涉》,《台湾文学研究集刊》(创刊号)2006 年第 2 期,第 32—34 页。

境,将之与当时的文化场域和教育空间接榫相扣。惟其如此,我们才能更好地理解《闸门》的学术史价值。梅家玲教授已经就夏济安的《文学杂志》做了相关视角的出彩论述①,这里,我们试图挪用这个考察来审视《闸门》和它出现的历史意义。王宏志的 *Politics and Literature in Shanghai: The Chinese League of Left-Wing Writers, 1930—1936*(Manchester & New York: Manchester University Press, 1991)是另一本重要的左翼研究专著,根据作者的博士论文修订而成,因为时间上的优势,它在材料的发掘和史料的辨伪上,较《闸门》更胜一筹②。但是,时隔二十余年,两人仍面临一个相似的问题。王宏志曾多次坦露,直到其开始课题研究的20世纪80年代,香港地区的历史教科书仍对20世纪30年代以后的中国历史避而不谈③。这与20世纪50年代台湾以"反共复国"为核心的"文化改造运动"如出一辙。蒋介石宣称:"今后的教育纲要,首在恢复我们固有的民族伦理教育。以明礼义、重廉耻、消灭一切染有共产辐射毒素的文化,彻底打破共产主义的意识形态,……使由一个侮辱、洗脑、奴役的教育,转化为伦理、民主、科学的三民主义学术自由的教育。"④在这种方针下,左翼运动在历史记载上的付之阙如,自然也就顺理成章。由此我们可以看到,夏济安对左翼历史的直见和发掘,实际上,传达出他对当时文学场域和教育空间的满腹怀疑和不满。这就如同他试图通过《文学杂志》来对进行"反共八股"的改造一样。当然,他并不是以"左翼"同情者的身份出现的,相反,令他念兹在兹的仍然是五四及其精神。

---

① 梅家玲:《夏济安、〈文学杂志〉与台湾大学——兼论台湾"学院派"文学杂志及其与"文化场域"和"教育空间"的互涉》,《台湾文学研究集刊》(创刊号)2006年第2期,第1—43页。
② 王宏志:《鲁迅与"左联"》,北京:新星出版社,2006年。
③ 王宏志在2011年6月16日苏州大学文学院的演讲中提到了这一点。
④ 相关的论述可见吕正惠、赵遐秋主编:《台湾新文学思潮史纲》,北京:昆仑出版社,2001年,第五章第一节的内容,引文见176页。

第七章　马克思主义与美学

显然,这种挂怀实在与 20 世纪 50 年代两岸纷纷重谈五四价值,并将之"寓言"化的历史潮流相关。夏济安只不过采取了一种更为迂回的方式参与其间,并适时地回应了自己的五四情结。

> 1957 年在台湾地区,"五四"寓言冲破了当权者纪念的框架,当时《自由中国》杂志发表了题为《重振"五四"精神》的文章。……他们不仅要求创造容忍不同意见的宽容气氛,而且要复兴积极的批判精神。[1]

无巧不成书的是,1957 年上半年,大陆也在呼唤自由思想的春天,倡导"双百"方针,公开邀请知识分子提出批评。虽然知识分子起初小心翼翼,但最终做出了热切的反应,其激烈程度超乎了当局的预想。一时间,五四"寓言"成为批评共产党垄断文化和政治生活的掩饰。然而,正如我们所知,这种大声疾呼为两岸知识界招来了无妄之灾:"1960 年,雷震在台湾被指控阴谋颠覆并被捕入狱,《自由中国》也因此遭到查禁……几年后,新创刊的《大学杂志》再次号召复兴'五四'精神,不过,它的编者们也面临政治压迫的命运。"[2]而在大陆,许多人因其忠于启蒙理想而被戴上了"右派分子"的帽子。正是在如此恶劣的政治和文化环境里,夏济安于 1959 年离台赴美,并在那里开始了他对左翼和"百花齐放运动"的相关研究。我们有理由相信,这里面一定包含了一种对戒严文化的极力反驳和不吐不快,以及一种以迟到的、无奈的海外立场来审视五四及其遗泽的抒情努力。而这也就有力地解释了,为什么夏济安要采用"文化批评"的方式来进行其政治术语的考察,因为没有对五四这个传统的清楚认识,就不能解释当代中国的种种文化现象和政治表达。

---

[1]　舒衡哲:《中国启蒙运动:知识分子与五四遗产》,刘京建译,北京:新星出版社,2007 年,第 330—331 页。
[2]　同上书,第 332 页。

在对《闸门》的学科史价值做了一个简单的梳理后,我们试图回归到文本本身,来观察其可能引发的各种思考及方法论问题。前面已经指出,就史料和理论而言,《闸门》也许卑之无甚高论。但是,由他所触及的各种文学议题,仍大有深挖的潜能。例如,他关心大小之"我"间的协商,以及循此而来的史诗辩证,不都已经成为今天王德威审度"抒情传统与现代性"的重要理论资源和参考书目了吗?从瞿秋白到何其芳,这些被王德威称为"红色抒情"的行家里手,均已被夏济安点名研究或讨论过了①。尽管《闸门》是由五个相互独立的篇章连缀而成,但是它们贯穿了一个统一的命题,即自我表达(Self-Expression)在何种意义上能够成立并且发挥作用。夏济安为我们编织了一个由时代语境、党派斗争、文学信仰、价值使命,乃至于因袭传承等要素合力作用的关系网,他显示个人的发声必须要在这样一个错综的网络中方能进行。同一般的认识不同,夏济安并不准备将自我和政治作一对立的划分,他甚至以为,许多左翼作家虽然对时代的弊病有一个清醒的体认,不过,实在因为其才华平平,最终只得随波逐流,变成"革命"和"进步"的牺牲品。他们对语言和文字的意识,远远赶不上其对自我表达的强烈要求。

另一方面,夏济安也一反时至今日仍大有市场的将政党政治平面化和一元化的做法。他指出政治绝非我们想当然的那个"怪物",可以不证自明,其内部也充满矛盾和分歧。例如,"五烈士"的出现,正是党内派系斗争和路线分歧的结果,绝非单纯地由对立阵营的政治冲突所致。而且,基本上"五烈士"的提法是一个文学书写的结果,在政治表述中,他们不过是龙华惨案二十四位受害者中的五位。在这个层面上,我们需要特别注意历史和历史表述及其文学阐述之间的距离。夏济安提醒到,虽然1942年《在延安文艺

---

① 王德威:《抒情传统与中国现代性》北京:生活·读书·新知三联书店,2010年,第132—163页。

第七章　马克思主义与美学

座谈会上的讲话》历史性地改变了个体和政治之间的微妙关系,可视为某种"压抑的典范",但是,在一开始它是以意见交流会的形式出现的。① 而唯有注意到这一点,我们才能明了政治不一定完全以排他的方式呈现和运作。一个突出的例子便是刘呐鸥,他疑似左翼,又貌似汉奸,同时也可能纯粹只是一个现代派。他的这种多元混杂身份,令我们在谈论政治、美学和自我的时候,充满陷阱又满赋诱惑。不过饶是如此,就越发显示出那些文学才能不尽如人意的左翼作家,在表现政治多变和都市魅惑等方面的捉襟见肘和力有不逮。这无怪乎,李欧梵会斩钉截铁地表示,为20世纪30年代文学提供新质素的"不是左翼文学"②。

可是话说回来,即使左翼的大部分作家以失败的文学书写和体认告终,但是他们的失败,却也俨然升格成一种可资探讨的文学史和思想史议题。比如,瞿秋白老是以颓废的、多余的、疾病的方式来审视自己,就如同郁达夫一样,明明在日本生活优渥,却念念不忘自己和祖国的羸弱和沉沦。这里面的结构和关联是什么？意义又是什么？还有蒋光慈,王德威甚至"以为夏济安可能低估了蒋光慈的失败的重要性"。他说:

> 与茅盾比起来,蒋光慈当然不足为训。包括不管是自由或不那么自由的左派论者在内,蒋作的读者在今天已经寥寥无几了。但是蒋光慈如果对我们还有教育意义,则不在于他的作品好坏如何,而在于他甚至不曾有机会为自己的作品辩护。③

这种错失了辩解机会的失败和以后越来越多的忏悔录、再思

---

① Hsia, Tsi-an. *The Gate of Darkness: Studies on the Leftist Literary Movement in China*. Seattle: University of Washington Press, 1968, p. 241.
② 李欧梵、季进:《李欧梵、季进对话录》,苏州:苏州大学出版社,2003年,第97页。
③ 王德威:《现代中国小说十讲》,上海:复旦大学出版社,2003年,第82页。

录，以及自述传中传递出的失败记忆之间，比如瞿秋白《多余的话》之间又产生了一种怎样的竞合关系，又指示了文学和政治之间何等繁复乃至反复的关系？特别是把这种失败和整个民族国家不断追求胜利、革命和成功的历史要求相比较时，它又暗示出怎样的价值和意味？这些都值得我们再三思考。

最后我们还可以把《闸门》的意义带到对时下热门的"十七年"文学的反思上来。可以肯定地说，"十七年"这个概念，基本上是以胜利叙事为暗线的一个表述，1949是它明确的标示。但是，如果我们尝试用一种关联性的史观来检查文学的演变，那么夏济安所提出的1942毋宁更加切合这段文史。而且，检视目前的研究成果，我们不难发现，研究者的重心多在发掘政治压力下文学文本的艺术弹性。这种理解当然不错，但是它也给人造成一种错觉，此该时段内的文学作品在艺术上的失败，可以用它在政治上的反抗来挽回声誉。这个理解仍然是政治化的，为什么我们一定要通过作品在政治上的胜利来理解其价值，而不能反过来借作品在艺术上的失败来理解其传达的政治？在这一点上，夏济安业已为我们做出了最好的示范。也正是在这个意义上，夏济安所谓的"黑暗"不是遮蔽，而是照亮。而且不仅是对左翼自身的照亮，也是对整个时代的照亮。由此，李欧梵可以发掘新感觉所带来的声光化电、五色目迷。他对左翼避而不见，是因为他被它当成了摩登的暗线和底色。

第八章　跨语际的文化实践

第一节　文化旅行与帝国政治

在全球化的时代，要想孤立地谈论20世纪中国文学，无论是从事实层面，还是理论层面，都已经不再可能。20世纪中国文学与外国文学的深刻联系，已然成为中国现代文学的重要质素。这不仅是指它们之间清晰可辨的姻缘关联，也是指全球格局下不同文学的共生与共存。用比较文学的观念来看，即是"影响"研究与"平行"探讨，间或有之，不可一概而论。当然，或许由于比较文学学科自身的局限，或许由于对中国现代文学自我现代性的强调，20世纪中西文学的比较研究，常常容易引来质疑或讥讽，认为这些研究要么是以"影响研究"来见证中国以"迟到的"方式搬演西方戏码，要么是以"平行研究"来借镜西方，为中国现代文学的合法性寻求根源和依据。有鉴于此，我们不妨跳出通常的中西文学关系的研究思路，以海外中国现代文学研究为对象，来阐述海外汉学的跨语际与跨文化的立场，来论证20世纪中外文学与文化的复杂纠葛不仅见证了西方文化霸权，也在某种意义上，消解、抵抗甚至利用了西方文化霸权。跨语际、跨文化的海外汉学研究所带来的启示与局限，正表明当下全球化语境下，文化的多元取向和文学立场的有机交叠，构成了文学发展的重要动力。

周蕾在《妇女与中国现代性》中反复论述，作为一个"已然西化"的中国女性，当"我"使用西方理论来解释中国文化之时，"我"

是否是在向西方致敬?她的结论是:"无疑地,确实如此。"①而史书美在《现代的诱惑》一书中,开门见山,直陈"用西方的批评术语来分析非西方著作的做法极为轻捷地动摇了文化话语中的欧洲中心主义范式"②。尽管这两种观点截然相反,但它们却共同致力于推出如下一种认知,即20世纪的中国文学研究绝不仅仅只是区域研究,它更致力于中西之间彼此关系的探讨。在"影响"与"平行"之外,有学者进一步提出了"作为方法的中国"或"亚洲"一说,试图将中国文学与文化视为一个"认识装置",从社会实践史的角度,对所谓的"西方及其他"(West and the Rest)这个欲望性结构公式提出批判,并进而重申文化的主体性和世界史的多元性问题。"'方法'的概念在此并不承载过多工具理性的重量,相反的,方法被想象为中介过程,走出既有的限制与框架,走向更具生产力的开放空间。"③

无可否认,"西方作为方法",已然成为一种知识与思想的构造,并深刻地影响着当前海内外中国文学与文化的研究。周蕾与史书美两位的论述,就在一定程度上将"西方"推到了某种普遍性理论的位置上,而"我们"则成了支持或否定这些理论命题的脚注和实证材料。这种立场尽管避开了冷战思维下的二元对立模式,承认中国具有相当的能动性,但是它也造成了一种困境,即我们不能离开"西方"来谈论自己。缺少了"西方"这个大写的异己(the Other),国族主义的主体便成了无根的浮萍。丧失了欲望投射的对象,自我的存在也失去了合法性。换句话说,唯有在"西方"的注目下,第三世界国家才能源源不断地生产出其政治个性和身份认同。

采用"身份政治"(Identity Politics)的视角对中外文学与文化

---

① 周蕾:《妇女与中国现代性:西方与东方之间的阅读政治》,蔡青松译,上海:上海三联书店,2008年,第7页。
② 史书美:《现代的诱惑:书写半殖民地中国的现代主义(1917—1937)》,何恬译,南京:江苏人民出版社,2007年,第2页。
③ 陈光兴:《去帝国:亚洲作为方法》,台北:行人出版社,2006年,第336页。

关系做出探讨,本身不无批判与反思的意义。但是,基于该观念是从族裔归属和性别认同的角度来思考问题,在具体的应用中,我们会发现,它避重就轻地搁置了现象之下更为繁杂的政治经济和社会权力关系冲撞。换言之,对"你们""我们""他们"的界说,并不能简单地透过个人的"认同"而有所变化,它们总是被各种权力关系所框定。简单的身份归类会轻而易举地引发像"国族主义"或"爱国主义"与"国际主义"之间的截然对立。王斑在最近的访谈中就批评了这类倾向。他援引毛泽东有关"爱国主义"与"国际主义"的论述,指出这两者从根本上说是并行不悖的。即使是在讲求社会主义现实主义和提倡工农兵文艺的延安时期,人们也未曾放弃对世界文学的拥抱。同剑拔弩张的冷战对峙格局相反,中国对世界的想象是"大同"的"道德天下"。他主张以文化的软实力,而非军事政治的硬实力,实现"我中有你,你中有我"的和谐共处。① 显然,王斑所说的"西方"已不再是外于我的对立面或某种丈量标准或论辩及行动的喻体,而成为自我的一部分。

由此,我们可以体察到后殖民理论的相关论述,体会到以往的中国文学研究往往存在一种缺憾,即过于强调"我是谁",而对于"自我的处境"和"我之为我的可能"缺乏探讨。也许有人会说,当下有关中国现代文学降生于"殖民"或"半殖民"的论述已日渐兴盛,史书美的专书便是其中一例。但是,值得深思的是,这些所谓的"殖民地"或"半殖民地"论调,到底在多大程度上被处理成现象和背景,而非条件和结果?当然,史书美有效地避开了这一点,将"半殖民"的探讨延伸到文学与文化的接受及呈现形态来追查,点明了中国文学中的"现代主义"形象是破碎的、分叉的。与此相对应,将现代中国的"殖民"或"半殖民"境遇当作条件或结果来谈,就意味着费正清学派所提的"冲击—回应"模式死而不僵、幽魂不

---

① 参阅余夏云:《天下中国——王斑教授访谈》,《东吴学术》2011年第1期。

散。"危机"敦促我们向西方学习,但是除此而外还有没有新的可能?比如,鸳鸯蝴蝶派书写各种拟古、颓废、美艳以及闲适的文字,是否也只是对"半殖民地危机"的一个简单回应?如果是,那这种独特的"殖民反应"又如何同晚明一代的"情感结构"有着诸多牵扯?如果不是,那它又何以被我们草率地处理成消闲文学,且不入现代文学之流?对这个问题矛盾的回应,或者可以激励我们去反思一个老之又老的问题,即他们到底是为这个时代写作,还是在这个时代写作?这个问题同样适用于对五四新文学的探讨。

有鉴于"冲击—回应"模式在中外文化交流中的简单化倾向,另一种"范式"被提拔出来,此即"中国中心观"。柯文的名作《在中国发现历史》(*Discovering History in China*: *American Historical Writing on the Recent Chinese Past.* New York: Columbia University Press,1984)提炼出一条从中国历史语境出发的"剧情主线"(Story Line),来寻觅中国近现代历史发展的原生动力。不过,这个观念美则美矣,却也难逃辩证的吊诡与两难的尴尬。其一,它虽然打破了"西方中心主义"的迷思,肯定了中国文化的流动变迁及其能动效应,但是,相应的结果则是引来所谓的"文化相对主义",以纯然对等的结构来探讨中西关系,从而漠视现实世界的文化流是永恒的"不平流"(Asymmetrical Cultural Flow)这一事实。叶凯蒂严正地申述了这一观点,她说:

> "文化流"必然的特性,是不平等流。平等就意味着一潭死水,只有一个高,一个低,文化才能流动。但是,在美国的学术界,这基本上从政治层面来讲是不正确的。你要谈男性,就必须把女性考虑进去,这是性别政治,文化也一样。但是,文化流永远是不平等的,这是它的基本取向。[①]

[①] 季进、余夏云:《"政治小说"的跨界研究——叶凯蒂访谈录》,季进:《另一种声音——海外汉学访谈录》,上海:复旦大学出版社,2011年,第162页。

第八章　跨语际的文化实践

其二,"文化相对主义"的另一极端是导向"文化孤立主义",将"文化多元"变成"文化保守","中国立场"变为"中国本位",只执着于在一个封闭的环境中虚构自己的"文化原貌"[①]。恰恰正是这些被想象的"另类"的本土文化形象[②],构成了一种典型的"自我东方化"和"东方主义"的凝视。中国被想象、审视、被阅读,甚至被认为是与西方决然不同的存在。正如王晴佳指出的那样,柯文强调要从中国的立场出发,自然无法无视"中国人"对自己历史的看法及其变化,否则就难免堕入另一种西方中心论的立场,那就是用高人一头的态度,认为西方人研究中国历史,能比中国人自己还要客观和出色。[③]

海外汉学研究之所以长期以来都存在这种高傲姿态,其思想根源正是将中西文学与文化关系固化为"有理论基础的研究者"(Theoretically Minded Researcher)和"本土情报员"(Native Informant)的立场。西方立场代表了有理论基础的研究者,而中国文学与文化则只扮演了情报员的角色。在这种立场的支配下,中国成了西方世界予取予求的文本或资源,被施以萨义德意义上的"文本态度"(Textual Attitude),随意地接受涂抹和改造,并最终被"重新发明"出来。要想对这种倨傲的态度做出回应,一个简捷的办法就是以其人之道还治其人之身:对西方话语进行"有效的扭曲"(Productive Distortion)和"戏仿"。尽管这一做法看起来同"东方主义"针锋相对,但它却并不只是一个简单的正反易位游戏。学术界将它命名为"西方主义",一种出于现实需要而对西方意象或话语做出

[①] 乐黛云等:《比较文学原理新编》,北京:北京大学出版社,1998年,第11页。还可参阅乐黛云、张辉主编:《文化传递与文学形象》,北京:北京大学出版社,1999年。

[②] "另类"(Alternative)这个观念脱胎自"另类现代性"(Alternative Modernity)一说,它强调特殊文化和条件下发展出来的现代性模式,具体的阐述可参见廖炳惠编著:《关键词200:文学与批评研究的通用词汇编》,南京:江苏教育出版社,2006年,第7—8页。

[③] 王晴佳:《中国文明有历史吗?——美国中国史教学与研究的缘起和现状探究》,钟雪萍、王斑编:《美国大学课堂里的中国》,南京:南京大学出版社,2006年,第89页。

有意挪用的社会实践和思想活动。

冯客的《近代中国之种族观念》(The Discourse of Race in Modern China, Stanford: Stanford University Press, 1992)曾对"西方主义"的三大特征作了扼要的总结。一是极化处理，即将中西双方推到截然对立的两面；二是把本土思想投映到西方思想之上，并把"'西方思想'的中国观念树为一种图腾"；三是片段化，通过断章取义的方式将西方思想简化、切割。冯客认为，"两极分化、投映和片段性，是一个富有创造力和革新精神的文化更新运动（这里是指新文化运动）的一些较具否定性的方面"[①]。显然，冯客对"西方主义"持否定性的态度，认为这是偏离西方本相和精髓的立场，在认知上有明显的不足。但是，史书美也提醒道，这不过是冯客本人的欧洲中心主义视角作怪，"他并未对思想旅行和翻译过程中不可避免的磋商和挪用行为显示出任何的敏感"[②]。

与冯客的态度完全相左，陈小眉从全新的研究对象身上读出了"西方主义"的"解放"效能。在《西方主义：一种后毛时代的反话语理论》一书中，陈小眉集中讨论了1976年以降的中国戏曲、话剧、纪录片、新诗运动及离散小说，认为这些文类与文本让我们看到一代知识分子如何通过建构一种想象虚构西方的反话语来与执政意识形态及其声称的底层利益相抗衡。陈小眉的讨论至少涉及了三种不同的西方主义话语，即西方主义、反官方西方主义以及两者短暂交叠的话语空间，这些话语均以现代西方形象为文化和象征资本来支撑各自不同的意识形态议程。第一种西方主义，是指政府通过召唤西方来支持对内控制的民族主义，这种做法将西方本质化、丑陋化为我们绝对的敌人。第二种反官方的西方主义，则

[①] 冯客：《近代中国之种族观念》，杨立华译，南京：江苏人民出版社，1999年，第117、118页。

[②] 参阅史书美：《现代的诱惑：书写半殖民地中国的现代主义（1917—1937）》，何恬译，南京：江苏人民出版社，2007年，第149页。

第八章 跨语际的文化实践

为某些知识分子群体所使用,他们利用西方知识话语来反抗与消解当下的意识形态。第三种西方主义,主要是指20世纪70和80年代之交,反官方的西方主义和新兴的西方主义之间的短暂交叠。这种交叠,不仅标示出中国西方主义话语的多重面相,也说明了文化翻译过程中复杂的现实和变数。总之,陈小眉的研究清楚地说明,我们不能简单地指控"东方主义"或"西方主义",而应该充分意识到多元文化关系中存在的复杂性,对西方话语的挪用行为对于当代许多非西方的文化而言,往往可能产生政治和意识形态上的解放效果。在研究东西方以及两者的符号关系时,海外汉学的方法正好能发挥一种积极且重要的作用。①

透过这项研究,陈小眉为中西之间互为挪用的关系模式,注入了一种鲜明的地方视角,在过去所谓的"高等"文化挪用他者即构成帝国主义殖民和"低等"文化挪用他者就等同于自我殖民的全球性视野之外,开启了借用不同西方话语进行内部协商和对抗的文化议程。这一点与刘禾《跨语际实践》可谓异曲同工。刘禾就指出,"学衡"派同新文化运动之间的争斗,从根本上讲,并不是中西文化之间的冲撞,相反,它是关于哪种西方知识在中国更具权威性,更利于民族认同的辩论。② 换句话说,刘禾和陈小眉的研究,都致力于打破中国"一体化"这个刻板形象,对其内部构造进行或文化或政治或社会不同角度的分层。在陈小眉那里,"政府"和"知识分子"形成了消长张力;而在刘禾这里,则是不同知识团体之间的纠葛龃龉。他们都构成了中国与西方跨文化、跨语际交流中的复杂面向,必须将其置于政治、意识形态、民族、国家等现代性议题中具体考察。当然,应该指出的是,陈小眉与刘禾等人的研究虽然展

---

① 参阅 Chen, Xiaomei. *Occidentalism: A Theory of Counter-Discourse in Post-Mao China*. New York: Oxford University Press, 1995.

② 刘禾:《跨语际实践:文学,民族文化与被译介的现代性(中国,1900—1937)》,宋伟杰等译,北京:生活·读书·新知三联书店,2002年,第342—368页。

现了西方主义的多重用途,但是也有一个显见的不足,那就是忽略了在政党政治和文化团体之外的另一个巨大的实体存在——人民群众。现代化进程并不是纯粹的精英游戏,作为文化最大的容受者(他们是读者、观众、听者)和展示者(他们是历史的参与者),大众不应该被排除在现代化的舞台之外。陈小眉已经指出知识分子的可疑形象隐现于他同政治政权之间的"共谋"关系之中,而事实上,值得反省的另一面是,知识分子不是对大众不闻不问,就是像五四时代那样,以"殖民戏拟"(Mimicry)①的形式上演启蒙者与被启蒙者的等级戏码。

为了摆脱西方世界对中国进行"文本消费"式的解读,除了像陈小眉这样直接探讨一种与"东方主义"相对的"西方主义"议程,我们还可以深入地从思想史和学科史的角度来观察理论旅行的中间过程,即在关注了西方主义及其价值功用之后,让我们折返来反思这种"西方主义"是如何历史性地发生的,在中西交汇的中间时刻,到底是怎样的现实因素促成了今天我们对他者和自我的认知与定位。在这方面,刘禾所做的一系列以"跨语际实践"和翻译为要务的研究工作颇具示范意义。除了《跨语际实践》外,《交换的表征》(*Tokens of Exchange: The Problem of Translation in Global Circulations*. Durham: Duke University Press, 1999)和《帝国的话语政治》(*The Clash of Empires: The Invention of China in Modern World Making*. Cambridge: Harvard, 2004)两书,亦大有可观。这些系列的讨论,以"互译性"的观念为起点,抽丝剥茧地诘问在主客语言的互动中,语词的"等值"关系是如何一步步确立起来的。这个过程不应当被简单地理解成是在中西语言当中寻找"客观对应物",而应该视作一场充满权力斗争及帝国利益冲突的政治交战。例如,在"夷/i/bar-

---

① 这是霍米·巴巴的观点,见 *The Location of Culture*. New York: Routledge, 1994, pp. 85—92。

第八章　跨语际的文化实践

barian"这个以斜杠连接的"衍指符号"中,刘禾就有力地揭示了这个被写进《天津条约》的法律禁令,如何鲜活地暴露出那种隐而不彰的殖民暴力和帝国欲望,同时也相应地勾起一种主权想象。归结起来,刘禾所要关注的并不是语言模拟现实(Mimesis)的功用,而是其在指涉(indexical)和象征(symbolic)意味上的符号能量。简单地说,"语言及语言间的对等喻说是约定俗成的",但"约定"本身就是一种权力制衡,一种制度规约,它是福柯意义上的知识建构史。在这个意义上,刘禾说并不存在所谓的文明冲突,有的只是帝国利益的争夺。[①]

这个结论具有相当的煽动性,因为它毫无疑问地指向当代世界的现实境遇。但是,值得思考的是,这种过分政治化的文学和历史解读,是否能够持续有效?摆脱了近代社会的"热战"背景,这种国家利益间的钳制关系是否仍能稳固地渗透于每一次文化交流?甚至,就是在那些被冷战包围的年代里,文化上的挪用与文学间的交流也仅仅只是国家行为的一部分,它是否还指涉一种个人立场和国际主义想象?显然,我们的回答不可能是简单的肯定与否定。我们想援引两种意见来作说明。一是钟玲为庞德(Ezra Pound)"东方主义"式的中国诗歌解读所做的辩护。她说:

> 当庞德在他的《诗篇》(The Cantos)中把中国文字、历史及思想都纳入他的思想体系中的时候,或许多少也是有上国意识的……而且,庞德吸纳的是经史古籍里的中国,全部都是文字里的中国,也就是说他抱持"文本态度"来看中国,全然漠视现实里的中国。这是否就是马勒克所抨击的"欧洲中心主义"呢?我想也并非如此,在《诗篇》中,在庞德把美国建国历史及思想史纳入他的思想体系时,在他把文艺复兴时期的城邦政

[①] 参阅刘禾:《帝国的话语政治:从近代中西冲突看现代世界秩序的形成》,杨立华等译,北京:生活·读书·新知三联书店,2009年。

治历史纳入他的思想体系时,也是持同样的态度,展现出同样的霸气。因此很难肯定他一定有欧洲中心主义的倾向;霸气,应该是他个人的风格。①

从钟玲的评述中,我们可以看出,文学交流即便存在不平等的走势,但不一定完全服膺于政治进程。二是王斑对世界秩序的重思,在《全球化阴影下的历史与记忆》一书中,他提出了所谓的"帝国审美"观,并对"全球化"这个惯性话语做了深入的反思。而这也正是我们想提出的,对待西方世界"傲慢与偏见"的第三种路径,就是通过彻底地反省由资本和商品的跨国流通所带来的"普世主义",来重新聚焦中国的世界观和历史记忆。王斑的论述清楚地表明,"全球化"或者"普世主义"不过是一个美国或西方神话,它裹挟着冷战的对立思维和霸权意识在全球范围内流转并试图进行利益的争斗,不仅范围广,而且影响深,但是这并不能取消中国或者说直接等同于中国的立场。刘禾毫无顾虑地地将"帝国观"加诸中国身上,而王斑反复提醒,从康有为到梁启超,直到后来的毛泽东,整个20世纪中国对世界的设想都是围绕着"道德天下"和"国际主义"展开的。刘禾的"帝国利益"说,仅仅触及了一个被动的中国形象,而对其更为长远的政治关怀则缺乏探讨。不过,话说回来,面对既成的世界秩序,中国也必先有国才能有天下。

如果不能充分关注中国与中国研究的特殊性,那就很容易"越来越背离过去的国际主义诉求,走向浅薄无聊的全球普世主义"②,将中国文学与文化的现实,削足适履地置于与全球化接轨的世界想象性之中。其实,毫不夸张地说,我们目前正在从事的文学、文化研究以及其相应的理论和学术规范,都是作为一种资本在全球

---

① 钟玲:《美国诗与中国梦:美国现代诗里的中国文化模式》,桂林:广西师范大学出版社,2003年,第24页。
② 王斑:《全球化阴影下的历史与记忆》,南京:南京大学出版社,2006年,第199页。

范围内流通与渗透,海外汉学尤其如此。王德威所批评的那些一鱼两吃,将理论干预变成理论买办,文化批评当作文化拼盘的下焉者①,正是我们应该警惕的海外汉学中"作为资本形象的文学研究"。由此出发,我们才可以领会并高度评价王德威关于"抒情传统"的研究。王德威之所以重提"抒情传统"这个本土概念,并将之与"现代性"合而观之,其实就是想打破西方理论的我执境界,活络对中国文学的自身理解,通过反思并重返中国文学传统的语境,呈现中国现代主体的多重面貌。②通过重拾一个被搁置的古典传统,并将之延展到20世纪中期这个充满革命喧嚣与史诗书写的年代,王德威的研究既不失中国文化之固有血脉,写出了其绵绵传承和时代新曲,又自外于普世主义、全球化的俗流,不泥于"现代性"这个西方典范,从而赋予"抒情传统"以全新的意涵。

当然,我必须强调,对全球化的反思不必也不应该仅仅局限于探讨它的局限,客观地来看,它至少引发了所谓的"文学行旅与世界想象"③的重审问题。借助于便捷的国际交通和丰富的全球资讯,文学不必只居于一隅,世界也不再纯然地超脱于个人的经验和现实之外,人们流寓侨居,从而获得多种文化资源和情感立场。无论是帝国殖民霸权,还是礼乐文明典范,至此都包含了一种内爆的趋向,呈现出多层次、多角度的叙事格局。因此,我们在讨论中外文学与文化关系时,既不必简单地以主体建构与历史暴力的论式来左右文化交流,也无需在国族主义的名号下,以同声一气的愿景来遮蔽历史经验中众声喧哗的事实。就以时下颇为流行的离散研究来说,已然摆脱了那种纯以伦理架构和地缘政治来建构文学身

---

① 王德威:《海外中国现代文学研究的历史、现状与未来》,《当代作家评论》2006年第4期。
② 参阅王德威:《抒情传统与中国现代性》,北京:生活·读书·新知三联书店,2010年。季进:《抒情传统与中国现代性》,《读书》2011年第4期。
③ 参阅王德威、季进主编:《文学行旅与世界想象》,南京:江苏教育出版社,2007年。

份的模式,转而去关注文字内烁的能量和语言的连接作用,使"中国文学"走向了"华语文学""华语表述"①等等。"离散"就不仅仅是全球地理意义上的空间分布,更是一种全新的公共空间,它提供也反映着书写者或游离,或介入的混杂(Hybridity)姿态和立场。周蕾从帝国(中英)之间的香港入手,以后殖民的理念解构了回归神话的正当性,对所谓的大一统叙事和母胎记忆提出批判,这正是"写在家国以外"的意义之一。② 所以,更辩证地看,"离散"不单单反映所谓的现实,其实更参与和改变种种现实面貌,由铭刻一种社会经历,变成遥指一种文学比喻、一种分析范畴,以至于一种政治想象。③

正是从这个意义上,我们说全球化不只是一种资本挤压,它也相应地松动了单一的文学归类法,形塑了其独立的言说准则(如以语言来进行文学分类)。在这个背景下,以前所谓的"本源叙述"已经不复存在,任何文学都是文化交流和启悟的结果。这个结论告诉我们,与其在现代、后现代的理论上高蹈地谈论文学的变数和个性,反不如脚踏实地地思考这些既得的或后发的文学身份是如何建立起来的。回顾海外中国现代文学的研究,我们大致可以看出如下几种路径。一是着重事实的辨析溯流,这是基础性的工作,后几类路径都由此细化或生发出来的。我们可以随手举出的例子有:杜博妮的《西方文艺理论进入现代中国》(*The Introduction of Western Literary Theories into Modern China*(1919—1925). Tokyo: The Centre for East Asia Cultural Studies, 1971),高利克的《中西文学关系的里程碑》(*Milestones in Sino-Western Literary Confrontation (1898—1979)*. Veda-Otto Harrassowitz, 1986),张京媛的《心理分析

---

① 参阅 Shih, Shu-mei: *Visuality and Identity: Sinophone Articulations across the Pacific.* Berkeley: University of California Press, 2007.
② 周蕾:《写在家国以外》,香港:牛津大学出版社,1995年。
③ 可参阅凌津奇:《"离散"三议:历史与前瞻》,《外国文学评论》2007年第1期。

第八章　跨语际的文化实践

在中国》(*Psychoanalysis in China: Literary Transformations, 1919—1949*. Ithaca, N. Y.: East Asia Program, Cornell University, 1992)等等。其二是侧重于功能性的探讨,比如米列娜编撰的《从传统到现代:19至20世纪转折时期的中国小说》(*The Chinese Novel at the Turn of the Century.* Toronto: University of Toronto Press, 1980.),韩南的《中国近代小说的兴起》中的部分文章,李欧梵的《中国现代作家的浪漫一代》,吴茂声的《现代中国小说中的俄式英雄》(*The Russian Hero in Modern Chinese Fiction.* Hong Kong: The Chinese University Press, New York: State University of New York Press, 1988)等等,都阐明了中西交汇给近代以来的文学表述、文艺思潮,乃至性别塑造所带来的介入性影响。三是进行形象学的梳理和考察,比如由欧大伟(R. David Arkush)和李欧梵编的《无鬼之域》(*Land without Ghosts: Chinese Impressions of American from Mid-Nineteenth Century to the Present.* Berkeley: University of California Press, 1989)堪为表率,着力稽查了19世纪中叶以来中国人对美国在不同语境下的态度。四是对翻译价值的重审,前已论及的刘禾著作,以及胡缨的《翻译的传说》等等,都由翻译的检讨,走向文化层面的深究。王德威对翻译有一个精辟的说明:"翻译指的不仅只是文字由洋而中或由古到今的传译,也指予以谱系、文化符号、物质和身体资源,乃至政治权利的诠释转圜。"[①]这个意见表明,翻译研究已经由其本事,开始向着社会实践和文化功用的层面挺进。这些研究路径也清楚地表明,历史文本和文学文本得到了越来越多的交互性阅读。不仅是发现某一历史环境中的美学趣味和社会现象,更是将触角伸向其所承袭的写作渊源和所延伸的谱系。当然,文学作品毕竟不是也不该是对世界客观存在亦步亦趋的仿拟,因此,在历史与文学的辩

---

① 王德威、季进主编:《文学行旅与世界想象·序》,南京:江苏教育出版社,2007年,第2页。

证关系中,解读者的阐释限度应受到相当程度的警惕。

我们借助于海外汉学研究,讨论了跨语际的文化交流和文学研究可能带来的机遇与局限,也扼要提示了过去的几种研究路径,无非是想说明,当下的文学研究与文化研究,尤其是中西文学与文化关系研究,必须要在全球化格局的背景中历史地谈论问题,承认文化的多元取向和文学立场的有机交叠。西方的文化理论与文学理论大大丰富和拓展了研究的内容和深度,但是,还原到历史性语境中的具体细节的考察仍不可或缺。全球化的"众声喧哗"之后,各种文化与文学的不同个性的彼此尊重与协商显得尤其重要。王德威把巴赫金的"众声喧哗"(Heteroglossia)理念翻译并推广出来之后,还有重要一问,即"众声喧哗以后"怎么办?同样,全球文化交汇、多元共存已是常识,但是至此之后又怎样呢?文化的交流与对话到底要以一种怎样的样式进行,才不至于落到各种意识形态和权力取予的陷阱中去呢?我们不妨引用王德威的话来结束这篇文章:

> 我以为众声喧哗"以后",我们应当回归基本面,思考喧哗的伦理向度。我所谓伦理,指的不外是社群中人我交互定义,安顿彼此位置的过程。……伦理因时因地,定义、协商,甚至质疑道德、信仰,乃至意识形态的内烁特质。但它的前提无他,就是折冲群己、出入众声的对话性。它带来包容妥协,但更带来紧张的反弹。这样的众声喧哗伦理毋宁比浮面上的"我有话要说"更具有挑战性,因为它不仅预留对方的立场,并不断与自我对话。主体的自我投射分裂、主客体间的频仍互为宾主,使任何的对话不再停留于简单的说—听之间。[①]

[①] 王德威:《众声喧哗以后:点评当代中文小说》,台北:麦田出版公司,2001年,第20页。

第二节　理论跨国与文化策略

20世纪下半叶以来,海外的中国文学研究愈来愈倾向于寻觅主流之外的音响,与此相呼应,海外中国文学研究主体的身份和性别也愈益引起关注。周蕾作为来自中国香港、执教美国的女性学者,其人其作显得分外亮眼。她不仅在 Boundary2, New Literary History, Critical Inquiry, Social Text, Modern Chinese Literature and Culture 等重要的理论批评与研究刊物上频频发表文章,对文学、电影和文化政治别发创见,而且连续出版了《妇女与中国现代性:西方与东方之间的阅读政治》《写在家国以外:当代文化研究的干预策略》(Writing Diaspora: Tactics of Intervention in Contemporary Cultural Studies)、《原初的激情:视觉、性欲、民族志与中国当代电影》(Primitive Passions: Visuality, Sexuality, Ethnography, and Contemporary Chinese Cinema)、《理想主义之后的伦理学:理论、文化、族性、阅读》(Ethics after Idealism: Theory—Culture—Ethnicity—Reading)、《世界目标的时代》(The Age of the World Target: Self-Referentiality in War, Theory, and Comparative Work)、《温情主义的组织架构,当代中国电影:全球视觉化时代的附庸》(Sentimental Fabulations, Contemporary Chinese Films: Attachment in the Age of Global Visibility)等著作,立足于中国文学、电影与文化政治的现实,自由出入于精神分析、女性主义、左翼理论和各种后殖民、后现代理论之间,以其犀利的文风、尖锐的批判意识和丰厚的理论素养,在海外中国文学研究界与理论批评界产生了广泛而深刻的影响,成为西方汉学界与理论界深具影响的重量级学者。李欧梵认为,她"用一种书写的行为来达到文化的批判,她是非常坚定地站在第三世界、站在边缘来对抗主流的"[①]。由她开启

[①] 李欧梵、季进:《李欧梵、季进对话录》,苏州:苏州大学出版社,2003年,第137页。

的这种边缘论述,极大地充实了我们对文本的关照力度,挑战了理论权威的主导性和普适性。饶有趣味的是,这些边缘论述如今俨然成为中国文学研究的流行趋势。比如周蕾首开中国现代文学的视觉文化研究,她对视觉文化的发现和提倡,改写了人们对整个中国现代文学和文化的观感,为文学史写作引入了一个全新的观看视角。

遗憾的是,对于这样一位具有国际影响的华裔批评家,目前国内学界不仅没有较为全面与深入的介绍(她的大量著述,仅有《妇女与中国现代性》《理想主义之后的伦理学》[①]在大陆出版),反而连续出现了好几篇批评性的文章[②]。周蕾的理论批评当然有其自身的不足,完全可以商榷与批评,但是对于国内理论界来说,比起匆忙的甚至是以偏概全的批评,全面而深入地介绍周蕾的理论批评显然更为重要,也更为有益。我们当然无法承担起这样的重任,只想从边缘论述的角度,抽样评述周蕾边缘论述的展开路径,即女性主义、香港分析和视觉研讨。它们依次对应了周蕾颇具代表性的三部著作,即《妇女与中国现代性》《写在家国以外》和《原初的激情》。没有列入讨论的其他论著,多多少少也延伸了边缘论述的立场,围绕这三大议题做出了引人深思的研究和拷问。应当说,这三方面的展开路径与学术议题也生动再现了周蕾本人的现实身份和成长经历。周蕾常常能从个人化的经验中生发出理论的思辨和价值的评判,学术和生活互为镜像,甚至可以说,她本人的生活与经验即是很好的文化研究文本。她在童年及成人后所经受的种种来自语言和文化上的质询,令其不得不寻求某种置换和排解,以期

---

① 周蕾:《理想主义之后的伦理学》,吴琼译,开封:河南大学出版社,2013年。
② 参见朱立立:《意识形态与文化研究的偏执——评周蕾〈写在家国以外〉》,《文艺研究》2005年第9期;《视觉现代性与第五代电影的民族志阐释——以周蕾〈原初的激情〉为讨论对象》,《艺苑》2007年第7期;柯倩婷:《从边缘位置拷问现代性——读周蕾〈妇女与中国现代性〉》,《文艺研究》2009年第9期等。

第八章 跨语际的文化实践

明辨边缘的隐秘动力和革命能量。①

首先是男性的边缘——女性视野下的现代中国。透过性别化的方式来讲述中国现代性的发生,是海外中国现代文学研究乐此不疲的论述。女性及其附属物(服饰、家具、生活方式)被看作是充满意味的符码。叶凯蒂就认为,傅彩云的动人之处在于,曾朴从她身上寻得了一个公开而便捷的通道来谈论私人愿望和性幻想。②在此类研究中,女性的魅力源自她对世界的现实性介入和象征性破坏,至于说尖锐的理论批判,要到周蕾这里才真正发其端绪。

1990年,旅美中国比较文学学会在美召开首届会议,会议主题是"理论干预和文化批判",围绕着中国文学、政治及意识形态间的交媾关系展开,其成果即是1993年由杜克大学出版的《现代中国的政治、意识形态与文学话语》一书。在书的前言部分,杰姆逊声称,理论已死虽言过其实,但不可否认,它正经受着一种名为"差异化发展"(Uneven Development)和"非同步性"(Nonsychronicity)的特殊历史和结构现象的侵扰。因此,他主张用全球或地理意义上的研究来舒缓道德和"站边"(Taking Sides)上的倾斜,并重申费边(Johannes Fabian)的"同时性"(Coevalness)概念。③而这一点,也正是周蕾在同年出版的《妇女与中国现代性》一书中所坚持的基本原则。她反对那种将研究对象植入另一"异己"、落后的时间和文化框架的做法。她发现非但传统的汉学家不重视现代中国,即便是西方的中国史家,如史景迁和费正清者,也难免"东方主义"的困局。他们倾向于使用一种"非幻想层面上的议题"来阅读非西方世界,将之固化为"现实"的物质实体:"没有幻想、没有欲望以及没有

---

① 参见周蕾:《写在家国以外·不懂中文(代序)》,香港:牛津大学出版社,1995年。
② Yeh, Catherine Vance. "Zeng Pu's *Niehaihua* as a Political Novel: A World Genre in a Chinese Form." Ph. D. diss., Harvard University, 1990.
③ Liu, Kang & Xiaobing Tang, eds. *Politics, Ideology, and Literary Discourse in Modern China*. Durham: Duke University Press, 1993, pp. 1—7.

矛盾情感"。为了消解这种僵化阅读中的"权力俯视",周蕾刻意选取了"非实用"(impractical)意义上的材料和方法来重建中国的复杂度。①

其一,将中国现代文学作为分析素材,通过对观看(seeing)、分离(dispersing)、细节化(detailing)及哭泣(crying)等四大特质的分析,强调中国文学"人化"而非"物化"的方面。它们依次针对西方观者、主流文化、宏大叙事和片面塑造而发,力图展现中国文学的多元形态,表现了周蕾对男性及其特征(居高临下的观看和讲述、以偏概全的观察和描写)的极不信任。换言之,全书的重点在于彰显一种被西方与主流回避掉的中国"女性气质",一个隐秘而繁复的中国情感世界和想象主体。就这个意义上讲,"妇女与中国现代性"与"被压抑的现代性"遥相呼应。唯有摆脱了来自权力和知识网络的纠缠宰制,我们才能更好地体认中国现代文学摆荡在东西、主次等二元结构之间,试图努力发声的重大意义。

其二,运用精神分析理论来解读这些作品,以理论的剖析来干预意识形态的渗入。在周蕾看来,从一个现代的以及"受到西化了"的文学之中排除精神分析法,本身就是值得商榷的。难道"私人主体性"只是西方文学的专利,而中国文学只能在一种公众生活和历史议题中存活?因此,对抗性地采用精神分析法,不但有助于解构文学的特权体制,破解文学阅读中的地方意识和种族偏见,同时也有助于我们解放中国文学中那个被国族神话围困和吞噬的"小写自我",呈现一个有血有肉的文学主体,而非那个一味追逐民族和国家话语的"超我英雄"②。

基于以上的两点,我们可以看出,周蕾在书中所汲汲营造的理

---

① 周蕾:《妇女与中国现代性:西方与东方之间的阅读政治》,蔡青松译,上海:上海三联书店,2008年,前言。

② 参阅同上。

第八章 跨语际的文化实践

念,与20世纪70年代初刘若愚写作《中国文学理论》时的初衷相一致。刘若愚一是要恢复中国文学(理论)的合法地位和丰富内涵,二是为以后深入的文学研究和探讨铺路,三是通过对不同文化间"同质化构造"而非"异质化表达"的推敲,来寻觅一种世界性的文学(理论)形态。① 与此相类似,周蕾所针对的主要是西方读者,特别是那些对中国现代文学抱持轻蔑态度的学院人士。周蕾不惮晦涩地周旋在各类理论之间,目的就是要以西方式的话语来回敬西方。也许周蕾此举"理论表演"之嫌大过"文化关怀"之实,对中国的历史、现实和文化传统关照不够,但是,文化间的有效对话总是依赖于一套通用的话语体系,周蕾的本意是要向西方读者展示中国文学,那么向西方理论话语的妥协就是不得已的选择。更何况,时至今日,中国文学在西方依然遭受误解,借助一套西方通行的话语来转述中国文学之精彩,就显得尤有必要和切实可行。

当然,促使周蕾采用这种西化策略来谈论中国现代文学的理由还在于,中国文学已经不可避免地西方化了,她本人也因为成长背景与学术训练的原因,成为了一个"西化的主体"。他们都无法再返回到纯然的族裔源头,动用传统为自己的民族和国家证明荣光。在一个西方帝国宰制全球的时代,动用非西方资源来对抗可能收效甚微。与其在外部久攻不破,不妨从其内部瓦解。正是在此意义上,周蕾认为"怎么读"比"读什么"更重要,时刻警惕卷入其中的权力政治,而不至于把阅读中国文学变成试炼西方理论的跑马场。这一点清楚地呈现在以"观看"为媒介的东西文化之间。在贝特鲁奇的电影《末代皇帝》中,周蕾发现,一个族裔观者会很自然地追随那些已然"东方化"的影像讲述,推导出一种纯粹的"中国性",并与之达成共识。这里,族裔和被族裔化观者的位置几乎不可避免地重合起来。对"中国"的迷恋,导致了一种"自我东方

---

① 刘若愚:《中国文学理论》,杜国清译,南京:江苏教育出版社,2006年,第2—6页。

化"。通过将"传统"与"西方"对立,从而达到一种完满、自足乃至持续性的慰藉。① 但是,这样的做法显然忽视了我们每个人都生活在20世纪多元化的世界这一日常事实,我们必须同时面对多个不同的社会与文化。传统不可能固结起来等待我们随时搬用,他者亦不会静止地独立在我们外围。显然,在遵从传统的同时,我们也不能忘却自身已然被西化的事实。现代中国的主体性,同时包含着多种资源的文化渗透。具体到中国文学的阅读,我们既不能将之视为附属于古典中文的混种,又不能将其看作是西方文学的平庸学徒,现代中国文学其实是处在一种动态的游离与综合之中。

  为了充分证实中国现代文学主体复杂而游离的认知的可靠性,周蕾进一步阐述了中国现代文学在"主流文学与通俗文学""宏大讲述与细节描摹""越界想象与真实体验"间摇摆不定的特点,由此瓦解了等级制度支配下阅读中国文学非此即彼的二元结构模式,同时也对以男性为特征的文学叙事和形象设计提出质疑,认为他们同西方一样,将中国(女性)单一化和形式化了。比如,在阐述"主流文学与通俗文学"时,周蕾就指出,过去对鸳鸯蝴蝶派的男性解读,不是导向社会旨趣,就是回归文学传统,根本就无视那些在男性缺席状态下苦苦挣扎的女性形象及其内心苦痛。借由对女性的关注,周蕾看到,鸳蝴小说无论是叙事结构上的性别偏倚(将女性作为叙事关键),还是言说方式上的感伤主义与教诲主义并置,其实都是一种传统重建,而非封建遗存。鸳鸯蝴蝶派应当被看作是现代化进程的一部分,它不仅公开展露强烈情感,而且还将之融入生产消费的商业化过程。它在大众传媒不断扩展的平台上进行着传统的再造活动。如果它说与五四文学有任何的不同,仅仅在于它是用"负面的"女性结构来讲述传统的消散故事。与此相类

---

① 参阅周蕾:《妇女与中国现代性:西方与东方之间的阅读政治》,蔡青松译,上海:上海三联书店,2008年,第一章,尤其是第42—50页。

第八章　跨语际的文化实践

似,女性化的细节描摹,也应看作是现代性展出自身的方式之一。张爱玲拒绝了纪念碑式的情感结构,而在个人阴郁的世界内,借碎裂的形式传递着叙事的革命因素。与之相对,是鲁迅、茅盾、巴金等五四作家对"现实"的过分执迷,他们把唯我的个人和停滞、矛盾的"外在"世界对立起来,寻求"写实的力量"。一旦他们试图看清"人性"的暧昧而内转时,"统一的国族意识的整体状态就无可避免地被碎解(cut up)——成为细节"①。换句话说,"写实主义的限制"在于它尝试拒绝"内在世界"和虚构力量,而这是永远无法达成的。现代性不能回避主体性的降生问题,即使它是以不完全的形式出现的。

如果说经由女性主义的阐释,周蕾试图给我们呈现的一个西化的、有情的、碎裂的现代中国主体,那么她亦不忘这个主体是活动的、多面的。针对感伤主义文学中出现的母亲形象,周蕾展示了决然不同的男性描写与女性刻画。在她看来,男性笔下的母亲形象往往过于理想,他们总是不自觉地将其欲望传导与身份认同对立,并着意地排遣前者。相反的,女性作家则彰显了母亲(女性)在自我牺牲的社会要求之外,亦是一个为力比多所牵缠的欲念主体。这些曾受制于外力的女性,如今因为自我的发现,而成为传统崩落最佳的见证。将之放置到文化的意义上,她们恰好就成了中国受创的自我意识的"替身"。"如此一来,'女性'不仅仅等同文化内容的新形态,而且更是成为新的能动性(agency),成为'规范之内进行抵抗'(resistance-in-giveness)的辩证力量,构成了非西方却受西化影响的脉络之中的现代性。"②

从周蕾的阐述我们可以清楚地看出,启用"女性"作为阅读和

---

①　周蕾:《妇女与中国现代性:西方与东方之间的阅读政治》,蔡青松译,上海:上海三联书店,2008年,第147页。

②　同上书,第261页。

观察的突破口,实际上是想表明,中国文学除了男性化的一方面(五四文学,宏大叙事,民族道义等等),还包含有女性的内容,它关乎自我和性欲。这些东西被漠视和抹杀,以至于降低了中国文学的复杂度。而且重要的,这些女性化的作品或形象,不仅承袭自传统,也消解着传统,所以当西方观者试图将中国女性化,并将之封闭在"传统"的魔咒下,"女性"就自然地承接起对抗这种等级凝视的任务。因为女性无法与传统和中国化约,他们都是运动着的独立主体。简单地说,妇女让现代中国重建了一种可资对话西方的主体性。

其次是地域的边缘——第三空间内的"香港文化"。对香港文化的考察,同女性阅读一样,周蕾也试图确立一种主体形态,以便陈述其混杂的程度。在周蕾看来,香港特殊的社会形态和殖民经历,使得它既不是待价而沽的商品,也不是民族荣耀的战利品。在她被割让与回归之间,鲜有人真正考虑到其作为一个主体存在的感受。"反帝反殖民主义"的"政治美誉",不能取代香港在九十九年内所经历的种种人事沧桑和精神苦痛。

如果说《妇女与中国现代性》主要是以对抗的方式来考察权力宰制下的文学阅读关系,那么《写在家国以外》则把矛头指向了这种权力关系的相生共谋,而非二元对立。周蕾质疑的,一是以西方为代表的(后)殖民主义心态,它东方主义及其次生品,二是一种标榜"民族主义"和"文化中心主义"的"内部殖民",三是对香港多元文化仅作折中、模化处理的"后现代混杂派"。在周蕾看来,香港是一个在全球范围内具有示范意义和预见价值的城市,它复杂而残酷的文化身份,不是靠认同、抵御或综合某些文化价值可以稳定下来的。在这片狭小的土地上,各种文化理念、价值神话轮番上演,又一一失效、破产。拿东方主义者来说,这里没有他们梦寐以求的"异国情调"。钟爱之物的丧失,导致了他们的郁结难解。宇文所

第八章 跨语际的文化实践

安曾批评北岛的诗作以高度的可译性向西方读者兜售他的政治美德,完全没有了中国诗歌特有魅力。而周蕾则针锋相对地指出,北岛诗中"中国性"的丧失,直接威胁到一些汉学家赖以为生的根基,他们将"中国"作为事业,但"现代中国"却不复提供这种工作的合法性和殊异性,汉学家们的所作所为也就是失效和无意义的。因此,北岛就由一个"被压迫者"变成了"压迫者"。当然,也有聪明的理论家马上可以从这种正反易位的游戏中,总结出另一种使自己变得重要的方法,那就是借"自我卑贱化"(Self-Subalterization)的进路来收集权力。这些人,以道德评判的方式,将东方的落后、物质匮乏和受压迫看成是精神富足、正义在握的象征,以此为出发点臧否人物,并从中收益自己的社会声誉和学术名望。表面上看,他们是在替公理发言,而事实上,周蕾指出,这只不过是另一番的暴力而已,他们的重心不在同情,而在于获益。

从这个思路出发,香港高度发达的物质文明,被视为对中国的不忠,它理应得到解救。施救者可以是这些大义凛然的毛主义者,他们批判殖民统治使香港丧失了精神的高贵性;施救者也可以是这些人的另一面,即那些时刻把"根本"和"纯正性"放在嘴边的"本土主义者"和"中国中心主义者"。通过批判"东方主义",他们试图生产出一个真正的东亚(中国)。但显然,这只是一个用官方修辞来维系的美丽神话而已,它的内里依旧是殖民意识的阴魂不散,它与东方主义互为表里:借着对"原本化意象"的强制性记忆,它促使香港修改其意识形态,并与中心和集体一致。她认为,这种以追求统一为目标的文化政治活动,纵然背后是民族尊严和血盟纽带,但它还是罔顾了香港作为殖民地所拥有的特殊文化形态。于是,统一变成了"内部殖民",成为了文化内部主导力量对次导力量的涂抹和无视。

文化无法化简为一,即使是在同一传统内部,所谓的整齐划一

的"中国性"始终只是一个愿景而已。这一点,在周蕾对"怀旧"浪潮的辨析中表现得再清楚不过。她讲:

> 怀旧潮把颇为歧义的大陆、台湾及香港的文化艺术,联系起来。在中国大陆,文学与电影自八十年代初,早以怀旧的探讨形式,去思考中国乡土神秘的源头,以至重燃对共产党统治前旧中国的兴趣。在台湾,怀旧表现了对台湾本土历史那些被压抑的沉痛伤口的广大关注。在香港,怀旧潮除了在丰富的商品文化中以多姿多彩的形象出现外,也往往像电影《胭脂扣》般,变成一种把旧日时光理想化的美学情绪,更同时与机缘、命运、风水及其他"术数"等混在一起。①

以血盟化的方式来实践中华性,既是枉然也是错误的。反对(西方)殖民,无需袒护(中国)中心。坚定地站在边缘,既可以有效地防堵"统一暴力"的发生,消解"中华性"幻象,同时也有助于揭示香港文化的世界性,以及各种意识形态间的矛盾互动。当然,马上会有读者指出,周蕾这种边缘化的占位策略是不是也如同她所批判的"毛主义者"一样可疑?我们认为,不能将"自我边缘化"(Self-Marginalization)同"被迫边缘化"相混淆,香港属于后者。周蕾立足于此,但她并没有利用这种被压迫的身份,只是指摘西方的不义,并警惕内部暴力的发生。换句话说,她追求的只是一种被屏蔽掉的香港主体性,试图从内外双重的"殖民挤压"下将其恢复出来。最直白的例子就是流行音乐和随身听。

罗大佑的歌曲多次被引用,借以说明香港文化的不纯粹特性:介乎"皇后"(英)与"同志"(中)之间。同内地歌手崔健一样,他的歌曲也呈现出一种"音乐性"(Musicality)与"语词性"(Verbality)相分离的特点。这主要是针对官方文化对科技(音响设备等)集体性

---

① 周蕾:《写在家国以外》,香港:牛津大学出版社,1995年,第58—59页。

第八章　跨语际的文化实践

的运用而有意为之的策略。通过拆解词与曲之间的有效关联，以及词与词之间构成的意义链条，他们破解了一种意识形态控制，即借着反复播放主旋律歌曲，来营建一个统一的民族文化。当然，在反对官方意识形态收编的同时，也构成了对帝国主义殖民的控诉。"像许多处在后帝国主义时代的国家一样，中国人在二十世纪初要摆脱最终会遭到毁灭命运的唯一选择就是'走向集体'，生产出一个'民族文化'来。"①摆脱集体主旋律，即是对殖民主义残留的有效抵制。但是，也应当看到，科技在香港商业上的成功，又带出了另一种对抗反弹，使得我们的生活模式变得更为复杂。随身听（Walkman）的"聆听革命"是因微缩而躲过他人，却因躲藏而变得更清晰，但这只是它的一面；另一面是"集体"不再是"一个从远处被理想化了的'他者'，而是我们自身庸俗的、机械的、便携的部分，可以放进我们的口袋里，召唤自如。这种通过集体的'自我'生产不需要口号，只需要 AA 电池，而且往往在其他也许同样无足轻重的活动中进行"②。我们本欲逃离集体，却没想到其以最日常的方式重返生活。由此，周蕾说："科技这两种意义——集体化和商业化——的同时出现，超越划分'第一世界'和'第三世界'的政治经济网络的正统规范，构成了一种独特的种族性（ethnicity）。"③这就是我们念兹在兹的香港主体形态。

有理论家将之形容为"补偿式发展"，也有评者诉诸"后现代的混杂"，但在周蕾看来全不适切，他们不是无视现实，就是过于轻佻。对前者而言，香港的经济繁荣根源于对政治自主性缺失的弥补。但事实上，香港本身是作为海港割让给英国的，经济才是其本质的追求。周蕾主张，不要逃避物的发达，而是正视它。虽然香港

---

① 周蕾：《写在国家以外》，香港：牛津大学出版社，1995 年，第 78 页。
② 同上书，第 90 页。
③ 同上书，第 83 页。

作家梁秉钧的诗内,充满了丰富的物象,绝无英雄式的反殖民主义可言,却也"可以被视为在香港多重预置的历史里,人们没有'自由'去'选择'政治制度的处境下的一种战术",它代表了"适应环境、创造空间和接受他人"①。如此,殖民性不但不为过,反而成了一个可资利用的处境,它的开放使她成为一个移民城市、一个流亡者的避风港。与"补偿论调"对香港文化的错判不同,"后现代混杂派"(Postmodern Hybridites)干脆放弃了对香港做细致分析,而采用了一种轻佻的方式将之随意处理给一些后现代概念,比如混杂、多样(Diversity)、多重(Multiplicity)、异质(Heterogeneity)、多元(Pluralism)、对话(Dialogism)、众声喧哗等。周蕾认为,"后现代混杂派的论述最大的诱惑性是,抹平了过去的不公义现实,只管吸引人去参与这个全球资本主义的权力世界"②。"后殖民"的语义重心,已经由原来的"殖民"推向了"后"。将"压迫"视为"共荣"的必然,周蕾深以为忤,于是决心重写香港形象。

参考雷蒙·威廉斯将文化形态三分的表述,即主导的(dominant)、剩余的(residual)和崛起中的(emergent)三类,以及对罗大佑带有"中介符号性"(intersemiotic)特质的歌词解读,周蕾将香港形象地命名为"既不是寻根也不是混杂:崛起的社会"③。"这种社会建基在文化工作于社会责任之上,而不是一味依靠血脉、种族、土地这些强权政治的逼压。"④套一句旧话,周蕾眼中的香港形象,颇有点顾炎武的"天下兴亡,匹夫有责"的意味。当然,这里的"天下"是指全球、全人类,而非某一民族、国家。文化责任是其主体性最核心的要素,当然这也是周蕾本人的立场。

再次是文字的边缘:文化翻译中的当代电影。从以上的分析,

---

① 周蕾:《写在国家以外》,香港:牛津大学出版社,1995 年,第 140、138 页。
② 同上书,第 100—101 页。
③ 同上书,第 108 页。
④ 同上书,第 115 页。

第八章　跨语际的文化实践

我们可以看到,周蕾对现代中国的关注,主要集中在文化层面,她对电影的研究与分析,同样也是文化层面的阐释。如果我们仅仅把《原初的激情》看作目下流行的影视赏析,那就完全误读了周蕾,忽略了它的重要性。周蕾围绕"激情"展开的中国当代电影研究,是试图展示"文化媒介"转型所带出的讲述问题,即所谓的"文化翻译"。这里面不仅涉及文字文化到视觉文化的社会转移、中国意象的荧幕呈现,而且还包含了跨文化语境下形象传递的有效性问题。研究内容从文人心态、性别关系、身份认同,到跨文类实践、跨语际书写、跨文化交际,包罗万有,诚具深意。

"原初的激情",意指对"根""本"之物的迷恋,它令我们回到了那个最具诱惑力的命题,即"中国性"(或曰"中华性")的问题。这里,周蕾提供了第三种解读,既不同于东方主义者文化优越论意义上的对非西方世界的贬低和异化,也不同于民族主义者借此统一内部思想所进行的意识形态殖民,而是指向文化危机之后,民族价值焦虑和自我意识的追寻。它通常与动物、野性、乡村、本土、女性等相对原始或弱势的意象相关,但同过去的观察不同,它颠倒了整个文学史的传统写法:

> 并不是中国现代知识分子受"启蒙"后选择以关注受压迫阶级来革新其写作,而是受过教育的知识分子像世界上其他地方的精英一样在弱势群体中发现了令人迷恋的源泉,它能够帮助知识分子在主题和形式上激活、复兴其文化生产,使之现代化。①

换句话说,"原初"的意思并不是见证权力和等级的生产,而是要恢复民间的价值。这使我们想起了20世纪80年代中期活跃在

---

① 周蕾:《原初的激情:视觉、性欲、民族志与中国当代电影》,孙绍谊译,台北:远流出版公司,2001年,第41页。

文化领域内的"寻根"热潮,通过对"民间文化形态"①的探寻,当时的文艺工作者试图重建一种鲜活的生命本体意识和存在方式。周蕾重点讨论的几部电影,《老井》《黄土地》《孩子王》《红高粱》,大多改编自著名的"寻根小说"。它们构成了以电影的方式来讲述民族起源的进路,视觉性成了发掘民间价值的又一入口。在周蕾看来,视觉性观视比文字呈述来得更具冲击力,这个原因还得从"头"说起。

对于鲁迅著名的"幻灯片事件",周蕾有意放大了视觉性观视所诱发的文化震惊。在她看来,鲁迅的"弃医从文",根源不在于"治病莫若医心"认识论的形成,而在于意识到视觉表述对文字书写的挤压,导致了文学符号的去中心化,这种转变是一种知识本位的文化自卫和价值自救。鲁迅本想借回到文学的方法,来维系传统表述的自足性和有效性,但新的媒介力量,却使得这种设计功亏一篑。鲁迅无论在技巧的选择上,还是体裁的应用中,都笼罩着视觉表述的影子。于是,中国现代文学的滥觞,不仅仅是文字,而且也有影像带来的新变的可能。

尽管周蕾为此遭受了"阐释过度"②的恶评,但毫无疑问,她也为我们打开了一个重写文学史的空间。通过将"视觉性技术"与"原初性问题"(中国现代文学的起源)并置,她清楚地揭示了中国现代文学为何总是缠绵在夏志清所谓的"中国迷恋"(Obsession With China,或曰"感时忧国")之中而无法自拔,现代性又如何能与一种技术(Technology)中介相始终,并进而塑造整个中国现代文化。李欧梵认为周蕾虽然理论过剩,但却注意到了不同媒体所造成的视觉经验应当如何调试的问题。对这个问题的思考,激发了

---

① 参见陈思和:《民间的沉浮——从抗战到文革文学史的一个解释》,陈思和:《中国当代文学关键词十讲》,上海:复旦大学出版社,2002年。

② 全炯俊、苑英奕:《文字文化和视觉文化:文化研究的鲁迅观一考察》,《鲁迅研究月刊》2006第4期。

第八章 跨语际的文化实践

李欧梵《上海摩登》中有关印刷文化、电影及现代性之间的精彩研讨。①

但与李欧梵的文化研究路径不同,周蕾在这里所做的工作更像是考古学意义上的,或者精确地说,是人类学意义上的工作。她要追查为什么"原初主义"与电影而非文字达到了最优的统一。当然,部分的原因正如鲁迅的故事所示,是因为电影带来了前所未有的情感冲击和价值表述。而最根本的原因则在于,文化转型时期,一种全新的技术媒介出现了,不可避免地带来一种叙事冲动。正如众多学者在对画报和摄影的研究中指出的那样,这种视觉媒体不但型构了现代性的具体风貌、传播途径,而且也有效地转化了传统资源,推动现代性的日常开展,并经此打开了一种全球性的想象视野。② 因此,周蕾指出,"转向'原初'必须摆在与'写作'和'传播'技术的变化、与媒体的民主化,以及与视觉性重要形式如电影的浮现等的关系中加以考量"③。"永远地历史化",而非理论的操演,才是其研究根本的出发点。

为了进一步阐述电影与原初主义之间的契合关系,在鲁迅的故事之外,周蕾还举证了一系列事件,以求说明社会转型、文化危机、媒介革命、技术观视、文化记忆如何能被巧妙地组织进现代性的话语结构之中,并在全球范围内引起一种关于"第三世界"电影

---

① 李欧梵、罗岗:《视觉文化·历史记忆·中国经验》,罗岗、顾铮主编:《视觉文化读本》,桂林:广西师范大学出版社,2003年。
② 这些讨论参见陈平原、夏晓虹编注:《图像晚清》,南昌:百花文艺出版社,2006年;王尔敏:《中国近代知识普及化传播之图说形式》,王尔敏:《近代文化生态及其变迁》,南昌:百花洲文艺出版社,2002年;李孝悌:《恋恋红尘:中国的城市、欲望与生活》,上海:上海人民出版社,2007年;鲁道夫·瓦格纳(Rudolf G. Wagner):《进入全球想象图景:上海的〈点石斋画报〉》,刘东主编:《中国学术》(第四辑),北京:商务印书馆,2001年;曾佩琳:《完美图像——晚清小说中的摄影、欲望与都市现代性》,李孝悌编:《中国的城市生活》,北京:新星出版社,2006年等。
③ 周蕾:《原初的激情:视觉、性欲、民族志与中国当代电影》,孙绍谊译,台北:远流出版社,2001年,第41页。

身份的热议。这些事件包括20世纪初中国文学对女性的多重关注、二三十年代无声影片中的女性和劳工阶级形象、20世纪60年代激进的领袖崇拜场景等。这些事件或者意象,在周蕾看来,按照时间顺序形成了一个以视像为轴心,重新想象和写作文化起源的有序历史。

"以现在重构过去",这就形成了通常所说的传统与现代的问题。旧的视觉性被"美学化",形成了一个有关原初、过去、古代和失去的文化序列;而现代视觉性则被"政治化",它指"一种在现代性中看到开创一刻以及新开端之紧迫性的倾向",亦即在文化的受创时刻,将中国视为第一的、首要的以及核心的,来抗拒危机意识和身份焦虑。如此,"原始主义的两面手拉着手:将旧中国美学化成'古代'和'落后'必须与现代自强和社会建设联系在一起才能理解"。通过否定性地将传统吸收到现代话语中来,为革命创建合法性,并经此展现一个全新的文化起点,这恰恰是五四的遗泽,但正如周蕾所说:"这一图景的说服力和一致性,加上蕴含其间的残酷与暴力,正是一九八○和一九九○年代所必须粉碎的。"[①]这样,周蕾接下去的讨论,事实上就变成了对五四意识形态的检讨和反省,当然它也直接针对那场历时十年之久的文化浩劫,以及由此衍生的"集权主义教条规范"。

周蕾的例子是当代电影中的"返回自然"和"女性位置",它们一阴一阳,恰好从两个方面说明了"原初的激情"如何像一种精神病症一样缠绕着当代中国知识分子的思考。吴天明的《老井》以"对死者的尊崇"为激情样式,叙述了集体化的部落仪礼怎样步步吞噬个人的情欲,而最终使其成为墓碑上的名字和英雄的代码。从表面上看,电影是在歌颂和奖励社群的努力,但它事实上已经提

---

① 周蕾:《原初的激情:视觉、性欲、民族志与中国当代电影》,孙绍谊译,台北:远流出版公司,2001年,第59页。

第八章　跨语际的文化实践

供了一种反思"文化大革命"集权化政治的潜文本解读。荒芜的自然景观和具有欺骗性的"文化大革命"理想图景在此构成了一种互文指涉。与之相类,陈凯歌的《黄土地》以一个年轻女子暧昧不明的歌声与腰鼓队振聋发聩的求雨拜天仪式相对,重写了鲁迅关于"独异的个人"和"无知的庸众"之间的故事。"翠巧"以一首未完结的革命歌曲消逝在有着民族象征的黄河之上,暗喻了"启蒙"的失败,个人性的失败。似乎革命与情欲结合的故事,天然就是个悲剧。作为"雄浑"自然的反面,"阴柔"的女性也总是原初激情投射的地方。但正如我们已经看到的,女性的性格无论多么坚强,总是陷于无助的境地,占据着传统的空间。《老井》中受到奖掖的依然是家庭妇女,而非自由女性;《黄土地》中唱歌的翠巧,在被理想化的那一刻,是一个没有身体的女孩;《孩子王》中泼辣的女性强健、亢奋,毫无女性气质。因此,周蕾认为男性在抗议"中国""中国遗产""中国传统"或它们的变体时,不可避免地产生了一种自恋性的价值写作。在消解集权统治,勾画解放的可能性时,他们同时也是父权文化的同谋,其"电影制作捕捉的不是中国,而是蛰伏在汉族中国中心主义下的潜意识"[①]。

　　周蕾的提醒无疑是必要的,她让我们看到,有关"中国性"的三个层面不能被分割看待。如果只考虑东方主义者的看法,那就会形成如下一种错位认识,即中国知识分子的自恋性文化生产结构,是为了投合西方观众而展开的。中国是西方永恒的他者,最明显的例证就是张艺谋电影中精致且绚丽的东方色彩。周蕾认为这种东方主义式的解读,显然回避了"第三世界"文化生产的真实历史条件,即全球化已经成为第三世界文化生产的必要组成部分。因此,在跨国机制下进行文化交流,需要重设一种新的解释理论,以

[①] 周蕾:原初的激情:视觉、性欲、民族志与中国当代电影》,孙绍谊译,台北:远流出版公司,2001年,第66页。

便能打破"第一"和"第三"世界、"看"与"被看"的二元结构关系,并说明文化传递过程中形象(或传统)变异的合法性问题。周蕾的工具是"文化翻译"。在她看来,从历史到影像,从文字到画面,从一国到他国,电影就像一个巨大的誊写过程,本身就充满着现实与虚构的问题。这就如同翻译,背叛与创造互为表里,所以,即便异域化般如中国当代电影,也不可能仅仅只是他者生活的文献化。张艺谋的中国形象表述,恰恰表明电影呈述是具有主观性的。从表面上看,张艺谋的电影构成了一种自我东方化,但实际上,这种对知识科学非专业化的做法,就有如翻译的创造性,反而拓宽了原文的价值。如果说翻译并非是一种以忠诚为借口的堵塞行为,而是一个围绕着以创造为中心的交流过程,那么,我们可以说中国当代电影的民族志表述,恰好也是跨国语境下对中国传统的一种持续性开创,它塑造了文化多元和文化流动的面目。从这个角度来看,《原初的激情》和《妇女与中国现代性》《写在家国以外》一样,最后又回到了对一种复杂主体性的探讨上。

综上所述,我们可以说,贯穿周蕾三大研究主题的正是一种跨文化探讨。她倘徉在传统与现代、主流与边缘、精英与大众,以及"第一"和"第三"世界之间,试图打通文化隔阂、地域界限和种族区分,努力勾画并批判当前文化政治中各种流行的阐释类型、根深蒂固的偏见和歧视,细致描绘"中华性"所涵盖的各种政治、经济和社会特征,松动了过去西方社会和主流文化对"中国"单一、稳定的身份认识,恢复了中国文学和文化复杂的主体形态和情志世界。这是一个持续而又变化的认识过程,我们应该抱持理解、讨论与借鉴的态度来看待它,而不是一味地将之视为西方理论在中国语境下的文化表演。

第三节　跨界实践和翻译中国

李欧梵曾不止一次地援引安德森有关"想象的社群"(Imagined Communities)以及哈贝马斯的"公共领域"理论,用以说明晚清一代的民族意识起兴同印刷资本主义之间的莫大关联。不过,他也旋即指出,这些西方理论在照亮中国往事的同时,亦留下许多未尽事宜。例如,"Anderson 虽然提到了民族国家背后的背景,比如背后是帝国,像中国、欧洲和拉美,但是他并未对民族国家背后复杂的文化传统有所理解"。在李看来,晚清最大的现实在于,新旧观念共同参与了"现代性话语"的奠基工作。西方观念既非长驱直入地来到中国,并立刻引发变革;中国传统亦非日薄崦嵫、束手待毙。双方的协商沟通、对抗回还,一同织就了现代中国繁复的文化风貌。①

在这一系列传统与现代的交杂"想象"中,翻译的重塑和中介作用,无疑是论者特别关心的议题之一。诚如学者王宏志所言,20世纪中国的翻译,尽管标榜"信达雅"的宗旨和规范,但其真正在意的并不是历史的真实(Authenticity)或译本的可信(Truth),而是译文所代表的"权威性"(Authority),以及如何运用这种权威性来推动一些本国文学所不能带来的改变②。他赋之以"翻译史"的观念。这种观念,不仅要追索一个历时性的语词对应发展的技术脉络,更要探讨这种翻译中的自我运作史,它包含了一套富有成效的话语机制,以及围绕于此的思想运作史。

刘禾提出的"跨语际实践"观念,是对该历史一次有益的探索。

---

① 李欧梵:《未完成的现代性》,北京:北京大学出版社,2005年,第6—9页。
② 王宏志:《"以中化西"及"以西化中":从翻译看晚清对西洋小说的接受》,陈子善、罗岗主编:《丽娃河畔论文学》,上海:华东师范大学出版社,2006年,第60页。

她关注的是那些经由翻译达成的新语词、新表述和新思想如何强有力地参与了中国文学与文化的"现代性"进程,并在中国的语言中获得合法性地位。"翻译中生成的现代性"或曰"被译介的现代性"(Translated Modernity),是她对这一现象生动的概括。在其看来,东西方语言间的最初接触和碰撞,并非如我们目下所见的那样"透明",能以"文化"等同"Culture",将"Individualism"译为"个人主义",词语之间的"互译"关系是历史性地人为建构起来的。换句话说,翻译,作为认识论意义上穿越不同界限的喻说,并非简单的假设,或幻觉上的语言等值关系(Hypothetical Equivalences),而是一种文化隐喻。它暗示了自我和他者能在多大程度上被关联起来,并为我所用。因此,东西语言的近代交汇和"互译",必须被当作一种"话语实践"和"历史现象"来处理、分析。

有心人不难发现,这份以"概念解析"为基础的研究工作,遵照的乃是福柯倡导的"知识考掘"理念。所不同者在于,刘将其具体的观测语境设定在了1900至1937年的中国社会。在当时,各种跨界语词和艺术观念层出不穷,宛如过江之鲫。在20年代的一篇文章里,鲁迅这样写道:

> ……我们能听到某人在提倡某主义——如成仿吾之大谈表现主义,高长虹之以未来派自居之类——而从未见某主义的一篇作品,大吹大擂地挂起招牌来,孪生了开张和倒闭,所以欧洲的文艺史潮,在中国还未开演而又像已经一一演过了。①

对于这种"城头变幻大王旗"的语词混乱现象,鲁迅秉持的是一种批判姿态。不过,这种在鲁迅看来不值一哂的局面,却被刘禾认为是良具深意的,因为这里面潜伏着一种被遗忘的意志和一个

---

① 鲁迅:《集外集·〈奔流〉编校后记(十一)》,《鲁迅全集》(第7卷),北京:人民文学出版社,1981年,第554页。

第八章　跨语际的文化实践

全新的知识空间。恰如福柯指出的那样,知识不仅反映着权力的部署,甚至就是其中最为重要的部分。它以话语的形式,即历史情境中的言说行为,参与和创造了历史。① 那些喧闹一时的西方观念,虽然并不都像"国民性"和"个人主义"那样历久弥新,激策人心,但它们至少显示了当事人在文化介入方面的良苦用心。在一项针对陶渊明与手抄本文化的研究中,田晓菲出色地指出,陶渊明简淡任真的形象是被一代又一代的读者、抄写者、编者和笺注者所共同塑造的,选择的背后是动机和欲望。"我们没有一个权威性的陶渊明,却拥有多个陶渊明。"② 这正好比翻译中出现的那些新型语词,它们跨越语际获得另一番形象,但这绝不意味着它们拥有一个绝对权威的他者,其被使用的语境才是它们真实的含义所在。本雅明说,翻译是要翻出"原作的来世",译者享有他的能动权益③。

在这个意义上,翻译不再是与政治斗争和意识形态斗争冲突着的利益无关的中立的事件。实际上,它恰恰成为这种斗争的场所,在那里客方语言被迫遭遇主方语言,而且二者之间无法化约的差异将一决雌雄,权威被吁求或是遭到挑战,歧义得以解决或是被创造出来,直到新的语词和意义在主方语言内部浮出地表。④

依循上述考量,刘提出要将此工作与雷蒙·威廉斯式的关键

---

① 米歇尔·福柯:《知识的考掘》,王德威译,台北:麦田出版公司,1993年。
② 田晓菲:《尘几录:陶渊明与手抄本文化研究》,北京:中华书局,2007年,第204页。
③ 瓦尔特·本雅明:《译者的任务》,汉娜·阿伦特编:《启迪:本雅明文选》,张旭东、王斑译,北京:生活·读书·新知三联书店,2008年,第83页。
④ 刘禾:《跨语际实践:文学、民族文化与被译介的现代性(中国,1900—1937)》,宋伟杰等译,北京:生活·读书·新知三联书店,2002年,第37页。

词(Keyword)解析相区分①。她希望"跨语际实践"研究,能有助于我们超越单一的"语言反映论"模式,检讨"语词内涵"与其"时代语境"间的单向流动关系。她的意见是,"语词"不仅为其时代所塑造("是什么"),它也反向创造了该时代("怎么用")。话语涉及行动,而不是纯粹的表述。比如,在个性张扬和性别独立背景下催生的第三人称代词"她",虽为时事所造,却反过来成为一种合法性的批评话语。其积极介入现实的姿态,成为此后经久不息的女性主义话语源泉,并为萧红等女性作家提供了语言上的立足点。在稍后的一本著作中,刘将这种通过翻译确立起来对等词汇(如"她/she""夷/barbarian"),称为"衍指符号"(Super-Sign)。她说:

> 衍指符号指的不是个别词语,而是异质文化之间产生的意义链,它同时跨越两种或多种语言的语义场,对人们可以辨认的那些语词单位的意义构成直接的影响。……它扮演的是(在语言和语言之间进行)转喻思维(metonymical thinking)的角色,它引诱、迫使或指示现存的符号穿越不同语言的疆界和不同的符号媒介进行移植和散播。正因于此,衍指符号提供了丰富的启示,使我们得以窥见所谓知识的误用(intellectual catachresis)是怎么一回事。②

为了使论述变得更为清晰,我们不妨举下面的例子:"中国有

---

① 尽管刘有意区分她与威廉斯的距离,但还是被认为带有"关键词研究"的色彩,如陈平原就是在这一范畴下讨论其著作的,参见陈平原:《学术视野中的"关键词"(下)》,《读书》2008年第5期。而且恰恰因为缺乏威廉斯式的语义变迁考察,其著作遭受了多方指责,最严厉的批评来自王彬彬,见《花拳绣腿的实践——评刘禾〈跨语际实践:文学、民族文化与被译介的现代性(中国,1900—1937)〉的语言问题》,《文艺研究》2006年第10期,和《以伪乱真和化真为伪——刘禾〈语际书写〉、〈跨语际实践〉中的问题意识》,《文艺研究》2007年第4期,两篇文章。相关的批评还涉及其新作《帝国的话语政治》,见《关于〈帝国的政治话语〉的讨论》,《读书》2010年第1期。

② 刘禾:《帝国的话语政治:从近代中西冲突看近代世界秩序的形成》,杨立华等译,北京:生活·读书·新知三联书店,2009年,第13页。

第八章 跨语际的文化实践

没有史诗?"这个已经被证伪的问题,正是"知识误用"的一个绝佳表现。它的潜在台词是,中西文化之间存在着一种普遍的对称关系。这种想法,如果不是出于天真,那么就是包藏"祸心"。因为它预先将自我设为标准,以此来剪裁他者。为了避开这种"西方中心主义"式的观念,或曰文学研究上的"费正清模式"①,刘主张采用"主方语言"(Host Language)和"客方语言"(Guest Language)来取代当下翻译理论或后殖民理论中流行的"本源语"(Source Language)和"译体语"(Target Language)。由此,她试图恢复中国在"现代化"过程的能动作用,抗衡"冲击—回应"这个固有范式,改变那些诫此刑彼的二元认知结构。例如,在对《阿Q正传》的解读,刘表明,鲁迅并非只是按图索骥地将明恩溥(Arthur Smith)的"国民性"论述戏剧化了。"阿Q"的形象仅是故事的一个层面,另一面是鲁迅"也创造了一个有能力分析批评阿Q的中国叙事人"。"由于他在叙述中注入这样的主体意识,作品深刻地超越了斯密思的支那人气质理论,在中国现代文学中大幅改写了传教士话语。"②

不过应当指出,该观点虽然大快人心地凸显了鲁迅在跨语际实践中的文化主动性,但它也同时遮蔽了该进程中的"地区性视角"。"改写"行为,恰比霍米·巴巴提示的"戏拟"效果:通过模仿殖民者,被殖民者松动了双方的显著差异。在这个意义上,鲁迅可与明恩溥平起平坐,"然而,这种从帝国主义者那里模仿而来的自我否定意识也同样包含着阶级的维度"③。它总是在自我之外,预先假定另一个需要启蒙的他者。知识上的优越感,使得鲁迅对"国

---

① 对这一模式的简单表述就是:西方冲击,中国回应(Western Impact and Chinese Response)。具体的批评和讨论见柯文:《在中国发现历史——中国中心观在美国的兴起》,林同奇译,北京:中华书局,1989年,第1—42页。
② 刘禾:《跨语际实践:文学、民族文化与被译介的现代性(中国,1900—1937)》,宋伟杰等译,北京:生活·读书·新知三联书店,2002年,第103页。
③ 具体的讨论参阅史书美:《现代的诱惑:书写半殖民地中国的现代主义(1917—1937)》,何恬译,南京:江苏人民出版社,2007年,第28—30页,引文见第29页。

民性话语"的"改写",不只是针对"西方",同时也包括了中国的人民大众。换句话说,"阿Q"正是这"改写"的一部分。刘禾强调了那个超然于外的叙事者,却遗忘了那个被叙事的对象,本身就是这个叙事者欲望的一部分。它并非现实的对等物(阿Q≠中国人),而是权力框架下的虚构表述。鲁迅所要批评的东西正是他事先寄放在那里的。这也是该作会被视为具有"表现主义"风格的原因之一。通常"表现主义"以图解意识形态著称①。当然,我们也可以换过来看待这个问题,那就是刘所要讨论的"翻译现代性",本身就是一种精英现代性,同王一川所谓的"现代性地面"②,恰好构成了两级。

如果说对"国民性"理论的借贷,促成的是一种文化省思和价值超越,那么,对"个人主义"的使用,则成为自我表达的疆域和战场。该词"本是用来帮助解决现代的自我观和民族观的冲突的概念之一"③,但很快,其原有的内涵被架空,并被赋予了传统中国的儒、释、道解释,新兴的阶级观念和人道主义思想也与之接轨、挂钩。其能指的疆界一再夸大,以至于"个人主义",恰如其名,成为个人思想的表现舞台,并"像当时流行的其他话语一样,它以自身的方式参与了现代意识形态和权力重组的重要进程"。而且,"这种参与方式不能冠之以任何简单的结论(如真/伪个人主义的结论)"④。

与淘空一个概念来大做文章的方式不同,"国粹"论争见证了不同话语间的龃龉如何有效地渗入了现代文化建设。这里,布迪厄的场域理论显然可以大施拳脚。在布看来,一个成熟的行动者,应该懂得调配各种"象征资本"以为己用。这些东西包括了特定社

---

① 徐行言、程金城:《表现主义与20世纪中国文学》,合肥:安徽教育出版社,2000年。
② 王一川:《中国现代性体验的发生——清末民初文化转型与文学》,北京:北京师范大学出版社,2001年。
③ 刘禾:《跨语际实践:文学、民族文化与被译介的现代性(中国,1900—1937)》,宋伟杰等译,北京:生活·读书·新知三联书店,2002年,第119页。
④ 同上书,第123页。

第八章　跨语际的文化实践

会空间中的公认知名度、声誉、成就感和领袖地位。① 譬如,在《新文学大系》的编撰过程中,丛书策划人赵家璧就机智地动用了包括"声誉""理论"和"西方(及日本)"在内的三大"象征资本"。前者使它在读者和品味上有所保证,而后两者则直接阻击了其敌手,特别是在文化市场上占据半壁江山的"鸳鸯蝴蝶派"②。"自我殖民"成为此一"经典化"案例中最大的特征。它对西方话语"富有成效的扭曲"和"戏仿",锻造了一种"误读"(Misreading)/"悟读"(Creative Reading)辩证法,并拉开了其与"殖民"间的距离。不过,霍米·巴巴提出的"殖民""暧昧性"(Ambivalence)③并没有因此被驱散。刘写道:

> ……中国人企图利用非中国的或中国之外的东西来建构中国人的同一性,从而使自己从矛盾的生存状态中解脱出来。这种矛盾既支持又损害了他们那种前所未有的举动,即让中国文学和文化成为世界民族文学和文化之一员的努力。④

以上结论提醒我们,千万不能将西方的"东方主义话语"(Orientalist Discourse)与东方的"西方主义话语"(Occidentalist Discourse)⑤相混淆。前者永远指向将东方的贫弱化,而后者多对西方有所抬高,甚至在某种情况下,它会演变成哪种"西方话语"在东方

---

① 皮埃尔·布迪厄:《艺术的法则:文学场的生成和结构》,刘晖译,北京:中央编译出版社,2011年。
② 对此问题的详细讨论可参阅余夏云:《鸳鸯蝴蝶派与新文学的斗争形态考察》,毛迅、李怡主编:《现代中国文化与文学》(第5辑),成都:巴蜀书社,2008年。
③ 即殖民者与被殖民之间存在着一种既吸引又排斥的关系,双方并非完全对立。见 Homi Bhabha 的专章讨论 "Of Mimicry and Man: The Ambivalence of Colonial Discourse." in *The Location of Culture*. New York: Routledge, 1994, pp. 85—92.
④ 刘禾:《跨语际实践:文学、民族文化与被译介的现代性(中国,1900—1937)》,宋伟杰等译,北京:生活·读书·新知三联书店,2002年,第334页。
⑤ 有关"中国的西方主义"论述可参见 Chen, Xiaomei. *Occidentalism: A Theory of Counter-Discourse in Post-Mao China*. New York: Oxford University Press, 1995.

更具权威性,而不是传统在西方面前是否依旧拥有活力。发生在20世纪20年代的"学衡"与"新青年"论争,在跨语际层面上,就是欧文·白璧德(Irving Babbitt)与约翰·杜威,以及罗素等人的现代"西方代言人"之争。将《学衡》杂志对新文化运动的公开反抗视为保守,这样的认知并不正确。学衡派绝不反对西学,甚至还与新文化者共享一种话语基础,所不同者在于:

> 他们取消了东西方的分化,代之以"真""伪"之别的新的二元对立修辞或是一种新的话语。新文化运动的主将们所树立的偶像如卢梭(Jean-Jacques Rousseau)、易卜生(Henrik Ibsen)、托尔斯泰(Leo Tolstoy)和尼采(Friedrich Wilhelm Nietzsche)被称作"伪"并予以弃绝,而西方文化真正的精髓体现在希腊罗马以及犹太教与基督教共有的传统中。在他们看来,事情的关键并不是以中国文化的精华去对抗西方文化,就仿佛两种文化是不可调和的系统(早些时候的国粹派与提倡新文化者皆如是以为),而是确定谁有权威对每一种文化发言,并将两种文化的精髓整合起来,熔铸成梅光迪所称的"真正新文化"。①

一言以蔽,"学衡派"的国粹运动"其目的是要削弱对手对西方知识的垄断"②。

在本书的另一版本,或曰早期选本中,李陀曾这样说道:《语际书写》"与通常意义上的思想史写作不同,作者采用的不是对重要思想家重新评述,或对经典著作重新进行诠释的方法"③,我们以为

---

① 刘禾:《跨语际实践:文学、民族文化与被译介的现代性(中国,1900—1937)》,宋伟杰等译,北京:生活·读书·新知三联书店,2002年,第354页。
② 同上书,第357页。
③ 李陀:"序",刘禾:《语际书写——现代思想史写作批判纲要》,香港:天地图书有限公司,1997年,第2页。

第八章　跨语际的文化实践

这一评价并不适切。至少,对"国粹"运动解读本身就是一种重新发现。尽管它以"国粹"这个外来概念展开,但刘通篇谈论的都是"学衡派"思想,而未深究"国粹"一词的"实践"表征,而这两个范畴毫无疑问不能等同。接下去的这部分讨论,也会更加明确"跨语际实践"仍然包含着强烈的重写意识。例如对萧红《生死场》的女性主义解读,就曾出现于唐小兵所编的"再解读"研究中①。

在刘的阐释框架里,"跨语际实践"不仅包含上述已及的新语词和经由新语词触发的文化事件与文学运动,同时也涉及构成中国现代小说文体范畴的新型表述模式,如第一人称语态、心理叙述、自由间接引语、指别成分(Deixis)和性别化(gendered)文本策略等等。同陈平原的名著《中国小说叙事模式的转变》②相比,刘此处最大的特点在于引入了"性别视角"。这与彼时渐次兴起的西方"女性主义文体学"(Feminist Stylistics)大有关联③。因为没有做过充分的调查,我们并不能断定这种区别仅仅是由于论述双方不同的理论框架引起的(前者是叙事学研究,后者是文体学讨论)④,它或许也在暗示着近代中国的女性文学⑤,在叙述模式的转变方面力有不逮,乏善可陈?如果不是,那么下面的这个话题倒值得我们深思一二,即"20世纪中国女性文学的叙事变迁"。

"第一人称叙事"本是刘在哈佛的博士论题,原文旨在探寻该模式如何促动现代作家发展新式写作,提炼新型主体意识,以及重

---

① 唐小兵编:《再解读:大众文艺与意识形态》,北京:北京大学出版社,2007年,第1—18页。
② 陈平原:《中国小说叙事模式的转变》,北京:北京大学出版社,2003年。
③ Mills, Sara. *Feminist Stylistics*. London: Routledge, 1995.
④ 经典的叙事学研究中没有"叙事性别"一说,这种格局也许会因为女性主义的大行其道而遭受冲击?另,有关叙事学与文体学的讨论见申丹:《叙述学与小说文体学研究(第三版)》,北京:北京大学出版社,2004年。
⑤ 关于近代女性文学的讨论可参见胡晓真:《才女彻夜未眠:近代中国女性叙事文学的兴起》,北京:北京大学出版社,2008年。

新界定个人与社会的关系。① 在对系列作品的解读中,刘注意到:

> 第一人称叙事者常常发现自己身陷一组连锁的象征性关联中:如我/她(性别),真/幻(心理学),此时/彼时(时间),此处/彼处(空间),生/死(形而上学),中国/外国(民族/语言),现代/传统(历史)等等,而每一组关联都是围绕着男性叙事者"我"的欲望加以组织的。……也就是说,它们是有关性别、主体性、时间与空间的喻说,它们被建构出来以表述现代的汉语体验,而且在这个过程中始终将非汉语的语言和文学作品作为其参照系。②

对于这个结论的前半部分(即"而且"之间的内容),我们愿附以张英进的"构形"观念,以示呼应。张用该词指称那种包含着性别、空间和时间要素的想象性塑造。他讨论的初衷是要正视"城市"在中国现代文学与电影中地位,为"乡村"挂帅的中国文学补绘另一副面孔。刘的讨论,则更进一步,她深挖了这种"构形"背后的权力褫夺关系。在她看来,"第一人称"与"第三人称","我"与"他/她",构成了鲜明的阶级和性别对立。《骆驼祥子》因为采用第三人称叙事,导致主人翁祥子无力讲述自身,这是"臣属"不能发言的侧写;《伤逝》中的涓生,自说自话,屏蔽了"她"(涓生)的叙说。如果换一种阶级/性别体验,这些故事又会如何? 在此观照上,丁玲的《莎菲女士的日记》以一个女人的剖白,讲述其情爱欲孽,颇有可观。

至于结论的后半部分,我们想再次启用"中国视野"。事实上,中国文学中第一人称的作品并不鲜见,诗歌中有李白的"我本楚狂

---

① Liu, Lydia He. "The Politics of First-Person Narrative in Modern Chinese Fiction." Ph. D. diss., Harvard University, 1990, p. 15.
② 刘禾:《跨语际实践:文学、民族文化与被译介的现代性(中国,1900—1937)》,宋伟杰等译,北京:生活·读书·新知三联书店,2002年,第220页。

第八章　跨语际的文化实践

人",文言小说中也有"余""予"的叙说口吻,只不过这些现象"固执"出现在"文人文学"(诗歌、散文、书信等等)之中,对于"小道不经"的小说,特别是长篇章回小说,第一人称的叙事通常踪影杳然。① 这就是说,尽管"我"的叙述肇因于西方文学,特别是翻译文学的影响,但是其中来自传统的文类阻隔和文化分层因素,未免不是其像西方求法的缘由之一。而这也就部分解释了梁启超为什么从"小说革命"入手推展政治运动,因为它向内挑动了森严的文化等级,提出了文类民主的观念。本书的最后还附有各种类型的语词对照表,内容丰厚,不可小觑,但因为缺少必要的语言学训练,我并不想对此妄加评判,不过王彬彬的部分论断,倒也一针见血地指出了其中的一些毛病。但不管如何,刘还是在思想史写作方面为我们提供了宝贵的经验,特别是其"侦探式"的层层盘问,揪出许多"知识"背后隐而不彰的内涵,"跨语际实践"的观念也拓开了比较文学的研究视野,当认真研读、借鉴。

---

① 尽管文言小说使用了限制叙事,但是它们更"接近中国国古代的记人记事散文",即我所谓的"文人文学"。具体的讨论见陈平原:《中国小说叙事模式的转变》,北京:北京大学出版社,2003年,第64—65页。

第九章 多元化的视觉文本

第一节 视觉叙事的图景

1990年以来,海外中国现代文学研究的一大变化就是现代中国文学研究已经离开传统的文本定义,成为多元的与跨学科的研究,思想史、政治文化、文化生产、性别研究、城市研究、文化人类学研究、情感的社会和文化史研究等等都成为中国现代文学研究的题中应有之义,其中尤以电影或广义的视觉文化研究最令人瞩目。① 无论是杂志封面、照片挂历、美术广告,还是电影电视、漫画插图,都打开了视觉世界的"现代叙事"。在此,我们很难对所谓的"视觉文化"作精确的定义,但基本的共识是,"视觉文化打开了一个完整的互文本世界",在这个互文本世界中,图像、声音以及空间构图相互作用、相互依赖,折射出复杂的社会、历史、文化光谱。它们传达信息,提供快乐和悲伤,影响风格,决定消费,甚或调节权力关系,彰显各色欲望。②

海外中国现代文学研究中视觉文化研究的兴盛,一方面与社会文化的转型,与文学研究对象与方法的扩大密切相关,另一方面也是因为视觉文化对过去的文字写作,起到了一个去中心化的作用,其强大的解构力量让人不敢小觑。目前海外中国现代文学的

---

① 王德威:《海外中国现代文学研究的历史、现状与未来》,《当代作家评论》2006年第4期。
② 罗岗、顾铮主编:《视觉文化读本》,桂林:广西师范大学出版社,2003年,第2—3页。

第九章 多元化的视觉文本

视觉文化研究,主要由两大部分构成,一是图像研究,二是电影研究,它们共同打开了一个全新的文本世界。文字和视觉已不单纯是并出叠合的关系,视觉文化研究大大丰富了传统的文学文本研究,甚至大有超越文学文本研究,自成一体的趋势。视觉文化研究使得海外中国现代文学研究成为一个多元、越界、充满张力的学术领域。

从图像研究来看,它包括了摄影、画报、地图、木刻等研究对象。19世纪末摄影进入中国,西方摄影师用图片向读者呈现东方式的中国形象,极大地促进了西方对中国的了解。但这些摄影只是客观的呈现,只有到20世纪90年代以后,视觉文化研究才开始把摄影作品纳入学术性考察的视野。伦敦大学亚非研究院的冯客认为,相片已被极富想象性地运用到社会认同结构之中,通过日常消费,它与民国时期的市民生活发生息息关联,参与并丰富了中国社会现代化的进程。① 曾佩琳则更进一步在晚清小说之中钩沉有关摄影的描述,指出这些"完美图像"所映射的是一个满布欲望与苦痛的"现代化"进程:"它既认可又破坏主体的位置,它既抹去历史又创造新的历史。"② 与两位不同,彭丽君的《扭曲之镜》(*The Distorting Mirror: Visual Modernity in China.* Honolulu: University of Hawai'i Press,2007)延长和放大了考察年限和研究对象,将19世纪80年代到20世纪30年代主要的视觉媒体一网打尽,其中既有风靡一时的摄影、石印绘画、广告、电影,也包括戏剧表演。她指出,这些新式媒体为"求新求异"的欲望所牵扯,或迷恋女性身体,或冲击现实主义的艺术观念,同整个社会文化话语构成了强烈的互渗关系。而现代性的持续更新,正得益于这种视觉主体与其环境间

---

① 冯客:《民国时期的摩登玩意、文化拼凑与日常生活》,李孝悌编《中国的城市生活》,北京:新星出版社,2006年。
② 曾佩琳:《完美图像——晚清小说中的摄影、欲望与都市现代性》,李孝悌编《中国的城市生活》,北京:新星出版社,2006年。

的相互作用、相互对话。

相对于摄影的讨论,画报图片的研究更为扎实而热闹。画报作为"印刷娱乐的新媒体",不仅强化了视觉效果在现代阅读中的作用,而且也在严肃的经典和士大夫精致的文化外围,打开了通俗阅读的路径,将逸乐、愉悦带进了现代性话语建设。诚如瓦格纳指出的那样,"图像、视角、场景、叙事的情节线索以及读者对信息的态度愈来愈多地被分享",《点石斋画报》的出现,理应放到一个世界性的画报出版热潮中去加以评价。① 与瓦格纳的全球性视点不同,李孝悌强调了《点石斋画报》与传统质素及志怪表述的关联,重申了史华慈有关传统与现代并非静止或有同构型指涉的重要论断,指出近代上海的城市文化图景,实乃两者纷然并列的结果,没有绝对的新,也非全然的旧。②

画报与都市现代性关系的研究,是画报视觉文化研究的重要成果。李欧梵的《上海摩登:一种新都市文化在中国,1930—1945》将《良友》画报视为印刷文化发达的一个侧面加以表现,认为它在"想象"上海现代性方面扮演了重要角色。"画报上的绘画和小说中的描写,与当时人们在视觉刺激下对都市生活所产生的一些幻想交融在一起。"③这三种"互文性"的感受方式,完成了一次全方位的城市日常生活的"巡视"和"漫游",它开启了一种新的感觉(惊讶、过度刺激)、新的空间(经验方面与文本方面的)和新的风格(写作上与生活上的)。同样是对画报的考察,张英进的研究则比较偏向于文本的形象学分析。他细分了三类完全不同的女性身

---

① 鲁道夫·瓦格纳:《进入全球想象图景:上海的〈点石斋画报〉》,刘东主编:《中国学术》(第四辑),北京:商务印书馆,2001年。
② 李孝悌:《上海近代城市文化中的传统与现代:1880年代至1930年代》,李孝悌:《恋恋红尘:中国的城市、欲望和生活》,上海:上海人民出版社,2007年。
③ 李欧梵、罗岗:《视觉文化·历史记忆·中国经验》,罗岗、顾铮主编《视觉文化读本》,桂林:广西师范大学出版社,2003年,第15页。

体形象:作为艺术品的女性身体、作为商品的女性身体和作为重要文化事件能指的女性身体,认为这是晚清、民国时期各种文化、社会经济和心理因素的交互作用下产生的必然结果。这三种表现模式相互渗透,并不孤立,都受到意识形态和商业利益的支配。①

这一点在对地图的思想史、文化史诠释中,也历历可见。叶凯蒂就从社会学角度精彩地剖析了近代上海地图所具有的政治、民族和文化意涵。她说:

> 上海地图最重要的目的并不是表现"客观事实",而是利用"客观事实"来制造"事实",阐述某一观点。一张地图可以被看成是一种叙述,有着清晰的故事结构、角色和宗旨。②

与此呼应,学者们也普遍承认,城市图的视觉再现总是和"历史事实"维持程度不等的差距,"虚构"成为"想象城市"的重要面相。尤为重要的是,这些虚构的符码、再现的意象,又反过来成了人们形塑现实的重要依据。小小图片折冲往返于历史与文学的虚实起落间,投射着社会思潮的繁复变化。

与摄影、画报、地图研究相类似的,是对漫画的解析。孙绍谊将漫画作为"视觉景观"和"文化证词",广泛征引了包括漫画在内的各种"视觉读本",如时装、广告、电影等,指出城市同历史一样,总是厕身于稳定和流动、记忆与遗忘的辩证法中。一方面,上海可以忘却自己的半殖民过去,另一方面,也可以勇敢地重构这个被删除的身份。"正是在这种互动中,由文学、电影及其他文化样式构成的都市表述才成了集体生产的力量。"③它们使得不可重复的历

---

① 张英进:《中国早期画报对女性身体的表现与消费》,姜进主编:《都市文化中的现代中国》,上海:华东师范大学出版社,2007年。
② 叶凯蒂:《从十九世纪上海地图看对城市未来定义的争夺战》,刘东主编:《中国学术》(第三辑),北京:商务印书馆,2000年。
③ 孙绍谊:《想象的城市——文学、电影和视觉上海(1927—1937)》,上海:复旦大学出版社,2009年,第203页。

史,得以曲变地浮现。无论是作为政教图腾,还是抒情符号,漫画始终未曾远离其降生和"写作"的年代,不断释出正史和"大说"以外的意义。这样的观念在洪长泰的著作《战争与通俗文化》中俯拾皆是。全书专辟一章,用以讨论战时中国的漫画创造及其主题演述。在洪看来,战争的来临,使得先前多样繁复的漫画创造题材和重心一边倾倒,爱国、反战、抗议、罹难之图景历历在目。漫画家们为了刷新其作品的表现力度,发起了"新艺术运动",试图在传统技艺与西方技巧的对话间寻求灵感。不过无论怎样,一个明显的趋势是,艺术已经不可避免地成了一种政治宣传工具。丰子恺是少数几个能乖离此道的画家之一。比起纯然的艺术形式,他更倾向于表现人类普遍的命运,巧妙地缝合了战争场景下审美与政治、技巧与主题的疏离断裂。

　　如果说这些漫画研究,意在凸显文艺表现的"大众化",那么,唐小兵对木刻运动的解读则恰好与之相悖,他力求彰显大众艺术的"先锋性"。在其新作《中国先锋派的起源》(*Origins of the Chinese Avant-Garde*: *the Modern Woodcut Movement*. Berkeley: University of California Press, 2008)一书中,他追察了晚清以降到20世纪30年代的中国艺术发达史,尤其是20世纪30年代的木刻运动。晚清民初到20世纪20年代,各类美术院校、学会、刊物、展览会相继举办和确立,为现代艺术的到来和发展提供了制度上的保障,而郭沫若、田汉等人对"主体性话语"的追索,以及各类文艺思潮的喧杂嬗变,如新浪漫主义、普罗文艺等等,也为其注入了重要的思想酵素。特别是鲁迅,在其中穿针引线,大力提倡,使得新兴木刻在短时间内成为青年艺术家不二的选择。1931年6月到1934年5月是木刻运动的起步阶段,木刻画因其对比强烈的视觉形式,以及同左翼的紧密关联,使得它具备了强烈的政治色彩,但是"它并未完全成为艺术的先锋,并发展出一套系统的理

第九章　多元化的视觉文本

论话语"①。随后的 1935 年到 1937 年,木刻运动全面发展,主将云集,佳作迭出,"艺术技巧"同"民族想象"相携左右。而鲁迅的逝世和战争的濒临,使得木刻作品中"撕号""呐喊"之声,渐次放大,以达极致,"传统的观看诗学已然被翻译、转化成言说和讲述的强力政治"②。这样的论述有力地回应了作者在多年前提出的一个观点,即延安文艺(1937—1945)是"反现代性现代先锋派"。替换其中的"延安文艺",这个结论也同样适用于"木刻运动"。

> 其之所以是反现代的,是因为延安文艺力行的是对社会分层以及市场的交换—消费原则的彻底扬弃;之所以是现代先锋派,是因为延安文艺仍然以大规模生产和集体化为其最根本的想象逻辑;艺术由此成为一门富有生产力的技术,艺术家生产的不再是表达自我或再现外在世界的"作品",而是直接参与生活、塑造生活的"创作"。③

总结以上的四个方面的研究,我们可以说,目前英语世界关于图像研究的思路,仍然徘徊在葛兆光所总结的"作为历史资料"和"作为艺术"两个方面④。例如,关于《点石斋画报》的讨论就倾向于将图片转化成"文字",而忽略了图片自身独特的艺术表现力,比如图片在色彩、构图、位置、变形等方面包含的历史和文化信息就被遗忘。尽管叶凯蒂关于地图的研究,对这方面有所补充,但归根到底,人们并没有把图片和文字从根本上区分开来,而唐小兵的木刻研究则基本上属于艺术史的范畴。在这个层面上,文学研究仍

---

① Tang, Xiaobing. *Origins of the Chinese Avant-Garde: the Modern Woodcut Movement*. Berkeley: University of California Press, 2008, p. 128.
② Ibid., p. 219.
③ 唐小兵:《我们怎样想象历史(代导言)》,唐小兵编:《再解读:大众文艺与意识形态》,北京:北京大学出版社,2007 年,第 9 页。
④ 葛兆光:《思想史研究课堂讲录:视野、角度与方法》,北京:生活·读书·新知三联书店,2005 年,第六讲。

然是文字中心主义的,更遑论通过"左图右书""图文并茂"的方式来深挖历史、社会和思想的呈现与交锋。

与图像研究相比,电影研究蔚为大观,同时也是视觉文化与文学文本有机互动的最佳接合体。张英进的《影像中国》(*Screening China: Critical Interventions, Cinematic Reconfigurations, and the Transnational Imaginary in Contemporary Chinese Cinema.* Ann Arbor: Center for Chinese Studies, 2002)已经对海外学界中国电影研究的现状,作过相当翔实的描述,他的论述截至 2000 年,呼应了开篇提出的"世界末审视中国"的理念。我们承续其后,在其未曾言及的空白处稍事补充。《影像中国》从中国电影研究在西方的发展历程谈起,剥离并质询了各类批评话语中所包孕的"欧洲中心主义"色调。通过重新解读中国电影的三大类型("少数民族电影""民俗电影""城市电影"),提出了跨国语境下中国电影具有"混杂性和复写性"的观点。他说:"前现代、现代、后现代和超现代在中国及海外中国人聚居区广大而又分散的地理空间中的共存,见证了不断进展的影像中国工程在全球化时代的复杂和矛盾。"①这一特点,可以在如下一些分歧概念中捕获,它们都是针对中国电影或局部或全面的描绘,如 Chinese Cinema, Chinese National Cinema, Chinese-Language Film, New Chinese Cinema, Transnational Chinese Cinemas, Comparative Chinese Cinemas 以及 Sinophone Cinema。尽管张英进努力证明"中国电影"(Chinese Cinema)的合法性,但这并不能妨碍其他概念的广泛流通。即便是在其本人的研究中,此类概念仍不乏混用。他先后使用"Chinese National Cinema""Comparative Film""Transnational Film"等概念来研讨"中国电影"(Chinese Cinema)的跨学科、跨媒介和跨文化视觉性。

---

① 张英进:《影像中国:当代中国电影的批评重构及跨国想象》,胡静译,上海:上海三联书店,2008 年,第 406 页。

第九章 多元化的视觉文本

在这些概念中,值得一提的是史书美所谓的"Sinophone Cinema"。"Sinophone"(华语)一词,乃是受法文(Francophone)及英文(Anglophone)研究启发所创,原意是指用汉语表述。之所以避开我们熟知的"Chinese"一词,本意是想把各个华人离散群体包括进来,组成一个中国及海外的华语共同圈。在《视觉与身份》(*Visuality and Identity:Sinophone Articulations across the Pacific.* Berkeley:University of California Press,2007)一书中,史书美直接将中国排除在"Sinophone"之外,用于特指生活在美国和中国大陆之间的环太平洋华人圈,如中国港台地区的同胞和美国的华人等。将离散社群从中、美两国的地理归属中疏散出来,用意在于宣明两大"中心"对边缘区域的文化挤压。比如,在李安的身上,作者就看出了一种"两面受制"的尴尬。一方面,为了迎合中国的主流意识,他必须重蹈对家长制及性别政治的书写,另一面为了讨好西方观众,他又不得不在影片中添加各种东方元素以求吸引。跨国的文化阅读,总会不期然地对艺术家的政治意愿和书写机制做出篡改。这也就是为什么周蕾在《原初的激情》中提出要用"翻译理论"来解读跨国电影传播的问题。既然我们面对的是一个全球市场,而艺术又不能等同于科学,那么就必须允许"误译""误读"的发生,这本身就是一种文化间的再创造:不仅是传统向现代创化,精英向大众创化,也是中国向世界创化。所以,无论是中州正韵,还是海外跫音,艺术的生产绝非是作家、作品、读者、世界的单向循环,它是一个在布迪厄所说的权力场内,诸种关系(政治、文化、经济、行业、技术等等)合力运作、相互斗争的结果。

中国电影的多样性,以及在国际市场上的屡屡获奖,使得西方世界不能再像20世纪70年代以前那样,只是简单地把它当做一个文化常识或政治附庸来介绍,它需要接受更为严肃和认真的探讨。20世纪80年代以来,中国电影研究在西方越来越兴盛,俨然已成一门显学。其不仅成为视觉文化研究的通都大邑，人人争相延致，更是出现了一批高质量、高水准的研究专著、论文。为求方便，我们略加分类，进行抽样描述。每部作品都有可能涉及其中一个或一个以上的范畴，但为了论述方便，我们通常只强调它的一个面向。分类的标准也可能互有重叠，但它们又不能完全包容，所以仍分开处理。当然，这样的分类仍是粗线条的，像导演研究、明星研究、电影文献研究等内容，限于篇幅，暂未涉及。

一是"形象研究"。这类研究通常和性别、身份、权力等议题息息相关，因为受到讨论的往往是女性、同性恋和边缘的农村、民俗意象。研究者能够从他们身上读到压迫、反抗和其他的生存困境（如孤独和绝望）。在女性形象研讨方面，比较有代表性的是鲁晓鹏编撰的《跨国华语电影》(*Transnational Chinese Cinema: Identity, Nationhood, Gender.* Honolulu: University of Hawai'i Press, 1997) 和崔淑琴的《镜头中的女性》(*Women through the Lens: Gender and Nation in a Century of Chinese Cinema.* Honolulu: University of Hawai'i Press, 2003)。崔淑琴梳理了一条女性形象同民族话语互为表里的文化路线，通过回顾过去一百年间女性形象的变迁历史，有力揭示了女性是如何摆脱其作为主体游移不定的位置，而成为荧幕上的"特许视像"的。张英进在《中国现代文学与电影中的城市》中细读了包括《新女性》在内的三部女性主题的电影（其他两部是孙瑜的《野草闲花》和卜万仓的《三个摩登女性》），分解出四种女性类型。无论是传统型、幻想型、事业型还是进步型，她们都无一例外地受到政治剥削和文化压迫。女性特征（性感和美艳）被不加区分地施以惩罚（或死或伤），而女性话语（爱情和审美）则被置换到对革命的热情上来。

文棣通过对《霸王别姬》的解读（"The Concubine and the Figure of History: Chen Kaige's *Farewell My Concubine*"），发现"性别倒错"

第九章 多元化的视觉文本

下的男扮女装,正是一种男性主体的分裂症候。倾向于行动的男性,总是以女性化的妆面示人。它表明正统男性形象的确立,总是伴随着一定程度的道德转嫁和性别改写(即把失德、不洁、反叛之"罪责"归结到女性和女性气质身上),女性构成了对男性的威胁。这一观念颇可与邱静美所提的"阉割修辞"形成互文对照。在博士论文《女性的电影话语》("Filmic Discourse on Women in Chinese Cinema (1949—65): Art, Ideology and Social Relations." Ph. D. diss., University of California at Los Angeles, 1990)中,邱静美指出真正的阉割来自党国政治。从表面上看,是女性气质对男性主体构成压迫,但实际上,是因为男性曾一度占据着权力的位置,所以他在政治格局中的失势要远比女性为甚。针对同志爱或曰同性恋题材的电影解读,英国学者裴开瑞(Chris Berry)用力最勤。他发表的系列文章,力图标举这一特殊族群的主体性。他命名为"偏离者"(Deviationist),既有效地规避了"臣属"(Subsltern)概念所暗含的社会分层意味,又吸纳了"偏离"(Deviant)一词所带有的力图合乎规范而不能的含义。与这种整体定义不同,林松辉的专书《胶片同志》(*Celluloid Comrades: Representations of Male Homosexuality in Contemporary Chinese Cinemas*. Honolulu: University of Hawai'i Press, 2006),对全球经济体下两岸三地的同志电影的风貌做了不同的概述。张元和陈凯歌的影片注重"阴柔的运用",因而具有浓厚的"寓言"色彩;王家卫将角色的性欲"空间化",是为了彰显一系列相互对立的社会价值的龃龉和交轇;而本身具有同志身份的导演蔡明亮和关锦鹏,一个是直接从"欲望的诗学"出发,找寻"私我"的特质,另一个则以自身性取向逐渐明朗化的姿态,来统率角色欲望的否认与置换。全书从电影的角度,重新思考了"再现"的意义。"再现",不只是对既成之事的挪用和模拟,更是一种操演和构型,它召唤着某人、某物隐而不彰的层面,甚至于变动不居的人类主体。这里面深植一种运作的机制,可称之为"再现的政治"。

二是"类型研究"。这方面的电影甚为繁复,且互有兼容,如左翼电影、戏剧电影、女性电影、民俗电影、城市电影、功夫电影、儿童电影、地下电影等等,难以一一具论。比如对左翼电影的讨论,就有彭丽君与沈晓红两位的专书①,纵论政治与艺术的转圜关系,更旁涉性别关系、公共空间、私人领域,及城乡界限之议题,史料扎实,论述周密。值得专门一提的是功夫片,它作为中国电影的特殊类型,其所受的关注由来已久。早在20世纪70年代就出现了费瑞娜·葛莱斯纳(Verina Glaessner)的专书《功夫》(*Kung Fu: Cinema of Vengeance*. New York: Bounty Books, 1974),而近年来更是因为《卧虎藏龙》的走俏,大有风生水起之势。这里面,里昂·亨特(Leon Hunt)追寻武侠与京剧、电玩的挪用关系(*Kung Fu Cult Masters*. Wallflower Press, 2003);戴维·韦斯特(David West)则盘点功夫影片何能满足国际观者众口难调的脾胃(*Chasing Dragons: An Introduction to the Martial Arts Film*. I. B. Tauris, 2006);而张建德(Stephen Teo)则追源溯流,推敲武侠历史,点出"武侠"与"功夫"两者同亦不同,神话、传说、宗教都对其有所影响,而其最别致处,乃在于重点分析了女侠之形象(*Chinese Martial Arts Cinema: The Wuxia Tradition*. Edinburgh University Press, 2009)。此外,其他类型的电影研究也颇为热闹:毕克伟和张英进编撰的《从地下到独立》(*From Underground to Independent: Alternative Film Culture in Contemporary China*. Rowman & Littlefield Publishers, 2006)是地下电影和独立电影研究的破冰之作;裴开瑞、柏佑铭等十余位学者共同致力的《都市一代》(*The Urban Generation: Chinese Cinema and Society at the*

---

① Pang, Laikwan. *Building A New China In Cinema: The Chinese Left-Wing Cinema Movement, 1932—1937*. Lanham: Rowman & Littlefield, 2002; Shen, Vivian. *The Origins of Left-wing Cinema in China, 1932—1937*. New York: Routledge, 2005.

第九章 多元化的视觉文本

Turn of the Twenty-First Century. Duke University Press,2007),是对城市电影的分析;而悉尼大学史蝶飞(Stephanie Hemelryk Donald)的《小朋友》(*Little Friends:Children's Film and Media Culture in China.* Rowman & Littlefield Publishers,2005),则是对儿童电影和媒体文化的探讨。

三是"电影文化与产业研究"。它关注电影生产、消费和再现的方方面面,是我们所谓的电影政治、电影经济和电影文化。就其与政治的关系而言,傅葆石的《双城故事》(*Between Shanghai and Hong Kong:the Politics of Chinese Cinemas.* Stanford,Calif.:Stanford University Press,2003)与《被动、对抗和通敌》(*Passivity,Resistance,and Collaboration:Intellectual Choices in Occupied Shanghai,1937—1945.* Stanford University Press,1997)两书,揭橥了日伪政治和英国殖民统治下,中国电影文化、中日文化关系的多样性,以及中国影人的惶惑抉择和其暧昧难辨的身份意识。就其与都市文化的关系来看,张英进编著的《上海电影与都市文化》(*Cinema and Urban Culture in Shanghai,1922—1943.* Stanford:Stanford University Press,1999)、《中国现代文学与电影中的城市》两书,从时间、空间、性别诸角度诠释了电影对城市文化形态的借鉴、利用和表达。在电影与社会文化的关系的探讨上,康浩(Paul Clark)的《中国电影》(*Chinese Cinema:Culture and Politics since 1949.* New York:Cambridge University Press,1987)和哈里·H.国书(Harry H. Kuoshu)《胶片中国》(*Celluloid China:Cinematic Encounters with Culture and Society.* Carbondale:Southern Illinois University Press,2002),值得注意。前者探查1949年之后的中国文化政治,后者借影片推介探问1930到1990年间中国电影的(跨)文化、种族、社会、政治等问题。此外,史蝶飞的专著(*Public Secrets,Public Spaces.* Rowman & Littlefield Publishers,2005)考察了电影与公共空间开辟的问题;鲁晓鹏

的著作(China:Transnational Visuality, Global Postmodernity. Stanford, Calif.:Stanford University Press, 2001)探讨了电影中的后现代议题。而周蕾更是围绕着"温情"一词,动用各种后现代、后殖民理论,对此予以阐发照明(Sentimental Fabulations, Contemporary Chinese Films:Attachment in the Age of Global Visibility. Columbia University Press, 2007),稽查全球化时代的诸般乱相。从原初寓言、怀旧思潮、日常生活、女性心理,到生命政治、文化商品、教育移民、同性恋、及姻亲和乱伦,明确了当代中国电影的狂欢姿态,认为其以"情之盛"挑动"理至深",颇有王德威所说的"理性""滥情"孰是孰非,难以盖棺的意蕴。彭丽君的《文化控制与全球化在亚洲》(Cultural Control and Globalization in Asia:Copyright, Piracy, and Cinema. New York:Routledge, 2006)深入探讨了目前电影行业内的盗版和版权问题。在其看来,版权并非一个简单的归属现象,这当中透射出全球化欲望下,文化的控制与反控制之间的拉锯与斡旋。其在考察了两岸三地的盗版情况之后指出,从表面上看,版权文化合情合理,但实际上,它是文化财团试图操控社会的一种手段。这即是说,规范市场多少都有点权力宰制的意味。

四是"比较研究"。这里所强调的主要是跨文类研究,如电影与文学、绘画的互为借鉴与发明。李欧梵曾撰文研讨张爱玲与电影的不了情缘,文内其不无深意地推测到,小说阅读和电影观看实乃相激相成:读者的阅读习惯左右了其所选择的影片类型,而这些观影经历,又反过来巩固了之前的阅读偏好①。陈建华则反向考察文学,特别是通俗文学对电影的借鉴及其整合利用。从周瘦鹃的小说《九华帐里》,他看出了作者在不知不觉中为现代视觉装置所

---

① 李欧梵:《不了情——张爱玲和电影》,杨泽编:《阅读张爱玲》,桂林:广西师范大学出版社,2003年。

控,将床帐变成了幕布,满足了读者的窥视欲。① 从文学改编的角度来看,刘易斯·罗宾孙(Lewis Robinson)观察了巴金的《家》,是如何向曹禺的舞台剧和上海、香港的电影转换的②。此外,哈里·H. 国书也以专书形式讨论了改编及其构形话语③。在其看来,电影改编总是不可避免地要被意识形态话语,特别是民族—文化话语、社会—阶级话语所牵扯。在当代中国的电影塑造中,由社会意识与文化关怀扭结而成的话语,成了一种重要的视觉表述语。谢伯轲(Jerome Silbergeld)的《中国进入银幕》(*China into Film*: *Frames of Reference in Contemporary Chinese Cinema*. London: Reaktion Books Ltd.,1999)一书,考察了电影同中国艺术传统,特别是与绘画的平行关系。尽管此书受到裴开瑞的严厉批评④,但是在开拓视野方面,它仍值得我们注意。作者在解读具体影片时,总能很快地将对影片的理论分析延伸到对中国绘画艺术传统的发掘上,找出两者共同的视觉渊源。例如对《黄土地》中全景式的拍摄手法,他就将之与郭熙的山水画相比,以为两者可以相互发明。

应该说,同图片研究相似,对电影的讨论也很容易走向"泛文字"化,其视像特征以及由此反映出来的意识形态很难被单独把握。特别是同"观看"密切相连的"读者"问题,也没有在研究中得到充分展开。另外,作为一种独立的艺术表现形式,电影是否完全是时代、作者、审查、发行机构合力运作的一个产物,其艺术技巧是否同样具有干预一部作品成立的可能,如蒙太奇、长短镜头的运用等等背后是否潜藏隐喻意义?这种意义又是于何种语境和层面上

---

① 陈建华:《从革命到共和:清末民国时期文学、电影与文化转型》,桂林:广西师范大学出版社,2009年。

② Robinson, Lewis. "Family: A Study in Genre Adaptation." in *Australian Journal of Chinese Affairs* 12(1984), pp.35—57.

③ Huoshu, Harry H.. *Lightness of Being in China: Adaptation and Discursive Figuration in Cinema and Theater*. New York: Peter Lang, 1999.

④ 请参阅:http://www.latrobe.edu.au/screeningthepast/reviews/rev1100/cbbr11a.htm.

生成的？这些问题都值得我们再三思考。

从以上对海外学界视觉文化研究粗线条式的描绘，可以看出其繁荣昌盛之貌，视觉研究大有后来居上之势。尽管业内人士对之早已警觉，甚至也有学者对此表示批评，但究竟是福是祸，一切还得留给时间来证明。从目前看来，视觉文化研究至少打开了一个全新的空间，为我们观照与反思中国现代性进程提供了一个视觉化的维度，由此大大活跃了文学研究与文化研究，展示了充满魅力的跨学科研究的可能性。

第二节　视觉的技术政治

在现代文学研究中，尽管我们一再放大对"文本"的定义，使其涵容万有，但是，从根本上说，文字与图像（视像）的差异从来都不能被简单地消弭，甚至还被有的研究者视为是彼此龃龉的。这种龃龉，在现代文学的肇端期表现得尤为明显，并在某种层面上构成了文学现代性发生的动力。在被广为讨论的"幻灯片事件"中，周蕾以女性主义的立场，直指鲁迅式的"弃医从文"仍是相当男性精英主义的。即便是在受到了"幻灯片"这一极具现代体征的视觉意象冲击后，鲁迅还是自觉不自觉地退回到了由传统男性文人所把持的文化领域——文字之中，并试图借此来解决个人和时代的新困境，而非诉诸新的技术表现形式来直面现实。从结果上看，鲁迅的抉择无疑是由一系列的挫折所推动。医学无用论的发端，根源于他从看与被看的视觉关系中强烈地直觉到身体救助的失败，转而投向文艺启蒙的怀抱。在这个意义上，视觉或者沿用周蕾的表述——"技术化观视"（The Technologized Visuality），毋宁是重要的。这种重要性，不仅发生在从观看中体验到焦虑与暴力的那一刻，同时也显现于各种表面上与"技术化观视"毫无关系的文学表述和文

第九章 多元化的视觉文本

学体裁之中:

> 比如,人们可以引证萧红作品中的突兀文句和浓缩描述;矛(茅)盾全景叙述中对作为社会分析的客观观察的实验;巴金随笔和小说中对人物内在感情的特写般的穿透力;郁达夫故事中的窥淫癖和忏悔风格;或是沈从文旅行志中对地方特色的纪录片式的具体展示。①

此外,还有鲁迅本人一以贯之的如快照般的短篇小说文体。

不过,饶是如此,我们仍应深究周蕾是否有过分放大视觉文化在现代文学起源时刻价值的嫌疑?首先,就她对鲁迅回到文字传统这一抉择的"保守性"定位来看,她至少忽略了如下一个现实,即电影制作并不像文学写作那样相对独立。所谓"电影作者",实际上是一个集体形象,从制片、出品、编剧、演员、导演、摄像、音效等一众力量都参与其中。在这个意义上,鲁迅在视觉性面前的退缩,可以看作是他对这种新的技术所牵涉的体系化和工业化面相有着深刻的认识,自认为不克重负,所以选择了书写这一比较切实可行的方案。而且退一步来说,鲁迅重张写作传统,未必就要弃视觉价值于罔顾。从他对版画的热衷,以及对左翼木刻运动的积极影响这个事实来看,鲁迅从来都没有离开过视觉现代性的辖地②。再者,从后见之明的角度来看,鲁迅在观看中体验到的震惊和觉悟,是一个相当私人化的行为,并不能被类推到其他人,特别是普罗大众身上。一个简单的推论是,如果普通大众真的能够因为视觉的赤裸暴力而觉醒,那么他们的觉醒早就应该发生在直面惨淡现实的那一刻,而不需再假手技术手段从幻灯片或者电影中获得。在

---

① 周蕾:《原初的激情:视觉、性欲、民族志与中国当代电影》,孙绍谊译,台北:远流出版公司,2001年,第35页。

② 这方面的讨论可参阅 Tang, Xiaobing. *Origins of the Chinese Avant-garde: The Modern Woodcut Movement.* Berkeley: University of California Press, 2008.

此,视觉性对鲁迅而言,并不真正构成一种具有实际冲击力和普适性的启蒙工具,所以向着文学回归成了他理所当然的走向。

当然,最为重要的一点是,鲁迅在《呐喊·自序》中使用了"文艺"一词——他说:"而善于改变精神的事,我那时以为当然要推文艺"——而非被周蕾大做文章的"文字"或者"书写传统"。要想更好地理解鲁迅的意思,重新回到五四前后的文化语境尤有必要。在一系列针对"文艺"所做的考古学阐释和方法论摸索中[①],叶月瑜指出:"今天我们所谓的'文艺',指的是文学与艺术或是文学艺术;但在民国初期,文艺泛指翻译文学,特别是译自欧洲与日本的域外小说。文艺衍生的意义,也涵盖外国文学的技巧和格式。"[②]借用这个定义,我们可以说,鲁迅对"文艺"的推崇,已不再是简单地回到"书写传统"或者说运用文字,而是展开了一项贯通中西的"跨语际实践"工程:通过系统地运用西方和日本的资源来再造传统、发展现代。也因此,鲁迅的"回归"并非退缩保守的表现,更无所谓的中心主义式的我执。

在周蕾的批评中,另一个需要检讨的方向,正是这种将文字与图像对立起来的作法。尽管她也一再表示,现代文学书写无法回避视觉表述的逻辑,两者间有互涉的层面,但是很显然,她的结论仍是在预设二元,且放大了技术性观视能量的基础上完成的。针对上述所说的萧红、茅盾等人作品中的视觉性特征,一方面我们自然可以将其看作是与现代技术相连的文学现象,这一点在新感觉

---

① Yeh, Emilie Yueh-yu. "Pitfalls of Cross-cultural Analysis: Chinese *Wenyi* Film and Melodrama." in Georgette Wang, ed. *Communication Research: Eurocentrism, Post-Eurocentrism, and the Minefield in Between.* New York: Routledge, 2010, pp. 99—115;《从外来语到类型概念:"文艺"在早期电影的义涵与应用》,黄爱玲编:《中国电影溯源》,香港:香港电影资料馆,2011 年,第 182—205 页;《"文艺"与中国早期电影的生产与营销:一个方法论的开启》,叶月瑜主编:《华语电影工业:方法与历史的新探索》,北京:北京大学出版社,2011 年,第 44—94 页。

② 叶月瑜:《"文艺"与中国早期电影的生产与营销:一个方法论的开启》,叶月瑜主编:《华语电影工业:方法与历史的新探索》,北京:北京大学出版社,2011 年,第 59 页。

第九章　多元化的视觉文本

派作家身上表现的尤其明显,但是另一方面,也必须注意到非科技性的绘画可能对写作产生的影响,"诗中有画,画中有诗"的理念在中国绵延不辍。新感觉的摩登性同样也在于它同海派绘画,特别是比亚兹莱(Aubrey Beardsley)等人颓废画风有着草蛇灰线式的关联。在这个层面上,可以指出,视觉现代性应当不止于技术层面,而有其他的可能。

此外,周蕾的问题更在于她对图像和文字做了高卑有殊的分野,无形中造就了一种本质化的论调。在其看来,文字代表了尊卑有序、男女有别的等级意识和中心观念,而视觉则是一种普遍的、即时的批判工具,甚至是"一个国际文化市场的'前沿'和连拱廊(arcade)"[①]。她以所谓的"文化翻译"观念来总结和统领电影表述及其实质。这一点或多或少地暗示,比之文字,视觉呈现无疑更为有力和直接地参与到了全球文化的流通和对话之中,并在某种层面上构成了一种"中国性"话语。对此,周蕾启用了"民主"一词来修饰视觉文化,并试图以此来区隔文字所带有的阶级色彩和地域/民族局限性。不过,值得质疑的是,这种"民主"的起源和标准,或者说支撑其成立的根基是否真如周蕾所设想的同任何中心主义观念无涉,并被全球普世话语所分享和尊崇?周蕾写道:"一如我们将看到的,这一民主化过程——既包含从文字语言中解放出来,又意味着将民众引入文学","亦即从精英阶级生活记录代言者演变为民众生活记录的代言者。对'中国'的思考将日益意味着思考中国民众,特别是被压迫阶级"[②]。

仔细审思这段极具后殖民色彩的发言,不难发现其与殖民主义思维暗藏千丝万缕的联系。这种联系,以人类学典型的"西方及

---

① 周蕾:《原初的激情:视觉、性欲、民族志与中国当代电影》,孙绍谊译,台北:远流出版公司,2001年,第47页。
② 同上书,第39页。

其他者"的结构呈现。但是,这并不是说,因为电影是一种西方技术,所以引入这种技术就变相地沦为被殖民者,而是指那种刻意要将对"中国"的思考锚定在压迫或原初等概念之上的理路,本身就充满了萨义德所批评的东方主义基调。这种基调的核心操作,正是借空间上的差异来推论一种时间的迟速和文明的优劣。简言之,它"否认同时共代"(Denial of Coevalness)的理念①。也因此,我们看到周蕾顺理成章地将"文字/视觉"同"落后/民主""传统/现代"等观念对举,而支撑其论述的材料也正好局限在《古井》《黄土地》等民俗电影的范畴之内。假若我们追问,鲁迅等人的文化抉择要是同更为广义的殖民史,包括文学翻译、理论建设、军事侵略等等,而非电影这一具体而微的殖民细部有着更为密切的因缘,那么,是否还可以如此想当然地将文学与视觉的关系植入到"冲击—回应"的模式之中?此外,如果扩大考察的对象,在讨论中引入城市电影等,是不是可以反诘那种将"原初"视为思考民族志唯一方案的观点?

对于上述第一个问题的回答,将会很自然地引导我们去思考殖民主义同技术之间的关系,因为正是技术及其殖民"拓荒仪式"(Frontier Rituals),深深地"消解了历史"(Ahistoricizing),造成了那种"现代性羁迟"的感受。值得指出的是,这段被消解的历史,并非被殖民者的历史,恰恰相反是技术拥有者的历史。通过遮藏和隐蔽其在技术发明之初所同样经历的震惊与好奇的过程——一如周蕾所描绘的鲁迅式的挫败和惊起——殖民者们很狡猾地将自己装扮成一个无所不能的技术拥有者,仿佛他们从来都不曾被他们自己的发明所震慑和左右一样。如此一来,他们在向其他地区传播这一新技术时,就自然而然地建立起一种天然的优越感和文明的

---

① 有关这方面的经典讨论见 Fabian, Johannes. *Time and the Other: How Anthropology Makes Its Object*. New York: Columbia University Press, 1983.

第九章　多元化的视觉文本

等级差异。准此,安德鲁·琼斯说:"决定历史走向的技术会归化成'西方文明'的必然属性,机械则悄悄溜入暗含种族歧视的文化领域里去。"①

一系列以研究中国现代电影如何发展其艺术风格及观众接受为主旨的讨论,每每有落入"去历史"怪圈而无从自拔的嫌疑。研究者们常常花费大量的精力来论述中国影人如何努力适应并"驯化"电影这一外来媒介,从而建立起具有中国特色的"华语电影"。这种过分关注技术归属权或曰种族起源的思路,在无形之中已经暗暗落入到西方至上论的观念之中。一方面,我们当然要首肯西方电影对中国近代电影的出发所产生的重大影响,但是,另一方面,也必须重点区分这一过程到底是在适应西方,还是在适应技术?这关系到我们今天的研究究竟是在确认文化的差异和等级,还是要发展文化的交流与新变。正如许多研究者都注意到的,电影技术的传播至少在西方和中国之间几乎是同步的。在距离1895年12月卢米埃兄弟(Auguste Lumière and Louis Lumière)放映了世界史上第一部电影之后的八个月,也即1896年8月,它便来到了上海,并在此落地生根,开枝散叶。而这个时间,诚如琼斯所指出的,恰好就相当于彼时汽船完成殖民贸易路线所需的时间。② 一旦注意到这种技术的同步性,我们不得不说,所谓视觉现代性的发生,就原初现象而言,中西方是大体近似的,那就是去面对由这种新的技术所带来的挑战和由此产生的文化迁移。当然有一点是不同的,即在中国,"进行机械复制的工具集中在殖民强权和跨国资本的手中",换句话说,中国电影的发展就根本而言,首先遭受到的是政治殖民和经济剥削,而不是文化侵略。准此,琼斯说,"一

---

① 安德鲁·琼斯:《留声中国:摩登音乐文化的形成》,宋伟航译,台北:商务印书馆,2004年,第13页。

② 同上书,第14页。

味强调电影于中国是'外来'的媒介,只会把原本以政治体为主的问题……改用文化差异来看"①。

在视觉研究中,除了这种过分强调技术属性的趋势外,另一种值得检讨的思路是对技术采用一种不予理睬的态度。这种回避导致了视觉文化研究中最为常见的误区——"泛文字化",或者说将视觉研究混同于一般的看图说话。因为技术的探讨在研究中变得不再重要,所以取而代之的是对内容的强化。这种强化,在某种层面上使得海外的相关研究不择不扣地落入"帝国之眼"和"地方材料"这一冷战结构和殖民模式之中。就这组关系而言,它可以被解释成如下几种可能。其一,无论是技术,抑或其他方面,从来都没有真正进入到汉学研究的视野之中,西方世界想急切观看和欲望的仅仅只是中国或东方的异质性。其二,因为中国在技术表现方面的差强人意,甚至望尘莫及,使得它的价值必须由其他方面来补足。其三,技术作为一种全球性话语,它是均质的、恒定的,无需被特别讨论,而内容则是千差万别的,这种差别才真正构成了中国研究的基础。

无论是认为技术无足挂齿,还是本质单一,以上思路的共性在于将中国及其图像变成了一个予取予求的被动客体。如果套用汤姆·甘宁(Tom Gunning)关于早期电影并非"窥淫",而是"裸露"的见解②,那么,我们也可以演绎出这样一种可能,即在西方学界不断将中国及其影像东方主义化的过程中,事实上也包含着中国"自我东方主义"式的回望。这种回望,通过刻意地强化差异的方法来表现一种世界参与和文化交流。当然,正如许多论者所示,自我的民俗学化,仅仅只能表明在世界格局中,第三世界国家如何以逢迎的

---

① 安德鲁·琼斯:《留声中国:摩登音乐文化的形成》,宋伟航译,台北:商务印书馆,2004年,第16页。

② Gunning, Tom. "The Cinema of Attractions: Early Film, Its Spectator and the Avant-Garde." in *Wide Angle* 8, no. 3&4 (1986), pp. 63—70.

第九章 多元化的视觉文本

方式在完成自我形象的同时也进一步巩固西方中心主义。但是话分两头,像霍米·巴巴这样的后殖民学者又会辩论说,殖民模仿事实上是最令殖民者头痛和不安的因素。因为正是通过这种方式,殖民双方那种稳固的结构被松动,殖民者试图维持的差异也被抹消,并最终带出了一种对殖民权威的批判和颠覆。① 正是在此意义上,周蕾说,张艺谋那些充满异域民俗风的电影,"像转过身来的菊豆将自己'引用'成物恋化了的女人,并向她的偷窥者展览她承负的疤痕和伤痛,这一民族志接受东方主义的历史事实,但却通过上演和滑稽模仿东方主义的视觉性政治来评判(即'评估')它。以其自我臣属化(self-subalternization)、自我异国情调化的视觉姿态,东方人的东方主义首先是一种示威———一种策略的展示"②。

一旦我们承认暴露差异并非完全出于被动地应对(西方),那么就必须同时意识到,表现和承载这种差异的技术,也不可能是绝对中立和机械的。正如叶凯蒂在针对19世纪上海地图的精彩讨论中所揭示的,一张张看似客观、普通的地图,实际上也包含着各自迥异的叙事结构和宗旨。通过形状、颜色和符号这些微妙的、共通的技术语言,它们彼此对抗、竞争,规划和制定着上海不同的发展方向和城市定位。③ 技术反映出意识形态,正好比语词拥有权力的谱系一样,这些构成和支撑"主要内容"的元素,并非真的只是在机械地充当了工具或载体。它们的主体性和生命力需要被重新正视和讨论。

技术因素之所在视觉研究中被习惯性地忽视,一方面可能是由于上述的西方中心观念作怪,另一方面也同视觉研究本身的学

---

① Bhabha, Homi. *The Location of Culture*, New York: Routledge, 1994, pp. 85—92.
② 周蕾:《原初的激情:视觉、性欲、民族志与中国当代电影》,孙绍谊译,台北:远流出版公司,2001年,第248—249页。
③ 叶凯蒂:《从十九世纪上海地图看对城市未来定义的争夺战》,刘东主编:《中国学术》(第三辑),北京:商务印书馆,2000年,第88—121页。

科多元性、交叉性有关。这种跨科际的身份导致视觉研究缺少一种专门化的解读方案。它不是被一般性的看图说话所左右,就是被专业的艺术史阐读所主导,每每摆荡在"泛文字化"和"美学性"的两极。这种两极化的趋势,恰恰显示,直到目前为止视觉研究并没有真正解决一个基础性的学科问题,即文字与图像的关系。"泛文字化"的症结当然在于对图像特殊性的消弭,反之,"美学性"的读法则又过于凸显这种特殊性。一种补救的方案,是折中这两种思路,并且从文化研究的理念中得到必要的方法支持。换句话说,这种讨论需要在历史的纵横轴上将技术及其支撑的图像固定下来,而不是单纯地从艺术史的角度来探讨其美学价值,或者从其表述的内容中清理出历史意义。套用文学研究中一个令人耳熟能详的说法,我们既要考察视觉意象所表述的历史,以及其表述时的历史,更重要的是,认清这种表述所反映出来的历史观。这里可以举出的例子是张真关于20年代中国电影中"诡术"摄影的讨论。她说,这种以"二次曝光"为特征的"托里克"(trick)技术不仅仅是对摄影机的把弄,和对西方新奇技术的崇拜引介,更"与当时人们对身体以及客观事实的一种特殊文化感知相呼应"。同文明戏舞台上、杂志插图中、照相馆里那种一人分饰多角色的流行风潮一样,"诡术"摄影投射的是殖民语境下,中国那"不断分裂的同时也持续重组着的主体",如何"踌躇于各自独立而又相互叠加的世界之间"。由此,光与影的对话,变成灵与肉斗争,更牵涉主与仆的殖民心态和文化转型。①

如果说,交叉学科的特性部分地造成了专门的视觉研究方法的缺失,那么另一部分的原因则可能来自它隶属于一个运转有序的工业体系。这个体系在某种层面上是跨国流动的,它很少局限

---

① 张真:《银幕艳史:都市文化与上海电影1896—1937》,上海:上海书店出版社,2012年,第205—215页,三处引文分别见第208、213、213页。

第九章　多元化的视觉文本

在一区或一国之内。电影是这种体系最为直接和有力的佐证。尽管我们说文学和一般的视觉形式,如绘画、摄影等等,也同时被组织进了这个完整的现代工业体制之中,但是,相较于电影,这些表述方式依然可以在某些情况之下被压缩成类似于传统手工作坊式的产物。譬如,一个作家可以同时是他作品的编辑和发行商,一如勃兴于民初上海的报刊文人,甚至他们的作品也可以不需要读者,以潜在文学的样式出现。但是,电影制作无法回避的一个问题正是,一旦有人投资,那么它的目标一定是放映和票房。换句话说,电影从根本上无法拒绝观众[①],这就意味着工业流通在电影中从来不可或缺。但是,工业分析往往是令人望而却步的。这是一个庞大的文化、政治、经济和历史体系,同一般的导演研究、美学探讨或电影分析有着极大的区别。我们无法回避一部电影几乎就是一个充满博弈的文化场的现实。编、导、演之间的美学立场和分歧,整个电影市场的竞争和发行机制,以及政治审查的制约,甚至观众的预期和电影自身的预期,都左右着电影最终的形态和成绩。

要想探讨电影工业这个硕大的议题,也许首先要检讨和挑战的是现行电影史研究中的各种成规和定见。[②] 例如有关中国电影分期的问题就首当其冲。有声片历来被当作是中国早期和现代电影的分水岭。这种技术至上论的史观,一方面有非常严格的时间意识,仿佛电影的现代化是在技术出现的短暂时间内快速完成的;另一方面,则是将电影孤立或者抽象成一种单一的形态,从而抹杀了电影美学风格的转化、市场机制的变迁,甚至观众结构的调整等

[①] 有关电影观众的讨论可参阅李欧梵:《上海摩登:一种新都市文化在中国,1930—1945》,北京:北京大学出版社,2001年,第109—112页;李欧梵:《20世纪三四十年代上海电影的都市氛围:电影观众、电影文化及叙事传统管见》,张英进主编:《民国时期的上海电影与城市文化》,苏涛译,北京:北京大学出版社,2011年,第四章。

[②] 从学科史的角度进行的反思详见张英进:《审视中国:从学科史的角度观察中国电影与文学研究》,南京:南京大学出版社,2006年。

诸多因素都可能对现代性带来关键性的改变。在这个意义上,我们有必要把"早期电影"从一个严格的时间观念,变成一个批评范畴,甚至文化视窗。

紧承电影史观,另一个需要被检讨的是电影史的叙事模式或结构。通常的观念是把中国电影的早期发展看成好莱坞影响或重压之下的反殖民斗争过程。这种理解也见于当代电影在接受西方电影及其评阅机制影响的解读过程之中。这是一种相当典型的冷战思维,尽管它们从表面上对殖民帝国主义提出了批判,强调了民族的独立,但实际上,又从反面暗暗强化这样一种思路,即恰恰是因为殖民主义的存在,第三世界国家才获得了发展其现代性的可能。这种绝对欧洲中心主义的观念,目前正受到越来越多的挑战。比如,萧知纬就明确指出,纵使美国电影在中国电影市场中占据重要份额,但是这种重要性并不能完全依赖于抽象的数据统计和语言描述,一旦我们进入到具体的跨语际实践中去,就会发现这当中充满了"西方主义"式的文化创造。① 换句话说,即使殖民的客观现实无从回避,但这也绝不意味着它的展开是整齐划一的,甚至是长驱直入的。同样的,中国电影的发生就不可能是在一个简单的压迫与反抗的格局中完成。

第三个需要被重新检视,同时也是最突出的面相,是有关批评方法和研究路径的。在这方面,张英进已经做了大量深入而全面的工作。在《影像中国》一书中,他重点反思了西方批评话语中"不假思索的欧洲中心主义"(Unthinking Eurocentrism),尤其是关于"西方理论"与"中国现实"的对话协商问题。他倡议用一种更为开放和多元的跨文化研究模式来处理和对待中国电影。② 但是需要

---

① 萧知纬:《消化美国电影:对民国时期好莱坞在华情况的再认识》,叶月瑜主编:《华语电影工业:方法与历史的新探索》,北京:北京大学出版社,2011年,第18—43页。

② 张英进:《影像中国:当代中国电影的批评重构及跨国想象》,胡静译,上海:上海三联书店,2008年,第四章。

第九章　多元化的视觉文本

补充的是,一方面我们既要强调中国现实的多样性和主体性,但是另一方面,也需要关照到西方理论及其欧洲中心主义本身也存在不同的层次。比如,杰姆逊关于第三世界民族寓言的阐述,就表面而言,当然有对鲁迅以及中国文学本质化和异质化的处理,但是,在这种中西对立里面,杰姆逊试图批评、贬低的恰恰不是中国,而是美国自身。在其看来,尽管西方世界资本主义高度发达,但是知识分子的公众参与意识与人文关怀却日渐旁落,反不如大洋彼岸的中国,作家们每每以私喻公,化小我为大我。可以说,西方理论作为海外学者学术训练的重要组成,其已经成为一种不自觉的批评传统和潜意识,而且也不包含某种特定的意识形态取向。在这个层面上,我们无需夸大其词地认为启用西方理论来解读中国文本就必然地暗含某类中心主义的观念。这种看法,非但无益于我们更好地处理两者关系,反而有进一步压抑中国文本主体性的可能。换句话说,中国文本从根本上并不是一个静止、被动的客体,在被理论解释的过程中,它也将不断敦促西方理论来修改自身,以回应变化着的社会环境和历史状况。

探讨视觉文化尤其是电影的工业化格局,除了方法上的跨学科、事实上的跨领域之外,更涉及文化上的跨国。无论是制作人员的国际化,还是发行网络的全球联通都帮助证明了这一点。这种全球性的合作体系,一方面显然能帮助我们不断地消解跨文化研究所带来的种种弊端,使得研究者难于盲目地在西方或东方之间做出划分,并促使他们更为谨慎地寻找新的表述;但是另一方面,这也大大加强了命名的难度,或者说,使得身份认同和文化归属的问题变得突出。中国电影、华语电影、跨国华语电影等概念的层出,便可见一斑。这些概念逐渐突破地域或政治的范畴,而注意到其复数化的形式。这种复数,不仅是指大陆、港台及其他流散区域的电影实践被视为一个共同体来讨论,更是指由此放射出来的"中国性"也不断偏离最初的血盟神话,而允许文化上的杂糅。并且更重要的是,这个中国不仅是一个地方性的政治概念,更是一个全球空间中的文化概念。换言之,透过中国及其影像表述,我们除了能探讨所谓的中国问题,同时也可以关心各种全球议题。这正是罗伯特森(Roland Robertson)所说的"全球本土性"(glocal)①。

不过,在我们对全球与本土的双向对话欣喜不已之际,也必须意识到在对话中失踪的部分。或者说,在我们急于探索本土文化的世界性之时,切不可落入王斑所批评的"帝国审美"之中。② 这种审美试图启动一种普世性的话语来重解中国历史和文化,并将之装扮成进入全球市场的有效资本。这种遵循全球通行语言,尤其是经济语言的做法,同上述民俗电影强烈张扬差异的方式刚好背道而驰,形成了一种观念上的两极。不可遗忘的是,尽管我们在强烈地诉求一个全球性的对话体,但是值得反思的是,这种全球性到底是谁的全球性? 它的组织和表述原则、方法是如何历史性地建立起来的? 如果我们想当然地以为果然存在一个真空的、不受任何干扰的全球机制,那实在是大谬不然。仅仅从全球体系与殖民历史不可分割这一事实而言,就很能说明,帝国审美的实质不仅仅在于达成一种普世景观和表述体系,更在于清洗资本背后罄竹难书的血泪。在这个意义上,创伤、记忆、历史应当重新回到我们关于全球想象的视野中来。这一点在视觉研究中尤其重要。因为作为一种直观的感性机制,视觉文本更容易造成一种全球流通的可能性,不假"翻译"它们可以被快速分享,但是,这种看似无差异的平等享用,很可能帮助掩盖图像背后的文化和历史,使图像和电影变成一种表面化的存在。

---

① Robertson, Roland. "Globalization: Time—Space and Homogeneity—Heterogeneity." in Mike Featherstone et, al., eds. *Global Modernities*. London: Sage Publications, 1995, p. 30.

② 王斑:《全球化阴影下的历史与记忆》,南京:南京大学出版社,2006年,第191页。

第九章　多元化的视觉文本

以上，我们通过对海外世界视觉研究中关键性文本的重读和反思看到，视觉研究一方面正在摆脱单纯的艺术史研究思路，而不断寻求跨学科解读的可能；另一方面，也意识到全球体系的形成，正不断驱使其走向跨文化的对话，使得视觉文本从一个简单的物理现实，变成了融文化、政治、经济、历史、科技等领域于一体的批评范畴。它甚至还提醒我们，对视觉研究切莫只做表面文章，但是更重要的，也不能不做表面文章。因为线条、色彩、布局这些表面文章，也在特定的历史中构成了一种意识形态。尽管说，海外世界的视觉研究成果已经硕果累累，但是它们共同遗留下来的问题是，如何建设和探讨一个积极可行的专业解读方案。对于这个问题，一定会有更多后续的回应和思考，就让我们拭目以待吧！

第三节　重构的影像中国

同一般的电影批评和研究不同，张英进在《影像中国》一书中的讨论，更倾向于建立一种"批评的批评"。即他试图从学科史的角度审视中国电影研究，撰写一部有关中国电影研究的批评史、反思史。其中"双重演映"的理念十分突出：在考察电影如何投射中国形象之外（电影叙事与叙述），他亦努力分辨电影的生产、放映机制，及对电影的批评研究如何暗示出各种对待中国的态度（电影理论与批评）。

在这两大想象空间里，西方的观者和评论家，中国的意象和电影人，以及跨国资本的全球流动、电影机制的跨地实践、媒体消费的世界共享形成了一个布迪厄所谓的"话语场"（Field of Discourse）。看与被看、讲述与被讲述、期待和反期待之间形成了一种或共谋、或龃龉的权力流动关系。题旨中的"影像"（Screening）一词，极好地传递了这种意识结构：它既是呈现，也是遮蔽。每当西方观者耽溺于某类视觉形象(如民俗中国),或者动用某种文化理论来拆解电影,以求其丰富内里之时,他们实际上已经涂抹了其别样的讲述和成像可能。由此,张提醒说,在时人津津乐道西方世界对中国电影的认可或弹赞之时,我们应该时刻警惕其中投射出来的"欧洲中心主义"观念。

正是秉持着这样一种"对抗式"的论述,张讨论了"中国电影"和它在西方的研究现状。有三组议题成为其关注的重心:

(1)在电影及批评话语中被凸显和问题化了的"中国特色"(Chineseness);(2)在西方传媒研究中与欧洲中心主义相关联的中国电影;(3)中国电影在全球的生产、分配、展览及消费中,本土性和全球性因素之间的协商。①

一言以蔽,此书的目标在于探究"如何在全球化的意义上理解中国和中国电影"。这三个方面是交错在一起的,不过,为了讨论的方便,我们要从最后一个问题开始。因为它形塑了包括中国电影在内的各种文化生产和消费的大语境。

首先,应当清楚地认识到,将"全球化"概念等同于均质和共享,这样的做法有欠妥当。一方面,资本的全球流动,确实赋予了各国共参世界事务的资格和机会,但是悬殊的经济和政治参与能力,不得不使各种文化和贸易的"逆差"频频迭现,并带来新一轮的"殖民危机"。第三世界成为第一世界攫取廉价劳动力和生产资料的原产地,它的贫穷、落后,以及一切有异于西方的意象,均无一例外地成为猎奇和消费的对象。拿走俏西方各大电影节的中国"第五代"导演来说,他们的作品之所以受到肯定,或多或少与西方的那种旅游、观光姿态有关。而且更严峻的是,这种西方评审机制已

---

① 张英进:《影像中国:当代中国电影的批评重构及跨国想象》,胡静译,上海:上海三联书店,2008年,第1—2页。

第九章　多元化的视觉文本

经不可避免地内化为中国电影生产的一大动力因素。《黄土地》《孩子王》《大红灯笼高高挂》之类的民俗影片,之所以会在20世纪80年代中后期暴涨,中间多少含有投合西方消费口味的嫌疑。

这样一来,不仅是电影的投资、拍摄和后期制作,甚至是它的生产动力和表述体系,都已经不可避免地卷进了一种张所谓的"跨国文化政治"之中。尽管现实并不像人们认为的那样悲观,即中国不只是被观看,它也同时回应了这种观看。虽然更多的时候,它是以迎合的态度回望,但这至少表明,将"全球"和"本土"观念决然对立起来的行为并不可取,其中互动协商过程需要我们认真对待。拿中国的城市电影来说,一方面,它使我们认识到全球化背景下跨国想象对建构和维持城市观念不断变化的重要性,另一方面,它也使我们注意到本土文化是如何以自己的跨地域、跨文化、跨语言或跨个体的行动来抗衡"新的美国符号帝国"的霸权。

借用罗伯特森"全球本土性"的概念,张详述了香港、上海、台北三地的电影是如何在一种(本土)"消失"的叙述中重新定位自我,并寻求重写策略的。这当中,香港电影表现出两种截然不同的方向。一是如影片《秋月》《甜蜜蜜》《重庆森林》等所显示的那样,"向外望向民族景观、媒体景观和意识形态景观中的全球化流动"[1],以主人公们变化的身份来拷问全球语境下的自我认知问题。而另一个方向,则是"向内和向后观望本土、跨地区和跨地域历史中更早的时期,就像当代香港怀旧电影所做的那样"[2]。但无论是面向全球,还是回向自我,这些影片都将证明"文化消失"并不只是导致一种全球化的结果,身份和空间的确立、维持有赖于个人主体性的发挥。

---

[1] 张英进:《影像中国:当代中国电影的批评重构及跨国想象》,胡静译,上海:上海三联书店,2008年,第320页。

[2] 同上。

从香港到上海,怀旧的浪潮依然兴盛,陈凯歌的《风月》、张艺谋的《摇啊摇,摇到外婆桥》堪称个中表率。但除此之外,它亦生发出另一番怀旧的风貌。这就是以《股疯》和《与往事干杯》为代表的"反怀旧"电影。它们共同把怀旧的对象锁在了"现在",形成了一种颇为可观的"对现在的怀旧"。前者以喜剧的方式表现了全球化对本土的冲击,除了集体,本土的历史和文化在影片中并不被强调。"现在"成了利益交辔的所在,虽然危机重重,却也是"将来"之所由。跟它相比,《与往事干杯》则更进一步。面对危机,"它刻意努力参与了一种更为广阔的观念的建构:'一种中国式的跨国想象的世界秩序'"①。"通过归纳和插入的回忆、感伤的叙述,以及对全球性/本土性民族景观和意识形态景观的虚饰意象,《与往事干杯》表达出一种对现在的无法控制的渴望"②。这种渴望,或者是一种世界主义的期盼,或者是一种无意识的集体恐惧。

与前两者不同,杨德昌及其电影同道在影片中描绘的20世纪90年代台北,不单显现出"混杂"作为跨国审美的一方面,更是直接将之视为"一种正在运作的新的全球政治的重要组成部分"③。它反思了关于全球/本土、中心/边缘、高雅/低俗的二元对峙结构,重新勾画了身份的多重特性,并由此扩展了批评空间。在《麻将》中,杨德昌不仅批判了全球化对中国台湾社会心理的腐蚀,同时也检讨了中国台湾为因应全球化而产生的不良行止和风气。

三地的城市影像,一致强化了本土在跨国运动中的能动作用,凸显了重写自我的可能。通过击破有关"全球化"即是同一化、同质化、同步化的论说,它们昭示了"命名"城市不再重要,重要的是双向思维。

---

① 张英进:《影像中国:当代中国电影的批评重构及跨国想象》,胡静译,上海:上海三联书店,2008年,第342页。
② 同上书,第347页。
③ 同上书,第360页。

第九章 多元化的视觉文本

而在清理完了全球与本土的互动关联之后,我们不禁会问,什么是"本土"?什么是"中国性"和"中国电影"?特别是在西方人眼中什么才是"真正的""中国电影"?当然,这一系列的提问,已然预设了中国被观看者的姿态,但是如果我们牢记本书的目的,是帮助我们检讨西方对中国的凝视,那么,首先正视这一被看的身份就显得尤有必要。宇文所安在十九年前发表的那篇名文,针对的虽然是诗歌写作,但也同样适用于电影创作。有两类作品,在宇文看来,"代表"中国,也被西方消费"认可"。一类表现"异域风情",一类体现"政治美德",它们多少都有点"自我东方化"的倾向。① 针对这篇文章的批评已不在少数②,这里,张也从电影研究的角度做出了回应。显然,他的观点是剥离语境,简单地观看文本,会屏蔽许多重要的信息。他的方法是为民俗电影张目、正名。

按照一般的理解,《红高粱》《黄土地》之类影片,通常会被视为取悦西方世界猎奇目光的最佳案例,因为它们着力开采浓郁的东方风情和古老的民俗艺术。但实际上,张提醒道,我们还需要从文化动因和叙事技巧两个方面,来完善这种仅仅局限于视觉快感上的阅读。"对于文化方面——例如寻找自己的根和原始生命力这样的理念——和视觉方面(新的电影语言和新的导演风格)的强调"③,共同促成了民俗电影在20世纪80年代末的降生。它们非但不以西方观众为独一的目标,甚至从某种意义上讲,它们拒绝西方。其或者以政治丁顶(现实介入),或者以诗学名义(风格训练)

---

① Owen, Stephen. "The Anxiety of Global Influence: What Is World Poetry?" in The New Public Nov. 19 (1990), pp. 28—32.
② 奚密:《差异的忧虑——一个回响》,《今天》1991年第1期;周蕾:《写在家国以外》,香港:牛津大学出版社,1995年,第1—38页。
③ 张英进:《影像中国:当代中国电影的批评重构及跨国想象》,胡静译,上海:上海三联书店,2008年,第5—6页。

的发言,总是针对"中国"现实及其过往。因此,将早期"民俗"电影在西方的热映,看作是中国影人对他者的阿谀谄媚,显然倒置了本末,以结果判定了初衷。为了更正这种头足倒立的观念,张重读了那些"塑造当代中国的民俗电影"。

其中,《红高粱》作为"民俗电影"的早期范本,无论是其"去政治化"的叙事策略,还是由色情、暴力和烈酒所传递出来的"狂欢"意识,都鲜明地建构起一种以"民俗"来进行文化反思的批评模式。但是,随着它在西方的成功,该模式也迅速退化为一种"视觉化中国的展览主义",此即上面所述的"开采东方""兜售中国"。通过不断地远离电影的叙事时间和空间,张艺谋等人开始了从颠覆(中国)到顺从(西方)的"自我民俗"之路。他们"执行了一种简单的回忆政治,在本地语境中重新发掘出关于原始感情和受压抑性欲的各种'被遗忘了的'传说,同时重新唤回了中国作为一个置身于跨国语境中的本质上的农耕社会的早期好莱坞形象"①。

然而,正如我们看到的,这些被状写的"民俗"通常是被想象出来的。当西方的"后旅游者"们,在全球化的背景下,自鸣得意于他们所捕获的"异国情调"时,其殊不知此番值得"怀念"的独特性,不过是全球化的东西渗进了本地性、传统性和民族性,现在又反过来廉价地贩卖给他们而已。所谓的"怀旧",那不过是东西方世界在跨国语境下合力制造出来的一种身份幻觉。这样,与其把民俗电影看成是献媚西方,毋宁说是嘲弄西方。由此,我们相信,要理解"中国"和"中国性",始终都不会离开全球化这个大视野。当然,这只是问题的一方面,另一方面是地区化视角依然重要。这种观点鲜明地表现在宇文所说的"政治美德"式的书写之中,那也就是张所谓的"少数话语"。

这种话语,挑战了由主流电影所建构起来的神话了的统一中

---

① 同上书,第287页。

第九章 多元化的视觉文本

国形象。通过质疑一系列关于人民、文明和革命的宏大概念,它提供了讲述中国的另类方式。在张看来,20 世纪 80 年代中期以前的战争影片和少数民族片,不是致力于勾画磅礴的民族史诗,就是将少数民族的"异域风情"结构到社会主义民族大统一的叙事之中,等待党和人民的救赎。爱国主义和英雄话语得到极大的彰显,而个人无疑遭到忽视。但 1985 年之后,由田壮壮、陈凯歌、吴子牛等人"作俑",中国电影开始关注起边缘和持异见者。他们高扬人文主义的旗号,使得小写的个人得以"浮出历史地表"。吴子牛的战争影片,着力渲染斩首和死亡的血腥场面,彰显了暴力的可怖,直面质诘了"革命"演述的正当性。

然而,这种以"少数话语"构成的"弑父"行为,很快在 20 世纪 90 年代末期式微。挑战由台前转向幕后,在商业和政治的重重包裹下,"异议"变成了一种"潜在写作"。吴子牛等人开始回向"主流电影"。通过"艺术地"嫁接民俗电影中的"东方情趣"和战争影片中的"暴力场景",他们成功地推出了一种"新的文化民族主义"。换句话说,本土内部的协商,最终也回到了对政治操纵、经济激励和艺术求索的仔细拷辨之上。对抗不是诚此刑彼,而是合谋唱和。

在清楚了中国电影复杂的内外语境之后,现在我们可以回过来检阅"西方观看"到底在多大程度上偏离了"中国"及其"现实",并暴露出其中的权力宰制欲望。张点名批评了裴开瑞和卡普兰(E. Ann Kaplan)两位对中国影片所做的心理分析解读。他说,这种"理论阐发式的批评"往往立足西方本位,将异国文本划归到自己最偏好的理论结构当中,进行削足适履式的裁剪。这种方式非但不能处理复杂多样的中国文化和历史现实,更是直接忽略了此类电影对中国观众意味着什么。张并不反对使用西方理论,而是反对单方面的强行使用理论来压制或驯服一个异己的文化语境。

为了缓解这种存现于西方理论和中国文本间的不对称关系,张主张"寻找一种对话式的跨文化分析模式"。即在消解"欧洲中心主义"和"非此即彼"的逻辑结构法之后,平衡东西方研究,倡导"多向度的"(multidirectional)观影模式,允许电影文本以外的社会文化历史进入讨论,并在全球与本土、中心与边缘等等对立结构之间寻求协商。

至此,张边破边立地回顾了整个西方世界对中国电影的批评和研究范式。通过有选择地考察中国电影中的几种主要类型(少数话语、民俗电影、城市影片),同时旁征博引地运用各式理论资料和研究成果,其令人信服地提供了一种中国电影在迈入新千年之际的成熟的阶段性反思。鉴照既往,探索未来,张为"影像中国"的工程打开了一扇窗口,不可否认这一研究起步仍存在着像两位西方评论家所说的遗忘角落,如"华裔电影"以及"华语电影"的阶段性差异问题①。但如果说,我们需要的并不是一部完美的著作,而是一种思维的启迪和激励,那么我们有理由相信,张的讨论已经开启了一股事关"重写"与"再建"的活水,随后跟进将令我们看到更为广阔的"中国电影"形象和更深入研究解读。

---

① 这两篇书评的中译可参阅苏州大学海外汉学(中国文学)研究中心网站,网址:http://www.zwwhgx.com/content.asp?id=2313

结语　世界文学语境下的海外汉学研究

一、作为关系的"世界文学"

尽管近年来的研究一再揭橥,在西方,所谓的民族文学研究,特别是针对第三世界的文学研究,不可避免地带有东方主义色调,几个世纪以来的文化陈规和学术惯性,潜移默化地侵蚀着知识的透明度和公正性,但是,这丝毫不妨碍人们,尤其是在第三世界内部,积极寻觅文学本土性和民族性的步伐与信心。一方面,我们可以把这种鲜明的反差看成东方世界试图在一个以西方为主导的全球框架中去积极实践和生产一种"真"的"个性"或曰"他性"的冒险;但是另一方面,这无疑也是一种巨大的焦虑,它来自这些"迟到的国家文学"在进入世界文学体系之时,强烈感受到的自我标榜和吸引他者的需要。换句话说,他们在意的是其所提供的表述和形象,是否足以支撑其进入全球体系,其文学是否符合西方趣味,是否可以被西方快速地识别和定位。

无论我们如何理解这种"民族志"式的文学追求,有一点是可以肯定的,即这种思考模式的背后仍是中西的二元逻辑,或者准确地说,是由中西等级结构所牵制的。"本真"与"原初"虽意在排除西方影响及其宰制,但是,这种或出于地理决定论,或根源于文化本位的思考,从本质上讲同东方主义如出一辙,因此,人们很自然地将之称为"自我东方化"或"自我民族志"(Auto-Ethnography)。不过,诚如周蕾所指出的,"东方人的东方主义"毕竟不同于"西方人的东方主义":

> 像转过身来的菊豆将自己"引用"成物恋化了的女人,并

向她的偷窥者展览她承负的疤痕和伤痛,这一民族志接受东方主义的历史事实,但却通过上演和滑稽模仿东方主义的视觉性政治来批判(即"评估")它。以其自我臣属化、自我异国情调化的视觉姿态,东方人的东方主义首先是一种示威——一种策略的展示。①

当然,周蕾的论述当中有过于理想化的成分,譬如我们可以诘问:这种示威到底是削弱了西方人的东方主义,还是事与愿违地强化了这种趋向,并在某种程度上促使它成为一种可被反复实践的技术,一如离散族群所孜孜镌刻的个人创伤和民族苦难在愈演愈烈之际竟俨然升格为一种写作的"类型学"(Typology)?但即使如此,我们仍应该充分意识到这一论说的起点并不在于举证"自我东方化"的合法性,而在于辩证:自我反思,极有可能变成一种自我中心主义;而自我东方化,反而是将文学置入了中西文化交流的关系网络之中予以思考。换句话说,在周蕾的观点中,一种蕴含真实性的民族文学,并不能换算成它在国际文化市场上的权威性,相反,它仅仅只是一种修辞,建构了中西文化交流的起点。

这种自我臣属化的看法,作为后殖民论述的重要基调,一方面联系着东方世界的殖民历史,另一方面也牵连着全球语境中无从摆脱的后殖民威胁。主体的焕发,对于曾经被殖民的第三世界而言,无疑意味着重新梳理和整合其与殖民者的关系。在这个意义上,第三世界文学进入全球体系,就被简化和扭曲成了处理中西关系。它的结果是开启了一种张爱玲所说的"包括在外"式的吊诡。第三世界文学,首先被理所当然地排除在了世界文学体系之外,也因此,其努力的方向从来都是如何进入,而不是从中凸显。其次,世界文学被折算成了西方文学。尽管就目前的文化格局而言,这

---

① 周蕾:《原初的激情:视觉、性欲、民族志与中国当代电影》,孙绍谊译,台北:远流出版公司,2001年,第248—249页。

种折算并不见得谬以千里,但是,从理论及其愿景来看,它当然乖离了歌德最初提出"世界文学"时的初衷和构想。面对这种"包括在外"的局面,我们或许可以探问,是否存在一种本质上纯净的西方或东方文学?而"世界"又到底是谁的世界?文学甄选的标准又从何而来?

  在这些问题的引导下,我们注意到达姆罗什(David Damrosch)有关"世界文学"的思考别有其启发意义。通过重新梳理比较文学的学科史,达姆罗什指出:"当前比较文学向全球或星际视野的扩展与其说意味着我们学科的死亡,毋宁说意味着比较文学学科建立之初就已经存在的观念的再生。"①这个简单的结论,至少揭示了如下几个方面的信息:第一,没有必要把"世界文学"看成是一个多么了不起的概念和发明,认为是观念进化和时代进步的结果,会赋予文学发展以革命性的影响;第二,也没有必要把它庸俗化为一个集合概念,认为它只是世界各民族文学的总和或经典文本的大拼盘,相反,它包含着具有历史针对性的文学思考内容;第三,"世界文学"的观念需要被放置在一个"永远历史化"的进程当中被理解和定义,其核心价值和任务不应该是去具体辨认哪些是世界文学,哪些不是世界文学,而是不断承受这个观念所给出的刺激,将之作为对各种复杂的文学关系思辨的起点。

  正是基于以上几个层面,达姆罗什提出了关于"世界文学"的一种设计:即世界文学应该是一种流通和阅读的模式(A Mode of Circulation and of Reading),并且是那些在翻译中受益的作品。② 尽管就定义的完备度而言,这种表述并不严密,甚至问题重重,但是它重要的突破在于,从过去以地理或文学性为内核的坐标中疏离

---

 ① 大卫·达姆罗什:《一个学科的再生:比较文学的全球起源》,大卫·达姆罗什等主编:《新方向:比较文学与世界文学读本》,北京:北京大学出版社,2010年,第41页。
 ② Damrosch, David. *What Is World Literature*. Princeton: Princeton University Press, 2003.

出来，引入了文学物质性的思考，并且特别就其介入当代生活的层面做了充分的论证。无论是阅读，还是传播，甚至翻译，文学的社会构造在其中被展示出来。当然，这里的社会，已经不局限在作品的原语环境，而是注意到其潜在的跨域特征。从某种意义来说，与其说达姆罗什重新结构了一个抽象的"世界文学"，毋宁说，他形塑了一套具体的"关系"谱系，这个谱系不仅勾勒过去，同时更倾向于连接未来。简单地讲，达姆罗什眼中的"世界性"，不是一种先天结构——这个论点试图在一开始就展示出一种巨大的包容力，但是其背后的动力却可能是具有危险的地理决定论，或者绝对多元主义论和文化相对论——而是一种后天的社会组织关系，它允许"世界文学"以一种渐趋融通的方式呈现，步步为营地接纳来自世界各地的文学，将所谓的民族文学以翻译的方式推进到全球文化传播和阅读的流程与空间当中。

严格地讲，达姆罗什的这些理解，不见得有多独特，比如印度庶民研究小组的观点早已指正，像"西方"这样的概念，实际上更多的是一种象征性建构，不一定要有一个具体的落实。① "世界"同样有它人为建构性的一面，不能看做是美国、中国、日本等等的总和。达姆罗什所谓的通过翻译、阅读、流通来达成的"世界性"，实际上同我们一般所说的"经典化"过程也颇有类似之处。但是，他打破了过去那种想当然地把"民族—世界"做一个等级设置的思路，破除了"世界文学"精英化的迷信。平心而论，建设"世界文学"，不是搞民主政治，把它作一个公平的分配，相反，它应该自成体系，从各种民族、阶级、性别的既定标签中脱离出来，在一个漫长的、广泛的历史淘选机制中去逐步完成自身。达姆罗什的观点，为我们重新审视海外汉学研究提供了新的可能，可以借此对世界文学与海

---

① Prakash, Gyan. "Subaltern Studies as Postcolonial Criticism." in *American Historical Review* No. 99 (1994), pp. 1475—1490.

外汉学的得失作出新的解释和清理,并就世界文学的理论建设和具体实践间存在的落差作出探索和思考。

二、反思"西方主义"

依据达姆罗什关于世界文学首先是一种流通模式的解释,我们可以说,至少在中国,过去几个世纪的文化构想中,始终存在一种清晰的单向思维。这种思维热衷于谈论中国文学"走向世界",而很少注意到"世界文学"的建构,也同时包含外国文学和文化进入中国。当然,这种思维的形成和发展有其特定的历史根源、文化个性和政治诉求,特别是进入19世纪中叶以后,社稷的颓唐,家国的不振,很容易让时人做出"中不如西"的判断或者假定。在这个层面上,外洋事物和理念的引入,在很大程度上是要疗救时弊,进而与西方同步,而非建设世界文学或文化。归根结蒂,拿来主义是内政,而非外交。这种观念,从陈小眉的《西方主义》到刘禾的《跨语际实践》,概莫能外。

这两本著作分别对20世纪中国不同时段内,那些出于本土需要而对西方话语进行有效的扭曲与戏仿的文化行为,进行了细致的考察。在作者看来,这些创造性的误用和发明(Trans-creation),或者为中国形塑了一种"翻译的现代性",或者实践了一种对官方话语的批判,从根本上颠覆了东方主义视域下中国作为"沉默他者"的形象,赋予了其主体能动性。不过,针对这种正面、积极的解读,史书美还是反思性地提出了批评。她说,这些研究显然轻易地遮盖了那种同时存在于"西方主义"之中全球视角,而过于强调了它的地区意识。"西方主义既是在地区层面上对西方的策略性挪用,又是全球语境层面上的文化殖民场所。……地区从来都不会与全球无关,而后者往往指定了地区语境下西方的表现。即便在国内语境下,西方主义话语也不能被简单地看作是只针对某种明确目标的反对话语。"它同时也可能是一种凌驾于大众和传统士人的文化霸权。①

尽管"西方主义"也同时包含了一种"东方主义"式的全球视角,但是,史书美也指出,至少在与帝国主义与文化殖民共谋这一点上,西方主义从来都不曾与东方主义同流合污。"的确,二十世纪中国思想界的一个共识是认为'天下'应该是一个贤人在位的世界,而中国必须是世界核心的一个部分。"②可以说,无论是近代中国的国家主义,还是天下观念,从来都是以道德框架为前提,而非武力和军事殖民为依托的。一方面,这种和谐的世界观可以上溯到传统的乌托邦思想③,而另一方面,也毫无疑问地关切到彼时的中国处境,以及由此而生的文化反思。尽管我们没有必要将这种反思无限上纲到一种初步的"后殖民"解构思维,但是,至少要承认它对殖民话语做出了最大可能的利用、疏离,甚至超越。

不过,我们需要警惕的是,即使东方主义颇受诟病,但它本身也不会是铁板一块,至少它是一个历史性的产物。在萨义德的定义中,它首先是一种西方探索东方的学问、知识,其次才是这种学问背后的意识形态和文化霸权。④ 之所以要强调这一点,我们是想说明,西方主义不必因为其善良的道德和民主诉求,就显得高人一等。在探索知识这个起点上,西方主义与东方主义是一样的;而在调用殖民话语这个层面上,它同东方主义也无二致。它们共同致力于强化中西差异,以及建设一个先进的、文明的西方形象。实际上,顺着这个思路继续追问,我们又会发现,所谓的"西方"也好,

---

① 史书美:《现代的诱惑:书写半殖民地中国的现代主义(1917—1937)》,何恬译,第153—154页,南京:江苏人民出版社,2007年。
② 黄克武:《近代中国的思潮与人物》,北京:九州出版社,2012,第194页。
③ 墨子刻(Thomas A. Metzger):"序",黄克武:《自由的所以然:严复对约翰弥尔自由思想的认识与批判》,台北:允晨文化有限公司,1998年,第 iv 页。
④ 萨义德:《东方学》,王宇根译,北京:生活·读书·新知三联书店,1999年,特别是"绪论"部分。

"东方"也罢,从来都不是一元整体的,而是复数、零散的。在这个意义上,我们有什么依据可以无条件地辩称中国人对西方的挪用就一定是"误用"?而什么才是真正的西方?又到底存不存在这样一个西方?相信通过对这一系列问题的反思,我们可以说,在"西方主义"的命名当中,不可避免地存在一种研究错位,即研究者以其全知全能的叙事视角,对他研究对象所表现出来的那种限制叙事做出了不恰当地概括或总结。简单地讲,研究者以其理解的某个整一的"西方",要求和框定着历史中那些各式各样的"西方",以至于轻易地将这种对比中出现的不对等现象,简单归纳为"扭曲"和"误用"。应该承认,在现代中国历史中,当一代知识人围绕民主、科学等等西方话语做出雄辩时,如果说他们不是全然,至少也部分地坚信,其所掌握和理解的西方是一个真正的西方。

除了全球意识的淡薄,"西方主义"另一个值得检讨的方面是,其深蕴的精英本位,或者说宏大叙事。这一点,从刘禾具有连续性的"跨语际研究"中可以看出来,其关心的焦点不是锚定在一代知识分子再造文明的尝试之中,就是指向帝国间的文化冲撞和政治斗争。这种研究的取径,虽然同整个20世纪中国文化人那种感时忧国的心路历程若合符节,但是,也毫无疑问地回避了如下一种认知,即现代性不可能仅仅只是上层社会和知识精英们叠床架屋的文化博弈和政治协商,它也同时指向日常生活和大众实践。之所以要把这个偏失指出来,我们相信,不仅仅是出于查漏补缺的需要,同时也有助于揭示,在这种偏颇之下所隐匿着的意识形态结构。这种结构因为紧紧围绕着精英事件展开,因此其落脚点往往是历史上的某个大写日期。它们不是被视为时代的分水岭,就是某个具有转折性的文化时刻。这种对时间进行高亮化处理的方式,显然回避了历史事件展开所经历的漫长的动态过程。其后果之一,是将历史的多重缘起化约为其中某种因素的一元决定论。

特别是当这个历史事件同中西文化碰撞的大背景结合在一起时,一元论就可能变身为西方决定论,或者说"冲击—回应"论。在针对刘禾"夷/barbarian"这个"衍指符号"所做的话语分析中,方维规清楚地指出,英国人尽管得势不让人地将一个翻译现象写入了国际条约并予以限定,但是这"并不意味着可以无限夸大某些事件的话语效果,更不应该无视甚至否定历史观念在总体上的延续性"①。透过系统地追溯"夷"字的文化传统,以及其与西洋逐渐发生关系的话语历史,方维规指出,语词发生新旧递嬗的"实践史",绝不能混同于其为某种历史条件所赋予的"文化效应"。简单地讲,结果不能替换过程。

正是在打破"大写日期"和"精英迷恋"这一点上,我们认为,对"西方主义"的反思特别有必要引入张真的"白话现代主义"观念。在导师汉森的启发下,张真将此概念界定在"基于大众媒介的创作和观影模式"层面,认为:

> 在中国语境中的影像白话展现了现代生活的方方面面。并且更重要的是,它找到了某些合适的表达形式,使其能够穿越各种严格的界限——包括文字与视觉、世俗与高雅、物质与想象、上流与底层、政治与美学,最后还有中国与世界的边境线。②

在张真看来,这种具有越界性质的文化景观和产品,切实地展示了一种阿巴斯所描绘的"浅表的世界主义":

> 这种浅表性使得上海更能昭示西方大都市在现代性实践中所经历的矛盾冲突,与此同时,正是这种从"浅表"当中所获

---

① 方维规:《一个有悖史实的生造"衍指符号":就〈帝国的话语政治〉中"夷/barbarian"的解读与刘禾商榷》,《文艺研究》2013年第2期。
② 张真:《银幕艳史:都市文化与上海电影1896—1937》,上海:上海书店出版社,2012年,第4页。

得的愉悦——而非通过对世界主义进行精英式和高屋建瓴的投入和建构——开启了大众文化的物质和社会空间。①

与此论述相似,近期叶凯蒂关于画报讨论也勾勒出,"世界"观念的到来,事实上还包含着一种娱乐的轨迹。这个论点,显然拆解或者说平衡了一般认为的世界是经由民族国家或者帝国主义而来的主流见解,揭示出了一种"世界即娱乐"的文化观。她说,印刷媒介,特别是其中的视觉媒体,与其所在的特定城市空间,共同构筑了一个初具规模的跨文化交会区(Transcultural Contact Zone)。在那里,急速增长的环球通讯和娱乐作为一种软实力,展示出了一个不同视野的现代和文明世界。② 事实上,回到达姆罗什所谓的流通说,应该看到,这个概念本身即意味着打破藩篱和填平沟壑。换句话说,世界文学不能只有板起脸孔的严肃面,它也应该具备这种"世界即娱乐"的大众面貌。

三、松动的"东方主义"

正如上文提及的,"东方主义"虽然历来颇受诟病,但也不见得就是铁板一块、了无变数。特别是随着阿帕杜莱(Arjun Appadurai)所谓的全球景观的急速蔓延,这种西方人的东方想象,已经逐渐演变成了一个"混血西方"对"混杂东方"的建构。③ 或许这个观念,从一开始就是一种假设,因为从来没有存在过什么纯净的东方或西方。它们从根本上都是杂处的文化,只不过我们的视线通常会

---

① 张真:《银幕艳史:都市文化与上海电影1896—1937》,上海:上海书店出版社,2012年,第70页。
② Yeh, Catherine Vance. "Guides to a Global Paradise: Shanghai Entertainment Park Newspapers and the Invention of Chinese Urban Leisure." in Christiane Brosius and Roland Wenzlhuemer, eds. *Transcultural Turbulences: Towards a Multi-Sited Reading of Image Flows*. Berlin: Springer Publisher, 2011, pp. 197—131.
③ 参阅阿尔君·阿帕杜莱:《消散的现代性——全球化的文化维度》,刘冉译,上海:上海三联书店,2012年。

被它们表面的地理界标所吸引。事实上,早于20世纪80年代,西方社会有关其文明起源的论争,就一再泄露所谓的话语中心并不等于文学起源的信息。① 如今,"黑色雅典娜"的观念和比喻,早已深入人心。特别是当亚裔、非裔作家在离散语境下不断发声,甚至牵动西方文化界的神经之时,我们已经没有办法清晰地判别一些有关东方的构思和写作,是否纯然是出于猎奇和巩固文化等级秩序的需要。相反,这些少数族裔的写作,一再挑战西方的主流经典,为其注入新的可能。更重要的是,它也有可能松动那种既定的少数与多数的对峙,有望将两者容纳新变为一种更具"世界性"的"本土"体验。

应该说,全球语境下,国家文学和民族文学的观念已经渐渐丧失其权威性和概括力。跨太平洋/大西洋的文化位移,特别是其中的(后)移民/遗民潮,更是见证了多种文化观念在某个具体时空中冲撞、交融的事实。或者我们可以推论说,民族也罢,国家也好,从来都不是什么不容触碰的图腾禁忌,其吐故纳新、延异播散,终有一天会将自身变得面目全非。王德威说,"如果遗民意识总已暗示时空的消逝错置,正统的替换递嬗,后遗民则变本加厉,宁愿更错置那已错置的时空,更追思那从来未必端正的正统",从而将"无"化"有",另起炉灶地带出一种将"错"就"错"的可能。② 套用这样的理解,我们不妨说,全球视域下的文化和人口位移,未必要受困于某一具体的政治疆界和时代格局,拥抱非此即彼的土地意识和时间观念。透过不断地勾画同时也拆解那个"想象的原乡"(Imaged Community),移民和后移民们在其生活的本地,建筑着一套似幻非真的历史记忆,叙述出一番破碎的文化经验;在记忆与遗忘之

---

① 刘禾:《黑色雅典娜:最近关于西方文明起源的论争》,《读书》1992年第10期,第3—10页。
② 王德威:《后遗民写作:时间与记忆的政治学》,台北:麦田出版公司,2007年,第6页。

间,不断去辩证和超越异乡与母国的伦理限度和情感基调,挑起一种"后忠贞论"(Postloyalist)的可能①。正如张英进在分析罗卓瑶的移民电影《秋月》结尾处那未能背全的诗词时所指出的:

> 这种背诵的努力本身就是一种主动的标志,一种对抗记忆遗失的尝试,一种向其祖先的致敬。另一方面,我们也可以这样认为,慧是有意识地从记忆中抹去了这首诗词的其余部分,……以这种方式解读的话,她的不记得便成了对意识形态质询力量的一种反抗行为:她之所以唤起中国文化的象征只是为了与其断绝关系,将它留在碎片与废墟之中。②

这里,张英进的讨论仅仅揭示了离散族群与其文化母国间欲拒还迎的关系,我们或可进一步说,这种模棱两可的姿态,也同时出没于其与此时此地的关联之中。一方面,被记忆和背诵的诗句,以文化望乡的方式,拒绝着彻底地他者化或西方化;另一面,被遗忘和抹去的诗行,则试图淡化历史的印记,以改头换面的方式融入异地他乡。正是在这样一种欲进入而不完全进入,想超脱又不完全超脱的状态下,后移民在在见证了碎片的价值,强有力地解构着自我、他者、东方、西方、世界的整一架构,呼唤出一种"微弱的本质主义"(Weak Ontology)。

这个观点,原先是学术界用来反击文化相对主义者的,因为文化相对主义者拒绝承认一切的普遍性,笃信事物都是被绝对差异包裹着的。此种论调,无疑会令比较文学学者难堪,其念兹在兹的"可比性",甚至整个学科的理论根基,在某种程度上,都建基于不同文学和文化异中有同、可以相证互识互补这种认知的基础上。

---

① Tsai, Chien-hsin. "Postloyalist Passages: Migrations, Transitions, and Homelands in Modern Chinese Literature from Taiwan, 1895—1945." Ph. D. diss., Harvard University, 2009.
② 张英进:《影像中国:当代中国电影的批评重构及跨国想象》,胡静译,上海:上海三联书店,2008年,第312页。

当然，比较文学学者也不可能天真到以为，一切文化都可以透明地、等值地兑换，所以才提出这种"弱的联系观"来解释文化间存在的近似性和对等性。此外，"弱的本质论"也对那种过于强调历史性和人为建构因素的思潮提出了质疑。无论是历史性，还是人为建构，都是为了强调一种现实的具体性，这种具体性是不能被简单地对接和等同起来的。因此，当全球化带来文化的平面和整一之时，有的理论家们就力主重返时代现场，依托历史记忆，来维持独特的自我。这种观点的潜台词，正是历史的不可替代、不可复制以及不可比较。但问题是，我们不能将历史同负载历史的媒介，譬如文字、图像、影音等等，混同起来。换句话说，历史不等同于具有历史印记的文化产物。事实上，当刘禾提出语言与语言之间不可能透明地互译和交流之时，她就多少有点混淆了两者。其中的问题在于，一是黄兴涛所讲的夸大了"虚拟对等"和"不可译性"，以不是百分之百的对等来否定基本对等、大体相当的存在之外①，二是放大了，或者说单一化了历史不可替换的本质，忽略了其表现形态的多样性，以及这些形态本身所具备的跨文化比较的特性。

正是出于对以上观念的修正，近期金雯提出了"多元普世论"（Pluralist Universalism）的看法。通过建构一种"多元文化虚拟叙事"（Fiction of Multiculturalism）的框架，她别出心裁地将郭亚力、严歌苓、阿拉米丁（Rabih Alameddine）、张承志这些亚裔和中国作家放到了一个平台上予以讨论，不仅追溯文学翻译和传播的历史，也分析它们与政策性话语和多元文化政治理论间的关联，提出了中美两国在后冷战时期族裔文化政治上的可比性问题。② 这里，我们不想过多地复述其观点，而是想特别提出，翻译在这样一种全球政

---

① 黄兴涛：《"话语"分析与中国近代思想文化史研究》，《历史研究》2007年第2期，第149—192页。

② Jin, Wen. *Pluralist Universalism: An Asian Americanist Critique of U. S. and Chinese Multiculturalisms.* Columbus: The Ohio State University Press, 2012.

结语　世界文学语境下的海外汉学研究

治和文化网络中的价值问题。诚如作者本人所指出的,像严歌苓这样的作家,其作品同时以翻译和原文的方式在国际文化市场上流通,表面上它们各有专属,分别指涉着不同语境中的文化政策,同时也受到不同的评价,但是,这两组信息不是彼此隔绝而是互有影响的。过去我们总是热衷于用安德森"想象社群"的观念来追查民族国家起兴之际,报章媒体以及由此而生的文本阅读,所带来的一种虚拟的共感和生命连接。如果继续套用这种说法来看待多元文化下的翻译,我们是否可以说,全世界的读者们现在正处于一种以"微弱本质"为特征的文本的引导下,建构着一种世界文学,以及全球共同体? 如果这种看法成立,那么是否意味着"世界文学"及其内部构造存在的一种"微弱"的联系? 这种联系在什么意义上达成,又在什么情况下消弭? 这个全球共同体,同一般的民族国家之间又存在怎样的关联和不同?

当然,在有限的篇幅中我们根本无法回答这些问题,但是,"多重缘起"的观点显然值得我们重视和参考。提出其多重缘起的可能,其初衷同样在于打破国家文学的封闭结构,尤为重要的是,试图指出西方对东方的改编"不仅仅是迷恋'他者的象征符号',而且是以语言的方式来接近可以确知的文化真相"[①]。这正是黄运特在《跨太平洋位移》一书中提出的,以语言问题作为切入点,来探讨美国对中国文化的调用历史。以语言为中枢进行讨论,首先肯定有其理论上的设计,此即鲍厄斯(Franz Boas)所提的"语言和文化人类学理论"。这个理论,有效质疑了那种认定在种族、语言和文化之间存在天然、生理联系的殖民思维,"即提出没有必要假定每种语言和文化天生对应着某个特定的种族,抑或每个种族及文化必然局限在一种语言之中。简言之,这三个现象随时可能产生紧密

---

① 黄运特:《跨太平洋位移:20世纪美国文学中的民族志、翻译和文本间旅行》,陈倩译,南京:江苏人民出版社,2012年,第3页。

关联"①。通过凸显语言的人为构造,而非生物本性,鲍厄斯显然使我们可以快速补充上面提及的刘禾"跨语际分析"的缺陷问题,即尽管过分强调人为性有可能造成翻译文化的虚无主义,但也有力质询了那种不假思索的生物语言学观念,以及渗透其中的对他者文化的蔑视。其次,从语言出发的考察,还有助于揭示跨文化研究的现实性和具体性。过去的跨文化讨论,总是倾向于展示抽象意义和文化层面的交互,即 Migrations of Cultural Meaning,但从具体的语言出发,则有望将这种抽象性落实到更为可感可知的层面,此即黄运特所说的"文化意涵的文本位移"(Textual Migrations of Cultural Meaning)②。借着探索汉语的语言模式、汉字构造、语体色彩、语言质料及文字意涵,如何在一种镜像意义、现实挪用和人为创化及翻译删减的层面上,具体地参与和构造美国文学及其文化思维,黄运特实践了他所追求的那个对文本本身及其历史灵活性重现的工程。

不过,比起韩瑞(Eric Hayot)以主题学的方式来处理西方对中国及其形象进行想象的研究③,我们不得不说,黄运特的研究仍有其局限:第一,这种挪用对西方而言,意味着迂回进入和重塑自我,但是对中国而言,其价值是什么,作者语焉不详;第二,在方法论上,作者是否还是被某种不自觉的对等性所限制,例如文类的对称和学科的对应等等。韩瑞以"同情"为例,不仅有效证明了一个假象的"中国"观念,是如何帮助西方思考和理解众多有关现代生活的重要概念,其中包括世界历史、宗教融合、国家与个人、自然与尚古、身体与自我的关系等等,而且还表明这些观念并非单纯的欧洲

---

① 黄运特:《跨太平洋位移:20世纪美国文学中的民族志、翻译和文本间旅行》,陈倩译,南京:江苏人民出版社,2012年,第8页。
② 同上书,第15页。
③ 韩瑞:《假想的"满大人":同情、现代性与中国疼痛》,袁剑译,南京:江苏人民出版社,2013年。

式事件,对于理解中国的思想论述,它们同样扮演了重要的角色。对于后者,韩瑞突破了仅从单一历史文献或文学记录中取材提炼的论述方式,融小说、医案、游记、照片、绘画等材料于一炉,打破了比较文学研究中不成文的对称结构,以及这种结构背后的霸权模式,即以 Poet 召唤诗歌,Fiction 引导小说,将非英语世界的文字文本进行文类上的强行切分,而无视这些"文学"文本的演变史。

　　以往的比较文学学者惯于强调人同此心、心同此理的学科情感基础,认为文学的核心和出发点是情感,文学是具备可比性的。但是,需要追问的是,这些情感是否总是平等的,而且能够平滑地、不带任何意识色彩地传递到另一个国家和民族的人民那里? 而在那里,人们又是否愿意不怀任何成见地接受它们,并与之产生共鸣呢? 也许,情感并不是没有国界的,或者说至少有它的力有不逮之处,那么,在这个意义上,试图通过阅读来达成一种共同体的愿景,是否可能实现呢? 世界文学真正的凝结力又在哪里呢? 到底该用一种怎样的阅读模式和阅读体验,才足以把星散的民族、国家文学从其旧有的标签中解放出来,变成一种普遍财产呢? 无论是有解,还是无解,相信正是对这些问题的不断追问,将有助于我们深化对"世界文学"的认识,把它从一个客体,变成一种刺激、一个意识,不断地回顾、反思中西文学的关系史,也反省后民族、后国家时代新的国际关系和文化交流,从而打开我们认识和解读海外汉学的更大空间。

参 考 文 献

一、英文著作

Abbas, Ackbar. *Hong Kong: Culture and the Politics of Disappearance*. Minneapolis: Minnesota University Press, 1997.

Anderson, John. *Edward Yang*. Urbana: University of Illinois Press, 2005.

Anderson, Marston. *The Limits of Realism: Chinese Fiction in the Revolutionary Period*. Berkeley: University of California Press, 1990.
【安敏成:《现实主义的限制:革命时代的中国小说》,姜涛译,南京:江苏人民出版社,2001 年】

Arp, Robert & Adam Barkman & James McRae, eds. *The Philosophy of Ang Lee*. Lexington: The University Press of Kentucky, 2013.

Bai, Ruoyun & Song Geng, eds. *Chinese Television in Twenty-First Century: Entertaining the Nation*. London and New York: Routledge, 2014.

Bao, Weihong. *Fiery Cinema: The Emergence of an Affective Medium in China, 1915—1945*. Minneapolis: University of Minnesota Press, 2015.

Barlow, Tani E., ed. *Gender Politics in Modern China: Writing and Feminism*. Durham: Duke University Press, 1993.

Berry, Chris, ed. *Perspectives on Chinese Cinema*. Ithaca, N. Y.: Cornell University Press, 1985.

——. *Postsocialist Cinema in Post-Mao China: The Cultural Revolution after the Cultural Revolution*. New York: Routledge, 2004.

——, ed. *Chinese Films in Focus: 25 New Takes*. London: British Film Institute, 2003.

——, ed. *Chinese Films in Focus II*. 2nd ed. London: British Film Institute, 2008.

——, & Mary Farquhar. *China on Screen: Cinema and Nation*. New York: Columbia

University Press,2006.

——,& Feiyi Lu,eds. *Island on the Edge:Taiwan New Cinema and After*. Hong Kong:Hong Kong University Press,2005.

——,Xinyu Lü,& Lisa Rofel,eds. *The New Chinese Documentary Film Movement: For the Public Record*. Hong Kong:Hong Kong University Press,2010.

Berry,Michael. *Speaking in Images:Interviews with Contemporary Chinese Filmmakers*. New York:Columbia University Press,2005.

【白睿文:《光影言语:当代华语片导演访谈录》,罗祖珍、刘俊希、赵曼如译,桂林:广西师范大学出版社,2008 年】

——. *A History of Pain:Trauma in Modern Chinese Literature and Film*. New York:Columbia University Press,2008.

【白睿文:《痛史:现代华语文学与电影的历史创伤》,李美燕等译,台北:麦田出版公司,2016 年】

——. *Xiao Wu,Platform,Unknown Pleasures:Jia Zhangke's Hometown Trilogy*. Basingstoke,UK and New York:Palgrave Macmillan,2009.

【白睿文:《乡关何处:贾樟柯的故乡三部曲》,连城译,桂林:广西师范大学出版社,2010 年】

Birch,Cyril. *Chinese Communist Literature*. New York & London:Frederick A Praeger,1963.

Bordwell,David. *Planet Hong Kong:Popular Cinema and the Art of Entertainment*. Cambridge,Mass. :Harvard University Press,2000.

Bormer,Joey. *Wang Kuo-wei:An Intellectual Biography*. Cambridge:Harvard University Press,1986.

Braester,Yomi. *Witness Against History:Literature,Film,and Public Discourse in Twentieth-Century China*. Stanford,Calif. :Stanford University Press,2003.

——. *Painting the City Red:Chinese Cinema and the Urban Contract*. Durham:Duke University Press,2010.

Browne,Nick & Paul G. Pickowicz & Vivian Sobchack & Esther Yau,eds. *New Chinese Cinemas:Forms,Identities,Politics*. Cambridge and New York:Cambridge University Press,1994.

Brunette, Peter. *Wong Kar-Wai*. Urbana: University of Illinois Press, 2005.

Button, Peter. *Configurations of the Real in Chinese Literary and Aesthetic Modernity*. Leiden: Brill, 2009.

Cai, Rong. *The Subject in Crisis in Contemporary Chinese Literature*. Honolulu: University of Hawai'i Press, 2004.

Chan, Joseph Man & Anthony Y. H. Fung & Chun Hung Ng. *Policies for the Sustainable Development of the Hong Kong Film Industry*. Hong Kong: The Chinese University of Hong Kong, 2010.

Chan, Kenneth. *Remade in Hollywood: The Global Chinese Presence in Transnational Cinemas*. Hong Kong: Hong Kong University Press, 2009.

Chang, Sung-Sheng Yvonne. *Modernism and the Nativist Resistance: Contemporary Chinese Fiction from Taiwan*. Durham: Duke University Press, 1993.

——. *Literary Culture in Taiwan: Martial Law to Market Law*. New York: Columbia University Press, 2004.

Chen, Kaige & Tony Rayns, eds. *King of the Children and the New Chinese Cinema*. London: Faber & Faber, 1989.

Chen, Xiaomei. *Occidentalism: A Theory of Counter-Discourse in Post-Mao China*. New York: Oxford, 1995.

——*Acting the Right Part: Political Theater and Popular Drama in Contemporary China*. Honolulu: University of Hawai'i Press, 2002.

——, ed. *Reading the Right Text: An Anthology of Contemporary Chinese Drama*. Honolulu: University of Hawai'i Press, 2003.

Chen, Yu-shin. *Realism and Allegory in the Early Fiction of Mao Dun*. Bloomington: Indiana University Press, 1986.

【陈幼石:《茅盾〈蚀〉三部曲的历史分析》,北京:社会科学文献出版社,1993年】

Cheuk, Pak Tong. *Hong Kong New Wave Cinema: 1978—2000*. Bristol, UK and Chicago, USA: Intellect, 2008.

Cheung, Dominic. *Feng Chih: A Critical Biography*. Boston: Twayne Publishers, 1979.

Cheung, Esther M. K.. *Fruit Chan's Made in Hong Kong*. Hong Kong: Hong Kong University Press, 2009.

——,& Yiu-Wai Chu,eds. *Between Home and World:A Reader in Hong Kong Cinema*. Hong Kong:Oxford University Press,2004.

——,& Gina Marchetti & See Kam Tan. *Hong Kong Screenscapes:From the New Wave to the Digital Frontier*. Hong Kong:Hong Kong University Press,2011.

Chi,Pang-yuan & David Der-wei Wang,eds. *Chinese Literature in the Second Half of a Modern Century:A Critical Survey*. Bloomington:Indiana University Press,2000.

Ching,Leo T. S.. *Becoming "Japanese":Colonial Taiwan and the Politics of Identity Formation*. Berkeley,Calif.:University of California Press,2001.

【荆子馨:《成为"日本人":殖民地台湾与认同政治》,郑力轩译,台北:麦田出版公司,2006年】

Chow,Rey. *Woman and Chinese Modernity:The Politics of Reading between East and West*. Minneapolis:Minnesota University Press,1991.

【周蕾:《妇女与中国现代性:西方与东方之间的阅读政治》,蔡青松译,上海:上海三联书店,2008年】

——. *Wrting Diaspora:Tactics of Invention in Contemporary Cultural Studies*. Bloomington:Indian University Press,1993.

【周蕾:《写在家国以外》,香港:牛津大学出版社,1995年】

——. *Primitive Passions:Visuality,Sexuality,Ethnography,and Contemporary Chinese Cinema*. New York:Columbia University Press,1995.

【周蕾:《原初的激情:视觉,性欲,民族志与中国当代电影》,孙绍谊译,台湾:远流出版公司,1990年】

——. *Ethics after Idealism:Theory,Culture,Ethnicity,Reading*. Bloomington:Indiana University Press,1998.

——,ed. *Modern Chinese Literary Studies in the Age of Theory:Reimagining a Field*. Durham:Duke University Press,2000.

——. *The Age of the World Target:Self-Referentiality in War,Theory,and Comparative Work*. Durham:Duke University Press,2006.

——. *Sentimental Fabulations,Contemporary Chinese Films:Attachment in the Age of Global Visibility*. New York:Columbia University Press,2007.

Chow,Tse-tsung. *The May Fourth Movement:Intellectual Revolution in Modern*

China. Cambridge: Havard University Press, 1960.

Chu, Yingchi. *Chinese Documentaries: From Dogma to Polyphony*. London and New York: Routledge, 2007.

Clark, Paul. *Chinese Cinema: Culture and Politics since 1949*. Cambridge and New York: Cambridge University Press, 1987.

——. *Reinventing China: A Generation and Its Films*. Hong Kong: The Chinese University Press, 2005.

Conceison, Claire. *Significant Other: Staging the American in China*. Honolulu: University of Hawai'i Press, 2004.

Cornelius, Sheila. *New Chinese Cinema: Challenging Representations*. London: Wallflower, 2002.

Crespi, John A.. *Voice in Revolution: Poetry and the Auditory Imagination in Modern China*. Honolulu: University of Hawai'i Press, 2009.

Crevel, Maghiel van. *Language Shattered: Contemporary Chinese Poetry and Duoduo*. Leiden: CNWS Publications, 1996.

——. *Chinese Poetry in Times of Mind, Mayhem and Money*. Leiden: Brill, 2008.

【柯雷:《精神与金钱时代的中国诗歌:从 1980 年代到 21 世纪初》,张晓红译,北京:北京大学出版社,2016 年】

Croissant, Doris & Catherine Vance Yeh & Joshua S. Mostow, eds. *Performing "Nation": Gender Politics in Literature, Theater, and the Visual Arts of China and Japan, 1880—1940*. Leiden: Brill, 2008.

Cui, Shuqin. *Women through the Lens: Gender and Nation in a Century of Chinese Cinema*. Honolulu: University of Hawai'i Press, 2003.

Curtin, Michael. *Playing to the World's Biggest Audience: The Globalization of Chinese Film and TV*. Berkeley: University of California Press, 2007.

Damrosch, David. *What is World Literature?* Princeton: Princeton University Press, 2003.

——. *How to Read World Literature*. West Sussex: John Wiley & Sons Ltd, 2009.

——, ed. *World Literature in Theory*. West Sussex: John Wiley & Sons, Ltd, 2014.

Daruvala, Susan. *Zhou Zuoren and an alternative Chinese response to modernity*. Cambridge: Harvard University Asia Center, 2000.

【苏文瑜:《周作人:自己的园地》,陈思齐、凌蔓苹译,台北:麦田出版公司,2011年】

Davis, Darrell William & Ru-Shou Robert Chen, eds. *Cinema Taiwan: Politics, Popularity, and State of the Arts*. Abingdon, England and New York: Routledge, 2007.

Davis, Darrell William & Emilie Yueh-yu Yeh. *East Asian Screen Industries*. London: British Film Institute, 2008.

Denton, Kirk Alexander, ed. *Modern Chinese Literature Thought: Writings on Literatute, 1893—1945*. Stanford: Stanford University Press, 1997.

——. *The Problematic of Self in Modern Chinese Literature: Hu Feng and Lu Ling*. Stanford: Stanford University Press, 1998.

Deppman, Hsiu-Chuang. *Adapted for the Screen: The Cultural Politics of Modern Chinese Fiction and Film*. Honolulu: University of Hawai'i Press, 2010.

Dilley, Whitney Crothers. *The Cinema of Ang Lee: The Other Side of the Screen*. London and New York: Wallflower Press, 2007.

Dirlik, Arif & Zhang Xudong, eds. *Postmodernism and China*. Durham: Duke University Press, 2000.

Dissanayake, Wimal, ed. *Cinema and Cultural Identity: Reflections on Films from Japan, India, and China*. Lanham, MD: University Press of America, 1988.

——, ed. *Melodrama and Asian Cinema*. Cambridge and New York: Cambridge University Press, 1993.

Doleželová-Velingerová, Milena, ed. *The Chinese Novel at the Turn of the Century*. Toronto: University of Toronto Press, 1980.

【米列娜编:《从传统到现代:19至20世纪转折时期的中国小说》,伍晓明译,北京:北京大学出版社,1991年】

——, & Oldřich Král, eds. *The Appropriation of Cultural Capital: China's May Fourth Project*. Cambridge: Harvard East Asia Center, 2002.

Donald, Stephanie Hemelryk. *Public Secrets, Public Spaces: Cinema and Civility in China*. Lanham, Md.: Rowman & Littlefield, 2000.

——. *Little Friends: Children's Film and Media Culture in China*. Lanham, Md.: Rowman & Littlefield Publishers, 2005.

Duke, Michael. *Blooming and Contending: Chinese Literature in the Post-Mao Era.* Bloomington: Indiana University Press, 1985.

——. *Modern Chinese Women Writers: Critical Approaches.* New York: M. E. Sharpe, 1989.

Ebon, Martin. *Five Chinese Communist Plays.* New York: John Day Co., 1975.

Ehrlich, Linda C. & David Desser, eds. *Cinematic Landscapes: Observations on the Visual Arts and Cinema of China and Japan.* Austin: University of Texas Press, 1994.

Eide, Elisabeth. *China's Ibsen: From Ibsen to Ibsenism.* London: Curzon, 1987.

Fan, Victor. *Cinema Approaching Reality: Locating Chinese Film Theory.* Minneapolis: University of Minnesota Press, 2015.

Fang, Karen Y. *John Woo's a Better Tomorrow.* Hong Kong: Hong Kong University Press, 2004.

Farquhar, Mary Ann & Yingjin Zhang, eds. *Chinese Film Stars.* New York: Routledge, 2011.

【张英进、胡敏娜主编:《华语电影明星:表演、语境、类型》,西飓译,北京:北京大学出版社,2011年】

Feuerwerker, Yi-tsi Mei. *Ding Ling's Fiction: Ideology and Narrative in Modern Chinese Literature.* Cambridge, Mass.: Harvard University Press, 1982.

【梅仪慈:《丁玲的小说》,沈昭铿、严锵译,厦门:厦门大学出版社,1992年】

——. *Ideology, Power, Text: Self-Representation and the Peasant "Other" in Modern Chinese Literature.* Stanford: Stanford University Press, 1998.

Finnane, Antonia. *Changing Clothes in China: Fashion, History, Nation.* New York: Columbia University Press, 2007.

Fokkema, Douwe W.. *Literary Doctrine in China and Soviet Influence: 1956—1960.* The Hague, The Netherlands, Mouton & Co., 1965.

【佛克马:《中国文学与苏联影响(1956—1960)》,季进、聂友军译,北京:北京大学出版社,2011年】

Ford, Stacilee. *Mabel Cheung Yuen-Ting's An Autumn's Tale.* Hong Kong: Hong Kong University Press, 2008.

Forges, Alexander Des. *Mediasphere Shanghai: The Aesthetics of Cultural Production.*

Honolulu: University of Hawai'i Press, 2007.

Fu, Poshek. *Passivity, Resistance, and Collaboration: Intellectual Choices in Occupied Shanghai, 1937—1945*. Stanford, Calif.: Stanford University Press, 1993.

——. *Between Shanghai and Hong Kong: the politics of Chinese cinemas*. Stanford: Stanford University Press, 2003.

【傅葆石:《双城故事:中国早期电影的文化政治》,刘辉译,北京:北京大学出版社,2008年】

——, ed. *China Forever: The Shaw Brothers and Diasporic Cinema*. Urbana: University of Illinois Press, 2008.

——, & David Desser, eds. *The Cinema of Hong Kong: History, Arts, Identity*. Cambridge, UK and New York, NY: Cambridge University Press, 2000.

Funnell, Lisa. *Warrior Women: Gender, Race, and the Transnational Chinese Action Star*. Albany, NY: SUNY Press, 2014.

——, & Man-Fung Yip, eds. *American and Chinese-Language Cinemas: Examining Cultural Flows*. New York: Routledge, 2015.

Gálik, Marián. *Mao Dun and Modern Chinese Literary Criticism*. Wiesbaden: Franz Steiner Berlag, 1969.

——. *Milestones in Sino-Western Literary Confrontation, 1898—1979*. Wiesbaden: Harrassowitz, 1986.

【马立安·高利克:《中西文学关系的里程碑(1898—1979)》,伍晓明、张文定译,北京:北京大学出版社,1990年】

——. *The Genesis of Modern Chinese Literary Criticism, 1917—1930*. London: Curzon Press, 1980.

【玛利安·高利克:《中国现代文学批评发生史(1917—1930)》,陈圣生等译,北京:社会科学文献出版社,1997年】

——, ed. *Interliterary and Intraliterary Aspects of the May Fourth Movement 1919 in China*. Bratislava: Publishing House of the Slovak Academy of Sciences, 1990.

——. *Influence, Translation, and Parallels: Selected Studies on the Bible in China*. Sankt Augustin: Monumenta Serica Institute, 2004.

Gan, Wendy. *Fruit Chan's Durian Durian*. Hong Kong: Hong Kong University

Press, 2005.

Gimpel, Denise. *Lost Voices of Modernity: A Chinese Popular Fiction Magazine in Context*. Honolulu: University of Hawai'i Press, 2001.

Goldblatt, Howard. *Hsiao Hung*. Boston: Twayne Publishers, 1976.

【葛浩文:《萧红传》,上海:复旦大学出版社,2011 年】

——, ed. *Worlds Apart: Recent Chinese and Its Audiences*, edited by. Armonk, N. Y.: M. E. Sharpe, 1990.

Goldman, Merle. *Literary Dissent in Communist China*. Cambridge, Mass.: Harvard University Press, 1967.

——, ed. *Chinese Literature in the May Fourth Era*. Cambridge: Harvard University Press, 1977.

—— & Leo Ou-Fan Lee, eds. *An Intellectual History of Modern China*. New York: Cambridge University Press, 2002.

Gong, Haomin. *Uneven Modernity: Literature, Film, and Intellectual Discourse in Postsocialist China*. Honolulu: University of Hawai'i Press, 2012.

Gunn, Edward M.. *The Unwelcome Muse: Chinese Literature in Shanghai and Peking, 1937—1945*. New York: Columbia University Press, 1980.

【耿德华:《被冷落的缪斯:中国沦陷区文学史(1937—1945)》,张泉译,北京:新星出版社,2006 年】

——. *Chinese Literature in Shanghai and Peking, 1937—45*. Ann Arbor: University Microfilms International, 1981.

——. *Rewriting Chinese: Style and Innovation in Twentieth-century Chinese Prose*. Stanford: Stanford University Press, 1991.

——. *Rendering the Regional: Local Language in Contemporary Chinese Media*. Honolulu: University of Hawai'i Press, 2005.

Haft, Lloyd. *Pien Chih-lin: A Study in Modern Chinese Poetry*. Dordrecht, Holland: Foris Publications, 1983.

【汉乐逸:《发现卞之琳:一位西方学者的探索之旅》,李永毅译,北京:外语教学与研究出版社,2010 年】

——. *A Selective Guide to Chinese Literature, 1900—1949, Volume III, The*

Poem. Leiden：Brill，1989.

——. *The Chinese Sonnet-Meanings of a Form*. Leiden：Leiden University Press，2000.

Hall，Kenneth E. *John Woo：The Films*. Jefferson，N. C. ：McFarland，1999.

——. *John Woo's the Killer*. Hong Kong：Hong Kong University Press，2009.

Hamm，John Christopher. *Paper Swordsmen：Jin Yong and the Modern Chinese Martial Arts Novel*. Honolulu：University of Hawai'i Press，2005.

Hanan，Patrick. *Chinese Fiction of the Nineteenth and Early Twentieth Centuries*. New York：Columbia University Press，2004.

【韩南：《中国近代小说的兴起》，徐侠译，上海：上海教育出版社，2004 年】

Hershatter，Gail. *Dangerous Pleasures：Prostitution and Modernity in Twentieth-Century Shanghai*. Berkeley，Calif．：University of California Press，1997.

【贺萧：《危险的愉悦：20 世纪上海的娼妓问题与现代性》，韩敏中、盛宁译，南京：江苏人民出版社，2003 年】

Hill，Michael Gibbs. *Lin Shu，Inc：Translation and the Making of Modern Chinese Culture*. Oxford：Oxford University Press，2013.

Hjort, Mette. *Stanley Kwan's Center Stage*. Hong Kong：Hong Kong University Press，2006.

Hong，Guo-Juin. *Taiwan Cinema：A Contested Nation on Screen*. New York：Palgrave Macmillan，2011.

Hsu，Kai-Yu. *The Chinese Literary Scene：a Writer's Visit to the People's Repulic*. New York：Random House，1975.

Hu，John Y. H. *Ts'Ao Yü*. New York：Twayne Publishers，1972.

Hu，Jubin. *Projecting a Nation：Chinese National Cinema before* 1949. Hong Kong：Hong Kong University Press，2003.

Hu, Ying. *Tales of Translation：Composing the New Woman in China，1899—1918*. Stanford，California：Stanford University Press，2000.

【胡缨：《翻译的传说：中国新女性的形成（1898—1918）》，彭姗姗、龙瑜宬译，南京：江苏人民出版社，2009 年】

Huang，Alexander C. Y.. *Chinese Shakespeares：Two Centuries of Cultural Exchange*. New York：Columbia University Press，2009.

Huang, Nicole. *Women, War, Domesticity: Shanghai Literature and Popular Culture of the 1940s*. Leiden & Boston: Brill, 2005.

【黄心村:《乱世书写:张爱玲与沦陷时期上海文学及通俗文化》,胡静译,上海:上海三联书店,2010 年】

Huang, Xuelei. *Shanghai Filmmaking: Crossing Borders, Connecting to the Globe, 1922—1938*. Leiden and Boston: Brill, 2014.

Hung, Chang-tai. *Going to the People: Chinese Intellectuals and Folk Literature, 1918—1937*. Cambridge: Harvard University Press, 1985.

【洪长泰:《到民间去:1918—1937 年的中国知识分子与民间文学运动》,董晓萍译,上海:上海文艺出版社,1993 年】

——. *War and Popular Culture: Resistance in Modern China, 1937—1945*. Berkeley: University of California Press, 1994.

Hung, Eva, ed. *Translation and Cultural Change: Studies in History, Norms and Image-Projection*. Hong Kong: The Chinese University of Hong Kong, 2005.

Hunt, Leon. *Kung Fu Cult Masters: From Bruce Lee to Crouching Tiger*. London and New York: Wallflower Press, 2003.

【里昂·汉特:《功夫偶像:从李小龙到卧虎藏龙》,余琼译,北京:北京大学出版社,2010 年】

Huters, Theodore, ed. *Reading the Modern Chinese Short Story*. New York: M. E. Sharpe, 1990.

——. *Qian Zhongshu*. Boston: Twayne Publishers, 1982.

【胡志德:《钱锺书》,张晨译,北京:中国广播电视出版社,1990 年】

——. *Bringing the World Home: Appropriating the West in Late Qing and Early Republican China*. Honolulu: University of Hawai'i Press, 2005.

Hockx, Michel. *A Snowy Morning: Eight Chinese Poets on the Road to Modernity*. Leiden: Research School CNWS, 1994.

——, ed. *The Literary Field of Twentieth-Century China*. Richmond, Surrey: Curzon, 1999.

——. *Questions of Style: Literary Societies and Literary Journals in Modern China, 1911—1937*. Leiden: Brill, 2003.

【贺麦晓:《文体问题:现代中国的文学社团和文学杂志(1911—1937)》,陈太胜译,北京:北京大学出版社,2016 年】

——, & Ivo Smits eds. *Reading East Asian Writing: The Limits of Literary Theory*. London & New York: Routledge, Curzon, 2003.

——. *Internet Literature in China*. New York: Columbia University Press, 2015.

Hsia, Chih-tsing. *A History of Modern Chinese Fiction*. New York: Yale University Press, 1961.

【夏志清:《中国现代小说史》,刘绍铭等译,香港:香港中文大学出版社,2001 年】

——. *Hsia C. T. On Chinese Literature*. New York: Columbia University Press, 2004.

Hsia, Tsi-an. *The Gate of Darkness: Studies on the Leftist Literary Movement in China*. Seattle: University of Washington Press, 1968.

【夏济安:《黑暗的闸门:中国左翼文学运动研究》,香港:香港中文大学出版社,2016 年】

Ingham, Michael. *Johnnie to Kei-Fung's PTU*. Hong Kong: Hong Kong University Press, 2009.

Johnson, Matthew D. & Keith B. Wagner & Tianqi Yu & Luke Vulpiani, eds. *China's iGeneration: Cinema and Moving Image Culture for the Twenty-First Century*. New York and London: Bloomsbury, 2014.

Jones, Andrew F. . *Like a Knife: Ideology and Genre in Contemporary Chinese Popular Music*. New York: Cornell University Press, 1992.

——. *Yellow Music: Media Culture and Colonial Modernity in the Chinese Jazz Age*. Durham: Duke University Press, 2001.

【安德鲁·琼斯:《留声中国:摩登音乐文化的形成》,宋伟航译,台北:商务印书局,2004 年】

——. *Developmental Fairy Tales: Evolutionary Thinking and Modern Chinese Culture*. Cambridge: Harvard University Press, 2011.

Judge, Joan. *Print and Politics: 'Shibao' and the Culture of Reform in Late Qing China*. Stanford, Calif. : Stanford University Press, 1997

——. *The Precious Raft of History: The Past, the West, and the Woman Question in*

China. Stanford, Calif. : Stanford University Press, 2008.

Kaplan, E. Ann & Ban Wang, eds. *Trauma and Cinema: Cross-Cultural Explorations.* Hong Kong: Hong Kong University Press, 2004.

Khoo, Olivia & Sean Metzger, eds. *Futures of Chinese Cinema: Technologies and Temporalities in Chinese Screen Cultures.* Bristol and Chicago: Intellect, 2009.

Kinkley, Jeffrey C.. *After Mao: Chinese Literature and Society, 1978—1981.* Cambridge: Harvard University Press, 1985.

——. *The Odyssey of Shen Congwen.* Stanford: Stanford University Press, 1987.
【金介甫:《沈从文传》,符家钦译,北京:国际文化出版公司,2005 年】

——. *Chinese Justice, the Fiction: Law and Literature in Modern China.* Stanford, Calif. : Stanford University Press, 2000.

——. *Corruption and Realism in Late Socialist China: the Return of the Political Novel.* Stanford, Calif. : Stanford University Press, 2007.

Kleeman, Faye Yuan. *Under an Imperial Sun: Japanese Colonial Literature of Taiwan and the South.* Honolulu: University of Hawai'i Press, 2003.
【阮斐娜:《帝国的太阳下》,吴佩珍译,台北:麦田出版公司,2010 年】

Kong, Haili & John A. Lent, eds. *One Hundred Years of Chinese Cinema: A Generational Dialogue.* Norwalk, CT: EastBridge, 2006.

Lackner, Michael & Natascha Vittinghoff, eds. *Mapping Meanings: The Field of New Learning in Late Qing China.* Leiden: Brill, 2004.
【朗宓榭、费南山主编:《呈现意义:晚清中国新学领域》,李永胜、李增田译,天津:天津人民出版社,2014 年】

Lai, Linda Chiu-han & Kimburley Wing-yee Choi, eds. *World Film Locations: Hong Kong.* Bristol and Chicago: Intellect Books, 2013.

Lang, Olga. *Pa Chin and His Writings: Chinese Youth between Two Revolutions.* Cambridge: Harvard East Asia Series, 1967.

Larson, Wendy. *Authority and the Modern Chinese Writer: Ambivalence and Autobiography.* Durham: Duke University Press, 1992.

——, & Anne Wedell-Wedellsborg, eds. *Inside Out: Modernism and Postmodernism in Chinese Literary Culture.* Aarhus: Aarhus University Press, 1993.

——. *Women and Writing in modern China*. Stanford:Stanford University Press,1998.

——. *From Ah Q to Lei Feng:Freud and Revolutionary Spirit in 20 th Century China*. Stanford:Stanford University Press,2009.

Lau,Jenny Kwok Wah, ed. *Multiple Modernities:Cinemas and Popular Media in Transcultural East Asia*. Philadelphia,PA:Temple University Press,2003.

Lau,Joseph S. M.. *Ts'ao Yu:the Reluctant Disciple of Chekhov and O'Neill:A Study in Literary Influence*. Hong Kong:Hong Kong University Press,1970.

Laughlin,Charles A.. *Chinese Reportage:the Aesthetics of Historical Experience*. Durham:Duke University Press,2002.

——,ed. *Contested Modernities in Chinese Literature*. New York:Palgrave Macmillan,2005.

——*The Literature of Leisure and Chinese Modernity*. Honolulu:University of Hawai'i Press,2008.

Law,Kar & Frank Bren. *Hong Kong Cinema:A Cross-Cultural View*. Lanham,Md.:Scarecrow Press,2004.

Lee,Daw-Ming. *Historical Dictionary of Taiwan Cinema*. Scarecrow Press:Lanham,Md.,2012.

Lee,Gregory B.. *Dai Wangshu:The Life and Poetry of a Chinese Modernist*. Hong Kong:Chinese University Press,1989.

——. *Troubadours,Trumpeters,Troubled Makers:Lyricism,Nationalism,and Hybridity in China and its Others*. Durham:Duke University Press,1996.

Lee, Haiyan. *Revolution of the Heart:A Genealogy of Love in China,1900—1950*. Stanford:Stanford University Press,2006.

Lee,Leo Ou-fan. *The Romantic Generation of Modern Chinese Writers*. Cambridge:Harvard East Asian Series,1973.

【李欧梵:《中国现代作家中浪漫的一代》,北京:新星出版社,2005 年】

——,ed. *Lu Xun and His Legacy*. Berkeley:University of California Press,1985.

——. *Voices from the Iron House:A Study of Lu Xun*. Bloomington:Indiana University Press,1987.

【李欧梵:《铁屋中的呐喊》,尹慧珉译,石家庄:河北教育出版社,2002 年】

——. *Shanghai Modern:The Flowering of A New Urban Culture in China,1930—*

1945. Cambridge: Harvard University Press, 1999.

【李欧梵:《上海摩登——一种新都市文化在中国, 1930—1945》, 毛尖译, 北京: 北京大学出版社, 2005 年】

Lee, Vivian P. Y.. *Hong Kong Cinema since 1997: The Post-Nostalgic Imagination.* New York: Palgrave Macmillan, 2009.

Lent, John A.. *The Asian Film Industry.* Austin: University of Texas Press, 1990.

Levith, Murray J.. *Shakespeare in China.* London & New York: Continuum, 2006.

Leyda, Jay. *Dianying/Electric Shadows: An Account of Films and the Film Audience in China.* Cambridge, Mass.: MIT Press, 1972.

Li, Kay. *Bernard Shaw and China: Cross-Cultural Encounters.* Gainesville: University Press of Florida, 2007.

Li, Ruru. *Shashibiya: Staging Shakespeare in China.* Hong Kong: Hong Kong University Press, 2003.

Li, Siu Leung. *Cross-Dressing in Chinese Opera.* Hong Kong; London: Hong Kong University Press, 2003.

Liao, Ping-hui & David Der-wei Wang, eds. *Taiwan Under Japanese Colonial Rule, 1895—1945: History, Culture, Memory.* New York: Columbia University Press, 2006.

Lim, Song Hwee. *Celluloid Comrades: Representations of Male Homosexuality in Contemporary Chinese Cinemas.* Honolulu: University of Hawai'i Press, 2006.

——. *Tsai Ming-Liang and a Cinema of Slowness.* Honolulu: University of Hawai'i Press, 2014.

——, & Julian Ward, eds. *The Chinese Cinema Book.* New York and London: Palgrave Macmillan and British Film Institute, 2011.

Lin, Julia C.. *Modern Chinese Poetry: An Introduction.* London: George Allen & Unwin Ltd., 1972.

Lin, Sylvia Li-chun. *Representing Atrocity in Taiwan: The 2/28 Incident and White Terror in Fiction and Film.* New York: Columbia University Press, 2007.

——, & Tze-lan Deborah Sang, eds. *Documenting Taiwan on Film: Issues and Methods in New Documentaries.* London and New York: Routledge, 2012.

Lin, Xiaoping. *Children of Marx and Coca-Cola: Chinese Avant-Garde Art and Independent Cinema*. Honolulu: University of Hawai'i Press, 2010.

Link, Perry. *Mandarin Ducks and Butterflies: Popular Fiction in the 20th Century Chinese Cities*. Berkeley: University of California Press, 1981.

——. *The Uses of Literature: Life in the Socialist Chinese Literary System*. Princeton: Princeton University Press, 2000.

Lionnet, Françoise & Shumei Shi, eds. *Minor Transnationalism*. Durham: Duke University Press, 2005.

——, & Shumei Shi, eds. *The Creolization of Theory*. Durham: Duke University Press, 2011.

Liu, Haiping & Lowell Swortzell. *Eugene O'Neill in China: An International Centenary Celebration*. New York: Greenwood Press, 1992.

Liu, Jianmei. *Revolution plus Love: Literary History, Women's Bodies, and Thematic Repetition in Twentieth-century Chinese Fiction*. Honolulu: University of Hawai'i Press, 2003.

【刘剑梅:《革命与情爱:二十世纪中国小说史中的女性身体与主题重述》,郭冰茹译,上海:上海三联书店,2009 年】

——. *Zhuangzi and Modern Chinese Literature*. New York: Oxford University Press, 2016.

Liu, Kang & Xiaobing Tang, eds. *Politics, Ideology, and Literary Discourse in Modern China: Theoretical Interventions and Cultural Critique*. Durham & London: Duke University Press, 1993.

Liu, Kang. *Aesthetics and Marxism: Chinese Aesthetics Marxists and Their Western Contemporaries*. Durham: Duke University Press, 2000.

——. *Aesthetics and Marxism: Chinese Aesthetic Marxists and Their Western Contemporaries*. Durham: Duke University Press, 2000.

——. *Globalization and Cultural Trends in China*. Honolulu: University of Hawai'i Press, 2003.

Liu, Lydia H.. *Translingual Practice: Literature, National Culture, and Translated Modernity China, 1900—1937*. Stanford: Stanford University Press, 1995.

【刘禾:《跨语际实践:文学、民族与被译介的现代性(中国:1900—1937)》,宋伟杰等译,北京:生活·读书·新知三联书店,2002 年】

——, ed. *Tokens of Exchange: The Problem of Translation in Global Circulations.* Durham, N. G.: Duke University Press, 1999.

——. *The Clash of Empires: The Invention of China in Modern World Making.* Cambridge, MA: Harvard University Press, 2004.

【刘禾:《帝国的话语政治:从近代中西冲突看现代世界秩序的形成》,杨立华等译,北京:生活·读书·新知三联书店,2009 年】

——. *The Freudian Robot: Digital Media and the Future of the Unconscious.* Chicago: University of Chicago Press, 2011.

Liu, Siyuan. *Performing Hybridity in Colonial-Modern China.* New York: Palgrave Macmillan, 2013.

Liu, Ts'un-Yan, ed. *Chinese Middlebrow Fiction: From the Ch'ing and Early Republican Eras.* Hong Kong: Chinese University Press, 1984.

Logan, Bey. *Hong Kong Action Cinema.* Woodstock, N. Y.: Overlook Press, 1995.

Lomová, Olga ed., *Paths toward Modernity: Conference to Mark the Centenary of Jaroslav Průšek.* Prague: The Karolinum Press, 2008.

Lu, Sheldon Hsiao-peng. ed. *Transnational Chinese Cinemas: Identity, Nationhood, Gender.* Honolulu: University of Hawai'i Press, 1997.

——. *China, Transnational Visuality, Global Postmodernity.* Stanford: Stanford University Press, 2001.

——, & Emilie Yueh-yu Yeh eds., *Chinese-Language Film: Historiography, Poetics, Politics.* Honolulu: University of Hawai'i Press, 2005.

——. *Chinese Modernity and Global Biopolitics: Studies in Literature and Visual Culture.* Honolulu: University of Hawai'i Press, 2007.

——, &Jiayan Mi, eds. *Chinese Ecocinema: In the Age of Environmental Challenge.* Hong Kong: Hong Kong University Press, 2009.

Lu, Tongling, ed. *Gender and Sexuality in the Twentieth-Century Chinese Literature and Society.* Albany: State University of New York Press, 1993.

——. *Misogyny, Cultural Nihilism and Oppositional Politics: Contemporary Chinese*

Experimental Fiction. Stanford: Stanford University Press, 1995.

——. *Confronting Modernity in the Cinemas of Taiwan and Mainland China*. Cambridge, UK and New York: Cambridge University Press, 2002.

Luo, Liang. *The Avant-Garde and the Popular in Modern China: Tian Han and the Intersection of Performance and Politics*. Ann Arbor: University of Michigan Press, 2014.

Lyell, William. *Lu Xun's Vision of Reality*. Berkeley: University of California Press, 1985.

Ma, Jean. *Melancholy Drift: Marking Time in Chinese Cinema*. Hong Kong: Hong Kong University Press, 2010.

Ma, Eric Kit-wai. *Culture, Politics, and Television in Hong Kong*. London and New York: Routledge, 1999.

MacGrath, Jason. *Postsocialist Modernity: Chinese Cinema, Literature and Criticism in the Market Age*. Stanford: Stanford University Press, 2008.

Mackerras, Colin. *The Rise of the Peking Opera, 1770—1870: Social Aspects of the Theatre in Manchu China*. Oxford: Clarendon Press, 1972.

——. *The Chinese Theatre in Modern Times: From 1840 to the Present Day*. Amherst: University of Massachusetts Press, 1975.

Martin, Fran. *Situating Sexualities: Queer Representation in Taiwanese Fiction, Film and Public Culture*. Hong Kong: Hong Kong University Press, 2003.

McDougall, Bonnie S. *The Introduction of Western Literary Theories into Modern China, 1919—1925*. Tokyo: Centre for East Asian Cultural Studies, 1971.

——. *Mao Zedong's "Talks at the Yan'an Conference on Literature and Art": a Translation of the 1943. Text with Commentary*. Ann Arbor: University of Michigan, 1980.

——, ed. *Popular Chinese Literature and Performing Arts in the People's Republic of China, 1949—1979*. Berkeley: University of California Press, 1984.

——, & Kam Louie. *The Literature of China in the Twentieth Century*. London: C. Hurst & Co. (Publishers) Ltd., 1997.

——. *Love-Letters and Privacy in Modern China: The Intimate Lives of Lu Xun and*

Xu Guangping. New York: Oxford University Press, 2002.

McGrath, Jason. *Postsocialist Modernity: Chinese Cinema, Literature, and Criticism in the Market Age*. Stanford, Calif.: Stanford University Press, 2008.

Meserve, Walter J. & Ruth I Meserve, eds. *Modern Drama from Communist China*. New York: New York University Press, 1970.

Mi, Jiayan. *Self-Fashioning and Reflexive Modernity in Modern Chinese Poetry*. Lewiston, NY: Edwin Mellen, 2004.

Millet, Raphaël. *Singapore Cinema*. Singapore: Editions Didier Millet, 2006.

Mittler, Barbara. *Dangerous Tunes: the Politics of Chinese Music in Hong Kong, Taiwan, and the People's Republic of China since 1949*. Wiesbaden: Harrassowitz, 1997.

——. *A Newspaper for China?: Power, Identity, and Change in Shanghai's News Media, 1872—1912*. Cambridge: Harvard University Asia Center, 2004.

——. *A Continuous Revolution: Making Sense of Cultural Revolution Culture*. Cambridge: Harvard University Asia Center, 2012.

Morris, Meaghan & Siu Leung Li & Stephen Ching-kiu Chan, eds. *Hong Kong Connections: Transnational Imagination in Action Cinema*. Durham: Duke University Press, 2005.

Ng, Mau-sang. *The Russian Hero in Modern Chinese Fiction*. Hong Kong: The Chinese University Press, New York: State University of New York Press, 1988.

Ong, Aihwa. *Flexible Citizenship: The Cultural Logics of Transnationality*. Durham: Duke University Press, 1998.

Pang, Laikwan. *Building a New China in Cinema: The Chinese Left-Wing Cinema Movement, 1932—1937*. Lanham: Rowman & Littlefield, 2002.

——. *Cultural Control and Globalization in Asia: Copyright, Piracy, and Cinema*. London and New York: Routledge, 2006.

——. *The Distorting Mirror: Visual Modernity in China*. Honolulu: University of Hawai'i Press, 2007.

——, & Day Wong, eds. *Masculinities and Hong Kong Cinema*. Hong Kong: Hong Kong University Press, 2005.

Peng, Hsiao-yen & Whitney Crothers Dilley, eds. *From Eileen Chang to Ang Lee:*

Lust/Caution. London and New York: Routledge, 2014.

Pickowicz, Paul G.. *Marxist Literary Thought in China: The Influence of Chu Chiu-pai*. Berkeley: Center for Chinese Studies, University of California, 1980.

【毕克伟:《书生政治家:瞿秋白曲折的一生》,谭一青、季国平译,北京:中国卓越出版公司,1990 年】

——. *China on Film: A Century of Exploration, Confrontation, and* Controversy. Lanham: Rowman & Littlefield, 2012.

——, & Yingjin Zhang, eds. *From Underground to Independent: Alternative Film Culture in Contemporary China*. Lanham, Md. : Rowman & Littlefield, 2006.

Pollard, David E.. *A Chinese Look at Literature: The Literary Values of Chou Tso-jên in Relation to the Tradition*. Berkeley: University of California Press, 1973.

【卜立德:《一个中国人的文学观:周作人的文艺思想》,陈广宏译,上海:复旦大学出版社,2001 年】

——. *Translation and Creation: Readings of Western Literature in Early Modern China, 1840—1918*. Amsterdam: John Benjamins Publishing Company, 1998.

——. *The True Story of Lu Xun*. Hong Kong: Chinese University Press, 2002.

Průšek, Jaruslav. *The Lyrical and the Epic*. ed. Leo Ou-fan Lee. Bloomington: Indiana University Press, 1981.

【普实克:《抒情与史诗:现代中国文学论集》,李欧梵编、郭建玲译,上海:上海三联书店,2010 年】

Quah, Sy Ren. *Gao Xingjian and Transcultural Chinese Theater*. Honolulu: University of Hawai'i Press, 2004.

Rawnsley, Gary D. & Ming-Yeh T. Rawnsley. *Critical Security, Democratisation, and Television in Taiwan*. Aldershot, Hants, England and Burlington, VT, USA: Ashgate, 2001.

——, eds. *Global Chinese Cinema: The Culture and Politics of "Hero"*. London and New York: Routledge, 2010.

Rickett, Adele Austin. *Wang guo-wei's Jen-chien Tz'u-hua: A study in Chinese Literary Criticism*. Hong Kong: Hong Kong University Press, 1994.

Roberts, Rosemary. *Maoist Model Theatre: The Semiotics of Gender and Sexuality in the Chinese Cultural Revolution*(1966—1976). Leiden: Brill, 2010.

Robinson, Luke. *Independent Chinese Documentary: From the Studio to the Street*. Houndmills, Basingstoke, Hampshire and New York, NY: Palgrave Macmillan, 2013.

Rojas, Carlos. *The Naked Gaze: Reflections on Chinese Modernity*. Cambridge, Mass.: Harvard University Asia Center, 2008.

——. & Eileen Cheng-yin Chow, eds. *Rethinking Chinese Popular Culture: Cannibalizations of the Canon*. London & New York: Routledge, 2009.

——. *The Great Wall: A Cultural History*. Cambridge: Harvard University Press, 2010.

——. *Homesickness: Culture, Contagion, and National Reform in Modern China*. Cambridge: Harvard University Press, 2015.

——. & Andrea Bachner, eds. *The Oxford Handbook of Modern Chinese Literatures*. Oxford: Oxford University Press, 2016.

Schroeder, Andrew. *Tsui Hark's Zu: Warriors from the Magic Mountain*. Hong Kong: Hong Kong University Press, 2004.

Schwarcz, Vera. *The Chinese Enlightenment: Intellectuals and the Legacy of the May Fourth Movement of 1919*. Berkeley: University of California Press, 1986.

【舒衡哲:《中国启蒙运动:知识分子与五四遗产》,刘京建译,北京:新星出版社,2007年】

Semsel, George S., ed. *Chinese Film: The State of the Art in the People's Republic*. New York: Praeger, 1987.

——, & Xia Hong & Hou Jianping, eds. *Chinese Film Theory: A Guide to the New Era*. New York: Praeger, 1990.

——, & Chen Xihe & Xia Hong, eds. *Film in Contemporary China: Critical Debates, 1979—1989*. Westport, Conn.: Praeger, 1993.

Shen, Vivian. *The Origins of Left-Wing Cinema in China, 1932—37*. London & New York: Routledge, 2005

Shih, Shu-Mei. *The Lure Of the Modern: Writing Modernism in Semicolonial China, 1917—1937*. Berkeley: University of California Press, 2001.

【史书美:《现代的诱惑:书写半殖民中国的现代主义(1917—1937)》,何恬译,

南京:江苏人民出版社,2007年】

———. *Visuality and Identity: Sinophone Articulations across the Pacific*. Berkeley and Los Angeles: University of California Press, 2007.

【史书美:《视觉与认同:跨太平洋华语语系表述·呈现》,杨华庆译,蔡建鑫校,台北:联经出版公司,2013年】

———, & Chien-hsin Tsai & Brian Bernards, eds. *Sinophone Studies: A Critical Reader*. New York: Columbia University Press, 2013.

———, & Ping-hui Liao, eds. *Comparatizing Taiwan*. New York: Routledge, 2014.

Shu, Yunzhong. *Buglers on the Home Front: The Wartime Practice of the Qiyue School*. New York: State University of New York Press, 2000.

【舒允中:《内线号手:七月派的战时文学活动》,上海:上海三联书店,2010年】

Silbergeld, Jerome. *China into Film: Frames of Reference in Contemporary Chinese Cinema*. London: Reaktion Books, 1999.

———. *Hitchcock with a Chinese Face: Cinematic Doubles, Oedipal Triangles, and China's Moral Voice*. Seattle: University of Washington Press, 2004.

———. *Body in Question: Image and Illusion in Two Chinese Films by Director Jiang Wen*. Princeton, N. J. and Woodstock: Tang Center for East Asian Art in association with Princeton University Press, 2008.

Song, Mingwei. *Young China: National Rejuvenation and the Bildungsroman, 1900—1959*. Cambridge: Harvard University Asia Center, 2016.

Stokes, Lisa Odham. *Historical Dictionary of Hong Kong Cinema*. Lanham, Md.: Scarecrow Press, 2007.

———, & Michael Hoover. *City on Fire: Hong Kong Cinema*. London and New York: Verso, 1999.

Stringer, Julian. *Blazing Passions: Contemporary Hong Kong Cinema*. London: Wallflower Press, 2008.

Sun, Shaoyi & Li Xun. *Lights! Camera! Kai Shi!: In Depth Interviews with China's New Generation of Movie Directors*. Norfalk, Conn.: Eastbridge, 2008.

Szeto, Kin-Yan. *The Martial Arts Cinema of the Chinese Diaspora: Ang Lee, John Woo, and Jackie Chan in Hollywood*. Carbondale: Southern Illinois University

Press,2011.

Tam, Kwok-kan. *Soul of Chaos: Critical Perspectives on Gao Xingjian*. Hong Kong: Chinese University Press,2001.

——. *Ibsen in China,1908—1997: A Critical-Annotated Bibliography of Criticism, Translation and Performance*. Hong Kong: Chinese University Press,2001.

——,& Wimal Dissanayake. *New Chinese Cinema*. Hong Kong and New York: Oxford University Press,1998.

Tan, See Kam & Peter X. Feng & Gina Marchetti, eds. *Chinese Connections: Critical Perspectives on Film, Identity and Diaspora*. Philadelphia: Temple University Press,2009.

Tang, Xiaobing. *Global Space and the Nationalist Discourse of Modernity: The Historical Thinking of Liang Qichao*. Stanford: Stanford University Press,1996.

——. *Chinese Modern: The Heroic and the Quotidian*. Durham: Duke University Press,2000.

【唐小兵:《英雄与凡人的时代:解读20世纪》上海:上海文艺出版,2001年】

——. *Origins of the Chinese Avant-garde: The Modern Woodcut Movement*. Berkeley and Los Angeles: University of California Press,2007.

Teo, Stephen. *Hong Kong Cinema: The Extra Dimensions*. London: BFI,1997.

——. *Wong Kar-Wai*. London: BFI,2005.

——. *King Hu's A Touch of Zen*. Hong Kong: Hong Kong University Press,2006.

——. *Director in Action: Johnnie To and the Hong Kong Action Film*. Hong Kong: Hong Kong University Press,2007.

——. *Chinese Martial Arts Cinema: The Wuxia Tradition*. Edinburgh: Edinburgh University Press,2009.

Tsu, Jing Yuen. *Failure, Nationalism, and Literature: The Making of Modern Chinese Identity,1895—1937*. Stanford: Stanford University Press,2005.

——,& David Der-Wei Wang, eds. *Global Chinese Literature: Critical Essays*. Leiden: Brill Academic Publishers,2010.

——. *Sound and Script in Chinese Diaspora*. Cambridge, Mass.: Harvard University Press,2011.

Tu, Wei-ming ed., *The Living Tree: The Changing Meaning of Being Chinese Today*. Stanford: Stanford University Press, 1994.

Tung, Constantine & Colin Mackerras, eds. *Drama in the People's Republic of China*. Albany: State University of New York Press, 1987.

Udden, James. *No Man an Island: The Cinema of Hou Hsiao-Hsien*. Hong Kong: Hong Kong University Press, 2009.

Visser, Robin. *Cities Surround the Countryside: Urban Aesthetics in Post-Socialist China*. Durham, NC: Duke University Press, 2010.

Voci, Paola. *China on Video: Smaller-Screen Realities*. London and New York: Routledge, 2010.

Vohra, Ranbir. *Lao She and Chinese Revolution*. Cambridge: Harvard East Asian Series, 1974.

Vojkovilć, Sasha. *Yuen Woo Ping's Wing Chun*. Hong Kong: Hong Kong University Press, 2009.

Wagner, Rudolf G. *The Contemporary Chinese Historical Drama: Four Studies*. Berkeley: University of California Press, 1990.

——. *Inside a Service Trade: Studies in Contemporary Chinese Prose*. Cambridge: Harvard University Asia Center, 1992.

——, ed. *Joining the Global Public: Word, Image, and City in Early Chinese Newspapers, 1870—1910*. Albany: State University of New York Press, 2007.

Wang, Ban. *The Sublime Figure of History: Aesthetics and Politics in Twentieth Century China*. Stanford: Stanford University Press, 1992.

【王斑:《历史的崇高形象:二十世纪中国的美学与政治》,孟祥春译,上海:上海三联出版社,2008年】

——. *Illuminations from the Past: Trauma, Memory, and History in Modern China*. Stanford: Stanford University Press, 2004.

【王斑:《全球化阴影下的历史与记忆》,南京:南京大学出版社,2006年】

——ed. *Words and Their Stories: Essays on the Language of the Chinese Revolution*. Leiden: Brill Academic Publishers, 2010.

Wang, Chaohua, ed. *One China, Many Paths*. New York: Verso, 2003.

Wang, David Der-wei. *Fictional Realism in 20*th*Century China：Mao Dun，Lao She，Shen Congwen*. New York：Columbia University Press，1992.

【王德威：《写实主义小说的虚构：茅盾、老舍、沈从文》，上海：复旦大学出版社，2011 年】

——，ed. *Running Wild：New Chinese Writers*. N. Y. ：Columbia University Press，1994.

——. *Fin-de-siécle Splendor：Repressed Modernities of Late Qing Fiction，1849—1911*. Stanford：Stanford University Press，1997.

【王德威：《被压抑的现代性：晚清小说研究》，宋伟杰译，北京：北京大学出版社，2005 年】

——. *The Monster That Is History：History，Violence，and Fictional Writing in Twentieth-Century China*. Berkeley：University of California Press，2004.

【王德威：《历史与怪兽：历史·暴力·叙事》，台北：麦田出版公司，2004 年】

——. & Shang Wei，eds. *Dynastic Crisis and Cultural Innovation：From the Late Ming to the Late Qing and Beyond*. Cambridge：Harvard University Asia Center，2005.

——. & Carlos Rojas，eds. *Writing Taiwan：A New Literary History*. Durham：Duke University Press，2007.

——. *The Lyrical in Epic Time：Modern Chinese Intellectuals and Artists through the 1949 Crisis*. New York：Columbia University Press，2015.

Wang, Jing. *High Culture Fever：Politics，Aesthetics，and Ideology in Deng's China*. Berkeley：University of California Press，1996.

Wang, Lingzhen, ed. *Chinese Women's Cinema：Transnational Contexts*. New York：Columbia University Press，2011.

Wang, Qi. *Memory，Subjectivity and Independent Chinese Cinema*. Edinburgh：Edinburgh University Press，2014.

Wang, Shujen. *Framing Piracy：Globalization and Film Distribution in Greater China*. Lanham，Md. ：Rowman & Littlefield，2003.

Wang, Xiaojue. *Modernity with a Cold War Face：Reimagining the Nation in Chinese Literature across the 1949 Divide*. Cambridge and London：Harvard University Asia Center，2013.

Wang, Yiman. *Remaking Chinese Cinema: Through the Prism of Shanghai, Hong Kong, and Hollywood.* Honolulu: University of Hawai'i Press, 2013.

Wang, Yiyan. *Narrating China: Jia Pingwa and His Fictional World.* London & New York: Routledge, 2006.

Wang, Zhuoyi. *Revolutionary Cycles in Chinese Cinema, 1951—1979.* Basingstoke, UK: Palgrave Macmillan, 2014.

Widmer, Ellen & David Der-wei Wang, eds. *From May Fourth to June Fourth: Fiction and Film in Twentieth-Century China.* Cambridge, Mass. : Harvard University Press, 1993.

Williams, Tony. *John Woo's Bullet in the Head.* Hong Kong: Hong Kong University Press, 2009.

Wilson, Flannery. *New Taiwanese Cinema in Focus.* Edinburgh: Edinburgh University Press, 2013.

Wolff, Ernest. *Chou Tso-Jen.* New York: Twayne Publishers, 1971.

Wong, Wang-chi. *Politics and Literature in Shanghai: the Chinese League of Left-Wing Writers, 1930—1936.* Manchester: Manchester University Press, 1991.

Wu, Shengqing. *Modern Archaics: Continuity and Innovation in the Chinese Lyric Tradition, 1900—1937.* Cambridge: Harvard University Asia Center, 2013.

Xiao, Hui Faye. *Family Revolution: Marital Strife in Contemporary Chinese Literature and Visual Culture.* Seattle: University of Washington Press, 2014.

Xu, Gary G. *Sinascape: Contemporary Chinese Cinema.* Lanham, Md. : Rowman & Littlefield Publishers, 2007.

Yan, Haiping. *Chinese Women Writers and the Feminist Imagination, 1905—1948.* New York: Routledge, 2006.

【颜海平:《中国现代女性作家与中国革命(1905—1948)》,季剑青译,北京:北京大学出版社,2011 年】

——, ed. *Theater and Society: An Anthology of Contemporary Chinese Drama.* Armonk, N. Y. : M. E. Sharpe, 1998.

Yang, Xiaobin. *The Chinese Postmodern: Trauma and Irony in Chinese Avant-Garde Fiction.* Ann Arbor: University of Michigan Press, 2002.

【杨小滨:《中国后现代:先锋小说中的精神创伤与反讽》,愚人译,台北:"中央研究院"中国文哲研究所,2009 年】

Yau, Ching. *Filming Margins: Tang Shu Shuen, a Forgotten Hong Kong Woman Director.* Hong Kong: Hong Kong University Press, 2004.

Yau, Ching-Mei Esther, ed. *At Full Speed: Hong Kong Cinema in a Borderless World.* Minneapolis: University of Minnesota Press, 2001.

Yau, Kinnia Shuk-ting. *Japanese and Hong Kong Film Industries: Understanding the Origins of East Asian Film Networks.* London and New York: Routledge, 2010.

Ye, Tan & Yun Zhu. *Historical Dictionary of Chinese Cinema.* Lanham, Md. : Scarecrow Press, 2012.

Yeh, Catherine Vance. *Shanghai Love: Courtesans, Intellectuals, and Entertainment Culture, 1850—1910.* Seattle & London: University of Washington Press, 2006.

Yeh, Emilie Yueh-yu & Darrell William Davis. *Taiwan Film Directors: A Treasure Island.* New York: Columbia University Press, 2005.

Yeh, Michelle. *Modern Chinese Poetry: Theory and Practice since 1917.* New Haven: Yale University Press, 1993.

【奚密:《现代汉诗:一九一七年以来的理论与实践》,奚密、宋炳辉译,上海:上海三联书店,2008 年】

Yeh, Wen-hsin. *The Alienated Academy: Culture and Politics in Republican China, 1919—1937.* Cambridge: Council East Asian Studies, Harvard University, 1990.

——. *Provincial Passages: Culture, Space, and the Origins of Chinese Communism.* Berkeley: University of California Press, 1996.

——, ed. *Becoming Chinese: Passages to Modernity and Beyond, 1900—1950.* Berkeley: University of California Press, 2000.

——. *Shanghai Splendor: Economic Sentiments and the Making of Modern China, 1843—1949.* Berkeley: University of California Press, 2007.

Yeung, Jessica. *Ink Dances in Limbo: Gao Xingjian's Writing as Cultural Translation.* Hong Kong: Hong Kong University Press, 2008.

Ying, Lihua. *The A to Z of Modern Chinese Literature.* Philosophy: Scarecrow Press. 2010.

——. *Historical Dictionary of Modern Chinese Literature.* Philosophy: Scarecrow

Press. 2010.

Yip, June. *Envisioning Taiwan: Fiction, Cinema, and the Nation in the Cultural Imaginary*. Durham: Duke University Press, 2004.

Yu, Shiao-Ling, ed. *Chinese Drama after the Cultural Revolution, 1979—1989: An Anthology*. Lewiston, N. Y.: E. Mellen Press, 1996.

Yue, Audrey. *Ann Hui's Song of the Exile*. Hong Kong: Hong Kong University Press, 2010.

——, & Olivia Khoo, eds. *Sinophone Cinemas*. London: Macmillan, 2014.

Yue, Gang. *The Mouth That Begs: Hunger, Cannibalism, and the Politics of Eating in Modern China*. Durham, N. G.: Duke University Press, 1999.

——, ed. *Cross-Cultural Readings of Chineseness: Narratives, Images, and Interpretations of the 1990s*. Berkeley: Institute of East Asian Studies, University of California, 2000.

Zeitlin, Judith & Lydia H. Liu, eds. *Writing and Materiality in China: Essays in Honor of Patrick Hanan*. Cambridge, MA: Harvard University Asia Center, 2003.

Zhang, Jingyuan. *Psychoanalysis in China: Literary Transformations, 1919—1949*. New York: East Asia Program, Cornell University, 1992.

Zhang, Rui. *The Cinema of Feng Xiaogang: Commercialization and Censorship in Chinese Cinema after 1989*. Hong Kong: Hong Kong University Press, 2008.

Zhang, Xiaoyang. *Shakespeare in China: A Comparative Study of Two Traditions and Cultures*. Cranbury, NJ: University of Delaware Press, 1996.

Zhang, Xudong. *Chinese Modernism in the Era of Reforms: Cultural Fever, Avant-garde Fiction, and New Chinese Cinema*. Durham: Duke University Press, 1997.

——, ed. *Whither China: Intellectual Politics of Contemporary China*. Durham: Duke University Press, 2002.

——. *Postsocialism and Cultural Politics: China in the Last Decade of the Twentieth Century*. Durham: Duke University Press, 2008.

Zhang, Yingjin. *The City in Modern Chinese Literature and Film: Configurations of Space, Time, and Gender*. Stanford: Stanford University Press, 1996.

【张英进:《中国现代文学与电影中的城市:空间、时间与性别构形》,秦立彦

译,南京:江苏人民出版社,2007 年】

——, ed. *China in a Polycentric World: Essays in Chinese Comparative Literature.* Stanford: Stanford University Press, 1998.

——, & Zhiwei Xiao, eds. *Encyclopedia of Chinese Film.* London and New York: Routledge, 1998.

——, ed. *Cinema and Urban Culture in Shanghai, 1922—1943.* Stanford: Stanford University Press, 1999.

【张英进主编:《民国时期的上海电影与城市文化》,苏涛译,北京:北京大学出版社,2011 年】

——. *Screening China: Critical Interventions, Cinematic Reconfigurations, and the Transnational Imaginary in Contemporary Chinese Cinema.* Ann Arbor, MI: Center for Chinese Studies, 2002.

【张英进:《影像中国:当代中国电影的批评重构及跨国想象》,胡静译,上海:上海三联书店,2008 年】

——. *Chinese National Cinema.* New York: Routledge, 2004.

——. *Cinema, Space, and Polylocality in a Globalizing China.* Honolulu: University of Hawai'i Press, 2010.

——, ed. *A Companion to Chinese Cinema.* West Sussex: Wiley-Blackwell, 2012.

——, ed. *A Companion to Modern Chinese literature.* West Sussex: Wiley-Blackwell, 2016.

Zhang, Zhen. *An Amorous History of the Silver Screen: Shanghai Cinema, 1896—1937.* Chicago: University Of Chicago Press, 2006.

——, ed. *The Urban Generation: Chinese Cinema and Society at the Turn of the Twenty-First Century.* Durham, N. C.: Duke University Press, 2007.

Zhong, Xueping. *Masculinity Besieged?: Issues of Modernity and Male Subjectivity in Chinese Literature of the Late Twentieth Century.* Durham: Duke University Press, 2000.

Zhou, Xuelin. *Young Rebels in Contemporary Chinese Cinema.* Hong Kong: Hong Kong University Press, 2007.

Zhu, Ying. *Chinese Cinema During the Era of Reform: The Ingenuity of the System.* Westport, Conn.: Praeger, 2003.

——. *Television in Post-Reform China:Serial Dramas,Confucian Leadership and the Global Television Market*. London and New York:Routledge,2008.

——,& Chris Berry,eds. *TV China*. Bloomington:Indiana University Press,2009.

——,& Michael Keane & Ruoyun Bai,eds. *TV Drama in China*. Hong Kong:Hong Kong University Press,2008.

——,& Stanley Rosen,eds. *Art,Politics,and Commerce in Chinese Cinema*. Hong Kong:Hong Kong University Press,2010.

二、中文著作

安德森:《想象的共同体:民族主义的起源与散布》,吴叡人译,上海:上海人民出版,2005年;

安平秋、安乐哲主编:《北美汉学家辞典》,北京:人民文学出版社,2001年;

柄谷行人:《日本现代文学的起源》,赵京华译,北京:生活·读书·新知三联书店,2003年;

布鲁克斯:《精致的瓮:诗歌结构研究》,郭乙瑶等译,上海:上海人民出版社,2008年;

查特吉:《民族主义思想与殖民地世界:一种衍生的话语?》,范慕尤、杨曦译,南京:译林出版社,2007年;

陈光兴:《去帝国:亚洲作为方法》,台北:行人出版社,2006年;

陈国球:《文学史书写形态与文化政治》,北京:北京大学出版社,2004年;

陈国球、王德威:《抒情之现代性:"抒情传统"论述与中国文学研究》,北京:生活·读书·新知三联书店,2014年;

陈建华:《帝制末与世纪末:中国文学文化考论》,上海:上海教育出版社,2006年;

陈建华:《革命与形式:茅盾早期小说的现代性展开(1927—1930)》,上海:复旦大学出版社,2007年;

陈建华:《从革命到共和:清末至民国时期文学、电影与文化转型》,桂林:广西师范大学出版社,2009年;

陈平原:《中国现代学术之建立:以章太炎、胡适之为中心》,北京:北京大学出版社,1998年;

陈平原:《作为学科的文学史》,北京:北京大学出版社,2011年;

陈平原、米列娜主编:《近代中国的百科辞书》,北京:北京大学出版社,2007年;

陈平原、王德威编:《北京:都市想象与文化记忆》,北京:北京大学出版社,2005年;

陈清侨编:《文化想象与意识形态——当代香港文化政治论评》,香港:牛津大学出版社,1997年;

陈思和:《中国新文学整体观》,上海:上海文艺出版社,1987年;

陈思和:《中国当代文学关键词十讲》,上海:复旦大学出版社,2002年;

陈思和:《新文学整体观续编》,济南:山东教育出版社,2010年;

陈晓明:《无边的挑战——中国先锋文学的后现代性》,桂林:广西师范大学出版社,2004年;

陈晓明:《表意的焦虑——历史祛魅与当代文学变革》,北京:中央编译出版社,2002年;

陈子善、罗岗主编:《丽娃河畔论文学》,上海:华东师范大学出版社,2006年;

程光炜:《文学讲稿:"八十年代"作为方法》,北京:北京大学出版社,2009年;

大卫·达姆罗什、陈永国、尹星主编:《新方向:比较文学与世界文学读本》,北京:北京大学出版社,2010年;

大卫·达姆罗什、刘洪涛、尹星主编:《世界文学理论读本》,北京:北京大学出版社,2013年;

丁帆:《文学的玄览》,北京:北京出版社,1998年;

丁帆、许志英:《中国新时期小说主潮》,北京:人民文学出版社,2002年;

丁帆:《文学史与知识分子价值观》,北京:人民文学出版社,2014年;

杜维明:《东亚价值与多元现代性》,北京:中国社会科学出版社,2001年;

杜赞奇:《从民族国家拯救历史:民族主义话语与中国现代史研究》,王宪明等译,南京:江苏人民出版社,2009年;

厄尔·迈纳:《比较诗学》,王宇根、宋伟杰等译,北京:中央编译出版社,1998年;

法农:《黑皮肤,白面具》,万冰译,南京:译林出版社,2005年;

范伯群:《中国现代通俗文学史》(插图本),北京:北京大学出版社,2006年;

冯客:《近代中国的种族观念》,杨立华译,南京:江苏人民出版社,1999年;

冯珠娣:《饕餮之欲:当代中国的食与色》,郭乙瑶、马磊、江素侠译,南京:江苏人民出版社,2009年;

佛克马、蚁布思:《文化研究与文化参与》,北京:北京大学出版社,1996年;

高友工:《美典:中国文学研究论集》,北京:生活·读书·新知三联书店,2008年;

格里德:《胡适与中国的文艺复兴:中国革命中的自由主义(1917—1937)》,鲁奇译,南京:江苏人民出版社,2010年;

葛兆光:《域外中国学十论》,上海:复旦大学出版社,2007年;

葛兆光:《思想史研究课堂讲录:视野、角度与方法》,北京:生活·读书·新知三联书店,2005年;

葛兆光:《宅兹中国:重建有关"中国"的历史论述》,北京:中华书局,2011年;

顾彬:《二十世纪中国文学史》,范劲等译,上海:华东师范大学出版社,2008年;

顾彬:《汉学研究新视野》,李雪涛、熊英整理,桂林:广西师范大学出版社,2013年;

哈特、奈格里:《帝国:全球化的政治秩序》,杨建国、范一亭译,南京:江苏人民出版社,2003年;

何伟亚:《英国的课业:19世纪中国的帝国主义教程》,刘天路、邓红风译,北京:社会科学文献出版社,2007年;

何寅、许光华主编:《国外汉学史》,上海:上海外语教育出版社,2002年;

贺萧:《危险的愉悦:20世纪上海的娼妓问题与现代性》,韩敏中、盛宁译,南京:江苏人民出版社,2003年;

洪子诚:《问题与方法:中国当代文学史研究讲稿》,北京:生活·读书·新知三联书店,2002年;

侯且岸:《当代美国的显学:美国现代中国学研究》,北京:人民出版社,1995年;

侯且岸:《美国的中国研究:从汉学到中国学》,北京:学苑出版社,2009年;

胡晓真:《才女彻夜未眠:近代中国女性叙事文学的兴起》,北京:北京大学出版社,2008年;

黄金麟:《历史·身体·国家:近代中国的身体形成(1895—1937)》,北京:新星出版社,2006 年;

黄兴涛:《"她"字的文化史:女性新代词符号的发明与认同研究》,福州:福建教育出版社,2009 年;

黄兴涛:《文化史的追寻:以近世中国为视域》,北京:中国人民大学出版社,2011 年;

黄子平:《"灰阑"中的叙述》,上海:上海文艺出版社,2001 年;

黄宗智主编:《中国研究的范式问题讨论》,北京:社会科学文献出版社,2003 年;

季进:《另一种声音:海外汉学访谈录》,上海:复旦大学出版社,2011 年;

季进:《钱锺书与现代西学》,上海:复旦大学出版社,2011 年;

姜进主编:《都市文化中的现代中国》,上海:华东师范大学出版社,2007 年;

姜智芹:《傅满洲与陈查理:美国大众文化中的中国形象》,南京:南京大学出版社,2007 年;

姜智芹:《当东方与西方相遇:比较文学专题研究》,济南:齐鲁书社,2008 年;

姜智芹:《美国的中国形象》,北京:人民出版社,2010 年;

姜智芹:《中国新时期文学在国外的传播与研究》,济南:齐鲁书社,2011 年;

柯文:《在中国发现历史:中国中心观在美国的兴起》,北京:中华书局,1994 年;

孔慧怡:《翻译·文学·文化》,北京:北京大学出版社,1999 年;

李凤亮:《彼岸的现代性:美国华人批评家访谈录》,桂林:广西师范大学出版社,2011 年;

李欧梵:《现代性的追求:李欧梵文化评论精选集》,北京:生活·读书·新知三联书店,2000 年;

李欧梵:《徘徊在现代和后现代之间》,上海:上海三联书店,2000 年;

李欧梵:《寻回香港文化》,桂林:广西师范大学出版社,2003 年;

李欧梵:《中西文学的徊想》,南京:江苏教育出版社,2005 年;

李欧梵:《李欧梵论中国现代文学》,上海:上海三联书店,2008 年;

李欧梵:《苍凉与世故》,北京:人民文学出版社,2010 年;

李欧梵:《狐狸洞话语》,北京:人民文学出版社,2010 年;

李欧梵:《西潮的彼岸》,北京:人民文学出版社,2010年;

李欧梵、季进:《李欧梵季进对话录》,苏州:苏州大学出版社,2003年;

李奭学:《得意忘言:翻译、文学与文化评论》,北京:生活·读书·新知三联书店,2007年;

李希光、刘康等:《妖魔化中国的背后》,北京:中国社会科学出版社,1996年;

李孝悌编:《中国的城市生活》,北京:新星出版社,2006年;

李孝悌:《恋恋红尘:中国的城市、欲望和生活》,上海:上海人民出版社,2007年;

李学勤主编:《国际汉学著作提要》,南昌:江西教育出版社,1996年;

李怡:《日本体验与中国现代文学的发生》,北京:北京大学出版社,2009年;

李泽厚、刘再复:《告别革命:回望二十世纪中国》,香港:天地图书公司,2004年;

廖炳惠编著:《关键词200:文学与批评研究的通用词汇编》,南京:江苏教育出版社,2006年;

列文森:《儒教中国及其现代命运》,郑大华、任菁译,北京:中国社会科学出版社,2000年;

林郁沁:《施剑翘复仇案:民国时期公众同情的兴起与影响》,陈湘静译,南京:江苏人民出版社,2011年;

刘禾:《语际书写:现代思想史写作批判纲要》,香港:天地图书有限公司,1997年;

刘剑梅:《女神的狂欢》,北京:三联书店,2007年;

刘江凯:《认同与"延异":中国当代文学的海外接受》,北京:北京大学出版社,2012年;

刘康:《对话的喧声:巴赫金的文化转型理论》,北京:中国人民大学出版社,1995年;

刘康:《文化·传媒·全球化》,南京:南京大学出版社,2006年;

刘霓、黄育馥:《国外中国女性研究:文献与数据分析》,北京:中国社会科学出版社,2009年;

刘再复:《现代文学诸子论》,香港:牛津大学出版社,2002年;

刘再复、林岗:《罪与文学:关于文学忏悔意识与灵魂维度的考察》,香港:牛津

大学出版社,2002年;

鲁晓鹏:《影像·文学·理论:重新审视中国现代性》,北京:中国文联出版社,2016年;

栾梅健:《二十世纪中国文学发生论》,桂林:广西师范大学出版社,2006年;

罗芙芸:《卫生的现代性:中国通商口岸卫生与疾病的含义》,向磊译,南京:江苏人民出版社,2007年;

罗钢、刘象愚主编:《后殖民主义文化理论》,北京:中国社会科学出版社,1999年;

罗浦洛主编:《美国学者论中国文化》,包伟民、陈晓燕译,北京:中国广播电视出版社,1994年;

孟悦:《人·历史·家园:文化批评三调》,北京:人民文学出版社,2005年;

孟悦、戴锦华:《浮出历史地表:现代妇女文学研究》,北京:中国人民大学出版社,2004年;

孟悦、罗钢主编:《物质文化读本》,北京:北京大学出版社,2008年;

莫东寅:《汉学发达史》,上海:上海书店出版社,1989年;

莫芝宜佳:《〈管锥编〉与杜甫新解》,马树德译,石家庄:河北教育出版社,1998年;

彭松:《多向之维:欧美中国现代文学研究论》,北京:光明日报出版社,2008年;

浦安迪:《中国叙事学》,北京:北京大学出版社,1995年;

浦嘉珉:《中国与达尔文》,钟永强译,南京:江苏人民出版社,2009年;

钱理群、黄子平、陈平原:《二十世纪中国文学三人谈·漫说文化》,北京:北京大学出版社,2004年;

钱锺书:《谈艺录》,北京:中华书局,1984年;

钱锺书:《管锥编》,北京:中华书局,1994年;

钱锺书:《七缀集》,北京:生活·读书·新知三联书店,2002年;

瑞贝卡:《世界大舞台:十九、二十世纪之交中国的民族主义》,高瑾等译,北京:生活·读书·新知三联书店,2008年;

萨义德:《东方学》,王宇根译,北京:生活·读书·新知三联书店,1999年;

萨义德:《文化与帝国主义》,李琨译,北京:生活·读书·新知三联书店,

2003年;

萨义德:《世界·文本·批评家》,李自修译,北京:生活·读书·新知三联书店,2009年;

史华兹:《寻求富强:严复与西方》,叶美凤译,南京:江苏人民出版社,1990年;

史景迁:《天安门:知识分子与中国革命》,尹庆军等译,北京:中央编译出版社,1998年;

史景迁:《文化类同与文化利用》,北京:北京大学出版社,1997年;

孙康宜:《文学经典的挑战》,南昌:百花洲文艺出版社,2002年;

孙康宜:《抒情与描写:六朝诗歌概论》,钟振振译,上海:上海三联书店,2006年;

孙康宜:《亲历耶鲁》,南京:凤凰出版社,2009年;

孙康宜、宇文所安主编:《剑桥中国文学史》(上、下),北京:生活·读书·新知三联书店,2013年;

孙绍谊:《想象的城市:文学、电影和视觉上海(1927—1937)》,上海:复旦大学出版社,2009年;

孙越生、陈书梅主编:《美国中国学手册》,北京:中国社会科学出版社,1993年;

唐小兵编:《再解读:大众文艺与意识形态》,北京:北京大学出版社,2007年;

唐小兵:《英雄与凡人的时代:解读20世纪》,上海:上海文艺出版社,2001年;

田本相:《海外学者论曹禺》,桂林:广西师范大学出版社,2014年;

田晓菲:《尘几录:陶渊明与手抄本文化研究》,北京:中华书局,2007年;

田晓菲:《神游:早期中古时代与十九世纪的行旅写作》,北京:生活·读书·新知三联书店,2015年;

王斑:《全球化阴影下的历史与记忆》,南京:南京大学出版社,2006年;

王德威:《从刘鹗到王祯和:中国现代写实小说散论》,台北:时报出版公司,1986年;

王德威:《众声喧哗:三〇与八〇年代的中国小说》,台北:远流出版公司,1988年;

王德威:《阅读当代小说——台湾.大陆.香港.海外》,台北:远流出版公司,1991年;

王德威:《小说中国:晚清到当代的中文小说》,台北:麦田出版公司,1993年;

王德威:《如何现代,怎样文学?十九、二十世纪中文小说新论》,台北:麦田出版公司,1998年;

王德威:《想象中国的方法:历史·小说·叙事》,北京:生活·读书·新知三联书店,1998年;

王德威:《众声喧哗以后——点评当代中文小说》,台北:麦田出版公司,2001年;

王德威:《现代中国小说十讲》,上海:复旦大学出版社,2003年;

王德威:《想象中国的方法:历史·小说·叙事》,北京:生活·读书·新知三联书店,2003年;

王德威:《落地的麦子不死:张爱玲与"张派"传人》,济南:山东画报出版社,2004年;

王德威:《当代小说二十家》,北京:生活·读书·新知三联书店,2006年;

王德威:《如此繁华》,上海:上海书店出版社,2006年;

王德威:《后遗民写作》,台北:麦田出版公司,2007年;

王德威:《一九四九:伤痕书写与国家文学》,香港:三联书店,2008年;

王德威主编:《中国现代小说的史与学:向夏志清先生致敬》,台北:联经出版公司,2010年;

王德威:《抒情传统与中国现代性:在北大的八堂课》,北京:生活·读书·新知三联书店,2010年;

王德威:《现代抒情传统四论》,台北:台大出版中心,2011年;

王德威:《现当代文学新论:义理·伦理·地理》,北京:生活·读书·新知三联书店,2014年;

王德威、陈思和、许子东:《一九四九以后:当代文学六十年》,上海:上海文艺出版社,2011年;

王德威、季进主编:《文学行旅与世界想象》,南京:江苏教育出版社,2007年;

王洞、季进编注:《夏志清夏济安书信集》(1—5卷),台北:联经出版公司,2014—2018;香港:香港中文大学出版社,2014—2018年;

王尔敏:《中国近代文运之升降》,北京:中华书局,2011年;

王汎森:《中国近代思想与学术的谱系》,长春:吉林出版集团有限责任公司,

2010年；

王宏志:《鲁迅与"左联"》,北京:新星出版社,2006年；

王宏志:《重释"信"、"达"、"雅":20世纪中国翻译研究》,北京:清华大学出版社,2007年；

王宏志:《翻译与文学之间》,南京:南京大学出版社,2010年；

王晓平:《追寻中国的"现代":"多元变革时代"中国小说研究(1937—1949)》,北京:中国社会科学出版社,2015年；

汪晖:《现代中国思想的兴起》,北京:生活·读书·新知三联书店,2008年；

汪晖、钱理群等:《鲁迅研究的历史批判——论鲁迅(二)》,河北:河北教育出版社,2000年；

王家平:《鲁迅域外百年传播史》,北京:北京大学出版社,2009年；

王晴佳:《新史学讲演录》,北京:中国人民大学出版社,2010年；

王晓路:《西方汉学界的中国文论研究》,成都:巴蜀书社,2003年；

王晓明主编:《批评空间的开创:二十世纪中国文学研究》,上海:东方出版社,1998年；

王晓明主编:《二十世纪中国文学史论》,上海:东方出版社,2005年；

王晓明、陈清侨:《当代东亚城市:新的文化和意识形态》,上海:上海书店出版社,2008年；

王晓平、周发祥、李逸津:《国外中国古典文论研究》,南京:江苏教育出版社,1998年；

王尧:《批评的操练》,桂林:广西师范大学出版社,2006年；

王尧:《文字的灵魂》,济南:山东友谊出版社,2007年；

王尧、季进编:《下江南:苏州大学海外汉学演讲录》,上海:复旦大学出版社,2011年；

王一川:《中国现代性体验的发生》,北京:北京师范大学出版社,2001年；

王岳川:《后殖民主义与新历史主义文论》,济南:山东教育出版社,1999年；

温儒敏:《新文学现实主义的流变》,北京:北京大学出版社,2007年；

奚密:《从边缘出发:现代汉诗的另类传统》,广州:广东人民出版社,2000年；

夏济安:《夏济安选集》,沈阳:辽宁教育出版社,2001年；

夏康达、王晓平主编:《二十世纪国外中国文学研究》,天津:天津人民出版社,

2000年；

夏志清:《夏志清文学评论集》,台北:联合文学杂志社,1987年；

夏志清:《鸡窗集》,上海:上海三联书店,2000年；

夏志清:《新文学的传统》,北京:新星出版社,2005年；

夏志清:《谈文艺·忆师友:夏志清自选集》,台北:印刻文化,2007年；

夏志清编注:《张爱玲给我的信件》,台北:联合文学杂志社,2013年；

萧驰:《中国抒情传统》,台北:允晨文化,1999年；

许纪霖编:《20世纪中国知识分子史论》,北京:新星出版社,2005年；

杨四平:《跨文化的对话与想象:现代中国文学海外传播与接受》,上海:东方出版社,2014年；

余虹:《中国文论与西方诗学》,北京:生活·读书·新知三联书店,1999年；

宇文所安:《中国文论:英译与评论》,王柏华、陶庆梅译,上海:上海社会科学院出版社,2003年；

宇文所安:《他山的石头记:宇文所安自选集》,田晓菲译,南京:江苏人民出版社,2006年；

乐黛云编:《国外鲁迅研究论集(1960—1980)》,北京:北京大学出版社,1981年；

乐黛云主编:《当代英语世界鲁迅研究》,南昌:江西人民出版社,1993年；

乐黛云:《比较文学与比较文化十讲》,上海:复旦大学出版社,2004年；

乐黛云、陈珏编选:《北美中国古典文学研究名家十年文选》南京:江苏人民出版社,1996年；

乐黛云、陈珏、龚刚编选:《欧洲中国古典文学研究名家十年文选》,南京:江苏人民出版社,1998年；

詹明信:《晚期资本主义的文化逻辑》,北京:生活·读书·新知三联书店,2003年；

詹姆逊:《快感:文化与政治》,王逢振译,北京:中国社会科学出版社,1998年；

张海惠主编:《北美中国学研究:研究概述与文献资源》,北京:中华书局,2010；

张灏:《幽暗意识与民主传统》,北京:新星出版社,2006年；

张京媛主编:《新历史主义与文学批评》,北京:北京大学出版社,1993年；

张京媛主编:《后殖民理论与文化批评》,北京:北京大学出版社,1999年；

张隆溪:《阐释学与跨文化研究》,北京:生活·读书·新知三联书店,2014年;

张柠、董外平编:《思想的时差:海外学者论中国当代文学》,北京:北京大学出版社,2013年;

张清华编:《他者眼光与海外视角》,北京:北京大学出版社,2015年;

张清华编:《当代文学的世界语境及评价》,北京:北京大学出版社,2015年;

张诵圣:《文学场域的变迁:当代台湾小说论》,台北:联合文学出版社,2001年;

张西平编:《他乡有夫子:汉学研究导论》,北京:外语教学与研究出版社,2005年;

张旭东:《批评的踪迹:文化理论与文化批评:1985—2002》,北京:生活·读书·新知三联书店,2003年;

张旭东:《全球化时代的文化认同:西方普遍主义话语的历史批判》,北京:北京大学出版社,2006年;

张英进:《审视中国:从学科史的角度观察中国电影与文学研究》,南京:南京大学出版社,2006年;

张英进、胡敏娜主编:《华语电影明星:表演、语境、类型》,西飏译,北京:北京大学出版社,2011年;

赵稀方:《后殖民理论》,北京:北京大学出版社,2009年;

赵一凡:《从胡塞尔到德里达:西方文论讲稿》,北京:生活·读书·新知三联书店,2007年;

赵一凡:《从卢卡奇到萨义德:西方文论讲稿续编》,北京:生活·读书·新知三联书店,2009年;

赵毅衡:《远游的诗神——中国古典诗歌对美国新诗运动的影响》,成都:四川人民出版社,1985年;

赵毅衡:《苦恼的叙述者:中国小说的叙述形式与中国文化》,北京:十月文化出版社,1994年;

赵毅衡:《当说者被说的时候:比较叙述学导论》,北京:中国人民大学出版社,1998年;

赵毅衡:《诗神远游:中国如何改变了美国现代诗》,上海:上海译文出版社,2003年;

赵毅衡:《对岸的诱惑:中西文化交流记》,上海:上海人民出版社,2007年;

郑文惠、颜健富主编:《革命·启蒙·抒情:中国近现代文学与文化研究学思路》,台北:允晨文化,2011年;

钟雪萍、王斑主编:《美国大学课堂里的中国:旅美学者自述》,南京:南京大学出版社,2006年;

周策纵:《五四运动:现代中国的思想革命》,周子平译,南京:江苏人民出版社,2005年;

周发祥主编:《中外文学交流史》,长沙:湖南教育出版社,1999年;

周发祥:《西方文论与中国文学》,南京:江苏教育出版社,1997年;

朱崇科:《华语比较文学:问题意识及批评实践》,上海:上海三联书店,2012年;

朱政惠:《美国中国学史研究》,上海:上海古籍出版社,2004年。

后　　记

　　这本书断断续续写了六七年,现在终于要出版了。此时此刻,有一些欣悦,也有一些不安。欣悦的是,这些年一直关注海外中国现代文学研究,此前已经主编了"海外中国现代文学研究译丛",出版了《另一种声音——海外汉学访谈录》,现在终于可以以专著的形式,较为完整地把自己的观察与思考呈现出来,接受方家的指正;不安的是,这本书与心目中的理想目标还相距甚远,留下了一些遗憾。我们有心从总体上梳理与反思海外中国现代文学研究的历史谱系,但是碍于能力与识见,这种努力常常十得一二。书中所涉及的论题,或新或旧,也未必能涵盖海外中国现代文学研究的全部,特别是这几年相关成果迭出,未及一一论及(作为弥补,我们列出了较为详细的参考书目,希望为有意深耕者提供简单的索引)。遗珠之憾,既说明了我们研究工作的不足,也足证此项研究繁重多艰。慧心的读者不难看出我们探索的印记,我们尝试了多种不同的路径来进入海外汉学:既把它当成一个研究对象,也视之为一种问题意识;有时候为文本所羁,局面不开,有时候又由此及彼,颇多发挥。唯一值得欣慰的是,学界对海外汉学的热情日趋高涨,也有心建制,开始以一种学科化的方式来涵容和处理海外汉学,本上与海外学界的交流日益频繁与深入,让我们对一种想象的学术共同体充满了期待。学术共同体所要寻求的并不是整齐的同一性,而是休戚与共的意识。古与今、中与西、理论和文本、材料和阐释,乃至最根本的文字与文明,都必然是在一种对话的形态中,彼此体认,相互启发。如果我们所做的初步工作,能为这种想象的学术共同体的建构略尽绵力,那就于心足矣。

本书的写作跨越了颇为漫长的时段,众多师友的鼓励和支持一直支撑和伴随着我们的写作。他们或者接受我们的访谈,与我们分享最新的学术动态和研究心得,或者与我们讨论写作中的种种问题,提供各种资料,予以指引,赐以灵感。我们无法一一列名鸣谢,但这份学术情缘永远铭记心中。当然,还是要特别谢谢李欧梵老师,是李老师引导我们进入了这个领域,时时关心着我们的学术研究与学术发展,这次又在百忙中写下长长的序言,让我们好生感动。序言中所提出的理论话语的问题,也是我们一直颇感困惑的问题,虽然行文中常常提醒自己不要玩弄理论、操演术语,可事实上,这些话语如影随形,难以避免,甚至可能削弱了必要的论述力度,成为写作中自觉意识到却又无可避免的怪兽性。对整个人文学科来说,这或许也是一个普遍的问题,值得我们深长思之。书中的许多章节,曾以不同的形态发表于《文学评论》《文艺研究》《中国现代文学研究丛刊》《文艺理论研究》《中国比较文学》《当代作家评论》《南方文坛》《读书》《书城》等刊物,谢谢这些刊物的主编和编辑的包容与奖掖,让我们有信心在这个领域不断地深耕细挖。谢谢张卓亚、王宇林细心地核查引文、统一注释格式。感谢国家社会科学基金项目、教育部人文社会科学研究规划基金项目、苏州大学文学院的资助,也特别感谢北京大学出版社张冰主任和责编朱房煦女士的精心安排和细心编辑,让这本小书得以面世。当然,书中的不足与错误在所难免,诚恳地期待能得到学界同仁的批评指正。

某种意义上,这本书也是我们师生情缘的重要见证。从2008年秋天在苏州十梓街初遇,到如今天各一方,已经有近十年的光景。这十年里人事起伏、变化万端,远不是书中翻演的话语、范畴所能涵盖和表征的。尽管我们深知这本书不是这十年的全部,却

后记

也深深希望这本书没有愧对这份深切而珍贵的缘分。

三月的风,又一次吹来了花信。这种素朴而简单的坚持,昭示着保持一颗初心是何其重要,尤其是在天气反反复复的时刻,春天的花信让我们满怀期待,相信只要坚持,总会有结果。这本书并不代表我们的研究达到了某种"高度"和"深度",只希望它能传达出我们试图理解和阐释海外汉学的那个初心和原点。

作者

2017 年 4 月